DESESPERO

STEPHEN KING

DESESPERO

Tradução
Marcos Santarrita

7ª reimpressão

Copyright © 1996 by Stephen King
Publicado mediante acordo com o autor através de Ralph M. Vicinanza, Ltd.

Grafia atualizada segundo o Acordo Ortográfico da Língua Portuguesa de 1990, que entrou em vigor no Brasil em 2009.

Título original
Desperation

Capa
Rodrigo Rodrigues

Copidesque
Reagiane Winarski

Revisão
Eduardo Carneiro
Lilia Zanetti
Marina Santiago

---

cip-Brasil. Catalogação-na-fonte
Sindicato Nacional dos Editores de Livros, rj

K64d
    King, Stephen
        Desespero / Stephen King; tradução de Marcos Santarrita. – 3ª ed. – Rio de Janeiro: Objetiva, 2013.
        568p.

        Tradução de: *Desperation*
    isbn 978-85-8105-004-1

        1. Ficção americana. I. Santarrita, Marcos, 1941- II. Título

11-2902   cdd: 813
                            cdu: 821.111(73)-3

Todos os direitos desta edição reservados à
editora schwarcz s.a.
Praça Floriano, 19 — sala 3001 — Cinelândia
20031-050 — Rio de Janeiro — rj
Telefone: (21) 3993-7510
www.companhiadasletras.com.br
www.blogdacompanhia.com.br
facebook.com/editorasuma
instagram.com/editorasuma
twitter.com/Suma_br

Para Carter Withey

Agradecimentos

Pela ordem, para quatro pessoas em particular: Rich Hasler, da Magma Mining Corporation; William Winston, pastor episcopal; Chuck Verrill, meu assistente editorial de longa data (e de sofrimento contínuo, ele poderia acrescentar); Tabitha King, minha mulher e crítica mais arguta. O resto você já sabe, Leitor Fiel, por isso digamos juntos, vamos lá? O que está bom, é graças a eles; o que está ruim, é culpa minha.

S.K.

"A paisagem de sua poesia ainda era o deserto..."
Salman Rushdie

Versos Satânicos

Sumário

Parte I
    RODOVIA 50: Na Casa do Lobo, a Casa do Escorpião   13

Parte II
    DESESPERO: Nesses Silêncios Pode Surgir Alguma Coisa   187

Parte III
    O AMERICAN WEST: Sombras Lendárias   309

Parte IV
    A MINA DA CHINA: Deus É Cruel   423

Parte V
    RODOVIA 50: Dispensado Mais Cedo   551

PARTE I

RODOVIA 50:
Na Casa do Lobo, a Casa do Escorpião

Capítulo Um

1

— Oh! Oh, meu, DEUS! Que horror!
— O que foi, Mary, o que foi?
— Você não viu?
— Viu o quê?

Ela o encarou, e, à luz implacável do deserto, ele viu que grande parte da cor do rosto dela havia desaparecido, deixando apenas as marcas de queimadura de sol nas bochechas e na testa, onde nem mesmo um filtro solar poderoso a protegeria inteiramente. Ela era muito branca e se queimava com facilidade.

— Naquela placa. A placa de limite de velocidade.
— O que é que tem?
— Tinha um gato morto, Peter! Pregado, colado ou qualquer merda parecida. — Ele meteu o pé no freio. Ela agarrou o ombro dele imediatamente. — Nem *pense* em voltar.
— Mas...
— Mas o quê? Vai querer tirar uma foto? Nem pensar. Se eu tiver que olhar para aquilo de novo, eu vomito.
— Era um gato branco?

Ele via a parte de trás de uma placa pelo retrovisor (supostamente a placa de que ela falava), mas só isso. E quando passaram por ela, ele estava olhando para outro lado, para uns pássaros que voavam rumo à cadeia de montanhas mais próxima. Ali, a gente não precisava ficar de olhos grudados na estrada o tempo todo; em Nevada, chamavam o trecho da U.S. 50 que atravessava o estado de "A rodovia mais solitária dos Estados Unidos", e na opinião de Peter Jackson ela fazia jus ao nome. Mas ele era um cara de Nova York e achava que talvez estivesse sofrendo uma sucessão de incômodos. Agorafobia de deserto ou alguma outra fobia parecida.

— Não, era malhado — ela disse. — Que diferença faz?

— Achei que talvez fosse obra de satanistas aqui no deserto — ele disse. — Acham que este lugar está cheio de gente doida, não foi o que Marielle disse?

— Ela falou "intensas" — respondeu Mary. — "A parte central de Nevada está cheia de pessoas intensas." Entre aspas. Gary disse mais ou menos a mesma coisa. Mas como não vimos *ninguém* desde que cruzamos a divisa da Califórnia...

— Bem, em Fallon...

— Paradas para abastecer não contam — ela disse. — Se bem que, mesmo lá, as pessoas... — Ela lançou-lhe um olhar esquisito e desamparado que ultimamente ele não via com muita frequência no rosto dela, embora tivesse sido bastante comum nos meses após o aborto. — Por que elas vêm pra *cá*, Pete? Quer dizer, eu entendo Vegas e Reno... até mesmo Winnemucca e Wendover...

— As pessoas que vêm de Utah jogar em Wendover a chamam de Bend Over* — disse Peter com um sorriso. — Foi Gary quem me disse.

Ela o ignorou.

— Mas o resto do estado... as pessoas que *estão* aqui, por que elas vêm e por que ficam? Sei que nasci e fui criada em Nova York, logo é provável que não consiga entender, mas...

— Tem *certeza* de que não era um gato branco? Nem preto?

Ele deu uma olhada no retrovisor, mas a pouco menos de 100 quilômetros por hora, a placa já tinha se mesclado à paisagem de areia, arbustos e encostas pardas. Finalmente, porém, apareceu outro veículo lá atrás; ele via o reflexo do sol quente faiscando no para-brisa. Um quilômetro e meio atrás, talvez. Talvez dois.

---

* Dobrar-se, expondo o traseiro. (N. do T.)

— Não, era malhado, eu já disse. Responda o que eu perguntei. Quem são os principais contribuintes de Nevada e o que eles ganham com isso?

Ele sacudiu os ombros.

— *Não há* muitos contribuintes por aqui. Fallon é a maior cidade na Rodovia 50, e ela consiste praticamente de fazendas. No guia diz que eles represaram o lago pra tornar a irrigação possível. Plantam principalmente melão. E acho que tem uma base militar nas imediações. Fallon era uma das paradas do correio a cavalo, sabia?

— Eu iria embora — ela disse. — Simplesmente pegaria meus melões e me mandava.

Ele tocou brevemente o seio esquerdo dela com a mão direita.

— Você tem um belo par de melões, madame.

— Obrigada. E não é só Fallon, não. Qualquer estado onde não se vê nem uma casa ou nem uma árvore e onde pregam gatos em placas de estrada, eu iria embora.

— Bem, é uma questão de zona de percepção — ele disse com cautela. Às vezes não sabia quando Mary falava sério e quando estava apenas tagarelando, e esta era uma delas. — Para uma pessoa criada num ambiente urbano, um lugar como a região de Great Basin simplesmente está fora de sua zona, só isso. Da minha também, aliás. Só o céu já basta pra me assustar. Desde que partimos hoje de manhã, estou sentindo isso aqui no peito, me oprimindo.

— Eu também. É céu pra burro.

— Está arrependida de a gente ter vindo pra cá?

Ele olhou pelo retrovisor e reparou que o veículo atrás estava mais perto. Não era um caminhão, basicamente só o que tinham visto desde que saíram de Fallon (e todos no sentido contrário, para o oeste), e sim um carro. E vinha queimando o chão.

Ela pensou na pergunta e balançou a cabeça.

— Não. Foi bom ver Gary e Marielle, e o lago Tahoe...

— Lindo, não é?

— Incrível. Mesmo isto aqui... — Mary olhou para fora da janela. — Não deixa de ter sua beleza, não nego. E acho que vou me lembrar pelo resto da vida. Mas é...

— ... assustador — ele concluiu por ela. — Pelo menos quando a gente é de Nova York.

— Tem toda a razão — ela disse. — Zona de Percepção Urbana. E mesmo que a gente tivesse seguido pela I-80, é tudo deserto.

— É. Montes de capim seco rolando ao vento. — Tornou a olhar o retrovisor, as lentes dos óculos que usava para dirigir reluzindo ao sol. O carro que se aproximava era uma viatura policial, vindo no mínimo a uns 140. Ele se espremeu no acostamento até as rodas da direita começarem a trepidar na terra e levantar poeira.

— Pete? O que está fazendo?

Outra olhada no espelho. Grande grade de metal cromado, aproximando-se depressa e refletindo um retângulo de sol tão furioso que ele teve que apertar os olhos... mas achou que o carro era branco, o que significava que não era a Polícia Estadual.

— Me encolhendo — disse Peter. — Como um bichinho covarde. Tem um policial aí atrás da gente e ele está com pressa. Talvez esteja atrás do...

A viatura passou a toda, fazendo o Acura da irmã de Peter balançar no vácuo. Era realmente branco e estava coberto de poeira das maçanetas para baixo. Tinha um adesivo na lateral, mas o carro desapareceu antes que Pete visse mais que um vislumbre. DES... alguma coisa. Destry, talvez. Era um bom nome para uma cidadezinha de Nevada, ali naquela enorme solidão.

— ... do cara que pregou o gato na placa — concluiu.

— Por que ele corre tanto e com as luzes de alerta desligadas?

— E vão acendê-las para quem aqui?

— Bem — ela disse, lançando-lhe mais uma vez aquele olhar engraçado e estranho —, para nós.

Ele abriu a boca para responder, mas tornou a fechá-la. Mary tinha razão. O policial devia tê-los visto pelo menos na mesma hora em que eles o tinham visto, talvez mais, logo por que *não* tinha ligado as luzes de alerta, só por segurança? Claro, Peter teve juízo suficiente para sair da frente, liberar o máximo de estrada possível, mas ainda assim...

As lanternas traseiras do policial se acenderam de repente. Peter meteu o pé no freio sem sequer pensar, embora já tivesse reduzido para 100 e a viatura estivesse bastante à frente, não havendo o menor risco de batida. Depois ela passou abruptamente para a pista de sentido oeste.

— O que é que ele está fazendo? — perguntou Mary.

— Não sei ao certo.

Mas é claro que sabia: o policial reduzia a velocidade. Dos disparados 130 ou 140 quilômetros por hora, caíra para 80. De cenho franzido, não querendo alcançá-lo e sem saber por quê, o próprio Peter reduziu ainda mais a velocidade. O velocímetro do carro de Deirdre baixou para quase 60.

— Peter? — Mary parecia alarmada. — Peter, eu não estou gostando disso.

— Está tudo bem — ele disse, mas estava mesmo?

Ele olhava intrigado para o carro do policial, que agora subia devagar a pista para oeste, à esquerda. Tentou ver a pessoa atrás do volante e não conseguiu. O vidro traseiro da viatura estava coberto de poeira do deserto.

As lanternas traseiras, também cobertas de poeira, piscaram um instante quando o carro diminuiu mais ainda a velocidade. Agora mal chegava a 50 quilômetros por hora. Uma bola de capim seco rolava na estrada, e os pneus radiais da viatura a esmagaram. Ela saiu por trás do carro, e para Peter Jackson ela parecia um ninho de dedos quebrados. De repente ele sentiu medo, ficou quase apavorado, e não tinha a menor ideia do motivo.

Porque Nevada está cheio de pessoas intensas, foi o que disse Marielle, e Gary concordou, e essa é a intensidade com a qual as pessoas agem. Numa palavra, estranho.

Claro que era bobagem, na verdade nada tinha de esquisito nisso, pelo menos não *muito*, embora...

As lanternas traseiras da viatura piscaram de novo. Peter pisou no freio em resposta, por um segundo nem mesmo pensando no que fazia, depois olhou para o velocímetro e viu que reduzira para 40.

— O que será que ele quer, Pete?

Àquela altura, era bastante óbvio.

— Ficar atrás de nós mais uma vez.

— Por quê?

— Não sei.

— Por que ele simplesmente não parou no acostamento e deixou a gente passar, se é isso que quer?

— Também não sei.
— O que é que você vai...
— Passar, claro. — E então, sem nenhum motivo, acrescentou: — Afinal, *nós* não pregamos a porra do gato na placa.

Pisou fundo no acelerador e logo começou a se aproximar da viatura empoeirada, que agora ia a não mais de 30 quilômetros por hora.

Mary agarrou o ombro da camisa azul dele com tanta força que ele conseguiu sentir a pressão das unhas aparadas.

— Não, não faça isso.
— Mare, *não posso fazer* nada muito diferente disso.

E a conversa já não servia para nada, porque ele ultrapassava a viatura no momento em que falava. O Acura de Deirdre emparelhou com o empoeirado Caprice branco, depois o ultrapassou. Olhando através de duas janelas de vidro, Peter viu muito pouco. Um vulto grande, uma forma de homem, e só. E teve a sensação de que o motorista do carro de polícia lhe retribuía o olhar. Peter baixou os olhos para o adesivo na porta do passageiro. Dessa vez, teve tempo de ler: Departamento de Polícia de DESESPERO, em letras douradas abaixo do brasão da cidade, que parecia ser um mineiro e um cavaleiro apertando as mãos.

Desespero, pensou. *Melhor ainda que Destry. Muito melhor.*

Assim que foi ultrapassado, o carro branco voltou para a pista do sentido leste, aumentando a velocidade para colar na traseira do Acura. Rodaram assim uns trinta a quarenta segundos (que pareceram a Peter muito mais tempo). Depois as luzes azuis do teto do Caprice se acenderam. Peter sentiu um frio no estômago, mas aquilo não era surpresa. De jeito nenhum.

2

Mary ainda o segurava pela camisa, e quando Peter desviou para o acostamento, ela voltou a enterrar nele.

— O que está fazendo? Peter, o que você está *fazendo*?
— Parando. Ele acendeu as luzes de alerta e está me mandando encostar.

— Não estou gostando nada disso — ela disse, olhando nervosa ao seu redor. Não havia nada para ver, só deserto, montanhas e léguas de céu azul. — O que foi que a gente fez?

— Excesso de velocidade faz sentido.

Ele olhava pelo espelho lateral. Acima das palavras CUIDADO, OS OBJETOS PODEM ESTAR MAIS PERTO DO QUE PARECEM, viu a porta branca empoeirada do motorista da viatura se abrir. Surgiu uma perna cáqui. Enorme. Quando o dono dela veio atrás, bateu a porta da viatura e pôs o chapéu estilo cavalaria na cabeça (não o usaria no carro, supôs Peter; não havia muito espaço), Mary se virou para olhar. Ficou de boca aberta.

— Deus do céu, ele é do tamanho de um jogador de futebol americano!

— No mínimo — disse Peter.

Fazendo um cálculo mental grosseiro, que usava o teto do carro como referência — cerca de 1,50 metro —, ele imaginou que o policial que se aproximava do Acura de Deirdre devia ter no mínimo 2 metros. E uns 110 quilos. Provavelmente mais de 135.

Mary soltou-o e se encolheu contra a porta, o mais longe possível do gigante que se aproximava. Num dos quadris, o policial carregava uma arma tão grande quanto ele, mas tinha as mãos vazias — nenhuma prancheta nem bloco de multas. Peter não gostou daquilo. Não sabia o que significava, mas não gostou. Em todo seu tempo de motorista, que incluía quatro multas por excesso de velocidade quando adolescente e uma por dirigir embriagado (depois da festa de Natal da faculdade, três anos antes), jamais tinha sido abordado por um policial de mãos vazias, e decididamente não gostou daquilo. As batidas do coração, que já estavam acima do normal, aceleraram-se um pouco mais. O coração não havia disparado, pelo menos ainda não, mas ele sentia que *podia* disparar. Podia disparar com muita facilidade.

Você está sendo idiota e sabe disso, não sabe?, perguntou a si mesmo. *É excesso de velocidade, só isso, simples excesso de velocidade. O limite estabelecido é uma piada e todos sabem disso, mas esse cara sem dúvida tem uma determinada cota a cumprir. E quando se trata de multas por excesso de velocidade, os de fora do estado são sempre os melhores. Você sabe disso. Logo...*

como é mesmo o título daquele antigo disco do Van Halen? Eat Em and Smile?*

O policial parou junto à janela de Peter, a fivela da cartucheira na altura dos olhos dele. Não se curvou, mas ergueu o punho (para Peter parecia do tamanho de um presunto enlatado Daisy) e fez o gesto de girar a manivela.

Peter retirou os óculos redondos sem aro, guardou-os no bolso e abriu a janela. Tinha plena consciência da respiração acelerada de Mary no banco do carona. Parecia estar pulando corda ou talvez fazendo amor.

O policial dobrou lenta e completamente os joelhos, pondo o rosto imenso e impassível no campo de visão dos Jackson. Uma faixa de sombra, projetada pela aba rígida do chapéu, cobria-lhe a testa. A pele era de um rosa desagradável, e Peter concluiu que, apesar do tamanho, aquele homem não se dava bem com o sol do mesmo jeito que Mary. Os olhos dele eram cinza-claros, diretos mas sem qualquer emoção. Pelo menos nenhuma que Peter pudesse interpretar. Mas sentiu o cheiro de alguma coisa. Talvez de loção pós-barba Old Spice.

O policial deu apenas uma rápida olhada nele, depois correu os olhos pelo interior do Acura, examinando primeiro Mary (típica esposa americana, caucasiana, rosto bonito, bom corpo, baixa quilometragem, nenhuma cicatriz visível), e depois olhando para as câmeras, sacolas e lixo de viagem no banco de trás. Não havia muito lixo ainda; tinham partido do Oregon apenas três dias antes, e isso incluía o dia e meio passado com Gary e Marielle Soderson, ouvindo velhos discos e falando dos velhos tempos.

Os olhos do policial demoraram no cinzeiro aberto. Peter imaginou que ele procurava guimbas, farejando algum vestígio de aroma de maconha ou haxixe, e ficou aliviado. Não puxava um fumo havia quase 15 anos, jamais experimentara cocaína e tinha diminuído bastante a bebida depois da multa por embriaguez na festa de Natal. Um cheirinho da *cannabis* num ou noutro show de rock era o mais próximo que chegara do consumo de drogas nos últimos tempos, e Mary nunca tinha ligado para essas coisas — às vezes se referia a si mesma como "virgem de droga". Não havia nada no cinzeiro além de papéis de bala amassa-

---

* Em português, "trace-os e sorria". (N. do T.)

dos, e nenhuma lata de cerveja ou garrafa de vinho vazias no banco de trás.

— Seu guarda, eu sei que estava indo um pouco depressa...

— Meteu o pé, não é? — perguntou o policial, com um ar brincalhão. — Deus do céu, veja só! Senhor, posso ver sua habilitação e o documento do carro?

— Claro. — Peter tirou a carteira do bolso de trás. — Mas o carro não é meu. É da minha irmã. Estamos levando de volta pra ela em Nova York. Do Oregon. Ela estava na Reed. A Faculdade Reed, em Portland, sabe?

Sabia que estava tagarelando, mas não sabia se conseguia parar. Era esquisito como os policiais faziam a gente falar assim pelos cotovelos, como se estivesse levando um corpo mutilado ou uma criança sequestrada no porta-malas. Lembrava que tinha feito a mesma coisa quando o policial o mandara encostar na via expressa de Long Island depois da festa de Natal. Falara e falara, blá-blá-blá, e todo o tempo o homem não disse uma palavra, apenas prosseguiu metodicamente em sua atividade, primeiro verificando os documentos e depois o conteúdo do pequeno kit de plástico azul do bafômetro.

— Mare? Pode pegar o documento no porta-luvas? Está num pequeno saco plástico, junto com os papéis do seguro de Dee.

A princípio, ela não se mexeu. Ele a via pelo canto do olho, parada, enquanto abria a carteira e procurava a habilitação. Devia estar bem ali, numa das divisórias transparentes, bem na cara dele, mas não estava.

— Mare? — tornou a chamar, já meio impaciente, e de novo um pouco assustado.

E se tivesse perdido a porra da habilitação em algum lugar? Deixado cair na casa de Gary, talvez, quando passava as porcarias (parece que a gente sempre carrega muito *mais* porcarias nos bolsos quando viaja) de um jeans para o outro? Não deixara cair, claro, mas não seria *típico* que...

— Uma mãozinha, Mare? Pegue a porra do documento. *Por favor?*

— Ah. Claro, tudo bem.

Ela se curvou para a frente como uma máquina velha e enferrujada acionada por uma súbita carga de energia e abriu o porta-luvas. Começou a vasculhá-lo, tirando algumas porcarias (um saco de pipoca pela metade, uma fita de Bonnie Raitt que tinha estragado no toca-fitas do carro de Deirdre, um mapa da Califórnia) para poder chegar às coisas embaixo. Peter via pequenas gotas de suor na têmpora esquerda dela. Alguns fios de seus curtos cabelos negros estavam úmidos, embora a abertura do ar-condicionado naquele lado lhe soprasse ar frio direto no rosto.

— Não estou... — ela começou, e então, com alívio inconfundível: — Ah, aqui está.

No mesmo instante, Peter procurou na divisória onde guardava cartões de visita e viu a habilitação. Não se lembrava de tê-la colocado ali — por que teria feito isso, em nome de Deus? —, mas lá estava ela. Na foto, não parecia um professor-assistente de Inglês da Universidade de Nova York, mas um funcionário subalterno desempregado (e possivelmente um assassino em série). Mas era ele, claramente *ele*, e sentiu o moral levantar. Tinham os documentos, Deus estava no céu e estava tudo certo no mundo.

Além disso, pensou, estendendo a habilitação ao policial, *não estamos na Albânia, sabe. Talvez aqui não seja nossa zona de percepção, mas decididamente não é a Albânia.*

— Peter?

Ele se virou, pegou o saco plástico que ela lhe estendia e piscou o olho. Ela tentou dar um sorriso de reconhecimento, mas não funcionou muito bem. Do lado de fora, uma rajada de vento jogou areia contra a lateral do carro. Alguns grãos feriram o rosto de Peter, e ele franziu os olhos para se proteger. De repente, sentiu vontade de estar no mínimo a 3 mil quilômetros de Nevada, em qualquer direção.

Pegou o documento de Deirdre e estendeu-o ao policial, mas este continuava olhando sua habilitação.

— Vejo que é doador de órgãos — disse o guarda, sem erguer o olhar. — Acha mesmo uma coisa sensata?

Peter ficou confuso.

— Bem, eu...

— É o documento do carro, senhor? — perguntou o policial secamente. Olhava a folha de papel amarela.

— É.

— Me entregue, por favor.

Peter o passou pela janela. O policial, ainda acocorado como um índio ao sol, tinha a habilitação de Peter numa das mãos e o documento do carro de Deirdre na outra. Olhou de um documento para o outro durante o que pareceu a Peter um longo tempo. Ele sentiu uma leve pressão na coxa e se esquivou um pouco antes de perceber que era a mão de Mary. Pegou-a e sentiu imediatamente os dedos dela se entrelaçarem nos dele.

— Sua irmã? — perguntou afinal o policial. Olhou para os dois com seus claros olhos cinza.

— É...

— O sobrenome dela é Finney. O seu é Jackson.

— Deirdre ficou casada um ano, entre o ensino médio e a faculdade — disse Mary. A voz era firme, agradável, sem medo. Peter teria acreditado inteiramente não fosse a pressão dos dedos dela. — Ela manteve o sobrenome do marido. Só isso.

— Um ano, hummm? Entre o ensino médio e a faculdade. Casada. *Tak!*

Continuava com a cabeça curvada para os documentos. Peter viu a aba do chapéu virar de um lado para outro quando ele voltou a examiná-los.

A sensação de alívio de Peter estava desaparecendo.

— Entre o ensino médio e a faculdade — repetiu o policial, cabeça baixa, a cara larga escondida, e em sua mente Peter o ouviu dizer: *Vejo que é doador de órgãos. Acha mesmo uma coisa sensata? Tak!*

O policial ergueu os olhos.

— Pode saltar do carro, por favor, sr. Jackson?

Mary enterrou os dedos, cravando as unhas nas costas da mão de Peter, mas a sensação de ardência era distante. De repente, os colhões e a boca do estômago dele se comprimiram de aflição, e ele se sentiu como uma criança de novo, uma criança confusa que só sabe que fez alguma coisa errada.

— O quê...? — ele começou.

O policial da viatura de Desespero se levantou. Era como ver um elevador de carga subir. A cabeça desapareceu, depois a camisa de colarinho aberto com o distintivo reluzente, depois a correia diagonal da cartucheira. Então Peter estava olhando para a fivela do cinto novamente, para a arma e o pedaço de tecido cáqui sobre o zíper do policial.

Desta vez, o que veio de cima da janela não foi um pedido.

— Saia do carro, sr. Jackson.

3

Peter puxou a maçaneta e o policial recuou para que ele pudesse abrir a porta. A cabeça do policial não era visível por causa do teto do Acura. Mary apertou a mão de Peter com mais violência que nunca, e ele se voltou para olhar para ela. As partes queimadas de sol nas faces e na testa dela estavam ainda mais claras, pois o rosto se tornara quase cinza. Os olhos estavam muito arregalados.

Não salte do carro, ela falou apenas com movimento de lábios.

Tenho que saltar, ele respondeu do mesmo jeito, e pôs uma perna para fora, no asfalto da U.S. 50. Por um momento, Mary agarrou-se a ele, a mão entrelaçada na dele, e então Peter se livrou e saltou do carro, sustentando-se em pernas que pareciam estranhamente distantes. O policial olhava-o de cima. *Dois metros e centímetros*, pensou Peter. *Tem que ser*. E de repente viu uma rápida sequência de fatos, como um clipe passado em alta velocidade: o imenso policial sacando a arma e puxando o gatilho, espalhando o culto cérebro de Peter Jackson pelo teto do Acura num leque viscoso, depois arrancando Mary do carro, forçando o rosto dela contra a tampa do porta-malas, inclinando-a, estuprando-a bem ali no acostamento da rodovia, sob o ardente sol do deserto, o chapéu ainda plantado firme na cabeça, gritando *Quer um órgão doado, senhora? Toma! Toma!*, e balançando e estocando.

— O que foi, seu guarda? — perguntou Peter, a boca e a garganta de repente secas. — Acho que tenho o direito de saber.

— Venha até a traseira do carro, sr. Jackson.

O policial se virou e caminhou até a parte de trás do Acura sem se incomodar em ver se Peter obedecia. Ele *obedeceu*, andando sobre pernas que ainda pareciam receber o comando sensorial por alguma forma de telecomunicação.

O policial parou ao lado do porta-malas do carro. Quando Peter se aproximou, ele apontou um dedo grande. Peter olhou naquela direção e viu que não havia placa na traseira do carro de Deirdre — só um retângulo um pouco mais claro onde houvera uma.

— Ah, *merda*! — disse Peter, e sua irritação e aflição eram bastante reais, mas também o foi o alívio por trás desses sentimentos. Tudo aquilo tivera um motivo, afinal. Graças a Deus. Ele se virou para a frente do carro e não ficou exatamente surpreso ao ver que a porta do motorista estava fechada. Mary a tinha fechado. Ele estivera tão mergulhado naquele... incidente... ocorrência... seja lá o que fosse... que nem ouvira a batida.

— Mare! Ei, Mare!

Ela pôs o rosto queimado de sol e tenso na janela e olhou para ele.

— A porra da placa do carro caiu! — ele gritou, quase rindo.

— *O quê?*

— Não, não caiu — disse o policial de Desespero.

Ele se agachou mais uma vez — aquele movimento calmo, lento, flexível — e enfiou a mão por baixo do para-choque. Tateou por trás do lugar onde a placa ficava durante um, dois segundos, os olhos cinzentos fitando o horizonte ao longe. Pete foi tomado por uma estranha sensação de familiaridade: ele e a esposa haviam sido parados pelo Homem do Marlboro.

— Ah! — disse o policial.

Ele tornou a ficar de pé. A mão com que estivera investigando estava fechada num punho frouxo. Ele a estendeu para Peter e abriu-a. Na palma (e parecendo muito pequeno naquela rósea vastidão), via-se um pedaço de parafuso sujo. Brilhava apenas numa parte, onde tinha quebrado. Peter olhou para o pedaço de parafuso e depois para o policial.

— Eu não compreendo.

— Vocês pararam em Fallon?

— Não...

Ouviu-se um rangido quando a porta de Mary se abriu, um baque quando ela a fechou atrás de si, e depois o arrastar dos tênis dela na areia do acostamento quando ela se dirigiu para a traseira do carro.

— Paramos, sim — disse Mary.

Ela olhou para o fragmento de metal na mão enorme (o documento de Deirdre e a habilitação de Peter continuavam na outra mão do policial), e depois o rosto do homem acima. Não parecia mais estar com medo — de qualquer modo, não com *tanto* medo —, e Peter ficou satisfeito. Já estava se chamando de nove tipos de idiota paranoico, mas a gente tinha que admitir que aquele contato imediato do tipo policial tinha lá seus

(*acha mesmo uma coisa sensata?*)

aspectos esquisitos.

— Parada pro xixi, Peter, não lembra? A gente não precisava de gasolina, você disse que podíamos abastecer em Ely, mas a gente tomou uns refrigerantes pra não sentir culpa por usar o banheiro. — Ela olhou para o policial e esboçou um sorriso. Teve que dobrar a cabeça para trás para ver o rosto dele. Para Peter ela parecia uma menininha tentando arrancar um sorriso de aprovação do papai que voltava para casa depois de um dia difícil no escritório. — Os banheiros eram muito limpos.

Ele assentiu com a cabeça.

— Foi no Fill More Fast ou no Conoco de Berk que vocês pararam?

Ela lançou um olhar incerto para Peter. Ele ergueu as mãos à altura dos ombros.

— Não me lembro — disse. — Droga, eu mal me lembro de ter parado.

O policial jogou o pedaço inútil de parafuso por cima do ombro, no deserto, onde ele permaneceria intacto por um milhão de anos, a não ser que fosse surpreendido pelo olhar de algum pássaro curioso.

— Mas aposto que se lembra dos garotos do lado de fora. Garotos mais velhos, a maioria. Um ou dois talvez velhos demais pra serem considerados garotos, na verdade. Os menores com skates ou patins.

Peter fez que sim com a cabeça. Lembrava-se de Mary perguntando por que as pessoas estavam ali — por que vinham e por que ficavam.

— Foi no Fill More Fast. — Peter olhou para ver se o policial tinha identificação num dos bolsos da camisa, mas viu que não. Por ora, ele continuava sendo apenas o policial. Aquele que parecia o Homem de Marlboro dos anúncios de revista. — Alfie Berk não deixa mais eles ficarem por perto. Botou todos pra correr. Não passam de um bando de marginais.

Mary inclinou a cabeça para um lado ao ouvir isso, e por um momento Peter viu a sombra de um sorriso nos cantos de sua boca.

— Uma gangue? — perguntou Peter. Continuava não sabendo onde aquilo ia parar.

— O mais parecido com isso que pode haver num lugar pequeno como Fallon — disse o policial. Ergueu a habilitação de Peter diante do rosto, examinou-a, olhou para ele e tornou a baixá-la. Mas não fez menção de devolvê-la. — Desistentes da escola, a maioria. E um dos hobbies prediletos deles é arrancar placas de carros de outros estados. É um desafio para eles. Acho que pegaram a sua enquanto vocês tomavam os refrigerantes ou iam ao banheiro.

— O senhor sabe disso e eles continuam fazendo? — perguntou Mary.

— Fallon não é minha cidade. Eu quase nunca vou lá. O jeito como eles lidam com as coisas não é igual ao meu.

— O que devemos fazer quanto à placa perdida? — perguntou Peter. — Quer dizer, é a maior confusão. O carro está registrado no Oregon, mas minha irmã voltou a morar em Nova York. Ela detestava Reed...

— Detestava? — perguntou o policial. — Deus do céu, veja só!

Peter sentiu Mary desviar os olhos para ele, provavelmente querendo que partilhasse seu momento de diversão, mas isso não lhe pareceu uma boa ideia. De jeito nenhum.

— Ela disse que estudar lá era como tentar estudar no meio de um concerto do Grateful Dead — explicou. — Então voltou pra Nova York. Minha mulher e eu achamos que seria divertido vir pegar o carro pra ela e levar de volta a Nova York. Deirdre enfiou um monte de coisas dela na mala do carro... principalmente roupas...

Estava de novo falando pelos cotovelos, e obrigou-se a parar.

— Então, o que eu faço? A gente não pode atravessar o país todo sem placa na traseira do carro, pode?

O policial foi até a frente do Acura, movendo-se devagar. Continuava com a habilitação de Peter e o documento amarelo-canário de Deirdre numa das mãos. A cartucheira rangia. Ao chegar à frente do carro, pôs as mãos às costas e ficou de cenho franzido para alguma coisa embaixo. A Peter, lembrava um cliente interessado numa galeria de arte.

Marginais, dissera. Um bando de marginais. Peter achava que na verdade jamais ouvira aquela palavra usada numa conversa.

O policial voltou para junto deles. Mary se aproximou de Peter, mas o pavor dela parecia ter sumido. Olhava o homenzarrão com interesse, só isso.

— A placa da frente está legal — disse o policial. — Passem de lá para trás. Não vão ter problema nenhum para chegar a Nova York assim.

— Ah — disse Peter. — Certo. Boa ideia.

— Tem chave de boca e chave de fenda? Acho que deixei todas as minhas ferramentas num banco da oficina na cidade. — O policial deu um sorriso, que iluminou todo o seu rosto, deu luz aos seus olhos e transformou-o num homem diferente. — Ah. Isto aqui é seu. — Estendeu-lhe a habilitação e o documento.

— Acho que tem uma pequena caixa de ferramentas na mala — disse Mary. Parecia animada, e era assim que Peter se sentia. Puro alívio, imaginou. — Eu vi quando guardei minha frasqueira. Entre o estepe e a lateral.

— Seu guarda, eu quero lhe agradecer — disse Peter.

O policial grandalhão balançou a cabeça. Ele não estava olhando para Peter, no entanto; aparentemente, fixava os olhos cinzentos nas montanhas distantes à esquerda.

— Só estou fazendo meu trabalho.

Peter foi até a porta do motorista, imaginando por que ele e Mary haviam sentido tanto medo.

É bobagem, disse a si mesmo, tirando as chaves da ignição. Era um chaveiro com uma cara sorridente, que combinava bastante com a situação — a situação de Deirdre, pelo menos. Sr. Smiley-Smile (nome que ela lhe dava) era a marca registrada de sua irmã. Ela vivia colando aqueles alegres adesivos amarelos nos envelopes da maioria de suas cartas, ou de vez em quando o verde, de boca repuxada para baixo e língua de fora se por acaso tivesse tido um dia ruim. *Não fiquei com medo, não de fato. Nem Mary.*

A-ha, mentira. *Sentira* medo, e Mary... Mary chegara muitíssimo perto do pavor.

Tudo bem, talvez a gente estivesse meio assustado, pensou, pegando a chave da mala ao se dirigir mais uma vez para a traseira do carro. *Por-*

tanto nos processe. A visão de Mary parada ao lado do policial enorme era como uma espécie de ilusão de ótica; o topo da cabeça dela mal batia no peito dele.

Peter abriu a mala. À esquerda, bem-arrumadas (e cobertas com sacos de lixo para protegê-las da poeira), estavam as roupas de Deirdre. No centro, a frasqueira de Mary e as duas malas deles — dele e dela — enfiadas entre as trouxas verdes e o estepe. Se bem que "estepe" fosse uma palavra pomposa demais para aquilo, pensou Peter. Era mais uma espécie de rosquinha inflada, que só dava para chegar à oficina mais próxima. Se a gente desse sorte.

Olhou entre a rosquinha e a lateral da mala. Nada havia ali.

— Mare, não estou encontrando...

— Ali. — Ela apontou. — Sabe aquela coisa cinza? É aquilo. Deu um jeito de se meter atrás do estepe, só isso.

Ele podia ter enfiado o braço pelo buraco, mas parecia mais fácil simplesmente retirar a desinflada rosca de borracha. Ele a estava encostando no para-choque traseiro quando ouviu o súbito arquejo de Mary. Parecia que ela tinha sido beliscada ou espetada.

— Ei — disse o policial. — O que é isso?

Mary e o policial olhavam para dentro da mala. Ele parecia interessado e ligeiramente divertido. Mary arregalava os olhos, horrorizada. Os lábios dela tremiam. Peter se virou para olhar mais uma vez na mala, acompanhando o olhar fixo deles. Havia alguma coisa no vão do estepe. Debaixo da rosquinha inflável. Por um instante, ou ele não soube o que era ou não *quis* saber, e então recomeçou a sensação de formigamento na boca do estômago. Desta vez tinha também a sensação de que o esfíncter não exatamente afrouxava, mas *desabava*, como se os músculos que normalmente o mantinham no lugar houvessem cochilado. Ele tomou consciência de que contraía as nádegas, mas mesmo isso era muito longínquo, em outra zona de tempo. Teve uma certeza muito breve de que aquilo era um sonho, *tinha* que ser.

O policial grandalhão lançou-lhe uma olhada, os luminosos olhos cinzentos ainda estranhamente vazios, depois enfiou a mão no vão do estepe e retirou um saco plástico dos grandes, com capacidade para quatro litros e meio, cheio de uma matéria vegetal marrom-esverdeada. A boca tinha sido lacrada com esparadrapo. Colado na frente, um adesivo amarelo. Sr. Smiley-Smile. O emblema perfeito para maconheiros como sua irmã, cujas aventuras na vida podiam intitular-se *Pela América Sombria com um Bong e uma Piteira*. Ela tinha engravidado quando estava doidona, sem dúvida alguma tinha decidido se casar com Roger Finney quando estava doidona, e Peter tinha certeza de que ela deixou Reed (com a média geral insignificante de 1 ponto) porque havia droga demais dando sopa por lá e ela simplesmente não conseguia dizer não. Tinha sido franca sobre isso, pelo menos, e ele tinha vasculhado o Acura em busca de esconderijos — mais coisas que ela tinha esquecido do que de fato tinha escondido, provavelmente — antes de partirem de Portland. Tinha olhado embaixo dos sacos de lixo com as roupas dela, e Mary tinha remexido nas próprias roupas (nenhum dos dois admitindo em voz alta o que procuravam, ambos sabendo), mas nenhum dos dois tinha pensado em procurar embaixo da rosquinha.

A porra da rosquinha.

O policial apertou o saco plástico com um polegar descomunal, como se fosse um tomate. Enfiou a mão no bolso e tirou um canivete suíço. Puxou a lâmina menor.

— Seu guarda — disse Peter, com a voz fraca. — Seu guarda, eu não sei como...

— Shhh — fez o policial grandalhão, e deu um pequeno corte no saco plástico.

Peter sentiu a mão de Mary puxando a manga de sua camisa. Pegou-a, desta vez entrelaçando os dedos com os dela. De repente via o rosto pálido, bonito, de Deirdre pairando logo atrás de seus olhos. Os cabelos louros, que ainda caíam até os ombros em cachos naturais tipo Stevie Nicks. Os olhos dela, sempre meio confusos.

Sua putinha imbecil, pensou. *Deve ficar muito agradecida por não estar onde eu possa lhe pôr as mãos em cima agora mesmo.*

— Seu guarda... — tentou Mary.

O policial ergueu a mão espalmada para ela, depois levou o pequeno corte no saco ao nariz e cheirou. Cerrou os olhos. Após um instante, tornou a abri-los e baixou o saco. Estendeu a outra mão espalmada.

— Me entregue as chaves, senhor — disse.

— Seu guarda, eu posso explicar...

— Me entregue as chaves.

— Se o senhor pelo menos...
— Você é surdo? Me dê as chaves.

Ergueu a voz só um pouco, mas foi o bastante para fazer Mary chorar. Sentindo-se como quem passa por uma experiência extracorpórea, Peter largou as chaves na mão do policial, estendida à espera, e passou o braço pelos ombros trêmulos da mulher.

— Receio que vão ter que me acompanhar — disse o policial.

Olhou de Peter para Mary e de novo para Peter. Quando fez isso, Peter percebeu por que os olhos dele o incomodavam. Eram luminosos, como os minutos antes do nascer do sol numa manhã enevoada, mas também, de algum modo, eram mortos.

— Por favor — disse Mary, com voz melosa. — É um engano. É que a irmã dele...

— Entrem no carro — disse o policial, indicando a viatura. As luzes de alerta continuavam faiscando no teto, brilhantes mesmo sob a forte luz do dia no deserto. — Agora mesmo, por favor, sr. e sra. Jackson.

4

O banco de trás era extremamente apertado (claro que tinha que ser, pensou Peter distraído, um homem daquele tamanho empurraria para trás o banco da frente até onde desse). Havia pilhas de papel no chão atrás do banco do motorista (o encosto estava curvado devido ao peso dele), e havia mais papéis atrás da cabeça deles. Peter pegou uma folha — tinha um círculo seco e enrugado de café — e viu que era um folheto da campanha de reabilitação de viciados. No alto se via a foto de um garoto sentado num vão de porta. O rosto do menino tinha uma expressão estonteada, vaga (exatamente como Peter se sentia no momento), e o círculo de café circundava a cabeça dele como uma auréola. OS VICIADOS SÃO PERDEDORES, dizia o folheto.

Havia uma tela entre a parte da frente e a de trás do carro, e nenhuma maçaneta ou manivela de janelas nas portas. Peter estava começando a se sentir como o personagem de um filme (o que lhe vinha à mente com mais persistência era *O Expresso da Meia-Noite*), e tais detalhes só intensificavam a sensação. Sua opinião era de que já falara demais sobre coisas demais, e seria melhor para ele e Mary ficarem calados, pelo menos até chegarem aonde o Guarda Simpático pretendia levá-los. Era provavelmente um bom conselho, mas difícil de seguir. Peter sentia uma irresistível vontade de dizer ao Guarda Simpático que estava havendo um terrível engano — ele era professor assistente de inglês, especializado em ficção americana do pós-guerra, publicara recentemente um artigo acadêmico intitulado "James Dickey e a Nova Realidade Sulista" (obra que gerara grande controvérsia em alguns redutos acadêmicos de elite), e, além disso, fazia anos que não fumava um baseado. Queria dizer ao policial que talvez fosse um tanto culto demais para os padrões da zona central de Nevada, mas continuava sendo, basicamente, um dos mocinhos.

Olhou para Mary. Os olhos dela estavam cheios de lágrimas, e ele se sentiu repentinamente envergonhado da maneira como estivera pensando — só eu, eu, eu e eu. Sua mulher estava naquilo com ele; seria bom ele se lembrar disso.

— Pete, estou com tanto medo — ela disse, com um suspiro que era quase um lamento.

Ele se curvou e beijou-lhe a face. A pele dela estava fria como argila sob os lábios dele.

— Vai dar tudo certo. Vamos esclarecer tudo isso.
— Palavra de honra?
— Palavra de honra.

Depois de instalá-los no banco traseiro da viatura, o policial tinha retornado ao Acura. Já estava examinando o interior do porta-malas há pelo menos dois minutos. Nem revistando nem mexendo em nada, apenas olhando fixo, as mãos cruzadas nas costas, como que hipnotizado. Então estremeceu, como alguém que de repente desperta de um cochilo, bateu a tampa do porta-malas do Acura, pegou as chaves, guardou-as no bolso e voltou para o Caprice. O carro tombou para a esquerda quando ele entrou, e das molas embaixo veio um resmungo cansado mas de algum modo resignado. O encosto do banco curvou mais um pouco, e Peter fez uma careta com a súbita pressão em seus joelhos.

Mary devia ter ficado deste lado, pensou, mas agora era tarde demais. Tarde demais para muitas coisas, na verdade.

O motor da viatura foi ligado. O policial engrenou e voltou à estrada. Mary se virou para ver o Acura ficar para trás. Quando tornou a se virar para a frente, Peter viu que as lágrimas contidas em seus olhos escorriam pelas faces.

— Por favor, me escute — ela disse, falando para os cabelos louros cortados rente atrás daquele crânio enorme. O policial tinha tirado o chapéu, e para Peter o topo da cabeça dele parecia estar a menos de um centímetro do teto do Caprice. — *Por favor*, sim? Tente entender. *Aquele carro não é nosso*. O senhor *tem* que entender pelo menos isso, e sei que entende, pois viu o documento. É da minha cunhada. Ela é viciada. Tem metade dos neurônios...

— Mare... — Peter pôs a mão no braço dela. Ela a retirou.

— Não! Não vou passar o resto do dia respondendo a perguntas numa delegacia de merda, talvez numa cela de cadeia, porque sua irmã é egoísta e esquecida e... e... toda esquisita!

Peter se recostou — os joelhos continuavam espremidos com muita força, mas achava que podia conviver com isso — e olhou pela janela lateral coberta de poeira. Estavam agora a dois ou três quilômetros do Acura, e ele podia ver alguma coisa à frente, parada no acostamento da pista oeste. Algum tipo de veículo. Grande. Um caminhão, talvez.

Mary tinha desviado o olhar da nuca do policial para o espelho retrovisor, tentando encontrar os olhos dele.

— Deirdre tem metade dos neurônios mortos, e a outra metade em férias permanentes na cidade de Esmeralda. O termo técnico é "esgotamento", e tenho certeza de que o senhor já viu gente como ela, seu guarda, até mesmo por aqui. O que o senhor achou debaixo do estepe provavelmente é droga, deve estar certo sobre isso, mas a droga não é *nossa*! Será que não vê isso?

A coisa à frente, fora da estrada, com o para-brisa escurecido voltado para Fallon, Carson City e o lago Tahoe, não era um caminhão, mas um trailer. Não um dos dinossauros de verdade, mas ainda assim bastante grande. Creme, com uma faixa verde-escura na lateral. As palavras QUATRO ANDARILHOS FELIZES haviam sido pintadas no mesmo verde-escuro no rombudo focinho do veículo. Ele estava coberto de poeira e inclinado de uma maneira desajeitada, não natural.

À medida que se aproximavam, Peter notou uma coisa curiosa: todos os pneus à vista pareciam vazios. Achou que os pneus duplos traseiros do lado do passageiro também podiam estar vazios, embora só os tenha visto num rápido relance. Tantos pneus vazios explicariam a aparência esquisita, torta, do veículo, mas como ter tantos pneus vazios de uma vez? Pregos na estrada? Cacos de vidro espalhados?

Olhou para Mary, mas ela ainda olhava apaixonadamente para o espelho retrovisor.

— Se a gente tivesse posto aquele pacote de drogas debaixo do estepe — ela dizia —, se ele fosse da gente, por que, em nome de Deus, Peter ia tirar o estepe e deixar o senhor ver? Quer dizer, ele podia ter tirado o estojo de ferramentas enfiando o braço por trás do pneu, seria meio incômodo, mas havia espaço.

Passaram pelo trailer. A porta lateral estava fechada mas destrancada. A escada estava abaixada. Havia uma boneca caída no chão no pé da escada. O vestido da boneca flutuava ao vento.

Os olhos de Peter se fecharam. Ele não sabia ao certo se os fechara ou se eles se haviam fechado sozinhos. Não tinha muita importância. Só sabia que o Guarda Simpático passara a toda pelo trailer escangalhado como se nem o tivesse visto... ou já soubesse dele.

A letra de uma música antiga flutuava em sua mente: *Alguma coisa está acontecendo aqui... o que é, não está claro...*

— Nós parecemos imbecis? — perguntou Mary quando o trailer começou a diminuir atrás deles... Diminuir como o Acura de Deirdre. — Ou doidões? O senhor acha que a gente está...

— Cala a boca — disse o policial. Falou baixo, mas era impossível não perceber o veneno na voz.

Mary estava inclinada para a frente, os dedos enfiados na tela entre os bancos da frente e de trás. Soltou então as mãos e virou o rosto chocado para Peter. Era esposa de um professor, uma poeta publicada em mais de vinte revistas desde os primeiros poemas enviados para apreciação oito anos antes, participava de um grupo de debate feminino duas vezes por semana, vinha pensando seriamente em fazer um piercing no nariz. Peter imaginava quando tinha sido a última vez que alguém a tinha mandado calar a boca. Imaginava se *alguém* algum dia a tinha mandado calar a boca.

— Como? — ela perguntou, talvez tentando parecer agressiva, mesmo ameaçadora, e parecendo apenas desnorteada. — O que foi que o senhor disse?

— Estou prendendo você e seu marido sob acusação de posse de maconha para venda — disse o policial.

A voz era monocórdia, robótica. Com os olhos agora fixos em frente, Peter viu um ursinho de plástico grudado no painel de instrumentos, ao lado da bússola e do que provavelmente era uma tela de leitura para o canhão do radar de velocidade. O urso era pequeno, do tamanho de um prêmio de máquina de chiclete. O pescoço balançava numa mola, e os vazios olhos pintados o fitavam de volta.

É um pesadelo, pensou, sabendo que não era. *Tem que ser um pesadelo. Sei que parece real, mas tem que ser.*

— O senhor não pode estar falando sério — disse Mary, mas a voz era miúda e chocada. A voz de alguém que pensa diferente. Os olhos se enchiam mais uma vez de lágrimas. — Não pode estar.

— Vocês têm o direito de permanecer em silêncio — disse o policial grandão com voz de robô. — Se preferirem não permanecer em silêncio, qualquer coisa que disserem pode ser usado contra vocês numa corte de justiça. Têm direito a um advogado. Eu vou matar vocês. Se não puderem pagar um advogado, o Estado fornecerá um. Compreendem seus direitos, como expliquei?

Ela estava olhando para Peter, os olhos imensos e horrorizados, perguntando-lhe silenciosamente se ele tinha ouvido o que o policial tinha misturado no resto da declaração, sem alterar a voz de robô. Peter fez que sim com a cabeça. Tinha ouvido, sem dúvida. Levou a mão à virilha, certo de que sentiria umidade, mas não tinha se molhado. Pelo menos ainda não. Passou um braço em torno de Mary e sentiu-a tremendo. O trailer lá atrás não lhe saía da cabeça. Porta entreaberta, boneca deitada de cara no chão, muitos pneus vazios. E também havia o gato que Mary tinha visto pregado na placa de limite de velocidade.

— Compreendem seus direitos?

Aja normalmente. Acho que ele não tem a mínima ideia do que disse, portanto aja normalmente.

Mas o que era normal quando se estava sentado no banco de trás de uma viatura dirigida por um homem claramente louco, um homem que tinha acabado de dizer que ia matá-los?

— Compreendem seus direitos? — perguntou a voz de robô.

Peter abriu a boca. Não saiu nada além de um gemido.

O policial virou então a cabeça. Seu rosto, corado de sol quando ele os parara, tinha empalidecido. Os olhos estavam muito grandes, parecendo saltar do rosto como bolas de gude. Tinha mordido o lábio, como alguém tentando reprimir uma raiva monstruosa, e um filete de sangue escorria pelo queixo dele.

— *Compreendem seus direitos?* — o policial gritou para eles, a cabeça virada para trás, em cega disparada pela deserta pista dupla a mais de 110 quilômetros por hora. — *Compreendem ou não a porra dos seus direitos? Sim ou não? Sim ou não? Sim ou não? Me responda, seu judeu esperto de Nova York!*

— Compreendo! — gritou Peter. — Nós dois compreendemos, apenas preste atenção na estrada, pelo amor de Deus, olhe para onde está indo!

O policial continuava olhando para eles fixamente através da tela, o rosto pálido, o sangue gotejando do lábio inferior. O Caprice, que tinha começado a seguir para a esquerda, passando quase inteiramente para a pista contrária, voltou para o outro lado.

— Não se preocupe *comigo* — disse o policial. A voz estava branda de novo. — Deus do céu, veja só. Eu tenho olhos na nuca. Na verdade, tenho olhos pra todo lado. É bom que se lembrem disso.

Virou-se de repente, mais uma vez olhando para a frente, e reduziu a velocidade da viatura para uns tranquilos noventa quilômetros por hora. O banco tornou a afundar contra os joelhos de Peter com um peso doloroso, imobilizando-o.

Ele tomou as mãos de Mary nas suas. Ela comprimiu o rosto contra seu peito, e ele podia sentir os soluços que ela tentava conter. Sacudiam-na como vento. Ele olhou pela tela, por cima do ombro dela. No painel de instrumentos, a cabeça do urso assentia e ondulava sobre a mola.

— Vejo buracos que parecem olhos — disse o policial. — Tenho a mente cheia deles.

Não disse mais nada até chegarem à cidade.

5

Os dez minutos seguintes custaram muito a passar para Peter Jackson. O peso do policial contra seus joelhos imobilizados parecia aumentar a cada volta do ponteiro de segundos de seu relógio, e as pernas logo ficaram dormentes. Os pés estavam completamente dormentes, e ele não sabia se conseguiria andar sobre eles se aquela viagem terminasse um dia. A bexiga latejava. A cabeça doía. Compreendeu que ele e Mary estavam na pior encrenca de suas vidas, mas não conseguia compreender isso de nenhum modo concreto e significativo. Toda vez que chegava perto de compreender, havia um curto-circuito na cabeça dele. Estavam voltando para Nova York. Eram esperados. Uma pessoa molhava as plantas deles. Aquilo não podia estar acontecendo, não podia mesmo.

Mary cutucou-o e apontou para fora da janela do lado dela. Uma placa de sinalização dizia apenas DESESPERO. Sob a palavra, uma seta apontava para a direita.

O policial reduziu a velocidade, mas não muito, antes de entrar à direita. O carro começou a se inclinar e Peter viu Mary tomar fôlego. Ia gritar. Ele pôs-lhe a mão na boca para impedi-la e sussurrou-lhe no ouvido:

— Ele está no controle, tenho toda certeza que sim, não vamos capotar.

Mas *não* teve certeza até sentir a traseira da viatura primeiro derrapar e logo se firmar. Um momento depois, já corriam para o sul por uma estreita e remendada estrada sem qualquer faixa central.

Cerca de um quilômetro e meio adiante, passaram por uma placa em que se lia: AS ORGANIZAÇÕES ECLESIÁSTICAS & CÍVICAS DE DESESPERO DESEJAM-LHE BOAS-VINDAS! As palavras ORGANIZAÇÕES ECLESIÁSTICAS & CÍVICAS eram legíveis, embora tivessem sido cobertas com tinta spray amarela. Acima, na mesma tinta, haviam acrescentado CÃES MORTOS em maiúsculas irregulares. Vinha embaixo uma lista das organizações eclesiásticas e cívicas, mas Peter não se deu ao trabalho de lê-la. Um cão pastor-alemão tinha sido pendurado na placa. As patas traseiras balançavam de um lado para o outro a alguns centímetros de um pedaço de chão escuro e enlameado com o sangue dele.

Mary fechava as mãos sobre as dele como um torno. A pressão era bem-vinda. Curvou-se mais uma vez para ela, para o doce aroma do perfume dela e o acre cheiro do suor aterrorizado, curvou-se até comprimir os lábios na concha da orelha dela.

— Não diga uma palavra, não emita um som — murmurou. — Balance a cabeça se está me entendendo.

Ela balançou a cabeça contra os lábios dele, e Peter tornou a se aprumar.

Passaram por um estacionamento de trailers atrás de uma cerca branca. A maioria dos trailers eram pequenos e pareciam já ter visto dias melhores — talvez quando *Cheers* foi ao ar pela primeira vez. Roupas deprimentes sacudiam em varais entre alguns deles, ao quente vento do deserto. Na frente de um dos trailers, um aviso dizia:

SOU UM FILHO DA PUTA ARMADO
BEBEDOR DE SNAPPLE
LEITOR DA BÍBLIA INIMIGO DE CLINTON!
ESQUEÇA O CACHORRO, CUIDADO COM O *DONO*!

Montada sobre um antigo trailer Airstream perto da estrada havia uma grande antena parabólica preta. Na lateral havia outro aviso, de metal pintado de branco, pelo qual veios de ferrugem haviam escorrido como antigas lágrimas de sangue:

ESSAS TELACOMUNICAÇÕES
PROPRIEDADE DO ESTACIONAMENTO DE TRAILERS
CASCAVEL
NÃO INVADIR! PATRULHADO PELA POLÍCIA!

Além do Estacionamento de Trailers Cascavel havia um comprido barracão Quonset com as paredes e o telhado de metal corrugado enferrujados. O aviso na frente dizia: EMPRESA DE MINERAÇÃO DE DESESPERO. A um lado via-se um estacionamento de asfalto rachado com uma dezena de carros e caminhonetes. Um instante depois, passaram pelo Desert Rose Cafe.

E então chegaram à cidade propriamente dita. Desespero, em Nevada, consistia em duas ruas que se cruzavam em ângulo reto (um sinal de trânsito, no momento piscando amarelo para os quatro lados, pendia acima do cruzamento) e dois quarteirões de casas comerciais. A maioria parecia ter fachadas falsas. Havia um cassino e café Owl's Club, uma mercearia, uma lavanderia automática, um bar com uma inscrição na vitrine dizendo APROVEITE NOSSA HOSPITALIDADE, lojas de ferragem e de ração, um cinema chamado American West e alguns outros estabelecimentos. Nenhuma das lojas parecia estar prosperando, e o cinema dava a impressão de ter sido fechado há muito tempo. Um único *R* torto pendia da marquise imunda e quebrada.

Na outra direção, leste-oeste, havia algumas casas de madeira e mais trailers. Nada parecia em movimento, a não ser a viatura e uma bola de capim seco, que descia a Main Street quicando em grandes e largos saltos.

Eu também sairia das ruas se visse esse cara chegando, pensou Peter. *Pode ter certeza que eu sairia.*

Já fora da cidade, erguia-se um enorme paredão de terra, curvo, com uma estrada de cascalho reformada de pelo menos quatro pistas que se estendia até o topo em zigue-zague. Fundas valas entrecruzavam-se no resto do barranco, que teria no mínimo uns 90 metros de altura. Para Peter eram como rugas em pele velha. Na base da cratera (ele supunha que fosse uma cratera, resultado de algum tipo de operação de mineração), caminhões que pareciam de brinquedo em comparação com o paredão alto e enrugado atrás agrupavam-se junto a um barracão comprido, corrugado, com uma esteira rolante em cada extremidade.

O anfitrião deles falou pela primeira vez desde que lhes dissera ter a mente cheia de buracos, ou fosse lá o que tivesse dito.

— Cascavel Número Dois. Às vezes conhecida como mina da China. — Parecia um guia de excursão que ainda gostava do seu trabalho. — A antiga Número Dois foi inaugurada em 1951, e desde cerca de 1962 até o fim da década de 1970 foi a maior mina de cobre a céu aberto dos Estados Unidos, talvez do mundo. Depois se esgotou. Reabriram há dois anos. Eles têm uma nova tecnologia que aproveita até a escória. Ciência, hein? Deus!

Mas nada se movia por lá agora, nada que Peter pudesse ver, embora fosse dia de semana. Só o amontoado de caminhões, perto dos quais provavelmente havia algum tipo de máquina de triagem, e um outro veículo — uma caminhonete — parado ao lado da estrada de cascalho que levava ao topo. As esteiras nas extremidades do barracão de metal estavam paradas.

O policial atravessou o centro da cidade, e quando passaram embaixo do sinal luminoso Mary apertou duas vezes a mão de Peter em rápida sucessão. Ele acompanhou o olhar dela e viu três bicicletas no meio da rua que cruzava a Main Street. Estavam um quarteirão e meio abaixo, apoiadas nos selins, enfileiradas, as rodas viradas para cima. Elas giravam como pás de moinho com as rajadas de vento.

Ela se virou para olhar para ele, os olhos úmidos mais arregalados do que nunca. Peter apertou-lhe as mãos mais uma vez e fez um "shhh".

O policial ligou a seta para dobrar à esquerda — bastante engraçado, nas circunstâncias — e entrou num pequeno estacionamento recém-pavimentado, cercado por muros de tijolos. Havia faixas brancas vivas pintadas no asfalto liso e uniforme. No muro do fundo do estacionamento, um aviso dizia: EXCLUSIVO PARA FUNCIONÁRIOS MUNICIPAIS E ASSUNTOS DO MUNICÍPIO. FAVOR RESPEITAR ESTE ESTACIONAMENTO.

Só em Nevada alguém pediria para se respeitar um estacionamento, pensou Peter. *Provavelmente, em Nova York se leria: VEÍCULOS NÃO AUTORIZADOS SERÃO ROUBADOS E OS DONOS DEVORADOS.*

Havia quatro ou cinco carros no estacionamento. Num deles, uma perua Ford Estate, lia-se BOMBEIRO-CHEFE. Havia outra viatura policial, em melhor estado que o carro do bombeiro-chefe, mas não tão novo quanto o que o captor deles dirigia. Na única vaga reservada para deficientes físicos que havia no estacionamento, o Guarda Simpático parou. Desligou o motor e ficou simplesmente ali sentado, por alguns segundos, cabeça baixa, os dedos tamborilando incansáveis no volante, cantarolando baixinho. Para Peter soava como "Last Train to Clarksville".

— Não mate a gente — disse Mary de repente com voz trêmula, lamuriosa. — A gente faz o que o senhor quiser, só não nos mate, por favor.

— Fecha essa matraca judia — respondeu o policial.

Ele não ergueu a cabeça e continuou tamborilando no volante com os dedos do tamanho de linguiças.

— Nós *não* somos judeus — Peter ouviu-se dizendo. Sua voz não soou medrosa, mas irritada, furiosa. — Somos... bem, presbiterianos, eu acho. Que negócio é esse de judeu?

Mary olhou para o marido, horrorizada, depois de novo pela tela, para ver como o policial recebia aquilo. A princípio ele não fez nada, só permaneceu sentado de cabeça baixa, tamborilando os dedos. Depois pegou o chapéu e saiu do carro. Peter se curvou um pouco para poder vê-lo ajustar o chapéu na cabeça. A sombra dele ainda era pequena, mas não mais se concentrava em torno dos pés. Peter deu uma olhada no relógio e viu que faltavam poucos minutos para as duas e meia. Menos de uma hora antes, a grande indagação que ele e a mulher tinham era como seria a acomodação deles à noite. A única preocupação dele era a forte suspeita de que as pastilhas de antiácido estavam acabando.

O policial se inclinou e abriu a porta esquerda de trás.

— Por favor, saltem do veículo, pessoal — disse.

Eles saíram, Peter primeiro. Ficaram parados na luz quente, olhando inseguros para o homem de uniforme cáqui, cartucheira e chapéu no estilo da cavalaria.

— A gente vai a pé até a frente da Prefeitura Municipal — disse o policial. — É à esquerda, quando chegarem à calçada. E vocês me parecem judeus. Os dois. Com esses narigões que denunciam os judeus.

— Seu guarda... — começou Mary.

— Não — ele disse. — Andando. Tomem a esquerda. Não esgotem a minha paciência.

Eles andaram. O som dos passos no piche negro e fresco parecia muito alto. Peter não parava de pensar no ursinho de plástico no painel da viatura. A cabeça oscilante e os olhos pintados. Quem o dera ao policial? Uma sobrinha predileta? Uma filha? O Guarda Simpático não usava aliança de casamento, ele tinha percebido ao observar os dedos do homem tamborilando no volante, mas isso não queria dizer que jamais tivesse sido casado. E a ideia de que uma mulher casada com aquele homem pudesse um dia pedir o divórcio não parecia a Peter nem um pouco estranha.

De algum ponto acima vinha um som monótono: *ric-ric*. Ele olhou rua abaixo e viu um cata-vento girando rápido no telhado do bar, o Bud's Suds. Era um duende com uma botija de ouro debaixo de um braço e um sorriso matreiro na cara giratória. Era ele que fazia o barulho.

— À *esquerda*, idiota — disse o policial, parecendo não impaciente, mas resignado. — Sabe de que lado fica a esquerda? Não ensinam a diferença entre esquerda e direita ao *Homo presbiterianus* em Nova York?

Peter virou à esquerda. Continuou andando junto de Mary, ainda de mãos dadas. Chegaram a uma escada de três degraus de pedra que subia para umas modernas portas duplas de vidro escurecido. O prédio em si era muito menos moderno. Uma placa pintada de branco pendurada na parede de tijolos desbotados proclamava que era a PREFEITURA MUNICIPAL DE DESESPERO. Abaixo, nas portas, aparecia a lista de repartições e serviços ali encontrados: Prefeito, Comitê Escolar, Bombeiros, Polícia, Saúde Pública, Previdência Social, Departamento de Minas e Análise. Na parte de baixo da porta da direita lia-se: ADMINISTRAÇÃO DE SEGURANÇA E SAÚDE NAS MINAS ÀS QUINTAS-FEIRAS, À UMA DA TARDE, COM HORA MARCADA.

O policial parou no pé da escada e lançou aos Jackson um olhar curioso. Embora fizesse um calor brutal ali fora, talvez mais de 32 graus, ele parecia não suar nem um pouco. Lá atrás, monótono naquele silêncio, ouvia-se o *ric-ric-ric* do cata-vento.

— Você é Peter — disse ele.

— Sim, Peter Jackson. — Umedeceu os lábios.

O policial desviou os olhos.

— E você é Mary.

— Isso mesmo.

— Então, onde está Paul? — perguntou o policial, olhando-os com um ar brincalhão, o duende enferrujado chiando e girando atrás deles no telhado do bar.

— Como? — perguntou Peter. — Eu não entendo.

— Como vão poder cantar "Five Hundred Miles" ou "Leavin' on a Jet Plane" sem *Paul*? — perguntou o tira, e abriu a porta da direita.

Saiu uma onda de ar refrigerado. Peter sentiu-o no rosto e teve tempo de registrar como era bom, bom e frio, e então Mary gritou. Os olhos dela haviam se ajustado à penumbra do prédio mais rápido que os dele, mas ele viu um minuto depois. Uma menina de uns seis anos jazia esparramada no pé da escada, meio recostada nos quatro primeiros degraus. Uma das mãos estava estendida acima da cabeça, de palma para cima. Tinha os cabelos cor de palha presos em duas marias-chiquinhas, os olhos arregalados e a cabeça caída de modo estranho para um lado. Não havia na mente de Peter a menor dúvida sobre quem era a dona da boneca caída ao pé da escada do trailer. QUATRO ANDARILHOS FELIZES, lia-se na frente do veículo, mas era visivelmente um anacronismo nos tempos modernos. Também sobre isso não havia dúvidas.

— Deus do céu! — disse o policial, jovial. — Esqueci dela! Mas não se pode lembrar de tudo, não é? Por mais que se tente!

Mary deu mais um grito, os dedos dobrados contra as palmas e as mãos sobre a boca, e tentou sair correndo escada abaixo.

— Não, não faça isso, que má ideia — disse o policial.

Pegou-a pelo ombro e empurrou-a pela porta, que mantinha aberta. Ela cruzou o pequeno saguão aos tropeços, balançando os braços numa frenética tentativa de manter o equilíbrio e não cair em cima da criança morta, de jeans e camisa do *MotoKops 2200*.

Peter correu para a esposa e o policial o segurou com as duas mãos, usando o traseiro para manter aberta a porta da direita. Passou um braço pelos ombros de Peter. Seu rosto parecia franco e simpático. Acima de tudo, *melhor* que tudo, parecia *são* — como se os anjos bons tivessem vencido, pelo menos por enquanto. Peter sentiu um instante de esperança, e a princípio não associou a coisa que lhe pressionava a barriga com a arma monstruosa do policial. Lembrou-se do pai, que às vezes o cutucava com a ponta do dedo quando lhe dava um conselho — usando o dedo assim, como para garantir que seus aforismos permanecessem lá dentro —, coisas do tipo *Ninguém engravida se um dos dois não tira a calça, Petie*.

Só percebeu que era a arma, e não o descomunal dedo-linguiça, quando Mary gritou:

— *Não! Oh, não!*

— Não... — começou Peter.

— Estou pouco ligando se você é judeu ou hindu — disse o policial, abraçando-o contra si. Apertava camaradamente o ombro de Peter com a mão esquerda, enquanto com a direita engatilhava o .45. — Em Desespero, a gente não liga muito pra essas coisas.

Puxou o gatilho pelo menos três vezes. Talvez tenha sido mais, porém três disparos foi só o que Peter ouviu. Saíram abafados pela sua barriga, mas mesmo assim muito altos. Um incrível calor subiu-lhe pelo peito e desceu pelas pernas ao mesmo tempo, e ele ouviu uma coisa úmida pingar nos sapatos. Ouvia Mary, ainda gritando, mas o som parecia vir de longe, muito longe.

Agora vou acordar em minha cama, pensou Peter, quando os joelhos se dobraram e o mundo começou a recuar, luminoso como o sol da tarde no lado cromado de um vagão de trem que se afasta na distância. *Agora vou...*

Foi só. Seu último pensamento quando a escuridão o engolia para sempre na verdade não chegou nem a ser um pensamento, mas uma imagem: o urso no painel ao lado da bússola do policial. A cabeça balançando. Os olhos pintados fitando-o. Os olhos viraram buracos, de onde jorrou a escuridão, e ele se foi.

Capítulo Dois

1

Mergulhado na escuridão, Ralph Carver não queria despertar. Sentia que a dor física o esperava — uma ressaca, talvez, e devia realmente ser uma daquelas, se podia sentir a cabeça doendo mesmo dormindo —, mas não só isso. Alguma coisa mais. Alguma coisa ligada a

(*Kirsten*)

esta manhã. Alguma coisa ligada às

(*Kirsten*)

férias deles. Tinha tomado um porre, supunha, dera um verdadeiro espetáculo de horror, Ellie sem dúvida estava puta com ele, mas mesmo isso não parecia o bastante para explicar o quanto se sentia péssimo...

Gritos. Alguém gritava. Mas longe.

Ralph tentou se enterrar ainda mais fundo na escuridão, mas agora mãos o agarravam pelo ombro e começavam a sacudi-lo. Cada sacudida disparava um monstruoso raio de dor que lhe atravessava a pobre cabeça de ressaca.

— Ralph! Ralph, acorda! Você tem de acordar!

Ellie o sacudia. Estaria atrasado para o trabalho? Como podia estar atrasado para o trabalho? Estavam de férias.

Então, chocantemente altos, varando a escuridão como o raio de uma luz forte, tiros. Três, depois uma pausa, depois um quarto.

Ele abriu os olhos de repente e sentou, sem nenhuma ideia, por um instante, de onde se encontrava ou do que acontecia, sabendo apenas que a cabeça doía horrivelmente e parecia do tamanho de um balão no Desfile do Dia de Ação de Graças das lojas Macy's. Uma coisa grudenta como geleia ou xarope escorria por todo um lado de seu rosto. Ellen olhando para ele, um olho aberto e frenético, o outro quase oculto numa inchada confusão de pele roxa.

Gritos. Em algum lugar. Uma mulher. Vinham lá de baixo. Talvez...

Ele tentou ficar de pé, mas os joelhos não se firmavam. Tombou para a frente da cama onde estava sentado (só que não era cama, era um catre) e caiu de quatro. Um novo disparo de dor varou-lhe a cabeça, e por um instante ele achou que ela ia partir como uma casca de ovo. Baixou então os olhos para as mãos, olhando por entre mechas embaraçadas de cabelo. Tinha as mãos raiadas de sangue, a esquerda muito mais vermelha que a direita. Ao olhar para elas, a lembrança repentina

(*Kirsten, ai, Jesus, Ellie, pegue-a*)

lhe veio à cabeça como um fogo de artifício tóxico, e ele próprio gritou, gritou para as mãos manchadas de sangue, gritou e aquilo de que estivera tentando fugir lhe tombou na mente como uma pedra num lago. Kirsten tinha rolado escada abaixo...

Não. *Tinha sido empurrada.*

O sacana louco que os levara para ali tinha empurrado sua filha de sete anos escada abaixo. Ellie tinha corrido na direção dela e o sacana louco deu um soco no olho de sua mulher e a jogou no chão. Mas Ellie caíra *na* escada, e Kirsten mergulhara pela escada *abaixo*, os olhos arregalados, cheios de chocada surpresa. Ralph achou que ela não sabia o que estava acontecendo, e se ele podia se apegar a alguma coisa, seria a isso, que tudo acontecera depressa demais para que ela tivesse alguma ideia concreta, e então ela bateu nos degraus, virou de cambalhota, os pés voando primeiro para cima e depois para trás, e houve aquele *som*, aquele som medonho de galho se partindo sob o peso do gelo, e de repente tudo nela mudou, ele viu a mudança antes mesmo de ela parar no pé da escada, como se não houvesse uma menina ali embaixo, mas apenas um fantoche estofado, uma cabeça recheada de palha.

Não pense nisso, não pense nisso, não se atreva *a pensar nisso.*

Só que tinha de pensar. A maneira como ela tinha aterrissado... como tinha ficado no pé da escada com a cabeça para um lado...

Via que mais sangue pingava na mão esquerda. Ao que parecia, tinha algum problema naquele lado da cabeça. O que tinha acontecido? O policial o tinha atingido também, talvez com a coronha da monstruosa arma que usava na cintura? Talvez, mas essa parte quase desaparecera de todo. Lembrava-se da hedionda cambalhota que ela tinha dado e de como tinha escorregado pelos degraus restantes, de como tinha ido parar com a cabeça torta daquele jeito, e só. Cristo, já não era o bastante?

— Ralph? — Ellie o puxava com força e ofegante. — Ralph, levanta! *Por favor*, levanta!

— Pai! Pai, anda! — Era David, de mais longe. — Ele está bem, mãe? Está sangrando de novo, não está?

— Não... não, ele...

—Está, sim, eu vejo daqui. Pai, você está bem?

— Estou — ele disse. Conseguiu firmar um pé, tateou buscando o catre e se levantou inseguro. Tinha o olho esquerdo turvo de sangue. A pálpebra parecia ter sido mergulhada em gesso. Ele a esfregou com a palma da mão, estremecendo com a ferroada de uma nova dor. A área acima do olho esquerdo parecia carne fresca recém-amaciada. Tentou se virar para o lado da voz do filho e cambaleou. Era como estar num barco. Não tinha mais equilíbrio, e mesmo parado, parecia que alguma coisa dentro de sua cabeça continuava girando, cambaleando e balançando, rodando e rodando. Ellie o agarrou, apoiou e ajudou a avançar.

— Está morta, não está?— perguntou Ralph. A voz sufocada saía de uma garganta revestida de sangue seco. Ele não podia acreditar no que dizia aquela voz, mas achava que com o tempo poderia. Isso era o pior. Com o tempo poderia. — Kirsten morreu.

— Acho que sim. — Foi Ellie quem cambaleou desta vez. — Se agarre na grade, Ralph. Você consegue? Vai me derrubar.

Estavam numa cela de cadeia. À frente, pouco além do seu alcance, havia a porta gradeada. As barras eram pintadas de branco, e em alguns lugares a tinta secou e endureceu em fios grossos. Ralph deu um passo e as agarrou. Via uma mesa no meio de um quadrado de chão, como um único objeto de cena numa peça minimalista. Tinha papéis em cima, uma escopeta de dois canos e gordos cartuchos verdes esparramados. A antiquada cadeira de madeira enfiada no vão da mesa era de rodinhas, com uma almofada azul desbotada no assento. Acima, havia um lustre envolto numa espécie de globo de tela. As moscas mortas dentro do lustre lançavam sombras enormes, grotescas.

O aposento tinha celas em três lados. A do meio, provavelmente o depósito dos bêbados, era grande e estava vazia. Ralph e Ellie Carver ocupavam uma menor. Uma segunda cela, pequena, à direita da deles, também se encontrava vazia. Defronte, havia duas outras celas do tamanho de armários. Numa delas estavam o filho deles, David, de 11 anos, e um homem de cabelos brancos. Ralph não via nada desse homem porque ele estava sentado no catre com a cabeça mergulhada nas mãos. Quando a mulher tornou a gritar lá embaixo, David se virou para aquele lado, onde uma porta aberta dava para uma escada

(*Kirsten, Kirsten caindo, o estalo do pescoço se partindo*)

que descia para o térreo, mas o homem de cabelos brancos não saiu um milímetro de sua posição.

Ellie veio para o lado dele e passou o braço por sua cintura. Ralph arriscou soltar a grade com uma das mãos para poder segurar a dela.

Agora se ouviam baques surdos na escada, se aproximando, e sons de briga. Alguém era trazido para se juntar a eles, mas a pessoa não vinha facilmente.

— Temos que ajudá-lo! — gritava uma voz de mulher. — *Temos que ajudar Peter! Nós...*

As palavras foram cortadas quando a jogaram no aposento. Ela o atravessou com uma graça estranha de bailarina, saltando na ponta dos pés, os tênis brancos parecendo sapatilhas, as mãos esticadas, os cabelos balançando atrás, de jeans e uma camiseta azul desbotada. Bateu na mesa, as coxas atingindo a borda com força suficiente para empurrá-la contra a cadeira, e então, do outro lado do aposento, lá estava David gritando-lhe como um pássaro, junto à grade, pulando sem parar e gritando com uma voz alucinada e de pânico que Ralph jamais tinha ouvido antes, jamais sequer tinha suspeitado existir.

— *A escopeta, dona!* — David gritou. — *Pega a escopeta, atira nele, atira nele, dona, atira nele!*

O homem de cabelos brancos ergueu os olhos, afinal. Tinha o rosto velho e escuro de bronzeado do deserto; as profundas bolsas sob os olhos aguados de bebedor de gim davam-lhe um ar de sabujo.

— *Pega!* — disse o velho com voz rouca. — *Pelo amor de Deus, mulher!*

A mulher de jeans e camiseta olhou para o lado de onde vinha a voz do menino, depois para a escada atrás e ouviu o ruído de passos pesados se aproximando.

— *Pegue!* — endossou Ellie do lado de Ralph. — *Ele matou nossa filha, vai matar todos nós, pegue!*

A mulher de jeans e camiseta agarrou a arma.

2

Até nevada, as coisas tinham sido ótimas.

Haviam partido de Ohio como quatro andarilhos felizes, com destino ao lago Tahoe. Lá, Ellie Carver e as crianças iam nadar, caminhar e fazer passeios durante dez dias, e Ralph Carver ia jogar — com calma, prazer e tremenda concentração. Seria a quarta visita deles a Nevada, a segunda a Tahoe, e Ralph ia continuar seguindo sua férrea regra de jogo: sair quando (a) perdesse mil dólares ou (b) ganhasse dez mil. Nas três viagens anteriores, não atingira nenhuma dessas marcas. Uma vez voltara para Columbus com quinhentos dólares do cacife intactos, outra com duzentos, e no último ano levara a família de volta com mais de três mil dólares no bolso esquerdo interno da jaqueta de safári da sorte. Naquela viagem, tinham se hospedado em Hiltons e Sheratons em vez de ficar no trailer em campings, e os Carver adultos haviam trepado todas as noites. Ralph considerava isso bastante fenomenal para pessoas que beiravam os quarenta.

— Você deve estar cansada de cassinos — ele tinha dito em fevereiro, quando começaram a discutir a viagem de férias. — Talvez a Califórnia desta vez? México?

— Claro, vamos todos ficar com disenteria — respondera Ellie. — Ver o Pacífico entre as corridas à *casa de pupu*, ou seja lá como a chamem naquele lugar.

— Que tal o Texas? A gente podia levar as crianças pra visitar o Álamo.

— Quente demais, histórico demais. Tahoe vai estar fresco mesmo em julho. As crianças adoram. Eu também. E desde que você não venha pedir *meu* dinheiro quando acabar o seu...

— Você sabe que eu jamais faria isso — ele tinha dito, parecendo chocado. *Sentindo-se* um pouco chocado, na verdade. Os dois sentados na cozinha da casa de classe média em Wentworth, não longe de Columbus, sentados ao lado da Frigidaire cor de bronze coberta de ímãs de margaridas, folhetos de viagem na bancada defronte, nenhum dos dois sabendo que o jogo já havia começado e a primeira perda ia ser a filha.

— Você sabe o que eu te disse...

— "Assim que começa o comportamento de viciado, o jogo para" — repetira ela. — Eu sei, eu me lembro, eu acredito. Você gosta de Tahoe, eu gosto, as crianças gostam, Tahoe é ótimo.

Então ele fez as reservas, e naquele dia — se ainda *era* o mesmo dia — estavam na U.S. 50, a chamada rodovia mais solitária dos Estados Unidos, cruzando Nevada rumo à High Sierra. Kirsten estava brincando com Melissa Sweetheart, sua boneca preferida, Ellie cochilava, e David viajava ao lado de Ralph, olhando pela janela com o queixo apoiado na mão. Antes tinha lido a Bíblia que seu novo amigo, o reverendo, havia lhe dado (Ralph esperava que Martin não fosse bicha — o cara era casado, o que era bom, mas mesmo assim, nunca se sabe), porém já tinha marcado onde parou e enfiara o livro no porta-luvas. Ralph pensou mais uma vez em perguntar ao menino o que ele estava pensando, o que era aquela coisa toda de Bíblia, mas era o mesmo que perguntar a um poste o que estava pensando. David (ele até aceitava ser chamado de Davey, mas detestava Dave) era um garoto estranho naquele aspecto, não parecia com nenhum dos pais. Tampouco parecia muito com a irmã, aliás. Aquele súbito interesse por religião — o que Ellen chamava de "viagem divina de David" — era apenas uma de suas esquisitices. Provavelmente ia passar, e enquanto isso David não citava versículos sobre jogo, palavrões ou não se barbear nos fins de semana, o que já era bom o bastante para Ralph. Ele amava o menino, afinal, e o amor era suficientemente grande para encobrir muitas esquisitices. Achava que essa era uma das coisas para que servia o amor.

Ralph estava abrindo a boca para perguntar a David se queria brincar de Vinte Perguntas — não havia muito o que olhar desde que tinham deixado Ely naquela manhã e ele estava muito entediado — quando sentiu de repente a direção do Wayfarer afrouxar em suas mãos e ouviu o zumbido dos pneus na rodovia tornar-se subitamente um barulho de batidas.

— Pai? — perguntou David. Parecia preocupado, mas não em pânico. Isso era bom. — Tudo bem?

— Aguenta aí — disse ele, e começou a bombear os freios. — Talvez seja meio sério.

Agora, de pé na grade, vendo a mulher estonteada que talvez fosse a única esperança deles de sobreviver àquele pesadelo, pensava: *Na verdade, eu não fazia ideia de como era sério, fazia?*

Doía-lhe a cabeça gritar, mas gritou mesmo assim, sem saber o quanto soava como seu próprio filho:

— *Atira nele, dona, atira nele!*

3

O que Mary Jackson lembrava, o que a fez pegar a escopeta mesmo jamais tendo segurado uma arma — fuzil ou pistola — em toda sua vida era a lembrança do policial grandalhão misturando as palavras *eu vou matar vocês* ao recitar o aviso da Lei Miranda.

E estava falando sério. Oh, Deus, sim.

Ela girou com a escopeta. O policial louro e grandalhão estava parado no vão da porta, olhando-a com seus luminosos olhos cinzentos e vazios.

— *Atira nele, dona, atira nele!* — gritou um homem.

Ele estava na cela à direita de Mary, ao lado de uma mulher com um olho tão roxo que a contusão tinha se ramificado pelo rosto abaixo, como tinta injetada sob a pele. O homem parecia ainda pior; tinha o lado esquerdo do rosto coberto de sangue pisado, meio seco.

O policial correu até ela, as botas batendo no piso duro. Mary recuou, para longe dele e em direção à grande cela vazia no fundo da sala, puxando os dois cães da escopeta com a lateral do polegar enquanto recuava. Levou-a ao ombro. Não tinha a menor intenção de dar qualquer aviso. Ele tinha acabado de matar seu marido a sangue-frio, e ela não tinha a menor intenção de dar qualquer aviso.

4

Ralph pisou no freio e agarrou o volante com os cotovelos travados, deixando-o ir de um lado para outro em suas mãos, um pouco mas não muito. Sentiu o trailer querendo derrapar. Tinham lhe dito que o segredo para controlar o estouro de um pneu de um trailer em alta velocidade era *deixá-lo* derrapar — um pouco, pelo menos. Embora — má notícia, pessoal — não parecesse ser só um pneu furado.

Pelo retrovisor, viu que Kirsten tinha parado de brincar com Melissa Sweetheart e agora segurava a boneca contra o peito. Ela sabia que estava acontecendo alguma coisa, só não sabia o quê.

— Kirsten, senta aí! — gritou. — Ponha o cinto!

Só que naquele momento já tinha acabado. Ele levou o Wayfarer com esforço para o acostamento, desligou o motor e limpou o suor da testa com as costas da mão. No todo, achava que não tinha se saído muito mal. Nem mesmo tinha derrubado o vaso de flores do deserto sobre a mesa ao fundo. Ellie e Kirstie as tinham colhido no quintal do motel em Ely naquela manhã, enquanto ele e David embarcavam as malas e pagavam a conta.

— Dirigiu bem, pai — disse David, com uma voz natural.

Ellie se sentou e olhou em volta com olhos nebulosos.

— Pausa pro banheiro? — perguntou. — Por que estamos tortos assim, Ralph?

— Tivemos um...

Parou, olhando para o espelho retrovisor lateral. Um carro de polícia vinha a toda atrás deles, as luzes azuis piscando. Parou cantando os pneus uns 100 metros atrás, e o maior policial que Ralph já tinha visto na vida quase *saltou* para fora. Ralph viu que o policial tinha sacado a arma e sentiu a adrenalina ligar os nervos.

O policial olhou de um lado para outro, segurando a arma à altura do ombro, o cano apontado para o céu matinal sem nuvens. Depois ele girou num círculo. Quando voltou a ficar de frente para o trailer, olhou diretamente no espelho retrovisor externo, parecendo encontrar os olhos de Ralph. Ergueu as mãos acima da cabeça, baixou-as violentamente, depois ergueu-as e tornou a baixá-las. Era impossível interpretar errado a pantomima: *Fique aí dentro, fique onde está.*

— Ellie, tranque as portas de trás. — Ralph travou o botão do seu lado enquanto falava.

David, que o observava, fez a mesma coisa no seu sem que lhe pedissem.

— O que foi? — Ela olhava-o incerta. — O que está acontecendo?

— Não sei, mas tem um policial lá trás, e ele parece nervoso. — *Lá onde furou meu pneu*, pensou, depois corrigiu. *Pneus.*

O policial se curvou e pegou alguma coisa na superfície da estrada. Era uma faixa de malha que irradiava pequenos reflexos de luz, como lantejoulas num vestido de festa. Levou-a para a viatura, segurando uma ponta sobre o ombro, o revólver ainda na outra mão, ainda erguido como uma espécie de posição de alerta. Parecia estar tentando olhar para todos os lados ao mesmo tempo.

Ellie trancou a porta de trás e a principal da cabine, depois voltou para a frente.

— *Que* diabos está *acontecendo*?

— Já disse, não sei. Mas não parece, sabe, muito encorajador. — Indicou o espelho retrovisor externo ao lado do motorista.

Ellie se curvou, apoiando as mãos logo acima dos joelhos e vendo atenta com Ralph o policial jogar a coisa de malha no banco do passageiro, depois contornar o carro até o lado do motorista, agora segurando a arma com as duas mãos. Mais tarde, ocorreria a Ralph como aquele filmezinho mudo fora cuidadosamente arquitetado.

Kirstie se aproximou atrás da mãe e começou a bater de leve com Melissa Sweetheart no traseiro dela.

— Bumbum, bumbum, bumbum — cantarolava. — A gente adora o bumbum grande da mamãe.

— Não faça isso, Kirstie.

Em geral, seriam necessários dois ou três pedidos para Kirstie parar e desistir, mas alguma coisa na voz da mãe desta vez a fez parar logo. Ela olhou para o irmão, que fitava com tanta atenção o espelho retrovisor do seu lado quanto os adultos fitavam o do pai. Foi até ele e tentou se sentar em seu colo. David recolocou-a em pé delicadamente, mas com firmeza.

— Agora não, Pie.

— Mas o que é? O que é que está acontecendo?

— Nada, não está acontecendo nada — disse David, sem tirar os olhos do espelho.

O policial entrou no carro e dirigiu até o Wayfarer. Tornou a sair, o revólver ainda na mão, mas agora seguro junto à perna, o cano apontado para a estrada. Olhou mais uma vez para um lado e outro, e depois veio andando até a janela de Ralph. A posição do motorista no Wayfarer era muito mais alta do que seria o banco de um automóvel, mas o policial era tão alto — uns dois metros, no mínimo — que ainda lhe era possível olhar de cima para Ralph sentado atrás do volante.

O policial fez o gesto circular de rodar uma manivela com a mão livre. Ralph abaixou a janela até o meio.

— Qual é o problema, seu guarda?

— Quantos vocês são? — perguntou o policial.

— Que há de erra...

— *Senhor, quantos vocês são?*

— Quatro — disse Ralph, agora começando a se sentir de fato assustado. — Minha mulher, meus dois filhos e eu. Dois pneus furaram...

— Não, senhor, *todos* os pneus estão furados. O senhor passou por cima de um tapete de estrada.

— Eu não compreen...

— É uma faixa de malha com centenas de pregos curtos — disse o policial. — Usamos para parar motoristas em alta velocidade sempre que podemos: acaba com o inferno da perseguição.

— O que uma coisa dessas estava fazendo na estrada? — perguntou Ellie, indignada.

O policial disse:

— Eu vou abrir a porta de trás do meu carro, a mais próxima do de vocês. Quando virem isso, quero que saltem de seu veículo e entrem atrás do meu. E rápido.

Esticou o pescoço, viu Kirsten, que agora se agarrava à perna da mãe e espiava cautelosamente por detrás dela, e sorriu-lhe.

— Oi, menininha.

Kirstie retribuiu-lhe o sorriso.

O policial desviou os olhos para David. Cumprimentou-o com a cabeça e David cumprimentou-o de volta, distante.

— Qual é a ameaça, senhor? — perguntou.

— Um bandido — disse o policial. — É só o que precisa saber por ora, filho. Um bandido muito mau. *Tak!*

— Seu guarda... — começou Ralph.

— Senhor, com todo o devido respeito, estou me sentindo como um pombo de barro numa galeria de tiro. Tem um homem perigoso aqui fora, com um fuzil, e aquele tapete de estrada indica que ele está perto. Qualquer outra conversa sobre a situação tem de esperar até melhorar a nossa posição, compreende?

Tak? Ralph ficou pensando. Seria esse o nome do bandido?

— Sim, mas...

— Primeiro o senhor. Traga sua filhinha. O menino em seguida. Sua mulher por último. Vão ter de se espremer, mas cabem todos no carro.

Ralph soltou o cinto e se levantou.

— Para onde vamos? — perguntou.

— Desespero. Cidade mineira. A uns 13 quilômetros daqui.

Ralph fez que sim com a cabeça, fechou a janela e pegou Kirsten. Ela o olhou com olhos aflitos que não estavam muito distantes das lágrimas.

— Papai, é o sr. Bicho-papão? — perguntou.

O Bicho-papão era um monstro que ela tinha trazido um dia da escola para casa. Ralph não sabia qual dos garotos tinha descrito esse sinistro morador de armários para sua delicada filhinha de sete anos, mas achava que se pudesse descobrir quem foi (simplesmente supunha que era um menino, pois parecia-lhe que o cuidado e a alimentação dos monstros nos pátios de recreio das escolas americanas sempre recaíam sobre os meninos), sem dúvida teria prazer em estrangular o sujeitinho. Foram precisos uns dois meses para conseguir acalmar Kirstie em relação ao Bicho-papão. E agora aquilo.

— Não, não é o sr. Bicho-papão — disse Ralph. — Na certa, apenas um funcionário do correio num mau dia.

— Papai, *você* trabalha nos correios — ela disse enquanto ele a carregava até a porta do meio da cabine do Wayfarer.

— É — ele disse, ciente de que Ellie tinha posto David na frente dela e andava com as mãos nos ombros dele. — É uma espécie de piada, entende?

— Como uma brincadeira de "O que é o que é"?

— É — disse ele mais uma vez.

Olhou pelo visor da porta do trailer e viu que o policial tinha aberto a porta de trás da viatura. Viu também que quando abrisse a porta do Wayfarer, ela cobriria a do carro, tornando-a uma parede protetora. Isso era bom.

Lógico. A não ser que o rato do deserto que esse cara procura esteja atrás da gente. Deus Todo-poderoso, por que não fomos para Atlantic City?

— Pai? — Era David, seu filho inteligente, mas ligeiramente estranho, que tinha começado a frequentar a igreja no último outono, depois do que acontecera com seu amigo Brian. Não a escola dominical, nem o Grupo de Jovens de Terça à Noite, só a igreja. E, nas tardes de domingo, o presbitério, para conversar com o novo amigo, o reverendo. Que, aliás, ia morrer lentamente se andasse partilhando qualquer coisa além de ideias com David. Segundo este, eram apenas conversas, e, depois do que tinha acontecido com Brian, Ralph supunha que o menino *precisava* de alguém com quem conversar. Só queria que David se sentisse capaz de trazer suas dúvidas à mãe e ao pai, em vez de levá-las a um clérigo forasteiro, casado, mas que ainda podia...

— *Pai?* Está tudo bem?

— Está. Ótimo.

Não sabia se estava ou não, na verdade não queria saber com o que estavam lidando ali, mas era o que a gente dizia aos filhos, não era? Está ótimo, tudo bem. Imaginava que se estivesse num avião com David e os motores parassem, o abraçaria e diria que estava tudo ótimo até caírem.

Abriu a porta, que bateu na parte de dentro da porta da viatura.

— Rápido, andem, quero ver um pouco mais de animação — disse o policial, olhando nervoso ao redor.

Ralph desceu a escada com Kirstie sentada na curva do braço esquerdo. Ao descer, ela deixou cair a boneca.

— Melissa! — gritou Kirstie. — Deixei cair Melissa Sweetheart, pega ela, papai!

— Não, entrem no carro, entrem no carro! — gritou o policial. — Eu pego a boneca!

Ralph entrou, pondo a mão na cabeça de Kirstie, ajudando-a a se abaixar. David o seguiu, depois Ellie. O banco traseiro estava cheio de papéis, e o da frente se arqueava em forma de sino devido ao excessivo peso do policial. Assim que Ellie pôs a perna direita para dentro, o policial bateu a porta e contornou correndo a traseira da viatura.

— Lissa! — gritou Kirstie, num tom de verdadeiro sofrimento. — Ele esqueceu Lissa!

Ellie estendeu a mão para a maçaneta, pretendendo se inclinar e pegar Melissa Sweetheart — certamente, nenhum psicótico com um fuzil poderia atingi-la no tempo que levaria para agarrar a boneca da menina — e então olhou para Ralph.

— Onde estão as maçanetas? — perguntou.

A porta do lado do motorista se abriu e o policial entrou por ela como uma bomba. O banco esmagou os joelhos de Ralph, que fez uma careta, satisfeito por ter as pernas de Kirstie protegidas entre as suas. Não que ela estivesse imóvel. Ela se contorcia e se agitava em seu colo, as mãos estendidas para a mãe.

— Minha boneca, mamãe, minha *boneca*! Melissa!

— Seu guarda... — começou Ellie.

— Não dá tempo — disse o policial. — Não dá. *Tak!*

Fez o retorno na estrada e rumou para leste, numa rajada de poeira. A traseira do carro rabeou por um instante. Quando se firmou, ocorreu a Ralph a rapidez com que tudo tinha acontecido — há menos de dez minutos eles estavam no trailer dirigindo estrada abaixo. Ia perguntar a David se queria brincar de Vinte Perguntas, não porque quisesse na verdade, mas porque estava entediado.

Agora com certeza não estava.

— Melissa *Sweeeeeetheart*! — berrou Kirstie, e então começou a chorar.

— Fica calma, Pie — disse David.

Era o apelido que dera à irmãzinha. Como tantas outras coisas nele, nenhum dos pais sabia o que significava nem de onde viera. Ellie achava que se tratava de alguma espécie de torta doce, mas quando lhe perguntara certa noite, David simplesmente encolhera os ombros e dera seu cativante sorriso enviesado. "Não, é só uma torta", dissera. "Só uma torta, só isso."

— Mas Lissa ficou caída na *poeira*! — disse Kirstie, olhando para o irmão com os olhos cheios d'água.

— Depois a gente volta, pega ela e limpa ela toda — disse David.
— Promete?
— Ahan. Vou até ajudar você a lavar os cabelos dela.
— Com xampu?
— Ahan. — Deu-lhe um beijinho rápido na bochecha.
— E se o bandido chegar? — perguntou Kirstie. — O bandido parecido com o sr. Bicho-papão? E se ele sequestrar Melissa Sweetheart?

David tapou a boca com a mão para esconder a sombra de um sorriso.

— Não vai sequestrar. — O menino deu uma olhada no espelho retrovisor, tentando encontrar os olhos do policial. — Vai?

— Não — disse o policial. — O homem que estamos procurando não é sequestrador de bonecas.

Não havia na voz dele nenhuma jocosidade que Ralph pudesse perceber; falava como Joe Friday. Só os fatos, senhora.

Ele diminuiu um pouco ao passarem por uma placa onde se lia DESESPERO, depois acelerou ao entrar à direita. Ralph se segurou, rezando para que o cara soubesse o que estava fazendo e não fosse fazer o carro capotar. O carro pareceu se elevar um pouco, depois tornou a se firmar. Seguiam agora para o sul. No horizonte, um imenso paredão de terra, a face cor de canela entrecortada de rachaduras e ranhuras como cicatrizes negras, erguia-se contra o céu.

— O que ele *é*, então? — perguntou Ellie. — Quem *é* esse sujeito? E como pegou essa coisa que vocês usam pra parar os motoristas em excesso de velocidade? Como é que se chama mesmo?

— Tapete de estrada, mãe — disse David.

Passou o dedo para cima e para baixo na malha de metal entre os bancos da frente e de trás, o rosto atento, pensativo e preocupado. Nem sombra de sorriso agora.

— Da mesma maneira que conseguiu as armas que carrega e o carro que dirige — disse o homem atrás do volante. Agora passavam pelo Estacionamento de Trailers Cascavel e pela sede da Empresa de Mineração de Desespero. À frente havia um conjunto de casas comerciais. Um sinal de trânsito lampejava amarelo sob uns 100 mil quilômetros de céu de azul-jeans. — É policial. E vou dizer uma coisa a vocês, família Carver: quando a gente está às voltas com um policial louco, é um caso sério.

— Como sabe nosso sobrenome? — perguntou David. — O senhor não pediu a habilitação do meu pai, então como sabe nosso sobrenome?

— Vi quando seu pai abriu a porta — disse o policial, olhando acima no espelho retrovisor. — Uma plaquinha em cima da mesa. DEUS ABENÇOE NOSSO LAR AMBULANTE. OS CARVER. Bonito.

Alguma coisa naquilo incomodou Ralph, mas no momento ele não prestou atenção. Seu pavor tinha se tornado um senso de presságio tão forte e ao mesmo tempo tão difuso que se sentia como se tivesse comido alguma coisa envenenada. Pensou que, se erguesse a mão, ela ficaria firme, mas isso não alterava o fato de que tinha ficado mais apavorado, e não menos, depois que o policial os tocou para fora de sua casa ambulante estropiada com tão espectral facilidade. Aparentemente, não era daqueles medos que faziam as mãos tremerem (*é um pavor* seco, pensou, com um pequeno e não muito característico toque de humor), mas bastante concreto ainda assim.

— Um policial — repetiu Ralph, lembrando de um filme que tinha alugado na locadora da sua rua numa noite de sábado, há não muito tempo. *Maniac Cop* era o nome do filme. A frase de efeito acima do título dizia: VOCÊ TEM O DIREITO DE PERMANECER EM SILÊNCIO. PERMANENTEMENTE. Engraçado como essas coisas tolas ficavam na cabeça da gente. Só que não pareciam tão tolas no momento.

— Policial, certo — respondeu o policial *deles*. Soou como se estivesse sorrindo.

Ah, é mesmo?, perguntou-se Ralph. *E como é mesmo que soa um sorriso?*

Estava ciente de que Ellie o olhava com uma espécie de tensa curiosidade, mas não lhe pareceu um bom momento para retribuir o olhar. Não sabia o que poderiam ler nos olhos um do outro, e não tinha certeza se queria descobrir.

Mas o policial *sorria*. De algum modo, tinha certeza disso.

Por que estaria sorrindo? O que há de engraçado num policial louco à solta, ou em seis pneus furados, ou numa família de quatro pessoas espremida num carro de polícia quente, sem maçanetas internas nas portas de trás, ou na boneca preferida de minha filha caída de bruços no chão uns 12 quilômetros atrás? O que pode haver de engraçado nessas coisas?

Não sabia. Mas o policial *tinha* soado como se estivesse sorrindo.

— Policial estadual, o senhor disse? — perguntou Ralph quando passavam sob o sinal de trânsito.

— Olha lá, mãe! — exclamou Kirsten, animada, Melissa Sweetheart pelo menos temporariamente esquecida. — Bicicletas! Bicicletas na rua, e de cabeça pra baixo! Está vendo ali? Não é engraçado?

— Sim, meu bem, estou vendo — disse Ellie. Não parecia achar as bicicletas de cabeça para baixo nem de longe tão hilariantes quanto a filha.

— Policial estadual? Não, eu não disse isso. — O homenzarrão atrás do volante ainda soava como se estivesse sorrindo. — Não um policial estadual, mas municipal.

— É mesmo? — disse Ralph. — Uau. Quantos policiais vocês têm num lugarzinho como esse, seu guarda?

— Bem, *tinha* mais dois — disse o tira, o sorriso na voz mais óbvio que nunca —, mas eu os matei.

Ele virou a cabeça para olhar pela tela, e não sorria exatamente. *Escarnecia*. Tinha os dentes tão grandes que pareciam mais ferramentas que ossos. Dava para ver até o fundo da boca. Em cima e embaixo havia o que pareciam hectares de gengiva cor-de-rosa.

— Agora sou a única lei a oeste de Pecos.

Ralph o encarava, boquiaberto. O policial dava-lhe seu sorriso de escárnio, dirigindo com a cabeça virada para trás, e encostou direitinho o carro na Prefeitura Municipal de Desespero, sem olhar uma única vez para onde ia.

— Família Carver — disse solenemente, ainda sorrindo com escárnio —, bem-vindos a Desespero.

5

Uma hora depois, o policial corria para a mulher de jeans e camiseta, as botas de vaqueiro ressoando no assoalho de madeira, as mãos estendidas para a frente, mas seu sorriso de escárnio tinha desaparecido, e Ralph sentia um triunfo selvagem subir à garganta, como uma coisa feia jorrando numa fonte. O policial vinha com tudo, mas a mulher de jeans conseguira — provavelmente mais por sorte do que por qualquer decisão consciente da parte dela — manter a mesa entre eles, e isso ia fazer a diferença. Ralph viu-a puxar para trás os cães da escopeta que antes estava sobre a mesa, levá-la ao ombro quando suas costas tocaram a grade da cela maior da sala, passar o dedo em torno do duplo gatilho.

O policial grandalhão avançava enlouquecido, mas isso não ia lhe adiantar nada.

Atira nele, dona, pensou Ralph. *Não pra salvar a gente, mas porque ele matou minha filha. Estoura a cabeça desse filho da mãe.*

No segundo antes de Mary apertar os gatilhos, o policial caiu de joelhos do outro lado da mesa, a cabeça baixa como a de alguém que se ajoelha para rezar. O duplo estrondo da escopeta foi terrível na área de detenção fechada. Chamas saltaram dos canos. Ralph ouviu sua mulher gritar — em triunfo, achou ele. Nesse caso, foi prematuro. O chapéu voou da cabeça do policial, mas os tiros passaram alto. O chumbo atravessou a parede do fundo da sala e bateu no reboco do poço da escada do outro lado da porta aberta com um som de granizo açoitado pelo vento contra uma vidraça. Havia um quadro de avisos à direita da entrada, e Ralph viu buracos negros redondos salpicarem os papéis ali pregados com percevejos. O chapéu do policial era uma ruína estraçalhada unida apenas pela fina tira de couro. Era chumbo grosso, não fino. Se houvesse atingido o policial na barriga, o teria rasgado em pedaços. Saber disso fez Ralph se sentir ainda pior.

O policial grandalhão jogou seu peso contra a mesa e empurrou-a na direção da cela que Ralph tinha concluído ser o depósito de bêbados

— na direção da cela e da mulher encostada na grade da cela. A cadeira estava presa no vão da mesa. Girava de um lado para outro, os rodízios rangendo. A mulher tentou interpor a arma entre si e a cadeira antes que a cadeira a atingisse, mas não foi rápida o bastante. O encosto da cadeira atingiu-a com força nos quadris, bacia e barriga, empurrando-a de costas para a grade. Ela gritou de dor e surpresa.

O policial grandalhão abriu os braços, como Sansão se preparando para derrubar o templo, e agarrou os lados da mesa. Embora ainda com os ouvidos zunindo da explosão da escopeta, Ralph ouviu as costuras nas axilas da camisa do uniforme cáqui do policial louco se romperem. Ele puxou a mesa para trás.

— Solta! — berrou. — Solta a arma, Mary!

A mulher empurrou a cadeira para longe, ergueu a escopeta e tornou a armar os cães. Soluçava de dor e esforço. Pelo canto do olho, Ralph viu Ellie tapar os ouvidos com as mãos quando a mulher de cabelos negros passou o dedo nos gatilhos, mas saiu apenas um clique seco ao baterem os cães. Ralph sentiu uma decepção amarga como bílis subir-lhe à garganta. Ele soubera, apenas olhando-a, que a escopeta não era de repetição nem automática, e ainda assim achara que, de algum modo, ia disparar, *esperara* ansiosamente que disparasse, como se o próprio Deus recarregasse as câmaras e tornasse a Winchester milagrosa.

O policial empurrou a mesa para a frente uma segunda vez. Ralph viu que, não fosse pela cadeira, ela estaria a salvo no vão da mesa. Mas a cadeira *estava* ali, e tornou a bater na barriga dela, fazendo-a se dobrar para a frente e arrancando-lhe um áspero ruído de vômito.

— Solta, Mary, *solta*! — gritou o policial.

Mas ela não queria soltar. Quando o policial puxou mais uma vez a mesa para trás (*Por que ele simplesmente não a ataca?*, pensou Ralph. *Não sabe que a porra da arma está vazia?*), os cartuchos caindo do tampo e rolando para todos os lados, ela virou a arma ao contrário, para pegá-la pelos dois canos. Depois se curvou para a frente e bateu o cabo em cima do tampo da mesa, como um porrete. O policial tentou baixar o ombro direito, mas o grosso cabo de nogueira da escopeta o acertou na clavícula assim mesmo. Ele grunhiu. Ralph não teve a menor ideia se foi um grunhido de surpresa, dor, ou apenas exasperação, mas o som arrancou um grito de aprovação do outro lado da sala, onde David continuava de pé agarrado à grade da cela que ocupava. Tinha o rosto pálido e suado, os olhos incandescentes. O velho de cabelos brancos tinha se juntado a ele.

O policial puxou a mesa para trás mais uma vez — o golpe no ombro não tinha prejudicado perceptivelmente sua capacidade de fazer isso —, e mais uma vez empurrou-a para a frente, atingindo a mulher com a cadeira e jogando-a contra a grade. Ela deu outro grito rouco.

— Larga! — gritou o policial. Foi um tipo esquisito de grito, e por um momento Ralph se viu desejando que o sacana estivesse afinal ferido. Então percebeu que ele ria. — Larga, senão eu reduzo você a uma pasta, reduzo mesmo!

A mulher de cabelos negros, Mary, tornou a erguer a escopeta, mas desta vez sem nenhuma convicção. Um lado da camiseta tinha saído de dentro do jeans, e Ralph via marcas vermelhas na pele branca da cintura e barriga. Sabia que, se ela tirasse a camiseta, ele veria toda a silhueta do encosto da cadeira tatuada até as conchas do sutiã.

Ela manteve a escopeta suspensa no ar durante um momento, o cabo incrustado oscilando, depois jogou-a para o lado. A arma resvalou até a frente da cela de David e do homem de cabelos brancos. David baixou os olhos para ela.

— Não toque nela, filho — disse o homem de cabelos brancos. — Está vazia, deixa pra lá.

O policial lançou um rápido olhar para David e para o homem de cabelos brancos. Depois, com um sorriso radiante, olhou para a mulher contra a grade do depósito de bêbados. Puxou a mesa da frente dela, contornou-a e chutou a cadeira. Ela cruzou o assoalho nas rodinhas rangentes e foi bater na cela vazia ao lado de Ralph e Ellie. O policial passou um braço pelos ombros da mulher de cabelos negros. Olhava-a quase com carinho. Ela reagiu com o olhar mais sinistro que Ralph já tinha visto na vida.

— Consegue andar? — perguntou o policial. — Quebrou alguma coisa?

— Que diferença faz? — Ela cuspiu nele. — Me mate se é isso que você quer, acabe logo com isso.

— Matar você? *Matar* você? — Ele parecia surpreso, a expressão de um homem que jamais matou nada maior que uma vespa em toda a vida. — Não vou *matar* você, Mare! — Estreitou-a junto de si por um breve instante, depois olhou em redor para Ralph e Ellie, David e o homem de cabelos brancos. — Deus do céu, não! — disse ele. — Não quando tudo mal começa a ficar interessante.

Capítulo Três

1

O homem que um dia foi capa da *People, Time* e *Premiere* (quando tinha se casado com a atriz cheia de esmeraldas), primeira página do *New York Times* (quando ganhou o Prêmio Nacional do Livro por seu romance *Delight*) e matéria central da *Inside-View* (quando foi preso por espancar a terceira esposa, a anterior à atriz cheia de esmeraldas) precisava fazer xixi.

Desviou a motocicleta para o acostamento da pista oeste da Rodovia 50, reduzindo metodicamente as marchas com um rígido pé esquerdo, e acabou parando na beira do asfalto. Ainda bem que havia tão pouco tráfego, porque não se podia parar a moto no acostamento da estrada na Great Basin, mesmo *tendo* um dia comido a mais famosa atriz dos Estados Unidos (embora ela já estivesse assumidamente envelhecida àquela altura) e tendo sido citado para o Prêmio Nobel de Literatura. Se tentasse, a moto se candidatava primeiro a desabar do descanso e depois emborcar. O acostamento parecia firme, mas aquilo era sobretudo aparência — não muito diferente da atitude de algumas pessoas que ele podia citar, entre elas alguém que ele só poderia encarar se usasse um espelho. E tentem levantar uma Harley-Davidson de mais de 350 quilos depois de derrubá-la, ainda mais quando se tem 56 anos e se está fora de forma. Tentem.

Eu não pretendo, ele pensou, olhando a Harley Softail, uma moto urbana para a qual os puristas teriam torcido o nariz, ouvindo o motor ronronar no silêncio. Os únicos outros sons eram o vento quente e o minúsculo ruído de areia batendo em sua jaqueta de couro — mil e duzentos dólares na Barneys de Nova York. Era uma jaqueta digna de ser fotografada por uma bicha da revista *Interview*, se algum dia já houvera uma. *Acho que vamos pular inteiramente essa parte, não vamos?*

— Pra mim, tudo bem — disse.

Tirou o capacete e o pôs no assento da Harley. Depois passou devagar a mão pelo rosto, que estava tão quente quanto o vento e pelo menos duas vezes mais queimado de sol. Achava que jamais se sentira tão cansado ou tão fora de seu meio em toda a vida.

2

A fera literária meteu-se no deserto, com o corpo todo duro, os compridos cabelos grisalhos roçando os ombros da jaqueta de motoqueiro, os arbustos e cactos arranhando as perneiras de couro (também da Barneys). Olhou cuidadosamente em volta, mas nada vinha de lado algum da estrada. Havia alguma coisa parada no acostamento uns dois ou três quilômetros a oeste — um caminhão ou talvez um trailer —, mas mesmo que houvesse gente lá dentro, duvidava que pudessem ver, sem binóculos, o homem famoso dando uma mijada. E se *estivessem* olhando, e daí? Era uma coisa que a maioria das pessoas conhecia, afinal.

Baixou o zíper — John Edward Marinville, o homem que a *Harper's* certa vez descrevera como "o escritor que Norman Mailer sempre quis ser", o homem que Shelby Foote chamara de "o único escritor vivo americano da estatura de John Steinbeck" — e puxou para fora a caneta-tinteiro original. Precisava urinar como um cavalo de corrida, mas durante quase um minuto nada aconteceu; ele apenas ficou ali, com o pau seco na mão.

Então, por fim, a urina fez um arco e emprestou às folhas duras e empoeiradas dos arbustos um verde mais escuro, mais reluzente.

— *Jesus seja louvado, obrigado, Senhor!* — berrou ele, em sua voz ondulada e trêmula de Jimmy Swaggart.

Isso fazia grande sucesso nos coquetéis; Tom Wolfe certa vez riu tanto quando ele imitou a voz do evangelista que Johnny achou que o homem ia ter um derrame. "*Água no deserto é a sorte grande! Alô, Julia!*" Às vezes achava que tinha sido essa versão de "aleluia", e não seu apetite insaciável por bebida, drogas e mulheres jovens, que tinha feito a atriz famosa empurrá-lo na piscina durante uma coletiva de imprensa regada a álcool no hotel Bel-Air... e levar suas esmeraldas para outra parte.

Aquele incidente tinha assinalado não o início do declínio dele, mas o ponto onde o declínio se tornou impossível de ignorar — ele não havia tido apenas mais um dia ou um ano ruim, tinha uma *vida* ruim. A foto dele saindo da piscina com o terno branco ensopado, um grande sorriso de bêbado no rosto, tinha sido publicada na edição sobre Dúbias Realizações da *Esquire*, e depois disso haviam começado suas aparições mais ou menos regulares na revista *Spy*. Aquele era o lugar, ele passou a acreditar, onde as reputações antes legítimas começavam a morrer.

Pelo menos naquela tarde, de frente para o norte e urinando com a sombra se alongando para a direita, tais pensamentos não lhe doíam como às vezes acontecia. Como *sempre* acontecia em Nova York, onde tudo hoje dói. O deserto tinha um jeito de fazer a "bolha de fama" de Shakespeare parecer não apenas frágil, mas irrelevante. Quando a gente se tornava uma espécie de Elvis Presley literário — envelhecendo, gordo, e ainda na festa muito depois da hora de ter ido para casa —, isso não era tão ruim assim.

Abriu ainda mais as pernas, curvou-se ligeiramente e soltou o pênis para poder massagear a região lombar. Tinham lhe dito que isso ajudava a manter o fluxo por mais algum tempo, e ele achava que ajudava mesmo, mas sabia que ainda teria de dar mais uma mijada muito antes de chegar a Austin, o monte de merda seguinte no estado de Nevada na longa estrada para a Califórnia. A próstata já não era claramente a mesma de antes. Quando pensava nela agora (o que ocorria com muita frequência), formava uma imagem mental de uma coisa intumescida, crenulada, parecendo um gigantesco cérebro assado por radiação num filme de horror de *drive-in* dos anos 50. Sabia que devia ir ao médico para um exame, e não como uma coisa isolada, mas como parte de um exame físico completo. Claro que devia, mas ora, também não estava *urinando sangue* ou alguma coisa assim, e além do mais...

Bem, está bem. Estava apavorado, era esse o além do mais. Tinha muito mais problemas do que apenas a maneira como sua reputação literária lhe escorrera pelos dedos nos últimos cinco anos, e largar as bolinhas e a bebida não havia melhorado tudo como tinha esperado. Em alguns aspectos, parar tinha piorado tudo. O problema da sobriedade, descobriu Johnny, era que a gente *se lembrava* de tudo que tinha a temer. Temia que um médico encontrasse mais que uma próstata quase do tamanho do Cérebro do Planeta Arous quando enfiasse o dedo nas partes baixas da fera literária; temia que o médico encontrasse uma próstata tão negra quanto uma abóbora deteriorada, e tão cancerosa quanto... quanto a de Frank Zappa. E mesmo que o câncer não se escondesse ali, poderia estar se escondendo em alguma outra parte.

O pulmão, por que não? Fumou dois maços de Camel todos os dias durante vinte anos, depois três maços de Camel Lights durante outros dez, como se fumar Camel Lights fosse de algum modo remediar tudo, limpar os vasos bronquiais, polir a traqueia, restaurar os pobres alvéolos entupidos de sedimentos. Bem, bobagem. Largou os cigarros há dez anos, os fracos e os fortes, mas ainda chiava como um cavalo de tiro pelo menos até o meio-dia, e às vezes acordava tossindo no meio da noite.

Ou o estômago! Sim, por que não ali? Mole, rosado, confiante, o lugar perfeito para um golpe da tragédia. Foi criado numa família de vorazes comedores de carne, na qual ao ponto significava que o cozinheiro tinha bafejado com força no bife, e na qual o conceito de bem-passado era desconhecido; ele adorava molhos picantes e pimentas fortes; não gostava de frutas e saladas, a não ser que estivesse com uma tremenda prisão de ventre; tinha comido assim a porra da vida toda, *ainda* comia assim, e provavelmente *continuaria* comendo assim até que o prendessem numa cama de hospital e passassem a alimentá-lo com tudo que é certo por meio de um tubo plástico.

O cérebro? Possível. *Inteiramente* possível. Um tumor, ou talvez (ali estava uma ideia *especialmente* animadora) um inoportunamente precoce caso de mal de Alzheimer.

O pâncreas? Bem, esse aí era rápido, pelo menos. Serviço expresso, nada de espera.

Enfarte? Cirrose? Derrame?

Como tudo soava provável! Lógico!

Em muitas entrevistas, ele se mostrou como um homem indignado com a morte, mas isso era em grande parte a mesma velha merda machista que andou vendendo em toda sua carreira. A morte o *aterrorizava*, essa era a verdade, e como tinha passado a vida aperfeiçoando a imaginação, podia vê-la se aproximando de pelo menos quatro dúzias de lados diferentes... e tarde da noite, quando não conseguia dormir, era capaz de vê-la se aproximando de quatro dúzias de lados diferentes *ao mesmo tempo*. Recusar-se a procurar o médico, a submeter-se a um *check-up* e deixá-los olhar debaixo do capô não impediria nenhuma dessas doenças de atacá-lo ou de se alimentar dele — se realmente já tivesse começado a devorá-lo —, mas ficando longe dos médicos e suas máquinas diabólicas *não teria de saber*. A gente não tinha de lidar com o monstro debaixo da cama ou espreitando de um canto se jamais acendesse as luzes do quarto, essa era a questão. E o que nenhum médico do mundo parecia saber era que, para homens como Johnny Marinville, temer era às vezes melhor que descobrir. Sobretudo quando a gente estendia o tapete de boas-vindas a todas as doenças.

Incluindo a Aids, pensou, ainda a fitar o deserto. Ele tinha tentado ser cuidadoso — e já não trepava tanto quanto antes mesmo, era a dolorosa verdade — e sabia que, nos últimos oito ou dez meses, *tinha* sido cuidadoso, porque os brancos na memória haviam cessado com a parada na bebida. Mas no ano antes de parar, simplesmente acordou umas quatro ou cinco vezes ao lado de mulheres anônimas. Em cada uma dessas vezes, ele se levantou e foi logo ao banheiro verificar a privada. Certa vez havia uma camisinha usada boiando lá, portanto essa provavelmente tinha sido segura. Nas outras ocasiões, zero. Claro que ele ou a amiga poderiam tê-la mandado descarga abaixo à noite, mas ele não tinha como saber, tinha? Não quando a gente avançava para os brancos na memória. E a Aids...

— Essa porra entra lá e *fica esperando* — disse, e estremeceu quando uma lufada de vento particularmente perversa lhe lançou uma camada de fina poeira de álcali no rosto, pescoço e órgão pendurado. Este último tinha deixado de fazer qualquer coisa útil há pelo menos um minuto.

Johnny o sacudiu com vigor, depois o enfiou de volta para dentro da cueca.

— Irmãos — disse em sua séria reedição da voz de pregador às tremulantes montanhas distantes —, está escrito no Livro dos Efésios, capítulo três, versículo nove, que por mais que a gente pule e dance, as duas últimas gotas sempre pingam na cueca. Assim está escrito, e assim é...

Ele estava se virando e puxando o zíper, falando sobretudo para afastar a depressão (que se avolumava como um bando de abutres há apenas pouco tempo, essa depressão), quando parou de fazer tudo de repente.

Um carro de polícia estava parado atrás de sua moto, as luzes azuis girando indolentes na quente luz do dia do deserto.

3

Foi a primeira ESPOSA que deu a Johnny Marinville o que talvez fosse sua última chance.

Oh, não a última chance de publicar sua obra; isso não. Ele poderia continuar fazendo isso enquanto permanecesse capaz de (a) pôr as palavras no papel e (b) enviá-las a seu agente. Assim que a gente era aceito como uma fera literária legítima, *alguém* teria prazer em continuar publicando nossas palavras, mesmo depois de se degenerarem até a autoparódia ou completo disparate. Johnny às vezes achava que a coisa mais terrível no *establishment* literário americano era que deixavam o cara balançando ao vento, estrangulando-se lentamente, e todos se reuniam em volta, em seus coquetéis imbecis, congratulando-se pela própria bondade para com o pobre velho como-é-mesmo-o-nome-dele.

Não, o que Terry tinha lhe dado não foi sua última chance de publicar, mas talvez de escrever alguma coisa realmente digna, alguma coisa que o fizesse voltar a ser notado de maneira positiva. Alguma coisa que também vendesse adoidado... e ele precisava do dinheiro, disso não havia a menor dúvida.

Melhor ainda, achava que Terry não tinha a mínima ideia do que tinha dito, o que significava que ele não teria de dividir nada dos lucros com ela, se houvesse algum lucro. Não teria sequer de citá-la na página de agradecimentos, se não o quisesse, mas imaginava que provavelmente o faria. Parar de beber foi em muitos aspectos uma experiência terrível, mas ajudava *de fato* a gente a se lembrar das responsabilidades.

Tinha se casado com Terry quando tinha 25 anos e ela, 21, e estava no penúltimo ano na faculdade em Vassar. Ela jamais concluiu a faculdade. Ficaram casados quase vinte anos, e nesse tempo ela lhe deu três filhos, todos adultos agora. Um deles, Bronwyn, ainda falava com ele. Os outros dois... bem, se um dia se cansassem de cuspir para cima, ele estaria por perto. Não era um homem vingativo por natureza.

Terry parecia saber disso. Após cinco anos comunicando-se apenas através de seus advogados, tinham iniciado um diálogo cauteloso, às vezes por carta, e com mais frequência por telefone. Esse contato havia sido hesitante a princípio, os dois ainda com medo de qualquer mina que continuasse enterrada na destruída cidade de suas afeições, mas com os anos tornou-se mais regular. Terry via seu famoso ex com uma espécie de interesse estoico, divertido, que ele achava um tanto aflitivo — em sua opinião, não era o tipo de atitude que se esperava de uma ex-mulher para com um homem que tinha se tornado um dos mais discutidos escritores de sua geração. Mas ela também lhe falava com uma bondade franca que ele achava calmante, como uma mão fria numa testa quente.

Tinham mais contato desde que ele deixara de beber (mas ainda sempre por telefone ou carta; os dois pareciam saber, mesmo sem falar disso, que um encontro cara a cara seria muita pressão sobre o frágil elo que haviam criado), porém de alguma forma essas conversas sóbrias eram ainda mais perigosas... não rancorosas, mas sempre com essa possibilidade. Ela queria que ele retornasse aos Alcoólicos Anônimos, dizia-lhe sem rodeios que se não o fizesse ia acabar voltando a beber. E depois viriam as drogas, dizia, tão certo quanto o fato de que depois do crepúsculo vem a escuridão.

Johnny dizia que não tinha a menor intenção de passar o resto da vida sentado em porões de igreja com um bando de bêbados, todos falando da maravilha que era ter uma força maior que o próprio ego... antes de voltarem aos seus carros velhos e irem para casa, a maioria deles sem cônjuges, alimentar seus gatos.

— O pessoal no AA está em geral arruinado demais pra ver que entregou a vida a um conceito vazio e a um ideal fracassado — disse.

— Acredite em minhas palavras, eu estive lá. Ou nas de John Cheever, se preferir. Ele escreveu particularmente bem sobre isso.

— John Cheever não anda escrevendo muito ultimamente — retrucou Terry. — E eu acho que você sabe por quê.

Ela sabia ser irritante, sem sombra de dúvida.

Fazia três meses que ela tinha lhe dado a grande ideia, lançando-a numa conversa casual sobre o que os filhos andavam fazendo, o que ela andava fazendo, e, claro, o que ele andava fazendo. O que ele andara fazendo na primeira parte daquele ano fora agonizar nas primeiras duzentas páginas de um romance histórico sobre Jay Gould. Acabou percebendo o que de fato o livro era — Gore Vidal requentado — e o estraçalhou. *Assou*, na verdade. Num ataque de raiva que ele resolveu manter em segredo, jogou os disquetes de computador do romance no micro-ondas e os deixou lá dez minutos na potência máxima. O fedor foi inacreditável, uma coisa que saía rugindo em plumas da cozinha, e ele, na verdade, teve de trocar o micro-ondas.

Depois ele se viu contando toda a história a Terry. Quando terminou, ficou sentado na poltrona do escritório com o telefone no ouvido e os olhos fechados, esperando que ela lhe dissesse que não se incomodasse em voltar às reuniões do AA, o que precisava era de um bom psiquiatra, e rápido.

Em vez disso, ela disse que ele devia ter posto os disquetes num pirex e usado o forno convencional. Ele sabia que ela estava brincando — e achava que ao menos parte da piada era às custas dele —, mas a maneira como ela o aceitava, a ele e ao seu modo de ser, continuava parecendo uma mão fria numa fronte febril. Não foi aprovação que conseguiu dela, mas não era de aprovação que precisava.

— Claro que você nunca *foi* muito bom na cozinha — disse ela, e seu tom trivial o fez gargalhar. — O que vai fazer agora, Johnny? Alguma ideia?

— Nem a mínima.

— Você devia escrever um pouco de não ficção. Afaste toda ideia de romance por enquanto.

— Isso é burrice, Terry. Eu não sei escrever não ficção, e você sabe disso.

— Eu não sei nada disso — ela disse, falando num tom cortante de não-seja-tolo que ele não aceitava de mais ninguém agora, menos ainda de seu agente. Parecia que quanto mais Johnny fracassava e bracejava às tontas, mais horrivelmente obsequioso se tornava Bill Harris.

— Durante os dois primeiros anos de nosso casamento, você deve ter escrito no mínimo uns doze ensaios. E publicado. Por um bom dinheiro. *Life, Harper's*, até mesmo uns dois no *New Yorker*. Pra você é fácil esquecer; não era você que fazia as compras e pagava as contas. Eu *adorava* aqueles ensaios.

— Ah. Os chamados Ensaios do Coração Americano. Certo. Não esqueci deles, Terry, só os expulsei de mim. Eram pro aluguel, depois que acabou a grana da Guggenheim; basicamente isso. Jamais foram reunidos.

— Você não quis *deixar* que fossem — ela retrucou. — Não se encaixam em sua ideia dourada de imortalidade.

Johnny recebeu isso em silêncio. Às vezes odiava a memória dela. A própria Terry jamais fora capaz de escrever merda nenhuma que tivesse algum valor, o material no qual ela vinha trabalhando para o seminário de literatura no ano em que ele a conhecera era simplesmente horrível, e desde então jamais publicara nada mais complexo que uma carta ao editor, mas era uma campeã em armazenamento de dados. Isso ele tinha de admitir.

— Continua aí, Johnny?
— Continuo.
— Sempre sei quando lhe digo coisas de que você não gosta — ela disse, animada —, porque é o único momento em que você cala a boca. Fica todo carrancudo.

— Bem, eu continuo aqui — ele repetiu alto e recaiu em silêncio, esperando que ela mudasse de assunto. Mas ela não mudou, claro.

— Você fez três ou quatro daqueles ensaios porque alguém pediu, não me lembro quem...

Um milagre, pensou ele. *Ela não se lembra quem.*

— ... e tenho certeza de que você teria parado por ali, só que naquela época você recebeu pedidos de outros editores. Isso não me surpreendeu nem um pouco. Os ensaios eram *bons*.

Ele ficou em silêncio desta vez, não para indicar desinteresse ou desaprovação, mas porque repensava o passado, tentando se lembrar se os tais ensaios *tinham* algum valor. Não se podia confiar cem por cento em Terry nessas questões, mas também não se podia eliminar suas conclusões do tribunal sem ouvi-las. Como escritora de ficção, ela fora da escola do "Vi um pássaro ao amanhecer e meu coração saltitou", mas na crítica era dura como um prego e capaz de sacadas assombrosas, quase telepáticas. Uma das coisas que mais o haviam atraído para ela (embora acreditasse que o fato de ela ter os melhores peitos da América naquele tempo tenha ajudado) era a dicotomia entre o que ela queria fazer — escrever ficção — e o que *podia* fazer, escrever críticas que cortavam como uma pedra de diamante.

Quanto aos chamados Ensaios do Coração Americano, o único que conseguia lembrar claramente depois de tantos anos era "Morte no Segundo Turno". Era sobre pai e filho que trabalhavam juntos numa siderurgia. O pai tivera um ataque cardíaco e morrera nos braços do filho, no terceiro dos quatro dias de visitação para pesquisa de Johnny Marinville. Ele pretendia se concentrar num aspecto inteiramente diferente do trabalho da indústria, mas mudou logo de rumo, e sem pensar duas vezes. O resultado foi uma matéria desprezivelmente sentimental (o fato de que cada palavra era verdade não mudou isso em nada), mas também foi uma matéria tremendamente *popular*. O cara que a editou para a *Life* mandou-lhe um recado um mês e meio depois dizendo que ela gerou o quarto maior volume de cartas na história da revista.

Outras matérias começaram a ocorrer-lhe — títulos, sobretudo, coisas como "Alimentar as Chamas" e "Um Beijo no Lago Saranac". Títulos terríveis, mas... *o quarto maior volume de cartas*.

Hummmm.

Onde poderiam estar esses antigos ensaios? Na Coleção Marinville, em Fordham? É possível. Diabos, poderiam até mesmo estar no sótão da casa de campo de Connecticut. Gostaria de dar uma olhada neles. Talvez pudessem ser atualizados... ou... ou...

Alguma coisa começou a remexer no fundo de sua mente.

— Ainda tem a moto, Johnny?

— Hein? — Ele mal a ouvia.

— A moto. A montaria. A *motocicleta*.

— Claro — disse ele. — Está guardada naquela oficina de Westport que a gente usava. A que você conhece.

— A de Gibby?

— É, a Oficina de Gibby. Agora é de outro cara, mas era a Oficina de Gibby, sim.

Foi surpreendido por uma lembrança de textura brilhante: ele e Terry, inteiramente vestidos e se atracando como loucos atrás da Oficina de Gibby uma tarde em... bem, há muito tempo, deixa pra lá. Terry usava um short azul muito justo. Duvidava de que a mãe dela o aprovaria, não mesmo, mas ele próprio achou que aquele artigo de liquidação a fazia parecer a Rainha do Mundo Ocidental. O rabo era apenas bom, mas as *pernas*... cara, aquelas pernas haviam subido não apenas até o queixo dela, mas até a estrela Arcturus e além. Como tinham ido parar ali, no meio daqueles pneus e peças enferrujadas jogados fora, de pé entre girassóis que lhes chegavam até os quadris, e apalpando-se um ao outro? Não lembrava, mas se lembrava da generosa curva daquele peito na mão dele e de como a danada agarrou as passadeiras do jeans dele quando ele gemeu no pescoço dela e o puxou para que ele pudesse gozar com intensidade contra a barriga lisa dela.

Deixou cair a mão no colo e não ficou exatamente surpreso com o que encontrou ali. Ora, pessoal, Frampton ganha vida.

— ... nova série, ou talvez mesmo um livro.

Ele pôs a mão firmemente de volta no braço da cadeira.

— Hein? Como?

— Além de senil, está ficando surdo?

— Não. Estava me lembrando de uma vez com você, atrás da Oficina do Gibby. Trepando.

— Ah. Nos girassóis, certo?

— Certo.

Houve uma longa pausa, em que ela talvez estivesse pensando em algum outro comentário sobre aquele interlúdio. Johnny quase desejava um. Em vez disso, ela retornou ao texto anterior.

— Eu disse que talvez você devesse cruzar o país em sua moto, antes de ficar velho demais pra usar os pedais ou de recomeçar a beber e se espatifar nas Black Hills.

— Você está louca? Não monto naquela coisa há três anos, e não tenho a menor intenção de voltar a montar, Terry. Minha visão está uma bosta...

— Então compre uns bons óculos.

— ... e meus reflexos estão em péssimas condições. John Cheever pode ou não ter morrido de alcoolismo, mas John Gardner *definitivamente* partiu numa motocicleta. Brigou com uma árvore. Perdeu. Aconteceu numa estrada da Pensilvânia. Uma daquelas em que eu mesmo já dirigi.

Terry não estava ouvindo. Era uma das poucas pessoas no mundo que se sentia perfeitamente à vontade ignorando-o e deixando-se levar pelos próprios pensamentos. Ele supunha que era outro dos motivos pelos quais se divorciara dela. Não gostava de ser ignorado, sobretudo por uma mulher.

— Você podia atravessar o país de moto e recolher material pra uma nova coletânea de ensaios — ela dizia. A voz parecia ao mesmo tempo animada e divertida. — Se pusesse na frente o melhor da série antiga... como Parte Um, sabe... teria um livro de bom tamanho. *Coração Americano, 1966-1996*, ensaios de John Edward Marinville. — Deu uma risadinha. — Quem sabe? Talvez até conseguisse outro bom comentário de Shelby Foote. Foi desse que você sempre gostou mais, não foi? — Fez uma pausa para a resposta dele, e, quando não veio nenhuma, perguntou se ele continuava ao fone, primeiro despreocupada, depois meio preocupada.

— Sim — ele disse. — Estou aqui. — Sentia-se feliz de repente por estar sentado. — Ouça, Terry. Tenho de ir. Marquei um encontro.

— Namorada nova?

— Pedicuro — disse ele, associando Foote ao pé. O nome era como o número final de uma combinação de cofre de banco. Um clique e a porta se abre.

— Bem, se cuida — disse ela. — E falando sério, Johnny, pense em voltar ao AA. Quer dizer, que mal faz?

— Nenhum, eu acho — ele disse, pensando em Shelby Foote, que certa vez chamara John Edward Marinville de o único escritor americano vivo da estatura de John Steinbeck, e Terry tinha razão: de todas as pepitas de louvor que tinha recebido até então, essa foi a que mais lhe agradou.

— Certo, nenhum. — Ela fez uma pausa. — Johnny, *está* tudo bem com você? Parece que você mal está aí.

— Tudo ótimo. Dê lembranças aos garotos por mim.

— Eu sempre dou. Eles em geral respondem com o que minha mãe chamava de palavras feias, mas eu sempre dou. Tchau.

Ele desligou sem olhar para o telefone, e, quando este caiu da borda da mesa no chão, continuou não olhando em volta. John Steinbeck tinha atravessado o país num trailer improvisado com seu cachorro. Johnny tinha uma Harley-Davidson Softail 1340-cc pouco usada e guardada em Connecticut. *Coração Americano*, não. Nisso ela se enganou, e não apenas por ser o nome de um filme com Jeff Bridges de alguns anos atrás. Não *Coração Americano*, mas...

— *Viajando na Harley* — ele murmurou.

Era um título ridículo, um título *risível*, uma paródia da revista *Mad*... mas seria pior que um ensaio intitulado "Morte no Segundo Turno" ou "Alimentando as Chamas"? Achava que não... e sentia que o título ia funcionar, se elevar acima de suas esfarrapadas origens. Sempre tinha confiado em suas intuições, e havia anos que não tinha uma tão forte assim. Poderia cruzar o país em sua Softail vermelha e creme, do Atlântico, onde esse oceano tocava Connecticut, ao Pacífico, onde tocava a Califórnia. Um livro de ensaios que fizesse os críticos repensarem inteiramente a imagem que tinham dele, um livro de ensaios que talvez o recolocasse de volta nas listas de best-sellers, se... *se*...

— Se fosse generoso — falou. O coração martelava no peito, mas uma vez na vida esse sentimento não o apavorou. — Generoso como *Blue Highways*. Generoso como... ora, como Steinbeck.

Ali sentado em seu escritório, o telefone zumbindo asperamente a seus pés, o que Johnny Marinville viu foi nada menos que a redenção. Uma saída.

Pegou o telefone e ligou para seu agente, os dedos voando sobre os botões.

— Bill — disse ele —, é Johnny. Eu estava aqui sentado, pensando em uns ensaios que escrevi quando era garoto, e tive uma ideia fantástica. Vai parecer maluca a princípio, mas ouça...

4

Quando Johnny subiu a encosta arenosa até a rodovia, tentando não arquejar demais, viu que o cara parado atrás de sua Harley, anotando o número da placa, era a porra do maior policial que ele já tinha visto — dois metros no mínimo, e pelo menos uns 130 quilos nos cascos.

— Boa tarde, seu guarda — Johnny disse.

Ele baixou o olhar para si mesmo e viu uma minúscula mancha escura na frente da calça Levi's. *Por mais que a gente pule e dance*, pensou.

— Senhor, sabe que estacionar um veículo numa rodovia estadual é contra a lei? — perguntou o policial, sem erguer os olhos.

— Não, mas dificilmente acho...

... que isso possa ser um problema muito sério numa estrada deserta como a Rodovia U.S. 50, era como pretendia concluir, e no tom arrogante de "como ousa contestar o que eu digo?" que vinha usando com subalternos e serviçais durante anos, mas então viu uma coisa que o fez mudar de ideia. Havia sangue no punho e na manga da camisa do policial, muito sangue, agora secando, cor de esmalte marrom. Na certa tinha acabado de retirar da estrada algum animal atropelado há pouco — talvez um veado ou alce atingido por uma carreta em alta velocidade. Isso explicaria ao mesmo tempo o sangue e o mau humor. A camisa parecia perdida; tanto sangue assim jamais sairia.

— Senhor? — perguntou asperamente o policial. Tinha terminado de anotar o número da placa, mas continuava olhando para a moto, as sobrancelhas louras franzidas, a boca repuxada. Era como se não quisesse olhar para o dono da moto, como se soubesse que isso só iria fazê-lo se sentir mais vil do que já se sentia. — O senhor estava dizendo?

— Nada, seu guarda — disse Johnny.

Falou num tom neutro, não humilde, mas tampouco arrogante. Não queria contrariar aquela massa bruta que visivelmente estava tendo um dia ruim.

Ainda sem erguer os olhos, o bloco de notas estrangulado numa das mãos e o olhar severamente fixo na lanterna traseira da Harley, disse o policial:

— Também é contra a lei se aliviar à vista de uma estrada estadual. Sabia *disso*?

— Não, desculpe — disse Johnny. Sentiu uma vontade louca de rir borbulhando no peito e conteve-a.

— Mas é. Agora, vou liberar o senhor... — Ergueu o olhar pela primeira vez, fitou Johnny, e arregalou os olhos. — ... liberar só com uma advertência desta vez, mas...

Ele parou de falar, os olhos agora tão arregalados como os de um garoto quando a parada do circo desce a rua marchando, num turbilhão de palhaços e trombones. Johnny conhecia aquela expressão, embora jamais houvesse esperado encontrá-la ali no deserto de Nevada, e na cara de um gigantesco policial que aparentava ter gostos de leitura que iam das Piadas de Salão da *Playboy* à revista *Armas e Munições*.

Um fã, pensou. *Aqui estou eu no meio do grande nada entre Ely e Austin, e encontro, Deus do céu, um fã.*

Não via a hora de falar disso a Steve Ames quando se encontrassem à noite em Austin. Porra, podia ligar para ele pelo celular à tarde... se os celulares funcionassem ali, quer dizer. Agora que pensava nisso, achava que não. A bateria do seu estava carregada, deixara-a carregando durante toda a noite passada, mas não falara com Steve na porra da coisa desde que partira de Salt Lake City. Na verdade, não era tão apaixonado assim por celulares. Não achava que *causassem* câncer de fato, isso na certa era apenas mais alarmismo de jornal sensacionalista, mas...

— Puta que pariu — murmurou o policial. Levou a mão direita, a do punho e manga manchados de sangue, à face direita. Por um estranho momento, pareceu a Johnny um atacante de futebol americano profissional fazendo uma imitação de Jack Benny. — *Puuuta* que pariu.

— Que é que há, seu guarda? — perguntou Johnny.

Reprimia, com certa dificuldade, um sorriso. Uma coisa não tinha mudado com o passar dos anos: adorava ser reconhecido. Nossa, como adorava.

— O senhor é... JohnEdwardMarinville! — arquejou o policial, dizendo tudo junto, como se ele só tivesse um nome, tipo Pelé ou Cantinflas. O próprio policial começava a sorrir, e Johnny pensou: *Oh, senhor policial, que grandes dentes o senhor tem.* — Quer dizer, *é* o senhor, não é? O senhor escreveu *Prazer*! E, ah, merda, *A Canção do Martelo*! Estou *ao lado* do cara que escreveu *A Canção do Martelo*! — E então fez uma coisa que Johnny achou verdadeiramente cativante: estendeu a mão e tocou a manga da camisa de sua jaqueta de motoqueiro, como para provar a si mesmo que o homem que a usava era realmente de carne e osso. — *Puuuta que pariu!*

— Bem, sim, eu sou Johnny Marinville — ele disse, falando no tom modesto que reservava para essas ocasiões (e só para essas ocasiões, em geral). — Embora deva dizer que jamais fui reconhecido por alguém que acabou de me ver dando uma mijada na beira da estrada.

— Ah, esqueça *isso* — disse o policial, e agarrou a mão de Johnny.

Um momento antes que os dedos do policial se fechassem sobre os seus, Johnny viu que o homem também tinha a mão lambuzada de sangue semisseco; a linha da vida e a do amor se destacavam num vermelho-escuro, cor de fígado. Johnny tentou manter o sorriso na cara quando se apertaram as mãos, e achou que se saiu muito bem, mas tinha consciência de que os cantos de sua boca pareciam pesar. *Está grudando em mim*, pensou. *E não vai ter lugar nenhum pra lavar antes de Austin.*

— Cara — dizia o policial —, o senhor é um dos meus autores preferidos! Falo sério, Deus do céu, *A Canção do Martelo*... Sei que os críticos não gostaram, mas o que é que eles sabem?

— Não muita coisa — disse Johnny.

Queria que o policial soltasse sua mão, mas ele era aparentemente uma daquelas pessoas que balançavam a mão da gente tanto para pontuar e enfatizar o que diziam como para cumprimentar. Johnny sentia a força latente no aperto; se aquele cara enorme a espremesse, o escritor preferido dele teria que digitar seu novo livro com a mão esquerda, pelo menos nos primeiros dois meses.

— Não muita coisa, porra! *A Canção do Martelo* é o melhor livro sobre o Vietnã que já li até hoje. Esqueça Tim O'Brien, Robert Stone...

— Ora, obrigado, muito obrigado.

O policial finalmente afrouxou o aperto e Johnny retirou a mão. Queria olhar para ela e ver a quantidade de sangue nela, mas obviamente não era o momento. O policial enfiava o bloco de notas maltratado no bolso de trás e fitava Johnny de um modo intenso e deslumbrado que era na verdade meio constrangedor. Parecia temer que ele desaparecesse como uma miragem num simples piscar de olhos.

— O que faz por aqui, sr. Marinville? Deus do céu! Eu pensava que o senhor morava lá no leste!

— Bem, eu moro, mas...

— E este não é nenhum meio de transporte pra um... bem, tenho de dizer, pra um *patrimônio nacional*. Ora, tem ideia da proporção de acidentes com motociclistas? Computada com base em horas de estrada? Posso dizer isso porque sou um lobo, e a gente recebe uma circular todos os meses do Conselho de Segurança Nacional. É um acidente entre 460 motoqueiros por dia. Parece bom, eu sei, até a gente ver a taxa de acidentes com motoristas em veículos de passeio. Um entre *27 mil* por dia. É uma grande diferença. Faz a gente pensar, não faz?

— Faz. — Pensando: *Ele disse mesmo alguma coisa de que é um lobo, será que ouvi direito?* — Essas estatísticas são bastante... bastante... — *Bastante o quê? Vamos lá, Marinville, conclua. Se você pode passar uma hora com uma megera hostil da revista* Ms. *e ainda assim não tomar um trago, na certa pode lidar com esse cara. Ele afinal só está tentando mostrar preocupação por você.* — São bastante impressionantes — concluiu.

— Então o que *faz* o senhor aqui? E num meio de transporte tão inseguro?

— Colhendo material.

Johnny se viu baixando os olhos para a manga direita dura de sangue do policial e os arrastou à força para o rosto bronzeado de sol acima. Duvidava de que muita gente na patrulha daquele cara lhe causasse problemas; ele parecia capaz de comer pregos e cuspir arame farpado, ainda que na verdade não tivesse a pele certa para aquele clima.

— Pra um novo romance?

O policial estava entusiasmado. Johnny deu uma olhada no peito do homem, em busca de algum crachá de identificação, mas não havia nenhum.

— Bem, um novo livro, pelo menos. Posso perguntar uma coisa, seu guarda?

— Claro, sim, mas eu é que devia estar fazendo perguntas ao *senhor*, tenho cerca de um trilhão delas. Nunca pensei... aqui no meio do nada e encontro... *puuta que pariu!*

Johnny arreganhou um sorriso. Estava mais quente que o inferno ali, e ele queria ir andando antes que Steve o alcançasse — detestava olhar pelo retrovisor e ver aquele furgão amarelo lá atrás, quebrava o clima, de certa forma — mas era difícil não ficar comovido com o entusiasmo natural do homem, sobretudo quando se dirigia a um tema que o próprio Johnny encarava com respeito, admiração, e, sim, reverência.

— Bem, já que o senhor está tão obviamente familiarizado com minha obra, o que acharia de um livro de ensaios sobre a vida na América contemporânea?

— Seu?

— Meu. Um tipo de diário livre de viagem chamado... — respirou fundo — Viajando na Harley?

Estava pronto para ver o policial parecer perplexo, ou explodir na gargalhada, como faziam as pessoas no desfecho de uma piada. O tira não fez nenhuma das duas coisas. Simplesmente olhou de novo a lanterna traseira da moto de Johnny, uma mão esfregando o queixo (o queixo de um herói de quadrinhos de Bernie Wrightson, quadrado e com uma covinha no meio), a testa franzida, pensando cuidadosamente. Johnny aproveitou a oportunidade para olhar furtivamente para sua própria mão. Tinha sangue, sem dúvida, bastante. A maior parte nas costas e espalhado pelas unhas. Eca.

Então o policial ergueu o olhar e o surpreendeu dizendo exatamente o que ele mesmo vinha pensando nos últimos dois dias de monótono percurso no deserto.

— *Pode* dar certo — disse —, mas a capa deve ser uma foto do senhor em sua máquina, aqui. Uma foto *séria*, pro pessoal saber que o senhor não está tentando fazer piada com John Steinbeck... ou com o senhor mesmo, aliás.

— *Isso* mesmo! — exclamou Johnny, mal se contendo para não dar um tapinha nas costas do enorme policial. — Aí é que está o grande perigo, as pessoas começarem a pensar que é uma espécie de... de *piada* esquisita. A capa deve passar intenção séria... talvez até mesmo uma certa *austeridade*... o que acha de apenas a moto? Uma foto da moto, talvez em tom sépia? Parada no meio de uma rodovia do país... ou aqui mesmo no deserto, na linha divisória da Rodovia 50... a sombra caindo do lado...

Não deixava de ver o absurdo que era discutir aquilo ali, com um policial enorme que estivera para lançar-lhe uma advertência por mijar nas bolas de capim seco, mas isso tampouco diminuía seu entusiasmo.

E mais uma vez o policial lhe disse exatamente o que ele queria ouvir.

— Não! Deus do céu, não. Tem de ser do senhor.

— Na verdade, eu também penso assim — disse Johnny. — Sentado na moto... talvez com o estribo lateral baixado e eu com os pés na pedaleira... informal, sabe... informal, mas...

— ... mas *real* — disse o policial. Ergueu os olhos para Johnny, aqueles olhos cinza desagradáveis, depois os voltou mais uma vez para a moto. — Informal mas *real*. Sem sorrisos. Não se *atreva* a sorrir, sr. Marinville.

— Sem sorrisos — concordou Johnny, pensando: *Esse cara é um gênio.*

— E com um ar meio distante — disse o policial. — Parecendo desligado. Como se pensasse em todos os quilômetros percorridos...

— É, e em todos os quilômetros ainda a percorrer. — Johnny ergueu o olhar para o horizonte, para sentir a expressão... o velho guerreiro contemplando o oeste, uma coisa tipo Cormac McCarthy... e mais uma vez viu o veículo parado no acostamento um ou dois quilômetros adiante. Sua visão de longe continuava ótima, e a luz do sol tinha se deslocado o bastante para ele ter quase certeza de que era um trailer. — Quilômetros literais e metafóricos...

— É, as duas coisas — disse o espantoso policial. — *Viajando na Harley*. Eu gosto do título. Tem colhões. E, claro, eu leria *qualquer coisa* que o senhor escrevesse, sr. Marinville. Romance, ensaio, poema... porra, até sua lista da lavanderia.

— Obrigado — disse Johnny, comovido. — Eu agradeço. O senhor provavelmente jamais saberá o quanto. Este último ano tem sido difícil pra mim. Muitas dúvidas. Questionando minha própria identidade e meu objetivo.

— Eu conheço um pouco disso — disse o policial. — Talvez o senhor pense que não, um cara como eu, mas eu conheço. Ora, se o senhor soubesse o dia que já tive hoje... Sr. Marinville, seria possível o senhor me dar seu autógrafo?

— Claro, seria um prazer — disse Johnny, e retirou seu bloco do bolso de trás.

Abriu-o e correu as anotações, direções, números de estradas, fragmentos de mapas feitos a lápis de desenho e borrados (haviam sido desenhados por Steve Ames, que logo tinha compreendido que seu famoso cliente, embora ainda capaz de dirigir uma moto com razoável grau de segurança, poderia acabar perdido e bufando até mesmo em cidades pequenas se não tivesse ajuda). Encontrou por fim uma página vazia.

— Qual é o seu nome, sen...

Foi interrompido por um longo e trêmulo uivo, que lhe gelou o sangue... não apenas porque era claramente o som de um animal selvagem, mas porque estava *perto*. O bloco caiu-lhe da mão e ele girou abruptamente nos calcanhares, com tanta rapidez que cambaleou. Parado logo além da beira sul da estrada, a menos de 50 metros, havia um cão sarnento de patas finas e flancos magros, parecendo faminto. Tinha carrapichos grudados no pelo cinzento e uma medonha ferida vermelha numa das patas da frente, mas Johnny mal reparou nessas coisas. O que o fascinava era o focinho do animal, que parecia ao mesmo tempo estúpido e astuto.

— Meu Deus — murmurou. — Que é aquilo? É um...

— Coiote — disse o policial, pronunciando *qui-iote*. — Algumas pessoas aqui chamam de lobo do deserto.

Foi isso que ele disse, pensou Johnny. *Alguma coisa sobre ter visto um coiote, um lobo do deserto. Você apenas interpretou mal.* A ideia o aliviou, embora uma parte de sua mente não acreditasse de modo algum naquilo.

O policial deu um passo na direção do coiote, depois outro. Fez uma pausa, depois um terceiro passo. O bicho manteve sua posição, mas começou a tremer todo. Urina esguichou de baixo do flanco que parecia mordido. Uma lufada de vento transformou o ralo jato numa nuvem de gotas.

Quando o policial deu o quarto passo em sua direção, o coiote ergueu o focinho arranhado e tornou a uivar, um som longo e ululante, que fez a pele dos braços de Johnny ondular de arrepios e os testículos encolherem.

— Ei, não provoque — disse ao policial. — Isso é *très* arrepiante.

O policial o ignorou. Fitava o coiote, que agora o olhava atento de volta, com seu olhar fixo amarelo.

— *Tak* — disse o policial. — *Tak ah lah.*

O lobo continuou olhando para ele fixamente, como se entendesse aquela inarticulada linguagem de som indígena, e os arrepios nos braços de Johnny continuaram. O vento deu outra rajada, soprando seu bloco de notas no acostamento, onde ele foi parar contra uma pedra. Johnny não notou. O bloco de notas e o autógrafo que ia dar ao policial eram no momento as coisas mais distantes de sua mente.

Isso vai entrar no livro, pensava. *Tudo mais que vi ainda é duvidoso, mas isso entra. Com certeza. Uma certeza da porra.*

— *Tak* — disse o policial mais uma vez, e bateu as palmas com força, uma vez.

O coiote se virou e fugiu, correndo naquelas pernas esqueléticas com uma rapidez que Johnny jamais esperaria. O homenzarrão de uniforme cáqui ficou olhando atento até a pele cinzenta do coiote se fundir com a terra cinzenta geral do deserto. Não demorou muito.

— Deus do céu, não são medonhos? — perguntou o policial. — E ultimamente estão mais numerosos que chatos num cobertor. A gente não os vê de manhã nem no início da tarde, quando está mais quente, mas no fim da tarde... à noitinha... ao escurecer... — Balançou a cabeça, como para dizer: *Você mesmo viu.*

— O que foi que o senhor *disse* a ele? — perguntou Johnny. — Foi *impressionante*. Era indígena? Algum dialeto índio?

O policial enorme riu.

— Eu não conheço nenhum dialeto índio — disse. — Diabos, não conheço nenhum *índio*. Era só fala de bebê, como gu-gu-dá-dá...

— Mas ele estava *escutando*!

— Não, estava me *olhando* — disse o policial, e fez para Johnny uma careta meio desagradável, como se o desafiasse a contradizê-lo. — Eu segurei os olhos dele, só isso. Os buracos dos olhos. Acho que grande parte dessa coisa de domesticar animais é pros pássaros, mas quando se trata de animais furtivos como os lobos do deserto... bem, se a gente segura os olhos deles, não importa o que diga. Em geral, não são perigosos, a menos que estejam raivosos. Basta não deixar que farejem medo na gente. Nem sangue.

Johnny deu mais uma olhada na manga direita do policial e se perguntou se não tinha sido o sangue que atraiu o coiote.

— E nunca, *nunca* queira enfrentá-los quando estão em matilha. Sobretudo com um líder forte. Aí não têm medo. Perseguem um alce e correm até o coração dele explodir. Às vezes só de farra. — Fez uma pausa. — Ou um homem.

— Realmente — disse Johnny. — Isso é... — Não podia dizer "*très arrepiante*", já tinha usado essa. — ... fascinante.

— É, não é? — disse o enorme policial e sorriu. — Folclore do deserto. Evangelho do agreste. Ressonância dos lugares solitários.

Johnny o olhava pasmo, o queixo ligeiramente caído. De repente, seu amigo policial falava como Paul Bowles num dia de carma ruim.

Está tentando impressionar você, só isso. É papo de coquetel sem a festa do coquetel. Você já viu e ouviu isso milhares de vezes antes.

Talvez. Mas ainda assim podia passar sem isso naquele contexto. De algum lugar distante veio outro uivo, fazendo tremer o ar como um bafio de aquecimento num auditório. Não era o coiote que tinha acabado de fugir, Johnny tinha certeza. Aquele uivo tinha vindo de muito mais longe, talvez em resposta ao primeiro.

— Ah, tempo esgotado! — exclamou o policial. — É melhor guardar isso, sr. Marinville!

— Hum?

Por um momento estranhíssimo, imaginou que o policial falava de seus pensamentos, como se praticasse telepatia, além de pretensão elíptica, mas o homenzarrão tornara a se voltar para a motocicleta e apontava o alforje à esquerda. Johnny viu que uma manga do seu novo poncho — laranja vivo, para segurança em mau tempo — pendia para fora como uma língua.

Como não vi isso quando parei pra fazer xixi?, perguntou-se. *Como posso ter deixado de ver?* E havia mais outra coisa. Ele tinha parado para pôr gasolina em Pretty Nice, e depois de encher os tanques da Harley, tinha aberto aquele alforje para pegar o mapa de Nevada. Conferiu os quilômetros dali até Austin, depois tornou a dobrar o mapa e a guardá-lo. Então afivelou o alforje. Tinha certeza disso, mas claro que estava desafivelado agora.

Fora um homem intuitivo durante toda sua vida; era a intuição, e não o planejamento, a responsável pelo melhor de sua obra como escritor. A bebida e as drogas haviam entorpecido, mas não destruído, essas intuições, e elas tinham voltado — não todas, pelo menos ainda, mas algumas — desde que virou careta. Agora, olhando o poncho a pender do alforje desafivelado, sentiu alarmes começarem a soar em sua cabeça.

Foi o policial.
Isso era um total absurdo, mas a intuição lhe dizia ser verdade mesmo assim. O policial tinha aberto o alforje e puxado para fora parte de seu poncho quando ele estava no lado norte da estrada virado de costas, fazendo xixi. E durante a maior parte da conversa, o policial tinha ficado deliberadamente numa posição em que Johnny não podia ver o poncho pendurado. O cara não era tão deslumbrado por conhecer seu escritor preferido como parecia. Talvez nem sequer deslumbrado. E tinha uma intenção com aquilo.

Que intenção? Se importaria de me dizer? Que intenção?
Johnny não sabia, mas não estava gostando. Também não gostou daquela misteriosa merda de dialeto Yoda com o coiote.

— E então? — perguntou o policial.
Estava sorrindo, e ali estava outra coisa para não gostar. Não era mais um simples sorriso idiota de apenas-um-fã-apaixonado, se é que o tinha sido alguma hora; havia alguma coisa fria nele. Talvez desprezo.

— E então o quê?
— Vai cuidar disso ou não? *Tak!*
O coração de Johnny disparou.
— *Tak*, o que quer dizer isso?
— Não fui eu que disse *tak*, foi o senhor. O senhor falou *tak*.
O policial cruzou os braços e ficou sorrindo para ele.

Quero sair daqui, pensou Johnny.
Sim, era a isso que tudo se resumia, não era? E se isso significava cumprir ordens, que fosse. Aquele pequeno interlúdio, que tinha começado engraçado de uma maneira simpática, de repente se tornou engraçado de uma maneira nada simpática... como se uma nuvem cobrisse o sol e um dia até então agradável escurecesse, se tornasse sinistro.

E se ele pretende me fazer mal? Já tomou visivelmente umas quatro ou cinco cervejas.

Bem, respondeu a si mesmo, *suponhamos que ele queira de fato me fazer mal. O que você pretende fazer? Reclamar com os coiotes locais?*

Sua imaginação, treinada em excesso, apresentou-lhe uma imagem extremamente desagradável: o policial cavando um buraco no deserto, e, à sombra de sua viatura, jaz o corpo de um homem que um dia ganhou o Prêmio Nacional do Livro e comeu a mais famosa atriz americana. Rejeitou a imagem quando mal passava de uma centelha, não tanto por medo, mas por uma curiosa arrogância protetora. Afinal, homens como ele não eram assassinados. Às vezes tiravam a própria vida, mas não eram assassinados, sobretudo por fãs psicóticos. Isso era baboseira de romance policial barato.

Havia John Lennon, claro, mas...

Andou em direção ao alforje, captando um odor do policial ao passar por ele. Por um momento, teve uma lembrança brilhante mas desfocada de seu pai embriagado, violento, loucamente divertido, que sempre lhe parecera ter o mesmíssimo cheiro daquele policial ali: Old Spice por cima, suor sob a loção pós-barba, simples e velha maldade por baixo de tudo, como o chão sujo de um velho porão.

As fivelas dos dois alforjes estavam abertas. Johnny levantou o topo franjado, ciente de que ainda sentia cheiro de suor e Old Spice. O policial estava colado ao seu ombro. Johnny estendeu o braço para pegar a manga pendurada do poncho e parou quando viu o que se encontrava em cima da pilha de mapas. Uma parte dele ficou chocada, mas a maior nem mesmo se surpreendeu. Ele olhou para o policial, que olhava para dentro do alforje.

— Ah, Johnny — disse o tira com pesar. — Isso é decepcionante. Isso é *très* decepcionante.

Estendeu a mão e pegou o saco de plástico de um galão sobre a pilha de mapas. Johnny não teve de cheirar para saber que a coisa ali dentro não era tabaco para cachimbo. Colado na frente do saco, como a ideia de piada de alguém, via-se o redondo adesivo amarelo de um sorriso.

— Isso não é meu — disse Johnny Marinville. A voz soou cansada e trêmula, como a mensagem telefônica numa secretária eletrônica muito antiga. — Isso não é meu e o senhor sabe que não é, não sabe? Porque foi o senhor quem pôs aí.

— Ah, sim, a culpa é dos tiras — disse o homenzarrão —, exatamente como nos seus livros fresco-liberais, certo? Cara, eu senti o cheiro da droga no segundo em que você se aproximou de mim. Você *fede* a ela! *Tak!*

— Olhe... — começou Johnny.

— Entra no carro, boneca! Entra no carro, sua bicha! — A voz estava indignada, os olhos cinzentos cheios de escárnio.

É brincadeira, pensou Johnny. *Alguma brincadeira que querem armar pra mim.*

Então, de algum lugar a sudoeste, vieram mais uivos — desta vez um bando —, e quando o policial virou os olhos para aquele lado e deu um sorriso, Johnny sentiu um grito subindo na garganta e teve de comprimir os lábios para contê-lo. Não havia nenhuma brincadeira na expressão do enorme policial quando olhou para o lado de onde vinha o som; era o olhar de um homem totalmente insano. E, nossa, ele era *grande* pra caralho.

— Meus filhos do deserto! — disse o policial. — Os *can toi*! Que doce música!

Deu uma risada, olhou o saco de droga na mãozona, balançou a cabeça e riu ainda mais alto. Johnny ficou olhando para ele, de repente evaporada a certeza de que homens como ele jamais eram assassinados.

— *Viajando na Harley* — disse o policial. — Sabe como é estúpido esse nome pra um livro? Como é estúpida essa *ideia*? E saquear o legado literário de *John Steinbeck*... um escritor cujos sapatos você não é digno de lamber... me deixa *louco de raiva*.

E antes que Johnny soubesse o que acontecia, um imenso clarão prateado de dor lhe explodiu na cabeça. Ele teve consciência de que cambaleava para trás com as mãos cobrindo o rosto e sangue quente jorrando por entre os dedos, de que agitava os braços no ar, e de que pensava: *Estou ótimo, não vou cair, estou ótimo*, e então desabou de lado na estrada, gritando para a vazia órbita azul do céu. O nariz sob os dedos não parecia mais reto; parecia caído sobre a face esquerda. Ele tinha um desvio de septo por causa de toda a coca que tinha cheirado nos anos 80, e se lembrava de que seu médico lhe dissera que devia corrigi-lo antes que batesse numa placa ou numa porta de vaivém ou em qualquer coisa assim, e ele simplesmente explodisse. Bem, não foi uma porta ou uma placa, e o nariz não explodiu exatamente, mas não havia dúvida de que tinha sofrido uma mudança rápida e radical. Ele pensava nessas coisas de uma maneira que parecia perfeitamente coerente no momento mesmo em que a boca continuava gritando.

— Na verdade, isso me deixa *furioso* — disse o policial, e deu-lhe um chute no alto da coxa esquerda.

A dor veio numa lâmina que penetrou como ácido e transformou em pedra os grandes músculos. Johnny rolou de um lado para outro, agora segurando a perna em vez do nariz, arranhando o rosto no asfalto da Rodovia 50, gritando, arquejando, aspirando areia para a garganta e tossindo-a asperamente para fora ao tentar gritar de novo.

— A verdade é que isso me deixa *enojado de raiva* — disse o policial, e chutou o traseiro de Johnny, bem no alto, perto das costas.

Agora a dor era enorme demais para ser suportada; ia desmaiar, com certeza. Mas não desmaiou. Apenas se contorcia e arrastava sobre a linha branca interrompida, gritando e sangrando pelo nariz quebrado e tossindo areia, os coiotes ao longe uivando para as densas sombras lançadas pelas montanhas distantes.

— Levanta — disse o policial. — De pé, lorde Jim.

— Não consigo — soluçou Johnny Marinville, dobrando as pernas até o peito e cruzando os braços sobre o ventre, a posição defensiva vagamente lembrada da convenção democrata de 68 em Chicago, e mesmo de antes disso, de uma palestra a que assistira na Filadélfia, antes das primeiras Marchas pela Liberdade no Mississippi. Tinha pretendido acompanhar uma dessas — não apenas por ser uma grande causa, mas por ser matéria para grande ficção —, porém no fim alguma outra coisa surgiu. Provavelmente seu pau, à visão de uma saia erguida.

— De pé, seu pedaço de merda. Agora está na *minha* casa, a casa do lobo e do escorpião, e é melhor não esquecer isso.

— Não consigo, o senhor quebrou minha perna, meu Deus, o senhor me machucou *muito*...

— Sua perna não está quebrada e você ainda não sabe o que é machucar. Agora levanta.

— Não consigo. Eu realmente...

O disparo da arma foi ensurdecedor, o ricochete da bala na estrada um monstruoso zumbido de vespa, e Johnny já estava de pé antes mesmo de saber cem por cento que não estava morto. Ficou com um pé na pista leste e o outro na oeste, oscilando como um bêbado para frente e para trás. Tinha a parte inferior do rosto coberta de sangue. A areia tinha grudado, formando pequenos caracóis e vírgulas nos lábios, bochechas e queixo.

— Ei, figurão, você se mijou — disse o policial.

Johnny baixou os olhos e viu que tinha se mijado mesmo. *Por mais que a gente pule e dance*, pensou. A coxa esquerda latejava como um dente infeccionado. Tinha a maior parte do traseiro dormente — a sensação de uma grossa posta de carne congelada. Supunha que devia se sentir agradecido, no final das contas. Se o policial o tivesse chutado um pouco mais para cima da segunda vez, poderia tê-lo deixado paralítico.

— Você é uma lamentável imitação de escritor, e uma lamentável imitação de homem — disse o policial. Segurava um imenso revólver numa das mãos. Olhou o saco de maconha, que ainda tinha na outra, e balançou a cabeça com repugnância. — Sei disso não apenas pelo que você diz, mas pela boca com que diz. Na verdade, se olhasse essa boca mole e mimada por muito tempo, eu o mataria aqui mesmo. Não ia poder me conter.

Coiotes uivavam ao longe, u-u-uuuu, como algo da trilha sonora de um antigo filme de John Wayne.

— O senhor já fez o bastante — disse Johnny numa voz turva, abafada.

— Ainda não — disse o policial, e sorriu. — Mas o nariz é um começo. Na verdade melhora sua aparência. Não muito, mas um pouco.

Abriu a porta traseira da viatura. Enquanto o fazia, Johnny se perguntava quanto tempo tinha durado aquela comediazinha. Não tinha absolutamente a menor ideia, mas não tinha passado nenhum carro ou caminhão. Nenhum.

— Entra aí, figurão.

— Para onde você vai me levar?

— Para onde você *acha* que eu levaria um egocêntrico de uma bicha maconheira vagabunda como você? Para o velho *calabouço*. Agora, entre no carro.

Johnny entrou no carro e pôs a mão no bolso direito da jaqueta de couro.

O telefone celular ainda estava lá.

5

Não podia se sentar sobre as nádegas, doíam muito, por isso se apoiou na coxa direita, envolvendo de leve o nariz latejante com uma das mãos.

Parecia uma coisa viva e malévola, uma coisa que enterrava ferrões venenosos em sua carne, mas no momento podia ignorá-la. *Que o celular funcione*, rezava, falando a um Deus que ridicularizara durante a maior parte de sua vida criativa, e mais recentemente num conto intitulado "Um Clima Caído do Céu", publicado na revista *Harper's* e em geral bem recebido. *Por favor, faça o celular funcionar, Deus, e por favor, faça Steve estar com o ouvido nele.* Depois, compreendendo que tudo aquilo era pôr o carro à frente dos bois, acrescentou um terceiro pedido: *Por favor, me dê uma chance de usar o telefone primeiro, está bem?*

Como em resposta a essa parte da oração, o policial enorme passou pela porta do motorista da viatura sem sequer olhá-la e foi até a motocicleta. Pôs o capacete de Johnny na cabeça, girou uma perna por cima do assento — ele era muito alto, logo na verdade foi mais um passo que um giro — e um minuto depois o motor da Harley explodia em vida. O policial ficou montado, as tiras do capacete pendendo soltas, parecendo apequenar a Harley com seu volume menos gracioso. Girou o acelerador quatro ou cinco vezes, como se gostasse do som. Então aprumou a moto, recolheu o descanso e engatou a primeira com a ponta do pé. Com cuidado a princípio, lembrando um pouco a Johnny ele mesmo quando tirou a moto do depósito e a dirigiu no trânsito pela primeira vez em três anos, o policial desceu o lado da estrada. Apertou o freio de mão e foi levando-a com os pés, atento aos perigos e obstáculos. Assim que entrou no solo do deserto, acelerou, mudando rapidamente as marchas e costurando em torno das moitas de artemísia.

Caia num buraco, seu puto sádico, pensou Johnny, fungando cuidadosamente pelo nariz entupido e latejante. *Bata numa coisa dura. Bata e pegue fogo.*

— Não perca tempo com ele — resmungou, e usou o polegar para abrir rapidamente a aba do bolso direito da jaqueta de motoqueiro. Tirou o telefone Motorola (o celular tinha sido ideia de Bill Harris, talvez a única boa ideia que seu agente tinha tido nos últimos quatro anos) e o abriu com uma sacudidela. Olhou o mostrador, com a respiração presa, rezando para que aparecessem um *S* e duas barras. *Vamos, meu Deus, por favor,* pensou, o suor pingando pelas faces, o sangue ainda escorrendo do nariz inchado, torto. *Tem de ser um S e duas barras, se for qualquer outra coisa, é melhor eu usar esta droga como supositório.*

O telefone fez um bipe. O que surgiu na janela à esquerda do mostrador foi um *S*, que correspondia a "serviço", e uma barra.

Só uma.

— Não, por favor — ele gemeu. — Por favor, não faça isso comigo, só mais uma, mais uma, *por favor*!

Sacudiu o telefone, frustrado... e viu que tinha esquecido de puxar a antena. Puxou-a, e uma segunda barra apareceu acima da primeira. Piscou, desapareceu, depois reapareceu, ainda falhando, mas *ali*.

— Sim! — suspirou Johnny. — *Siiim!*

Ergueu a cabeça e olhou pela janela. Os olhos cercados de suor viam por entre um emaranhado de longos cabelos grisalhos — tinham sangue agora — como os de um animal caçado espreitando de sua toca. O policial tinha parado a Softail a uns 300 metros de distância no deserto. Saltou e se afastou, deixando cair a moto. O motor morreu. Mesmo naquela situação, Johnny sentiu uma pontada de indignação. A Harley o tinha levado de um lado a outro do país sem uma única falha do macio motor americano, e doía vê-la tratada com tanto desdém.

— Seu puto doido — sussurrou.

Fungou sangue meio coagulado, cuspiu uma massa gelatinosa no chão coberto de papéis espalhados da viatura e tornou a baixar os olhos para o telefone. Na fila de botões embaixo, na segunda a partir da direita, havia um botão onde se lia NOME/MENU. Steve tinha programado essa função pouco antes de partirem. Johnny apertou o botão e o primeiro nome de seu agente apareceu na janelinha: BILL. Apertou mais uma vez, e apareceu TERRY. Outra vez, e JACK — Jack Appleton, seu assistente editorial na FS&G. Amado Deus, por que tinha posto todos aqueles nomes na frente de Steve Ames? Steve era sua *linha vital*.

Parado no deserto, a 300 metros, o policial insano tinha tirado o capacete e chutava areia sobre a Harley 86 de Johnny. A distância, parecia um garoto tendo um chilique. Aquilo era excelente. Se ele pretendia cobrir a coisa toda, Johnny teria bastante tempo para fazer sua ligação... isto é, se o telefone cooperasse. A luz do ROAM acendeu, o que era um bom sinal, mas a segunda barra de transmissão continuava falhando.

— Anda, anda — disse Johnny ao celular em suas mãos trêmulas, sujas de sangue. — *Por favor*, benzinho, sim? *Por favor*. — Apertou de novo o botão NOME/MENU e apareceu STEVE. Deixou cair o polegar no botão ENVIAR e apertou. Depois levou o telefone ao ouvido, curvando-se ainda mais para a direita e olhando pela borda da janela. O policial continuava chutando areia para cima do bloco do motor da Harley.

O telefone começou a tocar no ouvido de Johnny, mas ele sabia que ainda não estava conectado. Tinha entrado na rede do ROAMER, só isso. Ainda faltava uma etapa para chegar a Steve Ames. Uma longa etapa.

— Anda, anda, anda... — Uma gota de suor rolou para dentro do olho. Ele usou o nó de um dedo para tirá-la.

O telefone parou de tocar. Ele ouviu um clique.

— Bem-vindo à Western Roaming Network! — disse uma animada voz de robô. — Sua chamada está sendo transmitida! Agradecemos sua paciência e tenha um bom dia!

— Esquece essa merda dos anos 70, simplesmente apressa essa porra — sussurrou Johnny.

Silêncio do telefone. No deserto, o policial se afastou da moto, olhando-a como se tentasse decidir se já tinha feito o bastante em termos de camuflagem. No imundo banco de trás da viatura, Johnny Marinville pôs-se a chorar. Não conseguia se conter. De um modo estranho, era como se mijar, só que de cabeça para baixo.

— Não — murmurou. — Não, ainda não, você ainda não acabou, com o vento soprando como está, é melhor cobrir mais um pouco, por favor, cubra mais um pouco.

O policial ficou ali olhando a moto, sua sombra agora parecendo se estender por 800 metros de deserto, e Johnny o espiava pela borda da janela, com os cabelos coagulados nos olhos e o telefone esmagando a orelha direita. Exalou um longo e trêmulo suspiro de alívio quando o policial deu um passo adiante e recomeçou a chutar areia, desta vez pulverizando-a sobre o guidom da Harley.

Em seu ouvido, o telefone começou a tocar, e desta vez o som era arranhado e distante. Se o sinal estava passando — e a qualidade da campainha parecia indicar que sim — outro telefone Motorola, no painel de um furgão Ryder, em algum lugar entre 80 e 400 quilômetros a leste da posição atual de Johnny Edward Marinville, estava agora tocando.

Lá no deserto, o policial continuava chutando repetidas vezes, enterrando o guidão da máquina de Johnny.

Dois toques... três... quatro...

Faltava mais um, no máximo dois, antes que outra voz de robô entrasse na linha e lhe dissesse que o usuário que ele chamava estava fora de alcance ou saíra do veículo. Johnny, ainda chorando, cerrou os olhos. Na latejante escuridão rubra sob as pálpebras, visualizou o furgão Ryder parado diante de uma bomba de gasolina/loja de conveniência pouco a oeste da fronteira estadual Utah-Nevada. Lá dentro, Steve comprava um pacote de seus malditos charutos e bancava o idiota com a moça do caixa, enquanto do lado de fora, no painel do Ryder, o telefone celular — o outro lado da conexão que o agente de Johnny tinha insistido que ele adquirisse — tocava na boleia vazia.

Cinco toques...

E então, distante, quase perdido na estática, mas apesar disso soando como a voz de um anjo enviado do céu, ouviu o arrastado sotaque do Texas de Steve:

— Alô... é você... chefe?

Uma jamanta passou chispando do lado de fora, sacudindo a viatura na passagem. Johnny mal reparou e não fez nenhuma tentativa de chamar a atenção do motorista. Provavelmente não o teria feito mesmo que não estivesse com a atenção concentrada no telefone e na tênue voz de Steve. A jamanta ia no mínimo a uns 100 quilômetros por hora. Que diabos veria o motorista nos dois décimos de segundo que levaria para passar pela viatura parada, sobretudo através da densa poeira empastada nas janelas?

Inspirou pelo nariz e escarrou sangue, ignorando a dor, querendo limpar a voz o máximo possível.

— Steve! Steve, estou em apuros. Num apuro *terrível!*

Houve um pesado estalido de estática no seu ouvido e ele teve certeza de que perdera Steve, mas quando limpou, ouviu:

— ... chefe? Repita!

— Steve, é Johnny! *Está me ouvindo?*

— ... lhe ouvindo... O que é que... — Outro estalido. Sepultou quase inteiramente a palavra seguinte, mas Johnny achou que poderia ter sido "há". *Estou lhe ouvindo, que é que há?*

Deus, permita que não seja apenas ilusão. Por favor.

O policial tinha parado mais uma vez de chutar areia. Ele se afastou para outra olhada crítica ao trabalho artesanal, depois se virou e pôs-se a andar lenta e penosamente para a estrada, cabisbaixo, a aba do chapéu sombreando-lhe o rosto, as mãos enterradas nos bolsos. E então, com uma sensação de crescente horror, Johnny compreendeu que não tinha a menor ideia do que dizer a Steve. Toda sua atenção se concentrara em fazer a ligação, conseguindo-a por pura força de vontade, ao que parecia.

E agora?

Não tinha nenhuma ideia clara de onde estava, só que...

— Estou a oeste de Ely, na Rodovia 50 — disse. Mais suor escorreu para os olhos, fazendo-os arder. — Não tenho certeza do quanto a oeste, no mínimo uns 70 quilômetros, provavelmente mais. Tem um trailer fora da pista um pouco mais adiante de mim. Tem um policial... não um policial estadual, um municipal, acho, mas não sei de que cidade... — Falava cada vez mais depressa à medida que o policial chegava mais perto; logo estaria balbuciando.

Calma, ele ainda está a uns 100 metros, você tem muito tempo. Pelo amor de Deus, faça apenas o que vier naturalmente — faça o que lhe pagam pra fazer, faça o que tem feito toda sua vida. Se comunique, pelo amor de Deus!

Mas nunca tinha precisado fazer isso *por* sua vida. Ganhar dinheiro, ser conhecido nos círculos certos, às vezes erguer a voz no rugido da velha fera valente, sim, todas essas coisas, mas nunca pela *vida* literalmente. E se o policial erguesse os olhos de sua caminhada penosa ao longe e o visse... ele estava agachado, mas a antena do telefone aparecia no alto, claro, *tinha* de aparecer...

— Ele pegou minha moto, Steve. Pegou minha moto e levou pro deserto. Cobriu-a de areia, mas do modo como o vento está soprando... ela está longe, no deserto, a mais ou menos um quilômetro e meio do trailer que eu falei, e no lado norte da estrada. Você talvez a veja se o sol ainda estiver alto.

Engoliu em seco.

— Chame a polícia, a polícia *estadual*. Diga a eles que eu fui capturado por um policial louro e imenso... quer dizer, o cara é um puta *gigante*. Ouviu?

Nada do telefone, só o silêncio, varado por uma rajada ocasional de estática.

— Steve! Steve, você está aí?

Não, não estava.

Só uma barra de transmissão aparecia agora na janela do mostrador, e ninguém estava ali. Tinha perdido a conexão, e havia se concentrado com tanto esforço no que dizia que não tinha a menor ideia de quando isso tinha ocorrido, ou o quanto Steve teria ouvido.

Johnny, tem certeza de que ao menos chegou a ele?

Era a voz de Terry, uma voz que ele às vezes amava e às vezes odiava. Agora odiava. Odiava-a mais do que qualquer voz que já tinha ouvido na vida, parecia. Odiava-a ainda mais pela compaixão que ouvia nela.

Tem certeza de que simplesmente não imaginou tudo isso?

— Não, ele estava lá, ele estava lá, o filho da puta estava lá — disse Johnny. Ouviu o tom defensivo na própria voz e odiou isso também. — Ele *estava*, sua megera. Por alguns segundos, pelo menos.

Agora o policial estava a apenas 50 metros. Johnny empurrou a antena para baixo com o calço da mão esquerda, fechou a tampa e tentou recolocar o telefone dentro do bolso direito. A aba estava fechada. O telefone caiu no colo dele, depois quicou para o chão. Ele baixou a mão freneticamente para pegá-lo, a princípio encontrando apenas papéis amassados — a maioria panfletos da campanha antidrogas — e invólucros de hambúrgueres lambuzados de gordura velha. Os dedos se fecharam numa coisa estreita, não o que ele queria, mas até mesmo a rápida olhada que deu antes de jogá-la fora o arrepiou. Era um prendedor de cabelos de plástico de uma menina.

Esquece, você não tem tempo pra pensar no que uma criança andou fazendo na parte de trás deste carro. Ache a porra do telefone, ele deve estar quase chegando...

Sim. Quase. Ele ouvia o esmagar das botas do enorme policial mesmo acima do vento, que agora tinha se intensificado o bastante para balançar a viatura nas molas quando batia.

A mão de Johnny encontrou um ninho de copinhos plásticos de café, e no meio deles seu telefone. Pegou-o, jogou-o no bolso da jaqueta e puxou o fecho. Quando se aprumou, o policial se aproximava da frente do carro, curvado na cintura para poder ver através do para-brisa. Tinha o rosto mais queimado que nunca, quase empolado em alguns lugares. Na verdade, *tinha* o lábio inferior de fato empolado, viu Johnny, e outra área na têmpora direita.

Bom. Isso não me incomoda nem um pouco.

O policial abriu a porta do lado do motorista, curvou-se e olhou fixo através da tela divisória entre o banco da frente e o de trás. As narinas se mexiam como se ele farejasse. Para Johnny, cada uma parecia quase do tamanho de uma canaleta de boliche.

— Você vomitou na parte de trás da minha viatura, lorde Jim? Porque se fez isso, a primeira coisa que vai ganhar quando a gente chegar na cidade é uma grande e boa porrada.

— Não — disse Johnny. Sentia sangue novo escorrendo pela garganta abaixo e a voz ficando mais uma vez pastosa. — Tive náusea, mas não vomitei. — Na verdade, sentia-se aliviado pelo que o policial disse. *A primeira coisa que vai ganhar quando a gente chegar na cidade* indicava que não pretendia arrastá-lo para fora do carro, estourar seus miolos e enterrá-lo ao lado de sua máquina.

A não ser que esteja tentando me acalmar. Me amaciar, tornar mais fácil pra ele... bem, fazer o que quer que seja.

— Está com medo? — perguntou o policial, ainda curvado e olhando pela tela. — Diga a verdade, lorde Jimmy, eu vou saber se for mentira. *Tak!*

— Claro que estou com medo. — O "claro" saiu como "glaro", como se ele tivesse uma forte gripe.

— Bom. — Deixou-se cair atrás do volante, tirou o chapéu, olhou-o. — Não cabe — disse. — A puta da cantora de folk destruiu o que cabia. Também não cantou "Leavin' on a Fucking Jet Plane".

— Que pena — disse Johnny, não tendo a mínima ideia do que o policial falava.

— Para lábios que mentem, melhor que fiquem em silêncio — disse o policial, jogando o chapéu que não era o seu para o banco do passageiro.

O chapéu aterrissou numa malha metálica que parecia guarnecida de pregos. O banco, arqueado numa curva cansada pelo peso do policial, encostou no joelho esquerdo de Johnny, espremendo-o.

— *Desencosta!* — berrou Johnny. — *Está esmagando meu joelho! Desencosta pra eu tirar! Nossa, o senhor está me matando!*

O policial não deu nenhuma resposta, e a pressão na perna esquerda já maltratada de Johnny aumentou. Ele segurou-a com as duas mãos e soltou-a do encosto do banco vergado com um arquejo chiado que mandou sangue pela garganta abaixo e o fez ter mesmo ânsia de vômito.

— *Seu sacana!* — berrou Johnny, a palavra aflorando num espasmo de tosse antes que pudesse engoli-la.

O policial pareceu tampouco notar isso. Ficou sentado com a cabeça abaixada e os dedos tamborilando de leve no volante. Sua respiração ofegava na garganta, e por um momento Johnny se perguntou se o homem estava se divertindo às custas dele. Achava que não. *Espero que seja asma,* pensou. *E espero que ele se asfixie nela.*

— Ouça — disse, não permitindo que entrasse nenhum desse sentimento na sua voz. — Preciso de alguma coisa pro meu lariz... *nariz*. Está me matando. Até uma aspirina serve. Tem uma aspirina?

O policial não disse nada. Continuou cabisbaixo tamborilando no volante, só isso.

Johnny abriu a boca para dizer mais alguma coisa, mas tornou a fechá-la. Sentia uma dor terrível, era verdade, a pior de que se lembrava, ainda pior que a pedra da vesícula biliar que teve em 89, mas mesmo assim não queria morrer. E alguma coisa na atitude do policial, como se estivesse muito distante em seus pensamentos, decidindo alguma coisa importante, sugeria que a morte podia estar perto.

Portanto, calou-se e esperou.

O tempo correu. As sombras das montanhas se adensaram um pouco mais, se aproximaram um pouco mais, mas os coiotes haviam silenciado. O policial continuava sentado de cabeça baixa, seus dedos tamborilavam nas laterais do volante, ele parecia meditar, não erguendo os olhos nem quando outra jamanta passou para leste e um carro para oeste, desviando-se para bem longe da viatura parada com as luzes de alerta a piscar no teto.

Depois ele pegou alguma coisa que estava a seu lado no banco da frente: uma escopeta antiga, de dois gatilhos. Olhou-a fixamente.

— Acho que aquela mulher não era mesmo cantora de música folk — disse —, mas acho que fez o que pôde pra me matar, não tem a menor dúvida. Com isto.

Johnny nada disse, apenas esperou. O coração batia devagar, mas com muita força.

— Você jamais escreveu um romance autenticamente espiritual — disse o policial. Falava devagar, enunciando cada palavra com cuidado. — É a sua grande falha, não reconhecida, e está no centro de sua conduta petulante, mimada. Você não tem o menor interesse por sua natureza espiritual. Ridiculariza o Deus que criou você, e ao fazer isso mortifica o próprio *pneuma* e glorifica a lama que é sua *sarx*. Entende o que estou dizendo?

Johnny abriu a boca e tornou a fechá-la. Falar ou não falar, eis a questão.

O policial resolveu o dilema para ele. Sem erguer os olhos do volante, com apenas uma olhada no espelho retrovisor, pôs os dois canos da escopeta no ombro direito e apontou-os para trás pela tela de arame. Johnny desviou-se instintivamente, deslizando para a esquerda, tentando sair da frente daqueles imensos buracos negros.

E embora o policial não erguesse os olhos, os canos da arma o miravam com tanta precisão quanto um servomotor controlado por radar.

Deve ter um espelho no colo, pensou Johnny, e depois: *Mas de que lhe adiantaria isso? Não veria nada além do teto da porra do carro. Que diabos está acontecendo aqui?*

— Responda — disse o policial. A voz era sombria e preocupada. Ele ainda tinha a cabeça baixa. A mão que não segurava a escopeta continuava tamborilando no volante, e outra rajada de vento açoitou a viatura, jogando areia e poeira de álcali contra as janelas num fino salpico. — Responda *já*. Não vou ficar esperando. Não *tenho* de esperar. Tem sempre outro. Portanto... você entende o que acabei de dizer?

— Sim — disse Johnny, com a voz trêmula. — *Pneuma* é a antiga palavra gnóstica para espírito. *Sarx* é o corpo. O senhor disse, me corrija se eu estiver errado — *Só não com a escopeta, por favor, não me corrija com a escopeta* —, que eu ignorei meu espírito em favor do meu corpo. E é possível que esteja certo. Bem possível.

Curvou-se mais uma vez para a direita. As bocas da escopeta acompanhavam com precisão seus movimentos, embora ele jurasse que as molas do encosto do banco não faziam nenhum ruído e o policial não pudesse vê-lo a menos que usasse um monitor de televisão ou alguma coisa assim.

— Não me puxe o saco — disse aborrecido o policial. — Isso só vai tornar pior o seu destino.

— Eu... — Lambeu os lábios. — Me desculpe. Não tive a intenção de...

— *Sarx* não é o corpo; *soma* é que é o corpo. *Sarx* é a *carne* do corpo. O corpo é feito de carne, como se diz que o verbo se fez carne com o nascimento de Jesus Cristo, mas o corpo é mais que a carne de que é composto. A soma é maior que as partes. Será isso tão difícil pra um intelectual como você entender?

O cano da escopeta movia-se para lá e para cá. Rastreando como um giroplano.

— Eu... Eu jamais...

— Pensou nisso assim? Ah, por favor. Mesmo um *naïf* espiritual como você tem de entender que um prato de galinha não é uma galinha. *Pneuma... soma... e sa-sa-sa...*

A voz tinha engrossado e ele agora prendia a respiração, tentando falar como uma pessoa que procura concluir o pensamento antes de dar um espirro. Deixou cair abruptamente a escopeta no banco, inspirou fundo (o banco deformado estalou para trás, quase trancando de novo o joelho de Johnny) e expirou. O que lhe saiu da boca e do nariz não foi muco, mas sangue e uma substância membranosa vermelha que parecia tela de náilon. Essa substância — puro tecido da garganta e narinas do policial grandalhão — bateu no pára-brisa, no volante e no painel de instrumentos. O cheiro era horroroso, cheiro de carne podre.

Johnny levou a palma das mãos ao rosto e gritou. Não havia como não gritar. Ele sentia os globos oculares pulsando nas órbitas, a adrenalina rugir dentro de seu sangue como reação ao choque.

— Nossa, não há nada pior que uma gripe de verão, será que há? — perguntou o policial com sua voz sombria, meditativa.

Pigarreou e escarrou um coágulo do tamanho de uma maçã silvestre em cima do painel de instrumentos. A coisa ficou ali grudada por um momento, depois escorreu lentamente pela frente do rádio de polícia, como uma lesma indescritível, deixando um rastro de sangue atrás.

Ficou pendurada um breve instante na parte de baixo do rádio, depois caiu no capacho do chão com um som pastoso.

Johnny fechou os olhos sob as mãos e gemeu.

— *Isso* era *sarx* — disse o policial, e deu a partida no motor. — Talvez queira guardar isso em sua mente. Eu diria "pra seu próximo livro", mas não acho que vai *ter* próximo livro, não acha, sr. Marinville?

Johnny não respondeu, apenas ficou com as mãos no rosto e os olhos fechados. Ocorreu-lhe que era bastante possível que nada daquilo estivesse acontecendo, que ele se encontrasse num manicômio em algum lugar, tendo a mais hedionda alucinação do mundo. Mas sua mente mais lúcida, profunda, sabia que não era verdade. O *fedor* do que o homem tinha escarrado...

Ele está morrendo, tem de estar morrendo, isso é infecção e sangramento interno, ele está doente, a doença mental é só um sintoma de alguma outra coisa, alguma radiação, ou talvez hidrofobia, ou... ou...

O policial fez o retorno com o Caprice, dirigindo-se para leste. Johnny continuou com as mãos no rosto mais um pouco, tentando manter-se sob controle, depois baixou-as e abriu os olhos. O que viu pela janela à direita fez seu queixo cair.

Coiotes postavam-se ao longo da beira da estrada, a intervalos de 15 metros, como uma guarda de honra — silenciosos, olhos amarelos, línguas pendendo para fora da boca. Pareciam sorrir maliciosamente.

Ele se virou e olhou pela outra janela, e lá estavam outros, sentados no chão, sob o sol em chamas do cair da tarde, observando atentos a viatura passar. *Será que* isso *também é sintoma?*, ele se perguntou. *O que você está vendo lá fora, será que isso é um sintoma também? Se é, como é que eu estou vendo?*

Olhou pela janela de trás do carro. Viu que os coiotes se dispersavam assim que o carro passava por eles, correndo para o deserto.

— Você vai aprender, lorde Jim — disse o policial, e Johnny se virou para ele. Viu os olhos cinzentos fitando-o pelo espelho retrovisor. Um estava coberto por uma película de sangue. — Antes que se esgote seu tempo, acho que vai compreender muito mais do que compreende agora.

Adiante havia uma placa na lateral da estrada, uma seta apontando o caminho para uma cidadezinha qualquer. O policial ligou a seta, embora não houvesse ninguém para vê-la.

— Estou levando você pra sala de aula — o policial grandão disse. — Logo vamos chegar à escola.

Dobrou à direita, o carro rodando sobre duas rodas e depois se endireitando. Seguia para o sul, rumo ao paredão de terra rachada de uma mina a céu aberto e da cidade amontoada a seus pés.

Capítulo Quatro

1

Steve Ames estava quebrando um dos Cinco Mandamentos — o último da lista, na verdade.

Os Cinco Mandamentos lhe haviam sido ditados um mês antes, não por Deus, mas por Bill Harris. Estavam sentados no escritório de Jack Appleton, assistente editorial de Johnny Marinville nos últimos dez anos. Ele esteve presente à exposição dos mandamentos, mas só participou dessa parte da conversa perto do fim — ficou apenas recostado na poltrona da escrivaninha, os dedos de unhas perfeitamente manicuradas espalmados nas lapelas do paletó. O figurão, ele próprio, tinha saído minutos antes, cabeça erguida e cabelos salpicados de fios brancos esvoaçando atrás, dizendo que tinha prometido se encontrar com alguém numa galeria de arte ali no SoHo.

— Todos esses mandamentos são do tipo não farás, e acredito que você não vai ter problema pra se lembrar deles — disse Harris. Era um homenzinho gordo, provavelmente sem muita maldade, mas tudo que dizia soava como um decreto de um rei fraco. — Está ouvindo?

— Ouvindo — confirmou Steve.

— Primeiro, não beberás com ele. Ele vem se abstendo de bebidas alcoólicas há algum tempo... cinco anos, ele diz... mas deixou de frequentar os Alcoólicos Anônimos, o que não é bom sinal. Também, para Johnny sempre foi fácil sair da linha, mesmo no AA. Mas ele não gosta de beber sozinho, portanto se lhe pedir pra tomar umas com ele depois de um dia difícil na velha Harley, diga não. Se ele começar a lhe provocar, dizendo que isso faz parte do seu trabalho, continue dizendo não.

— Não será problema — disse Steve.

Harris ignorou isso. Tinha seu discurso pronto e pretendia se ater a ele.

— Segundo, não arranjarás drogas pra ele. Nem um único baseado. Terceiro, não arranjarás mulher pra ele... e a tendência é de que lhe peça, em particular se aparecerem algumas menininhas bonitas nas recepções que estou organizando pra vocês ao longo do itinerário. Quanto à bebida e às drogas, se ele conseguir sozinho, é outra coisa. Mas não ajude.

Steve pensou em dizer a Harris que não era cafetão, que Harris devia estar confundindo-o com o próprio pai, e decidiu que isso seria totalmente imprudente. Optou pelo silêncio.

— Quarto, não deverás acobertá-lo. Se ele começar a tomar porres ou se drogar... em particular se você descobrir que ele recomeçou a cheirar coca... entre logo em contato comigo. Compreende? *Logo*.

— Compreendo — respondeu Steve, e tinha mesmo compreendido, mas isso não significava que fosse necessariamente seguir a ordem.

Tinha decidido que queria aquele trabalho apesar dos problemas que apresentava — em parte *por causa* dos problemas que apresentava; a vida sem problemas era uma coisa inteiramente desinteressante —, mas isso não queria dizer que fosse vender a alma para mantê-lo, especialmente para um executivo pançudo com voz de garoto crescido, que tinha passado tempo demais da vida adulta tentando conseguir alguma compensação pelas ofensas reais ou imaginárias sofridas no pátio de recreio de alguma escola primária. E embora John Marinville fosse um grande babaca, Steve não tinha nada contra ele por isso. Já Harris... Harris entrava numa faixa inteiramente diferente.

Appleton se curvou para a frente nesse momento, dando sua solitária contribuição à discussão antes que o agente de Marinville chegasse ao quinto mandamento.

— Qual é sua impressão de Johnny? — perguntou a Steve. — Ele tem 56 anos, você sabe, e já rodou muita quilometragem difícil no equipamento original. Sobretudo nos anos 1980. Foi parar no pronto-socorro três vezes, duas em Connecticut e uma aqui. Duas por overdose de droga. Não estou fazendo fofoca, porque tudo isso foi noticiado exaustivamente na imprensa. A última talvez tenha sido uma tentativa de suicídio, e isso *é* fofoca. Peço que não comente com ninguém.

Steve assentiu com a cabeça.

— Então, o que acha? — perguntou Appleton. — Será que ele tem mesmo condições de dirigir quase meia tonelada de motocicleta numa viagem de Connecticut à Califórnia, com umas vinte palestras e recepções ao longo do caminho? Quero saber o que pensa, sr. Ames, porque eu francamente tenho minhas dúvidas.

Ele esperou que Harris interrompesse nesse momento, apregoando a força e os colhões de ferro lendários de seu cliente — Steve conhecia executivos e agentes, e Harris era as duas coisas —, mas ele ficou calado, só olhando-o. Talvez não fosse tão idiota, afinal, pensou Steve. Talvez até gostasse um pouco daquele cliente em particular.

— Vocês o conhecem melhor do que eu — disse. — Porra, eu conheci o cara há apenas duas semanas, e *jamais* li um dos livros dele.

A cara de Harris dizia que isso de modo algum o surpreendia.

— Exatamente por isso estou perguntando a você — respondeu Appleton. — Nós *conhecemos* Johnny há muito tempo. Eu, desde 1985, quando ele vivia em festas com a *Beautiful People* na 54, e Bill desde 1965. Ele é o Jerry Garcia do mundo literário.

— Isso não é justo — disse secamente Harris.

Appleton deu de ombros.

— Novos olhos veem claro, dizia minha avó. Então, sr. Ames, me diga, acha que ele pode dar conta disso?

Steve viu que a pergunta era séria, talvez até mesmo vital, e refletiu sobre ela durante quase um minuto. Os outros dois deixaram-no pensar.

— Bem — disse por fim —, não sei se ele pode comer só o queijo e ficar longe do vinho nas recepções, mas atravessar o país até a Califórnia de moto? Sim, provavelmente. Ele parece bastante forte. Muito melhor que Jerry Garcia perto do fim, posso garantir. Eu trabalhei com muitos roqueiros com a metade da idade dele que não estavam tão bem.

Appleton pareceu estar em dúvida.

— Mas é sobretudo a expressão que ele tem no rosto. Ele *quer* fazer isso. Quer pegar a estrada, chutar alguns traseiros, anotar alguns nomes.

E... — Steve se viu lembrando de seu filme predileto, o que assistia em vídeo a cada ano. *Hombre*, com Paul Newman e Richard Boone. Deu um sorriso. — E parece um homem a quem ainda resta muita casca.

— Ah. — Appleton pareceu francamente encantado com isso. Steve não se surpreendeu muito. Se Appleton algum dia tivera uma casca, Steve achava que ela já se tinha desgastado quando ele estava no segundo ano em Exeter, Choate ou qualquer lugar a que fora para usar seus blazers e gravatas listradas.

Harris pigarreou.

— Se já resolvemos isso, o último mandamento....

Appleton suspirou. Harris continuou olhando para Steve, fingindo não ouvir.

— O quinto e último mandamento — repetiu. — Não darás carona em teu furgão. Nem masculina nem feminina, mas sobretudo feminina.

Motivo pelo qual Steve Ames provavelmente nem hesitou quando viu a moça parada no acostamento logo depois de Ely — a garota magrela de nariz torto e cabelo pintado de duas cores diferentes. Ele simplesmente freou e parou.

2

Ela abriu a porta mas não entrou na boleia a princípio, apenas olhou para ele com grandes olhos azuis por cima do banco coberto de mapas.

— Você é uma pessoa legal? — perguntou.

Steve refletiu, depois balançou a cabeça.

— É, acho que sou — disse. — Gosto de um charuto duas ou três vezes por dia, mas nunca chutei um cachorro que não fosse maior do que eu, e mando dinheiro pra minha mãe a cada mês e meio.

— Não vai tentar me bolinar, nem qualquer coisa assim?

— Não — disse Steve, divertido. Gostava do jeito como aqueles grandes olhos azuis permaneciam fixos no rosto dele. Ela parecia uma garotinha examinando a seção de quadrinhos no jornal. — Nisso eu sou inteiramente controlado.

— E não é um louco assassino em série nem nada assim?

— Não, mas, Deus do céu, acha que eu lhe diria se fosse?

— Eu na certa veria em seus olhos — disse-lhe a moça magrela de cabelo de dois tons, e embora parecesse muito séria, deu um leve sorriso. — Tenho uma veia mediúnica. Não é lá grande coisa, mas existe, cara. Existe mesmo.

Um caminhão frigorífico passou roncando, o cara com a mão na buzina durante toda a passagem, embora Steve houvesse parado tão espremido que quase tinha posto o reforçado Ryder inteiramente no acostamento, e a própria estrada estivesse vazia nos dois sentidos. Mas isso não era surpresa. Pela experiência dele, certos caras simplesmente não conseguiam tirar as mãos da buzina ou do pau. Estavam sempre apertando uma ou outro.

— Chega de questionário, moça. Quer uma carona ou não? Tenho de puxar a carroça.

Na verdade, estava muito mais perto do chefe do que ele talvez aprovasse. Marinville gostava da ideia de estar por conta própria na América, Pássaro Livre, pegar a caneta e viajar, e Steve achava que era exatamente como ia escrever seu livro. E isso estava ótimo — sensacional, um barato total. Mas ele, Steven Andrew Ames, de Lubbock, também tinha seu trabalho a fazer; era cuidar para que Marinville não tivesse de escrever o livro numa mesa Ouija, em vez de no seu processador de texto. Sua opinião sobre como atingir esse objetivo era a própria simplicidade: ficar perto e não deixar nenhuma situação se descontrolar, a menos que não pudesse absolutamente ajudar. Estava 110 quilômetros, e não 220, atrás, mas o que o chefe não sabia não lhe fazia mal.

— Acho que você serve — ela disse, pulou para a boleia e bateu a porta.

— Ora, obrigado, docinho — ele disse. — Sua confiança me comove. — Conferiu o espelho retrovisor, nada viu além do traseiro de Ely, e retomou a estrada.

— Não me chame disso — ela disse. — É machista.

— *Docinho* é machista? Ora, por favor.

Com uma vozinha afetada de advertência, ela disse:

— Não me chame de docinho que eu não lhe chamo de pãozinho.

Ele explodiu na risada. Ela provavelmente não gostaria disso, mas ele não pôde se conter. Assim era a risada, meio semelhante ao peido, às vezes a gente conseguia segurar, mas muitas outras não.

Ele lançou-lhe uma olhada e viu que ela também ria um pouco — e tirava a mochila das costas —, logo talvez estivesse tudo bem. Achava que ela tinha 1,70 metro e era magrela como um trilho — tinha no máximo 45 quilos, provavelmente mais para 43. Vestia uma camiseta com as mangas cortadas. Isso proporcionava uma generosa visão dos seios, demais para uma garota com tanto medo de encontrar um maníaco num furgão Ryder. Não que tivesse muita coisa com que se preocupar naquela área; Steve achava que ela ainda podia fazer compras na seção de sutiãs de adolescente do Wal-Mart se quisesse. Na frente da camiseta, um cara negro de trancinhas sorria no meio de uma psicodélica explosão de sol verde-azulada. Em torno da cabeça, como uma auréola, liam-se as palavras NÃO VOU DESISTIR!

— Você deve gostar de Peter Tosh — disse ela. — Não *podem* ser meus peitos.

— Eu trabalhei com ele uma vez — ele disse.

— Que nada!

— É — ele disse.

Deu uma olhada no retrovisor e viu que Ely já havia desaparecido. Era espantosa a rapidez com que aquilo ocorria ali. Ele achava que, se fosse uma jovem caroneira, talvez fizesse uma ou duas perguntas antes de se meter às cegas no carro ou furgão de alguém. Talvez não adiantasse nada, mas com certeza não fazia mal. Porque, assim que entrassem no deserto, tudo podia acontecer.

— Quando foi que você trabalhou com Peter Tosh?

— Em 1980 ou 81 — ele disse. — Não me lembro direito. No Madison Square Garden, depois em Forest Hills. O Dylan tocou o bis com ele em Forest Hills. "Blowin' in the Wind", se você acreditar.

Ela o olhava com franca e pura admiração, sem qualquer sombra — até onde ele podia ver — de dúvida.

— Uau, que legal! O que é que você era, *roadie*?

— Na época, sim. Depois fui técnico de guitarra. Agora eu sou...

É um bom começo, mas exatamente o que ele *era* agora? Não era técnico de guitarra, com certeza. Mais ou menos rebaixado a *roadie* outra vez. Também psiquiatra de meio expediente. Também uma espécie de Mary Poppins, só que com o cabelão castanho de *hippie* começando a ficar grisalho no meio.

— Agora faço outra coisa. Como é seu nome?
— Cynthia Smith — ela disse e estendeu a mão.

Ele a apertou. A moça tinha uma mão comprida, leve como uma pluma dentro da dele, e de ossos incrivelmente finos. Era como cumprimentar um pássaro.

— Eu me chamo Steve Ames.
— Do Texas.
— Isso aí. Lubbock. Imagino que já ouviu o sotaque antes, hum?
— Uma ou duas vezes. — O sorriso de menina iluminou-lhe todo o rosto. — A gente pode tirar o garoto do Texas, mas...

Ele juntou-se a ela no resto do ditado, e sorriram um para o outro, já amigos — do modo como as pessoas ficam amigas por algum tempo quando acontece de se encontrarem nas estradas secundárias americanas, atravessando lugares solitários.

3

Cynthia Smith era visivelmente uma chincheira, mas como Steve era ele mesmo um chincheiro veterano, pois não se podia passar a maior parte da vida adulta no ramo da música sem sucumbir às drogas, isso não o incomodava. Ela lhe disse que tinha todos os motivos para ser cautelosa com os homens; um quase tinha lhe arrancado a orelha esquerda e outro tinha lhe quebrado o nariz não fazia muito tempo.

— E o da orelha era um cara de quem eu *gostava* — acrescentou. — Me incomodo com a orelha. Acho que o nariz tem personalidade, mas me incomodo com a orelha, só deus sabe por quê.

Ele deu uma olhada para a orelha dela.

— Bem, acho que está um pouco achatada em cima, mas e daí? Se você se incomoda *mesmo* com ela, pode deixar o cabelo crescer e cobrir.

— Nem pensar — ela disse com firmeza e afofou o cabelo, inclinando-se por um momento para a direita, a fim de se ver no espelho acima de seu lado da boleia. A metade do lado de Steve era verde; a outra, laranja. — Minha amiga Gert diz que eu pareço a Orfãzinha Annie vinda do inferno. Está legal demais pra mudar.

— Não vai fazer cachos, hum?

Ela sorriu, bateu na frente da camiseta e fez uma passável imitação do inglês da Jamaica.

— Eu tô na minha... tipo Peter, mermão!

E "a dela" foi deixar a casa e a desaprovação mais ou menos constante dos pais aos 17 anos. Passou pouco tempo na Costa Leste ("Me mandei quando vi que estava me tornando uma foda de caridade", disse sem qualquer emoção), e depois foi voltando, até o Meio Oeste, onde ficou "meio careta" e conheceu um cara bonito numa reunião do AA. O cara bonito afirmou que estava *inteiramente* careta, mas mentiu. Ah, cara, como mentiu. Cynthia foi morar com ele mesmo assim, uma vacilada ("Eu nunca fui o que se chama de brilhante quando se trata de homem", disse a Steve naquela mesma voz objetiva). O cara bonito chegou uma noite doidão de metanfetamina e aparentemente decidiu que queria a orelha esquerda dela para marcador de página. Ela foi para um abrigo, ficou mais que careta, até trabalhou como conselheira durante algum tempo, quando assassinaram a responsável e pareceu que a casa ia ser fechada.

— O cara que assassinou Anna foi o mesmo que quebrou meu nariz — disse. — Ele era mau. Richie... o cara que queria minha orelha pra marcador de página... só tinha um *gênio* ruim. Mas Norman era *mau*. Louco.

— Ele foi pego?

Cynthia balançou solenemente a cabeça.

— De qualquer modo, não podiam deixar o F&I fechar só porque um cara pirou quando a mulher deu o fora nele, por isso a gente se juntou pra salvar. E conseguiu.

— F&I?

— Filhas e Irmãs. Recuperei muito da minha confiança lá. — Olhava pela janela o deserto passando e esfregava pensativa a base do polegar na ponta do nariz torto. — De certa maneira, mesmo o cara que fez isso me ajudou nesse caso.

— Norman.

— É, Norman Daniels, era o nome dele. Pelo menos eu e Gert... minha amiga, a que diz que eu pareço a Órfã Annie... a gente o enfrentou, sabe?

— Ahan.

— Aí, no mês passado, acabei escrevendo pra minha família. Botei também o meu endereço na carta. Achava que quando eles respondessem, se algum dia respondessem, iam estar muito putos, e com razão, sobretudo meu pai. Ele era pastor. Está aposentado, mas...

— A gente pode tirar o garoto do fogo do inferno, mas não o fogo do inferno do garoto — disse Steve.

Ela sorriu.

— Bem, eu esperava uma coisa assim, mas a carta que recebi de volta foi sensacional. Telefonei pra eles. A gente conversou. Meu pai chorou. — Ela disse isso com um toque de assombro. — Quer dizer, ele *chorou*. Dá pra acreditar nisso?

— Escuta, eu excursionei oito meses com o Black Sabbath — disse Steve. — Acredito em qualquer coisa. Então você está indo pra casa, hum? A Volta do Docinho Pródigo? — Ela lançou-lhe uma olhada. Ele deu-lhe um sorriso. — Desculpe.

— Até parece. De qualquer modo, chegou perto.

— Onde é sua casa?

— Bakersfield. O que me faz lembrar, até onde *você* vai?

— San Francisco. Mas...

Ela deu um sorriso.

— Tá brincando? Que legal!

— Mas não posso prometer levar você até lá. Na verdade, não posso *prometer* levar você a lugar nenhum além de Austin... a Austin de Nevada, você sabe, não a do Texas.

— Eu sei onde fica Austin, tenho um mapa — ela disse, e agora lhe lançava um olhar de irmão maior idiota que ele gostava mais ainda que o de olhos arregalados de srta. certinha. Era uma belezinha, sem dúvida... e não ia simplesmente adorar se ele lhe dissesse isso?

— Levo você até onde puder, mas esse bico que estou fazendo é meio misterioso. Quer dizer, todo bico é uma *espécie* de mistério, o *show business* é misterioso por natureza, e isto *é showbiz*. Eu acho, pelo menos... mas... quer dizer...

Ele parou. O que *queria* dizer, exatamente? Seu emprego como *roadie* de escritor (um título pouco adequado, não era preciso ser escritor para saber disso, mas era o único que lhe ocorria) estava quase no fim, e ainda não sabia o que pensar dele, ou do próprio Johnny Marinville. Só sabia ao certo que o figurão não tinha lhe pedido para arranjar nenhuma droga ou mulher, e que jamais atendeu Steve com bafo de uísque quando ele batia na porta de seu quarto de hotel. Por ora bastava. Podia pensar em como ia descrever isso no currículo depois.

— Qual *é* o bico? — ela perguntou. — Quer dizer, isso aqui não parece grande bastante pra ser ônibus de banda. Está excursionando com um cantor folk desta vez? Gordon Lightfoot, alguém assim?

Steve sorriu.

— Meu chefe *é* uma espécie de folk, eu acho, só que ele toca a boca em vez de guitarra ou gaita. Ele...

Foi quando o telefone celular no painel de instrumentos deu seu grito estridente, estranhamente anasalado: *Miiip! Miiip!* Steve pegou-o no painel, mas não o abriu logo. Olhou para a moça.

— Não diga uma palavra — disse, quando o telefone fez o terceiro *miiip* em sua mão. — Pode me meter numa fria se falar. Legal?

Miiip! Miiip!

Ela fez que sim com a cabeça. Steve o abriu e apertou ENVIAR no teclado, que era como se aceitava a chamada. A primeira coisa que percebeu ao levá-lo ao ouvido foi a forte estática — surpreendeu-se com o fato de a ligação passar.

— Alô, é você, chefe?

Ouviu um rugido mais profundo, mais constante, por trás da estática — o som de um caminhão passando perto, pensou Steve —, e então a voz de Marinville. Steve sentiu o pânico mesmo em meio à estática, e isso pôs seu coração numa marcha mais acelerada. Já tinha ouvido gente falando naquele tom antes (parecia acontecer pelo menos uma vez em cada excursão de rock), e reconheceu-o imediatamente. No lado da linha de Johnny Marinville, alguma merda batera no ventilador.

— Steve! Steve, estou... puros... *sério*...

Ele olhava a estrada, que varava o deserto reta como uma flecha, e sentiu gotículas de suor começando a se formar na testa. Pensou no agente baixinho e gorducho, com seus não farás e sua voz ameaçadora, e o afastou do pensamento. A última pessoa que queria estorvando sua cabeça naquele momento era Bill Harris.

— Foi um acidente? É isso? O que foi que houve, chefe? Repita!
Estalido, zumbido, estalido.
— Johnny... *me... vindo?*
— Sim, estou ouvindo! — Gritava no telefone agora, sabendo que era totalmente inútil, mas fazendo-o mesmo assim. Ciente, pelo canto do olho, de que a moça o olhava com crescente preocupação. — O que foi que houve com você?

Não houve resposta alguma durante tanto tempo que desta vez ele teve certeza de que tinha perdido Marinville. Afastava o telefone do ouvido quando mais uma vez chegou a voz do chefe, incrivelmente distante, como se viesse de outra galáxia: — ... oeste... Ely... aguenta...

Não, aguenta, não, pensou Steve, *aguenta, não, cinquenta. Estou a oeste de Ely, na Rodovia 50. Talvez, pelo menos. Talvez seja isso que esteja dizendo. Acidente. Tem de ser. Derrapou com a moto pra fora da estrada e estava lá sentado com uma perna estourada e talvez sangue escorrendo pela cara, e, quando eu voltar pra Nova York, os caras dele vão me crucificar, se não por outro motivo, por não poderem crucificá*-lo.

— ... com certeza a distância... no mínimo, provavelmente mais... trailer fora da estrada... ouco mais longe...

Ouviu o mais forte estampido de estática até então, depois alguma coisa sobre polícia. Policiais estaduais e municipais.

— O que... — começou a moça no banco do passageiro.
— *Shh!* Agora não!
Do fone:
— ... minha moto... no deserto... vento... quilômetros mais ou menos a leste do trailer...

E foi só. Steve berrou o nome de Johnny no telefone meia dúzia de vezes, mas só houve silêncio de volta. A ligação tinha caído. Usou o botão NOME/MENU para pôr J.M. na janela do mostrador, depois apertou ENVIAR. Uma voz gravada deu-lhe boas-vindas à Western Roaming Network, houve uma pausa, e depois outra gravação lhe disse que não fora possível completar a chamada desta vez. A voz começou a relacionar todos os motivos pelos quais acontecia isso. Steve desligou e fechou o telefone.

— *Porra!*

— É sério, não é? — perguntou Cynthia. Tinha de novo os olhos muito arregalados, mas nada havia de atraente neles agora. — Estou vendo no seu rosto.

— Talvez — ele disse, depois balançou a cabeça, impaciente consigo mesmo. — *Provavelmente*. Era meu chefe. Está na estrada em algum lugar. Cento e dez quilômetros é meu melhor palpite, mas talvez esteja até a uns 160. Montado numa Harley. Ele...

— Uma moto grande vermelha e creme? — ela perguntou, de repente excitada. — Ele tem cabelos compridos grisalhos, parecidos com os de Jerry Garcia?

Ele fez que sim com a cabeça.

— Eu vi hoje de manhã, bem a leste daqui — ela disse. — Estava enchendo o tanque no pequeno posto-lanchonete de Pretty Nice. Conhece essa cidade, Pretty Nice?

Ele fez que sim com a cabeça.

— Eu estava tomando o café da manhã e o vi pela janela. Achei que parecia conhecido. Talvez o tenha visto no programa da Oprah, ou talvez no *Ricki Lake*.

— É escritor. — Steve olhou para o velocímetro, viu que o marcador do furgão tinha chegado a 110, e decidiu que podia ir mais fundo. O ponteiro subiu para 120. Do lado de fora das janelas, o deserto passava para trás um pouco mais rápido. — Está atravessando o país, recolhendo material pra um livro. Faz algumas palestras, também, mas principalmente vai aos lugares, conversa com as pessoas e toma notas. De qualquer modo, teve um acidente. Pelo menos *acho* que foi isso que aconteceu.

— A ligação estava uma merda, não estava?

— Ahan.

— Quer parar? Quer que eu saia? Não tem nenhum problema, se for o que quer.

Ele pensou com cuidado. Agora que passava o choque inicial, a mente parecia trabalhar fria e precisamente, como sempre antes em situações semelhantes. Não, decidiu, não queria que ela saltasse, de jeito nenhum. Tinha um problema nas mãos, um problema que precisava ser enfrentado imediatamente, mas isso não significava que podia esquecer o futuro. Appleton podia achar que tudo estava bem mesmo que Johnny Marinville houvesse derrapado com a Harley e se fodido todo. Ele parecia um desses homens (apesar dos blazers e gravatas listradas) que aceitam a ideia de que às vezes as coisas dão errado. Mas Bill Harris parecera a Steve um cara que gostava de Pôr a Culpa no Burro quando as coisas davam errado... e enfiá-la o mais fundo que entrasse no rabo do burro.

Como o burro em potencial, Steve concluiu que na verdade o que gostaria era de uma testemunha — uma testemunha que jamais o tivesse visto antes desse dia.

— Não, eu gostaria que você viesse junto. Mas tenho de ser franco, não sei o que a gente vai encontrar. É possível que tenha sangue.

— Eu aguento sangue — ela disse.

4

Ela não fez nenhum comentário por ele dirigir em alta velocidade, mas quando o furgão alugado chegou a 140 quilômetros e a carcaça começou a trepidar, ela afivelou o cinto de segurança. Steve pisou um pouco mais fundo no acelerador, e quando chegaram perto de 150 a vibração diminuiu. Mas ele abraçava o volante com as duas mãos; o vento crescia, e nessa velocidade uma boa rajada forte pode jogar o carro fora da estrada. Aí, se os pneus afundam na areia, a gente se vê num *verdadeiro* aperto. Um aperto de lascar. O chefe era mais vulnerável a uma rajada de vento em sua moto, refletiu Steve. Talvez fosse isso que tivesse acontecido.

A essa altura já tinha contado a Cynthia os fatos básicos de seu emprego: fazia reservas, verificava rotas, testava sistemas de som onde haviam programado palestras, se afastava para não conflitar com a imagem que o chefe queria passar — Johnny Marinville, o lobo solitário dos intelectuais, um herói politicamente correto de Sam Peckinpah, um escritor que não tinha esquecido como segurar a barra e ficar frio.

O furgão, disse Steve, estava vazio, a não ser por algumas coisas extras e uma longa rampa de madeira, pela qual Johnny podia subir com a moto se o clima ficasse ruim demais para dirigi-la. Como estavam em meados do verão, isso não era muito provável, mas havia também outro motivo para a rampa, e para as amarras que Steve tinha instalado no furgão antes de partirem. Era uma coisa da qual nenhum dos dois falava, mas sabiam que estavam ali desde o dia em que tinham deixado Westport, Connecticut. Johnny Marinville podia acordar uma manhã e simplesmente descobrir que não queria continuar dirigindo a Harley.

Ou que não podia dirigi-la.

— Ouvi falar dele — disse Cynthia —, mas nunca li nada que ele escreveu. Gosto principalmente de Dean Koontz e Danielle Steel. Só leio por prazer. Mas é uma bela moto. E o cara tem uns cabelos fantásticos. Cabelos de rock and roll, sabe?

Steve fez que sim com a cabeça. Sabia. Marinville também sabia.

— Está mesmo preocupado com ele, ou só com o que pode acontecer com você?

Ele provavelmente teria se ressentido da pergunta se tivesse sido feita por outra pessoa, mas não sentiu nenhuma crítica implícita no tom dela. Só curiosidade.

— Com as duas coisas — disse.

Ela balançou a cabeça.

— Quanto a gente já percorreu?

Ele deu uma olhada no odômetro.

— Setenta e dois quilômetros desde que perdi contato com ele no telefone.

— Mas você não sabe de onde ele ligou exatamente.

— Não.

— Acha que ele se fodeu sozinho, ou há mais alguém também?

Ele olhou-a surpreso. Que o chefe pudesse ter fodido mais alguém era *exatamente* o que ele temia, mas nunca diria isso em voz alta se ela não houvesse suscitado a possibilidade primeiro.

— Alguém mais pode estar envolvido — respondeu, relutante. — Ele falou alguma coisa de uns policiais estaduais e municipais. "Não chame a polícia estadual, chame a municipal." Não entendi direito.

Ela apontou para o celular, preso no painel.

— Nem pensar — disse. — Não vou chamar polícia *nenhuma* até ver em que tipo de confusão ele se meteu.

— E prometo que isso não vai constar no meu depoimento, se você prometer não me chamar mais de docinho.

Ele esboçou um sorriso, embora não estivesse muito a fim de sorrir.

— Talvez seja uma boa ideia. Você *poderia* dizer...

— ... que seu telefone deixou de funcionar — concluiu ela. — Todo mundo sabe como essas coisas são cheias de frescuras.

— Você é legal, Cynthia.

— E você não é tão mau assim.

A pouco menos de 150, os quilômetros fundiam-se como uma nevada primaveril. Quando estavam 95 quilômetros a oeste do ponto onde Steve tinha perdido contato, ele começou a diminuir a velocidade do furgão alguns quilômetros por cada quilômetro percorrido. Nenhuma patrulha policial tinha passado em qualquer sentido, e ele imaginava que isso era bom. Falou isso, e Cynthia balançou a cabeça em dúvida.

— É *esquisito*, isso é que é. Se tivesse um acidente em que seu chefe ou talvez mais alguém saísse ferido, não acha que alguns carros de polícia teriam passado por nós? Ou uma ambulância?

— Bem, se eles viessem do outro lado, oeste...

— Segundo meu mapa, a próxima cidade é Austin, e ela está *bem* mais longe à frente do que Ely atrás. Alguma coisa oficial... quer dizer, alguma coisa com *sirenes*... devia estar indo de leste pra oeste. Alcançando a gente. Sacou?

— É, acho que sim.

— Então, onde estão eles?

— Eu não sei.

— Nem eu.

— Bem, fique de olho em... ora, merda, quem sabe? *Qualquer coisa* fora do comum.

— Eu estou. Diminua mais um pouco.

Ele deu uma olhada no relógio e viu que eram 17h45. As sombras haviam se alongado no deserto, mas o dia continuava claro e quente. Se Marinville estivesse ali, eles o veriam.

Pode apostar que veremos, ele pensava. *Vai estar sentado na beira da estrada, na certa com a cabeça estourada e metade das calças rasgadas onde caiu rolando. E provavelmente tomando notas sobre as sensações que isso causou. Graças a Deus ele usa o capacete, pelo menos. Se não usasse...*

— Estou vendo uma coisa! Ali! — A voz da moça era excitada mas controlada. Ela protegia os olhos do sol a oeste com a mão esquerda e apontava com a direita. — Está vendo? Será que é... ah, merda, não. É grande *demais* pra ser uma motocicleta. Parece um trailer.

— Mas acho que foi daqui que ele ligou. De *algum lugar* perto daqui, pelo menos.

— Por que acha isso?

— Ele disse que tinha um trailer no acostamento um pouco mais adiante, essa parte eu ouvi claramente. Disse que estava mais ou menos a 1,5 quilômetro dele, e é onde estamos agora, logo...

— É, nem precisa dizer. Estou procurando, estou procurando.

Ele reduziu a velocidade do Ryder para cinquenta, depois, à medida que se aproximavam do trailer, para a de uma pessoa andando. Cynthia tinha aberto a janela do carona e se projetava para fora, a camiseta suspensa revelando a parte de trás de sua cintura (a *parte de trás de sua cinturinha*, pensou Steve) e o desenho da espinha.

— Alguma coisa? — perguntou a ela. — Qualquer coisa?

— Nada. Vi um brilho, mas era muito longe no deserto... muito mais longe do que ele iria se tivesse caído. Ou se o vento o tivesse empurrado pra fora da estrada, sabe?

— Na certa é o reflexo do sol na mica nas rochas.

— Ahan, pode ser.

— Não vá cair da janela, menina.

— Estou bem — ela disse, e fechou os olhos quando o vento, que se tornava cada vez mais irritante, lançou grãos de areia em seu rosto.

— Se esse é o trailer do qual ele falou, a gente já passou do lugar de onde ele ligou.

Ela assentiu com a cabeça.

— É, mas segue em frente. Se tiver alguém nele, podem ter avistado ele.

Ele fungou.

— "Podem ter avistado ele." Aprendeu isso lendo Dean Koontz e Danielle Steel?

Ela recuou o bastante para lançar-lhe um olhar altivo... mas ele julgou ver um ressentimento por baixo.

— Desculpe — disse. — Eu só estava provocando.

— Ah, é? — ela disse friamente. — Me diga uma coisa, sr. Grande *Roadie* Texano: *você* já leu alguma coisa que seu chefe escreveu?

— Bem, ele me deu um exemplar da *Harper's* com um conto dele. Se chamava "Um Clima Caído do Céu". Li esse, claro que sim. Cada palavra.

— E *compreendeu* cada palavra?

— Hum, não. Olha, o que eu disse foi grosso. Peço *perdão*. Sinceramente.

— Está bem — ela disse, mas o tom sugeria que ele ia ficar em liberdade condicional, pelo menos durante algum tempo.

Ele abriu a boca para dizer alguma coisa engraçada, se tivesse sorte, alguma coisa que a fizesse rir (tinha um belo sorriso), e então teve uma boa visão do trailer.

— Olha, ei, o que é aquilo? — perguntou, falando mais consigo mesmo que com a moça.

— O que é o quê? — Ela virou a cabeça para olhar pelo para-brisa, enquanto Steve encostava o Ryder no acostamento, logo atrás do trailer. Era dos de tamanho médio, maior que a Lassie porém menor que os Godzillas que tinha visto desde o Colorado.

— O cara deve ter passado por cima de alguns pregos na estrada, ou algo assim — disse Steve. — Parece que os pneus estão *todos* vazios.

— É. Então como é que os seus não estão?

Quando lhe ocorreu que o pessoal do trailer poderia ter tido solidariedade suficiente para retirar os pregos, a moça de cabelo punk em dois tons já tinha saído da boleia e caminhava até o veículo, chamando quem estivesse lá dentro.

Bem, ela sabe perceber uma boa fala de saída de cena quando diz uma, isso é preciso admitir, ele pensou, e saiu pelo seu lado. O vento o açoitou no rosto com força bastante para fazê-lo balançar sobre os calcanhares. E era quente, como ar saindo da boca de um incinerador.

— Steve? — A voz dela estava diferente. A impertinência agressiva, que ele julgava ser a maneira de flertar da moça, tinha desaparecido. — Chega aqui, não estou gostando nada disso.

Ela estava parada em pé junto à porta lateral do trailer, que estava destrancada e batia de um lado para o outro, apesar de ser o lado protegido do vento, e a escada estar abaixada. No pé da escada, semienterrada na areia que o vento tinha trazido, havia uma boneca de cabelos louros e vestido azul-claro, caída de bruços e abandonada. Steve também não quis se deter muito nessa visão. Bonecas sem meninas por perto causavam uma espécie de calafrio em quaisquer condições, pelo menos era essa a sua opinião, e dar com uma abandonada à beira da estrada, meio enterrada num vendaval de areia...

Ele abriu a porta destrancada e enfiou a cabeça dentro do trailer. Fazia um calor brutal, no mínimo uns 43 graus.

— Alô? Tem alguém aí?

Mas ele não era tão burro. Se os donos do trailer estivessem ali, o motor estaria ligado, por causa do ar-condicionado.

— Nem se dê ao trabalho. — Cynthia tinha pegado a boneca e tirava a areia dos cabelos dela e das pregas do vestido. — Não é nenhuma boneca de loja vagabunda. Não custa um porrilhão de dólares, mas é cara. E alguém cuidava dela. Veja. — Levantou a saia com os dedos para que ele visse onde tinham feito um remendo pequeno, bem-acabado, num rasgão. Combinava quase exatamente com a cor do vestido. — Se a menina dona dessa boneca estivesse por aqui, não ia deixá-la caída no chão, isso eu quase posso lhe garantir. A pergunta é: por que não a levou consigo quando saiu com a família? Ou pelo menos não guardou lá dentro? — Abriu a porta, hesitou, subiu um dos degraus, hesitou mais uma vez, desviou o olhar para ele. — Chega aqui.

— Não posso. Tenho de encontrar o chefe.

— Um minuto, sim? Não quero entrar aqui sozinha. É como o *Andrea Doria* ou alguma coisa assim.

— Você quer dizer o *Mary Celeste*. O *Andrea Doria* afundou.

— Tudo bem, sabichão, seja lá qual for. Venha até aqui, não vai demorar. Além disso... — Hesitou.

— Além disso, talvez tenha alguma coisa a ver com meu chefe? É isso que está pensando?

Cynthia balançou a cabeça.

— Não é forçar a barra demais. Quer dizer, todos eles desapareceram, não foi?

Mas Steve não queria aceitar — parecia uma complicação que ele não merecia. Ela viu parte disso no rosto dele (talvez mesmo tudo; com certeza não era burra) e pôs as mãos para cima.

— Ah, merda, eu olho sozinha.

Entrou, ainda segurando a boneca. Steve a seguiu com os olhos, pensativo por um momento, depois a acompanhou. Cynthia lançou-lhe uma olhada, balançou a cabeça e pôs a boneca numa das cadeiras. Abanou a gola da camiseta no pescoço.

— Está quente — disse. — Quer dizer, *pegajoso.*

Entrou na boleia do trailer. Steve foi pelo outro lado, o do motorista, baixando a cabeça para não batê-la. No painel defronte do banco do carona havia três montes de figurinhas de beisebol, cuidadosamente distribuídas por equipes — Clevand Indians, Cincinnati Reds, Pittsburgh Pirates. Mexeu nelas e viu que cerca de metade estava assinada, e talvez metade das assinadas tinha dedicatórias pessoais. Em diagonal no pé da figurinha de Albert Belle, havia o seguinte: "Para David — Continue batendo forte! Albert Belle." E outra, da pilha dos Pittsburgh: "Olhe a bola antes de rebater, Dave — Seu amigo, Andy Van Slyke."

— Tinha um menino também — gritou Cynthia. — A não ser que a menina, além de bonecas de vestido azul, se interessasse também por G.I. Joe, Judge Dredd e os MotoKops. Uma das prateleiras laterais aqui atrás está cheia de revistas em quadrinhos.

— É, tem um menino — ele disse, pondo Albert Belle e Andy Van Slyke em seus respectivos maços. *Ele só trouxe as realmente importantes para ele*, pensou, sorrindo de leve. *As que não suportaria de modo algum deixar em casa.* — Se chama David.

Perplexa:

— Como diabos você sabe disso?

— Aprendi vendo o *Arquivo X.* — Tirou o recibo de cartão de crédito de uma compra de gasolina do maço de papéis amontoados no porta-luvas do painel e o alisou. O nome do dono era Ralph Carver, o endereço algum lugar de Ohio. O carbono estava borrado em cima do nome da cidade, mas podia ser Wentworth.

— Acho que não sabe mais nada sobre ele, sabe? — ela perguntou. — Sobrenome? De onde veio?

— David Carver — ele disse, o sorriso se abrindo ainda mais. — O pai é Ralph Carver. São de Wentworth, Ohio. Cidade simpática. Vizinha de Columbus. Estive lá com Southside Johnny em 1986.

Ela se aproximou, a boneca aconchegada num seio que parecia um calombo de picada de mosquito. Lá fora o vento soprou mais uma vez, atirando areia contra o trailer. Soava como chuva grossa.

— Está inventando!

— Não estou, não — ele disse, e estendeu o recibo de gasolina. — Aqui está a parte do Carver. A de David eu consegui das figurinhas de beisebol do garoto. Vou te contar, ele ganhou algumas assinaturas valiosas.

Ela pegou as figurinhas, olhou-as, depois as devolveu e girou devagar em toda a sua volta, o rosto solene brilhando de suor. Ele também suava, e muito. Sentia o suor escorrendo pelo corpo, como um óleo fino, pegajoso.

— Pra onde eles *foram*?

— Pra cidade mais próxima, pedir ajuda — ele disse. — Na certa pegaram carona com alguém. Você lembra, pelo seu mapa, qual é a mais perto daqui?

— Não. Acho que tem uma cidadezinha, mas não me lembro o nome. Mas se foi isso que fizeram, por que não trancaram o trailer quando saíram? Quer dizer, todas as coisas deles estão aqui. — Indicou a boleia com a mão. — Sabe o que tem lá atrás junto do sofá-cama?

— Não.

— O estojo de joias da mulher. Uma rã de cerâmica. A gente bota os anéis e brincos na boca da rã.

— *Isso* parece de bom gosto. — Ele queria cair fora dali, e não apenas por causa do calor nojento, nem porque tinha de seguir o rasto do patrão. Queria sair porque a porra do trailer lembrava a porra do *Mary Celeste*. Era muito fácil imaginar vampiros escondidos nos cubículos, vampiros de bermudas e camisetas com dizeres do tipo EU SOBREVIVI À RODOVIA 50, A RODOVIA MAIS SOLITÁRIA DOS ESTADOS UNIDOS!

— É bem bonitinho — ela disse —, mas a questão não é essa. Tem dois pares de brincos e um anel dentro. Não *caríssimos*, mas também nenhum lixo. Acho que o anel é uma turmalina. Então, por que eles não...

Ela viu alguma coisa no porta-luvas, uma coisa que havia aparecido quando ele mexeu nos papéis embolados, e arrancou um prendedor de dinheiro com o símbolo do dólar que parecia de prata verdadeira. Tinha notas dobradas. Ela as folheou rapidamente com a ponta de um dedo, depois jogou o prendedor de volta no porta-luvas, como se estivesse quente.

— Quanto? — ele perguntou.

— Quarenta, por aí — ela disse. — Só o prendedor na certa vale três ou quatro vezes mais. Vou te dizer, peregrino: isso está me cheirando mal.

Outra rajada de vento espadanou areia contra o lado norte do trailer, esta bastante forte para balançá-lo um pouco nos pneus vazios. Os dois se entreolharam com os rostos reluzindo de suor. Steve encontrou o olhar azul vazio da boneca. *O que houve aqui, doçura? O que você viu?*

Ele se virou para a porta.

— Hora de chamar os tiras? — perguntou Cynthia.

— Daqui a pouco. Primeiro quero andar um quilômetro pra trás, pra ver se localizo algum sinal do meu chefe.

— Neste vento? Cara, isso é burrice mesmo!

Ele olhou-a por um momento, sem dizer nada, depois passou por ela e desceu a escada.

Cynthia alcançou-o lá embaixo.

— Ei, vamos zerar, está bem? Você goza minha gramática, e eu gozo a sua...

— Intuição.

— Intuição, é assim que se chama? Bem, legal. Zerado? Diga sim. Por favor. Estou assustada demais pra querer jogar merda no ventilador.

Ele sorriu, um tanto comovido pela ansiedade no rosto dela.

— Está certo, tudo bem — disse. — Tão zerado quanto possível.

— Quer que eu vá atrás com o furgão? Posso fazer um quilômetro pelo odômetro, dar um limite até onde ir.

— Pode dar a volta sem... — Um caminhão com KLEENEX SUAVIZA O ESPIRRO escrito na lateral passou a mais de 100 quilômetros para leste. Cynthia se encolheu, protegendo os olhos da chuva de areia com um braço de Kate Moss. Steve passou o braço pelos estreitos ombros dela, firmando-a por um ou dois minutos. — ... ficar atravessada na estrada? — concluiu.

Ela lançou-lhe um olhar ofendido e se soltou do braço dele.

— Claro.

— Bem... 2 quilômetros, está bem? Só pra ter certeza.

— Está bem. — Ela partiu em direção ao Ryder, depois se virou para ele. — Acabei de me lembrar do nome da cidadezinha perto daqui — disse e apontou para leste. — Fica lá pra cima, ao sul da rodovia. Nome interessante. Você vai adorar, Lubbock.

— Como?

— Desespero. — Ela sorriu maliciosamente e subiu para dentro da boleia do furgão.

5

Ele andou devagar para leste pelo acostamento daquele lado, erguendo a mão num aceno, mas não olhando quando o furgão, com Cynthia ao volante, passou rodando muito devagar.

— Não faço a menor *ideia* do que você está procurando! — ela gritou.

E já tinha se afastado antes que ele tivesse qualquer possibilidade de responder, o que era melhor; tampouco ele tinha a menor ideia. Marcas no chão? Ideia ridícula, em vista do vento. Sangue? Pedaços de cromo ou de lanternas traseiras? Achava isso de fato o mais provável. Só tinha certeza de duas coisas: que seus instintos não lhe haviam apenas pedido, mas *exigido* que fizesse aquilo, e que não conseguia afastar da mente o vidrado olhar azul da boneca. A boneca favorita de uma menininha... só que a menina tinha deixado Alice Vestido Azul caída de bruços no chão na beira da estrada. A mãe tinha deixado as joias, o pai, o prendedor de dinheiro, e o filho David, suas figurinhas de beisebol autografadas.

Por quê?

Lá na frente, Cynthia dirigiu para o lado e tornou a virar para oeste o furgão amarelo berrante. Fez isso com uma precisão que Steve não sabia se podia igualar, tendo de manobrar apenas uma vez. Saltou, veio andando para ele num passo rápido, mal olhando para o chão, e ele teve tempo, mesmo então, de ficar moderadamente puto por ter ela descoberto o que o instinto dele o tinha mandado procurar ali.

— Ei — ela gritou.

Abaixou-se, pegou alguma coisa no chão e sacudiu a areia do objeto.

Ele correu até onde ela tinha parado.

— O quê? O que é isso?

— Um bloco de apontamentos — ela disse, estendendo-o. — Acho que ele passou por aqui, sem dúvida. Tem *J. Marinville* impresso bem na frente, está vendo?

Ele pegou o pequeno bloco de capa amassada e folheou-o rapidamente. Direções, mapas que ele próprio tinha traçado, e anotações nos grossos rabiscos do chefe, a maioria sobre as recepções programadas. Embaixo de *St. Louis*, Marinville escrevera *Patricia Franklin. Ruiva, peitões. Não chamá-la de PAT nem PATTY! Nome da org. é AMIGOS DA LIBERAÇÃO FRANCA. Bill diz que P.F. também é ativa em coisas de direitos dos animais. Vegetariana*. Na última página que tinha usado, uma única palavra tinha sido rabiscada numa versão ainda mais exuberante da letra do chefe:

Para

Só isso. Como se ele tivesse começado a escrever uma dedicatória para alguém e não tivesse acabado.

Ergueu o olhar para Cynthia e viu-a cruzar os braços sobre os escassos seios e começar a esfregar a ponta dos cotovelos.

— Brrr — fez ela. — É impossível sentir frio aqui fora, mas estou sentindo mesmo assim. Isto está ficando cada vez mais arrepiante.

— Por que o vento não levou isso?

— Pura sorte. Parou numa pedra grande e a areia cobriu a metade de baixo. Como aconteceu com a boneca. Se ele tivesse deixado cair um palmo pra direita ou pra esquerda, a esta hora na certa o bloco já estaria a meio caminho do México.

— O que faz você achar que ele deixou cair?

— *Você* não acha? — ela perguntou.

Ele abriu a boca para dizer que na verdade não achava nada, pelo menos não ainda, mas então esqueceu tudo. Avistava uma coisa brilhando no deserto, provavelmente a mesma que ela tinha visto quando se aproximavam do trailer, só que agora não estavam se movendo, e por isso o brilho permanecia estável. E não eram simples lascas de mica cravadas na rocha, isso ele apostava. Pela primeira vez sentiu realmente, dolorosamente, medo. E já corria para o deserto, para aquele brilho, antes mesmo de ter consciência de que ia fazê-lo.

— Ei, não vá tão depressa! — Ela parecia espantada. — Espera aí!
— Não, fique aí! — ele gritou de volta.

Correu os primeiros 100 metros, mantendo aquele reflexo de sol diretamente em frente (só que agora o reflexo tinha começado a se espalhar e assumir uma forma que ele achava pavorosamente conhecida), e então lhe veio uma onda de tontura que o deteve. Ele se curvou, apoiando as mãos nas pernas logo acima dos joelhos, convencido de que cada charuto que tinha fumado nos últimos 18 anos tinha voltado para persegui-lo.

Quando passou um pouco a vertigem, e o barulho de martelo mecânico do coração começou a diminuir nos ouvidos, escutou um distinto, mas de algum modo feminino, arquejar às suas costas. Virou-se e viu Cynthia se aproximando a correr, suando muito, mas fora isso ótima e elegante. Seus vistosos cachos haviam-se achatado um pouco, só isso.

— Você gruda... como uma bolota de meleca... na ponta do dedo — ele arquejou quando ela parou a seu lado.

— Acho isso a coisa mais carinhosa que um cara já me disse. Bote isso na porra do seu livro de haikais, que tal? E não vá ter um ataque do coração. Quantos anos você tem mesmo?

Ele se endireitou com esforço.

— Velho demais pra me interessar pelos seus miúdos, Chicken Little, e estou ótimo. Obrigado por se preocupar.

Na estrada, passou um carro sem reduzir a marcha. Os dois olharam. Ali, até um carro passando era um acontecimento.

— Bem, posso sugerir que a gente vá andando o resto do caminho? Seja o que for aquele troço, não vai a lugar nenhum.

— Eu sei o que é — ele disse, e correu os últimos 20 metros.

Ajoelhou-se diante da coisa como um primitivo tribal diante de uma efígie. A moto do chefe tinha sido enterrada às pressas e com descaso. O vento já tinha desenterrado um dos punhos do guidom e parte de outro.

A sombra da garota bateu-lhe em cima e ele ergueu o olhar para ela, querendo dizer alguma coisa que a fizesse acreditar que não estava inteiramente apavorado com aquilo, mas nada saiu. De qualquer modo, não tinha certeza de que ela o ouviria. A moça tinha os olhos arregalados e apavorados grudados na moto. Caiu de joelhos ao lado dele, estendeu as mãos como se medisse, depois cavou a uma pequena distância à direita do guidom. A primeira coisa que encontrou foi o capacete do chefe. Puxou--o, despejou a areia de dentro e o pôs de lado. Depois afastou de leve a areia embaixo de onde estivera o capacete. Steve a observava. Não sabia se as pernas o aguentariam caso tentasse se levantar. Continuava pensando nas histórias que se liam nos jornais de vez em quando, de corpos descobertos em poços de cascalho e desenterrados da sempre popular cova rasa.

No declive em concha que ela tinha feito, ele agora via metal pintado contra a areia pardo-acinzentada. As cores eram vermelho e creme. E letras. HARL.

— É ela — disse Cynthia. As palavras saíram indistintas, porque ela esfregava a mão compulsivamente de um lado para outro na boca.
— É a que eu vi, sem dúvida.

Steve agarrou o guidom e puxou. Nada. Não ficou surpreso; foi um puxão muito fraco. De repente percebia uma coisa interessante, de uma maneira horrível. Não era mais apenas com o chefe que se preocupava. Não, senhor. Suas preocupações haviam se ampliado, parecia. E ele tinha a sensação, a misteriosa sensação de que...

— Steve, meu novo amigo legal — disse Cynthia numa vozinha miúda, erguendo o olhar para ele do pequeno pedaço de tanque que desenterrara —, você na certa vai pensar que é idiotice *de primeira*, uma dessas coisas que as donas burras vivem dizendo nos filmes ruins, mas eu acho que a gente está sendo observado.

— Não acho que você esteja sendo idiota — ele disse, e afastou mais um pouco de areia do tanque. Não havia sangue. Graças a Deus. O que não queria dizer que não houvesse em alguma outra parte da porra da coisa. Ou um cadáver sepultado embaixo. — Eu também sinto a mesma coisa.

— A gente pode se mandar daqui? — ela perguntou, quase implorou. Limpou o suor da testa com um braço. — Por favor?

Ele se levantou e começaram a voltar. Quando ela estendeu a mão, ele ficou feliz por pegá-la.

— Nossa, a sensação é forte — ela disse. — Pra você também?

— É. Acho que não quer dizer nada senão medo mesmo, mas é forte, sim. Como...

Um uivo soou ao longe, trêmulo. Cynthia apertou a mão dele com força suficiente para Steve dar graças por ela roer as unhas.

— O que foi isso? — ela choramingou. — Oh, meu Deus, o que foi isso?

— Coiote — ele disse. — Exatamente como nos filmes de faroeste. Não farão mal à gente. Afrouxe um pouco os dedos, Cynthia, está me matando.

Ela começou a afrouxar, mas apertou-os mais uma vez quando um segundo uivo envolveu languidamente o primeiro, como um bom tenor de barbearia fazendo harmonia.

— Não estão em nenhum lugar por perto — ele disse, tendo agora de fazer força para se impedir de retirar a mão. Ela era um pouco mais forte do que parecia, e o estava machucando. — Na verdade, garota, na certa estão no município seguinte. Relaxe.

Ela afrouxou um pouco a mão, mas quando virou para ele o rosto reluzente, o medo que se via ali era de fazer dó.

— Muito bem, não estão em nenhum lugar por perto, na certa estão no município seguinte, certamente estão mesmo uivando é por telefone, do outro lado da fronteira da Califórnia, mas eu não gosto de coisas que mordem. Tenho *pavor* de coisas que mordem. A gente não pode voltar pro seu furgão?

— Pode.

Ela andava roçando o quadril no dele, mas quando veio o uivo seguinte, não lhe apertou a mão com tanta força — esse foi visivelmente a alguma distância, e não foi logo repetido. Chegaram ao furgão. Cynthia entrou pelo lado do carona, dando-lhe um sorriso rápido, nervoso, por cima do ombro ao se erguer para dentro. Steve contornou o capô do furgão, percebendo que a sensação de estar sendo vigiado tinha desaparecido. Continuava com medo, mas agora basicamente pelo chefe de novo. Se John Edward Marinville estivesse morto, as manchetes seriam mundiais, e Steve Ames sem dúvida alguma faria parte da história. Não uma parte boa. Steve Ames seria a segurança que falhou, a rede de segurança que não estava no lugar quando o Papaizão finalmente caiu do trapézio.

— A sensação de estar sendo vigiado... na certa eram os coiotes — ela disse. — Não acha?

— Talvez.

— E agora? — perguntou Cynthia.

Ele inspirou fundo e pegou o telefone celular.

— É hora dos tiras — disse, e discou 911.

O que ouviu era o que em grande parte esperava: uma daquelas vozes gravadas das redes celulares, dizendo-lhe que lamentava, mas que sua chamada não podia ser completada desta vez. O chefe tinha conseguido completar — brevemente, pelo menos —, mas tinha sido um golpe de sorte. Steve fechou o bocal com uma violenta torção do pulso, jogou o telefone de volta no painel e deu a partida no motor do Ryder. Ficou consternado ao ver que o chão do deserto tinha adquirido um aspecto arroxeado. Merda. Haviam passado mais tempo no trailer abandonado e diante da moto semienterrada do chefe do que tinha pensado.

— Nada?

Ela olhou para ele com empatia.

— Nada. Vamos procurar essa cidade que você falou. Qual é?

— Desespero. Fica a leste daqui.

Ele engatou a primeira.

— Seja minha navegadora, tá legal?

— Claro — ela disse e tocou no braço dele. — A gente consegue ajuda. Mesmo uma cidade tão pequena tem de ter pelo menos *um* policial.

Ele rodou até o trailer abandonado antes de virar mais uma vez para leste e viu que a porta ainda batia. Nenhum dos dois tinha pensado em trancá-la. Parou o furgão, pôs a marcha em ponto morto e abriu a porta.

Cynthia agarrou-o pelo ombro antes que conseguisse pôr a outra perna para fora.

— Ei, aonde é que você vai? — Não estava em pânico, mas tampouco exatamente serena.

— Calma, garota. Me dê só um segundinho.

Ele desceu e trancou a porta do trailer, que era uma coisa chamada Wayfarer, segundo o cromo na lateral. Depois voltou ao furgão parado.

— Quem é você, um daqueles caras bons-moços?

— Em geral, não. Simplesmente não gostei daquela coisa batendo com o vento. — Fez uma pausa, um pé no estribo, olhando-a acima, pensando. Depois encolheu os ombros. — Era como ver uma janela de uma casa mal-assombrada.

— Muito bem — ela disse, e vieram mais uivos ao longe, talvez ao sul, talvez ao leste, com a ventania era difícil dizer, mas desta vez soava como no mínimo uma meia dúzia de vozes. Como uma matilha. Steve subiu na boleia e bateu a porta.

— Vamos — disse, engatando mais uma vez a primeira. — Vamos virar essa carroça e ver se encontramos alguma lei.

Capítulo Cinco

1

David Carver viu quando a mulher de camiseta azul e jeans desbotados acabou desistindo, imprensada contra a grade do depósito de bêbados, protegendo os seios com os braços enquanto o policial afastava a mesa para poder chegar até ela.

Não toque nisso, gritou-lhe o homem de cabelos brancos quando a mulher jogou a escopeta, que veio resvalando pelo assoalho de madeira de lei e bateu com um estrondo na grade da cela de David. *Não toque nisso, está vazia, deixa pra lá!*

Fez o que o homem mandou, mas viu outra coisa no chão ao baixar os olhos para a escopeta: um dos cartuchos que tinham caído da mesa. Estava junto à barra vertical mais à esquerda de sua cela. Um cartucho verde bojudo, talvez um da dezena que tinha rolado no chão para todo lado quando o policial louco começou a bater na mulher com a mesa e a cadeira para fazê-la soltar a arma.

O homem tinha razão, não faria o menor sentido pegar a escopeta. Mesmo que pudesse pegar também o cartucho, não teria sentido fazê--lo. O policial era grande — alto como um jogador profissional de basquete, largo como um jogador profissional de futebol americano — e também rápido. Estaria em cima dele, que jamais tinha segurado uma arma de verdade em sua vida, antes mesmo que ele soubesse em qual buraco entrava o cartucho. Mas se tivesse uma chance de pegar o cartucho... talvez... bem, quem sabe?

— Consegue andar? — perguntava o policial à tal Mary. O tom era grotescamente solícito. — Tem alguma coisa quebrada?

— Que diferença faz? — A voz dela tremia, mas David achava que era raiva que a fazia tremer, não medo. — Me mate, se é o que vai fazer. Acabe logo com isso.

David lançou uma olhada ao velho que dividia a cela com ele, para ver se ele também tinha visto o cartucho. Até onde podia ver, não, embora ele tivesse afinal saído do catre e ido para a grade da cela.

Em vez de gritar com a mulher que tudo tinha feito para explodir sua cabeça, ou talvez machucá-la por isso, o policial deu-lhe um rápido abraço com um braço só. Um abraço de colega. De certo modo, David achou esse pequeno gesto de afeto aparentemente sincero mais inquietante que toda a violência ocorrida antes.

— Eu não vou *matar* você, Mare!

O policial olhou em volta, como a perguntar aos três Carver restantes e ao cara de cabelos brancos se podiam acreditar naquela dona doida. Os claros olhos cinzentos encontraram os azuis de David, e o menino deu sem pensar um passo para trás. Sentia-se de repente enfraquecido de horror. E *vulnerável*. Como podia se sentir mais vulnerável do que já se sentia, não sabia, mas era assim que se sentia.

O policial tinha os olhos vazios — tão vazios que era quase como se estivesse inconsciente com eles abertos. Isso fez David se lembrar de seu amigo Brian e da memorável visita ao seu quarto de hospital em novembro passado. Mas não parecia a mesma coisa, porque os olhos do policial eram e *não eram* vazios, ao mesmo tempo. Havia alguma coisa ali, sim, *alguma coisa*, David não sabia o quê, nem como podia ser ao mesmo tempo alguma coisa e nada. Só sabia que jamais tinha visto algo igual àquilo.

O policial voltou a olhar a tal Mary com uma expressão de exagerado espanto.

— Deus do céu, não! — disse. — Não quando a coisa mal está começando a ficar interessante. — Enfiou a mão no bolso direito na frente, puxou um molho de chaves e escolheu uma que dificilmente parecia uma chave, quadrada, com uma tira preta enfiada no meio do metal. Para David, parecia um cartão-chave de hotel. Meteu-a na fechadura da grande cela e abriu-a. — Salta pra dentro, Mare — disse ele. — Se enrosque aí como um besouro num tapete, que é isso que você vai ser.

Ela o ignorou, olhando para os pais de David. Eles continuavam de pé junto à grade da celinha bem em frente àquela que ele dividia com o sr. calado de cabelos brancos.

— Esse homem... esse *maníaco*... matou meu marido. Passou... — Ela engoliu em seco, fez uma careta, e o policial olhou-a com um ar benigno, parecendo quase um sorriso de incentivo: *Bota pra fora, Mary, vomita, vai se sentir melhor quando fizer isso.* — Passou o braço em torno dele como acabou de fazer comigo e deu quatro tiros nele.

— Ele matou nossa filhinha — disse-lhe Ellen Carver, e alguma coisa em seu tom de voz pareceu a David um momento de absoluta irrealidade onírica. Era como se as duas brincassem de ver quem contava a desgraça maior. Dali a pouco a tal Mary diria: Bem, ele matou nosso *cachorro*, e a *mãe* dele diria...

— A gente não *sabe* — disse o pai de David. Tinha uma aparência horrível, o rosto inchado e ensanguentado, como um boxeador peso-pesado que levou doze *rounds* completos de punição. — Não com *certeza*. — Olhou para o policial, uma terrível expressão de esperança no rosto inchado, mas o policial o ignorou. Era em Mary que estava interessado.

— Chega de conversa-fiada — disse. Parecia o vovô mais gentil do mundo. — Salte pro seu quarto, minha Mare. Pra sua gaiola dourada, meu periquito de olho azul.

— Senão o quê? Vai me matar?

— Já lhe falei que não — ele disse na mesma voz de bom vovô —, mas você não vai esquecer o mundialmente famoso destino pior que a morte. — A voz não tinha mudado, mas agora ela o olhava fascinada, como uma cabra amarrada olha uma jiboia que se aproxima. — Eu posso fazer mal a você, Mary — disse. — Posso fazer um mal tão terrível que vai desejar que eu a *tivesse* matado. Acredita nisso, não?

Ela olhou-o por um momento mais longo, depois desgrudou os olhos — e foi exatamente o que pareceu a David de onde ele estava, a seis metros de distância, ela *desgrudando-se*, como se desgruda uma fita adesiva da aba de uma carta ou embrulho — e entrou na cela. Seu rosto tremia ao entrar, e depois desabou, quando o policial bateu a porta gradeada da cela atrás dela. Jogou-se num dos quatro catres do fundo, apoiou o rosto nos braços e pôs-se a soluçar. O policial ficou a observá-la por um momento, cabisbaixo. David teve mais uma vez tempo de olhar o cartucho da escopeta e pensar em pegá-lo. Então o policial estremeceu e se sacudiu, como alguém despertando de um cochilo, e se afastou da cela da mulher em prantos. Foi até o outro lado, onde estava David.

O homem de cabelos brancos recuou rapidamente das barras da grade quando o policial se aproximou, até bater com a parte de trás dos joelhos na quina do catre e cair sentado. Depois voltou a cobrir os olhos com as mãos. Antes, aquilo tinha parecido a David um gesto de desespero, mas agora lhe parecia reproduzir o horror que ele próprio tinha sentido quando o policial lhe lançou seu olhar fixo — não desespero, mas um gesto instintivo de esconder-se, de alguém que não quer ver uma coisa senão quando é absolutamente *obrigado* a ver.

— Como vão as coisas, Tom? — perguntou o policial ao homem no catre. — Como vai passando, coroa?

O homem de cabelos brancos se encolheu, afastando-se do som da voz sem tirar as mãos dos olhos. O policial olhou-o um momento, depois voltou mais uma vez o olhar cinzento para David, que descobriu que não podia desviar o seu — agora eram os *seus* olhos que haviam sido grudados. E havia também outra coisa, não havia? Uma sensação de ser *chamado*.

— Se divertindo, David? — perguntou o enorme policial louro. Os olhos pareceram estar se expandindo, se transformando em lagos cinza-claros cheios de luz. — Está se divertindo com este interlúdio, cada parte dele?

— Eu... — Saiu um gemido rouco. Ele lambeu os lábios e tentou de novo. — Eu não sei do que o senhor está falando.

— Não? Isso me surpreende. Porque vejo... — Pôs uma mão no canto da boca, tocou-a, tornou a baixá-la. A expressão em seu rosto parecia ser de verdadeiro atordoamento. — Não sei o *que* eu vejo. É uma pergunta, sim, senhor, é. Quem *é* você, menino?

David lançou uma rápida olhada ao pai e à mãe, e não pôde olhar muito tempo para o que viu no rosto deles. Achavam que o policial ia matá-lo, como tinha matado Pie e o marido de Mary.

Ergueu os olhos para o policial.

— Eu sou David Carver — disse. — Moro na 248 Poplar Street em Wentworth, Ohio.

— Sim, tenho certeza de que isso é verdade, mas, pequeno Dave, quem vos fez? Não podeis dizer-me quem vos fez? *Tak!*

Ele não está lendo minha mente, pensou David, *mas acho que talvez possa, se quiser.*

Um adulto provavelmente se haveria censurado por tal pensamento, diria a si mesmo para não ser tolo, não sucumbir à paranoia provocada pelo medo. *É exatamente o que ele quer que você acredite, que ele lê os pensamentos*, pensaria um adulto. Mas David não era um homem, era apenas um menino de 11 anos. E tampouco um simples garoto *qualquer* de 11 anos; não desde novembro último. Algumas grandes mudanças haviam ocorrido desde então. Ele só podia desejar que o ajudassem a lidar com o que via e sentia agora.

O policial, enquanto isso, olhava-o com olhos mais apertados, avaliadores.

— Acho que foram minha mãe e meu pai que me fizeram — disse David. — Não é assim que acontece?

— Um menino que entende de cegonha! Maravilhoso! E quanto à minha outra pergunta, soldado: está se divertindo?

— O senhor matou minha irmã, então não faça perguntas idiotas.

— Filho, não o provoque! — gritou-lhe o pai com a voz apavorada. Não parecia seu pai de modo algum.

— Ah, eu não sou *idiota* — disse o policial, aproximando ainda mais de David aquele horrendo olhar cinzento. As íris na verdade pareciam se movimentar, girando e girando como cata-ventos. Olhar para elas fez David se sentir nauseado, quase vomitar, mas ele não conseguia desviar os olhos. — Eu posso ser um monte de coisas, mas idiota não é uma delas. Sei muita coisa, soldado. De verdade. *Muita.*

— Deixe-o *em paz*! — gritou a mãe de David, que não podia ser vista; o corpanzil do policial tampava-a inteiramente. — Já não fez o bastante à nossa família? Se tocar nele, eu mato você!

O policial não deu a menor atenção. Levou os indicadores às pálpebras inferiores e puxou-as para baixo, fazendo os globos oculares se esbugalharem grotescamente.

— Tenho olhos de águia, David, olhos que veem a verdade de muito longe. Você só precisa acreditar nisso. Olhos de águia, sim, senhor. — O policial continuou a fitá-lo através da grade, e agora era como se David Carver de 11 anos *o* tivesse hipnotizado.

— Você é uma coisa, não é? — sussurrou o policial. — Você é uma coisa, mesmo. É, acho que é.

Pense no que quiser, só não pense em mim pensando no cartucho da escopeta.

O policial arregalou ligeiramente os olhos, e, por um momento medonho, David achou que era *exatamente* o que o tira pensava agora, que tinha sintonizado a mente dele como se fosse um sinal de rádio. Então um coiote uivou lá fora, um som longo e solitário, e o policial olhou naquela direção. O fio entre eles — talvez telepatia, talvez apenas uma combinação de medo e fascínio — partiu-se.

O policial se curvou para pegar a escopeta. David prendeu a respiração, esperando que ele visse o cartucho caído no chão à direita, mas o policial não olhou para aquele lado. Ele ficou de pé, levantando uma alavanca no lado da escopeta. Ela se abriu, os canos repousando no braço do homem como um animal obediente.

— Não vá embora, David — ele disse, numa voz confidencial, de só entre nós companheiros. — A gente tem muito que conversar. É uma conversa pela qual anseio, acredite, só que no momento estou um pouco atarefado.

Foi até o meio da sala, cabisbaixo, catando cartuchos no caminho. Os dois primeiros ele colocou na arma; o resto enfiou displicentemente nos bolsos. David não ousou esperar mais tempo. Curvou-se, meteu a mão entre as duas barras do lado esquerdo da cela e pegou o gordo tubo verde. Enfiou-o depressa no bolso do jeans. A tal Mary não viu; continuava deitada no catre com o rosto enterrado nos braços, soluçando. Seus pais não viram; continuavam parados na grade da cela, os braços enlaçados um na cintura do outro, observando o homem no uniforme cáqui com horrorizada fascinação. David se virou e viu que o velho sr. Cabelos Brancos — Tom — continuava com as mãos no rosto, logo talvez *isso* também fosse bom. Só que Tom tinha os olhos marejados abertos por trás dos dedos, David pôde ver, logo talvez *não* estivesse tudo bem. De qualquer forma, agora era tarde demais para repor o cartucho no lugar. Ainda voltado para o homem que o policial chamou de Tom, David levou o lado de uma mão até a boca, num rápido gesto de silêncio. O velho Tom não deu sinal de ver; os olhos, em sua própria prisão, apenas continuavam a fitar o exterior por entre as barras dos dedos.

O policial que tinha assassinado Pie pegou o último cartucho no chão, lançou um rápido olhar embaixo da mesa, depois ficou de pé e fechou a escopeta com uma única torcidela do pulso. David o observou atentamente durante todo esse processo, tentando saber se ele contava ou não os cartuchos. Achava que não... até então. O policial ficou parado um momento, de costas, cabisbaixo. Depois ele se virou e tornou a se dirigir à cela de David, e o menino sentiu o estômago virar chumbo.

Por um instante, o policial ficou ali olhando-o, parecendo *perscrutá-lo*, e David pensou: *Está tentando arrombar meu cérebro, como faz um arrombador com uma fechadura.*

— Está pensando em Deus? — perguntou o policial. — Não se dê o trabalho. Aqui, o território de Deus termina em Indian Springs, e até mesmo o senhor Satanás não põe os pés fendidos muito ao norte de Tonopah. Não tem Deus em Desespero, bebezinho. Aqui só existe *can de lach*.

Parecia ser isso. O policial deixou a sala com a escopeta agora debaixo do braço. Houve talvez uns cinco segundos de silêncio na área da carceragem, quebrados apenas pelos soluços abafados da tal Mary. David olhou para os pais, e eles olharam de volta para ele. Parados ali daquele jeito, com os braços passados um ao redor do outro, ele via como eles deviam ter sido quando pequenos, muito antes de se conhecerem na Ohio Wesleyan, e isso o assustou além de toda medida. Preferia tê-los visto nus e trepando. Queria quebrar o silêncio, não conseguia pensar como.

Então o policial irrompeu de repente na sala, voltando. Teve de abaixar a cabeça para não bater no topo do portal. Sorria de um modo louco que fez David pensar em Garfield, o gato da tira de quadrinhos, quando fazia seus números de variedades na cerca do quintal. E era isso mesmo, ao que parecia. Havia um telefone antigo pendurado na parede, o estojo de plástico bege rachado e imundo. O policial tirou-o do gancho, levou-o ao ouvido e gritou:

— Serviço de quarto! Manda um quarto aqui pra cima! — Desligou batendo o telefone e virou seu sorriso de Garfield para os prisioneiros. — Um pouco do velho Jerry Lewis — disse. — Os críticos americanos não entendem Jerry Lewis, mas ele faz um sucesso *imenso* na França. Quer dizer, é um *garanhão*.

Olhou para David.

— Não tem Deus na França também, soldado. Acredite em *moi*. Só Cinzano, *escargots* e mulheres que não depilam as axilas.

Fulminou os outros com o olhar, o sorriso morrendo ao fazer isso.

— Vocês *têm* de ficar aí — disse. — Sei que sentem pavor de mim, e talvez estejam *certos*, mas estão trancados por um motivo, acreditem. Este é o único lugar seguro em quilômetros. Tem forças lá fora que não queiram nem pensar. E quando chegar a noite... — Ficou apenas olhando-os, balançando a cabeça de um modo sinistro, como se o resto fosse demasiado terrível para falar em voz alta.

Está mentindo, seu mentiroso, pensou David... mas aí outro uivo trêmulo veio pela janela aberta na escadaria, e ele imaginou se estaria mesmo.

— De qualquer modo — disse o policial —, são boas fechaduras e boas celas. Foram construídas por homens durões para mineiros broncos, e a fuga não é uma opção. Se isso passou pela cabeça de vocês, esqueçam. Acreditem em mim. É o melhor que têm a fazer. Acreditem, é mesmo. — Então foi embora, desta vez de fato: David ouviu as batidas de suas botas descendo a escada, sacudindo todo o prédio.

O menino permaneceu onde estava por um instante, sabendo o que tinha de fazer agora — absolutamente *tinha* de fazer —, mas relutando em fazê-lo diante dos pais. Mas não havia nenhuma opção, havia? E estava certo sobre o policial. O homenzarrão não tinha exatamente lido sua mente como um jornal, mas tinha captado alguma coisa dela — tinha captado as coisas de Deus. Mas talvez isso fosse bom. Melhor que visse Deus do que o cartucho da escopeta, talvez.

Ele se virou e deu dois passos até o pé do catre. Sentia o peso do cartucho no bolso quando andou. Esse peso era muito claro, muito distinto. Como se tivesse uma pepita de ouro escondida ali.

Não, mais perigoso que ouro. Um pedaço de alguma coisa radioativa, talvez.

Ficou onde estava durante um momento, de costas para a sala, e então, muito devagar, afundou nos joelhos. Aspirou fundo, puxando o ar até os pulmões não aguentarem mais, e tornou a soltá-lo num longo silvo silencioso. Cruzou as mãos sobre o áspero cobertor de lã e deixou cair suavemente a testa sobre elas.

— David, o que é que há com você? — gritou a mãe. — *David!*

— Não tem nada de errado com ele — disse o pai, e David sorriu de leve quando fechava os olhos.

— O que quer dizer com não tem nada errado? — gritou Ellie. — Olhe pra ele, caiu, está desmaiando! *David!*

As vozes deles eram distantes agora, estavam desaparecendo, mas antes que desaparecessem inteiramente, ouviu seu pai dizer:

— Desmaiando, não. *Rezando.*

Não tem Deus em Desespero? Bem, vamos ver.

E então se foi, não mais preocupado com o que os pais estivessem pensando, não mais preocupado que o sr. Cabelos Brancos pudesse tê-lo visto furtar o cartucho da escopeta e fosse contar ao policial monstruoso o que vira, não mais sofrendo pela meiga e pequena Pie, que jamais tinha ferido ninguém em sua vida e não merecia morrer como morreu. Na verdade, não estava mais, precisamente, nem mesmo dentro de sua cabeça. Estava no escuro agora, cego mas não surdo, no escuro e à escuta de seu Deus.

2

Como a maioria das conversões espirituais, a de David Carver foi dramática apenas por fora; por dentro, foi calma, quase banal. Não racional, talvez — as coisas do espírito jamais podem ser estritamente racionais —, mas tendo sua própria clareza e lógica. E para David, pelo menos, a autenticidade dela era inquestionável. Tinha encontrado Deus, só isso. E (o que provavelmente considerava mais importante) Deus o tinha encontrado.

Em novembro do ano anterior, o melhor amigo de David tinha sido atropelado por um carro quando ia de bicicleta para a escola. Brian

Ross foi jogado a 6 metros de distância, contra o lado de uma casa. Em qualquer outra manhã, David estaria com ele, mas naquele dia em particular tinha ficado em casa doente, tratando-se de uma virose não muito séria. O telefone tocou às oito e meia, e sua mãe entrou na sala de estar dez minutos depois, pálida e trêmula.

— David, aconteceu uma coisa com Brian. Por favor, tente não ficar muito perturbado.

Depois disso, não se lembrava muito da conversa, apenas as palavras *não se espera que viva*.

Tinha sido ideia sua ir visitar Brian no hospital no dia seguinte, após telefonar para lá por sua conta naquela noite e se assegurar de que o amigo ainda vivia.

— Querido, eu entendo como você se sente, mas é realmente uma péssima ideia — dissera-lhe o pai.

O uso do "querido", um termo carinhoso há muito aposentado, junto com os brinquedos de pelúcia dele, indicava como Ralph Carver estava perturbado. Tinha olhado para Ellen, mas ela apenas ficou parada junto da pia da cozinha, torcendo e retorcendo nervosamente um pano de prato nas mãos. Obviamente, nenhuma ajuda viria dali. Não que o próprio Ralph se sentisse muito útil, Deus sabia, mas quem jamais esperara uma tal conversa? Meu Deus, o menino só tinha 11 anos, Ralph ainda nem tinha contado a ele as verdades *da vida*, que dirá as da morte. Graças a Deus Kirstie estava em outro aposento, vendo desenhos animados na TV.

— Não — disse David. — É uma *boa* ideia. Na verdade, é a *única* ideia.

Pensou em acrescentar alguma coisa heroicamente modesta, como *além disso, Brian faria o mesmo por mim*, e decidiu que não. Na verdade, achava que Brian não *faria* aquilo por ele. O que não mudava nada. Pois tinha compreendido vagamente, mesmo então, antes do que aconteceu no bosque Bear Street, que não iria por Brian, mas por si mesmo.

A mãe avançou alguns passos hesitantes de sua fortaleza junto da pia.

— David, você tem o coração mais bondoso do mundo... o coração mais *gentil* do mundo... mas Brian... ele foi... bem... *jogado*...

— O que ela está tentando dizer é que ele bateu com a cabeça numa parede de tijolos — disse o pai. Estendeu a mão por cima da mesa e segurou a do filho. — O dano cerebral foi extenso. Ele está em coma, e não há nenhum sinal vital positivo. Sabe o que quer dizer?

— Que acham que o cérebro dele virou um repolho.

Ralph estremeceu, depois balançou a cabeça.

— Está num estado em que o melhor que lhe poderia acontecer era terminar rápido. Se fosse lá, você não ia ver o amigo que conhece, em cuja casa costumava dormir...

A mãe foi para a sala de estar nesse momento, tomou a confusa Pie no colo e recomeçou a chorar.

O pai de David olhou para ela como se quisesse ir se juntar a ela, depois se voltou mais uma vez para ele.

— É melhor se lembrar de Bri como estava na última vez em que você o viu. Compreende?

— Sim, mas não posso fazer isso. Preciso ir vê-lo. Mas, se o senhor não quiser me levar, tudo bem. Eu pego o ônibus depois da escola.

Ralph deu um profundo suspiro.

— Merda, menino, eu levo você. E não vai ter de esperar até a escola acabar. Só, pelo amor de Deus, não conte nada disso a... — Ergueu o queixo na direção da sala de estar.

— A Pie? Deus, não.

Não acrescentou que Pie já tinha ido ao seu quarto perguntar-lhe o que tinha acontecido com Brian, se ele tinha se machucado, e como David achava que era morrer, se a gente ia para algum lugar, e cerca de uma centena de outras perguntas. Tinha um rosto tão solene, tão atento. Tinha... bem, tinha aqueles olhos de Pie. Mas muitas vezes era melhor não contar tudo aos pais. Eles eram velhos, e essas coisas lhes davam nos nervos.

— Os pais de Brian não vão deixar você entrar — disse Ellie, voltando para a sala. — Conheço Mark e Debbie há anos. Estão tomados de dor; lógico que estão, se fosse com você eu ficaria *louca*... mas não vão concordar em deixar um menino ver... outro menino morrendo.

— Eu liguei pra eles depois que liguei pro hospital e perguntei se podia visitá-lo — disse David, calmamente. — A sra. Ross disse que tudo bem.

O pai continuava segurando-lhe a mão. Isso era bom. Ele amava muitíssimo a mãe e o pai, e ficou triste por isso estar deprimindo-os, mas não tinha nenhuma dúvida quanto ao que devia fazer. Era como se uma outra força, uma força externa, o estivesse guiando mesmo então. Como uma pessoa mais velha, inteligente, guiava a mão de um menino, para ajudá-lo a desenhar um cão, uma galinha ou um boneco de neve.

— O que há com ela? — perguntou Ellen Carver com uma voz perturbada. — Mas que diabos *há* com ela, isso é o que eu gostaria de saber.

— Ela disse que lhe agradava que eu fosse me despedir. Disse que iam desligar os aparelhos que mantêm a vida dele neste fim de semana, depois de os avós se despedirem, e ficava feliz por eu ir primeiro.

No dia seguinte, Ralph tirou a tarde de folga no trabalho e pegou o filho na escola. David estava parado na calçada com o passe de DISPENSADO MAIS CEDO da escola aparecendo no bolso da camisa. Quando chegaram ao hospital, subiram ao quinto andar, da UTI, no elevador mais lento do mundo. No caminho, David tentou se preparar para o que ia ver. *Não fique chocado, David*, dissera a sra. Ross ao telefone. *Ele não está muito bonito. Temos certeza de que não sente nenhuma dor — está muito lá no fundo pra isso —, mas a aparência dele não é muito agradável.*

— Quer que eu vá com você? — perguntou-lhe o pai diante da porta do quarto de Brian. David abanou a cabeça em sinal negativo.

Continuava fortemente tomado pela sensação que mais ou menos o engolira desde que sua pálida mãe lhe dera a notícia do acidente: aquela sensação de que era guiado por alguém mais experiente que ele, alguém que seria corajoso por ele, caso lhe faltasse a própria coragem.

Entrou no quarto. O sr. e a sra. Ross ali estavam, sentados em cadeiras de vinil vermelho. Tinham livros nas mãos, mas não liam. Brian estava na cama perto da janela, rodeado de equipamentos que apitavam e enviavam linhas verdes que ondulavam nos monitores de vídeo. Um leve cobertor cobria-o até a cintura. Dali para cima, uma fina camisola de hospital abria-se, como asas de anjo malfeitas de peça de teatro escolar, de cada lado do peito. Havia tudo que é tipo de tubos de borracha enfiados nele, e outros presos à cabeça, abaixo de uma vasta touca de bandagem. Debaixo dessa touca, um longo corte descia a face esquerda de Brian até o canto da boca, onde fazia uma curva, como um anzol. O corte tinha sido suturado com fio preto. Para David, parecia alguma coisa saída de um filme de Frankenstein, um daqueles antigos, com Boris Karloff, que passavam nas noites de sábado. Às vezes, quando dormia na casa de Brian, os dois ficavam acordados, comendo pipoca e vendo aqueles filmes. Adoravam os velhos monstros em preto e branco. Certa vez, durante *A Múmia*, Brian tinha se virado para David e dito: "Ah, merda, a múmia está atrás de nós, vamos andar um pouco mais depressa." — Tolice, mas quinze para a uma da manhã *qualquer coisa* parece engraçada a meninos de onze anos, e os dois riram como demônios.

Brian erguia os olhos para ele da cama do hospital. E não o via. Tinha os olhos abertos e tão vazios como as salas de aula em agosto.

Sentindo mais que nunca como se não estivesse se movendo, mas sendo movido, David entrou no círculo mágico das máquinas. Observou os eletrodos de sucção no peito e nas têmporas de Brian. Observou os fios saindo dos eletrodos de sucção. Observou a aparência estranhamente disforme da bandagem do tamanho de um capacete no lado esquerdo da cabeça, como se a forma por baixo houvesse mudado radicalmente. David achava que tinha mudado. Quando a gente é jogado contra a lateral de uma casa de tijolos, alguma coisa tem de quebrar. Brian tinha um tubo no braço direito e outro saindo do peito. Os tubos ligavam-se em bolsas de líquido penduradas em suportes. Um de plástico entrava no nariz, e ele tinha uma faixa no pulso.

David pensou: *São as máquinas que o mantêm vivo. E quando as desligarem, quando tirarem as agulhas...*

A ideia inundou-o de descrença, interrogações em botão que eram apenas sofrimento bem enrolado. Ele e Brian esguichavam água um no outro no bebedouro diante da sala de aula deles na escola sempre que achavam que não seriam apanhados. Andavam de bicicleta pelo lendário bosque da Bear Street, fingindo ser comandos antiterroristas. Trocavam livros, revistas em quadrinhos e figurinhas de beisebol, e às vezes se sentavam na varanda dos fundos da casa de David, brincando com o Gameboy dele ou lendo e tomando limonada feita pela mãe de David. Batiam as palmas da mão um com o outro e chamavam-se mutuamente de "bandidão". (Às vezes, quando estavam só os dois, chamavam-se de "cabeça de pica" ou "pau nanico".) No segundo ano, haviam espetado os dedos com alfinete para esfregá-los, jurando-se irmãos de sangue. Em agosto daquele ano, tinham feito, com a ajuda de Mark Ross, um Partenon com tampinhas de garrafa, com base na foto de um livro. Ficara tão bom que Mark o colocou no saguão embaixo da escada e mostrava-o a todo mundo. No primeiro dia do ano, o Partenon de tampinhas deveria percorrer o quarteirão e meio até a casa dos Carver.

Era do Partenon que David mais se lembrava ali junto da cama do amigo em coma. Haviam-no construído — ele, Brian e o pai de Brian — na garagem dos Ross, com o toca-fitas repetindo interminavelmente *Rattle and Hum* na prateleira atrás. Uma bobagem, porque eram apenas tampinhas de garrafa, e um barato, porque parecia o que devia parecer, a gente via o que era. E um barato também porque o tinham feito com as próprias mãos. E, em breve, as mãos de Brian seriam pegadas e esfregadas por um papa-defunto, que usaria uma escova especial e daria uma atenção particular com as unhas. Ninguém gosta de ver um cadáver de unhas sujas, imaginava David. E depois que limpassem as mãos de Brian e o colocassem no caixão que os pais escolheriam para ele, o papa-defunto trançaria os dedos dele como se fossem os cadarços de um par de tênis. E era assim que iam ficar, debaixo do chão. Bem trançados, como esperavam que a gente fizesse ao cruzar as mãos sobre as carteiras no segundo ano. Aqueles dedos não esguichariam mais água do bebedouro. Para a escuridão com eles.

Não era terror o que esse pensamento evocava em sua mente e em seu coração, mas desespero, como se a imagem dos dedos de Brian trançados no caixão provasse apenas que nada valia nada, que o fazer nem uma vez sequer detivera o morrer, que nem os meninos estavam isentos do espetáculo de horror que rugia sem parar por trás da agridoce fachada de comédia de situação em que seus pais acreditavam e queriam que se acreditasse.

Nem o sr. nem a sra. Ross falaram com ele enquanto ali esteve junto da cama, meditando sobre essas coisas nos termos simples das crianças. E aquele silêncio não incomodava David; gostava muito deles, sobretudo do sr. Ross, que tinha uma espécie de veia maluca interessante, mas não tinha ido ali para vê-los. Não eram eles que estavam com os tubos de alimentação e a máquina de respirar, que iam ser retirados depois que os avós tivessem a chance de se despedir.

Tinha ido ver Brian.

David pegou a mão do amigo. Estava surpreendentemente fria e frouxa na sua, mas ainda viva. Dava para sentir a vida nela, funcionando como um motor. Apertou-a delicadamente e sussurrou:

— Como vai indo, bandidão?

Nenhuma resposta, só o som da máquina que fazia Brian respirar, agora que o cérebro tinha fundido a maioria de seus fusíveis. A máquina ficava na cabeceira da cama, e era a maior de todas. Tinha um tubo de plástico acoplado a um dos lados. Dentro, havia uma coisa parecendo uma sanfona branca. O som dessa máquina era baixo — *todas* as máquinas emitiam som baixo —, mas a coisa que parecia uma sanfona era perturbadora mesmo assim. Fazia um ruído baixinho, enfático, toda vez que subia. Um ruído de *arquejo*. Era como se parte do cérebro de Brian *não estivesse* tão morta para não sentir dor, e essa parte tivesse sido retirada do corpo e presa no tubo de plástico, onde agora sofria ainda mais. Onde era pressionada para a morte pela coisa que parecia uma sanfona.

E, depois, havia os olhos.

David sentia *seus* olhos atraídos para eles sem parar. Ninguém tinha lhe dito que Brian estaria de olhos abertos; até aquele momento ele não sabia que os olhos *podiam* ficar abertos quando a gente estava inconsciente. Debbie Ross dissera-lhe que não se chocasse, pois Brian não parecia muito bonito, porém não tinha lhe falado daquele olhar de alce empalhado. Mas talvez fosse assim mesmo; talvez a gente jamais estivesse preparado para as coisas realmente terríveis, em nenhuma idade.

Brian tinha um dos olhos injetado de sangue, com uma imensa pupila negra que engolia tudo, exceto o finíssimo círculo castanho. O outro estava claro e a pupila parecia normal, mas nada mais era normal, porque não havia sinal nenhum de seu amigo naqueles olhos, *nenhum*. O menino que o tinha feito rebentar de rir dizendo *Ah, merda, a múmia está atrás da gente, vamos andar mais depressa* não estava ali de modo algum... a não ser que estivesse no tubo de plástico, à mercê da sanfona branca.

David desviava o olhar — para o corte em forma de anzol costurado, a atadura, a orelha de cera que podia ver embaixo da atadura — e o olhar vagava de volta para os olhos abertos e arregalados de Brian, com suas pupilas desiguais. Era o *nada* que o atraía, a *ausência*, a *falta de presença* naqueles olhos. Era mais que errado. Era... era...

O Mal, sussurrou-lhe uma voz no fundo da cabeça. Não parecia nenhuma das vozes que já tinha ouvido antes em pensamentos, era uma estranha total, e quando a mão de Debbie Ross lhe caiu sobre o ombro, ele teve de cerrar os lábios para não gritar.

— O homem que fez isso estava bêbado — ela disse, com uma voz rouca, embargada. Lágrimas recentes escorriam pelo seu rosto. — Diz que não se lembra de nada, que apagou, e sabe do mais terrível, Davey? Eu acredito nele.

— Deb... — começou o sr. Ross, mas a mãe de Brian nem tomou conhecimento dele.

— Como pode Deus deixar aquele homem *não se lembrar* que atropelou meu filho? — A voz começou a se elevar. Ralph Carver enfiou a cabeça pela abertura da porta aberta, alarmado, e uma enfermeira que empurrava um carrinho no corredor parou de repente. Olhou para o quarto 508 com uns grandes olhos azuis de oh, meu Deus. — Como pode Deus ser tão misericordioso com uma pessoa que merece acordar berrando com a lembrança do sangue saindo da cabeça do meu pobre filho *todas as noites, pelo resto da vida*?

O sr. Ross passou o braço pelos ombros dela. Do lado de fora da porta, Ralph Carver retirou a cabeça, como uma tartaruga recolhendo-a para dentro do casco. David viu isso, e talvez tivesse odiado um pouco o pai por isso. Não se lembrava direito, de uma maneira ou de outra. O que lembrava era que baixou os olhos para o rosto pálido e imóvel de Brian, com aquela atadura disforme parecendo oprimi-lo — a orelha de cera, o corte de lábios vermelhos unidos num beijo pela linha preta, e os olhos. De tudo, o que mais se lembrava era dos olhos, e aqueles olhos não mudavam nem um pouco.

Mas ele está *ali*, pensou David de repente, e essa ideia, como tanta coisa que lhe tinha acontecido desde que a mãe lhe contou sobre o acidente, não parecia que vinha dele, mas apenas *passava* por ele... como se sua mente e seu corpo se houvessem transformado numa espécie de cano.

Ele está aí, eu sei que está. Ali, como alguém preso num deslizamento de terra... ou num desmoronamento...

O controle de Debbie Ross a abandonou inteiramente. Ela quase uivava, agitando-se no abraço do marido, tentando se desvencilhar. O sr. Ross a levava de volta para as cadeiras vermelhas, mas isso parecia uma árdua empreitada. A enfermeira entrou às pressas e passou um braço pela cintura dela.

— Sra. Ross, sente-se. Vai se sentir melhor ao se sentar.

— *Que Deus é esse que deixa um homem esquecer que matou um menino?* — gritou a mãe de Brian. — *Um Deus que quer que o homem encha a cara de novo e faça a mesma coisa, é isso. Um Deus que ama os bêbados e odeia os meninos!*

Brian, olhando para cima com seus olhos ausentes. Ouvindo o sermão da mãe com sua orelha de cera. Não tomando conhecimento. Não ali. Mas...

Sim, alguém sussurrou. *Sim, ele* está. *Em algum lugar.*

— Enfermeira, pode aplicar uma injeção em minha mulher? — perguntou o sr. Ross. Tinha dificuldade de impedir que ela saltasse para o outro lado do quarto e agarrasse David, o filho, talvez os dois. Alguma coisa em sua cabeça tinha disparado. Alguma coisa que tinha muito a dizer.

— Vou chamar o dr. Burgoyne, ele está logo ali no corredor.

Correu porta afora.

O pai de Brian deu um sorriso tenso para David. O suor escorria-lhe do rosto e porejava da testa numa galáxia de pontinhos finos. Tinha os olhos vermelhos, e a David parecia que ele já tinha emagrecido. Não julgava isso possível, mas era o que parecia. O sr. Ross agora passava um braço pela cintura da mulher e segurava o ombro dela com a outra mão.

— Você tem de ir agora, David — disse o sr. Ross. Tentava não ofegar, mas ofegava um pouco, mesmo assim. — Nós... não estamos muito bem.

Mas eu nem me despedi dele, David quis dizer, e então percebeu que não era suor que escorria pelo rosto do sr. Ross, mas lágrimas. Isso o fez se mexer. Só quando chegou à porta, virou-se e viu que o sr. e a sra. Ross se haviam transformado em uma única forma vaga, borrada, notou que ele próprio estava prestes a chorar.

— Posso voltar, sr. Ross? — perguntou com uma voz rachada, trêmula, que mal reconhecia. — Amanhã, talvez?

A sra. Ross tinha parado de se debater. As mãos do sr. Ross haviam terminado cruzadas logo abaixo dos seios dela, cuja cabeça pendia de um modo que os cabelos lhe caíam sobre o rosto. A aparência deles fez David se lembrar das lutas da Federação Mundial de Luta Livre a que ele e Bri também assistiam às vezes, e que, em algumas delas, um dos caras segurava o outro daquele jeito. *Ah, merda, a múmia está atrás da gente*, pensou David sem nenhum motivo.

O sr. Ross abanava a cabeça em sinal negativo.

— Acho que não, Davey.

— Mas...

— Não, acho que não. Veja, os médicos dizem que não há a menor chance de Brian vi... vi-vi-viv...

O rosto dele começou a se transformar, como David jamais tinha visto o rosto de um adulto se transformar — parecia estar se rasgando de dentro para fora. Só mais tarde, no bosque da Bear Street, que ele começou a entender... mais ou menos. Tinha visto o que acontecia quando uma pessoa que não chorava há muito tempo — anos, talvez — finalmente não podia mais se conter. Era como uma represa que se rompia.

— *Ah, meu menino!* — gritou o sr. Ross. — *Ah, meu menino!*

Ele soltou a mulher e tombou de costas contra a parede entre as duas cadeiras de vinil vermelho. Ficou ali um instante, meio inclinado, depois dobrou os joelhos. Deslizou pela parede até cair sentado, as mãos estendidas em direção à cama, as faces molhadas, as narinas escorrendo, os cabelos espetados atrás, a camisa para fora, a calça repuxada para cima deixando ver o cano das meias. Ficou ali sentado assim e gemendo alto. A mulher se ajoelhou a seu lado e tomou-o nos braços o melhor que podia, e foi então que o médico entrou com a enfermeira logo atrás, e David se esgueirou para fora, chorando muito, mas tentando não soluçar. Afinal, estavam num hospital, e algumas pessoas estavam tentando ficar boas.

Seu pai parecia tão pálido quanto sua mãe quando tinha lhe contado sobre Brian, e quando pegou a mão de David, tinha a pele muito mais fria que a de Brian.

— Lamento que tenha visto isso — disse o pai quando esperavam o elevador mais lento do mundo.

David tinha uma ideia de que aquilo era a única coisa que o pai conseguia *pensar* em dizer. Na volta para casa, Ralph Carver começou a falar duas vezes e parou. Ligou o rádio, encontrou uma estação de antigos sucessos e abaixou o volume para perguntar a David se ele queria um *ice-cream soda* ou alguma outra coisa. David balançou a cabeça dizendo que não, e o pai aumentou mais uma vez o volume, mais alto que nunca.

Quando chegaram em casa, David disse ao pai que achava que ia fazer uns arremessos de basquete na cesta acima da porta da garagem. O pai disse que tudo bem e entrou correndo. Parado atrás da fenda no asfalto que usava como linha de falta, ouviu os pais na cozinha, as vozes saindo pela janela aberta acima da pia. A mãe queria saber o que tinha acontecido, como David tinha reagido.

— Bem, teve uma cena — disse o pai, como se o coma e a morte próxima de Brian fizessem parte de uma peça.

David se desligou. Invadiu-o de novo aquela sensação de ser outro, aquele sentimento de ser pequeno, uma parte em vez de um todo, assunto de outra pessoa. De repente, sentiu com muita intensidade que queria ir ao bosque da Bear Street, descer até a pequena clareira. Uma trilha — estreita, mas podia-se percorrê-la de bicicleta indo em fila única — dava na clareira. Tinha sido ali, em cima do Posto de Observação Vietcongue, que os meninos experimentaram um dos cigarros de Debbie Ross no ano anterior e acharam horrível, tinha sido ali que haviam folheado seu primeiro exemplar da *Penthouse* (Brian o tinha encontrado em cima do depósito de lixo no fundo da E-Z Stop 24, pouco adiante de sua casa), era ali que se sentavam com as pernas soltas no ar, balançando, e tinham suas longas conversas e sonhavam seus sonhos... a maioria de que iam ser os reis da Escola de West Wentworth quando estivessem no nono ano. Era ali, na clareira a que se chegava pela trilha Ho Chi Minh, que os meninos mais curtiam sua amizade, e era para ali que David sentia de repente que tinha de ir.

Bateu a bola, com a qual ele e Brian haviam disputado um bilhão de partidas de *Horse*, uma última vez, dobrou os joelhos e arremessou. *Vapt* — rede, apenas. Quando a bola voltou, jogou-a na grama. Os pais continuavam na cozinha, as vozes ainda zumbindo pela janela aberta, mas David nem mesmo pensou em enfiar a cabeça lá para dizer-lhes aonde ia. Talvez eles o proibissem.

Jamais lhe ocorreu pegar a bicicleta. Saiu andando cabisbaixo, o passe azul-claro com os dizeres DISPENSADO MAIS CEDO ainda aparecendo na parte externa do bolso da camisa, embora a aula já tivesse acabado àquela altura do dia. Os grandes ônibus amarelos faziam suas viagens de volta; rebanhos de meninos a gritar passavam marchando por ele, agitando seus exames e merendeiras. David os ignorou. Tinha a mente em outra parte. Mais tarde, o reverendo Martin lhe falaria da "voz calma e baixa" de Deus, e David sentiria um leve reconhecimento, mas não tinha parecido uma voz naquele momento, nem um pensamento, nem mesmo uma intuição. A ideia a que sua mente continuava retornando era a de que, quando a gente tinha sede, todo o corpo clamava por água, e a gente acabaria deitando no chão e bebendo de uma poça de lama, se só conseguisse isso.

Chegou a Bear Street, depois à trilha Ho Chi Minh. Percorreu-a lentamente, a cabeça ainda baixa, parecendo um erudito às voltas com um enorme problema. A Ho Chi Minh não era propriedade exclusiva sua e de Brian, muitas crianças a usavam normalmente no percurso de ida e volta da escola, mas ninguém estava lá naquela tarde quente de outono; ela parecia ter sido esvaziada especialmente para ele. A meio caminho da clareira, ele encontrou uma embalagem da barra de chocolate Três Mosqueteiros e a pegou. Era o único chocolate que Brian comia — chamava-o de Três Mosquetes —, e David não teve a menor dúvida de que tinha sido ele quem jogou aquilo ali à beira da trilha, um ou dois dias antes do acidente. Não que Brian fosse em geral um desses caras porcos; em circunstâncias normais, guardava a embalagem no bolso. Mas...

Mas talvez alguma coisa o tenha feito jogar. Alguma coisa que sabia que eu ia passar por aqui depois que o carro o atropelasse e quebrasse a cabeça dele contra os tijolos, alguma coisa que sabia que eu ia encontrar a embalagem e me lembrar dele.

Disse a si mesmo que estava louco, absolutamente malucoide, mas talvez a loucura maior era que, na verdade, não achava que estava. Talvez parecesse maluquice se dito em voz alta, mas dentro da cabeça parecia perfeitamente lógico.

Sem pensar no que fazia, David enfiou a embalagem vermelha e prateada na boca e chupou os pequenos fragmentos de chocolate doce da parte de dentro. Fez isso de olhos fechados e com novas lágrimas espirrando das pálpebras. Quando todo o chocolate acabou e sobrou apenas o gosto de papel úmido, cuspiu a embalagem e continuou seu caminho.

Na margem leste da clareira, um carvalho abria dois galhos grossos em V lá em cima, a uns 6 metros do chão. Os meninos não se atreveram a fazer o serviço completo e construir uma casa de árvore na convidativa forquilha — alguém poderia ver e obrigá-los a desmanchá-la —, mas um dia trouxeram tábuas, martelos e pregos para ali, no verão passado e montaram uma plataforma que ainda existia. David e Brian sabiam que os garotos do ensino médio às vezes a usavam (de vez em quando encontravam guimbas de cigarro e latas de cerveja nas velhas tábuas enegrecidas pelo tempo, e até uma meia-calça uma vez), mas nunca antes de escurecer, ao que parecia, e a ideia de os garotos grandes usarem alguma coisa que eles tinham feito era, na verdade, meio lisonjeira. E os primeiros apoios que a gente tinha de agarrar para subir eram altos o bastante para desencorajar os pequenos.

David subiu, as faces molhadas, os olhos inchados, ainda sentindo na boca o gosto de chocolate e papel úmido, ainda com o arquejo da coisa parecendo sanfona nos ouvidos. Sentia que ia encontrar algum outro sinal de Brian na plataforma, como a embalagem dos Três Mosquetes na trilha, mas não havia nada. Só a placa pregada na árvore, a que dizia POSTO DE OBSERVAÇÃO VIETCONGUE, que haviam colocado poucas semanas depois de concluírem a plataforma. A inspiração para isso (e para o nome que tinham dado à trilha) tinha sido um filme antigo com Arnold Schwarzenegger, de que não lembrava o nome. Vivia esperando chegar ali em cima um dia e descobrir que os garotos grandes tinham arrancado a placa ou pintado alguma coisa nela com aerossol, tipo CHUPE MEU PAU, mas nunca aconteceu. Imaginava que eles deviam gostar dela também.

Uma brisa sussurrou entre as árvores, esfriando sua pele quente. Em qualquer outro dia, Brian estaria partilhando aquela brisa com ele. Estariam balançando os pés pendurados, conversando, rindo. David começou a chorar de novo.

Por que estou aqui?
Nenhuma resposta.
Por que vim? Alguma coisa me fez vir?
Nenhuma resposta.
Se tem alguém aí, por favor, responda!

Nenhuma resposta durante um longo tempo... e então *veio* uma, e não lhe pareceu que apenas falava consigo mesmo e se enganava com isso para obter algum conforto. Como quando estava junto de Brian, o pensamento que lhe vinha agora não parecia de modo algum seu.

Sim, disse esta voz. *Estou aqui.*

Quem é o senhor?

Quem eu sou, disse a voz, e depois silenciou, como se aquilo realmente explicasse alguma coisa.

David cruzou as pernas, sentando-se como um alfaiate no meio da plataforma, e fechou os olhos. Envolveu os joelhos com as palmas das mãos e abriu a mente o mais que pôde. Não tinha a menor ideia do que mais fazer. Assim esperou durante um período ignorado de tempo, ouvindo ao longe as vozes das crianças que voltavam para casa, ciente das mutantes formas vermelhas e pretas no interior de suas pálpebras quando o vento agitava os galhos acima e réstias de sol deslizavam de um lado para outro em seu rosto.

Me diga o que quer, ele perguntou à voz.

Nenhuma resposta. A voz parecia não querer nada.

Me diga o que quer que eu faça.

Nenhuma resposta da voz.

Longe, longe, ouviu o som do apito dos bombeiros em Columbus Broad. Eram cinco horas. Estava sentado na plataforma de olhos fechados havia pelo menos uma hora, mais provavelmente duas. Sua mãe e seu pai teriam percebido que ele não estava na porta da garagem, teriam visto a bola parada na grama e estariam preocupados. Ele os amava e não queria preocupá-los — num certo nível, percebia que a morte iminente de Brian os tinha atingido tão forte quanto a ele —, mas não podia ir embora ainda. Porque ainda não tinha *acabado*.

Quer que eu reze?, ele perguntou à voz. *Eu tento, se o senhor quiser, mas eu não sei como — a gente não vai à igreja, e...*

A voz se elevou acima da dele, não zangada, não divertida, não impaciente, não *nada* que ele conseguisse interpretar. *Você já está rezando*, ela disse.

Para que devo rezar?

Ah, merda, a múmia está atrás da gente, disse a voz. *Vamos andar um pouco mais depressa.*

155

Não sei o que isso quer dizer.
Sabe, sim.
Não sei, não!

— Eu sei, sim — ele disse, quase gemendo. — Eu sei, sim, quer dizer pedir o que ninguém ousa pedir, rezar pelo que ninguém ousa rezar. É isso?

Nenhuma resposta da voz.

David abriu os olhos e a tarde o bombardeou com o crepúsculo, o brilho vermelho-dourado de novembro. Tinha as pernas dormentes dos joelhos para baixo e se sentia como se acabasse de despertar de um sono profundo. A simples beleza revelada do dia o surpreendeu, e por um momento teve uma grande consciência de si como parte de alguma coisa inteira — uma célula na pele viva do mundo. Retirou as mãos dos joelhos, virou-as e as estendeu.

— Faça com que ele melhore — disse. — Deus, faça com que ele melhore. Se fizer, eu faço alguma coisa pro senhor. Ouço o que o senhor quer e faço. Prometo.

Não fechou os olhos, mas escutou com atenção, esperando ver se a voz tinha mais alguma coisa a dizer. A princípio pareceu que não. Ele baixou as mãos, começou a se levantar e estremeceu com a sensação de alfinetadas e agulhadas que lhe subiu pelas pernas desde a planta dos pés. Chegou mesmo a rir um pouco. Agarrou um galho para se firmar, e enquanto fazia isso a voz falou mais uma vez.

David ouviu, a cabeça inclinada, ainda segurando no galho, ainda sentindo os músculos formigando loucamente à medida que o sangue voltava a penetrá-los. Então assentiu com a cabeça. Tinham posto três pregos no tronco da árvore para prender a placa do POSTO DE OBSERVAÇÃO VIETCONGUE. A madeira tinha se encolhido e empenado desde então, e as cabeças enferrujadas dos pregos se projetavam para fora. David tirou do bolso da camisa o passe azul com o DISPENSADO MAIS CEDO impresso e o enfiou numa das cabeças de pregos. Feito isso, bateu os pés no chão até o formigamento nas pernas começar a diminuir e ele se sentir seguro para descer da árvore.

Foi para casa. Nem bem tinha chegado à entrada da garagem e os pais já saíam pela porta da cozinha. Ellen Carver ficou na entrada, a mão sobre a testa para sombrear os olhos, e Ralph quase descia correndo até a calçada para encontrá-lo e sacudi-lo pelos ombros.

— Onde você estava? Onde diabos você *estava*, David?

— Fui dar uma volta. No bosque da Bear Street. Fui pensar em Brian.

— Nos deu um susto dos diabos — disse a mãe. Kirsten juntou-se a ela na rampa da garagem. Comia um pote de gelatina e tinha a boneca preferida, Melissa Sweetheart, debaixo do braço. — Até Kirstie estava preocupada, não estava?

— Não — disse Pie e continuou comendo sua gelatina.

— Está tudo bem com você? — perguntou o pai.

— Está.

— Tem certeza?

— Tenho.

Entrou em casa, puxando uma das tranças de Pie ao passar por ela. Pie franziu o nariz para ele, depois sorriu.

— O jantar está quase pronto, vá se lavar — disse Ellen.

O telefone começou a tocar. Ela foi atendê-lo, depois chamou David, que se dirigia ao banheiro do térreo para lavar as mãos, que *estavam* bastante sujas: sujeira pegajosa, melenta, de trepar em árvore. Ele se virou e viu a mãe estendendo o telefone na mão fechada, torcendo a outra sem parar no avental. Tentava falar, mas a princípio não saiu nenhum som quando os lábios se moveram. Ela engoliu em seco e tentou novamente.

— É Debbie Ross, pra você. Ela está chorando. Acho que deve ter acabado. Pelo amor de Deus, seja delicado com ela.

David atravessou a sala e pegou o telefone. Invadia-o mais uma vez a sensação de alteridade. Sabia que sua mãe estava pelo menos meio certa: *alguma coisa* tinha acabado.

— Alô? — ele disse. — Sra. Ross?

Ela chorava tão forte que a princípio não conseguiu falar. Tentava, mas o que atravessava seus soluços era apenas *uá-uá-uá*. De um pouco mais distante, ele ouviu o sr. Ross dizer:

— Deixa comigo.

E a sra. Ross disse:

— Não, eu estou bem. — Houve um grasnido fortíssimo no ouvido de David, como um ganso faminto, e então ela disse: — Brian acordou.

— Foi? — disse David. O que ela tinha acabado de dizer o fez sentir mais feliz do que em toda a sua vida... e, no entanto, não o surpreendia de modo algum.

Ele morreu?, perguntou-lhe Ellen com os lábios. Uma das mãos ainda estava mergulhada no fundo do avental, torcendo e girando.

— Não — disse David, pondo a mão no bocal para falar com a mãe e o pai.

Estava tudo bem, podia cuidar daquilo; Debbie Ross soluçava de novo. Ele achava que ela o faria toda vez que contasse a alguém, pelo menos durante algum tempo. Não teria condições de evitar, porque havia perdido a esperança.

Ele morreu?, repetiu-lhe Ellen com os lábios.

— *Não!* — ele respondeu, meio irritado, como se ela fosse surda. — Não morreu, está vivo. Ela diz que ele acordou.

A mãe e o pai ficaram boquiabertos, como um peixe no aquário. Pie passou por eles, ainda comendo gelatina, o rosto inclinado para o da boneca, que se projetava rígida da curva do braço.

— Eu lhe disse que isso ia acontecer — dizia para Melissa Sweetheart, num tom proibitivo de isso encerra a discussão. — Não disse?

— Acordou — disse a mãe de David com uma voz admirada, pensativa. — *Vivo.*

— David, você está aí? — perguntou a sra. Ross.

— Sim — ele disse. — Bem aqui.

— Uns vinte minutos depois que você saiu, o monitor do eletroencefalograma começou a mostrar ondas. Fui eu que vi primeiro... Mark estava lá embaixo na lanchonete, pegando refrigerante... e eu fui até a central dos enfermeiros. Não acreditaram em mim. — Ela ria por entre as lágrimas. — Bem, claro, quem acreditaria? E quando consegui afinal alguém pra vir ver, eles chamaram a manutenção, em vez do médico, de tanta a certeza que tinham de que aquilo não podia acontecer. Na verdade, *substituíram o monitor*, não é a coisa mais impressionante que você já ouviu até hoje?

— É — disse David. — Bárbaro.

Os pais falavam-lhe com os lábios agora, e o pai também fazia grandes gestos com as mãos. Para David, parecia um paciente insano de um manicômio achando que era um apresentador de programa de jogos na TV. Aquilo lhe deu vontade de rir. Não queria fazê-lo enquanto estivesse no telefone. A sra. Ross não ia entender, portanto se voltou para a parede.

— Só depois que viram as mesmas ondas altas no novo monitor... só que um pouco mais fortes... foi que uma das enfermeiras chamou o dr. Waslewski. O neurologista. Antes que ele chegasse, Brian abriu os olhos e olhou pra gente. Me perguntou se eu tinha dado comida ao peixinho dourado hoje. Eu respondi que sim, o peixinho dourado estava ótimo. Não chorei nem nada. Estava *atordoada* demais pra chorar. Então ele disse que a cabeça doía e tornou a fechar os olhos. Quando o dr. Waslewski entrou, Brian parecia ainda em coma, e eu vi o médico lançar um olhar para a enfermeira, tipo "Por que me incomoda com isso?", sabe?

— Claro — disse David.

— Mas quando o médico bateu as mãos junto ao ouvido dele, Brian abriu os olhos imediatamente. Você tinha de ver a cara daquele velho polonês, Davey! — Ela ria, a risada rachada, grasnada, de uma louca. — Aí... Brian di-di-disse que estava com sede, e perguntou se-se podia tomar um copo d'á-d'á-d'*água*.

Ela desmoronou inteiramente então, os soluços tão altos no ouvido dele que quase machucavam. Depois sumiram e o pai de Brian disse:

— David? Ainda está aí? — Ele próprio também não parecia nada firme, mas não estava completamente aos berros, o que era um alívio.

— Claro.

— Brian não se lembra do acidente, não se lembra de *nada* antes de ter feito o dever de casa no quarto na noite anterior, mas se lembra do nome e endereço dele, e dos *nossos* nomes. Sabe quem é o presidente e consegue resolver problemas simples de matemática. O dr. Waslewski diz que já ouviu falar em casos como esse, mas na verdade jamais viu um. Chamou de "um milagre clínico". Não sei se isso quer dizer realmente alguma coisa ou se é apenas uma coisa que ele sempre quis dizer, mas não me importa. Só quero agradecer a você, David. E Debbie também. Do fundo dos nossos corações.

— *A mim?* — perguntou David. Uma mão puxava-o para fazê-lo se virar. Ele resistia. — Por que está agradecendo *a mim*?

— Por trazer Brian de volta pra nós. Você falou com ele; as ondas começaram a aparecer logo depois que você saiu. Ele ouviu você, Davey. Ouviu e voltou.

— Não fui eu — dissera David. Virou-se de novo.

Os pais simplesmente pairavam acima dele, os rostos frenéticos de esperança, perplexidade, confusão. A mãe chorava. Que dia de lágrimas tinha sido aquele! Só Pie, que em geral berrava no mínimo seis de cada 24 horas, parecia comedida.

— Eu sei o que estou dizendo — disse o sr. Ross. — Eu sei o que estou dizendo, David.

Ele tinha de falar com os pais antes que o fitassem com tanta força que incendiassem sua camisa... mas antes de falar havia uma outra coisa que precisava saber.

— A que horas ele acordou e perguntou pelo peixinho dourado? Quanto tempo depois que começaram a ver as ondas cerebrais?

— Bem, eles trocaram o monitor... ela contou isso, e aí... eu não sei — parou de falar por um momento, depois disse: — Eu sei, sim. Lembro que ouvi o apito dos bombeiros de Columbus Broad logo antes de tudo acontecer. Portanto, deviam ser cinco e cinco.

David balançou a cabeça sem surpresa. Exatamente por volta da hora que a voz em sua cabeça lhe dizia: *Você já está rezando*.

— Posso vê-lo amanhã?

O sr. Ross riu então.

— David, pode vir vê-lo à *meia-noite*, se quiser. Por que não? O dr. Waslewski diz que a gente tem de acordá-lo de tempos em tempos e fazer perguntas tolas a ele. Sei o que ele teme: que Brian volte a entrar em coma, mas acho que isso não vai acontecer, você acha?

— Não — disse David. — Até logo, sr. Ross.

Desligou o telefone, e os pais simplesmente se lançaram sobre ele. *Como foi que aconteceu?*, queriam saber. *Como foi que aconteceu, e por que eles acham que* você *teve alguma coisa a ver com isso?*

David sentiu um ímpeto — impressionantemente forte — de baixar os olhos modestamente e dizer: *Bem, ele acordou, é só o que eu sei, na verdade. A não ser... bem...* Faria uma pausa de aparente relutância, depois acrescentaria: *O sr. e a sra. Ross acham que ele pode ter ouvido minha voz e respondido, mas sabem como eles estão perturbados.* Era só o que bastava para dar início a uma lenda; uma parte dele sabia disso. E queria fazer isso.

Uma parte dele realmente, realmente queria.

Não foi a estranha voz que vinha de dentro que o deteve, mas um pensamento próprio, mais intuído que formulado: *Se você assumir o crédito, acaba aqui.*

Acaba o quê?

Tudo que importa, respondeu a voz da intuição. *Tudo que importa.*

— David, *conta* — disse o pai, sacudindo ligeiramente os seus ombros. — A gente está *morrendo* aqui.

— Brian acordou — ele disse, escolhendo com cuidado as palavras. — Consegue falar, se lembrar. O cara do cérebro diz que é um milagre. O sr. e a sra. Ross acham que eu tive alguma coisa a ver com isso, que ele me ouviu quando eu falei com ele e voltou, mas não teve nada disso. Eu segurei a mão dele, e ele não estava ali. Era a pessoa mais morta que já vi na minha vida. Foi por isso que chorei... não porque os pais estavam tendo um ataque, mas porque ele tinha ido embora. Não sei o que aconteceu, e não quero saber. Ele está acordado, e é só o que me importa.

— É só com o que você *precisa* se importar, querido — disse-lhe a mãe, e deu-lhe um abraço rápido, forte.

— Estou com fome — ele disse. — O que tem pro jantar?

3

Agora ele pairava no escuro, cego mas não surdo, buscando ouvir a voz, a que o reverendo Gene Martin chamava de a voz calma e baixa de Deus. O reverendo Martin tinha ouvido atentamente a história de David não uma, mas muitas vezes ao longo dos últimos sete meses, e parecia especialmente satisfeito com o relato de como ele tinha se sentido durante a conversa com os pais depois da conversa com o sr. Ross.

— Você foi completamente correto — dissera o reverendo Martin. — *Não foi* outra voz que você ouviu no final, sobretudo não a voz de

Deus... a não ser no sentido de que Deus sempre fala conosco através de nossas consciências. As pessoas leigas, David, acreditam que a consciência é só uma espécie de censor, um lugar onde a gente armazena as sanções sociais, mas na verdade ela própria é uma espécie de estranho, muitas vezes nos conduzindo a boas soluções, mesmo em situações muito além da nossa compreensão. Compreende?

— Acho que sim.

— Você não sabia *por que* era errado assumir o crédito pelo restabelecimento de seu amigo, mas não precisava saber. Satanás tentou você, como tentou Moisés, mas neste caso você fez o que Moisés não fez, ou não pôde fazer: primeiro compreendeu, depois resistiu.

— E Moisés? O que ele fez?

O reverendo Martin contou-lhe que, quando os israelitas que Moisés conduzia para fora do Egito sentiram sede, ele bateu numa pedra com o bastão de Aarão e fez a água esguichar de dentro dela. E quando os israelitas lhe perguntaram a quem deviam agradecer, respondeu que podiam agradecer a ele. O reverendo Martin, bebericava uma xícara de chá com as palavras FELIZ, ALEGRE E LIVRE impressas no lado, ao contar esta história, mas o que havia na xícara não cheirava exatamente a chá para David. Cheirava mais ao uísque que seu pai às vezes bebia enquanto assistia ao último noticiário.

— Só um passo errado, numa longa e laboriosa vida a serviço do Senhor — disse alegremente o reverendo Martin —, mas por isso Deus impediu a entrada dele na Terra Prometida. Foi Josué quem conduziu seu povo pro outro lado do rio: bando de nojentos, ingratos que eles eram.

Essa conversa aconteceu numa tarde de domingo em junho. Naquela época, os dois já se conheciam havia bastante tempo, e sentiam-se à vontade um com o outro. David adquirira o hábito de ir à igreja de manhã, depois caminhar até o curato metodista na tarde de domingo e conversar mais ou menos uma hora com o reverendo Martin no gabinete dele. Esperava com prazer esses encontros, e Gene Martin também. Sentia-se imensamente encantado com a criança, que num momento parecia um menino comum e no seguinte, alguém muito mais velho que ele. E tinha uma outra coisa: ele acreditava que David Carver havia sido tocado por Deus, e que o toque de Deus talvez ainda não tivesse passado.

Fascinava-o a história de Brian Ross, e como o que ocorrera a Brian levou David, um perfeito ignorante religioso de fins do século XX, a buscar respostas... buscar Deus. Contou à mulher que David era o único convertido legítimo que já tinha visto, e o que acontecera com o amigo dele era o único milagre moderno de que tinha ouvido falar em que realmente podia acreditar. Brian tinha se recuperado bem e saudável, só mancando um pouco, e os médicos diziam que mesmo isso talvez desaparecesse em mais ou menos um ano.

— Maravilhoso — respondeu Stella Martin. — Isso vai ser um conforto pra mim e o bebê se seu jovem amigo disser a coisa errada sobre a instrução religiosa que recebe e você for parar no tribunal, sob a acusação de abusar de uma criança. Precisa ter cuidado, Gene; e é *louco* por ficar bebendo na frente dele.

— Eu *não* fico bebendo na frente dele — dissera o reverendo Martin, encontrando de repente uma coisa interessante para ver pela janela. Por fim retornara os olhos para a mulher. — Quanto à outra coisa, o Senhor é meu pastor.

Continuou vendo David nas tardes de domingo. Ele próprio não tinha feito ainda nem trinta anos e descobria pela primeira vez os prazeres de escrever numa tábua inteiramente virgem. Não deixou de misturar gim Seagram ao chá, uma tradição de muito tempo das tardes de domingo, mas deixava a porta do gabinete aberta sempre que ele e David estavam juntos. A TV ficava ligada durante essas conversas, com o botão Mute acionado e sintonizada nas várias competições atléticas dominicais — futebol americano sem som quando David foi lá a primeira vez, depois basquete sem som, e mais tarde beisebol sem som.

Fora durante um jogo de beisebol sem som entre os Indians e o A's que David ficou ruminando sobre a história de Moisés e a água da pedra. Depois de algum tempo, ergueu os olhos da tela da TV e disse:

— Deus não é muito clemente, é?

— Sim, na verdade *é* — disse o reverendo Martin, parecendo um pouco surpreso. — Ele *tem* de ser, porque é muito exigente.

— Mas é cruel, também; não é?

Gene Martin não hesitou.

— É — disse. — Deus é cruel. Tenho aí milho de pipoca, David; gostaria que eu fizesse um pouco?

Agora ele flutuava no escuro, tentando ouvir o Deus cruel do reverendo Martin, o que recusara a Moisés a entrada em Canaã porque Moisés uma única vez reivindicara a obra de Deus como sua, o que o usara uma vez, de alguma maneira, para salvar Brian Ross, o que depois assassinara sua doce irmãzinha e pusera o resto deles nas mãos de um gigante lunático com os olhos vazios de um paciente em coma.

Havia outras vozes no lugar escuro aonde ele ia quando rezava; ele as ouvia frequentemente ali — em geral distantes, como as vozes indistintas ao fundo quando se faz uma ligação interurbana, às vezes mais claras. Agora uma delas era muito clara, na verdade.

Se quer rezar, reze pra mim, dizia. *Por que iria rezar pra um Deus que mata irmãs pequenas? Você jamais vai rir de novo das graças dela, nem fazer cócegas nela até ela guinchar, nem puxar as tranças dela. Ela está morta e você e seus pais na cadeia. Quando ele voltar, o policial louco na certa vai matar vocês três. Os outros também. Foi isso que seu Deus fez, e realmente, o que mais se pode esperar de um Deus que mata irmãs pequenas? Ele é tão louco quanto o policial, quando a gente analisa bem. Mas você se ajoelha diante dele. Vamos lá, Davey, se anime. Tome jeito. Reze pra mim. Pelo menos eu não sou* louco.

Não ficou balançado por esta voz — não muito, pelo menos. Já a tinha ouvido antes, talvez a primeira vez envolvida naquela forte vontade de dar aos pais a impressão de que tinha chamado Brian de volta das extremas profundezas de seu coma. Ouvia-a mais claramente, mais *pessoalmente*, em suas preces diárias, e isso o perturbava, mas quando falou ao reverendo Martin como aquela voz interferia, como se estivesse numa extensão de telefone, ele apenas riu.

— Como Deus, Satanás tende a falar com a gente de maneira claríssima em nossas orações e meditações — disse. — É quando estamos mais abertos, mais em contato com o nosso *pneuma*.

— *Pneuma?* O que é isso?

— Espírito. A parte de nós que anseia por realizar seu potencial divino e ser eterna. A parte que Deus e Satanás disputam até hoje.

Ensinara a David um pequeno mantra para usar nesses momentos, e ele o usava agora. *Vede em mim, estai em mim*, pensou, repetidas vezes. Esperava que a voz do outro desaparecesse, mas também precisava superar a dor mais uma vez. Ela continuava a voltar como cólica. Pensar no que tinha acontecido a Pie doía muito *fundo*. E, sim, *de fato* ressentia-se contra Deus por deixar o policial insano empurrá-la por aquela escada abaixo. Ressentia-se, diabos, *odiava*.

Vede em mim, Deus. Estai em mim, Deus. Vede em mim, estai em mim.

A voz de Satanás (se na verdade era ele; David não sabia ao certo) desapareceu, e, durante algum tempo, restou apenas a escuridão.

Me diga o que fazer, Deus. Me diga o que quer. E, se for sua vontade que a gente morra aqui, me ajude a não perder tempo ficando furioso, ou com medo, ou berrando por uma explicação.

Ao longe, o uivo de um coiote. Depois, nada.

Ele esperou, tentando manter-se aberto, e mesmo assim não houve nada. Acabou desistindo e disse as palavras finais da oração que o reverendo Martin tinha lhe ensinado, murmurando-as dentro das mãos cruzadas.

— Senhor, tornai-me útil a mim mesmo, e ajudai-me a lembrar que só quando o for, poderei ser útil aos outros. Ajudai-me a lembrar que sois o meu criador. Eu sou o que me fizestes. Às vezes o polegar em vossa mão, às vezes a língua em vossa boca. Fazei de mim um veículo inteiramente para o vosso serviço. Graças. Amém.

Abriu os olhos. Como sempre, primeiro fitou a escuridão no centro das mãos trançadas, e como sempre, a primeira coisa que isso o fez lembrar foi de um olho — um buraco parecendo um olho. Mas de quem? De Deus? Do diabo? Talvez dele mesmo?

Levantou-se, girou lentamente, olhou para os pais. Eles o olhavam, Ellie estupefata, Ralph sério.

— Ora, graças a *Deus* — disse a mãe. Ela deu a ele a chance de responder, e como ele não respondeu, ela perguntou: — *Estava* rezando? Você ficou ajoelhado quase meia hora, achei que devia ter pego no sono, *estava* rezando?

— Estava.

— Faz isso o tempo todo ou é um caso especial?

— Três vezes por dia. De manhã, à noite, e uma vez no meio. A do meio eu uso pra agradecer as coisas boas da minha vida e pedir ajuda pras coisas que eu não entendo. — Riu, um som curto, nervoso. — Tem sempre muitas dessas.

— É coisa recente ou tem feito desde que começou a ir àquela igreja?

Ela continuava olhando-o com uma perplexidade que fazia David se sentir constrangido. Em parte era o olho roxo — ela estava ficando com uma baita mancha onde o policial a tinha esmurrado —, mas não era só isso, nem mesmo a maior parte disso. Olhava-o como se jamais o tivesse visto antes.

— Ele vem fazendo isso desde o acidente de Brian — disse Ralph. Tocou o local inchado acima do olho esquerdo, estremeceu e tornou a deixou cair a mão. Fitava David através de dois conjuntos de barras, parecendo tão constrangido quanto ele. — Subi pra lhe dar um beijo de boa-noite uma vez... alguns dias depois que levaram Brian pra casa... e vi você ajoelhado ao pé da cama. A princípio achei que talvez estivesse... bem, fazendo alguma outra coisa... aí ouvi parte do que dizia e compreendi.

David sorriu, sentindo um calor enrubescer as faces. Era inteiramente absurdo, nas circunstâncias, mas que jeito?

— Agora eu rezo em minha mente. Nem movo os lábios. Uns garotos me ouviram murmurando sozinho um dia na sala de estudo e acharam que eu estava ficando pirado.

— Talvez seu pai entenda, mas eu, não — disse Ellen.

— Eu falo com Deus — ele disse. Era embaraçoso, mas talvez se dissesse logo de uma vez, e sem rodeios, não tivesse de dizer de novo. — Rezar é isso, falar com Deus. A princípio, é como falar com a gente mesmo, mas depois muda.

— Você sabe isso por si mesmo ou foi seu novo amigo dos domingos quem lhe disse?

— Uma coisa que eu sei por mim mesmo.

— E Deus responde?

— Às vezes, acho que escuto — disse David. Meteu a mão no bolso e tocou com a ponta dos dedos o cartucho da escopeta. — E uma vez sei que escutei. Pedi a ele que fizesse Brian ficar bom. Depois que papai me levou ao hospital, fui ao bosque da Bear Street e subi na plataforma que eu e Bri fizemos numa árvore lá, e pedi a Deus pra ele ficar bom. Disse que se fizesse isso eu dava a ele uma espécie de promissória. Sabe o que quer dizer?

— Sei, David, eu sei o que é uma promissória. E ele já cobrou? Esse seu Deus?

— Ainda não. Mas quando eu ia descendo da árvore, Deus me mandou botar o passe de DISPENSADO MAIS CEDO da escola num prego enfiado no tronco lá em cima. Era como se quisesse que eu entregasse o passe a ele, e não à sra. Hardy, no gabinete. E mais uma coisa. Queria que eu descobrisse o máximo que pudesse sobre ele: o que é, o que quer, o que faz e o que não fará. Não ouvi isso tudo exatamente em palavras, mas ouvi o nome do homem que ele queria que eu procurasse: reverendo Martin. Por isso é que vou à Igreja Metodista. Mas não acho que Deus ligue muito pra linha da igreja. Ele só me mandou frequentar a igreja pelo coração e o espírito, e o reverendo Martin, pela mente. Eu nem mesmo sabia quem era o reverendo Martin a princípio.

— *Sabia*, sim — disse Ellie Carver. Falava com a voz suave e tranquilizadora de quem de repente percebe que a pessoa com quem está falando tem problemas mentais. — Gene Martin esteve lá em casa dois ou três anos seguidos, fazendo coleta pra Ajuda à África.

— É mesmo? Eu não vi. Acho que devia estar na escola quando ele veio...

— Bobagem — disse a mãe, agora em tom de absoluta decisão. — Ele vinha na época do Natal, logo você não podia estar na escola. Agora ouça, David. Preste muita atenção. Quando teve aquele negócio com Brian, você deve... bem, não sei... deve ter achado que precisava de ajuda de fora. E seu subconsciente pescou o único nome que conhecia. O Deus que você ouviu num momento de pesar era sua mente subconsciente, buscando respostas. — Virou-se para Ralph e abriu as mãos. — Aquela leitura obsessiva da Bíblia já era bastante ruim, mas *isso*... por que não me falou desse negócio de reza?

— Porque me pareceu um assunto particular. — Ele encolheu os ombros, sem encará-la. — E não fazia mal a ninguém.

— Ah, não, rezar é ótimo, sem isso torturas como arrancar as unhas e a Donzela de Ferro na certa jamais seriam inventadas.

Aquela era uma voz que David já tinha ouvido antes, a voz nervosa, insolente, que ela adotava quando tentava não se desmontar inteiramente. Foi assim que ela tinha falado com ele e seu pai quando Brian estava no hospital; tinha ficado nesse estado de espírito mais ou menos uma semana, mesmo depois de Brian voltar a si.

O pai de David se afastou dela, enfiando as mãos nos bolsos e olhando nervoso para o chão. Isso pareceu enfurecê-la mais que nunca. Voltou-se de novo para David, mexendo a boca, os olhos reluzindo com novas lágrimas.

— Que tipo de acordo ele fez com você, esse Deus maravilhoso? É igual ao das trocas de figurinhas de beisebol que você faz com seus amigos? Ele disse: "Escuta, eu troco este perfeito Brian Ross 84 por aquela Kirstie Carver 88?" Foi isso? Ou mais como...

— Minha senhora, ele é seu filho e não quero me intrometer, mas por que não deixa o menino em paz? Acho que perdeu sua filha pequena; eu perdi meu marido. Todos nós tivemos um dia terrível.

Era a mulher que tinha atirado no policial. Estava sentada no pé do catre. Os cabelos negros caíam-lhe nas faces como asas frouxas, mas não tapavam o rosto; ela parecia em choque, aflita e cansada. Acima de tudo cansada. David não se lembrava de jamais ter visto dois olhos tão exaustos.

Julgou por um momento que a mãe ia voltar sua ira para a mulher de cabelos negros. Não o teria surpreendido; ela às vezes explodia com estranhos. Lembrava-se de uma vez, quando tinha uns seis anos, em que ela atacara um candidato político que pedia votos na frente do supermercado do bairro. O cara cometeu o erro tático de tentar entregar-lhe um panfleto quando ela segurava uma braçada de produtos e já estava atrasada para um compromisso. Ela lançou-se contra ele como um animalzinho feroz, perguntando-lhe quem ele achava que era, o que achava que defendia, qual era sua posição sobre o déficit comercial, se algum dia fumara maconha, se apoiava o direito de escolha das mulheres. Sobre a última pergunta, o cara foi enfático — *apoiava* o direito de escolha das mulheres, disse com orgulho a Ellen Carver.

— Ótimo, excelente, porque eu escolho agora dizer ao senhor: *TE MANDA DA MINHA FRENTE, PORRA!* — ela gritou, e foi então que o cara simplesmente deu no pé.

E David não o censurava. Mas alguma coisa no rosto da mulher de cabelos negros (*Mary*, pensou, *ela se chama Mary*) fez a sua mãe mudar a ideia, se é que tinha pensado em explodir.

Em vez disso, ela se concentrou mais uma vez em David.

— Então... algum recado do grande D sobre como a gente deve se livrar disto? Você ficou ajoelhado bastante tempo, deve ter havido *algum* tipo de mensagem.

Ralph voltou-se para ela.

— Pare de *azucrinar* o menino! — rosnou. — Pare, pronto! Acha que só você está sofrendo?

Ela lançou-lhe um olhar perigosamente próximo do desprezo, e depois tornou a olhar para David.

— E aí?

— Não — ele disse. — Nenhuma mensagem.

— Vem vindo alguém aí — disse Mary, alto. Havia uma janela atrás de seu catre. Ela subiu na cama e tentou ver lá fora. — Merda! Grade e vidro fosco com tela! Mas eu ouvi, com certeza!

David também ouviu — um motor se aproximando. De repente acelerou, roncando a toda a força. O som foi acompanhado de um cantar de pneus. Ele olhou para o velho, que encolheu os ombros e ergueu as mãos, palmas para cima.

David ouviu o que podia ser um berro de dor, e depois outro grito. Humano, desta vez. Seria melhor pensar que tinha sido o uivo do vento numa sarjeta ou numa calha, mas ele achava que tinha sido humano, com quase toda certeza.

— Que diabos? — disse Ralph. — Nossa! Alguém está se esgoelando. Será o policial, vocês acham?

— Deus, tomara que sim! — gritou Mary com fúria, ainda em pé no catre e espreitando pela janela inútil. — Espero que alguém esteja arrancando os pulmões dele do peito! — Olhou para eles. Os olhos continuavam cansados, mas agora pareciam igualmente alucinados. — Talvez seja socorro. Já pensaram nisso? Talvez seja socorro!

O motor — não perto demais, mas de modo nenhum distante — acelerou. Os pneus tornaram a cantar, como cantavam no cinema e na TV, mas dificilmente na vida real. E então se ouviu um som de esmagamento. Madeira, metal, talvez os dois. Uma breve buzinada, como se alguém inadvertidamente esbarrasse na buzina do carro. Ergueu-se o uivo de um coiote, trêmulo e vítreo. Juntaram-se a ele outro e mais outro. Pareciam gozar a ideia de socorro da mulher de cabelos negros.

Agora o motor se aproximava, roncando num nível suave, pouco acima do ponto morto.

O homem de cabelos brancos estava sentado no pé do catre da cela, as mãos imprensadas dedo com dedo entre as coxas. Falou sem erguer os olhos das mãos.

— Não vão tendo muita esperança, não. — A voz soava tão rachada e poeirenta como as planícies salgadas a oeste e norte dali. — Não é ninguém, só ele mesmo. Eu conheço o som desse motor.

— Eu me recuso a acreditar nisso — disse decididamente Ellie Carver.

— Pode recusar o que quiser, dona — disse o velho. — Não faz diferença mesmo. Eu estava no comitê que aprovou a verba pra uma nova viatura pra cidade. Pouco antes de acabar meu mandato e deixar a política. Fui a Carson City novembro passado com Collie e Dick, e a gente o comprou num leilão do Departamento Antidroga do governo. Esse carrinho aí mesmo. Olhei o motor antes de dar o lance e fiz metade do caminho de volta variando de 100 a 170 quilômetros. Eu o conheço, sim, senhor. É o carrinho da gente mesmo.

E quando David se voltou para olhar o velho, a voz calma e baixa — a que tinha ouvido pela primeira vez no quarto de hospital de Brian — falou com ele. Como sempre, sua chegada foi uma grande surpresa, e as duas palavras que disse não fizeram nenhum sentido imediato.

O sabonete.

Ele ouviu as palavras com tanta clareza como tinha ouvido *Você já está rezando* quando sentado no Posto de Observação Vietcongue de olhos fechados.

O sabonete.

Olhou o canto à esquerda do fundo da cela que dividia com o velho sr. Cabelos Brancos. Havia uma privada sem tampa. Ao lado, havia uma antiga pia esmaltada com manchas de ferrugem. Junto da torneira, à direita, uma barra verde do que só podia ser sabonete Irish Spring.

Lá fora, o som do motor da viatura de Desespero crescia e se aproximava. Um pouco mais longe, os coiotes uivaram. Para David, aqueles uivos começavam a soar como gargalhadas de lunáticos quando os guardas deixam o manicômio.

4

A família Carver vinha demasiado perturbada e concentrada em seu captor para ver o cachorro morto pendurado na placa de boas-vindas, mas Johnny Marinville era um observador experiente. E, na verdade, agora dificilmente se poderia deixar de vê-lo. Desde que os Carver haviam passado por aquele caminho, os urubus o tinham descoberto. Estavam no chão embaixo da carcaça, as aves mais medonhas que Johnny já tinha visto até então, um puxando o rabo do pastor-alemão, o outro mastigando uma das patas pendentes. O corpo balançava de um lado para o outro na corda torcida em volta do pescoço. Johnny emitiu um som de nojo.

— Urubus! — disse o policial. — Deus do céu, não são uma coisa? — A voz tinha engrossado bastante.

Ele espirrou mais duas vezes no percurso até a cidade, e, na segunda, haviam saltado dentes com o sangue que esguichava da boca. Johnny não sabia o que estava acontecendo com ele, e não se importava; desejava apenas que aquilo se apressasse.

— Vou lhe contar uma coisa sobre os urubus — continuou o policial. — Acordam pra dormir e acordam bem devagar. Aprendem indo aonde têm de ir. Não concorda, *mon capitaine*?

Um policial lunático que citava poesia. Que coisa mais sartriana.

— Como queira, seu guarda.

Não tinha a menor intenção de antagonizá-lo, se pudesse evitar; o cara parecia estar em processo de autodestruição, e Johnny queria ainda estar vivo quando o processo terminasse.

Passaram pelo cachorro morto e as coisas medonhas e peladas que se banqueteavam nele.

E os coiotes, Johnny? O que havia com eles?

Mas não se permitiria pensar nos coiotes, enfileirados nos dois lados da estrada a intervalos regulares, como uma guarda de honra, nem como debandavam igual aos Blue Angels assim que a viatura passava, voltando para o deserto como se tivessem a cabeça em chamas e a cauda...

— Eles peidam, sabe — disse o policial, com a voz empapada de sangue. — Os urubus peidam.

— Não, eu não sabia disso.

— Sim, senhor, as únicas aves que fazem isso. Eu lhe conto pra você poder pôr no seu livro. Capítulo 16 de *Viajando na Harley*.

Johnny pensou que o suposto título de seu livro jamais soara tão essencialmente estúpido.

Passavam agora por um estacionamento de trailers. Johnny viu uma placa em frente a um deles de dupla largura, enferrujado, que dizia:

SOU UM FILHO DA PUTA ARMADO
BEBEDOR DE SNAPPLE
LEITOR DA BÍBLIA INIMIGO DE CLINTON!
ESQUEÇA O CACHORRO, CUIDADO COM O *DONO*!

Bem-vindo ao inferno da country music, pensou Johnny.

A viatura contornou o prédio de uma empresa de mineração. Havia inúmeros carros e caminhonetes no estacionamento, o que pareceu estranho a Johnny. Já tinha passado a hora do expediente, e muito. Por que aqueles carros não estavam em suas casas, ou diante do bar local?

— É — disse o policial. Ergueu uma mão, como para fazer um enquadramento. — Já estou vendo. Capítulo 16: Os Urubus Peidões de Desespero. Soa como a porra de um romance de Edgar Rice Burroughs, não soa? Mas Burroughs era melhor escritor que você, e sabe por quê? Porque era um escriba sem pretensões. Com *prioridades*. Contar a história, fazer o serviço, dar às pessoas alguma coisa que elas possam desfrutar sem se sentir muito idiotas, e ficar longe das colunas de mexericos.

— Aonde está me levando? — perguntou Johnny, esforçando-se por um tom neutro.

— Pra cadeia — disse o policial enorme, com sua voz abafada, líquida. — Onde qualquer coisa que você zurrar será abusada contra você numa espécie de grasnido.

Ele se curvou para a frente, fazendo uma careta pela dor nas costas, onde o policial o tinha chutado.

— Você precisa de ajuda — disse. Tentava manter a voz não acusatória, até mesmo gentil. — Sabe disso, seu guarda?

— *Você* é que precisa de ajuda — respondeu o policial. — Espiritual, física e editorial. *Tak!* Mas não virá ajuda nenhuma, Big John. Você comeu seu último almoço literário e sua última boceta cultural. Está sozinho no mato, e esses serão os mais longos quarenta dias e quarenta noites de toda a sua vida inútil.

As palavras tiniram na cabeça de Johnny como badaladas de um sino fraco. Ele fechou os olhos por um instante e depois tornou a abri-los. Estavam agora na cidade propriamente dita, passando pelo bar Gail's Beauty de um lado e o True Value Hardware do outro. Não havia ninguém nas calçadas — absolutamente ninguém. Ele jamais tinha visto uma cidadezinha do oeste realmente *movimentada*, mas aquela era ridícula. *Absolutamente* ninguém? Ao passarem pelo posto da Conoco, viu um cara no escritório recostado na cadeira, com os pés em cima da escrivaninha, mas foi só. A não ser que... logo adiante...

Dois animais atravessaram trotando tranquilos o que parecia ser o único cruzamento da cidade, em diagonal, sob o sinal de trânsito a piscar. Johnny tentou dizer para si mesmo que eram cães, mas não eram. Eram coiotes.

Não é só o tira, Johnny, não pense que é. Alguma coisa anormal está acontecendo aqui. Alguma coisa muitíssimo anormal.

Ao se aproximarem do cruzamento, o policial meteu o pé no freio. Johnny, desprevenido, foi lançado contra a tela entre os bancos da frente e de trás. Bateu com o nariz e berrou com a dor repentina.

O policial não tomou conhecimento dele.

— Billy Rancourt! — gritou, alegre. — Porra, aquele é o Bill Rancourt! Eu *estava imaginando* onde ele tinha se metido! Bêbado no porão do The Broken Drum, aposto que era lá que ele estava! Certeza absoluta! Billy Colhudo, porra se não é!

— Meu *dariz*! — gritou Johnny. Tinha recomeçado a sangrar, e ele mais uma vez soava como uma sirene de nevoeiro humana. — Ah, Deus, como *dói*!

— Cala a boca, seu fresco — disse o policial. — Deus do céu, como você é chato!

Andou um pouco de ré, depois virou a viatura para oeste no cruzamento. Baixou o vidro e enfiou a cabeça para fora. A nuca era agora da cor de tijolo enegrecido pelo tempo, cheia de bolhas, riscada de rachas. Fios de sangue brilhantes cobriam algumas delas.

— *Billy!* — gritou o policial. — Ei, você, seu Billy Rancourt! *Ei*, seu velho maldito!

O lado oeste de Desespero parecia ser uma zona residencial — empoeirada e sem vida, mas talvez um ou dois níveis acima do estacionamento de trailers. Com os olhos marejados, Johnny viu um homem de jeans e um chapéu de vaqueiro parado no meio da rua. Olhava duas bicicletas ali viradas de cabeça para baixo, com as rodas para cima. Eram três, mas a menor delas — de menina, cor-de-rosa — tinha caído com o vento forte. As rodas das outras giravam loucamente. O cara ergueu os olhos, viu a viatura, acenou hesitante e veio na direção deles.

O policial enfiou a cabeça larga e quadrada de volta no carro. Virou-se para olhar para Johnny, que compreendeu imediatamente que o cara lá fora não devia ter dado uma boa olhada naquele guardião da lei em particular; se tivesse dado, estaria agora correndo na direção oposta. A boca do policial tinha uma aparência chupada, frouxa, de lábios sem dentes para sustentá-los por trás, e escorria sangue dos cantos em pequenos filetes. Um dos olhos era um caldeirão de sangue coagulado — não fosse pelo ocasional brilho cinza que vinha das profundezas, podia ser uma órbita vazia. Uma reluzente camada de sangue cobria a metade de cima da camisa cáqui.

— Esse aí é Billy Rancourt — ele confidenciou alegremente. — É quem corta meu cabelo. Eu estava *procurando* por ele. — Baixou a voz para aquele tom em que se fazem confidências e acrescentou: — Ele bebe um pouco. — Voltou-se para a frente, engatou a primeira e pisou fundo no acelerador. O motor roncante uivou; os pneus cantaram; Johnny foi lançado para trás, gritando de surpresa. A viatura arremeteu para a frente.

Johnny estendeu os braços, enfiou os dedos na tela e tornou a se erguer para sentar direito. Viu o homem de jeans e chapéu de vaqueiro — Billy Colhudo Rancourt — ali parado na rua, a uns 30 metros, diante das bicicletas, olhando enquanto eles se aproximavam. Pareceu crescer no para-brisa à medida que a viatura corria para ele; era como assistir a algum truque de câmera maluca.

— *Não!* — guinchou Johnny, batendo a mão esquerda na tela atrás da cabeça do policial. — *Não, não faça isso! SENHOR, CUIDADO!*

No último minuto, Billy Rancourt compreendeu e tentou correr. Lançou-se para a direita, em direção a uma casa baixa em ruínas atrás de uma cerca de estacas, mas era muito pouco e muito tarde. Ele gritou, depois veio aquele som de alguma coisa sendo esmagada quando a viatura o atingiu com força bastante para fazer estremecer o chassi. Sangue espirrou na cerca de estacas, houve um duplo baque debaixo do carro ao passarem as rodas por cima do homem caído, e então o carro bateu na cerca e derrubou-a. O enorme policial freou, parando o veículo na entrada abandonada e suja da casa em ruínas. Johnny foi de novo jogado contra a tela, mas desta vez conseguiu erguer o braço e abaixar a cabeça, protegendo o nariz.

— Billy, seu *babaca*! — gritou alegre o policial. — *Tak ah lah!*

Billy Rancourt gritou. Johnny se virou no banco traseiro da viatura e viu-o rastejar o mais rápido que podia para o norte da rua. Não foi muito rápido; arrastava uma perna quebrada. Marcas de pneus atravessavam-lhe as costas da camisa e a calça jeans. O chapéu de vaqueiro tinha caído no asfalto, virado de cabeça para baixo como as bicicletas. Billy Rancourt esbarrou nele com o joelho, virando-o de lado, e o sangue jorrou pela aba como água. Mais sangue esguichava do crânio partido e da cara quebrada. Estava muito ferido, mas embora tivesse sido atingido em pleno corpo e depois atropelado, não parecia nem perto de morrer. Para Johnny, não era grande surpresa. Na maioria das vezes, demorava muito matar um homem — tinha visto isso repetidas vezes no Vietnã. Rapazes vivos com metade da cabeça estourada, rapazes vivos com as vísceras amontoadas no colo atraindo moscas, rapazes vivos com a jugular esguichando por entre os dedos imundos. As pessoas em geral demoram a morrer. Esse era o horror.

— Iee*RRÁÁÁ*! — gritou o policial e pôs a marcha da viatura em ré.

Os pneus cantaram e fumegaram na calçada, saltaram de volta para a rua e passaram por cima do chapéu de vaqueiro de Billy Rancourt. A parte de trás do carro bateu numa das bicicletas (fez um barulho dos diabos, rachou o vidro de trás, depois voou para fora do campo de visão por um momento antes de tornar a cair na frente). Johnny teve tempo de ver que Billy Rancourt tinha parado de se arrastar, que olhava para eles por cima do ombro, a cara de nariz quebrado e riscada de sangue numa expressão de indizível resignação. *Não deve ter nem trinta anos*, pensou Johnny, e então o homem foi derrubado pelo carro em ré, que passou por cima do corpo e parou, em ponto morto, no meio-fio do outro lado. O policial bateu na buzina com a ponta do cotovelo, fazendo-a soar um breve instante, ao virar de novo para a frente. Diante da viatura, Billy Rancourt jazia de bruços numa imensa poça de sangue. Um dos pés se contorceu, depois parou.

— Uau — fez o policial. — Que sujeira da porra, hein?

— É, você o matou — disse Johnny.

De repente, não queria mais fazer o jogo do cara, sobreviver a ele. Não ligava mais para o livro, nem para a Harley, nem para onde pudesse estar Steve Ames. Talvez depois — se *houvesse* depois — fosse ligar para algumas dessas coisas, mas não agora. Agora, em seu choque e aflição, surgia um antigo esboço de si mesmo vindo de algum lugar interior; uma versão não revista de Johnny Marinville, que estava cagando para o Prêmio Pulitzer, para o Prêmio Nacional do Livro ou para comer atrizes, com ou sem esmeraldas.

— Você passou por cima dele na rua como a porra de um coelho. Cara valentão!

O policial se virou, lançou-lhe um olhar de avaliação com o olho são e tornou a voltar-se para o para-brisa.

— "Eu vos ensinei o caminho da sabedoria" — disse. — "Guiei-vos pelos caminhos certos. Quando os seguirdes, vossos passos não serão estreitos; e quando correrdes, não deveis tropeçar." Isto é do Livro dos Advérbios, John. Mas acho que o velho Billy tropeçou. É, acho, sim. Ele sempre foi um pé de chumbo mesmo. Acho que era esse o grande problema dele.

Johnny abriu a boca. Numa das poucas vezes em toda sua vida, nada saiu. Talvez fosse melhor assim.

— "Agarrai-vos à instrução; não a solteis: guardai-a; pois ela é vossa vida." É um conselhozinho que o senhor podia aceitar, sr. Marinville. Com licença um minuto.

Saltou e foi até o homem morto na rua, as botas parecendo tremeluzir quando o vento cada vez mais forte lançava areia sobre elas. Tinha agora uma grande mancha de sangue no fundilho da calça do uniforme, e quando se curvou para pegar o falecido Billy Rancourt, Johnny viu mais sangue vazando pelas costuras rasgadas debaixo dos braços. Era como se ele literalmente suasse sangue.

Talvez. Provavelmente. *Acho que ele está à beira de desabar e se esvair em sangue, como os hemofílicos às vezes. Se não fosse tão grande, na certa já estaria morto. Você sabe o que tem de fazer, não sabe?*

Sim, claro que sabia. Tinha um gênio ruim, um gênio *terrível*, e parecia que nem uma surra dada por um maníaco homicida tinha mudado isso. O que tinha de fazer agora era manter esse gênio sob controle. Nada de outras exaltações tipo chamar o policial de cara valentão, como ainda há pouco. Isso lhe valeu um olhar de que não gostou nem um pouco. Um olhar *perigoso*.

O policial arrastou o corpo de Billy Rancourt para o outro lado da rua, passando entre as duas bicicletas caídas e contornando a que ainda tinha as rodas a girar e os raios a brilhar à luz do crepúsculo. Pisou no pedaço derrubado da cerca de estacas, subiu a escada da casa e mudou seu fardo de lugar para poder forçar a porta. Esta se abriu sem qualquer dificuldade. Johnny não ficou surpreso. Imaginava que as pessoas ali, em geral, não se davam o trabalho de trancar as portas. *Vai ter de matar as pessoas lá dentro,* pensou. *É inteiramente automático.*

Mas o policial apenas se curvou, descarregou seu fardo e voltou de costas para a pequena varanda. Fechou a porta e esfregou as mãos na parte de cima dela, deixando manchas de sangue no lintel. Era tão alto que nem mesmo precisou se esticar para fazer isso. O gesto causou em Johnny um calafrio profundo — era como uma coisa do Livro do Êxodo, instruções ao Anjo da Morte para passar adiante... só que aquele homem *era* o Anjo da Morte. O destruidor.

O policial voltou para a viatura, entrou e dirigiu serenamente para o cruzamento.

— Por que o levou pra dentro? — perguntou Johnny.

— O que você *queria* que eu fizesse? — perguntou o policial. A voz era mais grossa que nunca; agora ele parecia quase gargarejar as palavras. — Deixá-lo pros urubus? Você me envergonha, *mon capitaine*. Convive há tanto tempo com os chamados caras civilizados que começa a pensar como eles.

— O cachorro...

— Um homem não é um cachorro — disse o policial com uma voz estudadamente afetada. Virou à direita no cruzamento, depois quase imediatamente tomou à esquerda, entrando num estacionamento perto da prefeitura da cidade. Desligou o motor, saiu e abriu a porta de trás da direita. Isso ao menos poupou a Johnny a dor e o esforço de deslizar o corpo estropiado pelo encosto afundado do banco do motorista. — Uma galinha não é um prato de galinha, e um homem não é um cachorro, Johnny. Nem mesmo um homem como você. Vamos lá. Salte. Vupt.

Johnny saltou. Tinha plena consciência do silêncio; os sons que ouvia — o vento, o açoite do álcali na parede de tijolos da prefeitura, um chiado monótono que vinha de algum lugar ali perto — apenas enfatizavam aquele silêncio, transformavam-no numa coisa semelhante a um domo. Ele se esticou, estremecendo com a dor nas costas e na perna, mas precisando fazer alguma coisa pelo resto dos músculos, terrivelmente paralisados. Então se obrigou a encarar a ruína que era a cara do policial. A altura do homem era intimidante, de algum modo desorientadora. Não era apenas porque, com 1,83 metro, Johnny estava acostumado a ver o rosto das pessoas de cima, e não de baixo; era a *extensão* da diferença de altura, não uns meros 3 centímetros, mas no mínimo dez. Depois havia a largura do sujeito. A largura perpendicular. Ele não apenas ficava de pé; *avultava*.

— Por que não me matou como fez com aquele cara lá atrás? Billy? Ou será que não faz sentido até perguntar? Você está além do porquê?

— Ah, merda, estamos todos além do porquê, *você* sabe disso — disse o policial, exibindo os dentes sangrentos num sorriso que Johnny dispensaria. — O *importante* é... escute com atenção... *Eu posso soltar você*. Gostaria disso? Ainda deve ter pelo menos dois livros idiotas, inúteis, em sua mente, talvez até meia dúzia. Poderia escrever alguns, antes que a coronária explosiva que está à sua espera mais adiante na estrada acabe levando você de vez. E sei que com o tempo ia deixar este interlúdio para trás e voltar a se convencer de que o que faz justifica de alguma maneira sua existência. Gostaria disso, Johnny? Gostaria que eu soltasse você?

Viva a Irlanda, pensou Johnny sem absolutamente motivo algum, e por um momento que pareceu um pesadelo, sentiu que ia rir. Então a vontade passou e ele balançou a cabeça.

— Sim, eu gostaria muitíssimo.

— Livre! Como um pássaro fora da gaiola.

O policial bateu os braços, demonstrando, e Johnny viu que as manchas de sangue embaixo deles se haviam espalhado. A camisa do uniforme estava tingida agora de carmesim ao longo das costuras rasgadas quase até a linha do cinto.

— Sim.

Não que acreditasse que seu novo coleguinha de brincadeiras tivesse a mínima intenção de libertá-lo; ah, não. Mas o dito coleguinha de brincadeiras em breve não passaria de chouriço dentro do invólucro do uniforme, e se ele conseguisse se manter inteiro e funcional até isso acontecer...

— Tudo bem. Eis o trato, figurão: chupe meu pau. Faça isso e eu solto você. Negócio limpo.

Abriu o zíper e baixou a frente elástica da cueca. Saiu uma coisa que parecia uma cobra branca morta. Johnny viu sem surpresa o fino filete de sangue pingando. O policial sangrava por todos os outros orifícios, não sangrava?

— Falando no sentido literário — ele disse, arreganhando um sorriso —, essa chupada vai estar um pouco mais pra Anne Rice do que pra Armistead Maupin. Sugiro que siga o conselho da rainha Vitória: feche os olhos e pense na torta de morango.

Johnny Marinville olhou para o pau do maníaco, depois para o rosto de escárnio do policial, e de novo para o pau. Não sabia o que o cara esperava — gritos, repulsa, lágrimas, súplica melodramática —, mas teve a clara sensação de que não estava sentindo o que o policial queria que ele sentisse, o que o policial provavelmente achava que ele *estava* sentindo.

Você parece não entender que já vi coisas piores na minha vida do que um pau pingando sangue. E não só no Vietnã.

Percebeu que a raiva se insinuava mais uma vez, ameaçando tomá-lo. Ah, merda, claro que se insinuava. A raiva sempre foi seu vício básico, não uísque, nem cocaína, nem bolinhas. A pura e velha raiva. Não tinha nada a ver com o que o policial botou para fora das calças, e talvez fosse isso que o cara não entendia. Não era uma questão de sexo. Era que Johnny Marinville jamais gostou de *nada* esfregado em sua cara.

— Vou me ajoelhar diante de você, se é o que quer — disse, e embora sua voz fosse suave, alguma coisa no rosto do policial mudou; realmente mudou, pela primeira vez. Ficou de algum modo *vazio*, a não ser pelo olho são, que se estreitava desconfiado.

— Por que está me olhando desse jeito? Que porra lhe dá o *direito* de me olhar desse jeito? *Tak!*

— Esqueça como estou olhando pra você. Só me escute, seu filho da puta: três segundos depois que eu puser esse seu rato de calça na minha boca, ele vai estar caído no asfalto. Entendeu? *Tak!*

Escarrou a última palavra na cara do policial, ficando na ponta dos pés para fazê-lo, e por um momento o homenzarrão pareceu mais que surpreso — pareceu chocado. Depois, sua expressão se endureceu numa convulsão de raiva, e ele empurrou Johnny para longe com tanta violência que por um instante o escritor se sentiu como se estivesse voando. Bateu na parede do prédio, viu estrelas quando a parte de trás da cabeça se chocou com o tijolo áspero, quicou e caiu esparramado, depois de embaraçar os pés. Novos lugares foram machucados e os antigos uivaram de dor, mas a expressão que viu na cara do policial fazia tudo valer a pena. Ergueu os olhos para ver se ela continuava ali, querendo prová-la mais uma vez, como uma abelha provando o doce miolo de uma flor, e o coração falhou no peito.

O rosto do policial ficou tenso. A pele agora parecia maquiagem, ou uma fina película de tinta — irreal. Mesmo o olho cheio de sangue parecia irreal. Era como se houvesse outro rosto sob o que Johnny via, forçando a carne sobreposta, tentando sair.

O policial fixou nele o olho são por um momento e depois ergueu a cabeça. Apontou para o céu com os cinco dedos da mão esquerda.

— *Tak ah lah* — disse com sua voz gutural, gargarejante. — *Timoh. Can de lach!* Vamos! Vamos!

Ouviu-se um drapejar, como roupas num varal, e uma sombra cobriu o rosto de Johnny. Houve um grito áspero, não exatamente um crocitar, e aí alguma coisa de asas escabrosas, batendo, caiu sobre ele, as presas curvas agarrando-lhe os ombros e fechando-se sobre o tecido da camisa, o bico enterrando-se no couro cabeludo, mais uma vez ao som daquele grito inumano.

Foi o cheiro que disse a Johnny o que era — um cheiro de carne fervilhando de podridão. As asas imensas, assanhadas, batiam-lhe nos lados do rosto como se solidificassem sua posição, enfiando-lhe aquele fedor pela boca e pelo nariz, *atochando-o* neles, e fazendo-o ter ânsias de vômito. Viu o pastor-alemão pendurado na corda, balançando enquanto aquelas coisas de aparência calva o puxavam com os bicos pelo rabo e as patas. Agora uma delas tinha pousado *nele* — uma que aparentemente jamais soube que os urubus são covardes e só atacam coisas mortas — e o bico lhe abria regos no couro cabeludo, tirando sangue.

— Tire isso daqui! — ele gritou, completamente descontrolado. Tentou agarrar as largas asas que o açoitavam, mas arrancou apenas dois punhados de penas. Tampouco conseguia ver; temia que, se abrisse os olhos, o urubu mudasse de posição e os extirpasse com o bico. — *Meu Deus, por favor, por favor, tire isso de cima de mim!*

— Vai me olhar direito se eu fizer isso? — perguntou o policial. — Sem mais insolência? Sem desrespeito?

— *Sim! Sem mais!*

Teria prometido qualquer coisa. O que quer que houvesse saltado dele e falado contra o policial tinha desaparecido; a ave o tinha tirado a bicadas, como um verme numa espiga de milho.

— Promete?

A ave se debatia, grasnava e bicava. Cheirando a carne verde e vísceras abertas. Nele. Comendo-o. Comendo-o *vivo*.

— *Sim! Sim! Eu prometo!*

— Foda-se — disse calmamente o policial. — Foda-se, *os pa*, e foda-se sua promessa. Se vire. Ou morra.

Olhos reduzidos a fendas, ajoelhado, a cabeça baixa, Johnny tentou cegamente agarrar a ave, segurou as asas na junção com o corpo e arrancou-a de sua cabeça. A ave estrebuchava alucinada no ar acima, soltando jatos brancos de cocô que o vento levava em fitas, emitindo seu grito rouco (só que agora de dor também), debatendo a cabeça de um lado ao outro. Soluçando — o que sentia era sobretudo repulsa —, Johnny rasgou uma das asas fora e atirou o urubu contra a parede. Ele o olhou com olhos negros como piche, abrindo rápido e depois fechando o bico manchado de sangue, com pequenos estalidos líquidos.

É meu *sangue, seu filho da puta*, pensou Johnny. Jogou fora a asa que arrancou da ave e se levantou. O urubu tentou se afastar dele, batendo a única asa sã como um remo, agitando poeira e penas. Foi na direção da viatura de Desespero, mas antes que se deslocasse mais de 1,5 metro, Johnny baixou a bota de motoqueiro sobre ele, quebrando-lhe a espinha. A ave esparramou as pernas escamosas para os lados, como se fosse se rasgar. Johnny levou as mãos aos olhos, convencido por um momento de que sua mente ia se partir como a espinha do urubu.

— Nada mal — disse o policial. — Você o venceu, parceiro. Agora se vire.

— Não. — Ficou parado, tremendo da cabeça aos pés, as mãos no rosto.

— Se vire.

Não tinha como recusar a ordem. Virou-se e viu o policial apontando para o alto, mais uma vez com os cinco dedos abertos. Johnny ergueu a cabeça e viu mais urubus — no mínimo duas dúzias — empoleirados em fila ao longo do lado norte do estacionamento, olhando para eles.

— Quer que eu os chame? — perguntou o policial, num tom de voz enganosamente delicado. — Eu posso. As aves são meu passatempo. Elas comem você vivo, se eu quiser.

— Ná-Náá-Não. — Olhou para o policial e ficou aliviado ao ver que ele tinha de novo a calça fechada. Uma mancha de sangue, contudo, se espalhava pela frente dela. — Não, ná-não faça isso.

— Qual é a palavra mágica, Johnny?

Por um momento (um momento *terrível*), ele não teve a mínima ideia do que o outro queria que dissesse. Depois ocorreu-lhe.

— *Por favor*.

— Está disposto a ser sensato?

— Si-sim.

— Isso me surpreende — disse o policial. Parecia falar consigo mesmo. — Simplesmente me surpreende.

Johnny ficou ali olhando para ele, sem dizer nada. A raiva tinha desaparecido. *Tudo* parecia ter desaparecido, substituído por uma espécie de torpor profundo.

— Aquele menino — disse o policial, olhando para o segundo andar da prefeitura, onde havia algumas vidraças opacas com grades por fora. — Aquele menino perturba minha mente. Eu me pergunto se não devia falar com você sobre ele. Talvez você possa me aconselhar.

O policial cruzou os braços sobre o peito, levantou as mãos e começou a tamborilar os dedos levemente nas clavículas, de maneira muito semelhante a quando tamborilou no volante antes. Fitava Johnny enquanto fazia isso.

— Ou talvez eu deva apenas matá-lo, Johnny. Talvez fosse a melhor coisa: assim que você estiver morto, talvez lhe concedam o Nobel que sempre cobiçou. O que acha?

O policial ergueu a cabeça para o topo da prefeitura coberto de urubus e pôs-se a rir. Os bichos emitiram grasnidos ásperos para ele, e Johnny não conseguiu reprimir a ideia que então o dominou. Foi horrível, pois era muito convincente.

Eles riam com ele. Porque essa piada não é dele; *é* deles.

Uma rajada de ar varreu o estacionamento, fazendo Johnny cambalear, soprando a asa arrancada do urubu pelo chão como um espanador. A luz do dia esvaía-se, rápido demais. Ele olhou para o oeste e viu que uma nuvem de poeira apagava as montanhas daquele lado, e poderia em breve cobri-las inteiramente. O sol ainda estava acima da poeira, mas não por muito tempo. Era um vendaval, e vinha para o lado deles.

5

As cinco pessoas nas celas de detenção — os Carver, Mary Jackson e o velho sr. Cabelos Brancos — ouviram o homem gritando e os sons que acompanharam os gritos: guinchos ásperos de pássaro e asas se debatendo. Por fim, pararam. David desejava que não houvesse mais ninguém morto lá embaixo, mas quando se pensava bem, quais eram as chances?

— Como disse que era o nome dele? — perguntou Mary.

— Collie Entragian — disse o velho. Parecia que os berros o haviam extenuado bastante. — Collie é diminutivo de Collier. Veio pra cá de uma daquelas cidades mineiras do Wyoming uns 15, 16 anos atrás. Não passava de um rapazola, ele. Queria trabalhar na polícia, não conseguiu, foi trabalhar em vez disso pra Empresa Diablo, perto da mina de carvão. Mais ou menos na época em que a Diablo estava fechando as portas pra ir embora. Collie fazia parte do pessoal que ficou pro fechamento, pelo que me lembro.

— Ele disse a mim e a Peter que a mina estava aberta — disse Mary.

O velho balançou a cabeça num gesto que poderia ser de esgotamento ou exasperação.

— Tem gente que acha que o velho China não se esgotou, mas estão enganados. É verdade que andaram mexendo lá de novo, mas não vão tirar nada de lá, só perder o dinheiro dos investidores e depois fechar. E ninguém ia ficar mais satisfeito com isso do que Jim Reed. Ele se cansou das brigas de bar. Todo mundo vai ficar contente quando deixarem o velho China em paz de novo. É mal-assombrado, isso é que os caras ignorantes por aqui pensam. — Fez uma pausa. — E eu sou um deles.

— Quem é Jim Reed? — perguntou Ralph.

— O delegado da cidade. Que vocês chamam de chefe de polícia num burgo maior, mas só tem umas duzentas pessoas em Desespero atualmente. Jim tinha dois subordinados em horário integral, Dave Pearson e Collie. Ninguém esperava que Collie ficasse aqui depois que a Diablo fechou, mas ele ficou. Não era casado e recebeu uma pensão. Ficou zanzando por aí uns tempos, fazendo bico, e Jim acabou dando um trabalhinho pra ele. Ele era bom, e as autoridades municipais aceitaram a indicação feita por Jim e o empregaram em horário integral em 91.

— Três policiais parecem lei demais pra uma cidade tão pequena como esta — disse Ralph.

— Eu acho que é. Mas a gente recebeu um dinheirinho de Washington por causa da Lei de Aplicação da Lei Rural, e conseguiu um contrato com o município de Sedalia pra manter a ordem nas terras devolutas por aqui... multas por excesso de velocidade, prender bêbados, tudo coisa assim.

Outros lamentos dos coiotes lá fora pareceram tremular ao vento cada vez mais forte.

Mary perguntou:

— Por que ele recebeu uma pensão? Algum tipo de problema mental?

— Não, senhora. A caminhonete que ele dirigia capotou quando descia para o poço, o China. Pouco antes que o pessoal da Diablo desistisse por ser mau negócio. Estourou o joelho dele. O rapaz ficou inteiramente em forma depois, mas mancando, nenhuma dúvida sobre isso.

— Então esse não é ele — disse Mary, categoricamente.

O velho olhou para ela, as sobrancelhas peludas arqueadas.

— O homem que matou meu marido não manca.

— Não — concordou o velho. Falava com uma serenidade estranha. — Mas é Collie, com certeza. Eu o vejo quase todo dia há 15 anos, paguei umas e outras pra ele no The Broken Drum e fiz com que ele pagasse pra mim em troca no Bud's Suds. Foi ele que veio na clínica, bateu retrato e espalhou pó branco pra tirar impressão digital quando uns sujeitos arrombaram. Na certa estavam atrás de drogas, mas eu não sei. Nunca os pegaram.

— O senhor é médico? — perguntou David.

— Veterinário — disse o velho. — Me chamo Tom Billingsley. — Estendeu uma mão grande, envelhecida, que tremia um pouco. David apertou-a com cuidado.

No andar de baixo, uma porta se abriu com estrondo.

— Chegamos, Grande John! — disse o policial. A voz ressoou jovialmente escada acima. — Seu quarto está à espera! Quarto? Porra, um conjugado! Vamos subir! A gente esqueceu o processador de texto, mas lhe deixamos paredes *fantásticas* e alguns sentimentos legítimos, como CHUPE MEU PAU e EU COMI SUA IRMÃ, pra lhe dar um empurrãozinho.

Tom Billingsley olhou de relance a porta que dava para a escada, depois para David. Falou alto o bastante para os outros ouvirem, mas *era* para David que olhava, com David que parecia querer falar.

— Vou lhe contar mais uma coisa — disse. — Ele está maior.

— O que quer dizer? — Mas David achou que sabia.

— O que eu disse. Collie nunca foi anão, media cerca de 1,95 metro, eu acho, e na certa pesava mais ou menos 105 quilos. Mas agora...

Deu mais uma olhada na porta que dava para a escada — na direção do som das pisadas fortes que se aproximavam. Dois pares. Depois olhou novamente para David.

— Hoje eu calculo que tem pelo menos mais uns 10 centímetros, você não? E talvez pese mais uns 25 quilos.

— Isso é loucura! — gritou Ellen. — Loucura absoluta!

— É, sim, senhora — disse o veterinário de cabelos brancos. — Mas é verdade.

A porta que dava para a escada se escancarou e um homem com o rosto coberto de sangue e os cabelos na altura dos ombros — também riscados de branco e empapados de sangue — entrou voando na sala. Não a atravessou com a graça de balé de Mary, mas tropeçou a meio caminho e caiu de joelhos, estendendo as mãos para a frente para evitar bater na mesa. O homem que o seguiu pela porta adentro era o que os trouxera a todos para aquele lugar, e, no entanto, não era; era uma espécie de górgona sangrenta, uma criatura que parecia estar se desintegrando diante dos olhos deles.

Inspecionou-os das paredes derretidas de seu rosto, e a boca se abriu num sorriso largo, de rachar os lábios.

— Olha só pra nós — disse numa voz sentimental, pastosa. — Olha só pra nós, por favor! Deus do céu! Simplesmente uma grande família feliz!

PARTE II

DESESPERO:
Nesses Silêncios Pode Surgir Alguma Coisa

Capítulo Um

1

— Steve?
— O quê?
— Aquilo é o que eu penso que é?
Ela apontava para fora da janela, a oeste.
— O que você *pensa* que é?
— Areia — ela disse. — Areia e vento.
— Sim. Eu diria que é isso mesmo.
— Para um minuto, por favor?
Ele a olhou, inquisitivo.
— Só um minuto.
Steve Ames parou o furgão Ryder no acostamento da estrada que saía da Rodovia 50 para a cidade de Desespero. Haviam-na achado sem o menor problema. Agora, ali sentado atrás do volante, ele olhava para Cynthia Smith, que o tinha empolgado, mesmo em seu mal-estar, chamando-o de novo amigo legal. Ela não olhava para o novo amigo legal agora; olhava a barra da camiseta maneira de Peter Tosh e puxava-a nervosamente.
— Sou uma mina teimosa — disse, sem erguer os olhos. — Meio mediúnica, mas também teimosa. Acredita?
— Acho que sim.
— E prática. Acredita *nisso*?

— Claro.

— Por isso fiz piada de sua intuição, ou seja lá o que for. Mas você achou que a gente ia encontrar alguma coisa ao lado da estrada, e a gente achou mesmo.

— É. Achou, sim.

— Logo, foi uma boa intuição.

— Quer ir direto ao assunto? Meu chefe...

— Certo. Seu chefe, seu chefe, seu chefe. Sei que é nisso que está pensando, e praticamente *só* no que está pensando, e é isso que me deixa preocupada. Porque estou com um pressentimento ruim, Steve. Uma *intuição* ruim.

Ele olhou para ela. Lenta, relutantemente, ela ergueu a cabeça e retribuiu-lhe o olhar. O que ele viu o espantou muitíssimo — era o brilho puro do medo.

— O que é isso? Está com medo de quê?

— Não sei.

— Escuta, Cynthia... tudo que a gente vai fazer é achar um policial, e, na falta disso, uma cabine telefônica, e comunicar o desaparecimento de Johnny. E também de um bando de pessoas chamadas Carver.

— Mesmo assim...

— Não se preocupe, vou ter cuidado. Prometo.

— Quer tentar o 911 no celular mais uma vez? — Ela pediu isso numa voz baixa, meiga, que não parecia muito a habitual.

Ele o fez, para agradar-lhe, não esperando nada, e nada foi o que conseguiu. Nem mesmo uma gravação desta vez. Não tinha certeza, mas achava que o vendaval iminente, ou tempestade de areia, ou fosse lá como os chamavam ali, estava piorando ainda mais as coisas.

— Desculpe, não dá. Quer dar uma tentada? Talvez tenha mais sorte. O toque feminino, essa coisa toda.

Ela sacudiu a cabeça.

— *Você* está sentindo alguma coisa? Qualquer coisa?

Ele suspirou. Sim, sentia alguma coisa. Aquilo o fazia lembrar o que sentia às vezes no início da puberdade, lá no Texas. O verão em que fez 13 anos tinha sido o mais longo, mais doce e mais estranho de sua vida. Em fins de agosto, os temporais noturnos muitas vezes se deslocavam pela região, em breves mas infernais convulsões que os velhos vaqueiros chamavam de "bebedeiras". E naquele ano (um ano em que uma em cada duas músicas no rádio era dos Bee Gees), os minutos de quietude antes dos temporais, o céu negro, o ar parado, os violentos trovões, os raios espetando a planície como garfos em carne dura, haviam-no transformado de uma maneira que jamais tinha experimentado desde então. Seus olhos pareciam globos de eletricidade em órbitas de cromo, o estômago revirava, o pênis estourava de sangue e ficava tão duro e em pé quanto um cabo de frigideira. Vinha-lhe uma sensação de êxtase aterrorizante naqueles silêncios, uma sensação de que o mundo ia lhe revelar um grande segredo, jogado na mesa como uma carta especial. No fim, claro, jamais houvera revelação alguma (a não ser que fosse a descoberta de como se masturbar, mais ou menos um ano depois), só chuva. Era como se sentia agora, só que sem ereção, sem pelos dos braços arrepiados, sem êxtase, sem sensação de terror, nada. O que vinha sentindo desde que a moça tinha desenterrado o capacete de motocicleta do chefe era uma sensação de mau presságio, uma sensação de que tudo tinha saído errado e logo ficaria mais errado ainda. Até ela falar ainda agora, ele tinha quase sufocado essa sensação. Quando criança, provavelmente apenas tinha reagido às mudanças na pressão do ar com a aproximação da tempestade, ou à eletricidade no ar, ou a qualquer porra dessas. E vinha vindo uma tempestade, não vinha? Sim. Portanto, era provavelmente a mesma coisa, tudo *déjà-vu* de novo, como dizem, perfeitamente compreensível. Contudo...

— Sim, tudo bem, estou *sentindo* alguma coisa. Mas que porra posso fazer? Não quer que eu volte, quer?

— Não. A gente não pode fazer isso. Só tenha cuidado. Está bem?

Uma rajada de vento sacudiu o furgão Ryder. Uma nuvem de areia turva cruzou a estrada, transformando-a numa miragem momentânea.

— Está bem, mas você tem de ajudar.

Pôs o furgão mais uma vez em movimento. O sol poente tocava a membrana de areia que subia agora no oeste, a parte inferior estava vermelha como sangue.

— Ah, sim — ela disse, fazendo uma careta quando nova rajada de vento atingiu o furgão. — Pode contar com isso.

2

O policial encharcado de sangue trancou o recém-chegado na cela ao lado da de David Carver e Tom Billingsley. Feito isso, girou lentamente nos calcanhares num círculo completo, a cara ensanguentada e meio descascada solene e contemplativa. Então meteu a mão no bolso e tirou novamente o molho de chaves. Escolheu a mesma de antes, observou David — quadrada, com uma faixa magnética preta —, logo, provavelmente uma chave mestra.

— Uni-du-ni-tê, salamê-minguê — disse. — Pegue um turista pelo dedão do *pê*. — Foi até a cela onde estavam a mãe e o pai de David. Ao se aproximar, eles recuaram, de novo abraçados.

— Deixe-os em paz! — gritou David, alarmado. Billingsley pegou-lhe o braço acima do cotovelo, mas David o repeliu. — Está me ouvindo? *Deixe-os em paz!*

— Nos seus sonhos, pirralho — disse Collie Entragian. Enfiou a chave na fechadura da cela e ouviu-se um pequeno baque surdo quando as alavancas giraram. Abriu a porta. — Boas novas, Ellie: sua liberdade condicional foi aprovada. Salte fora.

Ellen sacudiu a cabeça. As sombras começavam a se adensar na área de detenção, e o rosto da mãe de David deslizava em meio a elas, pálido como papel. Ralph passou o outro braço em volta da cintura da esposa e puxou-a mais para trás.

— Já não fez o bastante à nossa família? — perguntou.

— Numa palavra, não. — Entragian sacou aquele seu revólver que parecia um canhão, apontou-o para Ralph e armou-o. — Venha logo pra fora, mulherzinha, senão eu meto um tiro no meio da testa desse babaca sem queixo. Quer os miolos dele na cabeça ou secando na parede? Pra mim, tanto faz, de um modo ou de outro.

Deus, faça com que ele desista, rezou David. *Por favor, faça com que ele desista. Se o senhor trouxe Brian de volta de onde estava, pode fazer com que ele desista. Querido Deus, por favor, não deixe que ele leve minha mãe.*

Ellen agora empurrava as mãos de Ralph para baixo, tirando-as de si.

— Ellie, não!

— Eu *tenho* de ir. Não está vendo?

Ralph deixou as mãos tombarem dos lados. Entragian soltou o cão da arma e tornou a guardá-la no coldre. Estendeu uma mão para Ellen, como se a convidasse a fazer uma pirueta de dança no chão. E ela foi para ele. Quando falou, a voz era bem baixa. David viu que ela dizia alguma coisa que não queria que ele escutasse, mas tinha bons ouvidos.

— Se você quer... aquilo, me leve prum lugar onde meu filho não veja.

— Não se preocupe — disse Entragian, na mesma voz baixa, conspiratória. — Eu não quero... aquilo. Sobretudo de... você. Agora venha.

Ele fechou a porta da cela, dando uma pequena sacudidela para se certificar de que estava trancada, enquanto segurava a mãe de David com a outra. Conduziu-a então para a porta.

— *Mãe!* — gritou David. Agarrou as barras e sacudiu-as. A porta da cela chacoalhou um pouco, mas não passou disso. — *Mãe, não! Deixe-a em paz, seu nojento! DEIXE MINHA MÃE EM PAZ!*

— Não se preocupe, David, eu volto — ela disse, mas o tom suave, quase monocórdio de sua voz o apavorou terrivelmente: era como se ela já tivesse partido. Ou como se o policial a tivesse hipnotizado simplesmente tocando-a. — Não se preocupe comigo.

— *Não!* — gritou David. — *Pai, faça com que ele pare! Pai, faça com que ele pare!*

Em seu coração, crescia uma certeza: se o policial imenso e sangrento levasse sua mãe para fora dali, jamais a veriam de novo.

— David... — Ralph deu dois passos cambaleando para trás, sentou-se no catre, segurou o rosto com as mãos e pôs-se a chorar.

— Eu cuido dela, Dave, não se preocupe — disse Entragian. Estava parado perto da porta, segurando o braço de Ellen Carver acima do cotovelo. Exibia um sorriso que teria sido resplandecente, não fosse pelos dentes raiados de sangue. — Sou sensível, o tipo de cara de *As Pontes de Madison*, só que sem câmeras.

— Se fizer mal a ela, vai se arrepender — disse David.

O sorriso na cara do policial se desfez. Parecia ao mesmo tempo zangado e um pouco magoado.

— Talvez me arrependa... mas duvido. Duvido mesmo. Você é um rezadorzinho, não é?

David olhou para ele com firmeza, sem nada dizer.

— É, sim. Simplesmente irradia aquela aparência de rezador, aqueles olhos de ó-Deus-todo-poderoso e uma verdadeira boca esquisita. Um rezadorzinho de camisa de beisebol! Deus do céu! — Aproximou a cabeça da de Ellen e lançou um olhar safado para o menino através do emaranhado dos cabelos dela. — Reze o quanto quiser, David, mas não espere que isso vá adiantar alguma coisa. Seu Deus não está aqui, não mais do que estava com Jesus quando ele morria pendurado na cruz, os olhos cobertos de moscas. *Tak!*

Ellen viu-o subindo a escada. Gritou e tentou recuar, mas Entragian segurou-a onde estava. O coiote escorregou pela porta adentro. Nem sequer olhou para a mulher aos gritos com o braço preso no punho do policial, mas foi calmamente até o centro da sala. Ali parou, virou a cabeça para trás e fixou o olhar arregalado de animal empalhado em Entragian.

— *Ah lah* — ele disse e soltou o braço de Ellen tempo suficiente para bater a mão direita nas costas da esquerda num gesto rápido que fez David se lembrar de uma pedra chata resvalando pela superfície de um lago. — *Him en tow*.

O coiote se sentou.

— Esse cara aí é rápido — disse Entragian. Falava aparentemente para todos, mas era para David que olhava. — Estou falando sério, esse cara é *rápido*. Mais rápido que a maioria dos cães. Basta botar a mão ou o pé pra fora da cela que ele arranca fora antes que a pessoa saiba que ela se foi. Isso eu garanto.

— Deixa a minha mãe em paz — disse David.

— Filho — retrucou Entragian, pesaroso —, enfio um pau na xoxota de sua mãe e a giro até ela pegar fogo, se assim decidir, e você não vai me deter. E eu vou voltar pra pegar *você*.

Saiu porta afora, arrastando consigo a mãe de David.

3

Fazia silêncio na SALA, quebrado apenas pelos soluços engasgados de Ralph e o coiote, que se sentava arquejando e fitando David com olhos desagradavelmente inteligentes. Pequenas gotas de saliva caíam-lhe da ponta da língua como pingos de um cano vazando.

— Coragem, filho — disse o homem de cabelos grisalhos na altura dos ombros. Parecia um homem mais habituado a receber conforto que a dá-lo. — Você viu: ele está com hemorragia interna, perdendo os dentes, um olho saltou da cara. Não pode durar muito mais.

— Não precisa muito tempo pra matar minha mãe, se assim decidir — disse David. — Ele já matou minha irmãzinha. Empurrou pela escada abaixo e quebrou... quebrou o pes-pes-pescoço dela. — Os olhos de repente se turvaram de lágrimas, e ele as conteve com força de vontade. Não era hora de abrir o berreiro.

— Sim, mas... — O homem de cabelos grisalhos não terminou.

David se viu lembrando de um diálogo com o policial, quando vinham a caminho da cidade — quando ainda achavam que ele era são e normal, e apenas os ajudava. Perguntara-lhe como sabia o nome deles, e ele dissera que o lera na placa em cima da mesa. Foi uma boa resposta, *havia uma placa com o nome deles em cima da mesa...* mas Entragian jamais poderia tê-la visto de onde estava, ao pé da escada do trailer. *Eu tenho olhos de águia, David*, ele dissera, *e esses são os olhos que veem a verdade longe.*

Ralph Carver se aproximou devagar da frente de sua cela mais uma vez, quase se arrastando. Tinha os olhos injetados de sangue, as pálpebras inchadas, o rosto desolado. Por um momento, David se sentiu quase cego de raiva, sacudido pelo desejo de gritar: *A culpa de tudo isso é sua! Por sua culpa Pie está morta! Por sua culpa ele levou mamãe lá fora pra matar ou estuprar! Você e sua jogatina! Você e suas estúpidas ideias de férias! Ele devia ter levado você, papai, ele devia ter levado* você!

Para com isso, David. Pensamento dele, voz de Gene Martin. *É exatamente o que essa coisa quer que você pense.*

Essa coisa? Era ao policial, Entragian, que a voz se referia como *essa coisa*? E como ele... ou essa coisa... *queria* que pensasse? Aliás, por que a coisa ligaria de algum modo para o que ele pensava?

— Olha pra essa coisa — disse Ralph, fitando o coiote. — Como ele pode ter chamado isso aqui pra dentro assim? E por que ele fica?

O coiote se virou na direção da voz de Ralph, depois deu uma olhada em Mary, e novamente para David. Arquejava. Soltava mais saliva no chão de madeira de lei, onde se formava uma pequena poça.

— Ele conseguiu treinar esses bichos, de algum modo — disse o homem de cabelos grisalhos. — Como as aves. Lá fora tem uns urubus treinados por ele. Eu matei um dos filhos da puta pelados. Pisei nele.

— Não — disse Mary.

— Não — repetiu Billingsley. — Sei que a gente pode treinar coiote, mas isso aí não é treinamento.

— Claro que é — disse o homem de cabelos grisalhos.

— Aquele policial? — disse David. — O sr. Billingsley diz que ele ficou mais alto do que era. Dez centímetros, no mínimo.

— Isso é loucura. — O homem de cabelos grisalhos usava uma jaqueta de motociclista. Abriu o zíper de um dos bolsos, pegou um pacote de pastilhas refrescantes e pôs uma na boca.

— Senhor, como se chama? — perguntou Ralph ao homem de cabelos grisalhos.

— Marinville. Johnny Marinville. Sou...

— O senhor não passa de um cego se não vê que alguma coisa muito terrível e muito fora do comum está se passando aqui.

— Eu não disse que não era terrível, e certamente não disse que era comum — respondeu o homem de cabelos grisalhos.

E prosseguiu, mas a voz voltou a surgir, a voz externa, e David perdeu o fio da conversa deles.

O sabonete. David, o sabonete.

Ele o olhou — uma barra verde de Irish Spring ao lado da torneira — e lembrou-se de Entragian dizendo: *Eu volto pra pegar você.*

O sabonete.

De repente entendeu... ou achou que sim. *Esperava* que sim.

É melhor que eu esteja certo. É melhor que eu esteja certo, senão...

Usava uma camiseta dos Cleveland Indians. Tirou-a e jogou-a perto da porta da cela. Ergueu os olhos e viu o coiote fitando-o. Voltou a levantar as orelhas rasgadas, e David julgou ouvi-lo rosnando, baixo e bem no fundo da garganta.

— Filho? — perguntou o pai. — O que acha que está fazendo?

Sem responder, ele se sentou na ponta do catre, tirou os tênis e jogou-os perto de onde estava a camiseta. Agora não havia a menor dúvida de que o coiote rosnava. Como se soubesse o que ele planejava fazer. Como se pretendesse impedi-lo, se realmente tentasse.

Não seja estúpido, claro que pretende detê-lo se você tentar, para que mais o policial o deixou aí? Você só tem de confiar. Confiar e ter fé.

— Tenho fé em que Deus me protegerá — murmurou.

Levantou-se, desafivelou o cinto, depois deteve os dedos no colchete do jeans.

— Dona? — disse ele. — Dona? — Ela o olhou, e David se sentiu enrubescer. — Será que se incomoda de se virar de costas? — disse. — Eu preciso tirar a calça, e acho que talvez seja melhor tirar a cueca, também.

— O que em nome de Deus você está pensando fazer? — perguntou o pai. Havia pânico agora em sua voz. — Seja lá o que for, eu proíbo! Absolutamente!

David não respondeu, apenas olhava para Mary. Olhava para ela com tanta firmeza quanto o olhava o coiote. Ela retribuiu-lhe o olhar por um momento, e depois, sem dizer uma palavra, virou-se de costas. O homem de jaqueta de motoqueiro se sentou em seu catre, mastigando a pastilha e observando-o. David tinha tanta vergonha do próprio corpo quanto a maioria dos meninos de 11 anos, e aquele olhar fixo causou-lhe mal-estar... mas como já tinha dito para si mesmo, não era hora de bancar o idiota. Deu uma outra olhada na barra de Irish Spring, depois arriou a calça e a cueca.

4

— Simpático — disse cynthia. — Quer dizer, isso é que é classe.

— Como? — perguntou Steve. Ele se curvava para a frente, observando a estrada com atenção. Mais areia e bolas de capim seco a atravessavam voando agora, e ficara arriscado dirigir.

— A placa. Está vendo?

Ele olhou. A placa em que se liam originalmente as palavras AS ORGANIZAÇÕES ECLESIÁSTICAS E CÍVICAS DE DESESPERO DESEJAM-LHE BOAS-VINDAS! havia se tornado OS CÃES MORTOS DE DESESPERO DESEJAM-LHE BOAS-VINDAS! Uma corda desfiada numa ponta balançava de um lado para outro ao vento. Mas o pastor-alemão tinha desaparecido. Os urubus tinham tirado sua lasquinha primeiro; depois tinham vindo os coiotes. Famintos e nem um pouco avessos a comer um primo em primeiro grau, eles haviam partido a corda e arrastado a carcaça para longe, parando apenas para disputar e brigar uns com os outros. O que restou (sobretudo ossos e garras) estava na subida seguinte. A areia flutuando ao vento logo iria cobri-lo.

— Nossa, os caras aqui devem adorar uma boa risada — disse Steve.

— Devem. — Ela apontou. — Pare aqui.

Era um barracão cilíndrico de metal, Quonset, enferrujado. A tabuleta em frente dizia EMPRESA DE MINERAÇÃO DE DESESPERO. Havia um estacionamento ao lado, com uns dez ou doze carros e caminhões.

Ele freou, mas não entrou no estacionamento, ao menos ainda não. O vento soprava agora mais constante, as lufadas aos poucos se fundindo numa única rajada constante. A oeste, o sol era um disco vermelho-laranja surreal, pairando sobre as montanhas Desatoya, tão plano e inflado quanto uma foto do planeta Júpiter. Steve ouvia um rápido e constante *tinque-tinque-tinque-tinque*, que vinha de algum lugar próximo, possivelmente o som de uma corrente de bandeira batendo contra um mastro.

— Em que está pensando? — ele perguntou a ela.

— Vamos chamar os policiais daqui. Tem gente; está vendo as luzes?

Ele olhou para o barracão Quonset e viu cinco ou seis quadrados dourados de claridade lá para os fundos. Na poeirenta escuridão, pareciam janelas iluminadas num vagão de trem. Olhou para Cynthia e deu de ombros.

— Por que daqui, quando a gente pode simplesmente ir até a delegacia local? O centro da cidade, o que houver, não pode ficar longe.

Ela esfregou uma mão na testa, como se estivesse cansada ou com dor de cabeça.

— Você disse que ia ter cuidado. Eu disse que ia *ajudar* você a ter cuidado. É o que estou tentando fazer agora. Quero ver mais ou menos como está a barra, antes que alguém de uniforme me sente numa cadeira e comece a disparar perguntas. E não me pergunte por quê, pois na verdade não sei. Se a gente ligar pros tiras daqui e eles parecerem tranquilos, legal. Com eles numa boa, a gente fica numa boa. Mas... onde eles *andavam,* porra? Esquece seu chefe, ele desapareceu quase inteiramente, mas um trailer parado na beira da estrada, de pneus vazios, porta destrancada, coisas de valor dentro? Dá um tempo. Onde estavam os tiras?

— Tudo volta a isso, não é?

— Sim, volta a isso.

A polícia podia estar no local de um acidente de estrada, ou de um incêndio numa fazenda, ou de um assalto a uma loja de conveniência, até mesmo de um assassinato, ela sabia — *todos* eles, porque simplesmente não havia muitos policiais naquelas bandas do mundo. Mas apesar de tudo, sim, voltava àquilo. Porque parecia mais que estranho. Parecia *errado.*

— Tudo bem — disse suavemente Steve e entrou no estacionamento. — De qualquer modo, pode não ter ninguém no que passa pelo Departamento de Polícia de Desespero. Está ficando tarde. Estou surpreso que ainda tenha alguém aqui, pra dizer a verdade. Os minérios devem dar dinheiro, hein?

Parou ao lado de uma caminhonete, abriu a porta, e o vento arrancou-a de sua mão. Bateu na lateral do furgão. Steve se encolheu, meio esperando alguém tipo Slim Pickens vir correndo para ele, o chapéu numa das mãos e gritando *Alto lá, rapaz!*. Não apareceu nenhum dono. Uma bola de capim passou zunindo perto, aparentemente rumo a Salt Lake City, mas só. E a poeira de álcali voava para todos os lados — muita. Ele trazia um lenço vermelho grande no bolso de trás. Pegou-o, amarrou-o em torno do pescoço e puxou-o para cima, tampando a boca.

— Aguenta aí, aguenta aí — disse, puxando o braço da moça para impedi-la de abrir a porta naquele momento. Curvou-se por cima da janela para poder abrir o porta-luvas. Remexeu e encontrou outro lenço, este azul, e estendeu-o para ela. — Ponha isso primeiro.

Ela pegou-o, examinou-o atentamente, depois dirigiu-lhe mais uma vez seu olhar de garotinha.

— Não tem piolho?

Ele bufou e sorriu por trás do lenço vermelho.

— Nenhunzinho, dona, como a gente diz lá em Lubbock. Ponha.

Ela o amarrou e depois puxou-o para cima.

— Butch e Sundance — disse, a voz meio abafada.
— É, Bonnie e Clyde.
— Omar e Sharif — disse e gargalhou.
— Cuidado ao sair. O vento está ficando realmente furioso.

Ele saiu e o vento esbofeteou-o no rosto, fazendo-o cambalear quando se dirigia para a frente do furgão. Partículas de poeira pinicavam-lhe a testa. Cynthia segurava a maçaneta, cabeça baixa, a camiseta de Peter Tosh batendo no corpo dela como uma vela. Ainda restava alguma luz do dia, e o céu acima continuava azul, mas a paisagem tinha adquirido um estranho tom tempestuoso. Era luz de tormenta, se algum dia Steve vira uma.

— Anda! — gritou ele e abraçou Cynthia pela cintura. — Vamos sair daqui!

Correram pelo asfalto rachado até o comprido barracão. Havia uma porta no fim dele. No aviso aparafusado no metal corrugado ao lado dela lia-se EMPRESA DE MINERAÇÃO DE DESESPERO, como a da frente, mas Steve viu que aquela tinha sido pintada por cima de mais outra coisa, um outro nome que começava a aparecer sob a tinta branca como um fantasma vermelho. Tinha bastante certeza de que uma das palavras cobertas era DIABLO, com o *I* alterado para um tridente.

Cynthia batia na porta com um dedo de unha roída. Haviam pendurado um aviso no lado de dentro, com um daqueles pequenos copos de sucção transparentes. Steve achou que havia alguma coisa perfeita e irritantemente do Oeste na mensagem do aviso.

SE ESTAMOS ABERTOS, ESTAMOS ABERTOS
SE ESTAMOS FECHADOS, VOLTE DEPOIS

— Eles esqueceram o *filho* — disse Steve.
— Hum?
— Devia dizer "Volte depois, *filho*". Aí seria perfeito. — Olhou o relógio e viu que eram sete e vinte. O que significava que *estavam* fechados, claro. Só que, se estavam fechados, o que faziam aqueles carros e caminhões no estacionamento?

Experimentou a porta. Ela abriu. De dentro veio o som de *country music*, interrompida apenas por pesada estática. "*Construí peça a peça*", cantava Johnny Cash, "*E não me custou nem um tostão...*"

Entraram. A porta fechava num braço pneumático. Do lado de fora o vento chacoalhava nos lados de metal corrugado do barracão. Estavam na área da recepção. À direita havia quatro cadeiras com assentos de vinil remendados. Pareciam ser usadas sobretudo por homens musculosos vestindo jeans sujos e coturnos. Havia uma longa mesa de centro na frente das cadeiras, cheia de revistas que não se encontram em consultórios de médico: *Guns and Ammo, Road and Track, MacLean's Mining Report, Mettalurgy Newsletter, Arizona Highways*. Havia também uma *Penthouse* antiga, com Tonya Harding na capa.

Logo adiante delas havia uma mesa de recepcionista cinzenta, tão amassada que devia ter sido trazida a chutes direto desde a Rodovia 50. Estava entulhada de papéis, uma pilha torta de volumes com o título *DSSM Guidelines* (um abarrotado cinzeiro estava em cima), e três cestas de arame cheias de pedras. Uma máquina de datilografia manual equilibrava-se numa das pontas da mesa; não havia nenhum computador que Steve pudesse ver, e havia uma cadeira no vão da mesa, daquelas que deslizam sobre rodinhas, mas ninguém sentado. O ar-condicionado estava ligado, e o aposento estava desagradavelmente frio.

Steve contornou a mesa, viu uma almofada na cadeira e levantou-a para que Cynthia pudesse vê-la. A frase ESTACIONE O TRASEIRO AQUI estava bordado atravessado em diagonal de uma ponta à outra, com letras à moda antiga no estilo do Oeste.

— Oh, de bom gosto — disse ela. — Ligue já e peça uma você também.

Na mesa, com uma tabuleta engraçadinha acima (NÃO ME LEVEIS À TENTAÇÃO, QUE EU MESMO A ENCONTRO) e uma placa de identificação (BRAD JOSEPHSON), havia uma foto rígida de estúdio de uma negra gorda mas muito bonita ladeada por duas adoráveis crianças. Recepcionista homem, portanto, e não exatamente o sr. Limpinho. O rádio, um velho Philco ferrado, ficava numa prateleira próxima, junto com o telefone. *"Bem nesse instante minha esposa saiu"*, berrava Johnny Cash em meio a violentos estampidos de estática. *"E pude ver imediatamente que ela tinha suas dúvidas. Mas abriu a porta e disse 'Querido me leve a um..."*

Steve desligou o rádio. A rajada mais forte até então atingiu o barracão, fazendo-o trepidar como um submarino sob pressão. Cynthia, ainda com o lenço que ele lhe deu puxado para cima do nariz, olhou em volta agoniada. O rádio estava desligado, mas, muito fracamente, Steve ainda ouvia Johnny Cash cantando que tinha contrabandeado seu carro para fora da fábrica da GM na marmita, peça por peça. Mesma estação, rádio diferente, lá atrás. Onde havia luzes, ele imaginou.

Cynthia apontou para o telefone. Steve pegou-o, escutou, colocou-o de volta no gancho.

— Mudo. Deve ter uma linha por aí em algum lugar.

— Não são subterrâneas atualmente? — ela perguntou, e Steve observou uma coisa interessante: os dois falavam em tom baixo, na verdade não mais de um ou dois níveis acima de um sussurro.

— Acho que ainda não chegaram a isso em Desespero.

Havia uma porta atrás da mesa. Ele estendeu a mão para a maçaneta, e ela agarrou-lhe o braço.

— O que foi? — perguntou Steve.

— Não sei. — Ela o soltou, aproximou-se e abaixou o lenço. Depois riu, nervosa. — Não sei, cara, isso é simplesmente tão... ruim.

— Deve ter alguém lá trás — ele disse. — A porta está destrancada, as luzes acesas, tem carros no estacionamento.

— Você também está com medo, não está?

Ele pensou e assentiu. Sim. Era como antes dos temporais, as bebedeiras, quando era criança, apenas com toda a estranha alegria extirpada.

— Mas mesmo assim a gente precisa...

— Sim, eu sei. Continue. — Ela engoliu em seco, e ele ouviu alguma coisa estalar na garganta dela. — Ei, me diga que a gente vai estar rindo um pro outro daqui a alguns segundos e se achando uns idiotas. Pode fazer isso, Lubbock?

— Daqui a alguns segundos a gente vai estar rindo um do outro e se achando uns idiotas.

— Obrigada.

— De nada — ele disse e abriu a porta.

Um corredor estreito partia dela, por uns 9 metros. Havia uma fila dupla de barras fluorescentes acima e oleado no chão. Havia duas portas num dos lados, abertas, e três no outro, duas abertas e uma fechada. No final do corredor, uma forte luz amarela inundava o que pareceu a Steve uma espécie de área de trabalho — oficina, talvez, ou laboratório. Era onde ficavam as janelas iluminadas que tinham visto de fora, e de onde vinha a música. Johnny Cash deu lugar a The Tractors, que afirmavam que a boneca gostava de ser embalada como um trem de *boogie-woogie choo-choo*. Parecia típica arrogância para Steve.

Isso aqui está errado. Você sabe disso, não sabe?

Sabia. Havia um rádio. Havia o vento, carregado de ásperas partículas de álcali, que açoitava agora as laterais metálicas do barracão com bastante força para soar como uma nevasca de Montana. Mas onde estavam as *vozes*? Homens falando, fazendo piada, falando merda? Os homens dos veículos parados lá na frente, do lado de fora?

Caminhou lentamente pelo corredor, achando que devia gritar alguma coisa como *Ei! Tem alguém em casa?*, e não se atrevendo muito. O lugar parecia simultaneamente vazio e de algum modo *não* vazio, embora como pudesse ser as duas coisas ao mesmo tempo, era...

Cynthia puxou as costas de sua camisa. O puxão foi tão forte e repentino que ele quase gritou.

— O que foi? — perguntou exasperado, o coração aos saltos, e percebeu que agora *sussurrava*.

— Está ouvindo isso? — ela perguntou. — Parece... não sei... uma criança soprando refrigerante com um canudinho.

A princípio ele só ouvia The Tractors — *Ela disse que se chamava Emergência e pediu pra ver meu revólver, disse que o telefone dela era 911* —, e então *ouviu*, um som líquido rápido. Mecânico, não humano. Um som que quase reconhecia.

— Sim, estou ouvindo.

— Steve, eu quero sair daqui.

— Volte pro furgão, então.

— Não.

— Cynthia, pelo amor de Deus...

Ele olhou para ela, aqueles grandes olhos arregalados para ele, a boca retorcida, aflita, e desistiu. Não, ela não queria voltar sozinha para o furgão Ryder, e ele não a culpava. Ela tinha se chamado de mina teimosa, e talvez fosse, mas naquele segundo era também uma mina morta de medo. Ele segurou-a pelos ombros, puxou-a para si e deu-lhe um beijo na testa, bem entre os olhos.

— Não se preocupe, pequena Nell — disse, numa imitação bastante razoável de Dudley Certinho —, que eu protejo você.

Ela sorriu mesmo contra a vontade.

— Idiota da porra.

— Vamos lá. Fica perto. E se a gente *tiver* de correr, corra *rápido*. Senão eu posso atropelar você.

— Não se preocupe com isso — disse Cynthia. — Eu já terei saído por aquela porta e sumido antes de você começar a se mexer.

A primeira porta à direita era um escritório. Vazio. Havia um quadro de cortiça pendurado na parede, cheio de fotos de uma mina a céu aberto. Era o grande paredão de terra que haviam visto por trás da cidade.

A primeira porta à esquerda era também um escritório. Também vazio. O borbulhado ficava mais alto, e Steve compreendeu o que era mesmo antes de olhar para dentro na porta seguinte. Sentiu um certo alívio.

— É um aquário — disse. — Só isso.

Era um escritório muito mais simpático que os dois primeiros que tinham espiado antes, com um tapete de verdade no chão. O aquário estava num suporte à esquerda da mesa, sob uma foto de dois homens de botas, chapéus e ternos à moda do Oeste, cumprimentando-se perto de um mastro — aquele que havia lá fora, com certeza. Era um aquário bastante populoso; ele viu peixes-tigre, peixes-anjo, peixes dourados e um par de black beauty. Havia também uma coisa estranha na areia embaixo, uma dessas que as pessoas põem nos aquários para enfeitá-los, ele supôs, só que aquela não era um navio afundado nem uma arca de pirata, e tampouco o castelo do rei Netuno. Era outra coisa, que parecia...

— Ei, Steve — sussurrou Cynthia, com uma voz baixa, sem força. — É uma mão.

— Como? — ele perguntou, pois não tinha entendido mesmo, embora mais tarde achasse que devia ter sabido o que repousava no fundo do aquário, o que mais podia ser?

— Uma *mão* — ela quase gemeu. — Uma porra de uma *mão*.

E quando um dos peixes-tigre passou nadando entre o segundo e terceiro dedos (o terceiro tinha uma aliança de casamento), ele viu que ela estava certa. Tinha unhas. E a fina linha de uma cicatriz no polegar.

Era uma mão. Ele deu um passo à frente, ignorando a mão dela no ombro, e se curvou para ver melhor. Sua esperança era de que fosse falsa, apesar da aliança de casamento e da realística linha de cicatriz bastante visível. Fragmentos de carne e tendões saíam do pulso. Ondulavam como plâncton nas correntes geradas pelo regulador do tanque. E ele via os ossos.

Ele se endireitou e viu Cynthia parada junto da mesa. Essa estava muito mais arrumada. Tinha um PowerBook em cima, fechado. Ao lado, um telefone. Junto ao telefone, uma secretária eletrônica com a luz vermelha de recados piscando. Cynthia tirou o telefone do gancho, escutou, tornou a pô-lo de volta no gancho. Ele ficou espantado com a palidez do rosto dela. *Com tão pouco sangue na cabeça, ela devia estar estendida no chão, completamente desmaiada,* pensou. Em vez de desmaiar, Cynthia estendeu um dedo para o botão PLAY da secretária eletrônica.

— Não faça isso! — sibilou Steve. Deus sabia por quê, e de qualquer modo era tarde demais.

Houve um bip. Um estalido. Depois uma voz estranha, que não parecia masculina nem feminina e que deu um susto dos diabos em Steve.

— *Pneuma* — dizia, numa voz contemplativa. — *Soma. Sarx. Pneuma. Soma. Sarx. Pneuma. Soma. Sarx.*

Continuou a dizer lentamente essas palavras, parecendo ficar mais alto à medida que falava. Seria possível? Ele olhava fixo para a secretária, fascinado, as palavras batendo-lhe no cérebro.

(*soma sarx pneuma*)

como minúsculas tachas de prender carpete. Teria continuado a fitá-la Deus sabe quanto tempo se Cynthia não se metesse na frente e batesse no botão STOP com força suficiente para fazer a secretária saltar na mesa.

— Desculpe, não, é arrepiante demais. — Parecia ao mesmo tempo se desculpar e desafiar.

Saíram do escritório. Mais distante no corredor, na sala de trabalho, ou laboratório, ou fosse lá o que fosse, The Tractors continuavam cantando sobre a garota *boogie-woogie* que enchia o saco e grudava na gente.

Quanto dura *essa porra de música?*, perguntou-se Steve. *Já está tocando há uns quinze minutos, com certeza.*

— A gente pode ir embora agora? — perguntou Cynthia. — *Por favor?*

Ele apontou para as fortes luzes amarelas no corredor.

— Oh, Deus, você é doido — ela disse, mas quando ele partiu para lá, ela o acompanhou.

5

— Para onde você está me levando? — perguntou Ellen Carver pela terceira vez. Ela se inclinou para a frente, enfiando os dedos na tela entre os bancos da frente e os de trás da viatura. — Por favor, pode me dizer?

A princípio tinha ficado simplesmente grata por não ser estuprada nem assassinada... e aliviada, ao chegarem ao pé da escada letal, ao ver que o corpo da doce pequena Kirstie não estava mais lá. Mas havia uma mancha imensa de sangue na escada diante da porta, ainda não inteiramente seco, e só parcialmente coberto pela areia que o vento soprou e grudou nela. Ela supôs que fosse do marido de Mary. Tentou passar por cima, mas o policial, Entragian, lhe apertava o braço com força e simplesmente a arrastou por cima, de modo que os tênis dela deixaram três feias trilhas vermelhas para trás quando dobraram a esquina indo para o estacionamento. Mau. Tudo aquilo. *Horrível.* Mas ainda estava viva.

Sim, alívio a princípio, mas isso foi substituído por uma crescente sensação de pavor. Primeiro, o que quer que estivesse acontecendo com aquele homem horroroso agora se acelerava. Ela ouvia pequenos estalos líquidos da pele, desmanchando-se em vários pontos, e ruídos gotejantes do sangue que escorria e pingava. As costas da camisa do uniforme, antes cáqui, era agora de um vermelho lamacento.

E ela não gostou da direção que ele tomou — sul. Não havia nada naquele lado a não ser o paredão da mina a céu aberto.

A viatura rodava devagar pela Main Street (ela *supunha* que se chamasse Main Street, não era sempre assim?), passando por uns dois prédios comerciais finais: outro bar e a Oficina de Pequenos Consertos do

Harvey. A última loja na rua era uma pequena espelunca um tanto sinistra, com BODEGA escrito acima da porta e uma tabuleta em frente que o vento tinha arrancado do suporte. De qualquer modo, Ellen pôde ler: COMIDA MEXICANA.

O sol era uma bola incandescente em declínio, e a paisagem tinha uma espécie de clara escuridão em pleno dia que lhe pareceu apocalíptica. Não era tanto uma questão de onde ela estava, compreendeu, mas de *quem* era ela. Não conseguia acreditar que fosse a mesma Ellen Carver que pertencia à Associação de Pais de Alunos e andava pensando num período no Conselho Escolar naquele outono, a mesma Ellen Carver que às vezes saía para almoçar com as amigas no China Happiness, onde todas ficavam meio tontinhas com *mai-tais* e falavam de roupas, crianças e casamentos — quais estavam abalados e quais não. Era ela a Ellen Carver que escolhia suas roupas mais bonitas no catálogo da Boston Proper, usava perfume Red quando se sentia amorosa e tinha uma camiseta engraçada com RAINHA DO UNIVERSO impresso? A Ellen Carver que criava os dois filhos adoráveis e conservava seu homem quando todas em volta perdiam os delas? Aquela que fazia exames nas mamas a cada mês e meio para ver se tinham caroços, aquela que gostava de ficar encolhida na sala de estar nos fins de semana à noite com uma xícara de chá quente e alguns chocolates e livros com títulos tipo *Infeliz no Paraíso*? Realmente? Oh, *realmente*? Bem, sim, provavelmente: era aquelas Ellens e mil outras: Ellen de seda, Ellen de brim e Ellen sentada no vaso fazendo xixi e olhando uma receita de Brown Betty; ela era, supunha, ao mesmo tempo suas partes e mais do que o que suas partes, quando somadas, podiam explicar... mas podia isso significar que também era a Ellen Carver cuja amada filha tinha sido assassinada e que se sentava apertada no banco de trás de um carro de polícia que começava a feder incrivelmente, uma mulher sendo conduzida por uma rua onde havia uma tabuleta caída em que se lia COMIDA MEXICANA, uma mulher que jamais voltaria a ver sua casa, seus amigos ou seu marido? Era ela aquela Ellen Carver que estava sendo levada para uma escuridão imunda onde ventava, onde ninguém lia o catálogo da Boston Proper nem bebia *mai-tais* com guarda-chuvinhas de papel espetados em cima, e que só a morte aguardava?

— Oh, Deus, por favor não me mate — ela disse, com uma voz inconsistente, trêmula, que não conseguia reconhecer como a sua. —

Oh, por favor não me mate, eu não quero morrer. Faço tudo que o senhor mandar, mas não me mate. Por favor, não.

Ele não respondeu. Ouviu-se um baque embaixo do carro quando acabou o asfalto. O policial apertou o botão que ligava os faróis, mas isso não pareceu ajudar muito; o que ela viu foram dois cones de luz em um mundo de poeira ondulante. Vez por outra, uma bola de capim seco passava voando à frente deles, em direção leste. O cascalho estalava sob os pneus e tinia no chassi.

Passaram por um barracão comprido, caindo aos pedaços, com paredes de metal (algum tipo de fábrica ou oficina, pensou ela), e depois a estrada subia. Começavam a subir o barranco.

— Por favor — ela sussurrou. — Por favor, só diga o que quer.

— Eca — fez ele, fazendo uma careta e enfiando a mão na boca como alguém que tenta tirar um fio de cabelo da língua.

Em vez de cabelo, expeliu a própria língua. Olhou-a por um momento, mole no punho fechado como um pedaço de fígado, e jogou-a para o lado.

Passaram por duas caminhonetes, um caminhão de lixo e uma escavadeira amarelo-fantasma, todos parados juntos dentro do primeiro contorno em zigue-zague que a estrada fazia no caminho para cima.

— Se vai me matar, mate rápido — ela disse com sua voz trêmula. — Por favor, não me machuque. Faça só isso, pelo menos, prometa que não vai me machucar.

Mas a figura derreada, sangrando, por trás do volante da viatura não lhe prometeu nada. Simplesmente seguia rodando em meio à nuvem de poeira, guiando o carro para o topo do paredão. O policial não hesitou no cume, mas cruzou a borda e começou a descer, deixando o vento para trás. Ellen olhou para trás, querendo ver alguma última luz, mas era tarde demais. As paredes da mina já haviam escondido o que restava de luz. A viatura descia para um grande lago de escuridão, um abismo que tornava os faróis uma piada.

Ali embaixo a noite já caíra.

Capítulo Dois

1

Você teve uma conversão, disse certa vez a David o reverendo Martin. Isso foi perto do início. Foi também por essa época que David começou a compreender que lá pelas quatro horas da tarde, na maioria dos domingos, o reverendo Gene Martin já não estava mais sóbrio. Mas levaria alguns meses para David perceber o *quanto* bebia seu novo professor. *Na verdade, a sua é a única conversão autêntica que já vi, talvez a única autêntica que vou ver em toda a* minha vida. *Não são bons tempos para o Deus de nossos pais, David. Muita gente dizendo as palavras, e pouca gente seguindo o caminho.*

David não tinha certeza de que "conversão" fosse a palavra certa para o que lhe ocorreu, mas não perdeu muito tempo se preocupando com isso. *Alguma coisa* tinha ocorrido, e só lidar com isso já era o bastante. Essa alguma coisa o tinha levado ao reverendo Martin, e o reverendo Martin — bêbado ou não — disse-lhe coisas que ele precisava saber e deu-lhe tarefas que ele precisava cumprir. Quando David lhe perguntou, num daqueles encontros de domingo à tarde (basquete sem som nesse dia na TV), o que devia fazer, o reverendo Martin respondeu prontamente.

— A tarefa do novo cristão é encontrar Deus, conhecer Deus, confiar em Deus, amar Deus. E não é como ir ao supermercado com uma lista de compras, onde a gente pode jogar as coisas na cesta em qualquer ordem que queira. É uma marcha, como ir subindo na escada da matemática, da conta para o cálculo. Você se encontrou com Deus, e de uma maneira um tanto sensacional, ainda por cima. Agora tem de começar a conhecê-Lo.

— Bem, eu converso com o senhor — dissera David.

— Sim, e conversa com Deus. Conversa, não? Não desistiu de rezar?

— Não. Mas nem sempre tenho resposta.

O reverendo Martin riu e tomou um gole de sua caneca de chá.

— Deus é um mau conversador, não há dúvida, mas deixou um manual do usuário pra gente. Sugiro que o consulte.

— Hein?

— A Bíblia — disse o reverendo Martin, olhando-o por cima da borda da caneca com os olhos injetados.

Portanto, ele leu a Bíblia, começando em março e terminando o Apocalipse ("Que a graça de Nosso Senhor Jesus Cristo esteja convosco. Amém") apenas uma semana antes de partirem de Ohio. Fez isso como um dever de casa, vinte páginas por noite (menos nos fins de semana), tomando notas, memorizando coisas que pareciam importantes, passando por cima apenas das partes que o reverendo Martin lhe tinha dito que podia saltar, a maior parte genealogias. E o que lembrava agora mais claramente, ali tremendo ao lado da pia da cela da cadeia, banhando-se com água gelada, era a história de Daniel na cova dos leões. O rei Dario, na verdade, não quisera jogar Danny ali, mas seus conselheiros de algum modo o tinham acuado. David tinha se surpreendido ao ver como grande parte da Bíblia era política.

— Você *PARA COM ISSO!* — gritou o pai, assustando David e afastando-o de seus pensamentos, fazendo-o olhar em volta. Na crescente escuridão, o rosto de Ralph Carver alongava-se de terror, os olhos vermelhos de dor. Em sua agitação, parecia ele próprio um menino de 11 anos, um menino tendo um terrível acesso de raiva. — *Para JÁ com isso, está me ouvindo?*

David se virou para a pia sem responder e começou a jogar água no rosto e nos cabelos. Lembrava o conselho de despedida do rei Dario a Daniel, antes que o levassem embora: "Vosso Deus, a quem servistes em vossos dias e noites, vos libertará." E mais outra coisa, uma coisa que Daniel dissera no dia seguinte, explicando por que Deus fechara a boca dos leões...

— *David! DAVID!*

Mas ele não ia tornar a olhar. *Não podia.* Detestava quando o pai chorava, e jamais o tinha visto nem ouvido chorar assim. Era terrível, como se alguém tivesse aberto uma veia em seu coração.

— *David, me responda!*

— Bota uma rolha nisso, companheiro — disse Marinville.

— Bota *você* uma rolha nisso — disse-lhe Mary.

— Mas ele está irritando o coiote!

Ela o ignorou.

— David, o que você está fazendo?

David não respondeu. Não era uma coisa que se podia discutir racionalmente, mesmo se houvesse tempo, porque a fé não era racional. Era uma coisa que o reverendo Martin tinha lhe dito repetidas vezes, praticando nela como em uma importante regra de ortografia, *m* antes de *p* e *b*: os homens e mulheres sensatos não acreditam em Deus. Era só isso, tudo muito simples. *A gente não pode dizer isso do púlpito, porque a congregação bota a gente pra correr da cidade, mas é a verdade. Deus não é uma questão de razão; Deus é uma questão de fé e crença. Ele diz: "Claro, tire a rede de segurança. E depois que tirar, tire também a vara de equilibrar-se."*

Encheu mais uma vez as mãos com água e borrifou-a no rosto e nos cabelos. A cabeça. Ali é que teria êxito ou fracassaria, já sabia disso. Era a maior parte do corpo, e ele achava que não havia muita maleabilidade no crânio de uma pessoa.

David pegou a barra de Irish Spring e começou a se ensaboar com ela. Não se preocupou com as pernas, não teria nenhum problema ali, mas caprichou das virilhas para cima, esfregando mais forte e fazendo mais espuma. O pai continuava berrando para ele, mas agora não havia tempo para ouvir. O negócio era que tinha de ser rápido... e não porque poderia perder o controle se parasse muito tempo para pensar no coiote sentado lá fora. Se deixasse o sabonete secar, de nada adiantaria ter se lambuzado; o sabonete iria prendê-lo e segurá-lo.

Deu uma boa lubrificada no pescoço, depois no rosto e cabelos. Olhos estreitados, o sabonete ainda apertado numa das mãos, foi até a porta da cela. Uma barra horizontal cruzava as verticais a cerca de 1 metro do chão. O espaço entre as verticais era no mínimo de 10 centímetros, e talvez 12. As celas da cadeia haviam sido construídas para prender homens — mineiros parrudos, na maioria — não garotos magros de 11 anos, e ele não esperava ter muita dificuldade para deslizar por entre as barras.

Pelo menos até chegar à cabeça.

Rápido, se apresse, não pense, confie em Deus.

Ele se ajoelhou, tiritando e coberto de espuma verde das coxas para cima, e começou a esfregar a barra de sabão para cima e para baixo, primeiro na parte interna de uma das barras verticais pintadas de branco, depois na outra.

Do lado de fora, perto da mesa, o coiote ficou de pé. Seu rosnado aumentou de volume. Fixava atentamente os olhos amarelos em David Carver. Arreganhava o focinho numa careta desagradavelmente cheia de dentes.

— David, não! Não faça isso, filho! Não seja louco!

— Ele tem razão, garoto.

Marinville agora estava de pé nas barras de sua cela, as mãos abraçando as grades. O mesmo fazia Mary. Era vexatório, mas provavelmente bastante natural, considerando-se a maneira como seu pai se conduzia. E não se podia evitar. Ele tinha de ir, e ir já. Não tinha conseguido água quente da torneira, e achava que o frio ia secar o sabonete em sua pele ainda mais depressa.

Lembrou-se mais uma vez da história de Daniel e os leões ao cair sobre um joelho, preparando-se. Não era muito surpreendente, em vista das circunstâncias. Quando o rei Dario chegou no dia seguinte, Daniel estava ótimo. "Meu Deus mandou sua ira e fechou a boca dos leões", disse-lhe, "pois minha inocência foi constatada". Isso não era bem exato, mas David sabia o que era a palavra "inocência". Ela o tinha fascinado, tocado em algum ponto no fundo dele. Agora a dizia para o ser cuja voz às vezes ouvia — a que identificava como a voz do outro: *Constate minha inocência, meu Deus. Constate minha inocência e feche a boca daquele saco de pulgas. Em nome de Jesus eu rogo, amém.*

Virou-se de lado, apoiou todo o seu peso num braço, como Jack Palance fazendo flexões na cerimônia do Oscar. Assim conseguiu passar os dois pés pelas barras ao mesmo tempo. Foi se contorcendo, passou os tornozelos, os joelhos, as coxas... onde sentiu pela primeira vez as barras pintadas apertarem sua frieza escorregadia de sabão contra a pele.

— *Não!* — gritou Mary. — *Não, se afaste dele, seu porra medonho! SE AFASTE DELE!*

Ouviu-se um tinido. Foi seguido pelo som de uma bola de gude rolando. David virou a cabeça o tempo suficiente para ver Mary com as mãos agora para fora da cela. A esquerda estava em concha. Viu-a pegar outra moeda com a direita e jogá-la no coiote. Desta vez o bicho mal prestou atenção, embora os 25 centavos o atingissem nas costas. Fitava os pés e as pernas nuas de David, cabeça baixa, rosnando.

2

Oh, Deus todo-poderoso, pensou Johnny. *Essa porra desse menino deve ter deixado o cérebro na portaria.*

Arrancou o cinto da jaqueta de motoqueiro, enfiou o braço o mais longe que pôde pelas barras e deu uma lambada com a fivela do cinto nas costas do coiote, no momento em que ele já ia abocanhar o pé direito do menino.

O coiote ganiu de dor e surpresa desta vez. Ele se virou de repente, agarrando o cinto. Johnny o puxou — era fino demais, capaz de partir-se nas mandíbulas do coiote antes que o menino conseguisse sair... se realmente *conseguisse* sair, o que Johnny duvidava. Deixou o cinto voar sobre seu ombro e arrancou a jaqueta pesada, tentando atrair o olhar amarelado do coiote, desejando que ele não desviasse o olhar. Os olhos do animal lembravam-lhe os do policial.

O menino empurrou o traseiro pelas barras com um arquejo e Johnny teve tempo de imaginar a sensação *daquilo* na parte mais preciosa. O coiote começou a se virar para o lado do som e Johnny lançou-lhe a jaqueta, segurando-a pelo colarinho. Se o animal não tivesse dado dois passos à frente para agarrar o cinto, a jaqueta não o teria alcançado... mas ele os tinha dado, e a jaqueta o alcançou. Quando roçou no ombro do animal, ele se virou e abocanhou-a com tanta ferocidade que ela quase escapuliu das mãos de Johnny. Ele foi arrastado de cabeça contra as grades. Doeu pra cacete, e um vivo foguete rubro explodiu por trás de seus olhos, mas ainda teve tempo de sentir-se agradecido pelo fato de o nariz ter passado *entre* as barras, e não *batido* numa delas.

— Não, não vai, não — grunhiu, enroscando as mãos na gola de couro e puxando. — Vem cá, meu bem... vem cá, seu babaca nojento comedor de preás... se aproxime... e diga *como vai você.*

O coiote rosnou irado, o som abafado pela boca cheia de jaqueta — mil e duzentos dólares na Barneys de Nova York. Johnny jamais a visualizou assim quando a experimentou.

Ele juntou os braços — que não eram mais tão fortes como trinta anos atrás, mas também não eram fracos — e arrastou o coiote para a frente. As patas escorregaram no chão de madeira de lei. O bicho firmou uma delas contra a mesa e sacudiu a jaqueta de um lado para o outro, tentando arrancá-la das mãos de Johnny. As pastilhas dele, os mapas, as chaves extras, a farmácia de bolso (aspirina, cápsulas de codeína, sacarina, remédio para hemorroidas), os óculos escuros e a porra do telefone celular, tudo saiu voando. Ele deixou o coiote dar um, dois passos para trás, tentando mantê-lo interessado, para enganá-lo como um peixe, depois tornou a puxá-lo para a frente. O bicho bateu a cabeça desta vez na quina da mesa, um som que aqueceu o coração de Johnny.

— *Arriba!* — ele grunhiu. — Que tal isso, benzinho?

— Depressa! — gritou Mary. — Depressa, David!

Johnny deu uma olhada para a cela do menino. O que viu fez seus músculos relaxarem de medo — quando o coiote puxou a jaqueta desta vez, chegou bem perto de arrancá-la.

— *Depressa!* — gritou novamente a mulher, mas Johnny viu que o menino não *podia* se apressar. Ensaboado, nu como um camarão descascado, tinha passado até o queixo, e ali ele entalou, com toda a extensão do corpo para fora, na área da carceragem, e a cabeça dentro da cela. Johnny teve uma arrasadora impressão, a maior parte trazida pela torção do pescoço e a linha da mandíbula saltada.

O garoto estava enforcado.

3

Foi bem até chegar à cabeça, e então ficou preso com a face nas tábuas, a plataforma da maxila espremida contra uma barra ensaboada e a nuca contra a outra. O pânico causado pela claustrofobia — o cheiro do assoalho de madeira, o contato com o ferro das grades, a lembrança terrível de um quadro que tinha visto certa vez de um puritano posto a ferros — escureceu sua visão como uma negra cortina. Ouvia o pai gritando, a mulher berrando e o coiote rosnando, mas esses sons eram todos muito distantes. Estava com a cabeça entalada, tinha de voltar, só que não sabia se *podia* voltar, porque agora tinha os braços para fora, um deles preso sob o corpo e...

Deus, me ajude, pensou. Não saiu como uma prece; talvez fosse apavorada e impositiva demais para uma prece. *Por favor, me ajude, não me deixe aqui entalado, por favor, me ajude.*

Vire a cabeça, disse-lhe então a voz que às vezes ouvia. Como sempre, falava de uma maneira quase desinteressada, como se o que dizia devesse ser evidente por si, e como sempre, David a reconheceu pelo modo como parecia mais passar *através* dele do que *vir* dele.

Veio-lhe então uma imagem: mãos apertando a frente e as costas de um livro, espremendo um pouco as páginas, apesar das capas e a lombada. Será que sua cabeça podia fazer isso? David achou — ou talvez apenas desejou — que pudesse. Mas teria de estar na posição certa.

Vire a cabeça, a voz tinha dito.

De algum lugar atrás dele veio o som denso de alguma coisa sendo rasgada, depois a voz de Marinville, meio divertida, apavorada e indignada, tudo ao mesmo tempo:

— Sabe quanto *custou* essa coisa?

David se retorceu de modo a poder deitar de costas e não de lado. Só tirar a pressão da grade na mandíbula já foi um incrível alívio. Depois ergueu os braços e pôs as palmas das mãos contra as barras.

Assim?

Nenhuma resposta. Tantas vezes não havia resposta. Por quê?

Porque Deus é cruel, respondeu o reverendo Martin que dava aula dentro de sua cabeça. *Deus é cruel. Tem pipoca, David, por que não fazer um pouco? Talvez a gente encontre um daqueles filmes de terror na TV, alguma coisa da Universal, quem sabe até* A Múmia.

Empurrou com as mãos. A princípio nada aconteceu, mas então, lenta, lentamente, a cabeça ensaboada começou a deslizar por entre as grades. Houve apenas um momento terrível, quando parou com as orelhas esmagadas contra os lados da cabeça e a pressão latejando nas têmporas, um pulsar nauseante que talvez fosse a pior dor física que já havia sentido até então. No momento teve certeza de que ia ficar preso exatamente onde estava e morrer em agonia, como um herege preso num instrumento de tortura medieval. Fez mais força com as mãos, os olhos fitando o teto empoeirado acima com agonizante concentração, e soltou um pequeno e aliviado gemido quando quase imediatamente começou mais uma vez a mover-se. Com a parte mais estreita do crânio pressionado contra as barras, conseguiu passar para a área da carceragem sem muito mais dificuldade. Uma das orelhas pingava sangue, mas ele saiu. Conseguiu sair. Nu, coberto de coágulos espumosos esverdeados de sabão Irish Spring, David pôs-se sentado. Um monstruoso raio de dor varou-lhe a cabeça de trás para a frente, e por um momento ele sentiu que os olhos literalmente saltavam para fora, como os de um Romeu de desenho animado que acabava de localizar uma loura estonteante.

O coiote era o menor de seus problemas, pelo menos por enquanto. Deus calara a boca dele com uma jaqueta de motociclista. Coisas dos bolsos se espalhavam para todos os lados, e a própria jaqueta estava meio rasgada ao meio. Um trapo mole de couro preto coberto de baba pendia do canto do focinho do coiote, como um charuto bem mastigado.

— Sai, David! — gritou o pai. Tinha a voz empastada de lágrimas e ansiedade. — Sai enquanto ainda pode!

O homem de cabelos grisalhos, Marinville, chispou os olhos momentaneamente para David.

— Ele tem razão, menino. Fuja. — Olhou para o coiote rosnando.

— Vamos lá, Andarilho, você pode fazer mais que isso! Por Deus, eu gostaria de estar por perto quando você começar a cagar zíperes ao luar!

Puxou a jaqueta com violência. O coiote veio derrapando pelo chão, cabisbaixo, pescoço estendido, patas dianteiras rijas, sacudindo a cabeça de um lado para o outro tentando arrancar a jaqueta de Marinville.

David virou sobre os joelhos e puxou as roupas para fora das grades. Apertou a calça, apalpando em busca do cartucho da escopeta no bolso. Estava ali. Levantou-se, e por um segundo o mundo se transformou num carrossel. Teve de se segurar nas barras de sua antiga cela para não cair. Billingsley pôs a mão sobre a sua. Estava surpreendentemente quente.

— Vá, filho — disse. — O tempo está quase acabando.

David se virou e cambaleou rumo à porta. A cabeça continuava latejando, e seu equilíbrio era péssimo; a porta parecia estar numa cadeira de balanço, ou num fuso, ou em qualquer coisa assim. Perdeu o equilíbrio, recuperou o passo e abriu a porta. Virou-se para olhar para o pai.

— Eu volto.

— Não *se atreva* — disse imediatamente o pai. — Encontre um telefone e chame a polícia, David. A polícia *estadual*. E tenha cuidado. Não deixe...

Ouviu-se um áspero som de rasgão quando a cara jaqueta de Johnny finalmente se partiu em dois pedaços. O coiote, não esperando uma vitória tão repentina, saiu voando para trás, derrapou rodando num dos lados e viu o menino nu na porta. Pôs-se de pé e voou para ele com um rosnado. Mary deu um grito.

— *Corre, menino, CAI FORA!* — berrou Johnny.

David mergulhou para fora e puxou a porta atrás. Uma fração de segundo depois, o coiote bateu contra ela com um baque surdo. Um uivo — terrível porque estava tão perto — elevou-se da área da carceragem. Era como se o bicho soubesse que tinha sido enganado, pensou David; como se também soubesse que, quando o homem que o tinha convocado para ali voltasse, não ia gostar nada.

Houve outro baque quando o coiote se lançou mais uma vez contra a porta, uma pausa, depois um terceiro. O animal uivou novamente. A pele do peito e dos braços ensaboados de David se arrepiou. À sua frente, ficava a escada pela qual sua irmãzinha tinha rolado para a morte; se o policial maluco não a tivesse retirado de lá, ela ainda estaria no pé, esperando-o nas trevas, olhos abertos e acusatórios, perguntando-lhe por que não impediu o sr. Bicho-papão, de que servia um irmão maior se ele não podia deter o bicho-papão?

Não posso descer por ali, pensou. *Não posso, simplesmente não posso.*

Não... mas ainda assim, tinha de descer.

Do lado de fora, as rajadas de vento eram bastante fortes para fazer o prédio de tijolos ranger como um navio em mar revolto. David também ouvia a areia açoitando a lateral do prédio e as portas das ruas lá embaixo como neve fina. O coiote uivou mais uma vez, separado dele apenas por alguns centímetros de madeira... e sabendo disso.

David fechou os olhos e juntou os dedos diante da boca e do queixo.

— Deus, aqui é David Carver de novo. Estou numa confusão tão grande, Deus, tão grande. Por favor, me proteja e ajude a fazer o que tenho de fazer. Em nome de Jesus eu rogo, amém.

Abriu os olhos, respirou fundo e foi às apalpadelas até a grade da escada. Depois, nu, segurando as roupas contra o peito com a mão livre, David Carver desceu para as sombras.

4

Steve tentou falar e não conseguiu. Tentou mais uma vez e não conseguiu de novo, embora desta vez *conseguisse* emitir um único guincho seco. *Você parece um rato peidando atrás de um rodapé*, pensou.

Tinha consciência de que Cynthia agarrava sua mão com força bastante para doer, mas a dor não parecia incomodá-lo. Não sabia agora quanto tempo teriam ficado ali na porta de entrada do salão, na ponta do barracão Quonset, se o vento não tivesse arrastado alguma coisa lá fora a chocalhar pela rua. Cynthia ofegou como quem recebeu um soco e levou a mão que não segurava a de Steve a um dos lados do rosto. Virou-se para olhar para ele, e ele pôde ver um olho enorme, arregalado, horrorizado. Lágrimas escorriam.

— Por quê? — ela sussurrou. — *Por quê?*

Ele sacudiu a cabeça. Não sabia por quê, não tinha sequer uma pista. As duas únicas coisas que sabia eram que as pessoas que tinham feito aquilo haviam desaparecido, senão ele e Cynthia já estariam mortos, e que ele, Steven Ames, de Lubbock, Texas, não gostaria de estar ali quando elas decidissem voltar.

O espaço amplo no fim do barracão Quonset parecia um misto de sala de trabalho, laboratório e almoxarifado. Era iluminado por lâmpadas de alta intensidade com cúpulas de metal, meio parecidos com os abajures suspensos acima das mesas nos salões de sinuca. Lançavam um brilho forte, alaranjado. Parecia a Steve que duas equipes poderiam trabalhar ali ao mesmo tempo, uma fazendo ensaios e análises de materiais no lado esquerdo da sala, a outra separando-os e catalogando no direito. Viam-se cestas de roupa suja enfileiradas contra a parede do lado da triagem, cada uma com fragmentos de rochas dentro. Estes haviam sido meticulosamente separados; uma das cestas estava cheia de pedras em sua maior parte pretas, outra com pedras menores, quase pedrinhas, pontilhadas pelo brilho do quartzo.

No lado do laboratório (se é que era isso mesmo), havia uma fila de computadores Macintosh sobre uma longa mesa coberta de ferramentas e manuais. Os Macs rodavam protetores de tela. Um mostrava formas espirais bonitas, multicoloridas, acima das palavras CROMATÓGRAFO GASOSO PRONTO. Outro, certamente não autorizado pela Disney, mostrava Pateta a arriar a calça de sete em sete segundos, mais ou menos, para mostrar um enorme pau duro com as palavras NHAM NHAM NHAM escritas.

No outro extremo da sala, dentro da porta fechada de uma garagem suspensa, com as palavras BEM-VINDO AO HERNANDO'S HIDEAWAY, havia um quadriciclo com um reboque de carga engatado atrás, também cheio de amostras de pedras. Na parede à esquerda, uma placa dizia *OBRIGATÓRIO O USO DE CAPACETE — NORMAS DO DSSM — NÃO HÁ EXCEÇÕES.* Uma fila de cabides corria embaixo da placa, mas sem nenhum capacete pendurado. Os capacetes estavam espalhados no chão, sob os pés das pessoas que *haviam* sido penduradas nos cabides, como carcaças de carne bovina no refrigerador de um açougue.

— Steve... Steve, eles parecem... fantoches? Manequins de lojas de departamentos? Será... você sabe... uma brincadeira?

— Não. — A palavra mal saiu e parecia tão poeirenta quanto o ar lá fora, mas já era um início. — Sabe que não são. Solta, Cynthia, você está quebrando minha mão.

— Não me faça soltar — ela disse, numa voz incerta.

Continuava de mão no rosto e fitava com um olho fechado os cadáveres pendurados do outro lado da sala. No rádio, The Tractors haviam sido substituídos por David Lee Murphy, e David Lee Murphy deu lugar a um anúncio de uma casa chamada Whalen's, que o locutor descrevia como a "Loja de Tudo em Austin!".

— Não precisa soltar, só afrouxar um pouco — disse Steve. Levantou um dedo dormente e começou a contar. Um... dois... três...

— Acho que fiz um pouco de xixi nas calças — ela disse.

— Não culpo você. Quatro... cinco... seis...

— A gente tem de sair daqui, Steve, isso faz o cara que quebrou meu nariz parecer Papai No...

— Cale a boca e me deixe contar!

Ela se calou, a boca tremendo e o peito arfando, tentando conter os soluços. Steve se arrependeu de ter gritado — aquela ali já tinha passado por muita coisa mesmo antes daquele dia —, mas não estava pensando muito bem. Nossa, não estava inteiramente seguro de que ao menos pensava.

— Treze.

— Catorze — corrigiu ela numa voz trêmula, contida. — Está vendo ali? No canto? Um deles caiu. Um deles caiu do ca-ca-ca...

"Cabide" era o que ela tentava dizer, mas a gagueira transformou a palavra em lamentáveis gritinhos, e ela se pôs a chorar. Steve abraçou-a e apertou-a com força, sentindo o rosto quente e molhado tremer contra o peito. *Abaixo* do peito. Nossa, como era pequena.

Acima da fofa massa dos cabelos de extravagante colorido, ele via o outro lado do aposento, e ela estava certa — havia outro corpo amontoado no canto. Catorze mortos ao todo, pelo menos três deles mulheres. Com as cabeças pendidas e os queixos nos peitos, era difícil ter certeza sobre alguns dos outros. Nove usavam jalecos — não, dez, contando o do canto — e dois, jeans e camisas de gola aberta. Dois outros usavam paletós, gravatas e botas elegantes. Um deles parecia não ter a mão esquerda, e Steve tinha uma ideia bastante precisa de onde andaria aquela mão, ah, tinha mesmo. A maioria deles foi morta a tiros e devia estar de frente para seus assassinos, pois Steve via enormes ferimentos na nuca das cabeças caídas. Pelo menos três, porém, haviam sido abertos como peixes. Pendiam com os jalecos brancos manchados de marrom e poças de sangue embaixo, as vísceras balançando.

— Agora temos aqui Mary Chapin Carpenter, que vai nos dizer por que se sente com sorte hoje — disse o locutor do rádio, emergindo corajosamente de outra descarga de estática. — Talvez tenha ido ao Whalen's, em Austin. Vamos saber.

Mary Chapin Carpenter pôs-se a falar aos homens e às mulheres pendurados mortos no laboratório da Empresa de Mineração de Desespero sobre seu dia de sorte, como tinha ganhado na loteria e tudo mais, e Steve se soltou de Cynthia. Deu um passo no laboratório e farejou o ar. Não sentia cheiro de pólvora, e talvez isso não significasse muita coisa — os condicionadores de ar na certa renovavam o ar com muita rapidez —, mas o sangue estava seco nos cadáveres eviscerados, e isso provavelmente significava que quem quer que tivesse feito aquilo já tinha partido há muito tempo.

— Vamos embora! — sibilou Cynthia, puxando-lhe o braço.

— Está bem, só...

Ele parou quando uma coisa chamou sua atenção. Estava na ponta da mesa do computador, à direita da tela com o Pateta exibicionista. Não era uma pedra, ou *só* uma pedra, pelo menos. Era uma espécie de artefato de pedra. Aproximou-se e olhou para ele.

A moça se apressou em segui-lo e tornou a lhe agarrar o braço.

— O que há com você? Isto não é nenhuma visita guiada! E se...

Então viu o que ele olhava; *viu* de fato... e não terminou. Estendeu um dedo hesitante e tocou-o. Ofegou e retirou o dedo. Ao mesmo tempo, jogou os quadris para a frente, como se tivesse recebido um choque elétrico, e bateu com a bacia na quina da mesa.

— Puta merda — sussurrou. — Acho que acabo de... — E parou.

— Acaba de o quê?

— Nada. — Mas pareceu enrubescer, e por isso Steve achou que talvez houvesse alguma coisa. — Devia ter uma foto dessa coisa junto com a palavra *feio* no dicionário.

Era uma representação do que poderia ser um lobo ou coiote, e embora fosse tosca, tinha força suficiente para fazê-los esquecer, pelo menos por alguns segundos, que estavam a uns 18 metros dos restos de um assassinato em massa. A cabeça do animal se retorcia num ângulo estranho (um ângulo de algum modo *faminto*), e os globos oculares pareciam saltar das órbitas em fúria total. O focinho era fantasticamente desproporcional ao corpo — quase o focinho de um jacaré — e se escancarava mostrando uma fileira de dentes pontudos. A estátua, se é que tinha sido uma, fora quebrada logo abaixo do peito. Tinha os tocos das patas dianteiras, mas só. A pedra estava esburacada e corroída de velhice. Brilhava, também, em alguns pontos, como as pedras nas cestas de arame lá atrás. Ao lado dele, preso por uma caixa de plástico de tachinhas, um bilhete dizia: *Jim — Que diabo é isto? Alguma ideia? Barbie.*

— Olha a *língua* dele — disse Cynthia, numa voz estranha, em devaneio.

— O que tem?

— É uma cobra.

Sim, ele viu, era mesmo. Uma cascavel, talvez. Uma coisa com presas, pelo menos.

Cynthia ergueu a cabeça de repente. Tinha os olhos arregalados e assustados. Tornou a agarrar a camisa dele e a repuxá-la.

— O que estamos *fazendo*? — perguntou. — Isto não é uma aula de apreciação artística, pelo amor de Deus! Temos de sair daqui!

Temos mesmo, pensou Steve. *O problema é: para onde ir?*

Iam se preocupar com isso quando entrassem no furgão. Não ali. Achava que não seria possível ter nenhum pensamento produtivo ali.

— Ei, o que foi que houve com o rádio? — ela perguntou.

— Hein? — Ele apurou o ouvido, mas a música tinha sumido. — Não sei.

Com uma expressão estranha e decidida no rosto, Cynthia se aproximou mais uma vez do fragmento em cima da mesa. Desta vez tocou-o entre as orelhas. Deu um suspiro. As luzes suspensas piscaram — Steve as *viu* piscar — e o rádio voltou a tocar. *"Hey Dwight, hey Lyle, meninos, vocês não precisam brigar"*, cantou Mary Chapin Carpenter em meio à estática, *"hot dog, me sinto com sorte esta noite!"*

— Nossa — disse Steve. — Por que você fez isso?

Cynthia olhou para ele. Tinha os olhos estranhamente embaçados. Ela deu de ombros, tocou com a língua o meio do lábio superior.

— Não sei.

De repente, levou a mão à testa e apertou as têmporas com força. Quando a retirou, tinha os olhos novamente límpidos, mas assustados.

— Que *porra* é essa? — disse, mais para si mesma que para ele.

Steve estendeu a mão para tocar a coisa. Ela agarrou-lhe o pulso antes que o fizesse.

— Não. A sensação é obscena.

Ele sacudiu a mão dela e pôs o dedo nas costas do lobo (imediatamente teve certeza de que isso não era um coiote, mas um lobo). O rádio tornou a sair do ar. Ao mesmo tempo, veio um barulho de vidro quebrado de algum lugar lá atrás. Cynthia deu um grito.

Steve já tinha retirado o dedo da pedra; teria feito isso mesmo que nada tivesse acontecido, pois a moça tinha razão: era obsceno. Mas por um momento, alguma coisa *tinha* acontecido. Era como se um dos circuitos mais vitais de sua cabeça tivesse entrado em curto, por exemplo. Só que... não foi na garota que pensou? Em *fazer* alguma coisa na garota, com a garota? Uma daquelas coisas que os dois talvez gostassem de experimentar, mas das quais jamais falariam aos amigos? Uma espécie de experiência?

Mesmo enquanto pensava nisso, tentando lembrar que experiência teria sido, estendia o dedo mais uma vez para a pedra. Não foi uma decisão consciente, mas agora que o fazia, parecia-lhe uma boa ideia. *Simplesmente deixe o velho dedo ir aonde quer*, pensou divertido. *Deixe que toque seja lá o que for...*

Ela agarrou a mão dele e a afastou da peça de pedra no momento em que ele ia tocar com o dedo as costas do lobo.

— Ei, cara, leia meus lábios: *Eu quero sair daqui! Agora!*

Ele inspirou fundo, expirou. Repetiu o processo. A cabeça começava a parecer-lhe território conhecido de novo, mas de repente sentiu mais medo que nunca. Exatamente do quê, não sabia. Nem tinha certeza se *queria* saber.

— Está bem. Vamos embora.

Tomando a mão dela, conduziu-a de volta ao corredor. Olhou por cima do ombro uma vez para o pedaço quebrado de escultura cinza. Cabeça torcida, predatória. Olhos esbugalhados. Focinho longo demais. Língua de cobra. E além disso, mais uma coisa. Tanto a espiral quanto o Pateta exibicionista haviam desaparecido. Os monitores estavam negros, como se um pico de luz tivesse causado um curto-circuito.

Saía água pela porta aberta do escritório onde ficava o aquário. Um peixinho raiado debatia-se nas últimas na ponta do tapete. *Bem*, pensou Steve, *agora a gente sabe o que quebrou, não precisa mais se preocupar com isso.*

— Não olhe quando a gente passar — ele disse. — Só...

— Você ouviu alguma coisa neste instante? — ela perguntou. — Tiros, estouros, ou alguma coisa parecida?

Ele escutou, ouviu apenas o vento... depois achou que ouviu um arrastar de pés furtivos vindo de trás dele.

Virou-se rápido sobre os calcanhares. Nada. Claro que não, o que estava pensando? Que um dos cadáveres tinha descido do cabide e os seguia? Idiotice. Mesmo naquelas tensas circunstâncias, era pura loucura. Mas havia outra coisa, uma coisa que não o largava, idiota ou não: aquela estátua. Era como uma presença física na mente, um polegar cutucando rudemente o tecido do cérebro. Gostaria de não tê-la visto. Mais ainda, gostaria de não tê-la tocado.

— Steve? Você *ouviu* alguma coisa? Pode ter sido tiro. Aí, ó! Mais um!

O vento uivou ao longo da lateral do prédio e outra coisa caiu lá fora, fazendo-os gritar e se agarrar um no outro como crianças no escuro. A coisa que caiu despedaçava-se no terreno lá fora.

— Não ouço nada além do vento. Na certa o que você *ouviu* foi uma porta bater em algum lugar. Se é que ouviu alguma coisa.

— Foram pelo menos três — ela disse. — Talvez não fossem tiros de revólver, eram mais como estampidos, mas...

— Pode ter sido alguma coisa voando no vento, também. Vamos lá, docinho, vamos dar no pé.

— Não me chame de docinho que eu não lhe chamo de pãozinho — ela disse em voz baixa, sem olhar quando passaram pelo escritório de onde a água continuava escorrendo.

Steve olhou. O aquário agora não passava de areia molhada cercada de cacos de vidro. A mão estava ao lado da mesa no tapete ensopado. De palma para cima. Tinha um peixinho raiado preso na palma. Os dedos quase pareciam chamá-lo — entre, estranho, puxe uma cadeira, descanse, *mi casa es su casa.*

Não, obrigado, pensou Steve.

Mal começou a abrir a porta entre a área da recepção em desordem e a de fora quando ela lhe foi arrancada das mãos. A areia voava aos montes. As montanhas a oeste haviam sido totalmente cobertas por membranas de um escuro dourado em movimento — grãos de areia e álcali voando aos últimos dez minutos de luz do dia —, mas ele via as primeiras estrelas luzindo brilhantes acima. A ventania agora quase atingia a força de um vendaval. Um barril velho e enferrujado com as palavras QUIMIOTRÔNICA — CUIDADO COM OS DETRITOS rolou pelo estacionamento e passou pelo furgão Ryder, atravessando a estrada. Seguiu pelo deserto afora. O *tinque-tinque-tinque* da corrente da bandeira contra o mastro tornou-se febril, e alguma coisa à esquerda bateu duas vezes, com força, um som que parecia de tiros de pistolas abafados com um silenciador. Cynthia estremeceu contra ele. Steve se voltou para o lado do som e viu um grande depósito de lixo azul. Nesse momento, o vento suspendeu a tampa até a metade e deixou-a cair. Ouviu-se outro baque abafado.

— Aí estão seus tiros — ele disse, erguendo a voz acima do vento para ser ouvido.

— Bem... *só* que não parecia isso.

Uma concentração de uivos de coiotes elevou-se na noite, alguns vindo do oeste, voando até eles em meio ao vento e às partículas, alguns vindos do norte. Por algum motivo, o som fez Steve lembrar-se de antigos clipes que vira da Beatlemania, garotas gritando de rachar a cabeça para os cabeludos de Liverpool. Ele e Cynthia se entreolharam.

— Vamos — ele disse. — Pro furgão. Já.

Correram até ele, abraçados e com o vento nas costas. Quando já se achavam na boleia de novo, Cynthia trancou a porta de seu lado, baixando decididamente o botão com o calço da mão. Steve fez o mesmo e deu partida ao motor. O ruído surdo e contínuo e o brilho do painel de instrumentos quando ele apertou o interruptor do farol o reconfortaram. Virou-se para Cynthia.

— Tudo bem, onde a gente vai dar parte disso? Austin está fora de questão. Fica muito para oeste e na direção de onde vem essa merda. A gente ia acabar no acostamento, esperando conseguir tornar a ligar a porra do motor assim que passasse a tempestade. Sobram Ely, que fica a duas horas de carro... mais até se a tempestade alcançar a gente... ou o centro da cidade de Desespero, talvez a menos de 2 quilômetros.

— Ely — ela disse imediatamente. — As pessoas que fizeram isso talvez estejam na cidade, e duvido que uns dois policiais ou mesmo polícias municipais montadas possam dar conta do que a gente viu lá.

— As pessoas que fizeram isso também podem estar de volta na Rodovia 50 — ele disse. — Lembre-se do trailer e da moto do chefe.

— Mas a gente *viu* tráfego — ela disse, pulando depois quando alguma coisa caiu ali perto. Parecia grande e metálica. — Nossa, Steve, quer *por favor* tirar esta porra daqui?

Ele queria, tão desesperadamente quanto ela, mas balançou a cabeça.

— Não enquanto não compreender isso. É importante. Catorze pessoas mortas, e sem contar o chefe ou o pessoal do trailer.

— A família Carver.

— Isso vai crescer quando vier a público: manchetes nacionais. Se a gente volta a Ely e depois descobrem que tinha dois policiais com fones e rádios a menos de 1 quilômetro da estrada, e se as pessoas que fizeram isso fugiram porque a gente demorou demais pra comunicar... bem, vão questionar a decisão da gente. *Complicado*.

As luzes do painel de instrumentos faziam a fisionomia dela parecer verde e enjoada.

— Quer dizer que iam achar que a gente *teve* alguma coisa a ver com isso?

— Não sei, mas vou lhe dizer o seguinte: você não é a duquesa de Windsor nem eu o duque de Earl. Somos dois vagabundos de estrada, isto é o que somos. Que documento de identidade você tem? Carteira de motorista?

— Nunca fiz o exame. Vivia sempre me mudando.

— Seguro Social?

— Bem, perdi o *cartão* em algum lugar, acho que deixei pra trás quando fugi do cara que fodeu minha orelha, mas lembro o *número*.

— O que você tem de documento de verdade?

— Meu cartão de desconto da Tower Records and Video — ela disse. — Só faltam dois furos pra eu ganhar um CD de graça. Vou querer *Lá vêm os lobos*. Parece perfeito, em vista da trilha sonora aqui por estas bandas. Satisfeito?

— Muito — ele disse e caiu na risada. Ela o fitou por um momento, as faces esverdeadas, sombras ondulando na testa, olhos sombrios, e

Steve teve certeza de que ela ia se lançar sobre ele e ver quanto de sua pele conseguiria arrancar. Então também ela caiu na risada, um som agudo e desvalido do qual ele não gostou muito. — Chega aqui um segundo — ele disse, estendendo-lhe a mão.

— Não faça gracinhas comigo, estou lhe avisando — ela disse, mas escorregou sem hesitação pelo banco, aconchegando-se no círculo do braço dele.

Steve sentiu o ombro dela tremendo contra o dele. Ela ia sentir frio com aquela camiseta se eles tivessem que sair do furgão. A temperatura caía vertiginosamente naquela parte do mundo assim que o sol se punha.

— Você quer mesmo ir pra cidade, Lubbock?

— O que quero é estar na Disneylândia tomando uma casquinha de sorvete, mas acho que a gente tem de ir lá dar uma conferida. Se tudo estiver normal... *parecer* normal... tudo bem, a gente tenta dar parte disso lá. Mas se tiver qualquer coisa que dê a mínima impressão de errada, a gente se manda pra Ely.

Ela o olhou solenemente.

— Vou obrigar você a cumprir a palavra.

— Pode obrigar.

Ele engrenou o furgão e começou a rodar lentamente em direção à estrada. A oeste, o fulgor dourado que se vinha filtrando através da areia reduzira-se a uma brasa. Acima, mais estrelas surgiam, mas começavam a oscilar fracamente à medida que a nuvem de areia se adensava.

— Steve? Você por acaso não tem um revólver, tem?

Ele fez que não com a cabeça, pensou em voltar ao Quonset para procurar um, depois tirou a ideia da cabeça. Não ia voltar lá, pronto; simplesmente não ia.

— Revólver, não, mas tenho um canivete suíço realmente *grande*, com todos os acessórios. Tem até uma lente de aumento.

— Isso me faz sentir muito melhor.

Ele pensou em perguntar-lhe sobre a estátua, ou se ela tinha tido umas ideias esquisitas — *experimentais* —, mas desistiu. Assim como a ideia de tornar a voltar ao barracão Quonset, isso era simplesmente arrepiante demais. Entrou na estrada, o braço ainda em torno dos ombros dela, e pôs-se a caminho da cidade. A areia soprava densa na cunha de luz projetada pelos faróis altos, contorcendo-se em sombras esguias que lhe lembravam persistentemente homens pendurados em cabides.

5

O corpo de sua irmã não estava no pé da escada, o que já era alguma coisa. David ficou por um momento olhando para fora pelas portas duplas. A luz do dia ia embora, e apesar do céu acima ainda estar claro, um índigo-escuro, no nível do chão a luz morria num estrangulamento de poeira. Do outro lado da rua, uma placa que dizia LANCHONETE E VIDEO-CLUBE DE DESESPERO balançava de um lado para o outro ao vento. Sentados embaixo dela e olhando atentamente para ele estavam mais dois coiotes. Entre eles, um bolo de penas arrufadas pelo vento como as plumas do chapéu de uma velha, via-se uma enorme ave careca que David identificou como um urubu. Exatamente no meio dos coiotes.

— É impossível — ele sussurrou, e talvez fosse mesmo, mas apesar disso ele o via.

Vestiu-se depressa, olhando para uma porta à esquerda. Impressas na vidraça fosca liam-se as palavras PREFEITURA DE DESESPERO, junto com o horário — das nove às quatro. Amarrou os tênis e abriu a porta, pronto para se virar e correr se pressentisse alguma coisa perigosa... na verdade, se sentisse qualquer coisa se movendo.

Mas correr pra onde? Que lugar há para se correr?

A sala além da porta era escura e silenciosa. Ele foi tateando pela esquerda, esperando que alguma coisa ou alguém surgisse da escuridão e agarrasse sua mão, mas nada o fez. Encontrou uma caixa de interruptor de luz, depois o próprio interruptor. Ligou-o, piscou enquanto os olhos se ajustavam aos velhos globos pendurados, e deu um passo. Bem em frente havia um balcão comprido, com várias divisórias de vidro parecendo cubículos de caixas num banco antiquado. Num deles lia-se COLETOR DE IMPOSTOS, em outro, LICENÇAS DE CAÇA, em outro, MINAS E ANÁLISE. O último, menor, tinha uma placa dizendo DSSM e NORMAS FEDERAIS SOBRE O USO DA TERRA. Pintado em aerossol na parede atrás da área dos balconistas, lia-se: NESSES SILÊNCIOS PODE SURGIR ALGUMA COISA.

Acho que alguma coisa surgiu mesmo, pensou David, virando a cabeça para investigar o outro lado da sala. *Alguma coisa não muito...*

Não concluiu o pensamento. Arregalou os olhos e levou as mãos à boca para abafar um grito. Por um momento, o mundo ficou cinzento, e ele achou que ia desmaiar. Para impedir que isso acontecesse, tirou as mãos da boca e apertou-as contra as têmporas, intensificando a dor ali. Depois deixou-as cair dos lados, encarando de olhos arregalados e a boca doendo, tremendo, o que estava na parede à direita da porta. Eram cabides de casacos. Um chapéu Stetson, com uma tira de pele de cobra, pendia do mais perto das vidraças. Duas mulheres pendiam dos outros dois, uma baleada, a outra estripada. Esta segunda mulher tinha longos cabelos ruivos e a boca aberta num mudo grito imobilizado. À esquerda, um homem vestido de cáqui, a cabeça caída, o coldre vazio. Pearson, talvez, o outro subxerife. Ao lado dele, um homem de jeans e camisa suja de sangue. A última da fila era Pie. Tinha sido pendurada pelas costas da camiseta dos MotoKops. Via-se Cassie Styles parada diante de seu furgão Dream Floater, os braços cruzados e um enorme sorriso no rosto. Cassie sempre foi a MotoKop preferida de Pie. A menina tinha a cabeça caída no pescoço quebrado e seus tênis pendiam frouxos no ar.

As mãos. Ele não tirava os olhos das mãos. Pequenas e rosadas, os dedos ligeiramente abertos.

Não posso tocar nela, não posso me aproximar dela!

Mas podia. *Tinha* que ir, a não ser que pensasse em deixá-la ali com as outras vítimas de Entragian. E, afinal, para que servia um irmão maior, sobretudo um irmão maior não suficientemente grande para impedir o bicho-papão de fazer uma coisa assim terrível, para começar?

O peito arquejando, bolhas branco-esverdeadas de sabão secando na pele, ele juntou as mãos e ergueu-as diante do rosto. Fechou os olhos. A voz, quando saiu, tremia tanto que ele mal a reconheceu como sua.

— Deus, sei que minha irmã está com o senhor, e que isto é só o que ela deixou para trás. Por favor, me ajude a fazer o que tenho de fazer por ela. — Reabriu os olhos e fitou-a. — Eu amo você, Pie. Me perdoe por todas as vezes que gritei com você ou puxei suas tranças com muita força.

Isso foi demais. Ele se ajoelhou no chão e pôs as mãos em cima da cabeça abaixada e deixou-as ali, ofegando e tentando não desfalecer. As lágrimas abriam sulcos no verde pegajoso em seu rosto. O que mais doía era saber que a porta que se fechara entre eles jamais se abriria, pelo menos neste mundo. Ele jamais veria Pie sair para namorar ou fazer uma cesta do outro lado da quadra dois segundos antes do apito final. Ela jamais lhe pediria novamente para segurá-la quando plantava bananeira, nem lhe perguntaria se a luz da geladeira continuava acesa quando se fechava a porta. Ele compreendia agora por que as pessoas na Bíblia rasgavam as próprias roupas.

Quando teve controle sobre si, arrastou uma das cadeiras encostadas na parede até onde ela estava. Olhou para as mãos, as palmas cor-de-rosa, e a mente voltou a falhar. Forçou-a a ficar firme — só descobrir que podia fazer aquilo, se tivesse de fazer, já era uma grata surpresa. A oscilação para a dor voltou com mais insistência quando ele subiu na cadeira e viu a palidez macerada, não natural, do rosto dela e o aspecto arroxeado dos lábios. Com cuidado, permitiu-se sentir um pouco de tristeza. Sentia que seria melhor para ele se o fizesse. Aquela era a primeira pessoa morta que via, mas também era *Pie*, e não queria ficar com medo dela nem sentir nojo dela. Portanto, era melhor sentir tristeza, e sentiu. Sentiu.

Depressa, David.

Ele não sabia ao certo se era sua voz ou a do outro, mas desta vez isso não importava. A voz tinha razão. Pie estava morta, mas seu pai e os outros lá em cima, não. E depois tinha sua mãe. Isso era o pior, de certa forma pior ainda do que o que tinha acontecido com Pie, porque ele não *sabia*. O policial louco tinha levado sua mãe para algum lugar e poderia estar fazendo alguma coisa a ela. *Qualquer coisa.*

Não vou pensar nisso. Não vou me deixar pensar.

Pensou em vez disso em todas as horas que Pie tinha passado diante da TV com Melissa Sweetheart no colo, vendo *KrayZee Toons*. O professor KrayZee tinha cedido seu lugar de honra no coração de Pie há mais ou menos um ano aos MotoKops (sobretudo Cassie Styles e o bonitão Colonel Henry), mas o velho professor ainda parecia a resposta certa para David. Lembrava apenas uma das musiquinhas do professor KrayZee, e cantou-a agora ao passar delicadamente os braços em torno da menina morta e suspendê-la para tirá-la do cabide: "*Esse coroa... ele brincou...*"

A cabeça dela caiu em seu ombro. Era impressionantemente pesada — como era que ela, tão pequena, a mantinha erguida o dia inteiro?

"*Brincou com meu polegar...*"

Ele se virou, desceu meio sem jeito da cadeira, cambaleou, mas não caiu, e levou Pie para perto das janelas. Esticou a camiseta dela nas costas ao caminhar. Estava rasgada, mas só um pouco. Colocou-a no chão, a mão sob o pescoço para não deixar que a cabeça batesse. Como a mãe tinha lhe mostrado quando Pie era apenas um bebê e ele pediu para segurá-la. Teria cantado para ela então? Não se lembrava. Achava que talvez tivesse.

"*Com uma batidinha, dê um osso ao cão...*"

Feias cortinas verde-escuras pendiam nas laterais das janelas, umas coisas estreitas de três metros do teto ao chão. David puxou uma, arrancando-a.

"*O professor maluco vai para casa...*"

Estendeu a cortina ao lado do corpo da irmã, cantando mais uma vez a musiquinha idiota. Gostaria de dar-lhe Melissa Sweetheart para fazer-lhe companhia, mas Lissa ficara para trás perto do Wayfarer. Deitou-a na cortina e dobrou a parte de baixo sobre ela. Chegava até o pescoço e ela lhe parecia melhor agora, *muito melhor*. Como se estivesse em casa, dormindo na cama.

— "*Com uma batidinha, dê um osso ao cão*", tornou a cantar. — "*O professor maluco foi para casa*". — Beijou-lhe a testa. — Eu amo você, Pie — disse e cobriu-a com a cortina.

Ficou ao lado dela um instante, as mãos cruzadas com força entre as coxas, tentando mais uma vez controlar as emoções. Quando se sentiu mais firme, ficou de pé. O vento uivava, a luz do dia quase tinha desaparecido, e o som da poeira contra as vidraças das janelas era como o leve tamborilar de muitos dedos. Ele ouvia um rangido agudo, monótono — *ric-ric-ric* —, como uma coisa girando ao vento, e teve um sobressalto quando outra coisa lá fora, na crescente escuridão, caiu com um baque.

Afastou-se da janela e contornou hesitante o balcão. Não havia mais corpos, mas apenas papéis caídos atrás da divisória onde estava escrito COLETOR DE IMPOSTOS, e havia manchas de sangue seco em alguns. A cadeira de espaldar alto e pernas compridas do coletor de impostos tinha sido derrubada.

Atrás da área do balcão havia um cofre aberto (David viu outras pilhas de papéis, mas nenhum dinheiro, e nada parecia desarrumado). À direita, havia umas escrivaninhas amontoadas. À esquerda havia duas portas fechadas, ambas com inscrições douradas. A que dizia CHEFE DOS BOMBEIROS não o interessou, mas a outra, o gabinete do delegado da cidade, sim. Jim Reed era o nome dele.

— O delegado da cidade. O que vocês chamam de chefe de polícia num burgo maior — murmurou David e se aproximou da porta.

Estava destrancada. Mais uma vez tateou a parede, localizou o interruptor de luz e ligou-o. A primeira coisa que viu quando se acenderam as luzes foi a imensa cabeça de caribu na parede à esquerda da mesa. A segunda foi o homem atrás da mesa. Estava recostado em sua poltrona de trabalho. A não ser pelas canetas esferográficas enfiadas nos olhos e a placa da mesa saindo da boca, era como se estivesse dormindo ali, tão relaxada estava a sua postura. As mãos haviam sido cruzadas sobre a ampla barriga. Usava uma camisa cáqui e um cinturão atravessado no peito, como o de Entragian.

Lá fora, mais alguma coisa caiu e os coiotes uivaram em uníssono, como um quarteto de barbearia do inferno. David deu um salto e se virou para se certificar de que Entragian não o estava espreitando por trás. Não estava. O menino desviou novamente os olhos para o delegado da cidade. Sabia o que tinha de fazer, e achou que se tinha conseguido tocar em Pie, na certa conseguiria tocar naquele estranho.

Primeiro, porém, tirou o telefone do gancho. Esperava que estivesse mudo, e estava. Bateu no gancho mesmo assim uma ou duas vezes, dizendo:

— Alô? Alô?

Serviço de quarto, manda um quarto aqui pra cima, pensou, e estremeceu ao repor o fone na base. Contornou a mesa e parou ao lado do policial com as canetas nos olhos. A placa com o nome do homem morto — JAMES REED, DELEGADO DA CIDADE — continuava sobre a mesa, portanto a de dentro da boca era de outra pessoa. BO AQUI estava impresso na parte espetada para fora dos dentes.

David sentiu o cheiro de alguma coisa conhecida — não loção de barba ou colônia. Olhou as mãos do morto, viu as rachas profundas na pele, e entendeu. Era cheiro de loção para as mãos que ele exalava, da mesma marca que a sua mãe usava, ou parecida. Jim Reed devia ter acabado de esfregar um pouco nas mãos antes de ser assassinado.

David tentou olhar o colo de Reed e não pôde. O homem era gordo demais e tinha sido empurrado muito perto da mesa para ele poder ver o que precisava ver. Havia um pequeno orifício preto no centro do encosto da poltrona, que ele viu perfeitamente. Reed tinha sido baleado; o negócio das canetas tinha sido feito (David esperava) depois que já estava morto.

Vá andando. Rápido.

Começou a puxar a cadeira para trás, e então gritou surpreso e saltou da frente quando ela virou quase ao seu toque e despejou o peso morto de Jim Reed no chão. O cadáver soltou um grande arroto de morto ao bater no chão. A placa na boca voou como um míssil partindo de seu silo. Aterrissou de cabeça para baixo, mas mesmo assim David pôde ler sem nenhum problema: O MACHÃO ACABA AQUI.

Com o coração batendo mais forte que nunca, ele pôs um joelho junto do corpo. Reed tinha as calças do uniforme desabotoadas e com o zíper baixado, expondo uma cueca decididamente não comum (larga, de seda, cor de pêssego), mas David mal reparou nelas. Procurava outra coisa, e suspirou aliviado quando a viu. Num quadril rechonchudo estava o revólver de serviço de Reed. No outro, uma corrente de chaves presa a uma passadeira de cinto. Mordendo o lábio inferior, meio certo de que o policial morto ia levantar a mão

(*ah, merda, a múmia está atrás da gente*)

e agarrá-lo, David se esforçou para soltar as chaves da passadeira. A princípio, o gancho não abria, mas ele acabou conseguindo soltá-lo. Procurou entre todas as chaves depressa, rezando para encontrar a de que precisava... e encontrou. Uma quadrada que quase não parecia uma chave. Uma faixa magnética preta corria por toda a sua extensão. A chave das celas do cárcere lá em cima.

Assim ele esperava.

David pôs o molho de chaves no bolso, tornou a olhar com curiosidade a calça aberta de Reed, depois desafivelou a correia acima do revólver do policial. Puxou-o, segurando com as duas mãos, sentindo seu peso extraordinário e a sensação de represada violência. Um revólver, não uma automática com as balas enfiadas no cabo. David voltou o cano para si, com o cuidado de manter os dedos fora do gatilho, e assim pôde ver o cilindro. Havia ogivas de bala em cada orifício que conseguia ver, portanto tudo estava em perfeita ordem. A primeira câmara talvez estivesse vazia — no cinema, os tiras às vezes faziam isso para evitar atirar em si mesmos por acidente —, mas ele achava que isso não tinha importância se apertasse o gatilho pelo menos duas vezes, rápido.

Tornou a girar o revólver e inspecionou-o da coronha para a frente, procurando uma trava de segurança. Não viu nenhuma, e muito cautelosamente apertou um pouco o gatilho. Quando viu o cão começar a sair do encaixe, apressou-se a soltá-lo. Não queria disparar o revólver ali embaixo. Não sabia até onde os coiotes eram inteligentes, mas imaginava que, se eram inteligentes em relação a alguma coisa, na certa seria a respeito de revólveres.

Voltou ao interior do escritório principal. O vento uivava, açoitando areia contra a janela. As vidraças tinham agora a cor roxa de um hematoma. Logo ficariam pretas. Ele baixou os olhos para a feia cortina verde e a forma que ela envolvia. *Eu amo você, Pie,* pensou, e saiu para o saguão. Ficou ali um momento, respirando fundo, com os olhos fechados, o revólver seguro ao lado com o cano apontado para o chão.

— Deus, jamais disparei uma arma em minha vida — disse. — Por favor, me ajude a poder disparar esta. Em nome de Jesus, amém.

Depois de cuidar disso, David começou a subir a escada.

Capítulo Três

1

Sentada no catre, Mary Jackson olhava as próprias mãos cruzadas, com ideias venenosas sobre a cunhada. Deirdre Finney, com aquele belo e meigo rostinho pálido, sorriso pétreo e cachinhos pré-rafaelitas. Deirdre, que não comia carne ("É, como vou dizer, cruel, sabe?"), mas fumava, ah, sim, fazia anos que não largava aqueles Panama Reds. Deirdre, dos adesivos de Mr. Smiley-Smile. Deirdre, que tinha feito o irmão ser assassinado e a cunhada metida numa cadeia caipira que, na verdade, era um corredor da morte, e tudo isso por estar doidona demais para lembrar que tinha deixado a erva extra debaixo do estepe.

Não é justo, respondia uma parte mais racional de sua mente. *Foi a placa do carro, não a erva. Foi por isso que Entragian parou vocês. De certa forma, foi como se o Anjo da Morte visse uma porta sem a marca estampada. Se o bagulho não estivesse lá, ele teria encontrado qualquer outra coisa. Assim que nós chamamos a atenção dele, estávamos fritos, só isso. E você sabe disso.*

Mas ela não *queria* saber disso; pensar nisso assim, como uma espécie de estranho desastre natural, era simplesmente terrível demais. Melhor pôr a culpa na irmã idiota de Peter, imaginar um sem-número de castigos não letais mas dolorosos para Deirdre. A chibata — como faziam com os ladrões em Hong Kong — era o mais satisfatório, mas também se via enfiando a ponta de um salto alto na elegante bundinha chata de Deirdre. Qualquer coisa que tirasse aquele ar de aluga-se quarto dos olhos dela o tempo suficiente para Mary gritar-lhe na cara: *"VOCÊ FEZ COM QUE MATASSEM SEU IRMÃO, SUA PUTA IDIOTA, ESTÁ ME ENTENDENDO?"* e ver estampar-se a compreensão.

— Violência gera violência — falou para as próprias mãos, num tom calmo, professoral. Falar consigo mesma naquelas circunstâncias parecia inteiramente normal. — Eu sei, *todo mundo* sabe, mas pensar nela é tão *agradável*, às vezes.

— Como? — perguntou Ralph Carver.

Ele parecia tonto. Na verdade (ideia medonha), ele soava bastante como o curto-circuito ambulante que era a cunhada dela.

— Nada. Deixa pra lá.

Ela se levantou. Dois passos levaram-na à frente da cela. Agarrou as barras e olhou para fora. O coiote continuava sentado no chão, com os restos da jaqueta de couro de Johnny Marinville em frente às patas dianteiras, o olhar erguido para o escritor, como se estivesse hipnotizado.

— Acha que ele escapou? — perguntou-lhe Ralph. — Acha que meu filho escapou, dona?

— Eu não sou dona, sou Mary, e não sei. *Quero* acreditar que sim, é só o que posso lhe dizer. Acho que tem uma boa chance de ele ter escapado, na verdade. — *Contanto que não tenha topado com o tira*, acrescentou para si mesma.

— É, acho que sim. Eu não tinha ideia de que ele levava tão a sério esse negócio de reza — disse Ralph. Parecia quase pedir desculpas, o que Mary achou estranho, nas circunstâncias. — Achei que na certa era... não sei... uma mania passageira. Claro que não é o que pareceu, não é?

— É — concordou Mary. — Não pareceu, não.

— Por que fica me olhando fixo, Bosco? — perguntou Marinville ao coiote. — Já pegou a porra da minha jaqueta, o que mais quer? Como se eu não soubesse. — Ergueu o olhar para Mary. — Sabe, se um de nós conseguisse sair daqui, acho que esse vira-lata ia era dar no pé e...

— Silêncio! — disse Billingsley. — Vem gente subindo a escada.

O coiote também ouviu. Deixou de olhar para Marinville e se virou, rosnando. As pisadas se aproximaram, chegaram ao patamar, pararam. Mary lançou uma olhada a Ralph Carver, mas não conseguiu olhar por muito tempo; a combinação de esperança e terror no rosto dele era terrível demais. Ela tinha perdido o marido, e isso doía mais do que jamais imaginara que doesse alguma coisa. Como seria ver a família toda nos ser tirada no correr de uma tarde?

O vento aumentou, uivando nos beirais. O coiote olhou nervoso para trás ao ouvir o som, depois deu três lentos passos até a porta, retorcendo as orelhas rasgadas.

— Filho! — chamou Ralph, desesperado. — Filho, se for você, não entre! Essa coisa está parada bem diante da porta!

— A que distância? — Era ele, o menino. Era mesmo. Espantoso. E o autocontrole em sua voz era mais espantoso ainda. Mary pensou que talvez devesse reavaliar o poder da prece.

Ralph pareceu confuso, como se não entendesse a pergunta. Mas o escritor compreendeu.

— Um metro e meio, mais ou menos, e olhando direto pra ela. Tenha cuidado.

— Estou armado — disse o menino. — Acho melhor vocês todos se enfiarem debaixo dos catres. Mary, vá o máximo que puder pro lado do meu pai. Tem *certeza* de que ele está diante da porta, sr. Marinville?

— Tenho. Em todo o seu tamanho e duas vezes mais feio, meu amigo Bosco. Já atirou com uma arma antes, David?

— Não.

— Oh, Deus. — Marinville revirou os olhos.

— David, não! — gritou Ralph. Um medo tardio enchia-lhe o rosto; ele parecia acabar de compreender o que se passava ali. — Vá correndo pedir socorro! É abrir a porta, e esse filho da puta cai em cima de você em dois saltos!

— Não — disse o menino. — Já pensei nisso, pai, e prefiro me arriscar com o coiote do que com o policial. Além disso, eu tenho uma chave. Acho que serve. Parece a mesma que ele usou.

— Estou convencido — disse Marinville, como se isso decidisse tudo. — Todo mundo no chão. Conte até cinco, David, e depois atire.

— Vai fazer com que ele seja morto! — berrou Ralph furioso para Marinville. — Vai fazer com que meu filho seja morto só pra salvar seu próprio rabo!

Mary disse:

— Eu entendo sua preocupação, sr. Carver, mas acho que se a gente não sair daqui, vamos morrer todos.

— Conte até cinco, David! — repetiu Marinville.

Ajoelhou-se e se enfiou debaixo do catre.

Mary olhou a porta em frente, percebeu que sua cela ia estar diretamente na linha de fogo do menino e compreendeu por que David a mandou chegar o mais possível para o lado de seu pai. Podia ter só 11 anos, mas estava pensando melhor que ela.

— Um — disse o menino do outro lado da porta. Ela sentia como ele estava assustado, e não o censurava. Nem um pouco. — Dois.

— Filho! — gritou Billingsley. — Escute, filho! Se ajoelhe! Pegue a arma com as duas mãos e aponte pra cima... *pra cima*, filho! Ele não vai atacar pelo chão, vai saltar em cima de você! Entendeu?

— Entendi — disse o menino. — Entendi, está bem. Está debaixo do catre, pai?

Ralph não estava. Continuava nas barras da cela. Tinha um ar assustado e fixo no rosto inchado, entre as barras pintadas de branco.

— Não faça isso, David! Eu *proíbo* você de fazer isso.

— Se abaixe, seu babaca — disse Marinville.

Olhava o pai de David de baixo de seu catre com olhos de fúria.

Mary aprovou o sentimento, mas achou pífia a técnica de Marinville — teria esperado mais de um escritor. De outro escritor, pelo menos; aquele ali ela já conhecia. O cara que tinha escrito *Prazer*, talvez o livro mais indecente do século, estava esfriando o rabo na cela ao lado, surreal mas verdadeiro, e embora o nariz aparentemente jamais fosse se recuperar do que o tira lhe tinha feito, Marinville ainda tinha a atitude do cara que espera conseguir o que quiser. Provavelmente numa bandeja de prata.

— Meu pai *está* fora do caminho?

O menino parecia inseguro agora, além de assustado, e Mary odiou o pai dele pelo que fazia — beliscando os nervos já superestimulados do filho como se fossem cordas de violão.

— Não! — berrou Ralph. — Nem vou *sair* do caminho! Dê o fora daqui! Procure um telefone! Chame a polícia estadual!

— Eu experimentei o da mesa do sr. Reed — gritou David de volta. — Está mudo.

— Então experimente outro! Porra, continue tentando até encontrar um que...

— Deixe de ser burro e se meta debaixo do catre — disse-lhe Mary em voz baixa. — O que quer que ele lembre do dia de hoje? Que viu a irmã ser morta e matou o pai por engano, tudo isso antes da hora do jantar? *Ajude!* Seu filho está tentando; tente também.

Ele olhou para ela, as faces tão pálidas que luziam, um contraste vívido com o sangue coagulado no lado esquerdo do rosto dele.

— Só me resta ele — disse em voz baixa. — Você compreende?

— Claro que compreendo. Agora se meta debaixo do catre, sr. Carver.

Ralph recuou das barras da cela, hesitou, depois caiu de joelhos e se enfiou debaixo do catre.

Mary olhou para a cela da qual David tinha conseguido sair se espremendo — nossa, aquilo exigiu coragem — e viu que o velho veterinário estava debaixo do catre. Os olhos, a única parte jovem que ele ainda tinha, luziam nas sombras como luminosas gemas azuis.

— David! — gritou Marinville. — Estamos protegidos.

A voz que respondeu vinha tingida de dúvida:

— Meu pai também?

— Estou debaixo do catre — gritou Ralph. — Filho, tenha cuidado. Se... — A voz tremeu, depois ficou firme. — Se ele pegar você, segure a arma e tente atirar bem na barriga dele. — Ele pôs a cabeça para fora, de repente alarmado. — Ao menos a arma está carregada? Tem certeza?

— Tenho, tenho certeza. — Fez uma pausa. — Ele ainda está diante da porta?

— Está! — gritou Mary.

Na verdade, o coiote tinha dado mais um passo à frente. Tinha a cabeça abaixada, o rosnado tão constante quanto o barulho de um motor de popa. Toda vez que o menino falava do outro lado da porta, ele torcia as orelhas, atento.

— Tudo bem, estou de joelhos — disse o menino.

Mary ouvia mais claramente o nervosismo na voz dele agora. Tinha o palpite de que ele chegava ao limite máximo de seu controle.

— Vou começar a contar de novo. Deem um jeito de estar tão afastados quanto possível quando eu chegar a cinco. Eu... eu não quero ferir ninguém por acidente.

— Lembre-se de atirar pra cima — disse o veterinário. — Não muito, mas um pouco. Tá bem?

— Porque ele vai saltar. Certo. Vou me lembrar. Um... dois...

Lá fora, o vento diminuiu por um breve instante. No silêncio, Mary ouvia duas coisas com muita clareza: o rosnado contínuo do coiote e as batidas de seu próprio coração nos ouvidos. Sua vida estava nas mãos de um menino de onze anos com uma arma. Se David atirasse e errasse ou ficasse paralisado e nem atirasse, o coiote provavelmente o mataria. E então, quando o policial psicopata voltasse, todos morreriam.

— ... três... — O tremor que tinha se introduzido na voz do menino fazia-a soar fantasticamente como a do pai. — ... quatro... *cinco*.

A maçaneta girou.

2

Para Johnny Marinville, era como ser lançado de volta no Vietnã, onde coisas mortais aconteciam numa alucinada e sempre surpreendente rapidez. Não tinha muita esperança no menino, achava que ele podia espalhar balas adoidado para todos os lados, menos no couro de Bosco, mas o garoto era só o que tinham. Como Mary, concluiu que, se não estivessem fora dali quando o policial voltasse, estariam liquidados.

E o menino o surpreendeu.

Para começar, não *escancarou* a porta, fazendo com que ela batesse na parede e voltasse, estorvando sua linha de tiro; pareceu abri-la *com um empurrãozinho*. Estava de joelhos, e de novo vestido, mas ainda tinha as faces verdes do sabonete Irish Spring e os olhos arregalados. A porta ainda se abria e ele já tinha a mão com que a tinha aberto no cabo da arma, que a Johnny pareceu um .45. Arma grande para um menino. Segurava-a à altura do peito, o cano erguido para cima num ligeiro ângulo. Tinha o rosto solene, até mesmo consciencioso.

O coiote, talvez não esperando que a porta se abrisse apesar da voz que vinha de trás dela, deu meio passo para trás, dobrou a traseira e saltou sobre o menino com um rosnado. Para Johnny, foi esse pequeno recuo que selou sua sorte; deu ao menino todo o tempo que ele precisava para se preparar. Ele disparou duas vezes, deixando o revólver dar o coice e depois voltar para a mira original antes de puxar o gatilho a segunda vez. Os estampidos foram ensurdecedores no espaço fechado. Então o coiote, que estava no ar depois do primeiro tiro e antes do segundo, caiu sobre David e derrubou-o para trás.

O pai deu um grito e saiu de baixo da cama. O menino parecia lutar com o animal no patamar além da porta, mas Johnny achava quase impossível acreditar que ainda restasse ao coiote muita capacidade de lutar; tinha *ouvido* as balas entrando, e tanto o piso de madeira de lei quanto a mesa estavam pintados com o sangue do animal.

— *David! David! Atire na barriga!* — gritava o pai, saltando de ansiedade.

Em vez de atirar, o menino se livrou do coiote, como se fosse um casaco no qual tivesse se emaranhado. Ele se afastou, arrastando-se com o traseiro no chão, com um ar perplexo. Tinha a frente da camisa coberta de sangue e pelos. Encostou-se na parede e usou-a como apoio para se levantar. Olhava para o revólver enquanto isso, parecendo espantado por vê-lo ainda ali na ponta do braço.

— Estou bem, pai, se acalme. Eu o peguei, e ele nem me arranhou.

Correu a mão pelo peito e pelo braço que segurava o revólver, como se também para si mesmo confirmasse o que dissera. Depois olhou para o coiote. Ainda estava vivo, arquejando rouca e rapidamente com a cabeça pendida sobre o primeiro degrau da escada. Onde antes era o peito, tinha apenas uma grande e sangrenta mossa.

David pôs um joelho no chão ao lado dele e encostou o cano do .45 na cabeça pendurada. Depois virou a cara. Johnny viu os olhos do menino se fecharem com força, e simpatizou com ele. Jamais tinha gostado muito de seus próprios filhos — eles tinham um jeito chato de irritar a gente nos primeiros vinte anos e tentar brilhar mais que a gente nos outros vinte —, mas um daqueles não seria tão ruim de ter por perto, talvez. Tinha um certo molejo, como diziam os jogadores de basquetebol.

Eu até me ajoelharia com ele na hora de dormir, pensava Johnny. *Merda, qualquer um se ajoelharia. Veja o resultado.*

Ainda com aquela expressão tensa — o ar de uma criança que sabe que tem de comer fígado para poder sair e brincar —, David puxou o gatilho uma terceira vez. O estampido foi igualmente alto, mas de certa forma não tão agudo. O corpo do coiote saltou. Um leque de gotículas vermelhas finas como renda surgiu embaixo do corrimão da escada. Cessou o som rouco. O menino abriu os olhos e olhou o que tinha feito.

— Graças, meu Deus — disse numa vozinha surda. — Mas foi terrível. Terrível mesmo.

— Fez um bom serviço, garoto — disse Billingsley.

David se levantou e andou devagar para a área da carceragem. Olhou para o pai. Ralph estendeu os braços. David se aproximou, recomeçando a chorar, e deixou que o pai o tomasse num desajeitado abraço, com as barras no meio.

— Eu estava com medo por você, cara — disse Ralph. — Por isso mandei que fosse embora. Sabe disso, não sabe?

— Sei, pai. — David chorava mais agora, e Johnny percebeu mesmo antes do menino continuar que aquelas lágrimas não eram pelo saco de pulgas, não, aquelas, não. — Pie estava pendurada num cabide lá embaixo. E outros também. Eu a tirei. Não pude tirar os outros, eram aaa-adultos, mas eu tirei Pie. Eu cantei... cantei pra e... e...

Tentou contar mais, mas as palavras foram engolidas por soluços histéricos, exaustos. Comprimiu o rosto entre as barras, o pai alisando-lhe as costas e pedindo que parasse, simplesmente parasse, sabia que David tinha feito tudo que podia por Kirsten, que tinha agido muito bem.

Johnny deu-lhes um minuto inteiro, contado no relógio — o menino merecia isso só por abrir a porra da porta onde sabia que havia um cão selvagem à espera de que o fizesse —, e depois disse o nome dele. David não virou a cabeça, por isso ele o chamou uma segunda vez, mais alto. O menino *virou* a cabeça então. Tinha os olhos vermelhos e banhados de lágrimas.

— Escuta, menino, eu sei que você passou por muita coisa — disse Johnny —, e se a gente sair disso vivo, eu vou ser o primeiro a escrever recomendando a Estrela de Prata pra você. Mas no momento a gente tem de dar o fora. Entragian pode estar voltando. Se estava por perto, na certa ouviu os tiros. Se você está com a chave, é hora de experimentar.

David tirou um grosso molho de chaves do bolso e procurou a parecida com a que Entragian tinha usado. Enfiou-a na fechadura da cela de seu pai. Nada aconteceu. Mary gritou de frustração e bateu de novo com as mãos nas barras de sua cela.

— Para o outro lado — disse Johnny. — Vire para o outro lado.

David virou a chave e enfiou-a de novo no buraco da fechadura. Desta vez ouviu-se um estalido alto — quase um baque — e a porta da cela se abriu.

— É isso aí! — gritou Mary. — Ah, é *isso* aí!

Ralph saiu e tomou o filho nos braços, desta vez sem barras entre os dois. E quando David beijou o lugar inchado no lado esquerdo do rosto do pai, Ralph Carver gritou de dor e riu ao mesmo tempo. Johnny achou aquele um dos sons mais extraordinários que já ouvira em sua vida, que jamais se poderia transmitir num livro; o tom, como a expressão no rosto de Ralph Carver olhando o rosto do filho, estaria sempre além do alcance.

3

Ralph tomou a chave mestra do filho e usou-a para abrir as outras celas. Eles saíram e formaram um grupinho diante da mesa do guarda — Mary de Nova York, Ralph e David de Ohio, Johnny de Connecticut, o velho Tom Billingsley de Nevada. Olhavam-se com as caras de sobreviventes de um desastre de trem.

— Vamos dar o fora daqui — disse Johnny. Viu que o menino tinha entregue a arma ao pai. — Sabe usar isso, sr. Carver? Consegue *ver* pra atirar com isso?

— Sim pras duas perguntas — disse Ralph. — Vamos indo.

Saiu na frente pela porta, segurando a mão de David. Mary foi atrás, depois Billingsley. Johnny fechava a retaguarda. Ao passar por cima do coiote, viu que o último tiro tinha praticamente pulverizado a cabeça do bicho. Imaginou se o pai do menino poderia ter feito aquilo. Imaginou se *ele* poderia ter feito aquilo.

No pé da escada, David mandou-os parar. As portas de vidro estavam negras agora; já era noite. O vento passava por elas assobiando como uma coisa perdida e puta da vida com isso.

— Vocês não vão acreditar, mas é verdade — disse o menino, e contou-lhes o que tinha visto no outro lado da rua.

— Veja, o abutre se deitará com o coiote — disse Johnny, espiando através do vidro. — Está na Bíblia. Jamaicanos, capítulo três.

— Não acho graça — disse Ralph.

— Na verdade, nem eu — disse Johnny. Parece muito com algo que o policial diria.

Via as sombras dos prédios do outro lado, e uma ou outra bola de capim seco passar rolando, mas só. E isso importava? Importava se havia uma matilha de lobisomens parados na frente do bilhar local, fumando crack e à espreita de fugitivos? De qualquer modo, não podiam ficar ali. Entragian ia voltar, caras como ele *sempre* voltavam.

Não há *caras como ele,* sussurrou-lhe sua mente. *Jamais houve na história do mundo caras como ele, e você sabe disso.*

Bem, talvez soubesse, mas isso não mudava nem um pouco o princípio da coisa. Tinham de dar o fora.

— *Eu* acredito em você — disse Mary a David. Olhou para Johnny. — Vamos indo. Vamos ao gabinete do chefe de polícia, ou como quer que chamem.

— Pra quê?

— Luzes e armas. Vem com a gente, sr. Billingsley?

Billingsley fez que não com a cabeça.

— David, pode me dar as chaves?

David entregou-as. Mary as enfiou no bolso do jeans.

— Fique de olhos abertos — disse.

David balançou a cabeça. Mary pegou a mão de Johnny — tinha os dedos frios como aço — e puxou-o pela porta que levava à sala de recepção.

Ele viu o que havia pintado com aerossol na parede e apontou.

— "Nesses silêncios pode surgir alguma coisa." O que acha que significa *isso*?

— Não sei e nem quero saber. Só quero ir pra um lugar que tenha luz, gente e telefone, e a gente possa...

Virava-se para a direita enquanto falava, os olhos passando pelo embrulho de tecido verde embaixo das janelas altas sem nenhum interesse particular (a forma era pequena demais para que ela reconhecesse). E então viu os cadáveres pendurados na parede. Arquejou e dobrou-se no meio, como uma pessoa atingida na barriga, e virou-se para fugir. Johnny pegou-a, mas por um momento teve certeza de que ela ia se soltar — havia muita força escondida naquele corpo magro.

— *Não!* — ele disse, sacudindo-a no que era em parte exasperação. Sentia vergonha disso, mas não podia se conter. — Não, você tem de me ajudar! *É só não olhar pra eles!*

— Mas um deles é *Peter*!

— E está morto. Sinto muito, mas está. E nós, não. Pelo menos ainda. Não olhe pra ele. Vamos.

Conduziu-a depressa para a porta com a inscrição JAMES REED, DELEGADO DA CIDADE, tentando pensar como deviam agir. E ali estava outra facetinha desagradável daquela experiência: começava a ficar excitado com Mary Jackson. Ela tremia no círculo de seus braços, ele sentia a maciez do seio dela pouco acima de sua mão, e a desejava. O marido dela estava pendurado como uma porra de um casaco bem atrás deles, e ainda assim ele sentia uma senhora ereção, sobretudo para um homem com possíveis problemas de próstata. *Terry tinha razão desde o início*, pensou. *Eu sou mesmo um babaca.*

— Vamos — disse, apertando-a com o que esperava que fosse um jeito fraterno. — Se aquele menino pôde fazer o que fez, você pode aguentar aí. Eu sei que pode. Se controle, Mary.

Ela inspirou profundamente.

— Estou *tentando*.

— Deus do cé... ah, merda. Tem outra cagada aqui. Eu diria a você pra não olhar, mas acho que já fomos um pouco além dessas sutilezas.

Mary viu o corpo esparramado do delegado da cidade e emitiu um som grosso na garganta.

— O menino... David... Deus do céu... como ele *conseguiu*?

— Não sei — disse Johnny. — É um menino e tanto, claro. Acho que deve ter derrubado o xerife Jim da cadeira ao tentar pegar as chaves. Pode ir ao escritório ao lado, do chefe dos bombeiros? Será mais rápido se a gente puder cuidar dos dois de uma vez.

— Posso.

— Esteja preparada; se o bombeiro Bob estava aí quando Entragian entrou em órbita, na certa vai estar tão morto quanto o resto.

— Ficarei bem. Tome, pegue.

Entregou-lhe as chaves e foi até a porta com a inscrição CHEFE DOS BOMBEIROS. Johnny viu-a começar a olhar para o marido, depois tornar a desviar os olhos. Ele balançou a cabeça, enviando-lhe um pouco de encorajamento mental — boa menina, boa ideia. Mary virou a maçaneta da porta do chefe dos bombeiros e abriu-a com dedos indecisos, como se ela pudesse acionar uma armadilha explosiva. Olhou para dentro, soltou a respiração e ergueu o polegar para Johnny.

— Três coisas, Mary: luzes, armas e qualquer chave de carro que veja. Tudo certo?

— Certo.

Ele entrou no gabinete do policial, verificando rapidamente as chaves do molho que David tinha conseguido. Havia um conjunto de chaves GM, que ele imaginou pertencerem à viatura na qual Entragian o tinha trazido. Se estivesse no estacionamento lá fora, seria uma ajuda, mas Johnny não acreditava que estivesse. Tinha ouvido um motor sendo ligado pouco depois que o louco levou a esposa de Carver.

As gavetas da mesa estavam trancadas, mas a chave que cabia na gaveta mais larga acima abria todas as outras. Ele encontrou uma lanterna numa delas e uma caixa fechada com a inscrição RUGER em outra. Experimentou várias chaves diferentes na caixa. Nenhuma funcionou.

Levá-la assim mesmo? Talvez. Se nenhum deles encontrasse mais armas em outro lugar.

Atravessou a sala, parando para olhar pela janela. Só conseguia ver a poeira voando. Provavelmente era só o que havia para ver. Deus, por que não pegou a interestadual?

Isso pareceu-lhe engraçado; deu um risinho abafado para a porta fechada às costas de Reed. *Você parece um louco*, pensou. *Esqueça* Viajando na Harley; *se sair dessa vivo, deve pensar em intitular seu livro* Viajando com um Louco.

Isso o fez rir ainda mais. Levou uma mão à boca para abafar o riso e abriu a porta. O riso parou imediatamente. Sentada entre as botas e sapatos, meio encoberta pelos casacos e uniformes extras pendurados, havia uma mulher morta. Estava encostada na parede do lado do armário e vestia roupas que Johnny julgou de secretária — calças de pernas afuniladas, não jeans, e uma blusa de seda com rosas entrelaçadas no peito esquerdo. A mulher parecia olhá-lo com olhos arregalados de espanto, mas era apenas uma ilusão.

Porque a gente espera ver os olhos, ele pensou, *e não apenas grandes órbitas onde eles estavam antes.*

Conteve um impulso de fechar a porta de vez e correu as roupas penduradas para cada lado do trilho, para ver a parede do fundo. Boa ideia. Havia um suporte para armas com meia dúzia de rifles e uma escopeta ali atrás. Um dos encaixes estava vazio, o terceiro a partir da direita, e Johnny calculou que era onde ficava habitualmente a escopeta que Entragian lhe tinha apontado.

— Porra, porra! — exclamou, e entrou no armário. Pôs um pé de cada lado do cadáver sentado, mas isso lhe causou um agudo desconforto; uma mulher tinha lhe dado uma chupada uma vez encostada na parede de um quarto, quase naquela mesma posição. Numa festa em East Hampton. Spielberg estava lá. Joyce Carol Oates também.

Recuou, pôs um pé no ombro do cadáver e empurrou. O corpo da mulher deslizou lento e rígido para a direita. As enormes órbitas vermelhas pareceram fitá-lo com uma expressão de surpresa quando ela desceu, como se se perguntasse como um cara culto como ele, que tinha ganhado o Prêmio Nacional do Livro, pelo amor de Deus, podia se rebaixar a derrubar uma dama num armário. Mechas de cabelo deslizaram pela parede, na esteira dela.

— Desculpe, dona — ele disse —, mas assim é melhor pra nós dois, acredite.

As armas estavam presas no lugar por um cabo passado pelas guardas dos gatilhos. E o cabo preso por um cadeado do lado do suporte. Johnny esperou ter melhor sorte para encontrar a chave do cadeado do que tinha tido para encontrar a que abria a caixa da Ruger.

A terceira chave que tentou abriu. Ele puxou o cabo com um safanão tão forte que um dos rifles — um Remington .30-.06 — despencou. Ele o pegou, virou... e a mulher, Mary, estava parada bem ali. Johnny soltou um estranho grunhido estrangulado, que provavelmente seria um grito se ele não estivesse com tanto medo. O coração parou de bater, e por um momento bastante longo ele teve certeza de que não ia recomeçar; teria morrido de medo mesmo antes de cair para trás sobre o cadáver de blusa de seda. Então, graças a Deus, recomeçou a bater. Ele deu um soco no próprio peito pouco acima do mamilo esquerdo (uma área que um dia tinha sido muito dura, e agora já não era tanto), apenas para mostrar à bomba ali embaixo quem dava as ordens.

— Nunca mais faça isso — disse a Mary, tentando não ofegar. — O que foi que deu em você?

— Pensei que você tinha me ouvido. — Não parecia muito solidária. Trazia um improvável saco de golfe pendurado no ombro. Um saco *xadrez*. Ela olhou para o cadáver dentro do armário. — Tem um cadáver no armário do chefe dos bombeiros também. Um homem.

— O que estava faltando nele, você tem ideia? — O coração ainda galopava, mas talvez não tão rápido agora.

— Você jamais desiste, não é?

— Foda-se, Mary, estou tentando brincar pra não morrer aqui. Todos os martínis que um dia bebi em minha vida saltaram em meu coração. *Nossa*, você me deu um susto.

— Desculpe, mas a gente precisa andar depressa. Ele pode voltar a qualquer momento.

— Uma ideia que jamais cruzou minha pobre imitação de mente. Aqui, pegue isso. E tenha cuidado. — Entregou-lhe o .30-.06, lembrando-se de uma velha música de Tom Waits. *Os cartuchos corvo negro de um .30-.06,* cantava Waits com sua voz despida e meio vampiresca. *Retalham a gente em gravetos.*

— Cuidado, como? Está carregado?

— Eu nem me lembro de como verificar. Estive no Vietnã, mas como jornalista. De qualquer forma, foi há muito tempo. As únicas armas que vi serem disparadas desde então foram nas telas de cinema. A gente descobre sobre as armas depois, está bem?

Ela a pôs cuidadosamente no saco de golfe.

— Encontrei duas lanternas. As duas funcionam. Uma é compridona. Muito forte.

— Ótimo. — Ele entregou-lhe a lanterna que encontrou.

— O saco estava pendurado atrás da porta — disse Mary, jogando a lanterna dentro. — O chefe dos bombeiros... se era ele... bem, tinha um dos tacos enfiado no topo da cabeça. *Bem* fundo. Estava assim... *espetado* nele.

Johnny pegou mais dois rifles e a escopeta do cabide e voltou-se com eles nos braços. Se o estojo de nogueira no chão embaixo do suporte contivesse munição, como ele supunha, estaria tudo bem; um rifle ou escopeta para cada um do grupo. O menino podia ficar com o .45 do xerife Jim. Merda, o menino podia ficar com qualquer arma que quisesse, no que dizia respeito a Johnny. Até agora, pelo menos, David Carver era o único que tinha demonstrado poder usar uma se tivesse de fazê-lo.

— Sinto que você tenha tido de ver isso — ele disse, ajudando Mary a pôr as armas no saco de golfe.

Ela balançou a cabeça impaciente, como se não fosse isso que importasse.

— Que força seria preciso pra fazer uma coisa daquelas? Enterrar um taco de golfe pela cabeça e o pescoço de um homem até o peito? Enterrar até só a ponta ficar espetada pra fora, como um... um chapeuzinho, ou alguma coisa assim?

— Não sei. Muita, imagino. Mas Entragian é como um alce.

Um alce mesmo, mas agora que ela tinha posto a coisa sob aquele aspecto, *parecia* mesmo estranho.

— O que me assusta mais é o *nível* da violência — ela disse. — A ferocidade. Aquela mulher no armário... está sem os olhos, não está?

— Está.

— A menina dos Carver... o que ele fez com Peter, atirando repetidas vezes na barriga dele... as pessoas aí fora penduradas como gamos na temporada de caça... entende o que quero dizer?

— Claro.

E você não está chegando nem perto da coisa, Mary, pensou Johnny. *Ele não é apenas um assassino em série, é a versão de Bram Stoker do dr. Dolittle.*

Ela olhou em volta nervosa quando uma rajada particularmente forte de vento bateu no prédio.

— Não importa aonde a gente vá agora, contanto que saia *daqui*. Vamos. Pelo amor de Deus!

— Certo, só trinta segundos, está bem?

Ajoelhou-se ao lado das pernas da mulher, sentindo cheiro de sangue e perfume. Correu as chaves de novo, e desta vez tinha quase chegado ao fim das opções antes que uma delas abrisse a fechadura do que, na verdade, se revelou ser uma arca pequena, mas muitíssimo bem estocada de munição. Pegou oito ou nove caixas de cápsulas, as que esperava que servissem para as armas que já tinham pegado, e jogou-as no saco de golfe.

— Nunca na vida eu vou poder carregar isso tudo — disse Mary.
— Tudo bem, eu carrego.

Só que não pôde. Sentiu vergonha ao ver que não podia nem levantar o saco do chão, quanto mais pô-lo no ombro. *Se essa megera não tivesse me dado um susto tão grande,* pensou, e depois teve de rir para si próprio. Riu de fato.

— Qual é a graça? — ela perguntou com severidade.
— Nada. — Fez desaparecer o sorriso. — Aqui, olhe, pegue a correia. Me ajude a arrastar.

Juntos, arrastaram o saco pelo chão, Mary de cabeça baixa e olhos grudados no buquê de aço dos canos para fora, e assim contornaram o balcão e se dirigiram à porta. Johnny lançou uma única olhada aos cadáveres pendurados e pensou: *A tempestade, os coiotes ao longo da estrada como uma guarda de honra, o outro na área da carceragem, os urubus, os mortos.* Como seria reconfortante saber que aquilo era uma aventura na terra dos sonhos. Mas não era; só precisava sentir o cheiro azedo de seu próprio suor entrando pelos obstruídos e doloridos canais do nariz para saber disso. Uma coisa além de qualquer outra em que já acreditara — qualquer outra que algum dia *pensara* em acreditar — estava acontecendo ali, e não era sonho.

— É isso aí, não olhe — arquejou.
— Não estou olhando, não se preocupe — ela respondeu.

Johnny ficou satisfeito ao ouvi-*la* arquejar também um pouco.

No saguão, o vento soava mais alto que nunca. Ralph estava parado na porta com o braço passado pelos ombros do filho, olhando para fora. O velho estava atrás deles. Todos se voltaram para Johnny e Mary.

— A gente ouviu um motor — disse logo David.
— *Acha* que ouviu — corrigiu Ralph.
— Era a viatura? — perguntou Mary.

Tirou um dos rifles do saco de golfe, e quando o cano foi na direção de Billingsley, ele empurrou-o com a palma da mão, fazendo uma careta.

— Não sei nem se *era* um motor — disse Ralph. — O vento...

— Não era o vento — disse David.

— Viu algum farol? — perguntou Johnny.

David balançou a cabeça.

— Não, mas a areia está soprando muito *grossa*.

Johnny olhou do rifle que Mary segurava (o cano agora virado para o chão, o que parecia um passo na direção certa) para os outros que saíam da boca do saco e para Ralph. Este encolheu os ombros e olhou para o velho.

Billingsley captou o olhar e deu um suspiro.

— Vai, despeja aí — disse. — Vamos ver o que conseguiram.

— Isso não pode *esperar*? — perguntou Mary. — Se aquele louco voltar...

— Meu filho disse que viu outros coiotes lá fora — disse Ralph Carver. — A gente não deve correr o risco de ser estraçalhado, dona.

— Pela última vez, é *Mary*, não dona — ela disse irritada. — Tudo bem, está certo. Mas depressa!

Johnny e Ralph seguraram o saco, enquanto Billingsley tirava os rifles e entregava-os a David.

— Ponha tudo em fila — disse, e David o fez, alinhando-os retos no pé da escada, onde a luz da área de recepção os iluminava.

Ralph suspendeu o saco e emborcou-o. Johnny e Mary pegaram as lanternas e cápsulas quando escorregaram para fora. O velho passou a munição a David, uma caixa de cada vez, dizendo-lhe em que arma colocá-las ao lado. Acabaram com três caixas empilhadas junto aos .30-.06 e nenhuma junto à arma do fim.

— Não conseguiram nada que sirva pra esse Mossberg — disse. — É uma arma boa dos diabos, mas com câmara pra .22. Querem voltar lá dentro e ver se encontram algumas .22?

— Não — disse Mary imediatamente.

Johnny olhou para ela, irritado. Não gostava de mulheres respondendo a perguntas dirigidas a ele, mas deixou passar. Ela estava certa.

— Não há tempo — disse a Billingsley. — Mas vamos levar assim mesmo. *Alguém* da cidade terá munição para .22. Fique com ele, Mary.

— Não, obrigada — ela disse friamente e escolheu a escopeta, que o veterinário identificou como uma Rossi calibre 12. — Se precisar ser usado como um porrete, em vez de arma de fogo, deve ser por um homem. Não concorda?

Johnny percebeu que tinha sido encurralado. E bonitinho, ainda por cima. *Sua megera*, pensou, e teve vontade de dizer isso em voz alta, com o marido pendurado num cabide de casacos ou não, só que nesse instante David Carver gritou *Um furgão!*, e empurrou uma das portas de vidro da prefeitura.

Vinham ouvindo o vento já há algum tempo e sentindo-o sacudir o prédio onde estavam, mas nenhum deles se achava exatamente preparado para a ferocidade da rajada que arrancou a porta da mão de David e jogou-a contra a parede, com força suficiente para rachar o vidro. Os cartazes presos com percevejos no quadro de avisos tremeram. Alguns se soltaram e subiram rodopiando a escada. A areia entrou em lençóis, açoitando o rosto de Johnny. Ele ergueu a mão para proteger os olhos e acidentalmente bateu no nariz. Berrou de dor.

— *David!* — gritou Ralph, e agarrou a camisa do filho.

Tarde demais. O menino disparou para a escuridão uivante, como se não se importasse com nada que pudesse estar à espera. E agora Johnny entendia o que o tinha atraído: faróis. Faróis *giratórios* que varriam a rua da direita para a esquerda, como se montados numa engrenagem. A areia dançava loucamente nos raios que se moviam.

— *Ei!* — gritava David, acenando com os braços. — *Ei, você! Você do furgão!*

Os faróis começaram a se afastar. Johnny agarrou uma das lanternas do chão e correu atrás dos Carver. O vento o atingiu, fazendo-o cambalear e se agarrar a uma ombreira de porta para não cair rolando pelos degraus. David tinha corrido para o meio da rua, curvando um ombro para se desviar de um objeto escuro que passou zunindo, e que Johnny julgou a princípio ser um urubu. Ligou a lanterna e viu que era uma bola de capim seco.

Voltou o feixe de luz para as lanternas traseiras que se afastavam e girou-o para um lado e para outro, num arco, estreitando os olhos contra a areia. A luz parecia pífia na escuridão carregada de areia.

— *EI!* — gritou David. O pai estava atrás dele, revólver na mão. Tentava olhar para todos os lados ao mesmo tempo, como um guarda-costas presidencial que sente perigo. — *EI! VOLTE AQUI!*

As lanternas traseiras se afastavam, rumando para o norte pela estrada que levava de volta à Rodovia 50. O sinal de trânsito dançava ao vento, e Johnny teve apenas um vislumbre do furgão que se ia, no fulgor intermitente. Havia um painel com alguma coisa pintada no fundo. Não conseguiu ler, havia muita areia no ar.

— Voltem pra dentro, vocês aí! — gritou. — Já foi embora!

O menino ficou parado na rua mais um instante, olhando na direção em que as lanternas traseiras haviam desaparecido. Tinha os ombros caídos. O pai tocou uma das mãos dele.

— Vamos, David. A gente não precisa daquele furgão. Estamos na cidade. Vamos encontrar alguém que possa nos ajudar e...

A voz morreu quando ele se virou e viu o que Johnny já tinha visto. A cidade estava às escuras. Aquilo só podia significar que as pessoas se escondiam, que sabiam o que estava acontecendo e se escondiam do louco até a chegada da cavalaria. Fazia certo sentido, mas não era o que parecia a Johnny.

Para ele, a cidade parecia um cemitério.

David e o pai começaram a voltar para os degraus, o menino cabisbaixo e triste, o homem ainda olhando para todos os lados, à espreita do perigo. Parada na porta, Mary olhava-os se aproximarem, e Johnny achou-a extraordinariamente bonita, com os cabelos esvoaçando em torno da cabeça.

O furgão, Johnny. Tinha alguma coisa naquele furgão? Tinha, não tinha? Era a voz de Terry.

Uivos surgiram na ventosa escuridão. Pareciam escarnecedores, como risadas, e era como se viessem de todos os lados. Johnny mal os ouviu. Sim, tinha alguma coisa no furgão. Decididamente. No *tamanho*, nas *letras*, e simplesmente na *aparência*, mesmo no escuro e com a areia açoitando. Uma coisa...

— Ah, *merda*! — gritou e tornou a levar a mão ao peito. Não buscando o coração, desta vez não, mas um bolso que não mais estava ali. No olho da mente, viu o coiote sacudindo sua cara jaqueta de motoqueiro de um lado para outro, rasgando o forro, mandando pedaços para os quatro pontos cardeais. Incluindo...

— O que foi? — perguntou Mary, assustada com a aparência do rosto dele. — *O que foi?*

— É melhor vocês todos entrarem aí até a gente carregar as armas — disse-lhes Billingsley —, a não ser que queiram ser atacados pelos bichos.

Johnny mal ouviu isso também. As letras no fundo do furgão se afastando na escuridão podiam formar a palavra Ryder. Fazia sentido, não fazia? Steve Ames andava à sua procura. Metera a cabeça em Desespero, não vira nada, e agora deixava a cidade para ir procurar em outra parte.

Johnny passou de um salto pelo espantado Billingsley, que tinha um joelho no chão e estava carregando as armas, e subiu correndo para a área da carceragem, rezando ao Deus de David Carver para que seu celular ainda estivesse intacto.

4

Se tudo estiver numa boa, parecer *numa boa,* tinha dito Steve Ames, *a gente tenta dar parte lá. Mas se vir qualquer coisa que pareça no mínimo errada, a gente se manda pra Ely.*

E, com o furgão Ryder parado e de motor ligado, embaixo do sinal que assinalava o único cruzamento de ruas de Desespero, Cynthia estendeu o braço e torceu a camisa dele.

— Está na hora de ir pra Ely — disse e apontou pela janela de seu lado para a direita do cruzamento. — Bicicletas lá adiante, está vendo? Minha velha avó dizia que bicicletas na rua são um dos grandes maus agouros, como quebrar espelho ou deixar chapéu na cama. Hora de partir.

— Sua avó dizia isso, é?

— Na verdade, nunca tive uma avó, pelo menos que eu conhecesse, mas caia na real: o que elas estão fazendo ali? Por que ninguém as tirou da tempestade? Não vê como tudo isso está *errado*?

Ele olhou as bicicletas, caídas de lado como derrubadas pelo vento, depois mais adiante para a rua perpendicular.

— É, mas tem gente nas casas. Tem luzes acesas. — Ele apontou.

Sim, ela via que havia luzes em algumas das casas, mas achava que, de algum modo, se distribuíam de uma forma *aleatória*. E...

— Também tinha luzes naquele barracão da mina — disse. — Além disso, dê uma boa olhada: a maioria das casas está apagada. O que você acha que significa isso? — Ouviu o pequeno tom sarcástico que subia em sua voz, não gostou, mas não podia contê-lo. — Será que acha que a maioria dos caipiras daqui fretou um ônibus pra ir ver os Otários de Desespero jogar uma partida com os Babacas de Austin? A grande disputa do deserto? Uma coisa que eles esperam o ano to... Ei, o que está fazendo?

Não precisava perguntar. Ele virava para oeste no cruzamento. Uma bola de capim seco voou para o para-brisa como uma coisa saltando da tela em cima da gente num filme em 3-D. Cynthia gritou e protegeu o rosto com um braço. A bola de capim bateu no para-brisa, ricocheteou, raspou um instante o topo da boleia e desapareceu.

— É idiotice — ela disse. — E perigoso.

Ele olhou para ela por um instante, sorriu e balançou a cabeça. Ela devia ter ficado puta com ele, sorrindo numa hora daquelas, mas não ficou. Era difícil ficar puta com um homem que sorria daquele jeito, e ela sabia que esse era a porra do seu problema. Como gostava de dizer Gert Kinshaw, lá na F&I, os que não aprendem com o passado estão condenados a levar uma porrada dele. Não achava que Steve Ames fosse desses homens que batem nas mulheres, mas não era só assim que eles as feriam. Também as feriam com sorrisos bonitinhos, tão bonitinhos, e fazendo com que os seguissem para a boca do leão. Em geral com uma panela nas mãos.

— Se sabe que é perigoso, por que o faz, Lubbock?

— Porque a gente precisa encontrar um telefone que funcione, e porque não confio no que estou sentindo. Já é quase noite e eu estou com o pior ataque de cagaço da história. Não quero deixar que tome conta de mim. Escuta, me deixa ir a umas duas casas. Pode ficar no furgão, se quiser.

— O caralho que eu... ei, veja aquilo. Aquilo ali.

Apontava um trecho de cerca de estacas que tinha sido derrubado e jazia no gramado de uma pequena casa de madeira. À luz dos faróis, era quase impossível dizer a cor da casa, mas ela não tinha problema para ver as marcas de pneus impressas no pedaço de cerca caído; eram visíveis demais para não ver.

— Pode ter sido um motorista bêbado — ele disse. — Já vi dois bares, e nem estava procurando.

Ideia idiota, na opinião dela, mas estava começando a gostar cada vez mais do sotaque texano dele. Outro mau sinal.

— Ora, vamos, Steve, caia na real. — Uivos de coiote subiam na noite, em contraponto com o vento. Ela deslizou para perto dele novamente. — Nossa, eu detesto isso. O que *deu* neles?

— Sei lá.

Ele rodava a não mais de 15 quilômetros por hora, esperando poder parar antes de passar por cima de qualquer coisa que os faróis revelassem. Isso era provavelmente inteligente. Mas o que seria ainda mais inteligente, na humilde opinião dela, era uma rápida meia-volta e um ainda mais rápido dar o fora.

— Steve, eu mal posso esperar para chegar a um lugar com cartazes, anúncios de bancos e estacionamentos de venda de carros usados abertos a noite toda.

— Estou ouvindo — ele disse, e ela pensou: *Mas não está. Quando as pessoas dizem "Estou ouvindo", quase nunca estão.*

— Deixa eu dar uma olhada ali... naquela casa... e depois este buraco já era — ele disse, e dobrou para a entrada de garagem de uma casinha estilo fazenda no lado esquerdo da rua. Haviam-se afastado uns 500 metros do cruzamento; Cynthia ainda via o sinal em meio à tempestade de areia.

As luzes estavam acesas na casa que Steve escolheu, luzes fortes que saíam pelas cortinas da janela da sala de visitas, e mais fracas e amareladas no trio de retângulos de vidro da porta da frente, numa linha diagonal ascendente.

Ele cobriu a boca e o nariz com o lenço e abriu a porta do furgão, lutando com o vento que tentava arrancá-la de sua mão.

— Fique aí.

— Até parece, chupa aqui.

Ela abriu a porta e o vento a *arrancou* da mão dela. Saltou antes que ele pudesse dizer mais alguma coisa.

Uma rajada quente a jogou para trás, fazendo-a cambalear e se agarrar à borda da porta para manter o equilíbrio. A areia ferroava seus lábios e faces, fazendo-a piscar ao puxar o lenço sobre o rosto. E o pior era que a tempestade talvez estivesse apenas no aquecimento.

Ela olhou em volta à procura de coiotes — o som deles era próximo —, e não viu nenhum. Pelo menos por enquanto. Steve já subia a escada da varanda, e que se danasse a atitude de macho protetor. Ela foi atrás dele, piscando os olhos quando outra forte rajada a fez balançar para trás.

A gente está agindo como personagens de um filme de horror barato, pensou consternada, *ficando aqui quando sabemos que devíamos ir embora, enfiando o nariz onde não fomos chamados.*

Era verdade, supunha... só que não era isso mesmo que as pessoas faziam? Não foi por isso que quando Richie Judkins voltou para casa, puto da vida, a srta. Cynthia ainda estava lá? Não era disso que se tratava a maioria das coisas ruins do mundo, por ficar quando se sabia muito bem que devia ir embora, forçar a barra quando se sabia que devia desistir e correr? Não era por isso, em última análise, que tanta gente gostava de filmes de horror baratos? Porque se reconheciam nos garotos assustados que se recusavam a deixar a casa mal-assombrada mesmo depois que começavam os assassinatos?

Steve estava parado no último degrau de cima, no vento e na poeira uivantes, cabeça baixa, lenço drapejando... e tocava a campainha. *Tocando a campainha* mesmo, como se fosse perguntar à dona de casa se podia entrar e explicar as vantagens da Sprint em relação à AT&T. Era demais para Cynthia. Ela se meteu rudemente na frente, quase o derrubando nos arbustos ao lado da varanda, agarrou a maçaneta e a girou. A porta se abriu. Ela não via a parte de baixo do rosto de Steve por causa do lenço, mas o ar de pasmo nos olhos dele quando ela entrou na casa após abrir a porta era bastante satisfatório.

— Oi! — ela gritou. — Oi, tem alguém em casa? É a porra da Avon, pessoal!

Não houve resposta, mas ela ouviu um ruído estranho que vinha de uma porta aberta em frente, à direita. Uma espécie de sibilar.

Ela se virou para Steve.

— Não tem ninguém, está vendo? Agora vamos embora!

Em vez disso, ele entrou no corredor em direção ao som.

— *Não!* — ela sussurrou com ferocidade, e agarrou o braço dele. — *Não, ene a o til, não, já chega!*

Ele se soltou sem sequer olhar para ela — homens, porra de homens, perfeitos babacas cavalheiros — e entrou no corredor.

— Oi? — dizia enquanto avançava... para que qualquer um decidido a matá-lo soubesse *exatamente* onde procurar.

Cynthia tinha toda a intenção de voltar para fora e entrar no furgão. Esperaria três minutos contados no relógio, e se ele não saísse, ela engataria a marcha e se mandaria, imagine se não se mandaria.

Em vez disso, seguiu-o corredor adentro.

— Oi?

Ele parou pouco antes da porta aberta — talvez ainda lhe restasse um pouco de juízo, pelo menos um pouco — e depois enfiou cautelosamente a cabeça pela ombreira.

— O...

Parou. O estranho assobio estava mais alto que nunca, um som meio *trêmulo*, frouxo, quase como...

Ela olhou por cima do ombro dele, sem querer, mas sem conseguir se conter. Steve estava branco acima do lenço, o que não era bom sinal.

Não, não era um sibilar, na verdade. Era um *chocalhar*.

Era a sala de jantar. A família estava pronta para o que parecia o jantar — embora não o jantar *daquela* noite, ela viu imediatamente. Moscas zumbiam acima do bife de panela, e algumas das fatias já continham colônias de vermes. O creme de milho tinha endurecido na tigela. O molho virou uma maçaroca oleosa.

Três pessoas estavam sentadas à mesa: uma mulher, um homem e um bebê num cadeirão. A mulher ainda usava o comprido avental com o qual tinha preparado a comida. O bebê tinha um babadouro que dizia JÁ SOU UM MENINO GRANDE. Estava caído de lado atrás da bandeja, onde havia várias fatias de laranja de aparência rígida. Olhava para Cynthia com um sorriso congelado. Tinha a cara roxa. Os olhos estavam saltados das órbitas inchadas, como bolas de gude. Os pais estavam igualmente inchados. Ela via vários pares de buracos no rosto do homem, buracos pequenos, quase do tamanho de furos de seringa, um deles no lado do nariz.

Várias cascavéis se arrastavam sem parar sobre a mesa, entre os pratos, sacudindo as caudas. Quando olhava, Cynthia viu o corpete do avental da mulher estufar. Por um momento, pensou que a mulher ainda estava viva, apesar da cara roxa e dos olhos vidrados, que respirava, e então a cabeça triangular de uma cobra saiu por uma das dobras, e uns olhinhos miúdos como chumbo de caça a olharam.

A cobra abriu a boca e sibilou. A língua dançava.

E mais outras. Havia cobras no chão embaixo da mesa, se arrastando sobre os sapatos do morto. Cobras atrás deles, na cozinha — ela via uma imensa, serpeando pelo balcão de fórmica por baixo do forno de micro-ondas.

As do chão avançavam para eles, e rápido.

Corra!, ela gritou para si mesma, e descobriu que não podia se mexer — era como se os sapatos estivessem grudados no chão. Odiava cobras mais que qualquer outro bicho; causavam-lhe nojo num sentido elementar, muito abaixo de sua capacidade de explicar ou entender. E aquela casa estava *cheia* delas, talvez houvesse outras atrás deles, entre eles e a porta...

Steve a agarrou e puxou para trás. Quando viu que ela não conseguia correr, pegou-a no colo e correu com ela nos braços, atravessou o corredor e saiu para a noite, carregando-a pela porta afora para a escuridão, como um noivo ao contrário.

5

— Steve, você viu...

A porta do lado dela do furgão ainda estava aberta. Ele a jogou lá dentro, bateu a porta, correu para o seu lado e entrou. Olhou pelo para-brisa para o retângulo de luz que saía da porta aberta da casa de fazenda, depois se voltou para ela. Tinha os olhos enormes acima do lenço.

— Claro que vi — disse. — Todas as cobras da porra do universo, e todas vindo pra cima da gente.

— Eu não consegui correr... as cobras me dão tanto medo... Desculpe.

— Foi minha culpa a gente entrar lá, pra começar.

Engrenou a marcha a ré e saiu de costas da entrada de garagem, manobrando o furgão para leste, rumo às bicicletas caídas, ao pedaço de cerca derrubado e ao sinal oscilante.

— A gente vai se mandar de volta pra Rodovia 50 tão rápido que a cabeça vai girar. — Fitava-a em horrorizada perplexidade. — Elas estavam mesmo *lá*, não estavam? Quer dizer, não foi só uma alucinação minha... elas estavam *lá*.

— Estavam. Agora vá, Steve, *dirija*.

Ele o fez, indo mais rápido, mas não o bastante para ser perigoso. Ela admirava o controle dele, sobretudo porque estava tão obviamente abalado. No sinal, ele dobrou à esquerda e seguiu para o norte, voltando no sentido de onde tinham vindo.

— Tente o rádio — ele disse quando a hedionda cidadezinha finalmente começou a ficar para trás. — Veja se encontra alguma música. Só não vale brega. Esse é o meu limite.

— Tudo bem.

Ela se curvou para o painel, olhando pelo retrovisor ao lado da janela enquanto o fazia. Por um breve momento, julgou ver uma luz piscando lá atrás, girando num arco. Podia ser uma lanterna, podia ser algum reflexo estranho lançado no espelho pelo sinal de trânsito dançante, ou apenas sua imaginação. Preferiu acreditar na última hipótese. De qualquer forma, já tinha desaparecido, abafada na tempestade de poeira. Pensou um instante em falar disso a Steve e decidiu que não. Não *achava* que ele quisesse voltar e investigar, achava que estava com tanto medo quanto ela naquela altura, mas era mais sensato nunca subestimar a capacidade de um homem de querer bancar o John Wayne.

Mas se tem gente lá atrás...

Deu um pequeno e decisivo balanço na cabeça. Não. Não ia cair nessa. Talvez *tivesse* gente viva lá atrás, médicos, advogados e chefes índios, mas também havia uma coisa muito ruim lá atrás. O melhor que podiam fazer por qualquer sobrevivente ainda restante em Desespero era buscar ajuda.

Além disso, eu não vi nada, na verdade. Tenho quase certeza de que não vi.

Ligou o rádio, pegou uma barragem de estática em todo o dial quando apertou o botão de BUSCA, e tornou a desligá-lo.

— Esqueça, Steve. Até a porra da estação local está...

— Que *caralho*? — ele perguntou numa voz alta, gritada, inteiramente diferente da de sempre. — Que *caralho do caralho*?

— Eu não entendo... — ela começou e então entendeu.

Havia uma coisa à frente, um vulto enorme assomando na tempestade de poeira. Tinha grandes olhos amarelos. Cynthia levou as mãos à boca, mas elas não chegaram a tempo de conter seu grito. Steve meteu os dois pés no freio. Ela, que não tinha posto o cinto de segurança, foi lançada contra o painel, mal conseguindo estender os braços a tempo de evitar uma pancada na cabeça.

— Deus todo-poderoso — disse Steve. A voz soava um pouco mais normal. — Como diabos *isso* chegou à estrada?

— O que é? — ela perguntou e soube mesmo antes de a pergunta sair de sua boca.

Não era nenhuma monstruosidade do *Parque dos Dinossauros* (seu primeiro pensamento, que Deus a ajudasse), nem qualquer gigantesco equipamento de mineração. Tampouco tinha grandes olhos amarelos. O que ela tomou por olhos foi o reflexo dos faróis deles mesmos num vidro de janela. Uma janela panorâmica, para ser exata. Era um trailer. Na estrada. *Bloqueando* a estrada.

Cynthia olhou para a esquerda e viu que a cerca de estacas entre a estrada e o estacionamento de trailers tinha caído. Três dos trailers — os maiores — haviam desaparecido; ela podia saber onde eles estavam antes pelos blocos de cimento em cima dos quais ficavam. Esses trailers estavam agora alinhados atravessando a estrada, o maior na frente, os menores atrás, como um muro secundário erguido para o caso de a primeira linha de defesa ser rompida. Um desses últimos era o enferrujado Airstream onde estivera montada a antena parabólica do Estacionamento de Trailers Cascavel. A antena agora jazia emborcada na beira do estacionamento como uma imensa calota de automóvel. Derrubou o varal de roupas de alguma mulher quando caiu. Calcinhas e blusas balançavam presas nele.

— Contorne — ela disse.

— Não posso deste lado da estrada... a vala é muito inclinada. Do lado do estacionamento também, mas...

— Pode, sim — ela disse, contendo o tremor na voz. — E você me *deve* isso. Eu entrei naquela casa com você...

— Está bem, está bem.

Pegou a alavanca de marcha, provavelmente pretendendo pô-la na marcha mais lenta, e a mão parou em pleno ar. Ele inclinou a cabeça. Ela ouviu um segundo depois, e a primeira lembrança em pânico foi

(*elas estão aqui, oh, Deus, elas de algum modo entraram no furgão*) das cobras. Mas não era a mesma coisa. Aquilo era um zumbido áspero, quase como um pedaço de papel preso num ventilador, ou...

Uma coisa vinha caindo dançando no ar, uma coisa que parecia uma grande pedra negra. Bateu no para-brisa com força suficiente para deixar uma mancha opaca de bala no ponto de impacto e criar rachaduras longas e prateadas para todos os lados. Sangue — parecia negro naquela luz — se espalhou pelo vidro como um mata-borrão. Ela ouviu o som de alguma coisa se esborrachando quando o camicase sanfonou sobre si mesmo, e por um momento viu um dos olhos cruéis e agonizantes a olhá-la. Tornou a gritar, desta vez sem fazer nenhuma tentativa de abafar o grito com as mãos.

Veio outro duro impacto, este acima deles. Ela olhou e viu que o teto do carro estava amassado.

— *Steve, tira a gente daqui!* — gritou.

Ele ligou o limpador de para-brisa e uma das pás empurrou o urubu esborrachado para baixo, para os respiradouros externos. E ele lá ficou embolado, parecendo um bizarro tumor com bico. A outra pá espalhou sangue e penas pelo vidro, em leque. A areia começou a grudar imediatamente naquela sujeira. Steve acionou o botão de limpeza. O para-brisa clareou um pouco na parte de cima, mas a de baixo não tinha jeito; o volume da ave morta não deixava que as pás fizessem seu serviço.

— Steve — ela disse.

Ouviu o nome dele sair de sua boca, mas não a sentia; tinha os lábios dormentes. E seu tronco parecia inteiramente ausente. Sem fígado, sem luzes, só um buraco oco com sua própria tempestade de areia assobiando.

— Debaixo do trailer. Saindo de baixo daquele trailer. Está vendo?

Ela apontou. Ele viu. A areia tinha atravessado o asfalto em linhas transversais que pareciam dedos fechados. Mais tarde, se o vento continuasse naquele pique, as pequenas dunas engordariam até parecerem braços, mas agora eram apenas dedos. Saindo de baixo do trailer, marchando como a vanguarda de um exército em avanço, vinha um batalhão de escorpiões. Ela não sabia quantos — como poderia, quando ainda tinha dificuldade até de acreditar que os estava vendo? Menos de cem, provavelmente, mas ainda assim dezenas. Dezenas.

Cobras se arrastavam entre eles e atrás deles, serpeando em rápidos *esses*, escorregando sobre as cristas de areia com a facilidade de cobras-d'água atravessando um laguinho.

Não podem entrar aqui, ela disse a si mesma, *relaxe, elas não podem entrar aqui!*

Não, e talvez não quisessem. Talvez não *devessem*. Talvez devessem...

Veio outro daqueles ásperos gemidos, desta vez do lado dela do furgão, e ela se curvou para Steve, *se encolheu* para o lado de Steve, o braço direito erguido para proteger o lado do rosto. O urubu bateu na janela do furgão como uma bomba cheia de sangue em vez de explosivo. O vidro ficou leitoso e cedeu na direção dela, aguentando por enquanto. Uma das asas do urubu batia debilmente no para-brisa. A pá do lado dela arrancou um pedaço fora.

— *Está tudo bem!* — ele gritou, quase rindo e abraçando-a, a ecoar o pensamento dela: — *Não podem entrar aqui!*

— *Podem*, sim! — ela gritou de volta. — As *aves* podem, se a gente ficar aqui! Se der tempo a elas! E as cobras... os escorpiões...

— Como? O que está dizendo?

— *Podem furar os pneus?*

Era o trailer que ela via em sua mente, os quatro pneus arriados... O trailer e o homem de cara roxa lá atrás na casa, a cara tatuada de pares de buracos, buracos tão pequenos que quase pareciam partículas de pimenta vermelha.

— Podem, não podem? Muitos deles, todos ferroando e picando ao mesmo tempo, *podem*.

— Não — ele disse, e deu um breve latido de risada. — Esses escorpiõezinhos do deserto, de dez centímetros, com ferrões não maiores que espinhos, está brincando?

Mas então o vento silenciou por um momento, e de baixo deles — já debaixo deles — ouviram sons de corridas, atropelamentos, e ela viu uma coisa que seria melhor não ter visto: ele não acreditava no que ele dizia. *Queria* acreditar, mas não acreditava.

Capítulo Quatro

1

O telefone celular estava caído do outro lado da área da carceragem, aos pés de um arquivo com um adesivo de PAT BUCHANAN PARA PRESIDENTE. O aparelho não parecia quebrado, mas...

Johnny puxou a antena e o abriu. O telefone emitiu um bip e surgiu o *S*, bom, mas não havia barras de transmissão, ruim. *Muito* ruim. Mesmo assim, tinha de tentar. Apertou o botão NOME/MENU até aparecer Steve, e em seguida o botão ENVIAR.

— Sr. Marinville. — Era Mary parada na porta. — Temos de ir embora. O policial...

— Eu sei, eu sei, só um segundo.

Nada. Nem um toque, nem robô, nem recepção. Só um rugido muito fraco, aquilo que a gente ouve numa concha marinha.

— Fodido — ele disse e fechou o telefone. — Mas aquele *era* Steve, eu sei que era. Se a gente tivesse saído só uns trinta segundos antes... trinta segundinhos da porra...

— Johnny, *por favor*.

— Estou indo.

Seguiu-a escada abaixo.

Mary tinha a escopeta Rossi na mão, e quando saíram Johnny viu que David Carver tinha pegado a pistola de volta e a segurava ao lado da perna. Ralph tinha agora um dos rifles. Segurava-o na curva do braço, como se julgasse a si mesmo um Daniel Boone. *Oh, Johnny*, falou uma voz gozadora dentro de sua cabeça — era Terry, a eterna megera que o tinha metido naquela merda, para início de conversa. *Não me diga que está com ciúmes do sr. Classe Média Ohio* — você?

Bem, talvez. Só um pouquinho. Sobretudo porque o rifle do sr. Classe Média Ohio estava carregado, ao contrário do Mossberg que Johnny pegou.

— Essa é uma Ruger .44 — dizia o velho a Ralph. — Quatro tiros. Deixei a câmara vazia. Se tiver de atirar, lembre-se disso.

— Vou me lembrar — disse Ralph.

— Dá um coice dos diabos. Lembre-se disso também.

Billingsley pegou o último rifle, o .30-.06. Por um momento, Johnny pensou que o velho caipira ia propor trocar com ele, mas não o fez.

— Tudo bem — disse o velho —, acho que já estão prontos. Não atirem em nenhum bicho, a não ser que venha pra cima da gente. Só vão errar, jogar munição fora e na certa chamar os outros. Entendeu, Carver?

— Entendi — disse Carver.

— Filho?

— Entendi.

— Dona?

— Sim — disse Mary. Parecia resignada a ser dona, pelo menos até voltarem à civilização.

— E eu não dou uma porrada a menos que cheguem perto, prometo — disse Johnny.

Disse isso como piada, para levantar um pouco os ânimos, mas tudo que lhe valeu de Billingsley foi um olhar de frio desprezo. Não era um olhar que Johnny sentia merecer.

— Tem algum problema comigo, sr. Billingsley? — perguntou.

— Não vou muito com sua cara — respondeu Billingsley. — A gente por aqui não gosta muito de cabeludos velhos. Agora, se eu tenho ou não um *problema* com você, isso ainda não posso saber.

— Pelo que eu sei, o que vocês fazem com as pessoas por aqui é atirar nelas e pendurar em cabides como gamos, por isso talvez me perdoe se não levo suas opiniões muito a sério.

— Escute aqui...

— E se meu cabelo está irritando você porque não tomou sua biritazinha diária, não venha descontar em mim.

Sentiu vergonha do jeito como os olhos do velho tremeluziram quando disse isso, e ao mesmo tempo uma amarga satisfação. A gente reconhece os iguais, pelo amor de Deus. Havia um bocado de sabe-tudos idiotas nos Alcoólicos Anônimos, mas nisso tinham razão. A gente reconhece os iguais mesmo quando não sente o álcool no bafo nem saindo dos poros. A gente quase os *ouve*, bipando na cabeça como um sonar.

— Pare com isso! — ordenou-lhe Mary. — Se quer bancar o babaca, faça isso às suas próprias custas!

Johnny olhou para ela, magoado com o tom de voz dela, querendo dizer alguma coisa infantil como *Ei, foi ele que começou!*.

— Pra onde a gente vai? — perguntou David. Apontou a lanterna para o outro lado da rua, para o Café e Videoclube de Desespero. — Pra ali? Os coiotes e o urubu que eu vi sumiram.

— Acho perto demais — disse Ralph. — Que tal a gente sair daqui completamente? Acharam alguma chave de carro?

Johnny mexeu nos bolsos e pegou o molho de chaves que David tinha tirado do policial morto.

— Só um molho aqui. Imagino que sejam da viatura que Entragian estava dirigindo.

— *Está* dirigindo — disse David. — Sumiu. Foi nela que levou minha mãe.

Seu rosto, ao dizer isso, era ilegível. O pai pôs uma mão na nuca do menino.

— De qualquer modo, talvez seja mais seguro não sair dirigindo no momento — disse Ralph. — Um carro dá muito na vista quando é o único na estrada.

— Qualquer lugar serve, pelo menos pra começar — disse Mary.

— Qualquer lugar, é, mas quanto mais longe da base do policial, melhor — disse Johnny. — Essa é a opinião do babaca aqui, pelo menos.

Mary lançou-lhe um olhar irado. Johnny sustentou-o, não desviando o seu. Após um momento, ela o fez, ruborizada.

Ralph disse:

— Talvez fosse bom a gente se esconder, pelo menos por enquanto.

— Onde? — perguntou Mary.

— Onde o senhor acha, sr. Billingsley? — perguntou David.

— No American West — ele disse, após pensar um instante. — Acho que lá serve, pra começar.

— O que é isso? — perguntou Johnny. — Um bar?

— Cinema — disse Mary. — Eu vi quando ele trouxe a gente pra cidade. Parecia fechado.

Billingsley balançou a cabeça.

— Está. Teria sido posto abaixo há dez anos, se tivessem alguma coisa pra botar no lugar. Está fechado, mas eu conheço uma entrada. Vamos. E lembrem-se do que eu disse dos bichos. Não atirem se não for preciso.

— E fiquem juntos — acrescentou Ralph. — Vá na frente, sr. Billingsley.

Mais uma vez, Johnny fechava a retaguarda quando rumaram para o norte pela rua principal, os ombros curvados contra o açoite do vento oeste. Olhava Billingsley na frente, que parecia conhecer uma entrada para o abandonado cinema da cidade. Billingsley, que revelava ter todo tipo de opinião sobre todo tipo de assunto, assim que a gente o animava um pouco. *Você é um alcoólatra em último estágio, não é, meu amigo?*, pensou Johnny. *Parece ter todo o instrumental.*

Se era verdade, o homem atuava bem para alguém que não tomava um trago havia já um bom tempo. Johnny queria alguma coisa para reduzir o latejar no nariz, e desconfiava que enfiar um trago no bucho do velho Tommy ao mesmo tempo poderia ser um investimento no futuro deles.

Passavam embaixo do toldo esfarrapado do Owl's Club de Desespero.

— Esperem — disse Johnny. — Vou entrar aqui um minuto.

— Está *maluco*? — perguntou Mary. — A gente tem de ficar fora da rua!

— Não tem ninguém *na* rua fora a gente — disse Johnny. — Não notou? — Moderou a voz, tentou mostrar-se razoável. — Escuta, eu só quero pegar uma aspirina. Meu nariz está me matando. Trinta segundos... um minuto, no máximo.

Experimentou a porta antes que ela pudesse responder. Trancada. Bateu no vidro com a coronha do rifle, esperando o esporro do alarme contra ladrão, mas o único som foi o tilintar do vidro caindo lá dentro e o implacável uivo do vento. Johnny quebrou os poucos pedaços pontiagudos de vidro grudados no lado da moldura, enfiou o braço e procurou a fechadura.

— Vejam! — murmurou Ralph. Apontava para o outro lado da rua.

Havia quatro coiotes parados na calçada em frente a uma baixa casa de tijolos com a palavra SERVIÇO pintada numa janela e ÁGUA na outra. Não se mexiam, mas tinham os olhos fixos no grupinho de pessoas do outro lado da rua. Um quinto veio do sul descendo pela calçada e se juntou a eles.

Mary ergueu a Rossi e apontou para eles. David Carver a fez baixar. Tinha um ar distante, abstraído.

— Não, está tudo bem — disse. — Estão só olhando.

Johnny encontrou a maçaneta, girou-a e abriu a porta. Viu os interruptores de luz à esquerda. Ligavam uma fileira de antiquadas lâmpadas fluorescentes, daquelas que parecem bandejas de gelo emborcadas. Iluminaram uma pequena área de restaurante (deserta), um conjunto de máquinas caça-níqueis (apagadas) e duas mesas de vinte e um. Pendurado em uma das luminárias havia um papagaio. Johnny pensou a princípio que estivesse empalhado, mas quando chegou mais perto viu os olhos esbugalhados e uma mistura de sangue e fezes na madeira abaixo. Era muito real. Alguém o tinha enforcado.

Entragian não deve ter gostado do jeito que ele dizia "Currupaco papaco!", pensou Johnny.

O Owl's cheirava a hambúrgueres e cerveja velhos. No outro extremo da sala havia um minimercado. Johnny pegou um grande frasco de aspirina e foi para trás do balcão.

— *Depressa!* — gritou-lhe Mary. — *Depressa!* Será que não consegue?

— Está bem aqui — ele disse.

Um homem de calça escura e uma camisa outrora branca jazia no sujo piso de linóleo, fitando Johnny com olhos vidrados como os do papagaio enforcado. O garçom do bar, pela aparência das roupas, tinha a garganta cortada. Johnny pegou uma garrafa de uísque Jim Beam na prateleira.

Ergueu-a contra a luz por um momento, conferindo o nível, e saiu correndo. Uma ideia não muito legal tentava vir à tona e ele a empurrou para baixo. Com força. Queria lubrificar o velho médico de cavalos, só isso, mantê-lo descontraído. Pensando bem, era um ato de caridade cristã.

Você é mais que um docinho, disse Terry em sua cabeça. *É na verdade um santo, não é? São João Lubrificante.* E depois o cínico riso dela.

Cala a boca, sua megera, ele pensou.... Mas, como sempre, Terry relutava em ir embora.

2

Fique frio, Steve, ele disse a si mesmo. *É a única forma de você sair disso. Se entrar em pânico, acho que tem uma boa chance de vocês dois morrerem nesta porra deste furgão alugado.*

Colocou a marcha a ré e, guiando-se pelo retrovisor lateral (não ousava abrir a porta e se curvar para fora; seria muito fácil um urubu em mergulho lhe quebrar o pescoço), começou a recuar. O vento tornou a aumentar, mas ele ainda ouvia os escorpiões sendo esmagados pelo furgão. Lembrava-lhe o barulho de mastigar cereal.

Não caia do barranco, pelo amor de Deus, não faça isso.

— Não estão vindo atrás da gente — disse Cynthia. O alívio em sua voz era inequívoco.

Ele deu uma olhada, viu que ela estava certa e parou. Tinha recuado uns 15 metros, o bastante para que o trailer da frente, atravessado na estrada, se tornasse de novo apenas uma forma vaga na tempestade de areia. Via manchas marrons sobre a areia cinza-esbranquiçada da estrada. Escorpiões esmagados. Dali, pareciam esterco de vaca. E os outros recuavam. Num momento, ia julgar difícil até acreditar que houvessem estado ali.

Ah, estavam, sim, pensou. *Se começar a duvidar disso, meu chapa, só precisa dar uma olhada na ave morta que agora bloqueia as entradas de ar embaixo do para-brisa.*

— O que a gente faz agora? — ela perguntou.

— Sei lá.

Ele olhou pela janela e viu o Desert Rose Cafe. Metade do toldo cor-de-rosa tinha desabado com o vento. Olhou pela outra janela, a de Cynthia, e viu um terreno baldio com três tábuas pregadas na entrada. MANTENHA DISTÂNCIA estava pintado na tábua do meio em maiúsculas brancas tortas, supostamente por alguém que não acreditava na hospitalidade do Oeste.

— Alguma coisa está querendo manter a gente na cidade — ela disse. — Tá sabendo disso, não tá?

Ele entrou de ré com o Ryder no estacionamento do Desert Rose, tentando pensar num plano. O que veio em vez disso foi uma desconjuntada série de imagens e palavras. A boneca caída de barriga para baixo ao pé da escada do trailer. The Tractors dizendo que o nome dela era Emergência e o número do telefone era 911. Johnny Cash dizendo que pegava uma peça de cada vez. Corpos em cabides, um peixe-tigre nadando entre os dedos da mão no fundo do aquário, o babadouro do bebê, a cobra no balcão da cozinha embaixo do micro-ondas.

Compreendeu que estava à beira do pânico, talvez à beira de fazer alguma coisa realmente idiota, e buscou qualquer coisa que o puxasse daquela beira, o fizesse voltar a pensar direito. O que lhe veio à mente, sem ser convidada, foi uma coisa que jamais teria esperado. Uma imagem — mais próxima que qualquer outra das anteriores — do pedaço de escultura em pedra que tinham visto sobre a mesa do computador, no barracão Quonset da empresa de mineração. O coiote de cabeça estranha, torcida, e olhos esbugalhados, o coiote cuja língua era uma serpente.

Devia ter uma foto dessa coisa junto com a palavra feio *no dicionário,* tinha dito Cynthia, e ela tinha razão, sem dúvida, mas Steve foi subitamente tomado pela ideia de que qualquer coisa tão feia assim também tinha de ser poderosa.

Está brincando?, pensou distraído. *O rádio ligava e desligava quando a gente tocava nele, as luzes piscavam, a porra do aquário explodiu. Claro que era poderosa.*

— O que era aquela estátua que a gente encontrou lá atrás? — perguntou. — O que tinha nela?

— Não sei. Só sei que quando toquei nela...

— O quê? Quando você tocou nela, o que houve?

— Foi como se me lembrasse de tudo que é coisa ruim que já me aconteceu na vida — ela disse. — Sylvia Marcucci me cuspindo na oitava série, no pátio do recreio... disse que eu tinha roubado o namorado dela, e eu nem sabia de quem diabos ela estava falando. O dia em que meu pai ficou de porre na festa do segundo casamento de tia Wanda e apalpou minha bunda quando a gente estava dançando, e depois fingiu que tinha sido sem querer. Como era sem querer o pau duro também. — Colocou a mão no lado da cabeça. — Gente gritando comigo. Me dando o fora. Richie Judkins quase me arrancando a porra da orelha. Pensei nisso tudo.

— É, mas em que pensou *mesmo*?

Pareceu por um instante que ela ia mandá-lo não bancar o espertinho, depois não.

— Sexo — disse e exalou um suspiro tremido. — E não só trepar. Tudo. Quanto mais putaria, melhor.

É, ele pensou, *quanto mais putaria, melhor. Coisas que você gostaria de experimentar, mas nunca ia falar. Troço experimental.*

— Em que está pensando?

A voz dela estava curiosamente aguda e, ao mesmo tempo, curiosamente pungente, como um cheiro. Steve olhou para ela e de repente imaginou se ela tinha a xoxota apertada. Um pensamento maluco numa hora daquelas, mas foi o que lhe veio à mente.

— Steve? — Mais aguda do que nunca. — Em que está pensando?

— Nada — ele disse. Tinha a voz pastosa, a voz de um homem lutando para sair de um sono profundo. — Nada, deixa pra lá.

— Começa com C e acaba com E?

Na verdade, minha cara, "xoxota" é com X e não CH, e acaba com A, mas você está na pista certa.

O que havia com ele? O quê, em nome de Deus? Era como se aquele esquisito pedaço de pedra tivesse ligado outro rádio, na cabeça dele, e irradiasse uma voz que era quase a dele.

— De que está falando? — ele perguntou.

— Coiote, coiote — ela disse, cantando as palavras como uma criança.

Não, não o estava acusando de nada, embora ele julgasse que pensar isso por um momento fosse um engano bastante natural; ela estava simplesmente se desmanchando de excitação.

— Aquilo que a gente viu lá no laboratório! Se a gente tivesse aquilo, podia sair daqui! *Sei* que podia, Steve! E não me faça perder tempo... *nosso* tempo... me dizendo que estou louca!

Considerando as coisas que tinham visto e as que lhes vinham acontecendo mais ou menos na última hora e meia, ele não tinha a mínima intenção de fazer isso. Se ela estava doida, estavam os dois. Mas...

— Você me mandou não tocar naquilo. — Ele ainda falava com esforço; era como se tivesse bolos de lama no equipamento de pensar. — Disse que dava uma sensação... — Uma sensação do *quê*? O que ela *tinha* dito?

Legal. Era isso. "Toque nele, Steve. É uma sensação legal."

Não. Errado.

— Você disse que dava uma sensação obscena.

Ela sorriu para ele. No fulgor verde das luzes do painel, o sorriso parecia cruel.

— Quer sentir uma coisa obscena? Bota a mão aqui.

Ela pegou a mão dele, colocou-a entre as pernas e ergueu os quadris duas vezes. Steve fechou a mão lá embaixo — com força suficiente para doer, talvez —, mas o sorriso dela continuou. Alargou-se, na verdade.

O que a gente está fazendo? E Deus, por que estamos fazendo agora?

Ele ouviu a voz, mas quase perdida — como uma voz gritando "fogo" num salão de baile cheio de gente berrando e música estridente. A fenda entre as pernas dela estava mais próxima, mais insistente. Ele a sentia por baixo do jeans, em chamas. Em chamas.

Ela disse que se chamava Emergência e pediu pra ver minha arma, pensou Steve. *Vai ver direitinho, querida, uma pistola 38 numa moldura 45, dispara balas de lápides com bola de ferro e corrente.*

Ele fez um tremendo esforço para se segurar, buscando alguma coisa que desligasse a pilha antes que os bastões de contenção se fundissem. O que captou foi uma imagem — a expressão curiosa, cautelosa no rosto dela quando o olhou pela porta aberta do carona, não entrando logo, os olhos azuis arregalados examinando-o primeiro, tentando decidir se ele era o tipo de cara que mordia ou talvez tentasse arrancar alguma coisa dela. Uma orelha, por exemplo. *Você é uma pessoa legal?*, ela tinha perguntado, e ele respondeu *É, acho que sou*, e depois, como uma pessoa legal, a trouxe para aquela cidade dos mortos, tinha a mão nas virilhas dela e estava pensando que gostaria de trepar com ela e machucá-la ao mesmo tempo, uma espécie de experiência, podia-se dizer, uma experiência relacionada com prazer e dor, salgada e doce. Porque era assim que a gente fazia na casa do lobo, era assim que a gente fazia na casa do escorpião, era o que passava por amor em Desespero.

Você é uma pessoa legal? Não é um louco assassino em série nem nada assim? Você é legal, você é legal, é uma pessoa legal?

Ele puxou a mão, tremendo. Voltou-se para a janela e sentiu a ventania e a escuridão onde a areia dançava como neve. O suor escorria-lhe pelo peito, braços e axilas, e embora estivesse um pouco melhor agora, ainda se sentia como um homem doente entre ataques de delírio. Agora que tinha se lembrado do lobo de pedra, parecia que não conseguia não pensar nele; continuava vendo a louca cabeça torcida e os olhos esbugalhados. Permanecia em sua mente como um vício não saciado.

— O que está acontecendo? — ela gemeu ao lado dele. — Oh, Deus, Steve, eu não pretendia fazer isso, o que *há* com a gente?

— Não sei — ele disse com voz rouca —, mas vou lhe dizer uma coisa que eu *sei*: a gente acabou de ter um gostinho do que aconteceu nesta cidade, e não gostei nem um pouco. Não consigo tirar aquela porra daquela coisa de pedra da cabeça.

Finalmente ele reuniu coragem suficiente para encará-la. Ela estava toda encolhida contra a porta do carona, como uma adolescente assustada no primeiro encontro que tinha ido longe demais, e embora parecesse calma, um rubor intenso cobria-lhe o rosto e ela enxugava as lágrimas com as costas da mão.

— Eu também não — ela disse. — Me lembro de uma vez em que entrou um fragmento de vidro em meu olho. É o que parece. Fico pensando que queria pegar aquela pedra e esfregar na minha... você sabe. Só que não é bem um *pensamento*. Não é *pensamento* de jeito nenhum.

— Eu sei — ele disse, desejando loucamente que ela não tivesse dito isso. Porque agora a ideia estava também em *sua* mente.

Ele se via esfregando aquela porra daquela coisa feia — feia mas poderosa — no pênis ereto. E dali partia para ver os dois trepando no chão embaixo da fila de cabides, sob os cadáveres pendurados, com o pedaço de pedra preso entre eles, nos dentes.

Steve afastou as imagens... embora não soubesse por quanto tempo poderia mantê-las longe. Olhou-a de novo e conseguiu dar um sorriso.

— Não me chame de docinho — disse. — Não me chame de docinho que eu não chamo você de pãozinho.

Ela soltou um suspiro longo, trêmulo, meio vocalizado, que ficava muito pouco aquém de uma risada.

— É. É por aí, pelo menos. Acho que agora está melhorando um pouco.

Ele assentiu com cautela. Sim. Ainda tinha uma ereção federal, e precisava seriamente aliviá-la, mas agora os pensamentos pareciam um pouco mais os dele próprio. Se pudesse mantê-los longe daquele pedaço de pedra por mais tempo, achava que ficaria bem. Mas durante alguns segundos tinha sido ruim, talvez a pior coisa que já lhe tinha acontecido. Naqueles segundos, soube como deviam se sentir caras como Ted Bundy. Podia tê-la matado. Talvez *a tivesse* matado se não houvesse interrompido o contato físico com ela na hora. Ou, supunha, ela podia tê-lo matado. Era como se sexo e assassinato tivessem de algum modo trocado de lugar naquela horrível cidadezinha. Só que não era nem mesmo de sexo que se tratava, na verdade. Lembrava-se de que, quando ela tocou o lobo, as luzes falharam e o rádio voltou a tocar.

— Não é sexo — disse. — Também não é assassinato. *Poder*.

— Hã?

— Nada. Vou voltar direto pelo meio da cidade. Na direção da mina.

— Aquele paredão ao sul?

Ele assentiu.

— É uma mina a céu aberto. Tem de ter pelo menos uma estrada de serviço lá que leve de volta à 50. A gente vai encontrar e seguir por ela. Na verdade, estou até satisfeito que esta esteja bloqueada. Não quero chegar nem um pouco perto daquele barracão Quonset, ou daquele...

Ela estendeu a mão e agarrou o braço dele. Steve seguiu o olhar dela e viu uma coisa que vinha se esgueirando para o arco dos faróis do furgão. A poeira era agora tão densa que a princípio o animal parecia um fantasma, um espírito invocado pelos índios de cem anos atrás. Era um lobo cinzento, do tamanho e altura de um pastor-alemão, porém mais magro. Os olhos eram órbitas roxas nos faróis. Seguindo-o como escolta num maligno conto de fadas vinham duas filas de escorpiões do deserto com os ferrões dobrados às costas. Ladeando os escorpiões, coiotes, dois de cada lado. Pareciam sorrir nervosamente.

O vento soprava. O furgão balançava nas molas. À esquerda, o pedaço de toldo caído drapejava como uma vela rasgada.

— O lobo está trazendo alguma coisa — ela disse, com voz rouca.

— Você está pirada — ele disse, mas quando o bicho chegou mais perto, viu que ela *não* estava pirada.

O lobo parou a uns 6 metros do furgão, tão visível e real quanto uma coisa numa foto de um local de crime em alta definição. Depois baixou a cabeça e soltou a coisa que trazia na boca. Olhou-a atento por um momento, depois recuou três passos. Sentou-se e começou a arquejar.

Era o fragmento de estátua, ali caído de lado na entrada do estacionamento do café, ali caído na poeira a soprar, a boca rosnando, a cabeça torcida, os olhos saltando das órbitas. Raiva, fúria, sexo, poder — parecia irradiar essas coisas para o furgão num cone compacto, como uma espécie de campo magnético.

A imagem de trepar com Cynthia retornou, a imagem dele enterrado nela como uma espada enfiada até o cabo em lama quente e firme, os dois cara a cara, lábios arreganhados em idênticos rosnados, prendendo o coiote rosnante de pedra entre si como uma pinça.

— Devo pegar? — ela perguntou, e agora era ela que parecia estar dormindo.

— Está brincando? — ele perguntou.

Sua voz, seu sotaque texano, mas não suas palavras, agora, não. As palavras vinham do rádio em sua cabeça, aquele que o fragmento de estátua de pedra tinha ligado.

Os olhos da estátua, fixando-o de onde jazia caída na poeira.

— O quê, então?

Ele olhou para ela e sorriu. A expressão em seu rosto dava uma sensação horrível. Também dava uma sensação maravilhosa.

— Vamos pegar juntos, claro. Tudo bem pra você?

A *mente* dele era a tempestade agora, cheia de vento a rugir de um lado a outro e de cima a baixo, levando na frente as imagens do que faria com ela, do que ela faria com ele, e do que os dois fariam com qualquer um que os atrapalhasse.

Ela retribuiu o sorriso, as magras bochechas se esticando para cima até parecer um sorriso de caveira. A luz branco-esverdeada do painel pintava a testa e os lábios dela, enchia as órbitas. Ela pôs a língua para fora no meio daquele sorriso e agitou-a para ele, como a língua de cobra da estátua. Ele pôs a dele para fora e agitou-a para ela. Depois pegou a maçaneta. Ia disputar corrida com ela até o fragmento, e fariam amor entre os escorpiões com ele preso entre as bocas, e não importava o que acontecesse depois.

Porque, num sentido bastante concreto, já estariam liquidados.

3

Johnny voltou para a calçada e entregou a garrafa de Jim Beam a Billingsley, que a olhou com os olhos incrédulos de alguém que acaba de saber que tirou a sorte grande na loteria.

— Pegue isso, Tom — disse. — Tome um trago... só um, veja bem... e depois passe adiante. Eu não quero, fiz o juramento.

Olhou para o outro lado da rua, esperando ver mais coiotes, mas ainda eram só os cinco. *Eu fico com o quinto*, pensou, vendo o veterinário desatarraxar a tampa da garrafa de uísque. *Você iria nessa, não iria, Tom? Claro que iria.*

— O que há com você? — perguntou Mary. — Mas que diabos *há* com você?

— Nada — disse Johnny. — Bem, um nariz quebrado, mas acho que não é a isso que você se refere, é?

Billingsley virou a garrafa com uma torcida curta e firme do pulso, que parecia tão treinada quanto a injeção de uma enfermeira, e tossiu.

Os olhos se encheram de lágrimas. Tornou a levar a boca da garrafa aos lábios, mas Johnny a tirou dele.

— Não, já chega, doutor.

Ofereceu a garrafa a Ralph, que a pegou, olhou para ela e tomou um gole rápido. Depois ofereceu-a a Mary.

— Não.

— Vai — disse Ralph. A voz era baixa, quase humilde. — É melhor tomar.

Ela olhou para Johnny com olhos cheios de ódio, perplexos, e deu uma bicada na garrafa. Tossiu, afastando-a de si e olhando para ela como se fosse veneno. Ralph pegou-a de volta, tomou a tampa da mão esquerda de Billingsley e a repôs. Enquanto isso, Johnny abriu o frasco de aspirina, despejou meia dúzia, balançou-as na mão por um instante e jogou-as na boca.

— Vamos, doutor — disse a Billingsley. — Mostre o caminho.

Começaram a descer a rua, Johnny contando por que quase tinha quebrado o pescoço para ter o telefone celular de volta. Os coiotes do outro lado da rua se levantaram e os seguiram. Johnny não gostou muito disso, mas o que iam fazer? Tentar atirar neles? Muito barulho. Pelo menos não havia sinal do policial. E se o vissem antes de chegarem ao cinema, poderiam se meter numa daquelas outras casas. Qualquer porto velho serve numa tempestade.

Engoliu, fazendo uma careta quando o amargo da aspirina semiliquefeita deslizou pela garganta abaixo, e tentou guardar o vidro no bolso da camisa. Esbarrou no telefone. Tirou-o, pôs o vidro de pílulas em seu lugar, começou a enfiar o celular no bolso da calça e então decidiu que não custava nada tentar de novo. Puxou a antena e abriu o telefone. Ainda sem as barras de transmissão. Neca.

— Acha mesmo que aquele era seu amigo? — perguntou David.

— Acho, sim.

David estendeu a mão.

— Posso dar uma tentada?

Havia alguma coisa na voz. O pai também ouviu. Johnny podia ver no modo como o homem o olhava.

— David? Filho? Algum pro...

— Posso tentar, *por favor*?

— Claro, se quiser.

Estendeu o inútil telefone para o menino, e quando David pegou o aparelho, viu três barras de transmissão surgirem ao lado do S. Não uma, mas *três*.

— *Filho da puta*! — disse em voz baixa e tomou o telefone de volta.

David, que examinava as funções do teclado, viu-o estender a mão um momento tarde demais para detê-lo.

Assim que o telefone celular estava de volta à mão de Johnny, as barras de transmissão tornaram a desaparecer, deixando apenas o S.

Elas nunca apareceram, pra começar, você sabe disso, não sabe? Teve uma alucinação com elas. Você...

— *Devolva!* — gritou David.

Johnny ficou espantado com a raiva na voz dele. O telefone foi tomado dele de novo, mas não rápido demais para ele não ver as barras de transmissão reaparecerem, fulgindo douradas na escuridão.

— É uma burrice tão grande — disse Mary, olhando primeiro para trás por cima do ombro, depois para os coiotes do outro lado da rua. Tinham parado quando eles pararam. — Mas se é assim que vocês querem, por que a gente simplesmente não puxa uma mesa pra fora e enche a cara no meio da porra da rua?

Ninguém lhe deu atenção. Billingsley ainda olhava a garrafa de Beam. Johnny e Ralph fitavam o menino, que passava o dedo no botão de NOME/MENU com a rapidez de um veterano jogador de videogame, passando pelo agente, a ex-esposa e o editor de Johnny, e chegando por fim a STEVE.

— David, o que foi? — perguntou Ralph.

David ignorou-o e virou-se depressa para Johnny.

— É ele, sr. Marinville? O cara do furgão é Steve?

É.

David apertou ENVIAR.

4

Steve tinha ouvido falar em ser salvo pelo gongo, mas aquilo era ridículo.

No momento em que seus dedos encontravam a maçaneta — ouvia Cynthia pegando a sua na outra ponta do banco —, o telefone celular emitiu seu grito anasalado, exigente: *Mmip! Mmip!*

Steve ficou paralisado. Olhou para o telefone. Olhou para Cynthia do outro lado do banco, a porta já um pouco aberta. Ela o fitava de volta, o sorriso nos lábios desaparecendo.

Mmip! Mmip!

— Então? — ela perguntou. — Não vai atender?

E havia alguma coisa no tom dela, alguma coisa tão *de esposa*, que ele riu.

Lá fora, o lobo apontou o focinho para a escuridão e uivou, como se tivesse ouvido a risada de Steve e não aprovasse. Os coiotes pareceram tomar o uivo como um sinal. Levantaram-se e voltaram por onde tinham vindo, entrando cabisbaixos na tempestade de poeira. Os escorpiões já haviam desaparecido. Quer dizer, se é que tinham mesmo estado ali. Podiam não ter estado; a cabeça de Steve parecia uma casa mal-assombrada, cheia de alucinações e falsas lembranças em vez de fantasmas.

Mmip! Mmip!

Ele pegou o telefone sobre o painel, apertou o botão ENVIAR e levou-o ao ouvido. Olhava fixo para o lobo enquanto fazia isso. E o lobo retribuía.

— Chefe? Chefe, é você?

Claro que era, quem mais o estaria chamando? Só que não era. Era um menino.

— Você se chama Steve? — perguntou o menino.

— É. Como você conseguiu o telefone do chefe? Onde...

— Esqueça — disse o menino. — Você está em apuros? Está, não está?

Steve abriu a boca.

— Eu não...

E tornou a fechá-la. Lá fora, o vento uivava em torno da boleia do Ryder. Ele manteve o telefone ao lado do rosto e olhou para o lobo por cima do bolo sangrento que era o urubu. Viu também o pedaço de estátua caído aos pés dele. As cruas imagens de sexo e violência interligados que lhe haviam inundado a mente desapareciam, mas lembrava do poder que tinham exercido sobre ele como lembrava de alguns vívidos pesadelos.

— Estou — disse. — Acho que pode-se dizer que sim.
— Você está no furgão que a gente viu?
— Se vocês viram um furgão, na certa era a gente, sim. Meu chefe *está* com vocês?
— O sr. Marinville está aqui. Está bem. *Você* está bem?
— Eu não sei — disse Steve. — Tem um lobo, e ele trouxe uma coisa... parece uma estátua, só que...

A mão de Cynthia entrou na parte de baixo de seu campo de visão e tocou a buzina. Steve teve um sobressalto. Na entrada do estacionamento do café, o lobo também saltou. Steve viu-o arreganhar o focinho num rosnado. As orelhas abateram-se sobre o crânio.

Não gosta de buzina, ele pensou. Depois veio outra ideia, uma daquelas simples, que fazem a gente querer dar um tapa na testa, como para punir o cérebro retardado. *Se não sair da frente, eu posso atropelar o puto, não posso?*

Sim. Podia, sim. Afinal, era ele quem tinha o furgão.
— O que foi isso? — perguntou, ríspido, o menino. Depois, percebendo que era a pergunta errada: — Por que está fazendo isso?
— A gente tem companhia. Estamos tentando nos livrar dela.

Cynthia tocou a buzina de novo. O lobo se levantou. Ainda tinha as orelhas abaixadas. Parecia furioso, mas também confuso. Quando ela tocou a buzina pela terceira vez, Steve pôs a mão sobre a dela e ajudou. O lobo olhou para eles mais um instante, a cabeça curvada para um lado e os olhos de um verde-amarelado terrível no brilho dos faróis. Depois ele se curvou, tomou a peça de estatuária nos dentes e desapareceu para os lados de onde viera.

Steve olhou para Cynthia, e ela para ele. Ela ainda parecia com medo, mas sorria um pouco mesmo assim.

— Steve? — a voz era fraca, indo e vindo entre rajadas de estática. — Steve, está aí?
— Estou.
— E sua companhia?
— Foi embora. Por enquanto, pelo menos. O problema é o que fazer agora. Alguma ideia?

— Talvez eu tenha. — Ora se não parecia que talvez *ele* estivesse sorrindo também.

— Como é seu nome, garoto? — perguntou Steve.

5

Atrás deles, para os lados da prefeitura, alguma coisa cedeu ao vento e caiu com um forte estrondo frouxo. O som fez Mary se virar naquela direção, mas não viu nada. Estava agradecida pelo gole de uísque que Carver a tinha convencido a tomar. Sem isso, aquele som — achava que devia ser alguma falsa frente de prédio desabando na rua — a teria matado de medo.

O menino continuava ao telefone. Os três homens estavam reunidos em torno dele. Mary via como Marinville queria desesperadamente tomar de volta o telefone; também via que ele não ousava. *Vai lhe fazer bem não poder fazer o que quer, Johnny,* pensou. *Vai lhe fazer* muitíssimo *bem.*

— Talvez eu tenha — disse David, sorrindo um pouco.

Ficou ouvindo, disse seu primeiro nome e depois se virou de frente para o Owl's Club. Baixou a cabeça, e quando tornou a falar, Mary mal pôde ouvi-lo. Uma espécie de negro espanto passou sobre ela como um ataque de tontura.

Não quer que os coiotes do outro lado da rua ouçam o que está dizendo. Sei o quanto isso parece loucura, mas é o que ele está fazendo. E sabe uma coisa ainda mais louca? Acho que ele tem razão.

— Tem um velho cinema — disse David em voz baixa. — Se chama American West. — Olhou para Billingsley, esperando confirmação.

Billingsley assentiu.

— Mande ele ir pelos fundos — disse, e Mary concluiu que, se estava doida, pelo menos não era a única; Billingsley também falou em voz baixa, e olhou para trás uma vez, rápido, como a querer se assegurar de que os coiotes não vinham se aproximando, tentando escutar. Depois de verificar que eles continuavam na calçada diante do prédio de Águas e Serviços Públicos, tornou a se voltar para David. — Diga que tem um beco.

David disse. Quando acabava, alguma coisa pareceu ocorrer a Marinville. Ele estendeu a mão para o telefone, depois se conteve.

— Mande que pare o furgão longe do cinema — disse. O grande romancista americano também falava num tom baixo e levou uma das mãos à boca, como se pudesse haver um ou dois leitores de lábios entre os coiotes. — Se deixar na frente e Entragian voltar...

David assentiu e transmitiu também isso. Escutou enquanto Steve dizia mais alguma coisa, balançando a cabeça, o sorriso reaparecendo. Mary desviou os olhos para os coiotes. Olhando para eles, compreendeu uma coisa muitíssimo perversa: se conseguissem se esconder de Entragian o tempo suficiente para se reagruparem e deixarem a cidade, uma parte dela ia lamentar. Porque tão logo aquilo acabasse, teria de enfrentar a realidade da morte de Peter; teria de chorar por ele e pela destruição da vida que tinham construído juntos. E isso talvez não fosse o pior. Ela também teria de *pensar* em tudo isso, tentar extrair algum sentido, e não sabia se conseguiria. Não sabia se *qualquer um* deles conseguiria. A não ser, talvez, David.

— Venha o mais rápido que puder — disse o menino.

Ouviu-se um fraco blip quando ele apertou o botão de FIM. Baixou a antena e devolveu o telefone a Marinville, que logo tornou a puxá-la, examinou o LED, balançou a cabeça e fechou o telefone.

— Como fez isso, David? Mágica?

O menino olhou para ele como se ele fosse louco.

— Deus — disse.

— *Deus*, seu babaca — disse Mary, sorrindo de um jeito que não lhe parecia seu de modo algum. Não era o momento de estar puxando a coleira de Marinville, mas simplesmente não conseguia resistir.

— Talvez você devesse ter dito ao amigo do sr. Marinville pra vir pegar a gente — disse Ralph, com um ar de dúvida. — Na certa seria o mais simples, David.

— *Não* é simples — respondeu David. — Steve vai dizer isso a vocês quando eles chegarem aqui.

— *Eles?* — perguntou Marinville.

David o ignorou. Olhava para o pai.

— E tem a mamãe também — disse. — A gente não vai embora sem ela.

— O que vamos fazer com *eles*? — perguntou Mary, apontando para os coiotes do outro lado da rua. Podia jurar que eles não só viram o gesto, mas o entenderam.

Marinville desceu da calçada e foi para a rua, os compridos cabelos grisalhos esvoaçando e fazendo-o parecer um profeta do Velho Testamento. Os coiotes se levantaram, e o vento trouxe seus rosnados. Marinville tinha de estar ouvindo-os também, mas apesar disso deu mais um ou dois passos. Estreitou os olhos por um momento, não como se a areia os estivesse incomodando, mas como se tentasse lembrar alguma coisa. Depois bateu as mãos uma vez, com força.

— *Tak!* — Um dos coiotes ergueu o focinho e uivou. O som causou um arrepio em Mary. — *Tak ah lah! Tak!*

Os coiotes pareceram se juntar mais um pouco, mas só isso.

Marinville tornou a bater palmas.

— *Tak!... Ah lah... Tak!* Ah, à merda com isso, nunca fui bom em línguas estrangeiras mesmo.

Ficou olhando com nojo e insegurança. Que eles pudessem atacá-lo — a ele e seu Mossberg .22 descarregado — parecia a coisa mais distante de sua mente.

David desceu da calçada. O pai pegou-o pela gola.

— Tudo bem, pai — disse David.

Ralph soltou-o, mas o seguiu quando o menino foi até Marinville. E então David disse uma coisa que Mary achava que ia lembrar mesmo que sua mente bloqueasse o resto de tudo aquilo — era uma daquelas coisas que nos voltavam em sonhos, se não em outras ocasiões.

— Não fale com eles na língua dos mortos, sr. Marinville.

David deu outro passo à frente. Agora estava sozinho no meio da rua, com Ralph e Marinville parados atrás. O vento passou a um assobio alto. Mary sentia a poeira picando-lhe as faces e a testa, mas por enquanto isso parecia distante, sem importância.

David pôs as mãos diante da boca, dedos com dedos, naquele gesto infantil de prece. Depois estendeu-as de novo, palmas para cima, na direção dos coiotes.

— Que Deus os abençoe e guarde, que Deus lance a luz de seu rosto sobre vocês, e os eleve, e lhes dê paz — disse. — Agora saiam daqui. Deem o fora.

Foi como se um enxame de abelhas caísse sobre eles. Giraram numa confusão desajeitada, atropelada, de focinhos, orelhas, dentes e caudas, abocanhando os flancos uns dos outros e os seus próprios. Depois saíram disparados, latindo e uivando no que parecia uma dolorosa discussão. Ela os ouviu, mesmo com o assobio do vento, durante um longo tempo.

David se virou, examinou os rostos perplexos deles — expressões ostensivas demais para não ver, mesmo no lusco-fusco — e deu um sorrisinho. Encolheu os ombros, como a dizer *Bem, o que vão fazer?*. Mary observou que ele ainda tinha o rosto manchado do verde do Irish Spring. Parecia vítima de uma maquiagem incompetente para o Dia das Bruxas.

— Vamos — disse David. — Vamos indo.

Juntaram-se na rua.

— E uma criança os conduzirá — disse Marinville. — Logo, é isso aí, garoto: conduza.

Os cinco puseram-se a andar para o norte pela rua principal, rumo ao American West.

Capítulo Cinco

1

— Acho que é aquele ali. — Cynthia apontou pela sua janela. — Está vendo?

Steve, curvado sobre o volante e espremendo os olhos para ver pelo para-brisa sujo de sangue (embora fosse a areia grudada no sangue o verdadeiro problema), fez que sim com a cabeça. Sim, via a marquise antiquada, presa por correntes enferrujadas ao lado de um velho prédio de tijolos. Só restava uma letra na marquise, um *R* torto.

Dobrou à esquerda, no asfalto do posto de gasolina da Conoco. Um cartaz dizendo OS MELHORES PREÇOS DE CIGARROS DA CIDADE tinha despencado. A areia tinha empilhado na base de concreto da única bomba, como uma nevasca.

— Aonde está indo? Achei que o menino tinha falado para ir pro cinema!

— Também me disse pra não parar perto dele. E tem razão. Isso não... ei, tem um *cara* ali!

Steve freou bruscamente. Havia mesmo um homem no escritório do posto da Conoco, recostado na cadeira e com os pés em cima da mesa. A não ser por alguma coisa em sua posição — sobretudo a maneira desajeitada como a cabeça caía sobre o pescoço —, era como se estivesse dormindo.

— Morto — disse Cynthia, e pôs a mão no ombro de Steve quando ele abriu a porta. — Deixa pra lá. Estou vendo daqui.

— A gente ainda precisa de um lugar pra esconder o furgão. Se tiver lugar na garagem, eu abro a porta. Você entra com o carro.

Não era preciso perguntar se ela sabia dirigir; ele não tinha esquecido como ela manobrou bem o furgão na Rodovia 50.

— Tudo bem. Mas seja rápido.

— Pode deixar — ele disse. Começou a sair, depois hesitou. — Você *está* bem, não está?

Ela sorriu. Isso exigiu visivelmente um certo esforço, mas era um sorriso válido ainda assim.

— Por enquanto. E você?

— Pegando fogo.

Ele saltou, bateu a porta e atravessou o asfalto correndo até a porta do escritório do posto de gasolina. Espantava-o a quantidade de areia já acumulada. Era como se o vento oeste estivesse decidido a sepultar a cidade. A julgar pelo que tinha visto até agora, não era uma má ideia.

Uma bola de capim seco obstruía a entrada recuada. Steve deu-lhe um chute e mandou-a voando para a noite. Ele se virou, viu que Cynthia agora se encontrava atrás do volante e fez um leve aceno. Ela ergueu os punhos fechados à frente, o rosto sério e atento, depois ergueu os polegares. *Controle da Missão, estamos OK.* Steve sorriu, balançou a cabeça e entrou. Deus, ela sabia ser engraçada. Não sabia se ela sabia disso ou não, mas ela era.

O cara na cadeira do escritório precisava de uma cova. Por baixo da sombra lançada pela pala do boné, tinha o rosto roxo, a pele esticada e luzidia. Tinha sido riscada por umas duas dezenas de marcas pretas. Não mordidas de cobra, e pequenas demais até para picadas de escorpião...

Havia uma revista de sacanagem em cima da mesa. Steve podia ler o título — *Namoradinhas Lésbicas* — de cabeça para baixo. Alguma coisa se arrastou pela borda da mesa e atravessou a mulher nua da capa. Foi seguida por duas amigas. As três chegaram à outra borda da mesa e ali pararam em fila, como soldados em descanso num desfile.

Outras três saíram de baixo da mesa e correram pelo piso de linóleo na direção dele. Steve deu um passo atrás, se aprumou e baixou a bota com força. Pegou duas das três. A outra se desviou para a direita e correu para o que provavelmente era o banheiro. Quando Steve tornou a olhar para a mesa, viu que havia mais oito alinhadas na borda, como índios do cinema numa crista de montanha.

Eram aranhas-marrom, também conhecidas como aranhas-violino, porque a forma da cabeça se assemelha vagamente a um. Steve tinha visto muitas no Texas, e até foi picado por uma quando pegava lenha para a tia Betty quando menino. Isso foi em Arnette e tinha doído pra burro. Como uma mordida de formiga, só que *ardida*. Agora entendia por que o morto fedia tanto, apesar do clima seco. Tia Betty tinha insistido em desinfetar a picada com álcool imediatamente, dizendo que se a picada da aranha fosse ignorada, a carne em torno começava a apodrecer. Tinha alguma coisa na baba. E se muitas atacassem uma pessoa ao mesmo tempo...

Surgiu outro par de aranhas-violino, estas duas saindo da dobra escura do livro-caixa do posto. Juntaram-se às companheiras. Dez, agora. Olhando para ele. Ele sabia que estavam. Outra se arrastou do cabelo do homem do posto, desceu pela testa e o nariz, os lábios inchados, atravessou a face. Provavelmente ia para o congresso à borda da mesa, mas Steve não esperou para ver. Dirigiu-se para a garagem, erguendo a gola. Pelo que sabia, a porra da garagem podia estar cheia delas. As aranhas reclusas gostavam de lugares escuros.

Portanto seja rápido. Certo?

Havia um interruptor de luz à esquerda da porta. Ele o apertou. Meia dúzia de lâmpadas fluorescentes ganhou vida com um zumbido acima da área da garagem. Só havia duas vagas, ele viu. Numa estava uma picape alta com pneus grandes e transformada num veículo para todos os tipos de terreno — pintura azul-metálica sedosa, O NÔMADE DO DESERTO escrito em vermelho no lado do motorista da boleia. Mas a outra dava para o Ryder, se ele retirasse um monte de pneus e a máquina de vulcanização.

Acenou para Cynthia, não sabendo se ela podia vê-lo ou não, e seguiu em direção aos pneus. Estava curvado sobre eles quando um rato saltou do escuro buraco no centro da pilha e ferrou-lhe os dentes na camisa. Steve soltou um grito de surpresa e repulsa e deu um murro no próprio peito com o punho esquerdo, quebrando a espinha do bicho. O rato começou a se contorcer e espernear com as pernas de trás, guinchando por entre os dentes cerrados, tentando mordê-lo.

— Ah, porra! — gritou Steve. — *Ah, porra, seu porra, solta, seu porrinha!*

Mas ele não era tão pequeno assim — era quase do tamanho de um gato adulto. Steve se inclinou para a frente, para estufar a camisa (fez isso sem pensar, assim como não tinha consciência de que gritava e xingava), depois pegou a cauda pelada do rato e puxou. Ouviu-se um áspero som de rasgão quando a camisa se abriu, e o rato se dobrou sobre os calombos da espinha partida, tentando morder a mão dele.

Steve girou-o pelo rabo como um Tom Sawyer doido e soltou. O bicho voou para o outro lado da garagem, como um "rateroide", e bateu na parede adiante do NÔMADE DO DESERTO. Ficou imóvel com as patas para cima. Steve ficou olhando para ele, para ter certeza de que ele não ia se levantar e atacá-lo de novo. Sentia arrepios por todo o corpo, e o som que saía de sua boca fazia-o parecer com frio — *Brr-rrr-ruhhh.*

Havia uma comprida mesa cheia de ferramentas à direita da porta. Ele pegou uma alavanca de tirar pneu da roda, segurando-a pela ponta de encaixar, e derrubou a pilha de pneus, que rolaram como discos. Mais dois ratos, menores, saíram correndo, mas não queriam nada com ele; saltaram, guinchando, para as escuras regiões inferiores da garagem.

Ele não suportava o nauseante calor do sangue do rato contra sua pele nem mais um segundo. Rasgou o resto da camisa e tirou-a. Fez isso com uma mão. De modo algum iria largar a alavanca de ferro. *Só tomam minha barra de pneu quando abrirem meus dedos mortos*, pensou, e sorriu. Ainda sentia arrepios. Examinou o peito com cuidado, com obsessão, em busca de algum corte na pele. Nenhum.

— Sorte — murmurou para si mesmo, puxando o vulcanizador para a parede e correndo até a entrada da garagem. — Sorte, uma sorte da porra, uma porra de rato-surpresa.

Apertou o botão junto à porta e ela começou a subir. Ele deu um passo para o lado, dando espaço para Cynthia, procurando por todos os lados ratos, aranhas e sabia Deus que outras surpresas nojentas. Junto à bancada de trabalho havia um macacão de mecânico pendurado num prego, e, quando Cynthia entrou com o Ryder na garagem, o motor roncando e as luzes brilhando, Steve começou a bater no macacão com a barra de ferro, das pernas para cima, como uma mulher batendo num tapete, e esperou para ver o que podia sair das mangas ou das pernas.

Cynthia desligou o motor do carro e escorregou para fora do banco.

— O que está fazendo? Por que tirou a camisa? Vai morrer de frio, a temperatura já começou a...

— Ratos.

Ele chegou ao alto do macacão sem encontrar nenhum bicho; agora recomeçava a bater, para baixo. Melhor prevenir que remediar. Continuava ouvindo o som que a espinha do rato tinha feito ao quebrar, sentindo a cauda do rato na mão. Era quente. *Quente.*

— Ratos? — ela olhou em volta, os olhos voando.

— E aranhas. Foram as aranhas que pegaram o cara lá no...

De repente, estava sozinho. Cynthia tinha saído pela porta da garagem para o asfalto e parou no vento e na tempestade de areia, abraçando-se.

— Aranha, eca, eu detesto aranha! Pior que cobra! — Parecia puta da vida, como se as aranhas fossem culpa *dele*. — Sai daí!

Ele decidiu que o macacão era seguro. Tirou-o do gancho, fez que ia largar o ferro, depois mudou de ideia. Com o macacão dobrado no braço, apertou o botão ao lado da porta e foi até Cynthia. Ela tinha razão, começava a esfriar. A poeira de álcali açoitava-lhe os ombros e a barriga nus. Ele começou a se enfiar no macacão. Ia ficar um pouco frouxo na barriga, mas supunha que era melhor grande demais que pequeno demais.

— Desculpe — ela disse, piscando os olhos e com a mão no lado do rosto contra o sopro do vento, que mandava um lençol de areia contra eles. — Só que, aranha, uh, é demais, eu não posso... que tipo?

— Não vai querer saber. — Ele correu o zíper do macacão para cima, na frente, e passou um braço pelos ombros dela. — Deixou alguma coisa no furgão?

— Minha mochila, mas acho que posso passar sem uma muda de roupa de baixo por esta noite — ela disse, e deu um sorriso pálido. — E seu telefone?

Ele bateu no bolso esquerdo do jeans por baixo do macacão.

— Não saia de casa sem ele — disse.

Alguma coisa fez cócegas em sua nuca e ele se pôs a dar tapas em si mesmo como um alucinado, lembrando das aranhas-marrom tão bem alinhadas na borda da mesa, soldados de uma causa desconhecida ali no meio do nada.

— O que há?

— Só estou meio assustado. Vamos. Vamos pro cinema.

— Ah — ela disse, naquela voz afetada de quem não tolera gracinhas, que o fustigava. — Namorar. Sim, obrigada.

2

Quando Tom Billingsley conduziu Mary, os Carver e o maior romancista americano vivo (pelo menos na opinião do romancista) pelo beco entre o American West e o Feed and Grain, o vento apitava como ar soprado na boca de uma garrafa.

— Não acendam as lanternas — disse Ralph.

— Certo — disse Billingsley. — E cuidado aí. Há latas de lixo e montes de lixo. Paus, latas.

Contornaram o monte de latas e de pedaços de madeira. Mary ficou sem ar quando Marinville pegou o braço dela, não sabendo a princípio quem era. Quando viu os cabelos compridos e um tanto teatrais, tentou se livrar.

— Dispenso o cavalheirismo. Estou indo muito bem.

— Mas *eu*, não — ele disse, segurando firme. — Não vejo mais merda nenhuma à noite. É como se eu fosse cego.

Ele parecia diferente. Não humilde, exatamente — ela desconfiava que John Marinville podia tanto ser humilde quanto algumas pessoas que podiam entoar o dó médio do diapasão —, mas pelo menos *humano*. Deixou que a segurasse.

— Está vendo algum coiote? — perguntou-lhe Ralph em voz baixa.

Ela conteve a vontade de dar uma resposta irônica — pelo menos ele não a tinha chamado de "dona".

— Não. Mas mal posso ver minha mão diante de minha própria cara.

— Foram embora — disse David. Parecia completamente seguro de si. — Pelo menos por enquanto.

— Como é que você sabe? — perguntou Marinville.

David deu de ombros na escuridão.

— Apenas sei.

E Mary pensou que provavelmente podiam confiar nele quanto a isso. Tal era a loucura a que tudo tinha chegado.

Billingsley conduziu-os além da esquina. Uma cerca de tábuas escangalhada corria ao longo do fundo do cinema, deixando uma passagem de pouco mais de 1 metro. O velho percorreu devagar essa trilha com as mãos estendidas para a frente. Os outros seguiam em fila única; não havia espaço para dois. Mary já começava a pensar que Billingsley os tinha metido numa espécie de busca cega quando ele parou.

— Chegamos.

Ele se curvou, e ela o viu pegar alguma coisa — um caixote, parecia. Pôs em cima de um outro, subiu na improvisada plataforma com uma careta. Estava diante de uma janela suja de vidro fosco. Pôs as mãos no vidro, os dedos espalhados como uma estrela-do-mar, e empurrou. A janela correu para cima.

— É o banheiro das mulheres — disse. — Cuidado. É meio alto.

Ele se virou de costas e entrou, parecendo um meninão enrugado entrando no clube da gangue dos durões. Em seguida foi David, e depois o pai. Johnny Marinville foi a seguir, primeiro quase caindo da plataforma de caixotes ao se virar. *Ficava* mesmo quase cego no escuro, ela pensou, e lembrou-se de nunca se meter num carro com aquele cara dirigindo. E uma moto? Tinha ele de fato cruzado o país numa *moto*? Se tinha, Deus devia gostar muito mais dele do que ela algum dia gostaria.

Segurou-o por trás pelo cinto e firmou-o.

— Obrigado — ele disse, e desta vez pareceu humilde.

Depois ele se contorceu janela adentro, bufando e grunhindo, os cabelos compridos caindo no rosto.

Mary deu uma rápida olhada em torno e, por um momento, ouviu vozes de fantasma no vento.

291

Você não viu?
Viu o quê?
Naquela placa. A placa de limite de velocidade.
O que é que tem?
Um gato morto pregado nela.

Agora, em cima dos caixotes, ela pensava: *As pessoas que disseram essas coisas são mesmo fantasmas, porque estão mortas. Eu tanto quanto ele — sem dúvida a Mary Jackson que iniciou esta viagem já se foi. A pessoa aqui atrás deste cinema velho é uma nova pessoa.*

Ela passou a arma e a lanterna pela janela às mãos estendidas para pegá-las, depois se virou e escorregou facilmente pelo batente para o banheiro das mulheres.

Ralph pegou-a pelos quadris e baixou-a. David examinava os arredores com a lanterna, com uma mão em torno da lente como uma espécie de capuz. O lugar tinha um cheiro que a fez franzir o nariz — umidade, mofo, bebida. Havia uma caixa cheia de garrafas vazias num canto. Num dos reservados, viam-se duas grandes caixas de plástico cheias de latas de cerveja. Tinham sido colocadas em cima de um buraco onde ela supunha que antes havia uma privada. *Da época da morte de James Dean, pelo que o lugar aparenta*, pensou Mary. Percebeu que ela própria precisava usar o banheiro, e, independente do cheiro do lugar, também estava com fome. Por que não? Não comia nada havia quase oito horas. Sentia-se culpada por ter fome quando Peter jamais iria comer de novo, mas achava que esse sentimento ia passar. Isso é que era a grande merda, quando se pensava. Isso é que era a merda mesmo.

— Puta que pariu — disse Marinville, tirando a lanterna da camisa e acendendo-a sobre o depósito de latas de cerveja. — Você e seus chapas devem farrear à beça aqui, Thomas.

— A gente limpa o lugar uma vez por mês — disse Billingsley, parecendo na defensiva. — Não somos como os garotos que pintavam o diabo lá em cima até a escada de incêndio acabar caindo no inverno passado. A gente não mija nos cantos nem usa drogas.

Marinville examinou a caixa de garrafas vazias.

— Com essas J.W. Dants todas, bastava uma droguinha pra vocês irem pelos ares.

— Onde é que se *faz* xixi, se não se importa de eu perguntar? — disse Mary. — Estou precisando me aliviar um pouco nessa área.

— Tem uma comadre do outro lado do corredor, no banheiro dos homens. Dessas de hospital. A gente mantém limpa, também.

Lançou a Marinville um olhar meio estranho, metade truculência, metade timidez. Mary supôs que Marinville ia soltar os cachorros em cima dele. Achou que Billingsley também sentiu isso. E por quê? Porque caras como Marinville precisavam impor uma hierarquia, e o veterinário era visivelmente a pessoa mais submissa em volta.

— Com licença — ela disse. — Pode me emprestar sua lanterna, Johnny?

Estendeu a mão. Ele olhou para a lanterna em dúvida, depois a entregou. Ela agradeceu e se dirigiu à porta.

— Opa... bacana! — disse David em voz baixa, e isso a deteve.

O menino tinha jogado a luz da lanterna sobre um dos poucos trechos da parede onde os azulejos ainda se encontravam em sua maioria intactos. Ali alguém desenhara um peixe gloriosamente rococó em várias cores de hidrocor luminoso. Era um desses animais mitológicos com cauda de peixe que às vezes a gente encontra em cima das ondas de mapas marítimos muito antigos. Contudo, nada havia de aterrorizante no bichinho que nadava na parede acima do toalheiro de papel quebrado. Com uns olhos azuis de Betty Boop, guelras vermelhas e barbatana dorsal amarela, tinha alguma coisa de meigo e exuberante — ali na escuridão fétida e exalando a bebida, o peixe era quase um milagre. Só um azulejo tinha caído, levando a metade de baixo da cauda.

— Sr. Billingsley, foi o senhor...

— Foi, filho, foi — ele disse, parecendo ao mesmo tempo altivo e envergonhado. — Fui eu que desenhei. — Olhou para Marinville. — Na certa estava bêbado na hora.

Mary parou na porta, à espera da reação de Marinville. Ele a surpreendeu.

— Eu mesmo já desenhei alguns peixes bêbados — disse. — Mais com palavras do que com canetas coloridas, mas imagino que o princípio é o mesmo. Nada mau, Billingsley. Mas por que aqui? Por que logo aqui?

— Porque eu gosto deste lugar — ele disse com muita dignidade. — Ainda mais depois que os garotos foram embora. Não que incomodassem muito a gente aqui atrás; gostavam do balcão, a maioria. Acho que isso parece loucura pra vocês, mas pouco estou ligando. É onde eu venho com meus amigos desde que me aposentei e deixei o Comitê Municipal. Mal posso esperar as noites que passo com eles. É só um cinema velho, tem ratos e as poltronas estão cheias de mofo, mas e daí? Isso é só da nossa conta, não é? Só nossa. Só que agora acho que todos eles estão mortos. Dick Onslo, Tom Kincaid, Cash Lancaster. Os velhos companheiros.

Emitiu um grito rouco, espantoso, como o crocitar de um corvo. Isso a sobressaltou.

— Sr. Billingsley? — Era David. O velho olhou para ele. — O senhor acha que ele matou *todo mundo* na cidade?

— Isso é loucura! — disse Marinville.

Ralph puxou o braço dele como se fosse a cordinha de mandar o motorista do ônibus parar.

— Silêncio.

Billingsley ainda olhava para David e esfregava a pele embaixo dos olhos com os longos dedos tortos.

— Acho que talvez tenha matado — disse e olhou para Marinville por um momento. — Acho que pelo menos tentou.

— De quantas pessoas a gente está falando? — perguntou Ralph.

— Em Desespero? Cento e noventa, talvez duzentas. Com o novo pessoal da mina chegando, mais uns cinquenta ou sessenta. Embora seja difícil saber quantos estavam aqui e quantos estavam na mina.

— Mina? — perguntou Mary.

— A mina da China. A que estão reabrindo. De cobre.

— Não me diga que um homem, mesmo um gigante como ele, saiu pela cidade e matou *duzentas pessoas* — disse Marinville. — Porque, me desculpe, eu não acredito. Quer dizer, eu creio tanto quanto qualquer outro no espírito de iniciativa dos americanos, mas isso é pura loucura.

— Bem, talvez tenha deixado alguns na primeira ronda — disse Mary. — Você não disse que ele atropelou um cara quando lhe trouxe? Atropelou e matou?

Marinville se virou e fez uma careta feia.

— Eu achava que você precisava dar uma mijada.

— Tenho bons rins. Atropelou, não atropelou? Atropelou uma pessoa na rua. Você disse.

— Tudo bem, foi. Disse que se chamava Rancourt. Billy Rancourt.

— Oh, Deus. — Billingsley cerrou os olhos.

— Você o conhecia? — perguntou Ralph.

— Meu senhor, numa cidade do tamanho desta, todo mundo conhece todo mundo. Billy trabalhava na loja de rações e cortava cabelos nas horas de folga.

— Tudo bem, tá, Entragian atropelou esse Rancourt na rua... passou por cima como se fosse um cachorro. — Marinville parecia perturbado, belicoso. — Estou disposto a aceitar a ideia de que Entragian matou *muita* gente. Sei do que ele é capaz.

— Sabe? — perguntou David em voz baixa, e todos olharam para ele.

David desviou o olhar para o peixe colorido flutuando na parede.

— Pra um cara matar centenas de pessoas... — disse Marinville e desistiu por um instante, como se perdesse temporariamente o fio do pensamento. — Mesmo que fizesse isso de noite... quer dizer, *pessoal*...

— Talvez não tenha sido só ele — disse Mary. — Talvez os urubus e os coiotes tenham ajudado.

Marinville tentou descartar isso — mesmo na escuridão ela podia vê-lo tentando — e depois desistiu. Suspirou e esfregou uma têmpora, como se lhe doesse.

— Tudo bem, talvez tenham ajudado. A ave mais feia do Universo tentou me escalpelar quando ele mandou, isso eu *sei* que aconteceu. Mas ainda assim...

— É como a história do Anjo da Morte, no Êxodo — disse David. — Os israelitas deviam marcar suas portas com sangue pra mostrar que eram os mocinhos, sabe? Só que, aqui, o Anjo da Morte é *ele*. Então por que passou direto por *nós*? Podia ter matado a gente com a mesma facilidade que matou Pie ou seu marido, Mary. — Voltou-se para o velho. — Por que não matou o senhor, sr. Billingsley? Se matou todos os outros da cidade, por que não matou *o senhor*?

Billingsley encolheu os ombros.

— Sei não. Eu estava deitado em casa bêbado. Ele veio na viatura nova... a mesma que eu ajudei a escolher, Deus do céu... e me pegou. Me meteu na parte de trás e me levou pro *calabozo*. Perguntei por quê, o que eu tinha feito, mas ele não quis me dizer. Eu *implorei* a ele. Chorei. Não sabia que ele estava louco, na hora, não, como ia saber? Ele estava muito calado, mas não deu nenhum sinal de que estava *louco*. Comecei a pensar nisso depois, mas a princípio estava apenas convencido de que tinha feito alguma coisa num desses brancos que dá na gente. Que tinha saído de carro e machucado alguém... Fiz uma coisa assim antes.

— Quando ele foi buscar o senhor? — perguntou Mary.

Billingsley teve de pensar para ter certeza.

— Anteontem. Pouco antes do anoitecer. Eu estava na cama, a cabeça doendo, pensando em tomar alguma coisa pra ressaca. Uma aspirina, e um golinho pra rebater. Ele entrou e me tirou da cama. Eu não tinha nada no corpo além da cueca. Ele deixou que eu me vestisse. Me *ajudou*. Mas não me deixou tomar um trago, embora eu estivesse tremendo todo, e não quis me dizer por que estava me levando. — Parou, ainda esfregando a pele embaixo dos olhos. Mary desejava que ele parasse de fazer isso pois estava deixando-a nervosa. — Mais tarde, depois de me pôr na cela, me trouxe comida quente. Se sentou na mesa um tempo e falou umas coisas. Foi aí que eu comecei a achar que devia estar louco, porque nada fazia sentido.

— "Estou vendo uns buracos que parecem olhos" — disse Mary.

Billingsley assentiu.

— É, uma coisa assim. "Estou com a cabeça cheia de pássaros negros", é outra que me lembro. E muitas outras que não me lembro. Pareciam Pensamentos do Dia de um livro escrito por uma pessoa louca.

— A não ser por estar na cidade desde o começo, o senhor é exatamente igual à gente — disse David. — E não sabe tanto quanto a gente sobre o porquê dele ter deixado o senhor vivo.

— Acho que é isso aí.

— O que aconteceu com o senhor, sr. Marinville?

Marinville contou-lhes como o policial tinha ficado atrás de sua moto enquanto ele urinava e contemplava o cenário ao norte da estrada, e como tinha parecido legal a princípio.

— Falamos de meus livros — ele disse. — Achei que era um admirador. Eu ia dar a ele uma porra de um autógrafo. Perdoe minha boca suja, David.

— Claro. Passou algum carro quando vocês conversavam? Aposto que sim.

— Alguns, eu acho, e umas duas carretas. Não notei, na verdade.

— Mas ele não incomodou nenhum deles.

— Não.

— Só o senhor.

Marinville olhou para o garoto, pensativo.

— *Ele escolheu o senhor* — insistiu David.

— Bem... pode ser. Não posso dizer ao certo. Tudo ia bem até ele encontrar a erva.

Mary ergueu as mãos.

— Pera aí, pera aí, dá um tempo.

Marinville olhou para ela.

— Essa erva que você tinha...

— Não era *minha*, não vá tendo essa ideia. Acha que eu ia pensar em cruzar o país numa Harley com 250 gramas de erva na bolsa? Posso estar com a cuca fundida, mas não *tanto* assim.

Mary começou a dar umas risadinhas. Isso piorava a vontade de fazer xixi, mas ela não se continha. Era tudo perfeito demais, batia maravilhosamente demais.

— Tinha um adesivo? — perguntou, rindo mais que nunca. Na verdade não precisava da resposta, mas queria uma mesmo assim. — Mr. Smiley-Smile?

— Como sabe disso? — Marinville parecia espantado. Também se parecia extraordinariamente com Arlo Guthrie, pelo menos no fulgor das lanternas, e o risinho de Mary tornou-se gritinhos de gargalhada. Ela compreendeu que, se não fosse logo ao banheiro, ia fazer xixi nas calças.

— Porque saiu da mala de nosso ca-*carro* — disse, segurando a barriga. — E-era de minha cun-cun-*cunhada*. Uma pirada total. Entragian pode ser louco, mas pelo menos se re-re-cicla... desculpem, estou pra sofrer um acidente.

Atravessou correndo o corredor. O que viu quando abriu o banheiro dos homens a fez rir ainda mais. Instalado como um trono de ópera cômica no centro do piso havia um toalete portátil com um saco de lona suspenso abaixo do assento, pendurado numa armação de aço. Na parede defronte a ele havia outro desenho de hidrocor, obviamente feito pela mesma mão que criou o peixe. Esse era um cavalo a todo galope. Saía-lhe das narinas uma fumaça cor de laranja, e tinha um brilho ruivo nos olhos. Parecia se dirigir para uma vasta pradaria em algum ponto a leste do sol e a oeste das pias. Nenhum dos azulejos tinha caído daquela parede, mas a maioria estava empenada, dando ao garanhão uma aparência retorcida e onírica.

Lá fora, o vento uivava. Quando Mary baixou a calcinha e se sentou no frio assento do toalete, lembrou de repente de como Peter punha a mão na boca quando *ele* ria — o polegar tocando um canto, o indicador o outro, como se o riso de algum modo o deixasse vulnerável — e de repente, sem intervalo algum, pelo menos que pudesse detectar, estava chorando. Como era estúpido aquilo tudo, ser viúva aos 35 anos, fugitiva numa cidade cheia de gente morta, sentada no banheiro dos homens de um cinema abandonado, numa comadre de lona, fazendo xixi e chorando ao mesmo tempo, mijando e gemendo, podia-se dizer, e olhando um vago animal numa parede, tão distorcido que parecia correr embaixo d'água, como era estúpido estar com medo e ter o sofrimento quase roubado pela bruta determinação de sobreviver a qualquer preço... como se Peter jamais houvesse significado nada mesmo, como se ele fosse apenas uma nota de pé de página.

Como era estúpido ainda estar com tanta fome... mas estava.

— Por que isso está acontecendo? Por que tem de ser comigo? — sussurrou e mergulhou o rosto nas mãos.

3

Se Steve ou Cynthia tivessem uma arma, provavelmente teriam atirado nela.

Eles passavam pelo Bud's Suds (o letreiro de néon na vitrina dizia APROVEITE NOSSA HOSPITALIDADE) quando a porta da loja ao lado — a lavanderia automática — se abriu e uma mulher saltou para fora. Steve, vendo apenas um vulto negro, ergueu a barra de ferro para atingi-la.

— Não! — disse Cynthia, agarrando o pulso dele e segurando-o. — Não faça isso!

A mulher, que tinha uma farta cabeleira negra e uma pele muito branca, mas foi só o que Cynthia pôde ver a princípio, agarrou Steve pelos ombros e colou o rosto no dele. Cynthia achava que a mulher da lavanderia não tinha nem visto a barra de ferro erguida. *Vai perguntar a ele se encontrou Jeeesuuus*, pensou. *Nunca é Jesus quando agarram a gente assim, é sempre Jeeesuuus.*

Mas, claro, não foi isso que ela disse.

— A gente tem de dar o fora. — A voz era baixa, rouca. — Agora mesmo. — Lançou uma olhada para trás, outra para Cynthia, depois pareceu descartá-la inteiramente, concentrando-se de novo em Steve. Cynthia já tinha visto isso antes e não se sentiu ofendida. Na hora do aperto, certas mulheres viam apenas o macho. Às vezes era uma questão de como tinham sido educadas; na maioria, isso parecia fazer parte de seus espertos circuitinhos de Boneca Barbie.

Cynthia estava vendo-a melhor agora, apesar da escuridão e da tempestade de poeira. Madura (trinta anos, no mínimo), com um ar inteligente, não desprovida de apelo sexual. Pernas compridas saindo de um vestido curto que parecia um tanto desajeitado, como se a dona dentro dele não estivesse acostumada a usar vestidos. Contudo, estava longe de ser desajeitada, a julgar pela maneira de se mover, acompanhando os movimentos de Steve, como se dançassem.

— Está de carro? — ela perguntou.

— Não faz diferença — disse Steve. — A estrada de saída da cidade está bloqueada.

— Bloqueada? Bloqueada como?

— Uns trailers — ele disse.

— Onde?

— Perto da empresa de mineração — disse Cynthia —, mas não é só esse o problema. Tem muita gente morta...

— E é a mim que você vem dizer — ela disse, com um riso agudo. — Collie pirou. Eu mesma o vi matar meia dúzia. Foi atrás deles na viatura e matou a tiros na rua. Como se fossem gado e a Main Street, o matadouro. — Ainda segurava Steve, sacudindo-o enquanto falava, como se o repreendesse, mas olhava para todos os lados. — A gente precisa sair da rua. Se ele pega a gente... entrem aqui. É seguro. Estou aqui desde ontem à tarde. Ele entrou uma vez. Eu me escondi debaixo da mesa do escritório. Achei que ele ia seguir o cheiro de meu perfume e me encontrar... contornar a mesa e me encontrar... mas não encontrou. Talvez estivesse de nariz entupido!

Ela começou a rir histericamente, depois deu de repente um tapa no próprio rosto para se fazer parar. Foi engraçado, de uma maneira chocante; uma daquelas coisas que as personagens dos desenhos animados da Warner Brothers faziam às vezes.

Cynthia balançou a cabeça.

— A lavanderia, não. O cinema. Tem mais gente lá.

— Eu vi a sombra dele — disse a mulher.

Ainda segurava Steve pelos ombros e ainda voltava para ele o rosto de forma confidente, como se achasse que ele era Humphrey Bogart e ela, Ingrid Bergman, e que a câmera tinha um filtro suavizante.

— Vi a sombra dele, bateu na mesa e tive certeza... mas ele não me encontrou, e acho que a gente estará segura dentro do escritório enquanto pensa no que fazer depois...

Cynthia estendeu o braço, tomou o queixo da mulher na mão e virou-o para si.

— O que está *fazendo*? — perguntou a mulher de cabelos negros, irada. — Que porra acha que está *fazendo*?

— Chamando sua atenção, espero.

Cynthia soltou o rosto da mulher, e não é que ela se voltou imediatamente para Steve, tão desprovida de cérebro quanto uma flor dobrando o talo para acompanhar o sol, e retomou sua tagarelice.

— Eu estava debaixo da mesa... e... e... a gente precisa... escute, a gente precisa...

Cynthia estendeu o braço e tornou a pegar o queixo da mulher e a virá-lo para seu lado.

— Querida, leia meus lábios. *O cinema. Tem mais gente lá.*

A mulher olhou para ela, franzindo o cenho como se tentasse compreender. Depois olhou atrás de Cynthia para a marquise do American West, sustentada por correntes.

— O cinema velho?

— É.

— Tem certeza? Eu experimentei a porta ontem de noite, depois que escureceu. Está fechada.

— A gente deve ir pelos fundos — disse Steve. — Eu tenho um amigo lá dentro, e foi por onde ele me mandou ir.

— Como ele fez isso? — perguntou a mulher de cabelos negros, desconfiada, mas quando Steve se pôs a andar para aquele lado, ela o acompanhou. Cynthia foi atrás, caminhando pelo lado de fora. — Como ele *conseguiu* fazer isso?

— Telefone celular — disse Steve.

— Em geral não funcionam bem por aqui — disse a mulher de cabelos negros. — Muitas jazidas minerais.

Entraram debaixo da marquise do cinema (uma bola de capim seco presa num ângulo entre a bilheteria de vidro e a porta da esquerda chocalhava como uma maraca) e pararam do outro lado.

— Tem um beco — disse Cynthia.

Foi em frente, mas a mulher ficou onde estava, franzindo o cenho de Steve para ela e para Steve de novo.

— Que amigo, que outra gente é essa? — perguntou. — Como chegaram aqui? Por que o puto do Collie não os matou?

— Vamos deixar isso tudo pra depois. — Steve pegou-a pelo braço.

Ela resistiu ao puxão dele, e quando falou, desta vez tinha uma trava em sua voz.

— Estão me levando pra ele, não estão?

— Dona, a gente nem sabe de quem você está falando — disse Cynthia. — Apenas, pelo amor de Deus, quer *vir* logo?

— Estou ouvindo um carro — disse Steve. Inclinava a cabeça para um lado. — Vem do sul, eu acho. Pra cá, sem dúvida.

A mulher arregalou os olhos.

— Ele — ela sussurrou. — *Ele*.

Olhou para trás, como se ansiasse pela segurança da lavanderia automática, depois tomou uma decisão e disparou pelo beco adentro. Quando chegaram à cerca de tábuas que corria nos fundos do cinema, Cynthia e Steve corriam apenas para acompanhá-la.

4

— Tem certeza... — começou a mulher, e depois uma lanterna piscou, uma vez, de mais adiante no prédio.

Eles seguiam em fila única, Steve entre as mulheres, a da lavanderia na frente. Segurava a mão dela (muito fria) na sua direita e estendia a esquerda para a de Cynthia (um pouco mais quente) atrás. A mulher de cabelos negros os conduziu devagar pelo caminho. A lanterna piscou mais uma vez, agora apontada para dois caixotes empilhados.

— Subam e entrem aqui — sussurrou uma voz, que Steve teve prazer em ouvir.

— Chefe?

— Pode apostar. — Marinville parecia estar sorrindo. — Adoro a aparência do macacão: é tão *masculino*. Entre aqui, Steve.

— Somos três.

— Quanto mais, melhor.

A mulher de cabelos negros puxou a saia a fim de subir nos caixotes, e Steve pôde ver o chefe dando uma boa conferida. Aparentemente, nem o apocalipse mudava algumas coisas.

Steve ajudou Cynthia em seguida, e entrou depois. Ele se virou, já meio para dentro, esticou o braço e derrubou o caixote de cima. Não sabia se isso bastava para enganar o cara de quem a mulher de cabelos negros tinha tanto medo, se viesse farejar por ali, mas era melhor que nada.

Escorregou para dentro do aposento, um antro de paus-d'água se é que já tinha visto algum, depois agarrou o chefe e o abraçou. Marinville riu, parecendo ao mesmo tempo surpreso e satisfeito.

— Beijo de língua, não, Steve, eu insisto.

Steve o segurava pelos ombros, sorrindo.

— Achei que você estava morto. A gente encontrou sua moto enterrada na areia.

— Encontrou? — Agora Marinville parecia alegre. — Filho da puta!

— O que houve com seu rosto?

Marinville segurava a lanterna debaixo do queixo, transformando o rosto inchado, descorado, numa coisa saída de um filme de horror. O nariz parecia um animal atropelado na estrada. O sorriso, embora animado, piorava tudo.

— Se eu fizesse um discurso no Pen Club dos Estados Unidos com esta cara, acha que os babacas iam finalmente ouvir?

— Cara — disse Cynthia, impressionada —, alguém lhe deu um pau pra valer.

— Entragian — disse Marinville, sério. — Vocês se encontraram com ele?

— Não — disse Steve. — E a julgar pelo que ouvi e vi até agora, nem quero.

A porta do banheiro se abriu, rangendo nas dobradiças, e lá estava um menino — cabelo curto, rosto pálido, camiseta do Cleveland Indians suja de sangue. Tinha uma lanterna na mão e a movia rápido, passando-a por cada um dos rostos dos recém-chegados. Tudo se encaixou na mente de Steve, como um quebra-cabeça. Achava que a camisa do menino era a ligação.

— Você é Steve? — perguntou o menino.

Steve assentiu.

— O próprio. Steve Ames. Essa é Cynthia Smith. Você é meu companheiro de telefone.

O menino deu um sorriso fraco.

— Foi na horinha, David. Você na certa nunca vai saber *como* foi na horinha mesmo. É um prazer conhecer você. David Carver, não é?

Deu um passo à frente e apertou a mão do menino, desfrutando o ar de surpresa no rosto dele. Deus sabia como o menino o tinha surpreendido, chegando pelo telefone daquele jeito.

— Como sabe meu sobrenome?

Cynthia tomou a mão de David quando Steve a soltou. Deu-lhe uma sacudida, firme.

— A gente encontrou seu Humvee, Winnebago, seja qual for o nome do trailer. Steve viu suas figurinhas de beisebol.

— Seja franco — disse Steve a David. — Acha que o Cleveland *algum dia* vai vencer o Campeonato Mundial?

— Não me importa, contanto que eu esteja lá pra vê-los jogar outro jogo — disse David, com um vestígio de sorriso.

Cynthia se virou para a mulher da lavanderia, aquela em que talvez tivessem atirado se tivessem armas.

— E essa aqui é...

— Audrey Wyler — disse a mulher de cabelos negros. — Sou geóloga consultora da Mineração Diablo. Pelo menos, era. — Deu uma conferida no banheiro de mulheres com grandes olhos perplexos, vendo a caixa de garrafas de bebida, as cestas de latas de cerveja, o fabuloso peixe nadando na suja parede de azulejos. — No momento, não sei quem eu sou. Me sinto como resto de almôndega velha de três dias.

Foi se virando aos poucos para Marinville enquanto falava, mais ou menos como tinha se virado para Steve na frente da lavanderia, e assumiu seu papel original.

— A gente tem de sair da cidade. Seu amigo aí diz que a estrada está bloqueada, mas eu conheço outra. Sai da área de baldeação embaixo do barracão pra Rodovia 50. Está uma merda, mas tem ATVs na garagem das máquinas, uma meia dúzia...

— Sei que seu conhecimento será muito útil, mas acho que devemos deixar isso de lado, por enquanto — disse Marinville. Falava numa voz profissional, tranquilizante, que Steve reconheceu imediatamente. Era como o chefe falava com as mulheres (invariavelmente mulheres, na casa dos cinquenta ou início dos sessenta) que organizavam suas conferências literárias — o que ele chamava de missões de bombardeio cultural.

— Primeiro temos de discutir tudo. Vamos pro cinema. Tem uma boa acomodação lá. Acho que vão ficar surpresos.

— Quem é você, algum idiota? — ela perguntou. — A gente não tem de discutir nada, tem é de *dar o fora daqui*. — Olhou em volta. — Vocês parecem não entender o que aconteceu aqui. Esse cara, Collie Entragian...

Marinville ergueu a lanterna e iluminou todo o seu rosto por um momento, deixando-a dar uma boa olhada.

— Eu encontrei o cara, como você pode ver, e entendo bastante. Vamos lá pra frente, sra. Wyler, e a gente conversa. Vejo que está impaciente com essa ideia, mas é melhor. Os marceneiros têm um ditado: meça duas vezes, corte uma. É um bom ditado. Certo?

304

Ela lançou-lhe um olhar relutante, mas quando ele se dirigiu à porta, foi atrás. O mesmo fizeram Steve e Cynthia. Lá fora, o vento uivava em torno do cinema, fazendo-o gemer em suas mais profundas juntas.

5

O vulto escuro de um carro com luzes no teto rodava devagar para o norte, em meio à escuridão de vento uivante, afastando-se do negro paredão que assinalava a mina da China, no extremo sul de Desespero. Ia de luzes apagadas; a coisa atrás do volante via muito bem no escuro, mesmo naquela escuridão açoitada por rajadas de poeira.

O carro passou pela bodega no extremo sul da cidade. A tempestade de poeira cobria a maior parte do letreiro caído que dizia COMIDA ME-XICANA; só aparecia ao fraco fulgor da lâmpada da varanda MIDA MEXI. A viatura subiu lentamente a rua até a prefeitura, dobrou no estacionamento e parou onde estava antes. Atrás do volante, o vulto enorme, curvado, usando a cartucheira com distintivo na correia, cantarolava uma velha música numa voz desafinada, zumbida: *"E vamos sair dançando, baby, e você vai ver... Como tem magia na música e em mim..."*

A criatura no banco do motorista desligou o motor do Caprice e ficou ali sentada, cabisbaixa, batendo os dedos no volante. Um urubu surgiu batendo as asas na tempestade de poeira, fez um ajuste de última hora na rajada do vento e pousou no capô da viatura. Seguiu-se um segundo, e depois, um terceiro. Esse último a chegar crocitou para os parceiros e esguichou um jato de cocô no capô do carro.

Alinharam-se, olhando através do sujo para-brisa.

— Os judeus — disse o motorista — têm de morrer. E os católicos. Os mórmons também. *Tak*.

A porta foi aberta. Saiu um pé, depois o outro. A figura de cartucheira ficou de pé, bateu a porta. Trazia o novo chapéu debaixo do braço, por enquanto. Na outra mão, segurava a escopeta que a mulher, Mary, tinha pegado em cima da mesa. Andou até a porta da frente. Ali, ao lado da escada, havia dois coiotes. Os dois bichos gemeram intranquilos e se sentaram sobre os quartos traseiros, dando sorrisos servis à figura que se aproximava e que passou por eles sem lhes dar qualquer atenção.

A coisa estendeu o braço para a porta, e então a mão ficou paralisada. Estava entreaberta. Um capricho do vento quase a tinha fechado... mas não *inteiramente*.

— Que porra? — murmurou a figura e abriu a porta.

Subiu a escada depressa, primeiro pondo o chapéu na cabeça (enfiando-o com força; já não cabia tão bem agora), e depois segurando a escopeta com as duas mãos.

Um coiote jazia morto no alto da escada. A porta que dava para a área da carceragem também estava aberta. A coisa com a escopeta na mão entrou, já sabendo o que ia ver, mas o saber não impediu o irado rugido que lhe saiu do peito. Lá fora, ao pé da escada da entrada, os coiotes gemeram, se encolheram e esguicharam urina. Sobre o capô do carro, os urubus também ouviram o grito da coisa lá em cima e bateram as asas nervosos, quase levantando voo e depois sossegando, virando a cabeça agitados uns para os outros, como para bicar.

Na área da carceragem, todas as celas antes ocupadas agora se achavam vazias e abertas.

— Aquele menino — murmurou a figura na entrada. As mãos ficaram brancas no cabo da escopeta. — Aquele drogadinho indecente.

Ficou ali mais um instante, depois entrou devagar no aposento. Os olhos iam de um lado para outro no rosto sem expressão. O chapéu — tipo Smokey, de aba reta — tornava a subir devagar, com os cabelos da coisa empurrando-o. Tinha muito mais cabelos que o dono anterior. A mulher que Collie Entragian tinha tirado da área da carceragem e levado para baixo tinha 1,70 metro, 65 quilos. A coisa parecia a irmã muito maior dela: 1,92 metro, ombros largos, provavelmente uns 100 quilos. Usava um guarda-pó pego no depósito antes de voltar para o que a empresa de mineração chamava de Cascavel Número Dois e o pessoal da cidade, por mais de cem anos, chamara de mina da China. O guarda-pó apertava um pouco o peito e os quadris, mas ainda era melhor que as roupas antigas desse corpo; eram tão inúteis para a coisa quanto as velhas preocupações e desejos de Ellen Carver. Quanto a Entragian, ela tinha sua cartucheira, distintivo e chapéu; trazia a pistola no quadril.

Claro. Afinal, Ellen Carver era a única lei a oeste de Pecos agora. Era a função dela, e que Deus ajudasse a qualquer um que tentasse impedi-la de cumpri-la bem.

O ex-filho dela, por exemplo.

Do bolso do peito do guarda-pó, tirou uma pequena escultura. Uma aranha esculpida em pedra calcária. Ela se inclinou meio instável para a esquerda na mão de Ellen (tinha uma das pernas quebrada), mas isso de modo algum dissipava sua feiura ou malevolência. Olhos de pedra esburacados, roxos, de ferro fundido por vulcão milênios atrás, saltavam de cima da mandíbula escancarada, mostrando uma língua que não era língua, mas a cabeça sorridente de um minúsculo coiote. Nas costas da aranha, via-se uma forma que se assemelhava vagamente a um violino.

— *Tak!* — disse a criatura parada junto à mesa.

Tinha a cara frouxa e fofa, uma cruel paródia do rosto da mulher que, dez horas antes, lia para a filha um livro da coleção *Curious George* e tomava com ela uma xícara de chocolate. Contudo, os olhos daquela cara eram vivos, atentos e venenosos, terrivelmente semelhantes aos da coisa na palma de sua mão. Ela tomou-a então na outra mão e a ergueu acima da cabeça, à luz do globo de vidro pendurado acima da mesa.

— *Tak ah wan! Tak ah lah! Mi him, en tow! En tow!*

Aranhas-marrom vieram correndo para ela da escuridão do poço da escada, das fendas do assoalho, dos cantos escuros das celas vazias. Reuniram-se num círculo em torno dela. Lentamente, ela pôs a aranha de pedra sobre a mesa.

— *Tak!* — exclamou baixinho. — *Mi him, en tow.*

Uma onda perpassou o atento círculo de aranhas. Talvez fossem umas cinquenta ao todo, a maioria não maior do que passas. Depois o círculo se desfez, correndo para a porta em duas filas. A coisa que tinha sido Ellen Carver antes de Collie Entragian levá-la para a mina da China ficou olhando-as se afastarem. Depois guardou a escultura de volta no bolso.

— Os judeus devem morrer — disse ao aposento vazio. — Os católicos devem morrer. Os mórmons devem morrer. Os fãs do Grateful Dead devem morrer. — Fez uma pausa. — Os menininhos rezadores também devem morrer.

Ergueu as mãos de Ellen Carver e pôs-se a tamborilar nas clavículas de Ellen Carver meditativamente com os dedos dela.

PARTE III

O AMERICAN WEST:
Sombras Lendárias

Capítulo Um

1

— Puta que pariu! — disse Steve. — É fantástico.

— Esquisito pra caralho, é o que é — respondeu Cynthia, depois olhou em torno para ver se tinha ofendido o velho. Não se via Billingsley em parte alguma.

— Senhorita — disse Johnny. — Esquisito é o vão perto do palco onde os fãs dançam se batendo, a única invenção pela qual sua geração pode receber o crédito até agora. Isso não é esquisito. Isso é até legal, na verdade.

— Esquisito — repetiu Cynthia, mas sorria.

Johnny calculava que o American West tinha sido construído na década após a Segunda Guerra Mundial, quando os cinemas não eram mais as Xanadus exageradas que tinham sido nos anos vinte e trinta, mas muito antes que os shopping centers e os prédios só de cinemas e teatros os houvessem transformado em caixas de sapato com Dolby estéreo. Billingsley tinha acendido os pontos de luz acima da tela e do que antes se chamava poço da orquestra, e Johnny não tinha problema para ver o lugar. O auditório era grande mas aconchegante. Havia nichos de luz elétrica vagamente *art déco*, mas nenhum outro ornamento. A maioria das poltronas continuava no lugar, mas o veludo vermelho tinha desbotado, estava puído e com um forte cheiro de mofo. A tela era um imenso retângulo branco no qual Rock Hudson outrora se engalfinhara com Doris Day, e Charlton Heston disputara uma corrida de bigas com Stephen Boyd. Devia ter pelo menos 12 metros de comprimento por seis de altura; de onde Johnny estava, parecia a tela de um *drive-in*.

Havia um palco na frente da tela — uma espécie de relíquia, achava Johnny, pois o teatro de revista já devia estar morto na época em que a casa foi construída. Teria sido usado *algum dia*? Supunha que sim; para discursos políticos ou formaturas de ginásio, talvez para o encerramento do campeonato municipal de soletrar. Não importava quais fossem as finalidades que tivesse antes, certamente nenhuma das pessoas que assistiam àquelas antiquadas cerimônias municipais teria previsto a função final daquele palco.

Ele olhou em volta, já um pouco preocupado com Billingsley, e viu o velho descendo o curto e estreito corredor que ia do banheiro aos bastidores, onde o resto deles se reunia. *O coroa tem uma garrafa de reserva, voltou pra tomar uma talagada rapidinho, só isso*, pensou Johnny, mas não sentiu bafo de bebida quando o velho passou por perto, e esse era um cheiro que jamais deixava de sentir, agora que tinha parado de beber.

Seguiram Billingsley até o palco, o grupo de pessoas no qual Johnny começava a pensar (e não inteiramente sem carinho) como a Sociedade dos Sobreviventes de Collie Entragian, os pés batendo e ecoando, as sombras longas e ralas à luz da ribalta. Billingsley as tinha ligado numa caixa de luz ao lado da entrada esquerda do palco. Acima das esfarrapadas poltronas de veludo, a fraca luz logo se desfazia, e havia apenas a escuridão subindo a alturas invisíveis. Acima disso — e de todos os lados também —, uivava o vento do deserto. Era um som que gelava o sangue de Johnny... mas ele não podia negar que havia alguma coisa de estranhamente atraente naquilo... embora não soubesse qual era a atração.

Ah, não minta. Você sabe. Billingsley e os amigos dele também sabiam, por isso vinham aqui. Deus fez você ouvir esse som, e um ambiente como este é um amplificador natural para ele. Você pode ouvi-lo ainda melhor quando se senta diante da tela com os velhos companheiros, lançando sombras lendárias e bebendo ao passado. Esse som diz que deixar de beber é legal, é na verdade a única opção sensata. O som fala da atração do vazio e dos prazeres do zero.

No meio do empoeirado palco e diante da tela sem cortina havia uma sala de estar — poltronas, sofás, abajures de pé, uma mesinha de centro, até um aparelho de TV. Tudo isso sobre um grande tapete. Parecia um pouco um mostruário de uma seção de Vida Doméstica numa loja de departamentos, mas Johnny continuava voltando à ideia de que se Eugène Ionesco algum dia houvesse escrito um episódio de *Além da Imaginação*, o cenário provavelmente teria se parecido muito com aquilo. Dominando o *décor*, um bar de carvalho. Johnny passou a mão por cima dele. Billingsley ligou os abajures de pé, um após o outro. Johnny viu que os fios elétricos corriam por pequenas fendas na parte inferior da tela. As bordas dessas canaletas haviam sido remendadas com fita isolante para impedi-las de se alargarem.

Billingsley indicou o bar com a cabeça.

— Veio da velha Fazenda Círculo. Parte do leilão de Clayton Loving. Buzz Hansen e eu nos juntamos e arrematamos por dezessete paus. Vocês acreditam?

— Francamente, não — disse Johnny, tentando imaginar quanto uma peça daquela custaria numa das preciosas lojinhas do SoHo. Abriu as portas duplas e viu que o bar estava inteiramente abastecido. E de coisa boa. Não de primeira, mas boa. Apressou-se a fechar as portas. As garrafas lá dentro o chamavam de um jeito que a de Beam tirada do Owl's não tinha feito.

Ralph Carver se sentou numa poltrona e olhou para os assentos vazios com a tonta esperança de alguém que ousa pensar que pode estar sonhando, afinal. David foi até a televisão.

— Vocês pegam alguma coisa nisso?... Ah, entendi.

Tinha visto o videocassete embaixo. Agachou-se para olhar a fila de fitas empilhadas em cima.

— Filho... — começou Billingsley, e desistiu.

David mexeu rápido na caixa — *Alunas Famintas de Sexo, Indecentes Debutantes, Bonecas do Caralho, Parte 3* — e guardou-as de volta.

— Vocês veem isso?

Billingsley deu de ombros. Parecia cansado e envergonhado.

— A gente está velho demais pra coisa de verdade, filho. Um dia você talvez entenda.

— Ora, isso é com vocês — disse David, se levantando. — Eu só perguntei.

— Steve, veja isso — disse Cynthia.

Recuou, ergueu os braços acima da cabeça, cruzou-os nos pulsos e abanou-os. Uma imensa forma se moveu lentamente na tela, imunda de várias décadas de poeira acumulada.

— Um corvo. Nada mau, hein?

Ele sorriu, andou até o lado dela e pôs as mãos juntas à frente com um dedo para fora.

— Um elefante! — Cynthia riu. — Legal!

David riu com ela. Era um som descontraído, alegre e solto. O pai voltou a cabeça e sorriu também.

— Nada mau prum garoto de Lubbock! — disse Cynthia.

— É melhor parar com isso se não quiser que eu comece a chamar você de docinho de novo.

Ela mostrou-lhe a língua, olhos fechados, dedos mexendo as orelhas, lembrando tão fortemente Terry que Johnny deu uma risada. O som o espantou, quase assustou. Supunha que, em algum momento entre Entragian e o pôr do sol, tinha decidido nunca mais voltar a rir... pelo menos de coisas engraçadas.

Mary Jackson, que estivera andando pela sala de estar do palco, olhando tudo, olhou para o elefante de Steve.

— Eu sei fazer a linha do horizonte da cidade de Nova York — anunciou.

— O caralho! — disse Cynthia, embora parecesse intrigada com a ideia.

— Vamos ver! — disse David.

Olhava para a tela acima com a expectativa de um menino esperando o início do mais novo filme de *Ace Ventura*.

— Tudo bem — disse Mary e ergueu as mãos com os dedos para cima. — Deixa ver... me deem um segundo... Aprendi isso no acampamento de verão, há muito tempo...

— Que *porra* vocês estão *fazendo*?

A voz estridente deu um sério susto em Johnny, e ele não foi o único. Mary soltou um gritinho. A linha do horizonte da cidade que tinha começado a formar-se na velha tela de cinema saiu de foco e desapareceu.

Audrey Wyler estava parada a meio caminho entre a entrada esquerda do palco e o grupo na sala de estar, o rosto pálido, os olhos arregalados e ardentes. Sua sombra crescia na tela atrás, criando sua própria imagem, sem que sua criadora o soubesse: a capa de Batman.

— Vocês são tão loucos quanto ele, têm de ser. Ele está em algum lugar lá fora, procurando a gente. *Agora mesmo.* Não se lembra do carro que ouviu, Steve? Era ele, voltando! Mas vocês ficam aqui... *com as luzes acesas...* fazendo joguinhos de salão!

— Ninguém vê as luzes do lado de fora, mesmo com todas acesas — disse Billingsley. Olhava para Audrey de um modo ao mesmo tempo pensativo e intenso... como se, pensava Johnny, achasse que já a tinha visto antes em algum lugar. Talvez tenha sido em *Indecentes Debutantes.*
— É um cinema, lembre-se. Inteiramente à prova de som e de luz. Era o que a gente gostava, a minha turma.

— Mas ele virá procurar. E se procurar bastante, vai encontrar a gente. Em Desespero não tem muito lugar pra gente se esconder.

— Que ele venha — disse Ralph, erguendo a Ruger .44. — Ele matou minha filha e levou minha mulher. Eu vi tão bem quanto você como é ele, dona. Por isso, ele que venha. Tenho uma correspondência expressa pra ele.

Audrey olhou para ele com incerteza por um momento. Ele retribuiu com olhos mortos. Ela olhou para Mary, não encontrou nada de interessante ali e tornou a olhar para Billingsley.

— Ele pode entrar de mansinho. Um lugar como este deve ter meia dúzia de entradas. Talvez mais.

— É, e todas fechadas, com exceção da janela do banheiro das mulheres — disse Billingsley. — Eu voltei lá ainda há pouco e pus uma fila de garrafas de cerveja no parapeito, por dentro. Se ele abrir a janela, vai empurrar o vidro, bater nas garrafas, derrubá-las, e elas vão se espatifar no chão. A gente vai ouvir, dona, e, quando ele entrar aqui, a gente mete tanto chumbo nele que depois podem cortá-lo e usar como chumbada de pesca.

Olhava para ela de perto ao dizer isso, os olhos se alternando entre o rosto, que era legal, e as pernas, que eram, na humilde opinião de John Edward Marinville, espetaculares pra caralho.

Ela continuava olhando para Billingsley como se jamais houvesse visto um idiota maior na vida.

— Já ouvi falar de chaves, coroa? Nessas cidadezinhas, os policiais têm chaves de *todas* as lojas.

— Das *abertas*, têm mesmo — respondeu Billingsley, calmo. — Mas o American West não está aberto há muito tempo. As portas não estão só fechadas, estão pregadas com tábuas. A garotada usava a escada de incêndio pra entrar, mas isso acabou em março passado, quando a escada despencou. Não, acho que a gente está mais seguro aqui do que em qualquer outra parte.

— Na certa mais seguros do que lá fora na rua — disse Johnny.

Audrey voltou-se para ele, mãos nos quadris.

— Bem, o que pretendem fazer? Ficar aqui e se divertir fazendo jogos de sombras na porra da tela?

— Vá devagar — disse Steve.

— Vá devagar *você*! — ela quase rosnou. — *Eu quero dar o fora daqui!*

— Todos queremos, mas não está na hora — disse Johnny. Olhou para os outros em volta. — Alguém discorda?

— Seria loucura sair lá fora no escuro — disse Mary. — O vento deve estar a 80 quilômetros por hora, e com a areia voando como está, ele poderia nos pegar um por um.

— O que você acha que vai mudar amanhã, quando a tempestade passar e o sol sair? — perguntou Audrey. Era a Johnny que perguntava, não a Mary.

— Acho que o amigo Entragian pode estar morto quando a tempestade passar — ele disse. — Se já não está.

Ralph ergueu o olhar e assentiu. David encolhia-se junto à TV, as mãos frouxamente cruzadas entre os joelhos, olhando para Johnny em profunda concentração.

— Por quê? — perguntou Audrey. — Como?

— Você não o viu?

— Claro que vi. Só não vi hoje. Hoje só ouvi ele passando de carro... andando... e *falando* consigo mesmo. Na verdade, não o *vejo* desde ontem.

— Tem alguma coisa radioativa por aqui, dona? — perguntou Ralph a Audrey. — Alguma vez já teve... assim... algum tipo de depósito de refugo nuclear, ou talvez de armas velhas? Ogivas de mísseis, alguma coisa assim? Porque o policial parecia estar caindo aos pedaços.

— Não creio que fosse doença de radiação — disse Mary. — Vi fotos disso, e...

— Opa — disse Johnny, erguendo a mão. — Quero dar uma sugestão. Acho que a gente devia se sentar e discutir isso. Tudo bem? Ajuda a passar o tempo, e pode surgir uma ideia do que devemos fazer a seguir.

Olhou para Audrey, deu-lhe seu mais cativante sorriso e gostou de vê-la relaxar um pouco, embora não se derretesse exatamente. Talvez não tivesse perdido todo o velho charme, afinal.

— No mínimo, será mais construtivo do que fazer sombras na tela — disse.

Seu sorriso esmaeceu um pouco e ele se virou para olhá-los: Audrey, parada na borda do tapete com seu vestido desajeitado-sexy; David, agachado junto à TV; Steve e Cynthia, sentados nos braços de uma poltrona que poderia ter vindo também da Fazenda Círculo; Mary, parada junto à tela e parecendo uma professora primária com os braços cruzados sob os seios; Tom Billingsley, examinando o armário de cima do bar, as mãos firmemente cruzadas às costas; e Ralph, na poltrona à margem da luz, com o olho esquerdo inchado quase fechado. A Sociedade dos Sobreviventes de Collie Entragian, todos presentes e prestando atenção.

Que turma, pensou Johnny. Manhattan Transfer *no deserto*.

— Há outro motivo pelo qual precisamos conversar — disse.

Olhou para as sombras subindo e descendo na tela sem cortina. Por um momento, todas lhe pareceram sombras de pássaros gigantes. Lembrou-se de Entragian dizendo que os urubus peidavam, que eram as únicas aves que faziam isso. De Entragian dizendo *Ah, merda, estamos todos além da razão*, você *sabe disso*. Pensou que aquilo talvez fosse a coisa mais assustadora que alguém tinha lhe dito em toda a sua vida. Sobretudo porque parecia verdade.

Johnny balançou a cabeça devagar, como se concordasse com uma voz interior, e prosseguiu.

— Já vi algumas coisas extraordinárias em minha vida, mas nunca tive o que poderia caracterizar de qualquer maneira como uma experiência sobrenatural. Até... talvez... hoje. E o que mais me assusta é que essa experiência talvez não tenha acabado. Não sei. Só posso dizer com certeza que me aconteceram coisas nas últimas horas que eu não consigo explicar.

— De que está *falando*? — Audrey parecia à beira das lágrimas. — O que está acontecendo já não é ruim o bastante sem fazermos disso uma espécie de história de... terror de acampamento?

— É — disse Johnny, falando com uma voz baixa, compadecida, que ele mal reconhecia. — Mas isso não muda nada.

— Eu escuto e falo melhor quando não estou morrendo de fome — observou Mary. — Acho que não tem nada pra comer neste lugar, tem?

Tom Billingsley mexeu os pés e pareceu sem graça.

— Bem, não, não muita coisa, dona. A gente vinha mais aqui de noite pra beber e falar dos velhos tempos.

Ela deu um suspiro.

— Era o que eu pensava.

Ele apontou vagamente para o outro lado da entrada do palco.

— Marty Ives trouxe uma sacola com umas coisas umas duas noites atrás. Provavelmente sardinha. Marty adora sardinha e bolacha.

— Eca! — fez Mary, mas pareceu interessada quase a despeito de si mesma.

Johnny supôs que com mais duas ou três horas, até anchovas pareceriam boas para ela.

— Vou dar uma olhada, talvez ele tenha trazido mais alguma coisa — disse Billingsley. Não parecia esperançoso.

David se levantou.

— Eu faço isso, se o senhor quiser.

Billingsley deu de ombros. Olhava de novo para Audrey, e parecia ter perdido o interesse pelas sardinhas de Marty Ives.

— Tem um interruptor de luz à esquerda logo que sair do palco. Bem em frente vai ver umas prateleiras. Tudo que o pessoal trazia pra comer, em geral punha nelas. Talvez ache alguns Oreos também.

— Vocês deviam encher a cara um pouco além da conta, mas pelo menos pensavam um mínimo nas necessidades de alimentação — disse Johnny. — Eu gosto disso.

O veterinário lançou-lhe uma olhada, encolheu os ombros e voltou às pernas de Audrey Wyler. Ela parecia não notar o interesse dele nelas. Ou não se incomodar.

David começou a atravessar o palco, depois voltou e pegou o .45. Olhou para o pai, mas Ralph olhava para a plateia com uma expressão vazia, para as poltronas de veludo que desapareciam na escuridão atrás. O menino guardou cuidadosamente a pistola no bolso do jeans, deixando apenas o cabo para fora, e atravessou o palco. Ao passar por Billingsley, perguntou:

— Tem água encanada?

— Isto aqui é o deserto, filho. Quando um prédio fica vazio, eles cortam a água.

— Que sujeira. Ainda estou coberto de sabonete. Isso coça.

Deixou-os, atravessou o palco e se curvou na abertura do outro lado. Um momento depois a luz se acendeu. Johnny relaxou um pouco — só então compreendendo que parte de sua mente esperava ver alguma coisa saltar sobre o menino — e percebeu que Billingsley o olhava.

— O que esse menino fez lá atrás... o jeito como saiu da cela... aquilo era impossível — disse Billingsley.

— Então ainda devemos estar lá, trancafiados — disse Johnny. Achou o som das palavras correto, bem do jeito dele mesmo, mas o que o velho veterinário dizia já tinha lhe ocorrido. Até uma expressão para descrever aquilo já tinha lhe ocorrido: um *discreto milagre*. E a teria anotado em sua caderneta se não a tivesse deixado cair na beira da Rodovia 50. — É isso que você acha?

— Não, a gente está aqui e viu o que ele fez — disse Billingsley. — Se ensaboou todo com o sabonete e passou se espremendo por entre as barras como uma semente de melancia. Pareceu normal, não foi? Mas eu lhe digo, amigo, nem mesmo Houdini podia ter feito aquilo daquele jeito. Por causa da cabeça. Ele devia ter enganchado a cabeça, mas não enganchou.

Olhou para os outros, um por um, acabando em Ralph. Este o olhava agora, em vez das poltronas, mas Johnny não sabia se ele entendia o que o velho dizia. E talvez fosse melhor assim.

— Aonde o senhor quer chegar? — perguntou Mary.

— Não sei bem — respondeu Billingsley. — Mas acho que a gente faria bem em sentar em torno do jovem sr. Carver. — Hesitou, depois acrescentou: — Os veteranos dizem que qualquer fogueira serve numa noite fria.

2

A coisa pegou o coiote morto e examinou-o.

— *Soma* morreu; *pneuma* partiu; só resta *sarx* — disse numa voz que era um paradoxo: ao mesmo tempo sonora e inteiramente sem tom. — Assim foi sempre; assim será; a vida suga, a gente morre.

Levou o animal para baixo, as patas e a cabeça despedaçada balançando, o corpo ondulando como uma sangrenta estola de pele. A criatura que o segurava parou um instante diante das portas principais da prefeitura, olhando a tempestuosa escuridão lá fora, escutando o vento.

— *So cah set!* — exclamou, depois virou e levou o animal para o gabinete do prefeito.

Olhou para os cabides de casacos à direita da porta e viu logo que a menina — Pie para o irmão — tinha sido baixada e envolta numa cortina.

O rosto pálido se contorceu de raiva quando ela olhou a forma coberta da menina.

— Tiraram! — disse ao coiote morto em seus braços. — O maldito menino a tirou. Menino idiota, criador de caso!

Sim. Menino imprestável. Menino grosseiro. Menino *burro*. Em certo aspecto, este último era melhor, não era? O mais verdadeiro. Um rezadorzinho burro tentando fazer pelo menos parte da coisa dar certo, como se alguma parte de uma coisa daquelas *pudesse* jamais dar certo, como se a morte fosse uma obscenidade que pudesse ser esfregada da parede da vida por um braço forte. Como se o livro fechado pudesse ser reaberto e lido de novo, com um final diferente.

Contudo, a raiva da coisa estava entremeada de medo, como um ponto amarelo num pano vermelho, porque o menino não ia desistir, e, portanto, o resto deles também não. Não deviam ter fugido de

(*Entragian ela a coisa eles*)

mesmo que as portas das celas estivessem escancaradas. Mas tinham. Por causa do menino, o desgraçado e pretensioso e orgulhoso menino rezador, que tinha tido a insolência de tirar a putinha da irmã do cabide e tentar dar a ela uma coisa semelhante a um enterro decente...

Sentiu uma espécie de calor abafado nos dedos e palmas. A coisa baixou os olhos e viu que tinha enfiado até os pulsos as mãos de Ellen na barriga do coiote.

Pretendia pendurar o coiote num dos cabides, simplesmente porque era o que tinha feito com alguns dos outros, mas agora lhe vinha outra ideia. Levou o coiote para junto do fardo verde no chão, ajoelhou-se e abriu a cortina. Olhou com a boca rosnando em silêncio para a menina morta que havia crescido dentro daquele corpo.

E o menino tinha de cobri-la!

Puxou as mãos de Ellen, agora cobertas de luvas de sangue morno, de dentro do coiote e pôs o animal em cima de Kirsten. Abriu as mandíbulas do animal e as pôs em torno do pescoço da criança. Havia alguma coisa ao mesmo tempo hedionda e fantástica naquele *tableau de la mort*; era como uma xilogravura de um conto de fadas de terror.

— *Tak* — sussurrou a coisa, com um sorrisinho.

O lábio inferior de Ellen Carver rachou com isso. O sangue escorreu pelo queixo num fio despercebido. O maldito e presunçoso menino provavelmente jamais veria aquela releitura de sua releitura, mas como era ótimo imaginar a reação dele se visse! Se visse como seus esforços tinham resultado em tão pouca coisa, como o respeito podia ser rapidamente retirado, como o zero se impunha naturalmente aos fabricados números inteiros dos homens.

A coisa puxou a cortina para cima do pescoço do coiote. Agora a criança e a fera pareciam quase amantes. Como desejava que o menino estivesse ali! O pai também, mas sobretudo o menino. Porque era o menino que precisava tanto de instrução.

O menino é que era perigoso.

Ouviu alguma coisa correr às suas costas, um som baixo demais para ser ouvido... mas ouviu assim mesmo. Girou sobre os joelhos de Ellen e viu as aranhas-marrom voltando. Entraram pela porta do gabinete do prefeito, dobraram à esquerda, depois subiram a parede, por cima de cartazes anunciando questões municipais próximas e solicitando voluntários para a festa do Dia dos Pioneiros daquele outono. Acima do que anunciava um encontro informativo no qual os diretores da Empresa de Mineração de Desespero discutiriam a reativação da chamada mina da China, as aranhas reformaram seu círculo.

A mulher alta de guarda-pó e cartucheira se levantou e se aproximou delas. O círculo na parede tremeu, como se manifestasse medo ou êxtase, ou talvez as duas coisas. A mulher juntou as mãos sangrentas e as abriu para a parede, com as palmas para a frente.

— *Ah lah?*

O círculo se desfez. As aranhas correram para uma nova forma, movendo-se com a precisão de uma equipe se apresentando num intervalo de jogo. Fizeram um C, depois desfizeram, correram a formar um I. Seguiu-se um N, um E, um M...

Oscilaram, ainda correndo de um lado para outro, decidindo como formar um A.

— *En tow* — disse a coisa. — *Ras*.

As aranhas desistiram de formar o A e retomaram o círculo ligeiramente trêmulo.

— *Ten ah?* — perguntou a coisa após um instante, e as aranhas formaram uma nova figura. Era um círculo, a forma do *ini*. A mulher com as impressões digitais de Ellen Carver ficou olhando-o por bastante tempo, tamborilando os dedos de Ellen nas clavículas de Ellen, depois acenou com a mão de Ellen para a parede. A figura se desfez. As aranhas começaram a descer para o chão.

A coisa retornou ao saguão, sem olhar as aranhas que passavam em torno de seus pés. Estariam ali se precisasse delas, e era só o que importava.

Ficou parada nas portas duplas, olhando uma vez mais a noite. Não podia ver o velho cinema, mas tudo bem; sabia onde ficava o American West, uns 200 metros ao norte dali, logo após o único cruzamento da cidade. E, graças às aranhas-violino, agora também sabia onde *eles* estavam.

Onde *ele* estava. O merdinha do menino rezador.

3

Johnny Marinville contou de novo sua história — toda, dessa vez. Pela primeira vez em muitos e muitos anos, tentava mantê-la curta — críticos em todo o país o teriam aplaudido, em parte descrentes. Contou que tinha parado para fazer xixi, e como Entragian tinha plantado a erva na bolsa da moto enquanto ele estava mijando. Contou dos coiotes — daquele com quem Entragian tinha parecido falar e dos outros, postados a intervalos ao longo da estrada, como uma fantástica guarda de honra — e de como o policial grandão o tinha espancado. Contou o assassinato de Billy Rancourt e depois, sem qualquer mudança apreciável na voz, contou como o urubu o atacou, aparentemente por ordem de Collie Entragian.

A expressão de Audrey Wyler era de franca descrença ao ouvir isso, mas Johnny viu Steve e a garota magrela que ele pegou em algum ponto do caminho trocarem um olhar de nauseada compreensão. Não olhou em volta para ver como os outros recebiam a história, mas baixou os olhos para as próprias mãos e os joelhos, concentrando-se como fazia quando tinha de escrever um longo trecho.

— Quis que eu chupasse o pau dele. Acho que era pra me fazer choramingar e pedir piedade, mas não achei a ideia tão chocante quanto Entragian talvez esperasse. Chupar o pau é uma exigência sexual bastante comum nas situações em que a autoridade excede seus limites e restrições naturais, mas não é o que parece. Superficialmente, o estupro significa dominação e agressão. Por baixo, porém, é ira causada pelo medo.

— Obrigada, dra. Ruth — disse Audrey. — Em brrefe, estarremos a falarr do impotênzia.

Johnny olhou-a sem rancor.

— Eu escrevi um romance sobre estupro homossexual. *Tiburon*. Não foi um grande sucesso crítico, mas conversei com muita gente e acho que peguei muito bem o básico. A questão é que ele me deixou furioso, em vez de me amedrontar. Àquela altura, eu já tinha decidido que não tinha muita coisa a perder. Disse a ele que chupava o pau dele, claro, mas assim que o pusesse na boca, arrancaria com os dentes. Aí... aí...

Fez mais esforço para pensar do que fazia há pelo menos dez anos, assentindo para si mesmo.

— Aí lancei uma daquelas palavras malucas dele contra ele mesmo. Pelo menos me *parecia* maluca, ou alguma coisa tipo uma língua inventada. Tinha um tom gutural.

— Foi *tak*? — perguntou Mary.

Johnny fez que sim com a cabeça.

— E não pareceu maluquice para os coiotes, nem pra Entragian. Quando eu falei, ele meio que se encolheu... e foi aí que convocou o ataque de bombardeiro do urubu contra mim.

— Eu não acredito que isso tenha acontecido — disse Audrey. — Calculo que você seja um escritor famoso ou alguma coisa assim, e parece um cara que não está acostumado a que duvidem de sua palavra, mas eu simplesmente não acredito.

— Mas foi o que aconteceu — ele disse. — Você não viu nada parecido? Comportamento animal, estranho, agressivo?

— Eu fiquei escondida na *lavanderia automática da cidade* — ela disse. — Quer dizer, oi! Estamos falando a mesma língua aqui?

— Mas...

— Escutem, querem falar de comportamento animal estranho e agressivo? — perguntou Audrey. Ela se curvou para a frente, os olhos brilhando e fixos em Marinville. — É de *Collie* que estão falando. Collie como ele está agora. Matou todo mundo que encontrou pela frente, todo mundo que cruzou seu caminho. Isso não basta pra vocês? Precisam de urubus treinados também?

— E aranhas? — perguntou Steve.

Ele e a garota magrela estavam na poltrona agora, não mais nos braços, e ele estava com o braço sobre os ombros dela.

— O que é que tem?

— Você viu aranhas meio... bem... se reunindo?

— Como pássaros de um mesmo bando? — Ela lançava a ele um olhar que dizia CUIDADO, LUNÁTICO À SOLTA.

— Bem, não. Usei a palavra errada. *Viajando* juntas. Em bandos. Como lobos. Ou coiotes.

Ela balançou a cabeça.

— E cobras?

— Também não vi nenhuma. Nem coiotes na cidade. Nem mesmo um cachorro andando de bicicleta com um chapeuzinho de festa na cabeça. Tudo isso é novidade pra mim.

David voltou ao palco com uma sacola parda nas mãos, dessas em que os atendentes de lojas de conveniência põem pequenas compras —

petiscos, caixas de leite, latas de cerveja. Também trazia um pacote de bolachas Ritz debaixo do braço.

— Encontrei umas coisas — disse.

— Ahan — disse Steve, olhando a caixa e a sacola. — Isso sem dúvida resolverá o problema da fome no país. O que tem aí, Davey? Acha que uma sardinha e duas bolachas pra cada um?

— Na verdade, tem muita coisa — disse David. — Mais do que você pensaria. Hum... — Fez uma pausa, olhando para eles pensativo, e um pouco ansioso. — Alguém se incomoda que eu faça uma prece antes de distribuir isso?

— Tipo dar graças? — perguntou Cynthia.

— É, graças.

— Por mim, tudo bem — disse Johnny. — Acho que a gente precisa de todas as graças que puder agarrar.

— Amém — disse Steve.

David colocou a caixa de bolachas e a sacola entre os tênis. Depois fechou os olhos e juntou as mãos diante do rosto, dedo com dedo. Johnny ficou impressionado com a falta de pretensão do menino. Havia no gesto uma simplicidade transformada em beleza pelo hábito.

— Deus, eu lhe peço, abençoe este alimento que vamos comer — disse David.

— É, o pouco que tem — disse Cynthia, e logo pareceu se arrepender de ter falado. Mas David não ligou; talvez nem a tivesse ouvido.

— Abençoe nossa irmandade, cuide de nós e nos livre do mal. Peço que cuide de mamãe também, se for esta a Sua vontade. — Fez uma pausa e depois disse em voz baixa: — Provavelmente não é, mas *eu peço*, se for Sua vontade. Em nome de Jesus, amém. — Tornou a abrir os olhos.

Johnny estava comovido. A pequena prece do menino o tinha tocado no exato lugar que Entragian tinha tentado atingir e não conseguiu.

Claro que tocou. Porque ele acredita. À sua maneira humilde, esse menino faz o papa, com aquelas roupas extravagantes e aquele chapéu de Las Vegas, parecer um cristão de Páscoa e Natal.

David se curvou e pegou as coisas que tinha encontrado, parecendo tão feliz quanto um magnata da sopa dos pobres a presidir uma ceia de Ação de Graças enquanto remexia na sacola.

— Tome, Mary. — Pegou uma lata de sardinhas Blue Fjord Fancy e entregou a ela. — Tem um abridor no fundo.

— Obrigada, David.

Ele deu um sorriso.

— Agradeça ao amigo do sr. Billingsley. A comida é dele, não minha. — Entregou as bolachas. — Distribua.

— Tire o que precisa e passe o resto — disse Johnny, expansivo. — É o que nós do Círculo de Amigos dizemos... certo, Tom?

O veterinário lançou-lhe um olhar aguado e não respondeu.

David deu uma lata de sardinha a Steve e outra a Cynthia.

— Ah, não, querido, está tudo bem — disse Cynthia, tentando devolver a sua. — Eu divido com Steve.

— Não é preciso — disse David. — Tem muita. Verdade.

Deu uma lata a Audrey, uma a Tom e uma a Johnny. Este girou a sua duas vezes na mão, como para se assegurar que era de verdade, antes de tirar a embalagem, puxar o abridor e enfiá-lo na lâmina de metal na ponta da lata. Abriu-a. Assim que sentiu o cheiro do peixe, deu-lhe uma fome louca. Se alguém lhe dissesse que um dia teria uma reação daquelas diante de uma mísera lata de sardinhas, teria rido.

Alguma coisa bateu em seu ombro. Era Mary, estendendo a caixa de bolachas. Parecia quase em êxtase. O azeite da sardinha escorria-lhe do canto da boca para o queixo, num reluzente fiozinho.

— Pegue — ela disse. — Ficam maravilhosas com as bolachas. É mesmo!

— É — disse Cynthia, animada —, tudo fica melhor quando espalhado numa Ritz, é o que eu sempre digo.

Johnny pegou a caixa, olhou para dentro e viu que só restava um cilindro de papel encerado, pela metade. Tirou três das bolachas redondas, laranja-escuro. O estômago roncante protestou contra esse desprendimento, e ele se viu incapaz de impedir a si mesmo de tirar mais três antes de passar a caixa a Billingsley. Os olhos dos dois se encontraram por um momento, e ele ouviu o velho dizendo que nem Houdini poderia ter feito aquilo daquele jeito. Por causa da cabeça. E claro que havia o telefone — três barras de transmissão aparecendo nas mãos do menino, absolutamente nenhuma nas suas.

— Isso resolve a questão de uma vez por todas — disse Cynthia, de boca cheia. Falava como Mary. — Comida é *muito* melhor que sexo.

Johnny olhou para David. Ele estava sentado num dos braços da poltrona de seu pai, comendo. Ralph tinha sua lata de sardinha no colo, fechada, e continuava olhando as fileiras de poltronas vazias do cinema. David tirou duas sardinhas de sua lata, colocou-as com todo cuidado sobre uma bolacha e passou-a ao pai, que se pôs a mastigá-la mecanicamente, como se seu único objetivo fosse esvaziar a boca. Ver a expressão de atento amor do menino deixou Johnny pouco à vontade, como se estivesse violando a intimidade de David. Desviou os olhos e viu a caixa de bolachas no chão. Todos estavam ocupados comendo e ninguém lhe deu particular atenção quando ele pegou a caixa e olhou dentro.

Tinha passado por todo o grupo, todos haviam pegado pelo menos meia dúzia de bolachas (Billingsley talvez tivesse tirado até mais; o bode velho, na verdade, as devorava), mas ainda restava o cilindro de papel encerado, e Johnny podia jurar que continuava pela metade; que o número de bolachas lá dentro não tinha mudado de modo algum.

4

Ralph contou a tragédia da família Carver de uma forma tão clara quanto possível, comendo sardinha entre as rajadas de palavras. Tentava clarear a mente, tentava voltar — mais por David do que por si mesmo —, mas era difícil. Continuava vendo Kirstie caída imóvel no pé da escada, Entragian puxando Ellen pelo braço na área da carceragem. *Não se preocupe, David, eu volto*, ela tinha dito, mas para Ralph, que acreditava ter ouvido todas as nuanças da voz dela em seus 14 anos de casamento, era como se ela já houvesse partido. Contudo, devia a David tentar estar ali. Retornar a si mesmo, de onde sua mente em choque, supertensa — e culpada, sim, havia isso também —, quisesse levá-lo.

Mas era difícil.

Quando acabou, Audrey disse:

— Tudo bem, não houve nenhuma revolta do mundo animal, pelo menos. Mas sinto muito por sua esposa e sua filhinha, sr. Carver. Por você também, David.

— Obrigado — disse Ralph. E quando David acrescentou "Minha mãe ainda pode estar bem", Ralph bagunçou o cabelo do menino e disse que sim, tinha razão.

Mary falou em seguida, sobre a bolsa debaixo do estepe, o modo como Entragian tinha misturado "Eu vou matar vocês" ao dar-lhes o aviso da Lei Miranda, e como tinha matado seu marido na escada, inteiramente sem aviso nem provocação.

— Continua não tendo vida animal — disse Audrey.

Essa parecia ser agora a sua preocupação principal. Ela inclinou a lata de sardinha na boca e sorveu o resto do azeite sem um mínimo de embaraço.

— Você ou não ouviu a parte do coiote que ele levou lá pra cima pra tomar conta da gente, ou não *quis* ouvir — disse Mary.

Audrey descartou isso com um aceno da mão. Estava sentada agora, oferecendo ao olhar de Billingsley pelo menos mais uns 15 centímetros de perna. Ralph também olhava, mas não sentia absolutamente nada em relação ao que via. Pensava que haveria mais seiva numa bateria velha de carro do que em seu circuito emocional no momento.

— Eles *podem* ser domesticados, sabe — ela disse. — Dar hambúrguer e treiná-los feito cachorros, na verdade.

— Você algum dia viu Entragian andando pela cidade com um coiote na coleira? — perguntou Marinville, polidamente.

Ela lançou-lhe uma olhada e cerrou o maxilar.

— Não. Eu só o conhecia de cumprimentar, como todo mundo na cidade, mas só isso. Passo a maior parte do meu tempo na mina ou no laboratório, ou de carro por aí. Não sou muito de vida social.

— E você, Steve? — perguntou Marinville. — Qual é sua história?

Ralph viu o cara altão de sotaque texano trocar um olhar com a namorada — se era isso que ela era — e depois tornar a se virar para o escritor.

— Bem, pra começar, se você disser a seu agente que eu dei carona, acho que perco meu bônus.

— Acho que você deve considerar essa a mínima de suas preocupações a esta altura. Vá em frente. Conte.

Os dois contaram, alternando partes, sabendo muito bem que as coisas que tinham visto e experimentado forçavam bastante a credulidade. Ficaram frustrados com a incapacidade de explicar como era terrível o fragmento de pedra na área de laboratório/depósito, a força com que os afetara, e nenhum dos dois pareceu querer se abrir e contar o que tinha acontecido quando o lobo (concordaram em que era isso, não um coiote) trouxe o fragmento do laboratório e o pôs diante deles. Ralph achava que era alguma coisa sexual, embora não soubesse o que podia haver de tão terrível nisso.

— Continua um são Tomé incrédulo? — perguntou Marinville a Audrey quando Steve e Cynthia acabaram.

Falou suavemente, como se não quisesse que ela se sentisse ameaçada. *Claro que ele não quer que ela se sinta ameaçada*, pensou Ralph. *Somos apenas sete, ele quer que a gente esteja no mesmo time. E, na verdade, não é muito ruim nisso.*

— Eu não sei o que sou. — Ela parecia desorientada. — Não quero acreditar em nada dessa merda toda... só *pensar* nisso já me assusta seriamente... mas não consigo imaginar por que vocês iriam mentir. — Fez uma pausa, depois disse, pensativa: — A menos que a visão daquelas pessoas penduradas na parede... não sei, tenha apavorado tanto vocês que...

— Que a gente começou a ver coisas? — perguntou Steve.

Ela fez que sim com a cabeça.

— As cobras que vocês viram na casa... isso pelo menos faz algum sentido. Elas sentem esse tipo de clima se aproximando às vezes até com três dias de antecedência, e correm pra algum lugar protegido. Quanto ao resto... não sei. Sou uma cientista, e não vejo como...

— Ora, vamos, dona, parece um menino fingindo que tem a boca costurada pra não ter de comer brócolis — disse Cynthia. — Tudo que a gente viu bate com o que o sr. Marinville viu antes *da gente*, e Mary antes *dele*, e os Carver antes *deles*. Até o pedaço de cerca derrubado onde Entragian esmagou o barbeiro, ou quem quer que fosse. Logo, pare com essa merda de cientista por um instante. *Estamos* todos no mesmo barco; você é a única que está em outro.

— Mas eu não vi nada disso! — Audrey quase choramingava.

— O que *foi* que você viu? — perguntou Ralph. — Conte pra gente.

Audrey cruzou as pernas, puxou a barra do vestido.

— Eu estava acampada. Tinha quatro dias de folga, por isso selei Sally e fui pro norte, pra montanha do Cobre. É meu local preferido em Nevada.

Ralph achava que ela parecia defensiva, como se tivesse sido censurada por esse tipo de conduta antes.

Billingsley pareceu acordar de um sonho... um sonho em que Audrey passava as longas pernas em torno de seu velho rabo magro, talvez.

— Sally — disse. — Como *está* ela?

Audrey lançou-lhe um olhar de incompreensão por um instante, depois sorriu como uma menininha.

— Está ótima.

— Melhorou da torção?

— Sim, obrigada. Foi um bom unguento.

— É bom saber disso.

— De que estão falando? — perguntou Marinville.

— Eu tratei a égua dela há mais ou menos um ano — disse Billingsley. — Só isso.

Ralph não sabia se deixaria Billingsley cuidar de *seu* cavalo, se tivesse um; não sabia se o deixaria cuidar de um gato de beco. Mas supunha que o veterinário talvez fosse diferente um ano atrás. Quando se fazia da bebida uma carreira, doze meses causavam muitas mudanças. E poucas para melhor.

— O trabalho de tornar a repor Cascavel em funcionamento tem causado muita tensão — ela disse. — Ultimamente foi a mudança de esguichos para emissores. Morreram algumas águias...

— *Algumas?* — perguntou Billingsley. — Ora, vamos. Eu não sou nenhum fanático pela natureza, mas você podia ser mais franca.

— Certo, cerca de quarenta, ao todo. Não é muita coisa em termos de espécie; águia é o que não falta em Nevada. Como você sabe, doutor. Os ecologistas também sabem, mas mesmo assim tratam cada águia morta como se fosse um bebê na panela. A verdadeira questão... e é só isso... é tentar impedir a gente de minerar o cobre. Deus do céu, como me *cansam* às vezes. Chegam aqui naqueles elegantes carrinhos estrangeiros, 25 quilos de cobre americano em cada um deles, e vêm dizer à gente que somos monstros estupradores da terra. Eles...

— Dona? — disse Steve, em voz baixa. — Perdão, mas não tem ninguém do Greenpeace aqui.

— Claro. O que quero dizer é que *todos* nos sentimos mal em relação às águias... e aos gaviões e corvos também, aliás... apesar do que dizem os fanáticos pelo verde. — Olhou-os em volta, como avaliando a impressão deles de sua honestidade, e depois prosseguiu: — A gente tira o cobre da terra com ácido sulfúrico. A melhor maneira de aplicar é com esguichos... parecem grandes molhadores de grama. Mas deixam poças. Os pássaros veem, descem para se banhar e beber água, e morrem. E não é uma morte boa.

— É — concordou Billingsley, piscando os olhos aguados para ela. — Quando tiravam ouro da mina da China e da mina Desatoya, na década de 1950, era cianureto que tinha nas poças. Igualmente traiçoeiro. Mas não tinha os ecologistas naquela época. Devia ser ótimo pra empresa, hein, srta. Wyler?

Levantou-se, foi até o bar, se serviu de um dedo de uísque e tomou-o como se fosse remédio.

— Posso tomar um também? — perguntou Ralph.

— Sim, senhor, acho que pode — disse Billingsley.

Passou a Ralph sua bebida, depois pegou mais copos. Ofereceu refrigerante quente, mas os outros preferiram água, que ele serviu de um garrafão de plástico.

— A gente tirou os esguichos e substituiu por pontos de distribuição e emissores — disse Audrey. — É um sistema de pinga-pinga, mais caro que os esguichos... *muito*... mas os pássaros não mergulham nos produtos químicos.

— É — concordou Billingsley.

Serviu-se outro trago. Este ele bebeu mais devagar, olhando de novo para as pernas de Audrey pela borda do copo.

5

Um problema?

Talvez ainda não... mas *podia* ser, se não se tomassem providências.

A coisa que parecia Ellen Carver estava sentada atrás da mesa na agora vazia área da carceragem, cabeça erguida, olhos brilhando lustrosos. Lá fora, o vento subia e baixava. De mais perto veio o ruído de patas subindo a escada. Pararam diante da porta. Ouviu-se um rosnado tossido. Depois a porta se abriu, empurrada pelo focinho de um puma. Era grande para uma fêmea — talvez 1,80 metro do focinho aos quartos traseiros, com uma cauda grossa, em movimento, que aumentava em mais uns 90 centímetros o comprimento total.

Quando o puma entrou pela porta para a área da carceragem, andando agachado no chão de tábuas, as orelhas caídas para trás sobre o crânio em forma de cunha, a coisa concentrou-se mais em sua cabeça, querendo sentir um pouco o que ele sentia, além de atraí-lo. O animal estava assustado, verificando os cheiros do lugar e não encontrando conforto em nenhum deles. Era um antro humano; mas isso era apenas parte do problema.

O puma farejava muita encrenca ali. Pólvora, por exemplo; para ele, o cheiro de armas disparadas ainda era penetrante e acre. Depois havia o cheiro do medo, uma mistura de suor e mato queimado. Também cheiro de sangue — sangue de coiote e sangue humano, misturados. E havia aquela coisa na cadeira, olhando de cima quando ele se aproximou, sem querer, mas incapaz de parar. Parecia um ser humano, mas não tinha o cheiro de um. Não tinha cheiro de nada que o puma já houvesse farejado antes. Ele se agachou aos pés da coisa e emitiu um gemido baixo, miado.

A coisa de guarda-pó saiu da cadeira, pôs os joelhos de Ellen Carver no chão, levantou o focinho do puma e olhou nos olhos dele. Começou a falar rápido, na língua das coisas informes, dizendo ao puma aonde devia ir, como devia esperar e o que devia fazer quando chegasse a hora. Eles estavam armados e provavelmente matariam o animal, mas antes ele faria o seu serviço.

Enquanto falava, o nariz de Ellen começou a sangrar. Sentiu o sangue e limpou-o. Bolhas haviam começado a se formar nas faces e no pescoço de Ellen. A porra da candidíase! Não passava disso, pelo menos para começar. Por que certas mulheres não sabiam se cuidar?

— Tudo bem — disse ao puma. — Agora vá. Espere a hora. Eu vou ficar à escuta com você.

O puma emitiu de novo seu gemido miado, lambeu com a língua áspera a mão da coisa que usava o corpo de Ellen Carver, depois se virou e saiu pisando macio da sala.

A coisa voltou a sentar na cadeira e se recostou. Fechou os olhos de Ellen e ficou escutando o incessante chocalhar da areia nas janelas, deixando ir parte de si com o animal.

Capítulo Dois

1

— Você tinha uns dias de folga, selou o animal e foi acampar — disse Steve. — E depois?

— Passei quatro dias na montanha do Cobre. Pescando, tirando fotos... fotografia é minha diversão. Dias ótimos. Depois, três noites atrás, voltei. Fui direto pra minha casa, que fica no norte da cidade.

— O que fez você voltar? — perguntou Steve. — Não foi o mau tempo chegando, foi?

— Não. Eu tinha meu radinho comigo e ouvi apenas que o tempo ia ser bom e quente.

— Foi o que eu ouvi também — disse Steve. — Essa merda é um mistério total.

— Eu tinha uma reunião marcada com Allen Symes, o controlador da empresa, pra fazer um resumo da substituição dos esguichos pelos pontos e emissores. Ele vinha de avião do Arizona. Eu devia me encontrar com ele no Hernando's Hideaway às nove horas, na manhã de anteontem. Era o nome que a gente tinha dado ao laboratório e escritórios na periferia da cidade. De qualquer modo, é por isso que estou usando a porra deste vestido, por causa do encontro, e porque Frank Geller me disse que Symes não gosta... não gostava... de mulher usando jeans. Sei que estava tudo certo quando voltei do acampamento, porque foi quando Frank me ligou e me mandou usar um vestido pra reunião. Naquela noite, lá pelas sete.

— Quem é Frank Geller? — perguntou Steve.

— O engenheiro-chefe de mineração — disse Billingsley. — Encarregado de reabrir a mina da China. Pelo menos era.

Lançou a Audrey um olhar interrogador.

Ela balançou a cabeça.

— É. Está morto.

— Três noites atrás — meditou Marinville. — Tudo em Desespero estava numa boa três noites atrás, pelo menos até onde vocês sabem.

— Certo. Mas quando voltei a ver Frank, ele estava pendurado num cabide. E sem uma das mãos.

— A gente viu — disse Cynthia. — E a mão também. No fundo de um aquário.

— Antes disso tudo, durante a noite, eu acordei pelo menos duas vezes. Na primeira, pensei que era trovão, mas na segunda soou como tiros. Concluí que tinha sonhado e voltei a dormir, mas isso deve ter sido por volta da hora que ele... começou. Depois, quando cheguei ao escritório da mineração...

A princípio, ela disse, não tinha sentido nada errado — certamente não pelo fato de Brad Josephson não estar à sua mesa. Nunca estava, se pudesse. Por isso foi até o Hernando's Hideaway e ali viu o que Steve e Cynthia iam ver não muito depois — cadáveres nos cabides. Aparentemente, todo mundo que tinha ido naquela manhã. Um deles, com uma gravata fina e umas botas que fariam rir a um cantor de música country, era Allen Symes. Tinha viajado de Phoenix para morrer em Desespero.

— Se o que você está dizendo está certo — ela disse a Steve —, Entragian deve ter pego mais gente da mineração depois. Eu não contei... estava com medo demais até pra *pensar* em contar... mas não podiam ser mais de sete quando estive lá. Fiquei paralisada. Talvez tenha até perdido os sentidos por um tempo, não sei dizer. Depois ouvi tiros. Não havia dúvida do que era dessa vez. E alguém gritando. Depois mais tiros, e os gritos pararam.

Ela voltou para o carro, sem correr — disse que temia ser tomada pelo pânico se começasse a correr — e foi para a cidade. Pretendia comunicar o que tinha descoberto a Jim Reed. Ou, se ele estivesse fora a serviço, como muitas vezes estava, a um de seus auxiliares, Entragian ou Pearson.

— Eu nem corri para o carro nem disparei pra cidade, mas estava em choque mesmo assim. Me lembro que tateei no porta-luvas em busca de cigarro, embora não fume há cinco anos. Depois vi duas pessoas atravessarem correndo o cruzamento. Sabem onde é, debaixo do sinal?

Eles balançaram a cabeça.

— O novo carro de polícia da cidade vinha roncando logo atrás deles. Era Entragian quem dirigia, mas eu não sabia disso na hora. Ouvi três ou quatro tiros, e as pessoas que ele perseguia caíram na calçada, uma na frente da mercearia, a outra pouco adiante. Tinha sangue. Muito sangue. Ele não reduziu a velocidade, simplesmente passou pelo cruzamento, indo pra oeste, e pouco tempo depois ouvi mais tiros. E tenho certeza de que o ouvi gritando "Yeehaw!".

— Eu queria ajudar as pessoas em quem ele tinha atirado, se pudesse. Avancei um pouco, parei e saltei do carro. Na certa foi o que salvou minha vida, saltar do carro. Porque tudo que se movia, Entragian matava. Qualquer um. Qualquer coisa. Tudo. Tinha carros e caminhões parados na rua como brinquedos, todos em zigue-zague aqui e ali, pelo menos uma dúzia. Tinha um caminhão do El Camino virado de lado junto a uma loja de ferramentas. Acho que era de Tommy Ortega. Aquele caminhão era o mesmo que uma namorada pra ele.

— Eu não vi *nada* disso — disse Johnny. — A rua estava vazia quando ele me trouxe.

— É, o filho da puta mantém o quarto arrumado, isso a gente tem de admitir. Não queria que ninguém entrasse na cidade e se perguntasse o que estava acontecendo, é o que eu penso. Não fez muito mais do que empurrar a sujeira pra baixo do tapete, mas isso serve por enquanto. Sobretudo com essa porra dessa tempestade.

— Que não estava prevista — disse Steve, pensativo.

— Certo, que não estava prevista.

— O que houve então? — perguntou David.

— Corri pras pessoas em quem ele tinha atirado. Uma delas era Evelyn Shoenstack, a dona do cabeleireiro Cut n Curl, que trabalhava meio período na biblioteca. Estava morta, os miolos espalhados pela calçada.

Mary fez uma careta. Audrey viu e se virou para ela.

— Isso é outra coisa que vocês precisam lembrar. Se ele vir vocês e decidir atirar, vocês já eram. — Passou os olhos pelos outros, aparentemente querendo se assegurar de que não achavam que estava brincando. Nem exagerando. — Tem um tiro mortal. Ênfase no *mortal*.

— A gente vai se lembrar disso — disse Steve.

— O outro era um entregador. Usava um uniforme da Bolo Gostoso. Entragian o acertou na cabeça também, mas ele ainda estava vivo.

Ela falava com uma calma que Johnny reconhecia. Tinha-a visto no Vietnã, após uma meia dúzia de trocas de tiros. Tinha visto como não combatente, claro, caderneta numa mão, caneta na outra, gravador Uher pendurado no ombro, numa correia com um adesivo da paz pregado. Vendo, ouvindo, tomando notas e se sentindo um forasteiro, aflito. As ideias ressentidas que lhe cruzavam a mente então — eunuco de harém, pianista de bordel — agora lhe pareciam insanas.

— Quando fiz doze anos, meu velho me deu uma .22 — disse Audrey Wyler. — A primeira coisa que eu fiz foi sair da casa da gente em Sedalia e atirar numa gralha. Quando cheguei perto, ela ainda estava viva também. Tremia toda, olhando fixo em frente, abrindo e fechando o bico, muito devagar. Eu nunca quis tanto em minha vida desfazer uma coisa. Me ajoelhei e esperei que ela morresse. Me parecia que devia isso a ela. O bichinho continuou tremendo todo até morrer. O homem da Bolo Gostoso tremia assim. Olhava a rua atrás de mim, embora não tivesse ninguém lá, e tinha a testa coberta de gotículas de suor. A cabeça estava deformada, e havia uma coisa branca no ombro. Tive a ideia maluca, a princípio, de que era espuma de plástico... Sabem, aquela coisa de embalagem que a gente põe na caixa quando manda alguma coisa frágil pelo correio? Depois vi que eram lascas de ossos. Do... vocês sabem... do crânio dele.

— Eu não quero saber mais nada disso —, disse Ralph abruptamente.

— Eu não lhe culpo — disse Johnny —, mas acho que a gente precisa saber. Por que você e seu filho não vão dar uma volta atrás do palco? Vejam o que conseguem descobrir.

Ralph fez que sim com a cabeça, se levantou e deu um passo na direção de David.

— Não — disse David. — Nós precisamos ficar.

Ralph olhou-o, incerto.

David balançou a cabeça.

— Desculpe, mas precisamos.

Ralph ficou onde estava por mais um instante, depois tornou a se sentar.

Durante esse diálogo, Johnny olhou por acaso para Audrey. Ela fitava o menino com uma expressão que podia ser de medo, respeito, ou as duas coisas juntas. Como se nunca tivesse visto uma criatura como ele. Depois ele se lembrou das bolachas saindo da caixa como palhaços de um carrinho no circo e se perguntou se *algum* deles jamais tinha visto uma criatura como David Carver. Lembrou-se das barras das celas e de Billingsley dizendo que nem Houdini podia ter feito aquilo. Por causa da cabeça. Eles se concentravam nos urubus, aranhas e coiotes, em ratos que saltavam de pilhas de pneus e casas que podiam estar cheias de cascavéis; acima de tudo, se concentravam em Entragian, que falava uma língua estranha e atirava como Buffalo Bill. Mas e David? O que era ele, exatamente?

— Continue, Audrey — disse Cynthia. — Só que talvez você possa, você sabe, mudar a censura de 18 pra 10 anos.

Ergueu o queixo na direção de David.

Audrey olhou para ela vagamente por um instante, parecendo não entender. Depois se recompôs e continuou.

2

— Eu estava ajoelhada ali junto do entregador, tentando pensar no que fazer em seguida... ficar junto dele ou correr e chamar alguém... quando ouvi mais gritos e tiros na Cotton Street acima. Ouvi um som de alguma coisa se despedaçando... madeira... e depois um estrondo, uma batida... metal. A viatura deu marcha a ré de novo. Parece que foi só o que ouvi nestes dois dias, aquela viatura indo de marcha a ré. Ele deu um cavalo de pau, e aí percebi que ele vinha em minha direção. Só tive um segundo pra pensar, mas não creio que fizesse qualquer outra coisa mesmo que tivesse mais tempo. Corri.

"Queria voltar pro meu carro e dar o fora, mas achei que não dava tempo. Achei que não tinha tempo nem pra dobrar a esquina e desaparecer. Por isso entrei na mercearia. Worrell's. Wendy Worrell estava caída morta ao lado da caixa registradora. O pai... é o açougueiro, além de dono... estava sentado na pequena área de escritório, com um tiro na cabeça. Sem camisa. Devia estar pondo o uniforme branco quando aconteceu."

— Hugh começa a trabalhar cedo — disse Billingsley. — Muito mais cedo que o resto da família.

— Ah, mas Entragian sempre volta pra *conferir* — disse Audrey. Tinha a voz leve, em tom de conversa, histérica. — É isso que o torna tão perigoso. *Ele sempre volta pra conferir*. É louco e cruel, mas também *metódico*.

— Mas está muito doente — disse Johnny. — Quando me trouxe pra cidade, estava à beira de se esvair em sangue, e isso foi há seis horas. Se o que quer que estava acontecendo com ele não diminuiu... — Encolheu os ombros.

— Não se deixe enganar por ele — ela quase sussurrou.

Johnny entendeu o que ela sugeria, sabia pelo que vira com os próprios olhos ser impossível, e também sabia que dizer isso a ela seria uma perda de tempo.

— Continue — disse Steve. — E depois?

— Tentei usar o telefone no escritório do sr. Worrell. Estava mudo. Fiquei no fundo da loja uma meia hora. A viatura passou umas duas vezes nesse tempo, uma vez pela Main Street, depois pelos fundos, na certa na Mesquite, ou na Cotton de novo. Ouvi mais tiros. Subi pro andar de cima, onde moram os Worrell, pensando que talvez o telefone de lá ainda estivesse funcionando. Não estava. Tampouco estavam vivos a sra. Worrell e o menino. Acho que se chamava Mert. Ela na cozinha, com a cabeça na pia e a garganta cortada. Ele ainda na cama. Havia sangue por toda parte. Fiquei parada na porta, olhando os pôsteres dele com músicos de rock e jogadores de basquete, e ouvi a viatura passando de novo lá fora, rápida, acelerando.

"Desci pelos fundos, mas não me atrevi a abrir a porta quando cheguei lá. Ficava imaginando-o agachado embaixo da varanda, à minha espera. Quer dizer, eu tinha acabado de ouvi-lo passar, mas mesmo assim eu o imaginava ali à minha espera.

"Concluí que o melhor a fazer era esperar a noite. Então poderia ir embora de carro. Talvez. Não podia ter certeza. Porque ele era muito *imprevisível*. Não estava *sempre* na Main Street, e como a gente não podia *sempre* ouvi-lo, começava a pensar: bem, talvez tenha ido embora, foi pras montanhas, e aí ele voltava, como a porra dum coelho saindo da cartola de um mágico.

"Mas eu não podia ficar na loja. O barulho das moscas estava me enlouquecendo, pra começar, e fazia calor. Geralmente eu não ligo pro calor, ninguém liga quando vive no centro de Nevada, mas eu não parava de pensar que sentia o *cheiro* deles. Assim, esperei até ouvi-lo atirando em algum lugar lá pros lados da garagem municipal... na Dumont Street, quase no extremo leste da cidade... e saí. Deixar a mercearia e voltar pra rua foi a coisa mais difícil que já fiz em minha vida. Como um soldado saindo pra terra de ninguém. A princípio, nem conseguia me mover; simplesmente fiquei paralisada onde estava. Lembro-me que pensei que *tinha* de andar, não podia correr, porque ia entrar em pânico se fizesse isso, mas tinha de andar. Só que não conseguia. *Não conseguia*. Era como se eu fosse paralítica. Depois ouvi ele voltando. Era estranho. Como se ele me sentisse. Sentisse *alguém*, pelo menos, se movendo por trás de suas costas. Como se estivesse jogando um novo jogo infantil, em que a gente mata os perdedores em vez de mandá-los de volta pra Base de Prisioneiros, ou alguma coisa assim. O motor... faz tanto barulho quando acelera. É tão potente. Tão *alto*. Mesmo quando não o ouço, eu *imagino* que ouço. Sabem? O som era de um puma sendo f... como um gato bravo no cio. Era o que eu ouvia vindo pro meu lado, e ainda assim não conseguia me mexer. Só conseguia ficar ali parada ouvindo ele chegar mais perto. Pensei no homem do Bolo Gostoso, tremendo como a gralha que eu tinha matado quando criança, e isso finalmente me pôs em movimento. Entrei na lavanderia automática e me joguei no chão no momento em que ele passava. Ouvi mais gritos no norte da cidade, mas não sei o que era, porque não conseguia levantar a cabeça. Não conseguia me *levantar*. Devo ter ficado ali naquele chão uns bons vinte minutos, de tão mal que eu estava. Só posso dizer que já estava muito além do medo àquela altura, mas não posso fazer vocês entenderem como a cabeça da gente fica esquisita quando está assim. Fiquei ali deitada no chão, olhando bolas de poeira e pontas de cigarro amassadas, e pensando que a gente podia saber que aquilo era uma lavanderia automática mesmo no nível em que eu estava, por causa do cheiro e porque todas as pontas de cigarro tinham marca de batom. Fiquei ali deitada e não conseguia me mexer nem que o ouvisse vindo pela calçada. Teria ficado deitada ali até ele encostar o cano da arma na lateral da minha cabeça e..."

— Não — disse Mary, encolhendo-se. — Não fale nisso.

— *Mas eu não consigo parar de pensar nisso!* — ela gritou, e alguma coisa naquilo arranhou o ouvido de Johnny como nada mais que ela tinha dito. Ela fez um visível esforço para se controlar e prosseguiu. — O que me tirou daquilo foi o som de pessoas do lado de fora. Fiquei de joelhos e engatinhei até a porta. Vi quatro pessoas do outro lado da rua, na frente do Owl's. Duas eram mexicanas... o rapaz Escolla, que trabalha no triturador da mina, e a namorada. Não sei o nome dela, mas tem uma mecha loura no cabelo... natural, tenho quase certeza... e é muito bonita. *Era* muito bonita. Tinha outra mulher, muito gorda, que eu nunca tinha visto antes. O homem com ela eu vi jogando sinuca com você no Bud, Tom. Flip alguma coisa.

— Flip Moran? Você viu o Flipper?

Ela fez que sim com a cabeça.

— Eles seguiam pelo outro lado da rua, experimentando os carros, procurando chaves. Eu me lembrei do meu, e que podíamos sair todos juntos. Comecei a me levantar. Eles passavam por aquele pequeno beco ali, o único entre a frente da loja onde era antes o restaurante italiano e o The Broken Drum, e Entragian saiu rugindo do beco com a viatura. Como se estivesse esperando por eles. Ele provavelmente estava esperando por eles. Atropelou todos, mas eu acho que seu amigo Flip foi o único que morreu logo. Os outros saíram resvalando para um lado como pinos de boliche quando a gente erra um bom arremesso. Eles meio que se agarraram uns aos outros pra não cair. E depois correram. O rapaz Escolla tinha o braço em torno da namorada. Ela chorava e mantinha o braço contra os seios. Estava quebrado. A gente via que estava, parecia haver uma junta a mais acima do cotovelo. Sangue escorria do rosto da outra mulher. Quando ela ouviu Entragian indo atrás deles... aquele motor grande, potente... virou e ergueu as mãos, como se fosse um guarda de trânsito ou alguma coisa assim. Ele dirigia com a mão direita e se curvava para fora da janela como um maquinista de trem. Deu dois tiros nela antes de atingi-la com o carro e passar por cima. Foi a primeira boa visão que tive dele, a primeira vez que tive certeza de quem eu estava enfrentando.

Ela olhou para eles um a um, como se tentasse avaliar o efeito que suas palavras estavam tendo.

— Ele sorria. Sorria e ria como um menino em sua primeira visita à Disneyworld. Feliz, sabem? Feliz.

3

Audrey ficou ali agachada junto à porta da lavanderia automática, vendo Entragian perseguir o jovem Escolla e sua namorada pela Main Street com a viatura no sentido norte. Alcançou-os e passou por cima deles, como tinha feito com a velha — foi fácil pegar os dois, ela disse, porque o rapaz tentava ajudar a garota, os dois corriam juntos. Depois que eles caíram, Entragian parou, deu marcha a ré, passou de ré devagar *sobre* eles (não ventava então, contou Audrey, e ela ouviu muito claramente o som dos ossos se partindo), saltou, andou até eles, se ajoelhou entre os dois, meteu uma bala na nuca da garota, depois tirou o chapéu do jovem Escolla, que não tinha caído com tudo aquilo, e meteu uma bala na nuca *dele*.

— Depois recolocou o chapéu no lugar — disse Audrey. — Se eu sair com vida daqui, é isso que jamais vou esquecer, por mais que viva: que ele tirou o chapéu do garoto pra atirar e depois tornou a pôr de volta. Era como se dissesse que entendia como aquilo era brutal para eles, e quisesse se mostrar o mais atencioso possível.

Entragian se levantou, girou num círculo (recarregava a arma enquanto fazia isso), parecendo olhar para todos os lados ao mesmo tempo. Audrey disse que ele tinha um sorriso largo e espectral. Johnny sabia o que ela queria dizer. Ele o tinha visto. De uma maneira meio louca, parecia-lhe ter visto *tudo* aquilo — num sonho, numa outra vida.

É só o velho kozmic blues do Vietnã de novo, disse a si mesmo. A maneira como ela descreveu o policial lembrava-lhe certos soldados muito doidões que tinha encontrado, e certas histórias que lhe haviam contado tarde da noite — histórias sussurradas de infantes que tinham visto caras, *seus próprios caras*, fazerem coisas terríveis, indizíveis, com aquele mesmo ar de imaculado bom humor no rosto. *É o Vietnã, só isso, que volta como um* flashback *de ácido. Você só precisa agora, pra fechar o círculo, de um radiotransistor no bolso de alguém tocando "People Are Strange" ou "Pictures of Matchstick Men".*

Mas *era* só isso? Uma parte mais profunda dele parecia duvidar. Essa parte pensava que mais alguma coisa acontecia ali, alguma coisa que pouco ou nada tinha a ver com as insignificantes lembranças de um romancista que tinha se alimentado da guerra como um urubu de carniça... e depois produziu exatamente o tipo de livro ruim que um tal comportamento na certa assegurava.

Muito bem, então — se não é você, o que é?

— O que você fez depois? — perguntou Steve a ela.

— Voltei pro escritório da lavanderia. Engatinhando. E quando cheguei lá, me enfiei debaixo da escrivaninha, me encolhi lá e dormi. Estava muito cansada. Ver tudo aquilo... todas aquelas mortes... me deixou muito cansada.

"Foi um sono leve. Continuei ouvindo tudo. Tiros, explosões, vidro quebrando, gritos. Não tenho ideia de quanto daquilo era real e quanto estava apenas em minha mente. Quando acordei, entardecia. Meu corpo todo doía, a princípio achei que tudo não tinha passado de um sonho, que talvez até estivesse ainda acampada. Aí abri os olhos e vi onde estava, enroscada debaixo de uma mesa, e senti o cheiro do alvejante e do sabão da lavanderia, e percebi que mais que nunca em minha vida precisava fazer xixi. Também tinha as duas pernas dormentes.

"Comecei a me desenroscar para sair de baixo da mesa, dizendo a mim mesma pra não entrar em pânico se ficasse presa, e foi aí que ouvi alguém entrando na frente da loja, e tornei a me enfiar embaixo da mesa. Era ele. Eu soube só pelo jeito de andar. Era o som de um homem de botas.

"Ele perguntou: 'Tem alguém aí?' e subiu o corredor entre as lavadoras e secadoras. Como se seguisse minhas pegadas. De certa forma, seguia mesmo. Era meu perfume. Eu quase nunca uso, mas pôr um vestido me fez lembrar disso, me fez pensar que podia amaciar um pouco as coisas em minha reunião com o sr. Symes." Ela encolheu os ombros, talvez um pouco constrangida. "Vocês sabem o que dizem sobre usar as ferramentas."

Cynthia não mostrou nenhuma expressão, mas Mary balançou a cabeça.

— "Cheira a Opium", ele disse. "*É* esse o perfume, moça? É esse que está usando?" Eu não respondi nada, só fiquei enroscada lá embaixo da mesa, cobrindo a cabeça com os braços. Ele continuou: "Por que você não aparece? Se aparecer, eu acabo com tudo depressa. Se tiver de encontrar você, vai ser devagar." E eu *quis* aparecer, tanto ele me afetava. Me apavorava. Achei que ele tinha certeza de que eu ainda estava ali em algum lugar, e ia seguir o cheiro do perfume até chegar a mim como um cão de caça, e queria sair de baixo da mesa e ir ao encontro dele, pra que me matasse rápido. Queria ir ao encontro dele como o pessoal de Jonestown deve ter querido ficar na fila pra receber o refresco envenenado. Só que não consegui. Estava de novo paralisada, e só podia ficar ali e pensar que ia morrer precisando fazer xixi. Vi a cadeira do escritório... que eu tinha puxado pra me meter embaixo da mesa... e pensei: "Quando ele vir onde está a *cadeira*, vai saber onde *eu* estou." Foi quando ele entrou no escritório, quando eu pensava isso. "Tem alguém aqui?", perguntou. "Apareça. Não vou machucar você. Só quero fazer umas perguntas sobre o que está acontecendo. Estamos com um grande problema."

Audrey começou a tremer, como Johnny supunha que tinha tremido quando estava enfiada embaixo da mesa, esperando que Entragian entrasse no escritório, a descobrisse e a matasse. Só que ela também sorria, aquele sorriso que a gente dificilmente podia se obrigar a olhar.

— Isso dá a medida da loucura dele. — Ela cruzou as mãos trêmulas no colo. — Numa hora, diz que se eu sair ele me recompensará me matando rápido; em seguida, diz que só quer fazer umas perguntas. Louco. Mas eu acreditava nas duas coisas ao mesmo tempo. Logo, quem estava mais louco? Hein? Quem era o mais louco?

"Ele deu uns dois passos pra dentro do escritório. Acho que foram dois. O bastante pra que a sombra dele batesse na mesa e no outro lado, defronte de mim. Me lembro que pensei que, se aquela sombra tivesse olhos, poderia me ver. Ele ficou ali muito tempo. Eu ouvia a respiração. Depois disse: 'Foda-se', e saiu. Mais ou menos um minuto depois, ouvi a porta da frente se abrir e fechar. A princípio, eu tinha certeza que era um truque. Em minha mente, eu o via tão claramente quanto vejo vocês agora, abrindo a porta e tornando a fechar, mas ainda ali do lado de dentro, junto da máquina com as pequenas caixas de sabão em cima. Parado lá com o revólver na mão, esperando que eu me mexesse. E sabem de uma coisa? Continuei pensando isso mesmo depois que ele começou a rodar de novo com o carro pelas ruas, procurando outras pessoas pra assassinar. Acho que ainda estaria lá, só que sabia que se não fosse ao banheiro ia fazer xixi na calcinha, e não queria fazer isso. Há-há, de jeito nenhum. Se ele podia farejar meu perfume, ia farejar urina fresca mais rápido ainda. Por isso me arrastei pra fora e fui ao banheiro; tropeçava como uma velha, porque ainda tinha as pernas dormentes, mas cheguei lá."

E embora ela ainda tivesse falado por uns dez minutos, Johnny achou que era ali, em essência, que terminava a história de Audrey Wyler, com ela tropeçando até o banheiro para fazer xixi. O carro dela estava perto, mas era o mesmo que estar na lua, em vez de na Main Street, pela utilidade que tinha. Ela andou de um lado para outro várias vezes entre o escritório e a lavanderia propriamente dita (Johnny não duvidou nem por um momento da coragem exigida para andar mesmo esse tanto), mas daí não passou. Tinha os nervos não apenas abalados, mas despedaçados. Quando os tiros e o motor acelerando alucinada e incessantemente paravam um pouco, ela pensava em tentar escapar, mas aí imaginava Entragian alcançando-a, jogando-a para fora da estrada, arrancando-a de seu carro e dando-lhe um tiro na cabeça. Também disse que estava convencida de que ia chegar socorro. *Tinha* de chegar. Desespero ficava fora da estrada principal, sim, claro, mas não *tão* longe assim, e com a mina se preparando para reabrir, sempre havia gente chegando e partindo.

Disse que alguém *tinha* chegado à cidade. Ela viu um caminhão da Federal Express lá pelas cinco daquela tarde, e uma caminhonete da Companhia de Energia Elétrica do Condado de Wickoff ao meio-dia do dia seguinte, ontem. Os dois passaram pela Main Street. Ela ouviu música na caminhonete. Não ouviu o motor de Entragian dessa vez, mas uns cinco minutos depois de a caminhonete passar pela lavanderia, ouviu mais tiros, e um homem gritando "Oh, não! Oh, não!" numa voz tão aguda que parecia uma moça.

Depois disso, mais uma noite interminável, ela não querendo ficar, não ousando tentar escapar, comendo biscoitos da máquina que ficava no fim das secadoras, bebendo água da pia do banheiro. Depois um novo dia, com Entragian ainda circulando como um abutre.

Disse que não sabia que ele estava trazendo gente para a cidade e prendendo. Àquela altura, só podia pensar em planos para fugir, e nenhum deles parecia muito bom. E, de certa forma, a lavanderia começou a parecer sua casa... a parecer *segura*. Entragian tinha estado ali uma vez, saiu e não voltou. Talvez *jamais* voltasse.

— Eu me apeguei à ideia de que ele não podia ter matado *todo mundo*, que haveria outros como eu, que tinham visto o que acontecia a tempo de se esconder. Alguns conseguiriam sair. Chamariam a Polícia do Estado. Eu ficava dizendo a mim mesma que era mais sensato, pelo menos por enquanto, esperar. Depois caiu a tempestade, e tentei usar isso como cobertura. Ia me esgueirar de volta ao escritório da mineração. Tem um ATV na garagem do Hideaway...

Steve balançou a cabeça.

— A gente viu. Tem um reboque cheio de amostras de pedras atrás.

— Minha ideia era desengatar o reboque e voltar pra Rodovia 50 pelo noroeste. Podia pegar uma bússola num armário, de modo que mesmo na tempestade estaria segura. Claro que sabia que podia cair num abismo ou alguma coisa assim, mas isso não parecia um grande risco depois do que eu tinha visto. E eu tinha de sair. Duas noites numa lavanderia automática... ora, experimentem. Eu estava me preparando pra fazer isso quando vocês apareceram.

— Porra, eu quase estourei seus miolos — disse Steve. — Sinto muito.

Ela deu um sorriso pálido, depois olhou mais uma vez em volta.

— O resto vocês sabem — disse.

Eu não concordo, pensou Johnny Marinville. O latejar no nariz aumentava de novo. Precisava de um trago, muito. Como isso seria loucura — pelo menos para ele —, tirou o vidro de aspirina do bolso e tomou duas com um gole d'água. *Acho que a gente não sabe nada. Pelo menos, ainda não.*

4

Mary Jackson disse:
— O que fazemos agora? Como saímos dessa loucura? Vamos ao menos tentar ou vamos esperar que nos salvem?

Por um longo tempo, ninguém respondeu. Então Steve se mexeu na cadeira que dividia com Cynthia e disse:

— A gente *não pode* esperar. Pelo menos muito tempo.

— Por que diz isso? — perguntou Johnny. Tinha a voz curiosamente delicada, como se já soubesse a resposta à pergunta.

— Porque *alguém* já devia ter escapado, chegado a um telefone fora da cidade e puxado a tomada dessa máquina de matar. Mas ninguém fez isso. Mesmo antes do início da tempestade, ninguém fez isso. Alguma coisa muito poderosa está acontecendo aqui, e eu acho que contar com ajuda de fora pode simplesmente fazer com que a gente morra. A gente tem de contar uns com os outros, e precisa sair o mais cedo possível. É o que eu acho.

— Eu não vou sem descobrir o que aconteceu com minha mãe — disse David.

— Você não pode pensar assim, filho — disse Johnny.

— Posso, sim. E *estou pensando*.

— Não — disse Billingsley. Alguma coisa em sua voz fez David erguer a cabeça. — Não com outras vidas em jogo. Não quando você é... especial, como é. A gente precisa de você, filho.

— Não é justo — quase sussurrou David.

— Não — concordou Billingsley. Sua fisionomia era dura como pedra. — Não é mesmo.

Cynthia disse:
— Não vai adiantar nada pra sua mãe se você... e nós... morrermos tentando encontrá-la, garoto. Por outro lado, se a gente conseguir sair da cidade, pode voltar com ajuda.

— Certo — disse Ralph, mas o disse de uma maneira oca, doentia.

— Não, *não* está certo — disse David. — Isso é um monte de *merda*, é isso que é.

— *David!*

O menino os examinou, o rosto feroz de raiva e nauseado de medo.

— Nenhum de vocês está ligando pra minha mãe, nenhum. Nem o senhor, pai.

— Isso não é verdade — disse Ralph. — E é cruel dizer isso.

— É — disse David —, mas eu acho que é verdade mesmo assim. Sei que o senhor a ama, mas acho que iria embora porque acha que ela já está morta. — Fixou o olhar no pai, e quando Ralph baixou os olhos para as mãos, lágrimas brotando do olho inchado, David se voltou para o veterinário. — E eu vou dizer ao *senhor* uma coisa, sr. Billingsley. Só porque eu rezo, isso não quer dizer que eu seja um mago de história em quadrinhos nem nada assim. Rezar não é mágica. A única mágica que eu conheço são uns dois truques com o baralho que geralmente nem faço direito.

— David — começou Steve.

— Se a gente for embora e voltar, vai ser tarde demais pra salvá-la! Eu sei que vai ser! Eu *sei*!

Suas palavras ressoaram no palco como a fala de um ator e depois morreram. Lá fora, o vento indiferente açoitava.

— David, provavelmente já é tarde demais — disse Johnny. Tinha a voz bastante firme, mas não conseguia olhar direito para o menino quando falou.

Ralph deu um suspiro rouco. O filho foi até ele, sentou-se a seu lado, tomou sua mão. Ralph tinha o rosto franzido de cansaço e confusão. Parecia mais velho agora.

Steve se voltou para Audrey.

— Você disse que conhecia outra saída.

— Conheço. A grande terraplenagem que a gente vê quando entra na cidade é a face norte da mina que reabrimos. Tem uma estrada que sobe pelo lado dela, passa pelo topo e dá na mina. Tem outra que volta à Rodovia 50 a oeste daqui. Corre pelo rio Desespero, que hoje é apenas um leito seco. Sabe de onde estou falando, Tom?

Ele fez que sim com a cabeça.

— Aquela estrada... a estrada do Rio Desespero... começa na garagem das máquinas. Tem mais ATVs lá. Nos maiores cabem quatro pessoas facilmente, mas a gente pode engatar um reboque pros outros três.

Steve, um veterano de dez anos de cargas e descargas, decisões na hora e fugas rápidas (muitas vezes necessárias pela combinação de hotéis de quatro estrelas e babacas de conjuntos de rock), vinha acompanhando-a cuidadosamente.

— Muito bem, o que eu sugiro é o seguinte. A gente espera até amanhã. Descansa um pouco, quem sabe até dorme. A tempestade talvez tenha passado então...

— Acho que o vento *baixou* um pouco — disse Mary. — Talvez seja mais desejo que realidade, mas acho que baixou mesmo.

— Mesmo que continue, a gente poderia ir até a garagem das máquinas, não é, Audrey?

— Tenho certeza de que sim.

— A que distância fica?

— Três quilômetros do escritório de mineração, talvez uns dois daqui.

Ele assentiu.

— E com a luz do dia, a gente vai poder ver Entragian. Se tentar sair de noite, na tempestade, não podemos contar com isso.

— Também não podemos esperar ver a... a vida animal, tampouco — disse Cynthia.

— Estou falando em andar rápido e armado — disse Steve. — Se a tempestade passar, a gente pode ir pro barranco em meu furgão... três na frente, na boleia comigo, quatro atrás. Se o tempo continuar ruim... e, na verdade, espero que continue... acho que a gente tem de ir a pé. Chama menos atenção assim. Ele talvez nem saiba que a gente se foi.

— Eu imagino que o jovem Escolla e seus amigos pensavam do mesmo jeito quando Collie os atropelou — disse Billingsley.

— Eles iam subindo a Main Street — disse Johnny. — Exatamente o que Entragian estava esperando. Nós vamos *descer*, na direção da mina, pelo menos no início, e deixar a área por uma rua de entrada.

— É — disse Steve. — E aí, pimba, a gente dá o fora.

Ele foi até David — o menino tinha deixado o pai e estava sentado na borda do palco, olhando fixo para as poltronas do velho cinema caindo aos pedaços — e se agachou ao lado dele.

— Mas a gente volta. Está ouvindo, David? A gente volta pra procurar sua mãe, e qualquer outro que ainda reste vivo. É uma promessa solene, de mim pra você.

David continuou olhando as poltronas.

— Eu não sei o que fazer — disse. — Sei que preciso pedir a Deus que me ajude a arrumar a cabeça, mas no momento estou tão danado da vida com ele que não consigo. Toda vez que tento arrumar as ideias, isso atrapalha. Ele deixou o policial pegar minha mãe! Por quê? Jesus, *por quê?*

Você sabe que fez um milagre ainda há pouco?, pensou Steve. Mas não disse; só ia piorar a confusão e infelicidade de David. Após um instante, se levantou e ficou olhando o menino, as mãos enterradas nos bolsos, olhos perturbados.

5

O puma desceu devagar o beco, cabeça baixa, orelhas deitadas para trás. Evitava as latas de lixo e o monte de madeira com muito mais facilidade que os seres humanos tinham feito; via muito melhor no escuro. Ainda assim, parou no fim do beco, um rosnado abafado, contínuo, subindo da goela. Não estava gostando daquilo. Um deles era forte, muito forte. Sentia a força dele mesmo através da parede de tijolos do prédio, pulsando como um fulgor. Contudo, não havia como desobedecer. O puma trazia na cabeça o estranho, aquela criatura da terra, a vontade dela cravada na mente como um anzol. Aquela falava a língua das coisas informes, do tempo anterior, quando o estranho e todos os animais, com exceção dos homens, eram uma coisa só.

Mas não gostava daquela sensação de força. Daquele fulgor.

Tornou a rosnar, um rugido que subia e descia, vindo mais das narinas que da boca fechada. Pôs a cabeça do outro lado da esquina, encolhendo-se com uma rajada de vento que lhe assanhou o pelo e encheu o nariz com cheiros de mato bravo, parasitas, bebida velha e tijolo mais velho ainda. Mesmo dali sentia o cheiro amargo da mina ao sul da cidade, o cheiro que estava ali desde que haviam explodido a última meia dúzia de buracos e reaberto o lugar ruim, aquele que os animais conheciam e os homens tentaram esquecer.

O vento baixou, e o puma desceu maciamente a trilha entre a cerca de tábuas e o fundo do cinema. Parou para farejar os caixotes, detendo-se mais no que tinha sido derrubado do que no que continuava de pé encostado à parede. Eram muitos cheiros misturados. A última pessoa que subiu no caixote derrubado o empurrou de cima do que continuava de pé. O puma farejava o cheiro das mãos dele, um cheiro diferente, mais penetrante que os outros. Um cheiro de pele, de certa forma *despido*, misturado com suor e óleos. Pertencia a um homem no auge da idade.

Também farejava armas. Em outras circunstâncias, esse cheiro o teria feito fugir, mas agora não importava. Iria aonde o velho o mandara; não tinha escolha. O puma farejou a parede, ergueu o olhar para a janela. Não estava fechada; via-a indo de um lado para outro com o vento. Não muito, porque era recuada, mas o bastante para ele saber que estava aberta. Podia entrar. Seria fácil. A janela cederia diante dele, abrindo espaço como as coisas humanas às vezes faziam.

Não, disse a voz das coisas informes. *Não pode*.

Uma imagem tremulou por um breve instante em sua mente: coisas brilhando. Coisas de beber humanas, às vezes despedaçadas em reluzentes fragmentos quando os homens não mais precisavam delas. Ele compreendeu (como um leigo pode compreender vagamente uma complicada prova geométrica, se cuidadosamente explicada) que ia derrubar muitas daquelas coisas de beber humanas no chão se tentasse saltar pela janela. Não sabia como podia ser, mas a voz em sua cabeça dizia que era, e que os outros as ouviriam se quebrando.

O puma passou por baixo da janela destrancada como um escuro refluxo, parou para farejar a saída de incêndio, fechada com tábuas pregadas, e chegou a uma segunda janela. Essa era da mesma altura que a que tinha coisas de beber dentro, e feita do mesmo vidro branco, mas não estava destrancada.

Mas é essa que você vai usar, sussurrou a voz dentro da cabeça do puma. *Quando eu lhe disser que está na hora, é essa que você vai usar*.

Sim. Ele podia se cortar no vidro da janela, como uma vez tinha cortado as plantas dos pés em pedaços de coisas de beber humanas nas montanhas, mas quando a voz em sua cabeça dissesse que estava na hora, saltaria pela janela. Uma vez lá dentro, continuaria a fazer o que a voz mandasse. Não era assim que as coisas deviam ser... mas por ora, era como as coisas eram.

O puma ficou embaixo da aferrolhada janela do banheiro dos homens, a cauda enroscada em torno do corpo, e esperou pela voz da coisa da mina. A voz do estranho. A voz de Tak. Quando viesse, ele avançaria. Enquanto não viesse, ficaria ali deitado escutando a voz do vento, e sentindo o cheiro que ele trazia, como más notícias de um outro mundo.

Capítulo Três

1

Mary viu o velho veterinário tirar uma garrafa de uísque do armário de bebida, quase deixá-la cair, e se servir uma dose. Ela se aproximou de Johnny e falou em voz baixa.

— Faça com que ele pare. Esse aí é viciado.

Ele olhou para ela de sobrancelhas erguidas.

— Quem elegeu *você* Rainha da Temperança?

— Seu cabeça de merda — ela sibilou. — Pensa que eu não sei quem foi que o fez começar? Pensa que eu não *vi*?

Ela se virou em direção a Tom, mas Johnny puxou-a de volta e foi ele mesmo. Ouviu o pequeno arquejo de dor dela e supôs que talvez tivesse apertado o pulso com um pouco mais de força do que seria cavalheiresco. Bem, não estava acostumado a ser chamado de cabeça de merda. Afinal, tinha ganhado o Prêmio Nacional do Livro. Tinha saído na capa da revista *Time*. Também tinha comido a namoradinha da América (bem, talvez isso seja meio retroativo, pois na verdade ela não era mais a namoradinha da América desde 1965 ou por aí, mas ele ainda assim a tinha *comido*), e não estava acostumado a ser chamado de cabeça de merda. Contudo, Mary tinha certa razão. Ele, um homem familiarizado com as rodovias e elevados dos Alcoólatras Anônimos, tinha dado àquele favorito, o sr. Doutor Pau-d'Água, o primeiro trago da noite. Achou que ia ajudar Billingsley a se recompor, a se concentrar (e *preci-*

savam dele concentrado, pois afinal era a cidade do cara)... mas também não tinha ficado meio puto quando o doutorzinho pegou para si um rifle carregado, enquanto o Garoto do Prêmio Nacional do Livro tinha de se contentar com uma .22 descarregada?

Não. Não, porra, o problema não era a arma. Manter o velho ligado o bastante pra ter alguma utilidade, esse era o problema.

Bem, talvez. Talvez. Parecia meio falso, mas a gente tinha de se dar o benefício da dúvida em certas situações — sobretudo nas situações malucas, o que sem dúvida aquela era. De uma maneira ou de outra, talvez não tivesse sido uma ideia tão boa assim. Tinha tido muitas ideias-não-tão-boas-assim em sua vida, e se alguém estava qualificado para reconhecer uma delas quando a via, provavelmente John Edward Marinville era esse cara.

— Por que não guardamos isso pra depois, Tom? — perguntou, e delicadamente tomou o copo de uísque da mão do veterinário quando ele o levava aos lábios.

— Ei! — grasnou Billingsley, tentando pegá-lo. Tinha os olhos mais aguados que nunca, e agora raiados de vivos pontos vermelhos que pareciam minúsculos cortes. — Me dá isso aí!

Johnny manteve o copo afastado dele, junto à sua própria boca, e sentiu um impulso súbito e apavorantemente forte de cuidar do problema da maneira mais rápida e simples. Em vez disso, pôs o copo em cima do bar, onde o velho Tommy não poderia alcançá-lo a menos que saltasse de um lado para outro. Não que o achasse incapaz de saltar por um trago; o velho tinha chegado a tal ponto que, na certa, tentaria até executar "O Hino dos Fuzileiros" na base do peido se alguém lhe prometesse uma dose dupla. Enquanto isso, os outros observavam, e Mary esfregava o pulso (que *estava* vermelho, ele observou — mas só um pouco, na verdade não grande coisa).

— *Dá aqui!* — berrou Billingsley e estendeu uma das mãos para o copo em cima do bar, abrindo e fechando os dedos como um bebê furioso que exige a chupeta de volta.

Johnny se lembrou de repente que a atriz — a das esmeraldas, a que tinha sido a coelhinha número um dos Estados Unidos em dias de antanho, tão doce que o açúcar não derretia em sua mão — o tinha empurrado certa vez na piscina do Bel-Air, todo mundo tinha rido, ele próprio riu ao sair pingando, ainda com a garrafa de cerveja na mão, bêbado demais para saber o que estava acontecendo, e o som de descarga que ouvia era o resto de sua reputação descendo pelo cagador. Sim, senhor, e sim, senhora, ali estava ele, naquele dia quente de Los Angeles, rindo feito um maluco em seu ensopado terno Pierre Cardin, garrafa de Bud erguida numa das mãos como um troféu, todos os demais rindo com ele; estavam todos se divertindo à beça, ele foi empurrado na piscina como num filme e divertiam-se à beça, saudando-o, bem-vindo ao maravilhoso mundo dos bêbados demais para ter juízo, vamos ver se você se sai dessa escrevendo, Marinville.

Sentiu uma explosão de vergonha mais por si mesmo do que por Tom, embora soubesse que era para Tom que olhavam (com exceção de Mary, que ainda examinava o pulso), Tom, que ainda dizia "Dá *aquiii*!", fechando e abrindo a mão como o Porra do Baby Huey, Tom, que já estava chumbado com apenas três doses. Johnny já tinha visto isso antes, também; após um certo número de anos nadando na garrafa, bebendo tudo que encontrava pela frente e ainda assim parecendo inteiramente sóbrio, as guelras da bebida tinham aquela esquisita tendência de se lacrar quase ao primeiro gole. Era loucura, mas verdade. Vejam o Alcoólatra em Último Estágio, pessoal, entrem, não vão acreditar em seus próprios olhos.

Passou um braço pelos ombros de Tom, sentiu o pardo aroma de Dant que pairava em torno da cabeça do homem como uma auréola nebulosa, e murmurou:

— Seja um bom menino que depois pode tomar aquele trago.

Tom olhou-o com os olhos raiados de vermelho. Tinha os lábios ásperos, rachados, molhados de saliva.

— Você promete? — sussurrou de volta, um sussurro de conspirador, exalando mais vapores e embolando as palavras, de modo que saiu *Vofèbromede*.

— Prometo — disse Johnny. — Talvez tenha errado em fazer você começar, mas agora que fiz, vou manter você. Mas é *só* o que eu posso fazer. Portanto, tenha um pouco de dignidade, certo?

Billingsley olhou para ele. Os olhos arregalados cheios de água. Pálpebras vermelhas. Lábios brilhando.

— Não consigo — sussurrou.

Johnny deu um suspiro e fechou os olhos um instante. Quando tornou a abri-los, Billingsley olhava fixo para Audrey Wyler, do outro lado do palco.

— Por que ela tem de usar aquela porra daquela saia tão *curta*? — murmurou.

O bafo era suficientemente forte para Johnny concluir que talvez não fosse um simples caso de três doses e pronto; o velho Snoop Doggy Doc tinha mamado mais umas duas ou três em algum ponto da jornada.

— Eu não sei — disse, oferecendo o que julgava ser um grande sorriso falso de mestre de cerimônias e levando Billingsley de volta para junto dos outros, fazendo-o dar as costas ao bar e ao copo em cima. — Está se queixando?

— Não — disse Billingsley. — Não, eu... Eu só... — Olhou desamparado para Johnny com os olhos úmidos de bêbado. — O que era mesmo que eu estava falando?

— Deixa pra lá. — A voz do mestre de cerimônias saía agora do sorriso de mestre de cerimônias: volumosa, franca, tão sincera quanto a promessa de um produtor de chamar a gente na semana seguinte. — Me diga uma coisa: por que chamam aquele buraco no chão de mina da China? Estive pensando nisso.

— Creio que a srta. Wyler sabe mais sobre isso do que eu — disse Billingsley, mas Audrey não estava mais no palco; quando David e o pai se juntaram a eles, com um ar preocupado, Audrey saiu pela direita do palco, talvez em busca de mais alguma coisa para comer.

— Ah, vamos — disse Ralph, inesperadamente comunicativo. Johnny olhou-o e viu que, apesar de seus problemas, Ralph Carver compreendia exatamente em que pé andavam as coisas com o velho Tommy. — Aposto que você esqueceu mais da história local do que aquela jovem lá algum dia já soube. E *é* história local, não é?

— Bem... é. História e geologia.

— Vamos, Tom — disse Mary. — Conte uma história pra gente. Ajude a passar o tempo.

— Tudo bem — ele disse. — Mas não é lá muito bonita, como a gente diz por aqui.

Steve e Cynthia se aproximaram. Ele estava com o braço em volta da cintura dela; e ela, na dele, os dedos enfiados numa das passadeiras do cinto.

— Conte lá, veterano — disse Cynthia, baixinho. — Vá.
E ele o fez.

2

— Muito antes de alguém jamais pensar em minerar cobre aqui, era ouro e prata — disse Billingsley. Ajeitou-se na poltrona e balançou a cabeça quando David lhe ofereceu água. — Isso também foi muito antes de se pensar em mineração a céu aberto. Em 1858, uma firma chamada Mineração Diablo abriu a Cascavel Número Um, onde hoje é a mina da China. Tinha ouro, e muito.

"Era uma mina de túnel... naquele tempo, todas eram, e eles continuaram seguindo o veio cada vez mais pra baixo, embora a empresa devesse saber como isto era perigoso. A superfície do lado sul de onde hoje está a mina não é dura... é calcário, greda e uma espécie de mármore de Nevada. A gente encontra muita volastonita. Não tem valor, mas é bonita de ver.

"Foi ali embaixo, do lado norte de onde fica a mina hoje, que cavaram a mina Cascavel. O terreno lá é ruim. Ruim pra mineração, pra cultivar, pra tudo. Terra azeda, como diziam os shoshone. Tinham uma palavra pra isso, uma palavra boa, a maioria das palavras deles é boa, mas não me lembro agora. Tudo aquilo são restos ígneos, vocês sabem, coisas injetadas na crosta da terra por erupções vulcânicas que não chegaram à superfície. Tem uma palavra pra esse tipo de restos, mas também não me lembro agora.

— Pórfiro — gritou-lhe Audrey. Estava parada no lado direito do palco, segurando um saquinho de biscoitos. — Alguém quer um pouco disto? O cheiro é meio esquisito, mas o gosto está bom.

— Não, obrigada — disse Mary. Os outros balançaram a cabeça.

— Se chama pórfiro — concordou Billingsley. — Tem muita coisa valiosa, tudo, desde granada até urânio, mas em grande parte é instável. O terreno onde cavaram a Cascavel Número Um tinha um bom veio de ouro, mas a maior parte era matéria argilosa... folhelho cozido. O folhelho é uma rocha sedimentar, frágil. A gente pode triturar um torrão com a mão, e, quando essa mina atingiu 21 metros e os homens ouviram as paredes gemendo e rangendo em volta, decidiram que já chegava. Simplesmente deram o fora. Não foi greve por melhores salários; só não queriam morrer. Por isso, o que os donos fizeram foi contratar chineses. Mandaram vir em vagões abertos que vieram de San Francisco, acorrentados como prisioneiros. Setenta homens e vinte mulheres, todos vestindo casacos de pijama acolchoados e chapeuzinhos redondos. Acho que os donos devem ter ficado danados da vida por não terem pensado em usá-los antes, porque tinham todas as vantagens em relação aos brancos. Não saíam gritando bêbados pela rua, não comerciavam bebida com os shoshone ou paiute, não queriam prostitutas. Não cuspiam nem fumo de mascar na calçada. Mas isso era só o extra. O principal era que desciam tão fundo quanto mandavam e não se incomodavam com o som da matéria argilosa rangendo e escorregando no chão em toda a volta deles. E a mina podia se aprofundar mais depressa, porque não precisava ser tão grande: eles eram bem menores que os mineiros brancos, e podiam ser mandados trabalhar de joelhos. Também, qualquer chinês apanhado com rocha contendo ouro consigo podia ser morto a tiros na hora. E alguns foram.

— Deus do céu — disse Johnny.

— Não parece muito com os velhos filmes de John Wayne — concordou Billingsley. — Seja como for, já tinham passado de 46 metros... quase duas vezes a profundidade de quando os brancos largaram as picaretas... quando se deu o desmoronamento. Contam muitas histórias sobre isso. Uma é que eles tinham desenterrado um *waisin*, uma espécie de espírito antigo, e ele destroçou a mina. Outra é que enfureceram os *tommyknockers*.

— O que são os *tommyknockers*? — perguntou David.

— Encrenqueiros. — disse Johnny. — A versão subterrânea dos *gremlins*.

— Três coisas — disse Audrey de seu lugar à direita do palco. Mordiscava um biscoito. — Primeiro, a gente chama esse tipo de trabalho de mineração de perfuração, não mina. Segundo, a gente *perfura*, não cava. Terceiro, foi um desmoronamento, puro e simples. Não teve nada de *tommyknockers* nem espíritos da terra.

— Fala o racionalismo — disse Johnny. — O espírito do século. Hurra!

— Eu não desceria três metros naquele tipo de solo — disse Audrey. — Ninguém bem da cabeça desceria, e lá estavam eles, 46 metros abaixo, todos cavando, socando e berrando, fazendo tudo, menos botar dinamite. O que admira é quanto tempo os *tommyknockers* os *protegeram* de sua própria idiotice!

— Quando finalmente *veio* o desabamento, foi no que se devia considerar um bom lugar — recomeçou Billingsley. — O teto cedeu a cerca de 18 metros do ádito. — Olhou para David. — É como a gente chama a entrada da mina, filho. Os mineiros subiram até ali, vindos de baixo, e então foram detidos por 6 metros de terra argilosa. A sirene disparou, e o pessoal da cidade subiu o morro pra ver o que tinha acontecido. Até as prostitutas e os jogadores subiram. Ouviam os chineses gritando, pedindo pra ser desenterrados antes que o resto desabasse. Alguns disseram que eles pareciam lutar uns com os outros. Mas ninguém queria entrar e cavar. O som agudo que a terra argilosa faz quando o solo é instável estava mais alto que nunca, e o teto tinha cedido em vários lugares entre o ádito e o primeiro desmoronamento.

— Esses lugares podiam ser escorados? — perguntou Steve.

— Claro, mas ninguém queria assumir a responsabilidade por isso. Dois dias depois, o presidente e o vice-presidente da Mineração Diablo apareceram com dois engenheiros de minas de Reno. Fizeram um piquenique diante da boca enquanto discutiam as providências a tomar, segundo me contou meu pai. Comeram em cima de uma toalha de linho, enquanto dentro daquela mina... perdão, *perfuração*... a menos de 27 metros de onde eles estavam, quarenta seres humanos gritavam na escuridão.

"Tinham desmoronamentos mais pra dentro, o pessoal dizia que era como se alguma coisa estivesse peidando ou arrotando no fundo da terra, mas os chineses ainda estavam bem... pelo menos, ainda vivos... atrás do primeiro desabamento de rochas, implorando pra serem desenterrados. Comiam as paredes da mina a essa altura, eu imagino, e não tinham água nem luz há dois dias. Os engenheiros de minas entraram... enfiaram a cabeça, pelo menos... e disseram que era muito perigoso fazer qualquer tipo de operação de resgate."

— Então o que fizeram? — perguntou Mary.

Billingsley encolheu os ombros.

— Botaram cargas de dinamite na frente da mina e derrubaram isso também. Fecharam a mina.

— Está dizendo que enterraram deliberadamente quarenta pessoas vivas? — perguntou Cynthia.

— Quarenta e duas, contando o chefe de turma e o capataz — disse Billingsley. — O chefe de turma era branco, mas bêbado e conhecido por dizer palavrão a senhoras decentes. Ninguém o defendeu. Nem o capataz, aliás.

— Como puderam fazer isso?

— A maioria era chinês, dona — disse Billingsley. — Logo, foi fácil.

O vento bateu. O prédio tremeu sob essa rude carícia como uma coisa viva. Eles ouviam o débil som da janela do banheiro das mulheres batendo. Johnny esperava que ela se escancarasse o suficiente para derrubar a armadilha de garrafas de Tom.

— Mas não é bem aí que termina a história — disse Billingsley. — Vocês sabem como essas coisas vão crescendo na cabeça do pessoal, com os anos. — Juntou as mãos e mexeu os dedos cruzados. Na tela do cinema, um pássaro gigante, uma lendária pipa da morte, pareceu voar. — Cresce como as sombras.

— Bem, e qual é o fim? — perguntou Johnny.

Mesmo após aqueles anos todos, ainda se babava por uma boa história quando ouvia uma, e aquela não era má.

— Três dias depois, dois jovens chineses apareceram no Lady Day, um bar que ficava onde hoje fica o The Broken Drum. Atiraram em sete homens antes de serem dominados. Mataram dois. Um dos que mataram foi o engenheiro de minas de Reno que tinha recomendado a explosão da boca da mina.

— Perfuração — disse Audrey.

— Silêncio — disse Johnny e fez sinal a Billingsley para que continuasse.

— Um dos "cules", como eram chamados, foi morto na escaramuça. Uma faca nas costas, o que é mais provável, embora a história preferida das pessoas é que um jogador profissional chamado Harold Brophy lançou uma carta de baralho de onde estava e cortou com ela a garganta do homem.

"O outro recebeu cinco ou seis tiros. O que não impediu de o pegarem e enforcarem no dia seguinte, depois de um julgamento de fachada perante um tribunal improvisado. Aposto que ele foi uma decepção pra eles; segundo a história, estava pirado demais pra ter alguma ideia do que estava acontecendo. Tinham posto correntes nas pernas e nos pulsos dele, e ele ainda lutava como um gato bravo, esbravejando lá na língua dele o tempo todo."

Billingsley se inclinou um pouco para a frente, parecendo fixar David em particular. O menino retribuía-lhe o olhar, olhos arregalados e fascinados.

— Só falava chinês, mas uma ideia que todo mundo aceitou foi que *ele e o amigo dele tinham saído da mina* e voltado pra se vingar dos que os tinham posto lá e depois os deixaram lá.

Billingsley teve um arrepio.

— O mais provável é que fossem apenas dois jovens do chamado Acampamento Chinês, ao sul de Ely, homens não tão passivos e resignados quanto os outros. A essa altura, a história do desabamento tinha se espalhado, e as pessoas do Acampamento já deviam saber. Alguns na certa tinham parentes em Desespero. E vocês devem lembrar que o que sobreviveu ao tiroteio não sabia inglês nenhum, além dos xingamentos. A maior parte do que souberam dele deve ter sido pelos gestos. E vocês sabem como as pessoas gostam daquela última torção da faca numa história cabeluda. Ora, não passou nem um ano pra que o pessoal dissesse que os mineiros chineses *ainda* estavam vivos lá dentro, que os ouviam conversando, rindo e pedindo para serem soltos, gemendo e jurando vingança.

— Seria possível dois homens terem saído? — perguntou Steve.

— Não — disse Audrey da entrada.

Billingsley olhou-a, depois voltou os olhos inchados, com olheiras vermelhas, para Steve.

— Eu acho — disse. — Os dois podem ter começado a recuar da mina juntos, enquanto o resto ficava junto atrás do desabamento. Um deles pode ter se lembrado de um respiradouro ou chaminé...

— Tolice — disse Audrey.

— *Não é* — disse Billingsley —, e você sabe disso. Aquilo é um velho campo de vulcões. Tem até afloramento de pórfiro a leste da cidade... parece vidro negro com traços de rubi; são granadas. E onde tem rocha vulcânica, tem poço e chaminé.

— As possibilidades de dois homens...

— É só um caso hipotético — disse Mary, para acalmar. — Uma forma de passar o tempo, só isso.

— Tolice hipotética — resmungou Audrey e comeu outro biscoito duvidoso.

— Seja como for, essa é a história — disse Billingsley. — Mineiros enterrados vivos, dois saem, loucos a essa altura, e tentam se vingar. Depois, fantasmas na área. Se isso não é uma história pra uma noite de tempestade, eu não sei mais o que é. — Olhou para Audrey do outro lado, e tinha no rosto um irônico sorriso de bêbado. — A senhora andou escavando lá, dona. Vocês novatos. Não encontraram nenhum ossinho curto, encontraram?

— O senhor está bêbado, sr. Billingsley — ela disse, friamente.

— Não — ele disse. — Eu queria estar, mas não estou. Desculpem-me, donas e cavalheiros. Eu conto histórias e fico com vontade de mijar. Porra, nunca falha.

Atravessou o palco, cabisbaixo, ombros caídos, oscilando um pouco. A sombra que o seguia era irônica tanto no tamanho quanto no aspecto heroico. Os tacões das botas batiam forte. Os outros ficaram vendo-o sair.

Ouviu-se um súbito baque surdo, que os fez saltar. Cynthia sorriu culpada e ergueu seu tênis.

— Desculpem — disse. — Uma aranha. Acho que era uma daquelas aranhas-violão.

— *Aranhas-violino* — disse Steve.

Johnny curvou-se para olhar, mãos plantadas nas coxas pouco acima dos joelhos.

— Não.

— Não o quê? — perguntou Steve. — Não é uma aranha-violino?

— Não uma — disse Johnny. — Um par. — Ergueu o olhar, não exatamente sorrindo. — Talvez — disse — sejam violinos *chineses*.

3

Tak! Can ah wan me. Ah lah.

O puma abriu os olhos. Ficou de pé. Começou a abanar a cauda inquieta de um lado para outro. Estava quase na hora. Curvou as orelhas para a frente, torcendo-as ao som de alguém entrando no aposento por trás do vidro branco. Ergueu o olhar, toda a atenção, uma rede de avaliação e concentração. Seu salto teria de ser perfeito para fazê-lo atravessar, e perfeição era exatamente o que a voz em sua cabeça exigia.

Esperou, aquele rosnado baixo, contínuo, elevando-se mais uma vez da goela... mas agora vinha da boca, além das narinas, porque tinha o focinho arreganhado para mostrar os dentes. Pouco a pouco, começou a encolher os quartos traseiros.

Quase hora.
Quase hora.
Tak ah ten.

4

Billingsley enfiou a cabeça no banheiro das mulheres e apontou a luz da lanterna para a janela. As garrafas continuavam no lugar. Ele teve medo de que uma forte rajada de vento pudesse empurrar a janela o bastante para derrubar algumas delas da borda, dando um falso alarme, mas isso não aconteceu, e agora achava improvável que fosse acontecer. O vento baixava. A tempestade, uma aberração de verão como ele nunca tinha visto, estava passando.

Enquanto isso, tinha um problema. A sede para saciar.

Só que, nos últimos cinco anos mais ou menos, passou a parecer cada vez menos sede do que uma *coceira*, como se tivesse contraído alguma forma horrível de urticária — de um tipo que afetava mais o cérebro que a pele. Bem, não importava, importava? Sabia como cuidar do problema, e isso era o que contava. E mantinha a mente afastada do resto, também. A loucura que era o resto. Se fosse apenas perigo, alguém descontrolado brandindo uma arma pela cidade, isso ele achava que poderia ter enfrentado, velho ou não, bêbado ou não. Mas não era nada tão definido assim. A geóloga continuava insistindo que *era*, que era só Entragian, mas Billingsley tinha outra opinião. Porque Entragian agora estava diferente. Ele tinha dito isso aos outros, e Ellen Carver o chamou de louco. Mas...

Mas *como* Entragian estava diferente? E por que ele, Billingsley, de algum modo achava que a mudança no subxerife era importante, talvez vital, para eles no momento? Não sabia. *Devia* saber, devia estar tão claro quanto o nariz em sua cara, mas agora, quando bebia, tudo parecia submerso, como se estivesse ficando senil. Não lembrava nem o nome da égua da geóloga, a égua com a torção na perna...

— Lembro, sim — murmurou. — Lembro, sim, era...

Era o quê, seu velho bêbado? Não sabe, sabe?

— Sei, sim, era Sally! — exclamou triunfante, depois passou pela porta de incêndio pregada com tábuas e entrou no banheiro dos homens. Dirigiu a luz brevemente para a privada. — Sally, era esse o nome!

Mudou a luz para a parede e o cavalo a bafejar fumaça que galopava ali. Não se lembrava de tê-lo desenhado — supunha que tivesse sido num daqueles brancos —, mas era sem dúvida obra sua, e não má para o que era. Gostava do jeito como o cavalo parecia ao mesmo tempo louco e livre, como se tivesse vindo de um outro mundo onde as deusas ainda cavalgavam em pelo, às vezes saltando léguas inteiras, quando davam suas loucas cavalgadas.

As lembranças clarearam um pouco, como se o desenho na parede tivesse de algum modo aberto sua mente. Sally, sim. Um ano atrás, mais ou menos. Os rumores de que a mina ia ser reaberta começavam a se concretizar em verdade reconhecida. Carros e caminhões tinham passado a aparecer no estacionamento do Quonset que servia de sede da mineradora, aviões haviam começado a descer no aeroporto ao sul da cidade, e tinham-lhe dito uma noite — bem ali, no American West, na verdade, tomando umas com a turma — que tinha uma geóloga morando na velha casa de Rieper. Jovem. Solteira. Diziam que bonita.

Billingsley precisava fazer xixi, não tinha mentido, mas não era essa sua mais forte necessidade agora. Havia um imundo trapo azul em uma das pias, desses que só se pegam com pinça, caso fosse absolutamente necessário. O veterinário o retirou, revelando uma garrafa de Satin Smooth, um uísque daqueles de estourar os bofes, se algum dia já se engarrafou um uísque de estourar os bofes... mas qualquer porto serve numa tempestade.

Desatarraxou a tampa e, segurando a garrafa com as duas mãos, porque tremiam muito, tomou um longo e profundo gole. O napalm escorreu pela garganta abaixo e explodiu na barriga. Ardia, claro, mas como era aquela música de Patty Loveless que tocava o tempo todo no rádio? Machuca, *baby*, machuca pra valer.

Empurrou o primeiro gole com um menor (segurando a garrafa com mais facilidade agora; a tremedeira passou), repôs a tampa e devolveu a garrafa à pia.

— Ela me chamou — murmurou.

Do lado de fora da janela, as orelhas do puma fêmea se agitaram ao som de sua voz. Ele se encolheu mais um pouco sobre os quartos, esperando que o homem chegasse mais perto, mais perto de onde o levaria seu bote.

— A dona me chamou ao telefone. Disse que a égua dela tinha três anos e se chamava Sally. Sim, senhor.

Tornou a cobrir a garrafa com o trapo, sem pensar, escondendo por hábito, com a mente naquele último dia de verão. Foi até a casa do Rieper, um belo bangalô nas montanhas, e um cara da mina — o negro que depois se tornara o recepcionista do escritório, na verdade — o levou até a égua. Disse que Audrey tinha acabado de receber um chamado urgente e ia ter de voar para a sede da empresa em Phoenix. Depois, quando se dirigiam ao estábulo, o cara preto olhou por cima do ombro de Billingsley e disse...

— Ele disse: "Lá vai ela" — disse Billingsley. Tinha apontado de novo a lanterna para o cavalo galopando nos azulejos empenados, e olhava-o com olhos arregalados, reflexivos, a bexiga temporariamente esquecida. — E gritou pra ela.

Sim, senhor. *Oi, Aud!*, ele gritou, e acenou. Ela retribuiu o aceno. Billingsley também acenou, pensando que os boatos eram certos: ela *era* jovem, e *era* bonita. Não com aquela beleza sensacional das artistas de cinema, mas bastante boa para uma parte do mundo onde *nenhuma* mulher solteira tinha de pagar sua bebida se não quisesse. Ele cuidou da égua dela, deu ao negro uma amostra de unguento para usar, e depois ela mesma apareceu para comprar mais. Marsha lhe contou isso; ele estava perto de Washoe, cuidando de uma ovelha doente. Mas a viu na cidade muitas vezes. Não para conversar, não, senhor, dificilmente, pertenciam a turmas diferentes, mas vira-a jantando no Hotel Antlers ou no Owl's, uma vez no The Jailhouse, em Ely; vira-a bebendo no Bud's Suds ou no The Broken Drum com algumas das outras pessoas da mineradora, jogando dados para ver quem pagava a conta; no mercadinho de Worrell, comprando comida; no Conoco, abastecendo; na loja de ferragem, comprando uma lata de tinta e um pincel, sim, senhor, vira-a por ali, numa cidade pequena como aquela a gente via *todo mundo*, tinha de ver.

Por que está repassando tudo isso nessa cabeça burra?, ele se perguntou, dirigindo-se finalmente para a privada. As botas rangiam na areia e poeira, na argamassa que se tinha desprendido de entre os azulejos caindo aos pedaços. Parou ainda um pouco além da distância de apontar e atirar, a lanterna iluminando uma ponta da bota enquanto abria o zíper. O que tinha Audrey Wyler a ver com Collie? O que *podia* ter ela a ver com Collie? Não se lembrava de tê-los visto juntos nunca, nem de saber que formavam um par, não era isso. Então que *era*? E por que sua mente insistia em que tinha alguma coisa a ver com o dia em que tinha ido olhar a égua dela? Nem sequer *a* tinha visto naquele dia. Bem... por um minuto... de longe...

Alinhou-se com a privada e puxou o velho pau. Cara, precisava se aliviar. É beber um copo e mijar um litro, não era o que diziam?

Ela acenando... correndo para o carro... a caminho do aeroporto... para Phoenix. Usando uma espécie de terninho de executiva, claro, porque não estava indo para nenhuma sede de mineração no barracão Quonset, no deserto, estava indo para algum lugar onde havia tapete no chão e a vista era de mais de três andares acima. Ia falar com os figurões. Belas pernas... Estou mais pra lá do que pra cá, mas não estou velho demais pra apreciar um belo joelho... belo, sim, senhor, mas...

E de repente tudo lhe veio à mente, não com um estalo, mas com um grande estrondo, e por um momento, antes que o puma lançasse seu rosnado tossido, crescente, ele pensou que o som de vidro se quebrando era em sua cabeça, o som da inspiração.

Então começou o rosnado, subindo rápido para um uivo que o fez começar a urinar de puro medo. Por um momento, foi impossível associar aquele som com qualquer coisa que já andou pela terra. Ele girou, espalhando um leque de mijo, e viu uma figura escura, de olhos verdes, esparramada nos azulejos. Pedaços de vidro quebrado brilhavam no pelo das costas. Ele soube o que era imediatamente, a mente juntando rápido a forma com o som, apesar de seu espanto e terror.

A leoa da montanha — a lanterna mostrou que era uma fêmea extremamente grande — ergueu a cara para ele e cuspiu-lhe, revelando duas filas de longos dentes brancos. E o .30.-06 estava lá no palco, encostado na tela do cinema.

— Oh, meu Deus, *não* — sussurrou Billingsley, e jogou a lanterna por cima do ombro direito do puma fêmea, errando intencionalmente. Quando o animal rosnante virou a cabeça para ver o que lhe fora atirado, Billingsley lançou-se para a porta.

Correu de cabeça abaixada, recolhendo-se para dentro das calças com a mão que antes segurava a lanterna. O puma soltou outro de seus rugidos agudos, perturbados — o grito de uma mulher sendo queimada ou esfaqueada, ensurdecedor no banheiro fechado — e se lançou sobre ele, as patas da frente abertas, as longas garras estendidas. As garras enterraram-se na camisa e na carne dele quando ele tateava em busca da maçaneta, abrindo os magros músculos, raiando-o de riscos de sangue que se fechavam como um V. As grandes patas agarraram o cós das calças e seguraram por um momento, puxando o velho — que gritava agora — de volta ao aposento. Então o cinto arrebentou e ele veio tropeçando de costas, na verdade caindo em cima do puma. Rolou, bateu no chão juncado de vidro quebrado, ergueu-se sobre um joelho, e o puma estava em cima dele. Derrubou-o de costas e avançou na garganta. Billingsley ergueu a mão e ele arrancou o lado dela com uma mordida. O sangue salpicava os bigodes do animal como granadas em argila. Billingsley tornou a gritar e empurrou a outra mão embaixo do queixo dele, tentando fazer com que recuasse, com que o soltasse. Sentia o bafio na face, forçando como dedos quentes. Olhou por cima do ombro dele e viu o cavalo na parede, *seu* cavalo, saltando selvagem e livre. Então o puma tornou a mergulhar, a mão dele na boca, e foi apenas dor. Uma dor que tomou o mundo todo.

5

Cynthia servia-se de mais um copo d'água quando o puma fêmea soltou o primeiro grito. O som desmontou todos os seus nervos e músculos. A garrafa de plástico escorregou dos dedos frouxos, bateu no chão entre os tênis e explodiu como um balão cheio d'água. Ela reconheceu o som — o miado de um gato bravo — imediatamente, embora jamais tivesse ouvido tal som fora de um cinema. E, claro — estranho, mas verdade —, era o que acontecia.

Depois, foi um homem gritando. Tom Billingsley gritando.

Ela se voltou, viu Steve olhar fixo para Marinville, Marinville desviar os olhos, faces pálidas, lábios franzidos mas tremendo mesmo assim. Nesse momento, o escritor pareceu fraco, perdido e estranhamente feminino com seus cabelos compridos, como uma velha que perdeu a noção não apenas de onde está, mas de quem é.

Ainda assim, o que ela sentiu mais por Johnny Marinville nesse momento foi desprezo.

Steve olhou para Ralph, que assentiu com a cabeça, pegou seu rifle e correu para a entrada da esquerda do palco. Steve o alcançou e os dois desapareceram por aquele lado, correndo juntos. O velho tornou a gritar, mas desta vez o grito tinha um som líquido medonho, como se ele tentasse gargarejar e gritar ao mesmo tempo, e não durou muito. O puma miou de novo.

Mary foi até o chefe de Steve e estendeu a escopeta que até então mal tinha soltado.

— Pegue. Vá ajudá-los.

Ele olhou para ela, mordendo o lábio.

— Escute — disse. — Eu sofro de cegueira noturna. Sei o que parece isso, mas...

O gato bravo gritou, o som tão alto que pareceu perfurar os ouvidos de Cynthia. Arrepios percorreram-lhe as costas.

— É, fanfarrão covarde, é o que parece — disse Mary.

Isso fez Marinville se mexer, mas devagar, como alguém despertado de um sono profundo. Cynthia viu o rifle de Billingsley encostado na tela do cinema e não o esperou. Agarrou o rifle e correu pelo palco com a arma acima da cabeça, como um guerrilheiro de cartaz — não porque quisesse parecer romântica, mas porque não queria trombar com alguma coisa e fazê-lo disparar. Podia atirar em alguém à frente.

Passou correndo por duas cadeiras empoeiradas junto ao que parecia um defunto painel de luzes e desceu o estreito corredor que tinham tomado para chegar ao palco. Tijolo de um lado, madeira do outro. Um cheiro de velhos sem muita coisa para fazer. E libido demais, a julgar pela videoteca deles.

Ouviu mais um grito animal — muito mais alto agora —, mas nenhum outro ruído do velho. Não era um bom sinal. Uma porta se abriu com um estrondo não muito à frente, o som ligeiramente oco, o som que só a porta de um banheiro público pode fazer quando bate nos azulejos. *Logo*, ela pensou, *o banheiro dos homens ou o das mulheres, e deve ser o dos homens, porque é onde está o toalete.*

— Cuidado! — a voz de Ralph, elevada num quase grito. — *Deus do céu, Steve...*

Do gato veio uma espécie de rugido cuspido. Ouviu-se um impacto. Steve gritou, mas se era de dor ou surpresa, ela não podia saber. Depois, duas explosões ensurdecedoras. As chamas da boca das armas iluminaram a parede diante do banheiro dos homens, revelando por um momento um extintor de incêndio no qual alguém tinha pendurado um velho *sombrero* esfarrapado. Ela se abaixou instintivamente, depois dobrou a quina para dentro do banheiro. Ralph Carver mantinha a porta aberta com o corpo. O aposento era iluminado apenas pela lanterna do velho, que jazia caída num canto, com o vidro apontado para a parede, espalhando luz pelos azulejos acima e refletindo de volta apenas o necessário para se ver alguma coisa. A luz fraca e os rolos de fumaça do disparo do rifle de Ralph davam ao que ela via um sufocante tom alucinatório, que a fez lembrar de sua meia dúzia de experiências com peiote e mescalina.

Billingsley engatinhava, às tontas, para os mictórios, a cabeça tão caída que se arrastava nos azulejos do chão. A camisa e a camiseta de baixo haviam sido rasgadas no meio. As costas jorravam sangue. Parecia ter sido açoitado por um maníaco.

No meio do piso, dançava-se uma valsa bizarra. O puma estava de pé sobre as pernas traseiras, as patas nos ombros de Steve Ames. O sangue escorria dos flancos do animal, mas não parecia seriamente ferido.

Um dos tiros, Ralph devia ter errado inteiramente; Cynthia viu que metade do cavalo na parede tinha sido despedaçado. Steve tinha os braços cruzados diante do peito; empurrava os cotovelos e antebraços contra o peito do puma.

— *Atira nele!* — gritou. — *Pelo amor de Deus, atira nele de novo!*

Ralph, o rosto uma repuxada máscara de sombras na luz fraca, ergueu o rifle, apontou-o e tornou a baixá-lo com uma expressão angustiada, receando atingir Steve.

O felino guinchou e lançou a cabeça triangular para a frente. Steve recuou a sua. Os dois se embolavam assim como bêbados, as garras do animal enterrando-se mais fundo nos ombros de Steve, e agora Cynthia via manchas de sangue se espalhando pelo macacão que ele usava, em torno dos pontos onde as garras se cravavam. O bicho agitava loucamente a cauda de um lado para outro.

Deram outra meia-volta, e Steve se chocou com a privada no meio do chão. Ela caiu de lado e ele oscilou, quase a perder o equilíbrio, mantendo freneticamente o puma distante com os braços cruzados. Atrás deles, Billingsley chegou ao outro lado do banheiro, mas continuava tentando engatinhar, como se o ataque do animal o houvesse transformado numa espécie de brinquedo de corda, condenado a prosseguir até acabar a corda.

— *Atira nesta porra desta coisa!* — berrava Steve.

Ele conseguiu enfiar um pé entre a parte de baixo da armação da privada e a bolsa de lona sem cair, mas agora não tinha espaço para recuar; a qualquer momento o puma o derrubaria.

— *Atira nele, Ralph! ATIRA!*

Ralph tornou a erguer o rifle, olhos arregalados, mordendo o lábio inferior, e então Cynthia recebeu um encontrão. Saiu rodando pelo aposento e agarrou-se à pia do meio de três a tempo de evitar bater com o rosto no espelho que cobria todo o comprimento da parede. Voltou-se e viu Marinville entrar com a coronha do rifle de Mary apoiado na curva do antebraço. Os cabelos grisalhos balançavam de um lado para outro, roçando os ombros. Cynthia pensou que jamais tinha visto alguém em sua vida com uma aparência tão aterrorizada, mas agora que estava em movimento, Marinville não hesitou. Encostou com o cano duplo da escopeta no lado da cabeça do animal.

— *Atire!* — ele berrou, e Steve empurrou.

A cabeça do felino foi lançada para cima e para longe dele. Os olhos luminosos pareciam acesos por dentro, como se não fosse uma coisa viva, mas uma espécie de máscara de abóbora com uma vela dentro. O escritor fez uma careta, desviou ligeiramente a cabeça e puxou os dois gatilhos. Foi um rugido ensurdecedor, que fez o som do rifle de Carver parecer nada. O cano vomitou uma luz brilhante, e Cynthia sentiu o cheiro de cabelo queimado. O puma caiu de lado, quase sem cabeça, o pelo da nuca fumegando.

Steve balançava os braços, tentando se equilibrar. Marinville, estonteado, fez apenas uma tentativa simbólica de ampará-lo, e Steve — o novo amigo legal de Cynthia — se esparramou no chão.

— Oh, Deus, creio que fiz cocô nas calças — disse Marinville, quase num tom casual, e depois: — Não, acho que foi só a brisa nos salgueiros. Steve, você está bem?

Cynthia se ajoelhou ao lado dele. Steve se sentou, olhou em torno estonteado e fez uma careta quando ela apertou de leve um dedo numa das manchas de sangue no ombro do macacão.

— Acho que sim. — Tentava se levantar. Cynthia passou-lhe um braço pela cintura, se apoiou e o levantou. — Obrigado, chefe.

— Eu não acredito — disse Marinville. Parecia completamente natural a Cynthia, pela primeira vez desde que o conheceu, como alguém vivendo uma vida em vez de representá-la. — Não acredito que fiz isso. Aquela mulher me fez tomar vergonha. Steve, você *está* bem?

— Está todo furado — disse Cynthia —, mas isso não importa agora. Temos de ajudar o velho.

Mary entrou com a arma de Marinville — a descarregada — encostada no ombro. Segurava a ponta do cano com as duas mãos. Para Cynthia, tinha o rosto quase fantasticamente calmo. Examinou a cena — ainda mais onírica agora, não apenas colorida pela fumaça de pólvora, mas coberta por ela — e correu para Billingsley, que fez mais duas debilitadas tentativas de ficar de pé se apoiando na parede e desabou dos joelhos para cima, o rosto por último, primeiro se curvando e depois escorregando pelos azulejos abaixo.

Ralph pôs a mão no ombro de Steve, viu o sangue e mudou para o braço, na altura do bíceps.

— Eu não consegui — disse. — Eu queria, mas não consegui. Depois dos dois primeiros, tinha medo de acertar em você, em vez de nele. Quando você finalmente deu a volta e eu podia atirar de lado, Marinville chegou.

— Tudo bem — disse Steve. — Tudo está bem quando acaba bem.

— Eu devia isso a ele — disse o escritor, com uma expansividade de atleta vitorioso que Cynthia achou meio nauseante. — Se não fosse por mim, ele não estaria aqui no...

— Venham cá! — disse Mary, a voz falhando. — Deus do céu, oh, Deus, ele está sangrando *tanto*!

Os quatro se reuniram em torno de Mary e Billingsley. Ela o tinha virado de barriga para cima, e Cynthia fez uma careta diante do que viu. Uma das mãos do velho tinha quase desaparecido — todos os dedos, com exceção do mindinho mastigado —, mas isso não era o pior. A parte inferior do pescoço e o ombro tinham sido rasgados. O sangue esguichava em jatos. Mas ele estava consciente, os olhos brilhantes e conscientes.

— A saia — sussurrou, rouco. — *A saia!*

— Não tente falar, veterano — disse Marinville.

Ele se curvou, pegou a lanterna e apontou-a para Billingsley. Isso tornou ainda pior o que já parecia bastante ruim. Havia uma poça de sangue ao lado da cabeça do velho; e Cynthia não entendia como ele podia estar vivo.

— Preciso de uma compressa — disse Mary. — Não fiquem aí parados, me *ajudem*, ele vai morrer se a gente não parar *já* o sangramento!

Tarde demais, baby, pensou Cynthia, mas não falou.

Steve viu o que parecia um trapo numa das pias e pegou-o. Era uma camisa muito velha com a inscrição Joe Camel. Ele dobrou a camisa duas vezes e passou-a a Mary. Ela assentiu com a cabeça, dobrou-a mais uma vez e comprimiu-a no lado do pescoço de Billingsley.

— Vamos — disse Cynthia, tomando o braço de Steve. — Vamos voltar pro palco. Se não tiver mais nada, eu posso ao menos lavar isso com água do bar. Tem muita no fundo...

— Não — sussurrou o velho. — Fiquem! Precisam... ouvir isso.

— Você não pode falar — disse Mary. Apertou mais a improvisada compressa no lado do pescoço. A camisa já estava escurecendo. — Jamais vai parar de sangrar se continuar falando.

Ele rolou os olhos para ela.

— Tarde demais... pra tratar. — Tinha a voz rouca. — Morrendo.

— Não está, não, isso é ridículo.

— *Morrendo* — ele repetiu e se mexeu violentamente sob as mãos dela. As costas fizeram um barulho úmido contra os azulejos, um som que fez Cynthia sentir náusea. — Se abaixem aqui... vocês todos... e me escutem.

Steve olhou para Cynthia. Ela encolheu os ombros e os dois se ajoelharam ao lado das pernas do velho, Cynthia ombro a ombro com Mary Jackson. Marinville e Carver se inclinavam dos lados.

— Ele não devia falar — disse Mary, mas pareceu em dúvida.

— Deixa ele falar o que tem de falar — disse Marinville. — O que é, Tom?

— Muito curta pra uma reunião de negócios — sussurrou Billingsley. Olhava-os de baixo, pedindo com os olhos que entendessem.

Steve balançou a cabeça.

— Não estou entendendo.

Billingsley lambeu os lábios.

— Eu só vi aquela dona de vestido uma vez antes. Por isso levei tanto tempo pra descobrir... o que havia de errado.

Uma expressão de espanto surgiu no rosto de Mary.

— Tem razão, ela disse que tinha um encontro com o controlador! O cara vem do Arizona ouvir o relatório dela sobre uma coisa importante, que significa muita grana, e ela vai pôr um vestido tão curto que mostra a calcinha pra ele toda vez que cruza as pernas? Acho que não.

Gotas de suor escorriam como lágrimas pelas faces pálidas e barbudas de Billingsley.

— Me sinto tão idiota — ele chiou. — Mas não foi minha culpa. Nada disso. Eu não falava com ela. Não estava lá quando foi buscar mais unguento. Sempre a via de longe, e aqui as mulheres quase só usam jeans. Mas percebi. Percebi e bebi e tornei a esquecer de novo. — Olhou para Mary. — O vestido não era curto... quando ela vestiu. Entendem? Estão entendendo?

— De que ele está falando? — perguntou Ralph. — Como podia não ser curto quando ela vestiu, e curto demais pra um encontro de negócios depois?

— Mais alta — sussurrou o velho.

Marinville olhou para Steve.

— Como é isso? Parece que ele disse...

— *Mais alta* — disse Billingsley.

Pronunciou as palavras com cuidado, e depois começou a tossir. A camisa dobrada que Mary apertava contra seu pescoço e ombro já estava encharcada. Ele rolava os olhos de um para outro deles. Virou a cabeça para um lado, lançou uma escarrada de sangue, e o ataque de tosse passou.

— Deus do céu — disse Ralph. — Ela é igual a *Entragian*? É isso que você está dizendo, *que ela é igual ao policial*?

— Sim... não — sussurrou Billingsley. — Não tenho certeza. Eu teria... visto isso logo... mas...

— Sr. Billingsley, o senhor acha que ela pode ter pego uma forma mais branda da doença do policial? — perguntou Mary.

Ele olhou-a agradecido e apertou-lhe a mão.

Marinville disse:

— Certamente não está sangrando como ele.

— Ou não onde a gente possa ver — disse Ralph. — Pelo menos ainda.

Billingsley olhou por cima do ombro dela.

— Onde... onde...

Pôs-se a tossir de novo, e não conseguiu concluir, mas não precisou. Um ar assustado passou entre eles, e Cynthia se virou. Audrey não estava ali.

Nem David Carver.

Capítulo Quatro

1

A coisa que tinha sido Ellen Carver, agora mais alta, ainda usando o distintivo mas não a cartucheira, estava parada na porta da prefeitura, olhando a rua coberta de areia para o lado norte, além do sinal de trânsito. Não via o cinema, mas sabia onde era. Mais ainda, sabia o que se passava *dentro* do cinema. Não tudo, mas o bastante para estar furiosa. O puma não tinha conseguido calar o bêbado a tempo, mas pelo menos afastou o resto deles do menino. Isso teria sido ótimo, só que o menino escapou de sua outra emissária também, pelo menos temporariamente.

Para onde ele tinha ido? A coisa não sabia, não via, e esse era o motivo de sua raiva e medo. *Ele* era o motivo. David Carver. O porra do merdinha *rezador*. Devia tê-lo matado quando, encarnado no policial, teve a oportunidade — devia ter-lhe dado um tiro na escada da porra do trailer e deixado lá para os urubus. Mas não tinha dado, e sabia *por quê*. Havia algo de inacessível no senhorzinho Carver, uma coisa blindada. Tinha sido isso o que salvou o rezadorzinho antes.

A coisa cerrou os punhos ao lado do corpo. O vento subiu, soprando os cabelos curtos e ruivo-dourados de Ellen Carver como uma bandeira. *Por que ele está aqui, uma pessoa como ele? É um acaso? Ou terá sido enviado?*

Por que você *está aqui? É* você *um acaso? Foi* você *enviado?*

Tais perguntas eram inúteis. A coisa sabia o seu objetivo, *tak ah lah*, e isso bastava. Fechou seus olhos de Ellen, voltando-se primeiro para dentro, mas só por um segundo — era desagradável. Aquele corpo já tinha começado a falhar. Não era tanto uma questão de decomposição quanto de *intensidade*; a força dentro dela — *can de lach*, o coração das coisas informes — estava despedaçando-a literalmente... e seus substitutos haviam fugido da reserva.

Por causa do menino rezador.

Merda de menino rezador.

A coisa voltou os olhos para fora, não querendo pensar no sangue que escorria pelas coxas de seu corpo, nem na maneira como a garganta tinha começado a latejar, nem em como, quando coçava a cabeça de Ellen, grandes chumaços dos cabelos ruivos dela começavam a vir grudados nas unhas.

Lançou, em vez disso, o olhar para o cinema.

O que via, via em imagens sobrepostas, às vezes contraditórias, tudo fragmentado. Era como ver múltiplas telas de TV refletidas num monte de vidro quebrado. Via basicamente pelos olhos das aranhas infiltradas, mas também havia moscas, baratas, ratos espiando de buracos no reboco e morcegos pendurados do alto teto do auditório. Estes últimos projetavam estranhas imagens frias que eram na verdade ecos.

A coisa viu o homem do furgão, o que tinha vindo à cidade por conta própria, e sua namorada magrela levando os outros de volta para o palco. O pai gritava chamando o filho, mas o menino não respondia. O escritor foi até a beira do palco, pôs as mãos em torno da boca e gritou o nome de Audrey. E ela, onde estava? Não havia como saber. A coisa não podia ver pelos olhos dela como pelos das criaturas inferiores. Tinha ido atrás do menino, sem dúvida. Ou já o teria achado? Achava que não. Ainda não, pelo menos. Isso a coisa teria sentido.

Bateu uma mão na coxa de Ellen, por ansiedade e frustração, deixando um hematoma instantâneo, como um lugar podre na casca de uma maçã, depois mudou mais uma vez de foco. Não, via agora, *não* estavam todos no palco; o aspecto prismático do que via a tinha enganado.

Mary ainda estava com o velho Tom. Se Ellen pudesse chegar a ela enquanto os outros se preocupavam com Audrey e David, isso poderia resolver todos os problemas depois. A coisa não precisava dela agora, o corpo atual ainda servia e assim continuaria por algum tempo, mas não adiantava vê-lo falhar num momento crucial. Seria melhor, mais seguro, se...

A imagem que veio era de uma teia de aranha com muitas moscas penduradas, envoltas em fios de seda. Moscas drogadas, mas não mortas.

— Rações de emergência — sussurrou o velho com a voz de Ellen Carver, na língua de Ellen Carver. — *Nhac-nhac*, dê um osso ao cachorro.

E o desaparecimento de Mary desmoralizaria o resto, tiraria qualquer confiança ganha por terem escapado, encontrado abrigo e matado o puma. A coisa tinha calculado que eles poderiam conseguir esta última façanha; afinal, estavam armados, e o puma era um ser físico, *sarx*, *soma* e *pneuma*, não um demônio dos ermos metafísicos. Mas quem ia imaginar aquele velho arrogante pretensioso fazendo aquilo?

Ele chamou o outro num telefone que tinha. Você também não calculou isso. Não soube até aparecer o furgão amarelo.

É, e não ter visto o telefone foi um lapso, uma coisa bem no primeiro plano da mente de Marinville que ela devia ter captado facilmente, mas não se culpou por isso. Àquela altura as metas principais eram pegar o velho tolo e substituir o corpo de Entragian antes que se desfizesse completamente. Também lamentava perder Entragian. Ele era *forte*.

Se isso significava tomar Mary, não havia momento melhor que agora. E talvez enquanto o fazia, Audrey encontrasse o menino e o matasse. Seria maravilhoso. Acabavam-se as preocupações. Nada de intromissões. Podia substituir Ellen por Mary e pegar o resto à vontade.

E depois? Quando acabasse seu atual (e limitado) suprimento de corpos? Pegar mais viajantes na estrada? Talvez. E quando as pessoas, curiosas, viessem à cidade ver que diabos acontecia em Desespero, o que faria? Cada detalhe em sua hora; a coisa tinha pouca memória e ainda menos interesse no futuro. Por enquanto, levar Mary para a mina da China bastava.

Tak desceu os degraus da prefeitura, deu uma olhada no carro da polícia e atravessou a rua a pé. Não ia de carro para essa missão, não. Assim que chegou à calçada defronte, começou a andar em largas passadas, a areia espirrando de baixo dos tênis, que haviam estourado dos lados por pés grandes demais para eles.

2

Audrey ainda os ouvia gritando o nome de David no palco... e o dela. Logo se espalhariam para iniciar a busca. Tinham armas, o que os tornava perigosos. A ideia de ser morta não a preocupava — não muito, pelo menos, não tanto quanto no princípio —, mas de que isso acontecesse antes de conseguir matar o menino, sim. Para o puma, a voz da criatura da terra tinha sido como um anzol; na mente de Audrey Wyler, era como uma serpente banhada em ácido serpeando por dentro, fundindo a personalidade da mulher que ali estava antes de a coisa tomá-la. Essa sensação de fusão era extremamente agradável, como comer uma comida doce e macia. Não tinha sido a princípio, tinha sido aflitiva, como um ataque de febre, mas à medida que reunia mais *can tahs* (como uma criança participando de uma caça ao tesouro), essa sensação foi passando. Agora só pensava em achar o menino. Tak, o informe, não ousava se aproximar dele, portanto era ela quem tinha de fazê-lo.

No alto da escada, a mulher que tinha 1,74 metro no dia em que Tom Billingsley a viu pela primeira vez, parou, olhando em volta. Não deveria ver nada — havia apenas uma janela, e a única luz que entrava pela vidraça imunda vinha do sinal de trânsito e da única lâmpada fraca de um poste diante do Bud's Suds —, mas sua visão tinha melhorado muito com cada *can tah* que encontrou ou lhe foi dado. Agora tinha quase a visão de um gato, e o atulhado corredor não era mistério para ela.

O pessoal que tinha frequentado aquela parte do prédio era muito menos cuidadoso que Billingsley e sua turma. Espatifavam as garrafas nos cantos em vez de recolhê-las, e em vez de peixes imaginários ou cavalos bafejando fumaça, as paredes eram enfeitadas com grandes desenhos feitos com hidrocor. Um desses, primitivo como qualquer desenho rupestre, mostrava uma criança de chifres e deformada pendurada em um seio gigantesco. Embaixo lia-se uma pequena quadrinha: BEBEZINHO BEBEZINHO CARETA, DA MAMÃEZINHA PENDURADO NA TETA. Papéis jogados fora — sacos de sanduíches, invólucros de balas, saquinhos de batata frita, maços de cigarro vazios e embalagens de camisinhas — haviam se acumulado nos dois lados do corredor. Uma camisinha usada pendia da maçaneta de uma porta onde estava escrito GERENTE, ali pregada com seus fluidos há muito secos, como uma lesma morta.

A porta do escritório do gerente ficava à direita. Defronte havia uma com a inscrição ZELADOR. Mais à frente, à esquerda, havia outra porta, sem nada escrito, e depois um arco com uma palavra escrita em tinta velha meio descascada. Nem os olhos dela conseguiam decifrar qual era a palavra, pelo menos daquela distância, mas com um ou dois passos mais perto, ficou clara: BALCÃO. A entrada em arco tinha sido fechada com tábuas, mas num determinado ponto algumas tábuas haviam sido arrancadas e empilhadas dos lados. Pendurada do alto do arco via-se uma boneca sexual, quase inteiramente desinflada, de cabelos louros, a boca um buraco cercado de vermelho, e com uma vagina rudimentar pelada. Tinha um laço de forca no pescoço, as voltas enegrecidas pelo tempo. Também pendurada no pescoço, junto ao mole peito da boneca, havia uma inscrição a mão que parecia feita por um esforçado aluno do primário. Estava enfeitada com o símbolo da caveira e tíbias, olhos rubros. NÃO SE APROSSIMA, dizia. VAI CAIR. É CERIO. Do outro lado da sacada via-se um recuado que provavelmente tinha sido outrora uma *bonbonnière*. Na outra ponta da parede, outra escada subia para a escuridão. Para a cabine do operador, ela supunha.

Audrey foi até a porta assinalada GERENTE, pegou a maçaneta e encostou a testa na madeira. Lá fora, o vento gemia como uma coisa agonizando.

— David? — chamou delicadamente. Parou, escutou. — David, está me ouvindo? É Audrey, David. Audrey Wyler. Quero ajudar você.

Nenhuma resposta. Ela abriu a porta e viu um aposento vazio, com um velho cartaz de *Uma Rajada de Balas* na parede e um colchão rasgado no chão. Com o mesmo hidrocor, alguém tinha escrito EU ANDO NA NOITE, DURMO O DIA TODO embaixo do cartaz.

Ela experimentou em seguida o cubículo do faxineiro. Não era muito maior que um armário e estava totalmente vazio. A porta sem inscrição dava para um aposento que provavelmente tinha sido um dia armário de despensa. O nariz dela (mais apurado agora, como a visão) captou um cheiro de pipoca de muito tempo atrás. Havia muita mosca morta e cocô de rato espalhados pelo chão, porém nada mais.

Audrey encaminhou-se para o arco, afastou a boneca pendurada com o antebraço e olhou. Não via o palco dali de trás, apenas a parte de cima da tela. A garota magrela ainda gritava por David, mas os outros permaneciam calados. Isso podia não querer dizer nada, mas não lhe agradava ignorar onde eles estavam.

Audrey concluiu que o aviso pendurado no pescoço da boneca provavelmente era verdade. As poltronas haviam sido retiradas, tornando fácil ver que o piso da sacada afundava e se retorcia; fez com que ela se lembrasse de um poema que tinha lido na faculdade, alguma coisa sobre um navio pintado num mar pintado. Se o moleque não estava no balcão, estaria em alguma outra parte. Outra parte próxima. Não podia ter ido muito longe. E *não estava* no balcão, disso não havia dúvida. Sem as poltronas, não havia onde se esconder, nem mesmo um cortinado ou drapeado na parede.

Audrey deixou cair o braço que segurava a boneca meio desinflada, que balançou de um lado para outro, o nó do pescoço emitindo um lento rangido. Os olhos vazios fitavam Audrey. O buraco da boca, uma boca com um único objetivo, parecia escarnecer dela, rir dela. *Veja o que você está fazendo*, parecia dizer Frieda de Foder. *Ia ser a geóloga mais bem paga do país, já ter sua própria empresa de consultoria aos 35 anos, talvez ganhar o Prêmio Nobel aos cinquenta... não eram esses os sonhos? A estudiosa da Era Devoniana, a* summa cum laude *cujo trabalho sobre placas tectônicas foi publicado na* Geology Review, *está caçando menininhos num velho cinema caindo aos pedaços. E nem é um menino comum. É especial, como você sempre supôs que você era especial. E se você encontrá-lo, Aud, e aí? Ele é forte.*

Ela pegou o laço da forca e puxou com força, partindo a corda velha e arrancando um bom chumaço de cabelos louros ao mesmo tempo. A boneca caiu de cara para baixo a seus pés, e ela chutou-a para o balcão. *Não me importa o que ele é, não é mais forte que Tak, não é mais forte que os* can tahs. *Esta cidade é* nossa, agora. *Esqueça o passado e os sonhos do passado; isto é o presente, e é ótimo. É ótimo matar, tomar, se apropriar. É ótimo dominar, mesmo no deserto. O menino é só um menino. Os outros são só comida. Tak está aqui agora, e ele fala com a voz da era antiga; com a voz das coisas informes.*

Olhou a escada ao fim do corredor. Balançou a cabeça, enfiando a mão direita no bolso do vestido para tocar as coisas que ali trazia, acariciá-las contra a coxa. Ele estava na cabine do operador. Havia um grande cadeado na porta que levava ao porão, logo onde mais podia estar?

— *Him en tow* — ela sussurrou, avançando.

Tinha os olhos bem abertos, mexendo sem parar os dedos da mão direita no bolso do vestido. Debaixo deles vinham pequenos estalidos.

3

Os garotos que faziam zorra no balcão do American West até a escada de incêndio desabar eram uns porcos, mas tinham usado sobretudo o corredor e o escritório do gerente para seus embalos; os outros aposentos estavam relativamente intactos, e a pequena suíte do operador — a cabine, o cubículo do escritório, o reservado do toalete, do tamanho de um armário — se encontrava exatamente como no dia de 1979 em que cinco homens da Nevada Sunlite Entertainment, com cigarros nos lábios, haviam desmontado os projetores de filamento de carvão e levado para Reno, onde ainda definhavam, num depósito cheio de equipamentos semelhantes, como ídolos caídos.

David estava de joelhos, cabeça baixa, olhos fechados, mãos juntas diante do queixo. O empoeirado linóleo embaixo dele era mais claro do que o que o cercava. Logo adiante havia um segundo retângulo mais claro. Era ali que ficavam os velhos projetores — dinossauros ruidosos, pelando de quente, que elevavam a temperatura do aposento até 49 graus em algumas noites de verão. À esquerda havia as fendas pelas quais eles lançavam suas espadas de luz e projetavam suas sombras gigantescas: Gregory Peck e Kirk Douglas, Sophia Loren e Jayne Mansfield, um jovem Paul Newman jogando sinuca, uma velha mas ainda vital Bette Davis torturando a irmã presa a uma cadeira de rodas.

Pedaços empoeirados de fita jaziam espalhados pelo chão como cobras mortas. Havia velhas fotos e cartazes nas paredes. Um destes últimos mostrava Marilyn Monroe de pé numa grade de ventilação do metrô, tentando segurar a saia esvoaçante. Embaixo de uma seta pintada a mão apontando para a calcinha dela, um engraçadinho escreveu *Insira com cuidado o Pino A na Fenda B, assegurando-se de que a ferramenta se encaixe firme & não escorregue para fora*. Sentia-se ali um cheiro estranho, de decomposição, não exatamente de mofo, nem de podridão seca. Era um cheiro de coisa coalhada, uma coisa que tinha se estragado espetacularmente antes de finalmente secar.

David não sentia mais o cheiro nem ouvia Audrey chamando baixinho o seu nome do corredor que passava pelo balcão. Tinha ido para ali quando os outros correram para Billingsley — até Audrey tinha chegado até a esquerda do palco a princípio, talvez para se assegurar de que todos desciam o corredor — porque sentiu uma necessidade quase arrasadora de rezar. Achava que desta vez era só uma questão de chegar a um lugar tranquilo e abrir uma porta — desta vez era Deus que queria conversar com ele, não o contrário. E aquele era um bom lugar para isso. Reze em casa e não na rua, dizia a Bíblia, e David achava um excelente conselho. Agora que tinha uma porta fechada entre ele e o resto, podia abrir a porta dentro de si.

Não tinha medo de ser observado por aranhas, cobras ou ratos; se Deus queria que aquele fosse um encontro em particular, seria um encontro em particular. A mulher que Steve e Cynthia haviam encontrado era o verdadeiro problema — por algum motivo, ela o deixava nervoso, e ele tinha a sensação de que ela sentia o mesmo a seu respeito. Ele quis se afastar dela, e por isso escorregou pela borda do palco e subiu correndo o corredor. Já tinha passado por baixo do instável balcão e entrado no saguão quando Audrey voltou do lado esquerdo da tela, procurando-o. Do saguão, ele subiu para o segundo andar, e depois simplesmente deixou que uma bússola interior — ou talvez fosse a "vozinha calma" de que falava o reverendo Martin — o conduzisse ali para cima.

Ele atravessou o aposento, mal vendo os pedaços de fita e os cartazes restantes, mal sentindo o cheiro que podia ou não ter sido fantasias em celuloide torradas pelo sol do deserto até se desfazer. Parou naquele trecho do linóleo, pensando por um momento nos grandes buracos nos cantos da forma retangular mais clara, onde se enterravam antes os pinos que firmavam o projetor no lugar. Lembraram-lhe

(*vejo buracos que parecem olhos*)

de uma coisa, uma coisa que adejou brevemente em sua cabeça e depois desapareceu. Falsa lembrança, lembrança real, intuição? Tudo junto? Nada disso? Não soube, na verdade não ligou. Sua prioridade então era entrar em contato com Deus, se pudesse. Jamais tinha precisado tanto quanto agora.

Sim, disse, calmo, o reverendo Martin dentro de sua cabeça. *E é aí que sua obra deve dar dividendos. Se mantenha em contato com Deus no tempo bom, pra poder chegar a ele no tempo ruim. Quantas vezes eu lhe disse isso no inverno passado e nesta primavera?*

Muitas. Ele só esperava que Martin, que bebia mais do que devia, e talvez não merecesse inteira confiança, estivesse falando a verdade, e não apenas boquejando o que o pai de David chamava de "a filosofia da empresa". Esperava com toda a mente e o coração.

Porque havia outros deuses em Desespero.

Ele tinha certeza.

Começou sua prece como sempre fazia, não em voz alta, mas na mente, enviando as palavras em ondas claras e regulares de pensamento: *Veja dentro de mim, Deus. Esteja dentro de mim. E fale dentro de mim, se assim quiser, e se essa for sua vontade.*

Como sempre nesses momentos em que sentia realmente necessidade de falar com Deus, tinha a frente da mente serena, mas na parte mais profunda, onde a fé travava um constante combate com a dúvida, sentia um medo aterrorizante de não receber resposta alguma. O problema era muito simples. Mesmo agora, após toda a sua leitura, prece e instrução, mesmo depois do que tinha acontecido ao seu amigo, duvidava da existência de Deus. *Havia* Deus usado David Carver para salvar a vida de Brian Ross? Por que faria Deus uma coisa bárbara e louca dessas? Não era mais provável que o que o dr. Waslewski chamou de milagre clínico, e que David considerou uma resposta a uma prece, na verdade não passasse de uma coincidência clínica? As pessoas faziam sombras que pareciam animais, mas eram apenas sombras, pequenos truques de luz e projeção. Não era provável que Deus fosse o mesmo tipo de coisa? Apenas mais uma sombra lendária?

David fechou os olhos com mais força, concentrando-se no mantra e tentando esvaziar a mente.

Veja dentro de mim. Esteja dentro de mim. Fale dentro de mim, se for esta a sua vontade.

E baixou uma espécie de escuridão. Não foi como nada que já tivesse conhecido ou sentido antes. Curvou-se para um lado, contra a parede, entre duas das fendas de projeção, revirando os olhos e deixando cair as mãos no colo. Da garganta vinha um som baixo, gutural. Isso foi seguido pelo falar no sono que talvez só a mãe dele pudesse entender.

— Merda — murmurou. — A múmia está atrás da gente.

Depois ficou em silêncio, encostado na parede, um fio prateado de saliva quase tão fino quanto um fio de teia de aranha escorrendo de um canto do que ainda era, em essência, uma boca de criança. Do outro lado da porta que ele tinha fechado para ficar a sós com seu Deus (houvera um ferrolho antes, mas há muito desaparecera), ouviam-se agora passos que se aproximavam. Pararam diante da porta. Fez-se uma pausa longa, de escuta, e então a maçaneta girou. A porta se abriu. Audrey Wyler ali estava. Ela arregalou os olhos quando viu o menino inconsciente.

Audrey entrou no quartinho malcheiroso, fechou a porta atrás de si e procurou uma coisa, qualquer coisa, para escorar a maçaneta. Uma tábua, uma cadeira. Isso não ia detê-los por muito tempo se viessem, mas mesmo uma minúscula margem contava para o sucesso ou fracasso naquela etapa. Mas não havia nada.

— Porra — sussurrou.

Olhou para o menino, percebendo sem muita surpresa que tinha medo dele. Medo até de se aproximar dele.

Tak ah wan! A voz em sua cabeça.

— *Tak ah wan!* — Desta vez da própria boca. Consentiu. Ao mesmo tempo desamparada e sincera.

Desceu os dois degraus para a cabine de projeção propriamente dita e seguiu, fazendo uma careta a cada passo, para onde David se inclinava de joelhos contra a parede das fendas. Esperava que ele abrisse os olhos de repente — olhos cheios de poder azul-elétrico. A mão direita no bolso apertou mais uma vez os *can tahs*, extraindo força, e depois — relutantemente — soltou-os.

Caiu de joelhos diante de David, os dedos frios e trêmulos cerrados à frente. Como era feio! E o cheiro que desprendia era ainda mais repugnante às narinas dela. *Claro* que mantivera distância dele; parecia uma górgona e fedia como um ensopado de carne podre e leite azedo.

— Menino rezador — ela disse. — Menino rezador feio.

A voz tinha se transformado numa coisa que não era masculina nem feminina. Formas negras haviam começado a se mover vagamente por baixo da pele de suas faces e testa, como o adejar das asas membranosas de pequenos insetos.

— Eis o que eu devia ter feito desde a primeira vez que vi sua cara de sapo.

Audrey passou as mãos — fortes e bronzeadas, cortadas aqui e ali por cicatrizes de seu trabalho — em torno da garganta de David Carver. As pálpebras dele tremeram quando as mãos lhe fecharam o esôfago e cortaram a respiração, mas só uma vez.

Uma vez só.

4

— Por que parou? — perguntou Steve.

Estava de pé no centro da improvável sala de estar do palco, ao lado do elegante bar da Fazenda Círculo. Seu mais forte desejo no momento era uma camisa limpa. Estivera escaldando o dia todo (chamar o ar-condicionado do furgão de abaixo do padrão era caridade), mas agora gelava de frio. A água que Cynthia passava nos furos em seus ombros escorria pelas costas em fios gelados. Pelo menos tinha conseguido convencê-la a não usar o uísque de Billingsley para lavar as feridas, como uma dançarina de cabaré cuidando de um caubói num filme antigo.

— Achei que tinha visto alguma coisa — disse Cynthia em voz baixa.

— Ela um coelhinho losa?

— Muito engraçado. — Ela ergueu a voz a um grito. — David? *Daaa-vid!*

Estavam a sós no palco. Steve quis ajudar Marinville e Carver a procurar o menino, mas ela insistiu em primeiro lavar o que chamava de "buracos no seu couro". Os dois homens haviam desaparecido no saguão. Marinville tinha um novo ânimo no passo, e a maneira como levava a arma fez Steve se lembrar de outro tipo de filme antigo — aqueles em que o medonho porém heroico caçador branco atravessa mil perigos da selva e, finalmente, consegue extrair uma esmeralda do tamanho de uma maçaneta de porta da testa de um ídolo, que vela sobre uma cidade perdida.

— O quê? O que você viu?

— Na verdade eu não sei. Foi esquisito. Lá em cima, no balcão. Por um instante, achei que era... você vai rir... um corpo flutuando.

De repente alguma coisa nele mudou. Não foi como uma luz se acendendo; foi mais como uma se apagando. Esqueceu o ardor dos ferimentos nos ombros, mas de repente sentia mais frio nas costas que nunca. Quase o bastante para deixá-lo tremendo. Pela segunda vez naquele dia se lembrou de quando era menino em Lubbock e todo o mundo parecia parado e morto antes da chegada das tempestades da planície, às vezes arrastando suas saias mortais de granizo e vento.

— Não estou rindo — disse. — Vamos lá em cima.

— Vai ver que foi só uma sombra.

— Acho que não.

— Steve? Você está bem?

— Não. Me sinto como quando cheguei à cidade.

Ela olhou-o, assustada.

— Tudo bem. Mas a gente não tem arma...

— Foda-se. — Ele pegou o braço dela. Tinha os olhos arregalados, a boca franzida. — *Agora*. Nossa, tem alguma coisa *realmente errada*. Não está sentindo?

— Eu... talvez sinta alguma coisa. Devo chamar Mary? Ela está lá com Billingsley...

— Não dá tempo. Venha ou fique aqui. Como quiser.

Vestiu a parte de cima do macacão, saltou do palco, se agarrou numa poltrona na fila da frente para se equilibrar e subiu correndo o corredor central. Quando chegou ao fim, Cynthia vinha bem atrás, mais uma vez sem sequer ter perdido o fôlego. A gatinha era de briga, isso a gente tinha de admitir.

O chefe vinha saindo da bilheteria, Ralph Carver atrás.

— A gente esteve olhando a rua — disse Johnny. — A tempestade decididamente... Steve? Algum problema?

Sem responder, Steve olhou em volta, avistou a escada e subiu-a correndo. Parte dele ainda se espantava com a rapidez com que se impusera aquela sensação de urgência. A maior parte dele apenas tinha medo.

— *David!* David, responda se está me ouvindo!

Nada. Um sombrio corredor cheio de lixo passava pelo que provavelmente tinha sido o velho balcão e uma *bonbonnière*. Uma estreita escada subia ainda mais na outra ponta. Ninguém ali. Contudo, ele tinha a sensação de que alguém *tinha* estado, e apenas há pouco tempo.

— *David!* — gritou.

— Steve? Sr. Ames? — Era Carver. Parecia quase com tanto medo quanto Steve. — O que há? Aconteceu alguma coisa com meu filho?

— Não sei.

Cynthia passou por baixo do braço de Steve e disparou pelo corredor até a entrada do balcão. Ele foi atrás. Um pedaço esgarçado de corda pendia do topo do arco, ainda balançando um pouco.

— Veja! — apontou Cynthia.

A princípio Steve pensou que a coisa ali caída era um cadáver, depois identificou o cabelo como o que era mesmo — uma espécie de produto sintético. Uma boneca. Com uma corda passada no pescoço.

— Foi isso que você viu? — perguntou a ela.

— Foi. Alguém pode ter arrancado e depois chutado, talvez. — O rosto dela, erguido para ele, era franzido e tenso. Numa voz quase baixa demais para se ouvir, murmurou: — Deus do céu, Steve, não estou gostando disso.

Ele recuou um passo, olhou para a esquerda (o chefe e o pai de David olhavam-no ansiosos, apertando as armas contra o peito), e depois para a direita. *Lá*, sussurrou seu coração... ou talvez tenha sido o nariz, captando algum resíduo de Opium. *Lá em cima. Deve ser a cabine de projeção.*

Correu para lá, Cynthia mais uma vez em seus calcanhares. Subiu o estreito lance de escada e já tateava em busca da maçaneta quando ela o agarrou pelo fundilho das calças para segurá-lo onde estava.

— O menino tinha uma pistola. Se ela está aí dentro com ele, pode estar armada agora. Tenha cuidado, Steve.

— *David!* — gritou Carver. — *David, você está bem?*

Steve pensou em dizer a Cynthia que não havia tempo para ter cuidado, que esse momento tinha passado quando perderam David de vista... mas tampouco havia tempo para conversa.

Girou a maçaneta e meteu o ombro na porta com toda a força, esperando encontrar ou fechadura ou alguma outra resistência, mas não houve nenhuma. A porta se escancarou; ele voou atrás para dentro do aposento.

À sua frente, contra a parede onde havia as fendas de projeção, estavam David e Audrey. O menino tinha os olhos meio abertos, mas só apareciam as escleróticas esbugalhadas. O rosto mostrava uma horrível cor de cadáver, ainda esverdeado do sabonete, mas sobretudo pálido. Manchas arroxeadas cresciam embaixo dos olhos e nas maçãs do rosto. Batia espasmodicamente as mãos nas coxas do jeans, de leve. Emitia um som baixo de asfixia. Audrey cerrava a mão direita na garganta dele, o polegar enterrado na carne mole embaixo da mandíbula do lado direito, os dedos no esquerdo. O antes bonito rosto dela se contorcia numa expressão de ódio e ira além de qualquer coisa que Steve já tinha visto na vida — na verdade, parecia ter-lhe escurecido o rosto de algum modo. Na mão esquerda, segurava o revólver .45 que David tinha usado para atirar no coiote. Disparou-o três vezes, e então seguiu-se um clique da câmara vazia.

A descida de dois degraus da sala de projeção quase certamente salvou Steve de pelo menos mais um buraco no já perfurado couro, e pode ter salvado sua vida. Ele caiu para a frente como alguém que calculou errado o número de degraus numa escada, e todas as três balas passaram por cima de sua cabeça. Uma bateu na ombreira da porta à direita de Cynthia e lançou lascas em seu exótico cabelo.

Audrey lançou um ululante grito de frustração. Atirou o revólver vazio em Steve, que simultaneamente se abaixou e ergueu uma mão para rebatê-lo. Depois ela se voltou para o menino desmoronado e começou a enforcá-lo com as duas mãos, balançando-o perversamente para a frente e para trás como um boneco. As mãos de David cessaram de repente de tamborilar e simplesmente ficaram nas pernas do jeans, tão frouxas quanto uma estrela-do-mar morta.

5

— Com medo — disse Billingsley, rouco.

Foram, até onde Mary sabia, as últimas palavras que ele conseguiu dizer. O velho erguia os olhos para ela, frenéticos e de algum modo confusos ao mesmo tempo. Tentou falar mais alguma coisa e produziu apenas um fraco som gargarejado.

— Não tenha medo, Tom. Estou bem aqui.

— Ah. Ah.

Os olhos viraram de um lado para outro, depois retornaram ao rosto dela e ali se imobilizaram. Ele inspirou fundo mais uma vez, expirou, inspirou mais fraco, expirou... e não voltou a inspirar.

— Tom?

Nada além de uma rajada de vento e o duro açoite da areia lá fora.

— *Tom!*

Ela o sacudiu. A cabeça do veterinário rolou frouxa de um lado para outro, mas os olhos continuaram fixos nos dela de uma maneira que lhe causou um arrepio; era como os olhos de alguns retratos pintados, que pareciam continuar a nos fitar onde quer que estivéssemos no aposento. Em algum lugar — dentro do prédio, mas soando muito distante mesmo assim —, ela ouvia o *roadie* de Marinville gritando por David. A garota hippie também berrava. Mary achou que devia ir juntar-se a eles, ajudá-los a procurar David e Audrey, se estavam de fato perdidos, mas não queria deixar Tom enquanto não tivesse certeza de que ele estava morto. Tinha *bastante certeza* de que estava, sim, mas sem dúvida não era como na TV, quando a gente *sabia*...

— Socorro?

A voz, interrogativa e quase fraca demais para ser ouvida acima do vento que baixava ainda assim fez Mary se sobressaltar e levar uma mão à boca para sufocar um grito.

— Socorro? Tem alguém aí? Por favor, me ajude... estou ferida.

Era a voz de uma mulher. De Ellen Carver? Deus do céu, seria? Embora só houvesse estado com a mãe de David por um breve tempo, Mary tinha certeza de que era ela quase tão logo a ideia lhe ocorreu. Ficou de pé, lançando mais uma rápida olhada ao rosto contorcido e aos olhos fixos do pobre Tom. Tinha as pernas rígidas e cambaleou para se equilibrar.

— *Por favor* — gemeu a voz do lado de fora. Era no beco atrás do cinema.

— Ellen? — ela perguntou, de repente desejando poder lançar a voz como um ventríloquo. Parecia não poder confiar em nada agora, nem mesmo numa mulher ferida e com medo. — Ellen, é você?

— Mary! — Mais próximo agora. — Sim, sou eu, Ellen. Você *é* Mary?

Mary abriu a boca e tornou a fechá-la. Era mesmo Ellen Carver lá fora, ela *sabia*, mas...

— David está bem? — perguntou a mulher lá fora na escuridão, e engoliu um soluço. — Por favor, diga que está.

— Até onde eu sei, está, sim.

Mary andou até a janela quebrada, contornando a poça de sangue do puma, e olhou para fora. Era Ellen Carver lá fora, e não tinha boa aparência. Curvava-se para o lado do braço esquerdo, que segurava contra os seios com o direito. O que Mary conseguia ver do rosto era branco como giz. Sangue escorria-lhe do lábio inferior e de uma narina. Olhava Mary de baixo com olhos tão escuros e desesperados que mal pareciam humanos.

— Como conseguiu escapar de Entragian? — perguntou Mary.

— Não escapei. Ele simplesmente... morreu. Sangrou por toda parte e morreu. Estava me levando no carro dele... me levando pra mina, eu acho... quando aconteceu. O carro saiu da estrada e virou. Uma das portas de trás se abriu. Foi sorte minha, senão ainda estaria lá dentro, como um inseto numa lata. Eu... eu voltei a pé pra cidade.

— O que houve com seu braço?

— Está quebrado — disse Ellen, curvando-se ainda mais para o lado dele. Havia alguma coisa de desagradável na pose; ela parecia um duende num conto de fadas, protetoramente curvada sobre uma botija de ouro roubada. — Pode me ajudar a entrar? Eu quero ver meu marido e David.

Uma parte de Mary gritou contra a ideia, dizendo-lhe que havia ali alguma coisa errada, mas quando Ellen ergueu o braço bom e ela viu a sujeira e o sangue espalhados nele, e a maneira como tremia de exaustão, seu coração basicamente bondoso dominou o cauteloso lagarto do instinto que habitava o fundo do cérebro. Aquela mulher tinha perdido a filha pequena para um louco, sofreu um acidente de carro a caminho do que muito provavelmente seria seu próprio assassinato, quebrou um braço e voltou a pé, em meio a uma uivante tempestade, para uma cidade cheia de cadáveres. E a primeira pessoa que encontrava de repente sucumbia a um sério ataque de tremedeira e se negava a deixá-la entrar?

Há-há, pensou Mary. *De jeito nenhum.* E, talvez absurdamente: *Não foi assim que eu fui educada.*

— Você não pode entrar por essa janela. Tem muito caco de vidro. Uma coisa... um animal saltou por ela. Vá mais adiante aí pelo fundo do cinema. Vai dar no banheiro das mulheres. É melhor. Tem até uns caixotes pra subir. Vou ajudar você a entrar. Está bem?

— Está. Obrigada, Mary. Graças a Deus que encontrei você.

Ellen deu-lhe um sorriso horrível, uma careta — gratidão, abjeta humildade e o que poderia ser terror, tudo misturado — e se afastou, cabisbaixa, curvada. Doze horas atrás era a própria senhora mãe de classe média, a caminho de umas belas férias de classe média no lago Tahoe, onde provavelmente tinha planejado usar as novas roupas de férias da Talbot's por cima da nova roupa de baixo da Victoria's Secret. Sol de dia com os filhos, sexo à noite com o parceiro confortável, conhecido, postais para os amigos em sua terra — me divertindo à beça, o ar é tão limpo, gostaria que vocês estivessem aqui. Agora parecia e agia como uma refugiada, um farrapo de guerra sem idade definida, fugindo de um medonho banho de sangue no deserto.

E Mary Jackson, a meiga princesinha — que votava nos democratas, doava sangue a cada dois meses, escrevia poesia —, tinha mesmo pensado em deixá-la lá fora gemendo no escuro, até poder consultar os homens. E o que significava isso? Que tinha estado na mesma guerra, supunha Mary. Era assim que a gente pensava, que se conduzia, quando acontecia com a gente. O diabo se ia fazer isso.

Mary atravessou o corredor, atenta a quaisquer novos gritos vindos do cinema. Não ouviu nenhum. Então, no momento em que empurrou a porta do banheiro das mulheres, soaram três tiros. Chegaram abafados pelas paredes e a distância, mas não havia dúvida sobre o que eram. Seguiram-se gritos. Mary ficou paralisada, puxada com igual força para duas direções diferentes. O que a fez se decidir foi o som de choro que vinha do outro lado da janela não trancada do banheiro das mulheres.

— Ellen? O que foi? O que há?

— Eu sou uma idiota, só isso, *idiota*! Bati o braço quebrado ao botar outro caixote pra subir!

A mulher do lado de fora da janela, apenas uma mancha no vidro fosco, começou a soluçar mais forte.

— Aguente aí, vai estar aqui dentro num segundo — disse Mary e atravessou correndo o aposento.

Afastou as garrafas de cerveja que Billingsley tinha posto no parapeito e já erguia a janela nas dobradiças, tentando pensar em como melhor ajudar Ellen a entrar no banheiro sem se machucar mais, quando se lembrou do que Billingsley tinha dito sobre o policial: que estava mais alto. *Deus do céu*, tinha dito o pai de David, uma expressão de perplexa compreensão no rosto. *Ela é igual a Entragian? Igual ao policial?*

Talvez ela esteja com o braço quebrado, pensou friamente Mary, *talvez esteja mesmo. Por outro lado...*

Por outro lado, curvar-se daquele jeito era de fato uma boa maneira de disfarçar a verdadeira altura, não era?

O lagarto que em geral ficava em seu lugar na parede do fundo do cérebro de repente saltou para a frente, gritando de terror. Mary decidiu recuar, tirar um ou dois minutos para repensar aquilo tudo... mas antes que pudesse, teve o braço agarrado por uma forte mão quente. Outra abriu a janela com um tapa, e toda a força de Mary se esvaiu dela como água, vendo a careta que lhe sorria de baixo. Era o rosto de Ellen, mas o distintivo pregado abaixo

(*estou vendo que é um doador de órgãos*)

pertencia a Entragian.

Era Entragian. Collie Entragian de algum modo vivendo no corpo de Ellen Carver.

— *Não!* — ela gritou, recuando com um safanão, indiferente à dor quando as unhas de Ellen se cravaram em seus braços e tiraram sangue. — *Não, me solta!*

— Não enquanto você não cantar pra mim "Leaving on a Jet Plane", sua puta, disse a coisa-Ellen, e enquanto puxava Mary pela janela que ainda mantinha aberta, o sangue esguichou das narinas de Ellen. Mais sangue pingava dos olhos, como lágrimas pegajosas. — *Oh, a madrugada vem vindo, é manhã ce...*

Mary teve uma confusa sensação de voar rumo à cerca de tábuas no fundo do beco.

— *O taxista está tocando a buzina...*

Ela conseguiu erguer um braço para se proteger, mas não o bastante; recebeu a maior parte do impacto na testa e caiu de joelhos, a cabeça zumbindo. Sentiu um calor se espalhando pelos lábios e queixo. *Entrou no clube do nariz sangrando, baby*, pensou, e ficou de pé, cambaleante.

— *Já estou tão sozinho que tenho vontade de choraaaarr...*

Mary deu dois longos passos, corridos, e então o policial (não podia deixar de pensar na coisa como o policial, só que agora usando uma peruca e seios postiços) a agarrou pelo ombro, quase arrancando uma manga da camisa ao fazê-la se virar.

— Solt... — começou Mary, e então a coisa-Ellen atingiu-a na ponta do queixo, um soco seco e elementar que apagou as luzes.

A coisa pegou Mary por baixo dos braços quando ela caía e puxou-a para perto. Quando sentiu a respiração dela na pele de Ellen, desapareceu a leve ansiedade que havia no rosto de Ellen.

— Deus do céu, eu adoro essa música — disse a coisa e jogou Mary sobre os ombros como um saco de grãos. — Me derrete toda por dentro. *Tak!*

Desapareceu na esquina com seu fardo. Cinco minutos depois, o empoeirado Caprice de Collie Entragian se dirigia mais uma vez para a mina da China, os faróis varando os redemoinhos de areia soprados pelo vento em baixo. Quando passava pela Oficina de Consertos de Pequenos Motores de Harvey e a bodega adiante, uma foicezinha de lua surgia no céu acima.

Capítulo Cinco

1

Mesmo nos dias de bebidas e drogas, a lembrança de Johnny Marinville era inteiramente implacável. Em 1986, quando viajava no banco de trás do chamado Farramóvel de Sean Hutter (que fazia a ronda das sextas à noite em East Hampton com Johnny e três outros no grande Cadillac 65), envolveu-se num acidente fatal. Sean, que estava bêbado demais até para *andar*, quanto mais dirigir, capotou duas vezes com o Farramóvel, tentando fazer a curva da Eggamoggin Lane para a Rota B sem reduzir. A garota sentada ao lado de Hutter morreu. A coluna de Sean foi pulverizada. O único Farramóvel que ele dirigia agora era uma cadeira de rodas motorizada Cadding, dessas que a gente guia com o queixo. Os outros sofreram ferimentos leves; Johnny se considerava com sorte por sair com um baço machucado e um pé quebrado. Mas a questão era que *ele era o único a se lembrar do que tinha acontecido*. Achava isso tão curioso que interrogou cuidadosamente os outros sobreviventes, até mesmo Sean, que chorava e o mandava embora (Johnny não obedeceu enquanto não conseguiu o que queria; que diabo, ele pensava, Sean *devia* isso a ele). Patti Nickerson dizia que tinha uma vaga lembrança de que Sean tinha dito: *Se segurem, a gente vai dar um passeio*, pouco antes de acontecer, mas só isso. Nos outros, a lembrança parava pouco antes do acidente e recomeçava depois num ponto adiante, como se tivesse sido borrifada com uma tinta causadora de amnésia. O próprio Sean dizia não lembrar nada depois que saiu do chuveiro naquela tarde e enxugou o vapor do espelho para poder se ver e barbear. Depois disso, ele disse, tudo era negro, até ser acordado no hospital. Talvez estivesse mentindo, mas Johnny achava que não. E, no entanto, ele próprio se lembrava de tudo. Sean não tinha dito: *Se segurem, a gente vai dar um passeio*; tinha dito: *Se segurem, a gente vai sair da estrada*. E ria ao dizer isso. Continuou rindo mesmo quando o Farramóvel começou a rolar. Johnny se lembrava de que Patti gritou: "Meu cabelo! Ah, merda, meu *cabelo*!" e aterrissou em seu colo com um baque de deixar os colhões dormentes quando o carro virou. Lembrava que Bruno Gartner berrou. E o som do teto destruído do Farramóvel enterrando a cabeça de Rachel Timorov no pescoço, abrindo-a como uma flor de osso. Foi um som compacto de esmagamento, o som que a gente ouve quando tritura um cubo de gelo nos dentes. Lembrava-se dessas merdas. Sabia que isso fazia parte do ofício de escritor, mas não sabia se era natureza ou condicionamento, causa ou efeito. Supunha que não importava. O importante era que se lembrava dessas merdas mesmo quando tudo era confuso como os trinta segundos finais de uma grande mostra de fogos de artifício. Coisas que se sobrepunham pareciam se separar automaticamente e se encaixar em seus lugares no mesmo momento em que aconteciam, como limalha de ferro sob a atração de um ímã. Até a noite em que Sean Hutter tinha capotado com seu Farramóvel, Johnny jamais desejou que fosse diferente. Jamais desejou que fosse diferente desde então... até agora. Agora, um pouco de tinta esguichada nas velhas células da memória seria simplesmente ótimo.

Viu as lascas de madeira saltarem da ombreira da porta da cabine de projeção e caírem no cabelo de Cynthia quando Audrey disparou a pistola. Sentiu uma das balas passar zumbindo por sua orelha direita. Viu Steve, caído sobre um joelho mas aparentemente ileso, defender-se do revólver quando a mulher o lançou contra ele. Ela arreganhou o lábio superior, rosnou para Steve como um cão acuado, depois se voltou e tornou a pôr as mãos na garganta do menino.

Vá!, gritou Johnny para si mesmo. *Vá ajudá-lo! Como fez antes, quando atirou no gato!*

Mas não conseguia. Via tudo, mas não conseguia se mexer.

Tudo começou a se sobrepor então, mas sua mente insistia em sequenciar, arrumar, dar a tudo uma forma coerente, como uma narrativa. Viu Steve saltar sobre Audrey, mandando-a parar, agarrando a garganta dela com uma mão e os pulsos com a outra. Nesse mesmo momento, Johnny foi lançado além da garota magrela e dentro do quarto com a força de um dublê de cinema disparado de um canhão. Era Ralph, claro, atingindo-o por trás e berrando o nome do filho a plenos pulmões.

Johnny voou por cima do rebaixamento de dois degraus, joelhos curvados, convencido de que no mínimo ia sofrer múltiplas fraturas, de que o menino agonizava ou já estava morto, de que a mente de Audrey Wyler tinha desmoronado sob a tensão e ela mergulhou na ilusão de que David Carver era ou o policial ou um agente do policial... e o tempo todo seus olhos continuavam gravando e o cérebro recebendo as imagens e armazenando-as. Viu que as musculosas pernas de Audrey estavam afastadas, o material da saia esticado entre elas. Também viu que ia cair perto dela.

Caiu sobre um pé, como um patinador que esqueceu os patins. O joelho cedeu. Ele deixou, lançando-se para a frente contra a mulher, agarrando os cabelos dela. Ela virou a cabeça para trás e tentou morder os dedos dele. No mesmo instante (só que a mente dele insistia em que foi no instante *seguinte*, mesmo agora querendo reduzir aquela loucura a uma coisa coerente, uma narrativa a fluir em sequência), Steve arrancou as mãos dela da garganta do menino. Johnny viu as marcas brancas das palmas e dos dedos dela, e depois seu impulso o fez passar por ela. Ela não conseguiu mordê-lo, o que era bom, mas ele não conseguiu segurar os cabelos dela, o que era mau.

Ela emitiu um grito gutural quando ele bateu na parede. O braço esquerdo dele entrou numa das fendas de projeção na parede até o ombro, e por um terrível momento ele teve certeza de que o resto do corpo iria atrás — sairia, cairia, adeus. Era impossível, o buraco não chegava nem perto de ter tamanho suficiente para isso, mas ele pensou ainda assim.

No mesmo momento (a mente mais uma vez insistindo em que era o momento *seguinte*, a coisa *seguinte*, a frase *seguinte*), Ralph Carver berrou:

— *Tira as mãos de meu filho, sua puta!*

Johnny puxou o braço e se virou, se encostando na parede. Viu Steve e Ralph arrancando a mulher a gritar de cima de David. Viu o menino desmoronar contra a parede e escorregar lentamente por ela abaixo, as marcas na garganta se destacando brutalmente. Viu Cynthia descer os degraus da cabine, tentando olhar para todos os lados ao mesmo tempo.

— Pega o menino, chefe! — Steve arquejava. Lutava com Audrey, uma mão ainda fechada nos pulsos dela e a outra agora na cintura. Ela corcoveava embaixo dele como um potro selvagem. — Pega e tira ele da...

Audrey gritou e se libertou. Quando Ralph fez uma desajeitada tentativa de passar os braços em torno do pescoço dela e aplicar-lhe uma gravata, ela assentou-lhe o calço da mão no queixo e jogou-o para trás. Recuou um passo, viu David e rosnou de novo, os lábios arreganhados exibindo os dentes. Tentou partir para ele e Ralph disse:

— Toque nele de novo que eu lhe mato. Eu juro.

Ah, foda-se isso, pensou Johnny, e agarrou o menino. Sentiu-o quente, mole e pesado nos braços. As costas de Johnny, já afetadas por quase um continente de viagem de moto, deram uma fisgada de aviso.

Audrey olhou para Ralph, como se o desafiasse a tentar cumprir sua promessa, depois se preparou para saltar sobre Johnny. Antes que pudesse, Steve já estava em cima dela mais uma vez. Tornou a agarrá-la pela cintura, depois girou sobre os calcanhares, os dois cara a cara. Ela emitia um longo e contínuo miado que fazia doerem as obturações de Johnny.

No meio da segunda girada, Steve a soltou. Audrey voou para trás como uma pedra atirada de um estilingue, os pés tropeçando no piso, ainda miando. Cynthia, que estava atrás dela, ficou de quatro com a rapidez de uma sobrevivente inata de pátio escolar. Audrey chocou-se com ela na altura das canelas e caiu para trás, esparramando-se no retângulo mais claro do segundo projetor. Olhou-os através da massa de cabelos, momentaneamente tonta.

— Tira ele daqui, chefe! — Steve indicava com a mão os degraus que levavam à porta da cabine de projeção. — Tem algum problema com ela, está igual aos animais!

Como, igual a eles?, pensou Johnny. *Porra, ela é um deles.* Ouviu o que Steve lhe dizia, mas não partiu para a porta. Mais uma vez, parecia incapaz de se mexer.

Audrey ficou de pé, se escorando no canto da cabine. Ainda arreganhava o lábio superior num rosnado áspero, os olhos indo de Johnny e o menino inconsciente nos braços dele para Ralph e Cynthia, que tinha se levantado e estava grudada ao lado de Steve. Johnny se lembrou por um breve instante e com anseio da escopeta Rossi e da Ruger .44. As duas estavam no saguão, encostadas na bilheteria. A bilheteria proporcionava uma boa visão da rua, mas foi mais fácil deixar as armas do lado de fora dela, em vista do espaço limitado. E nem ele nem Ralph haviam pensado em trazê-las ali para cima. Ele agora pensava que uma das mais apavorantes lições que aquele pesadelo tinha a oferecer era como nenhum deles tinha qualquer preparo para sobreviver. No entanto, eles *haviam* sobrevivido. A maioria, pelo menos. Até então.

— *Tak ah lah!*

A mulher falou numa voz ao mesmo tempo assustadora e potente, em nada semelhante à anterior, à voz com que contava histórias — esta última era baixa e hesitante. Para Johnny, a de agora parecia apenas um ou dois níveis acima do latido de um cachorro. E estaria ela *rindo*? Ele achava que pelo menos parte dela sim. E aquele escuro estranho, flutuante, logo abaixo da superfície da pele? Estava ele realmente vendo aquilo?

— *Min! Min! Min en tow!*

Cynthia lançou um olhar perplexo a Steve.

— O que ela está dizendo?

Steve balançou a cabeça. Ela olhou para Johnny.

— É a língua do policial — ele disse.

Voltou a memória extraordinária para o momento em que o policial tinha aparentemente lançado um urubu contra ele.

— *Timoh!* — rosnou para Audrey Wyler. — *Candy-latch!*

Não estava muito certo, mas pelo menos deve ter chegado perto; Audrey recuou, e por um momento viu-se uma expressão muito humana de surpresa no rosto dela. Depois tornou a arreganhar o lábio, e reapareceu o sorriso lunático nos olhos.

— O que você disse a ela? — perguntou Cynthia a Johnny.

— Não tenho a menor ideia.

— Chefe, tem de tirar o menino daqui. Já.

Johnny deu um passo para trás, pretendendo fazer exatamente isso. Audrey meteu a mão no bolso do vestido e tirou-a fechada em torno de um punhado de coisas. Fixava o olhar nele — só *nele* agora, John Edward Marinville, Famoso Romancista e Extraordinário Pensador — com seus rosnantes olhos de fera. Estendeu a mão, virada para cima.

— *Can tah!* — gritou... riu. — *Can tah, can tak!* — O que você pega é o que você é! Claro! *Can tah, can tak, mi tow!* Tome! *So tah!*

Quando abriu a mão e mostrou-lhe o que oferecia, o clima emocional dentro da cabeça dele mudou de repente... e, no entanto, ainda via e sequenciava tudo, como quando a porra do Farramóvel de Sean Hutter capotou. Tinha continuado gravando tudo então, quando tinha certeza de que ia morrer, e continuava gravando tudo agora, quando se via de repente consumido de ódio pelo menino em seus braços e esmagado pelo desejo de enfiar alguma coisa — a chave da moto serviria perfeitamente — na intrusa garganta do rezadorzinho e abri-lo como uma lata de cerveja.

Julgou a princípio que havia três amuletos curiosos na palma aberta da mão dela — aquelas coisas que as garotas às vezes usavam penduradas nos braceletes. Mas eram grandes demais, pesados demais. Não eram amuletos, mas esculturas de pedra, cada uma com uns cinco centímetros de comprimento. Uma era uma cobra. A segunda, um urubu com uma asa quebrada. Olhos loucos, esbugalhados, fitavam-no de baixo da cabeça calva. A terceira era um rato sobre as pernas traseiras. Todos pareciam esburacados e antigos.

— *Can tah!* — ela gritou. — *Can* tah, *can* tak*, mate o* menino, *mate-o já, mate-o!*

Steve adiantou-se. Com a atenção e concentração inteiramente fixas em Johnny, ela só o viu no último instante. Ele varreu as pedras da mão dela com um tapa e elas foram cair num canto da cabine. Uma — a da cobra — partiu-se em duas. Audrey gritou de horror e aflição.

A fúria assassina que tinha se apoderado da mente de Johnny se dissipou, mas não desapareceu inteiramente. Ele sentia os olhos querendo ir para o canto, onde jaziam as esculturas. À espera dele. Só precisava pegá-las.

— *Leva a porra do menino* daqui*!* — berrou Steve.

Audrey mergulhou para as esculturas. Steve pegou o braço dela e puxou-a de volta com um safanão. A pele dela escurecia e afrouxava. Johnny achou que o processo que a transformara tentava agora inverter-se... sem muito sucesso. Ela estava... o quê? Encolhendo? Diminuindo? Ele não sabia a palavra certa, mas...

— *LEVA ELE!* — tornou a berrar Steve, e bateu no ombro de Johnny.

Isso o despertou. Começou a se virar, e ali estava Ralph. Ele tirou David dos braços de Johnny quase antes que ele soubesse o que acontecia. Ralph subiu os degraus aos saltos, desajeitado mas forte, e desapareceu da cabine de projeção sem uma única olhada para trás.

Audrey viu-o sair. Uivou — era desespero o que Johnny ouvia agora naquele uivo — e mergulhou de novo em busca das pedras. Steve a puxou de volta. Ouviu-se um som estranho quando o braço direito de Audrey se soltou do ombro. Steve ficou com ele na mão, como uma coxa de galinha cozida demais.

2

Audrey pareceu não tomar conhecimento do que lhe tinha acontecido. Com um braço, o lado esquerdo do vestido agora escurecendo de sangue, foi atrás das esculturas, balbuciando naquela língua estranha. Steve ficou imobilizado, olhando para o que tinha na mão — um braço humano ligeiramente sardento, com um relógio Casio no pulso. O chefe estava igualmente paralisado. Não fosse por Cynthia, pensou Steve mais tarde, Audrey teria pegado de novo as pedras. Deus sabe o que teria acontecido se o tivesse feito; mesmo quando ela obviamente concentrava o poder das pedras sobre o chefe, Steve sentiu o efeito. Nada houve de sexual dessa vez. Dessa vez era assassinato e nada mais.

Antes que Audrey pudesse cair de joelhos no canto e pegar seus brinquedos, Cynthia chutou-os habilmente para longe, e eles foram quicando pela parede das fendas. Audrey tornou a uivar, e dessa vez um jorro de sangue saiu-lhe da boca com o som. Ela virou a cabeça para eles, e Steve cambaleou para trás, erguendo uma mão, como para se proteger da visão dela.

O rosto antes bonito de Audrey agora pendia da frente do crânio em pregas suadas. Os olhos fixos pendiam de órbitas que se alargavam. A pele escurecia e rachava. Mas nada disso era o pior; o pior veio quando Steve soltou a coisa horrendamente quente que segurava e ela saltou de pé.

— Eu sinto muito — ela disse, e naquela voz sufocada e falha Steve ouviu uma mulher real, não a monstruosidade em decomposição. — Eu nunca desejei machucar ninguém. Não toquem nos *can tahs*. Façam o que fizerem, não toquem nos *can tahs*!

Steve olhou para Cynthia. Ela retribuiu o olhar, e ele pôde ler os pensamentos dela nos olhos arregalados: *Eu toquei num. Duas vezes. Tive alguma sorte?*

Muita, pensou Steve. *Acho que você teve muita sorte. Acho que nós dois tivemos.*

Audrey cambaleou para eles, se afastando das pedras cinzentas carcomidas. Steve sentia forte cheiro de sangue e decomposição. Estendeu a mão, mas não conseguiu segurar-lhe o ombro para detê-la, embora ela se dirigisse para os degraus e o corredor... na direção em que Ralph tinha levado o menino. Não pôde se obrigar a fazer isso porque sabia que seus dedos iam afundar.

Agora ouvia uns estalos e baques à medida que partes dela começavam a se liquefazer e cair, numa espécie de chuva de carne. Ela subiu os degraus e saiu pela porta. Cynthia ergueu o olhar para Steve por um momento, o rosto franzido e pálido. Ele passou o braço pela cintura dela e seguiu Johnny degraus acima.

Audrey chegou até a metade do pequeno mas estreito lanço de escada que levava ao segundo andar e caiu. O som que fez dentro do vestido encharcado de sangue foi medonho — um *espadanar*, quase. Contudo, ainda vivia. Começou a se arrastar, os cabelos pendurados emaranhados, piedosamente escondendo a maior parte do rosto. No outro extremo, junto à escada que levava ao saguão, Ralph estava parado com David nos braços, fitando a criatura que se aproximava.

— Atirem nela! — rugiu Johnny. — Pelo amor de Deus, alguém dê um tiro nela!

— Não posso — disse Steve. — Não tem nenhuma arma aqui em cima além da do menino, que está vazia.

— Ralph, desça com David — disse Johnny. Começou a descer cuidadosamente o corredor. — Desça antes...

Mas a coisa que tinha sido Audrey Wyler não mais se interessava por David, ao que parecia. Alcançou a entrada em arco para o balcão e atravessou-a se arrastando. Quase imediatamente as traves de suporte, ressecadas pelo clima do deserto e comidas por gerações de cupins, começaram a gemer. Steve correu para Johnny, o braço ainda passado pela cintura de Cynthia. Ralph foi na direção deles da outra ponta do corredor. Encontraram-se a tempo de ver a coisa de vestido encharcado alcançar o balaústre do balcão. Audrey tinha se arrastado por cima da boneca sexual quase desinflada, deixando uma larga faixa de sangue e coisas menos identificáveis na barriga de plástico. A boca de Frieda parecia manifestar indignação por esse tratamento.

O que restava de Audrey Wyler ainda se agarrava ao balaústre, ainda tentava se erguer o bastante para se lançar lá embaixo, quando as traves cederam e o balcão se desprendeu da parede com um rugido enorme e poeirento. A princípio, deslizou para fora num nível, como uma bandeja ou uma plataforma flutuante, arrancando tábuas da borda do corredor e obrigando Steve e os outros a recuarem quando o velho carpete se rasgou e abriu como uma fenda sísmica. Ripas se partiram; pregos rangeram ao soltar das tábuas onde se enterravam. Então, por fim, o balcão começou a se inclinar. Audrey tropeçou para um lado. Apenas por um momento, Steve viu os pés dela despontando da poeira, e em seguida ela desapareceu. Um momento depois, também o balcão desaparecia, caindo como uma pedra e batendo nas poltronas embaixo com um tremendo estrondo. A poeira subiu numa miniatura de cogumelo de nuvem.

— David! — gritou Steve. — E David? Está vivo?

— Não sei — disse Ralph. Olhava-os com olhos perplexos e em lágrimas. — Tenho certeza de que estava quando eu o tirei da cabine de projeção, mas agora não sei. Não sinto nenhuma respiração.

3

Todas as portas para o auditório haviam se aberto com o deslocamento de ar, e a poeira da queda do balcão cobria o saguão com uma névoa. Levaram David para uma das portas da rua, onde uma corrente de ar vinda de fora soprava a parte mais densa do pó.

— Ponha-o no chão — disse Cynthia. Tentava pensar no que fazer em seguida... diabos, não, o que fazer *primeiro*... mas as ideias fugiam. — E ponham reto. Vamos tornar as vias aéreas dele vias expressas.

Ralph olhou-a esperançoso quando, com Steve, baixou David sobre o gasto carpete.

— Você sabe alguma coisa de... disso?

— Depende do que você quer dizer — ela disse. — Um pouco de primeiros socorros, incluindo respiração artificial, de quando eu estava nas Filhas e Irmãs, sim. Mas se está perguntando se eu sei alguma coisa sobre mulheres que viram maníacas homicidas e depois caem aos pedaços, não.

— Só me resta ele, dona — disse Ralph. — É só o que me resta de toda a minha família.

Cynthia fechou os olhos e se debruçou sobre David. O que sentiu deixou-a muito aliviada: o fraco mas nítido toque de respiração em seu rosto.

— Ele está vivo. Sinto-o respirando. — Ergueu o olhar para Ralph e sorriu. — Não me surpreende que o senhor não sentisse. Está com o rosto todo inchado.

— É, talvez tenha sido isso. Mas sobretudo estava com tanto medo...

Ele tentou retribuir o sorriso dela e não conseguiu. Exalou um longo suspiro e tateou com as mãos atrás para se encostar no balcão da *bonbonnière*.

— Agora vou ajudá-lo — disse Cynthia. Baixou o olhar para o rosto pálido e os olhos fechados do menino. — Só vou ajudar você, David. Apressar as coisas. Deixe que eu ajudo você, está bem? Me deixe ajudar você.

Virou delicadamente a cabeça dele para um lado, fazendo uma careta ao ver as marcas de dedos no pescoço. No auditório, um pedaço pendurado do balcão entregou a alma e caiu com um estrondo. Os outros olharam para aquele lado, mas a concentração de Cynthia permaneceu em David. Usou os dedos da mão esquerda para abrir a boca do menino, debruçou-se e tapou delicadamente as narinas dele com a mão direita. Pôs a boca na dele e soprou. O peito dele se estufou mais acentuadamente, depois baixou quando ela soltou o nariz e se afastou dele. Ela se curvou para um lado e falou em voz baixa no ouvido dele.

— Volte pra gente, David. A gente precisa de você. E você precisa da gente.

Tornou a soprar forte na boca e disse:

— Volte pra gente, David.

Ele exalou uma mistura do seu ar e do dela. Cynthia olhou para o rosto dele. Achou que a respiração espontânea estava mais forte agora, e viu os globos oculares mexendo sob as pálpebras azuladas, mas ele não dava sinais de despertar.

— Volte pra gente, David. Volte.

Johnny olhou em volta, piscando como alguém que retorna do mais fundo de seus pensamentos.

— Onde está Mary? Não acham que a porra do balcão caiu em cima dela, acham?

— Por que ia cair? — perguntou Steve. — Ela estava com o velho.

— E você acha que ela *ainda* está com o velho? Depois dessa gritaria toda? Depois que a porra do *balcão* desabou da porra da *parede*?

— Tem razão — disse Steve.

— Lá vamos nós de novo — disse Johnny. — Eu sabia. Vamos, acho melhor dar uma olhada.

Cynthia não tomou conhecimento. Ajoelhava-se com o rosto diante do de David, vasculhando-o ansiosa com os olhos.

— Não sei onde você está, garoto, mas trate de voltar pra cá. É hora de selar o cavalo e dar o fora de Dodge.

Johnny pegou a escopeta e o rifle. Entregou este último a Ralph.

— Fique aqui com seu filho e a moça — disse. — A gente volta.

— É? E se não voltar?

Johnny olhou-o incerto por um momento, depois deu um largo sorriso.

— Queime os documentos, destrua o rádio e engula a cápsula da morte.

— Há?

— Como caralhos *eu* vou saber? Use o raciocínio. Isso eu posso lhe dizer, Ralph: assim que a gente pegar a sra. Jackson, seremos só história. Vamos, Steve. Pelo corredor da esquerda, a menos que você tenha vontade de subir o monte Balcão.

Ralph os viu passar pela porta, depois se virou para Cynthia e seu filho.

— O que há com David, tem alguma ideia? Aquela cadela o deixou em coma? Ele tinha um amigo que ficou em coma. David. Saiu... Foi um milagre, todo mundo disse. Mas eu não desejaria isso pro meu pior inimigo. Acha que é esse o problema dele?

— Acho que ele nem está inconsciente, quanto mais em coma. Está vendo como as pálpebras se mexem? É mais como se estivesse dormindo e sonhando... ou em transe.

Ela ergueu o olhar para ele. Os olhos dos dois se encontraram por um momento, e então Ralph se ajoelhou junto do filho, defronte dela. Afagou-lhe os cabelos e beijou-o suavemente entre os olhos, onde a pele se enrugava num leve franzido.

— Volte, David — disse. — Por favor, volte.

David respirava tranquilamente por entre os lábios cerrados. Por trás das pálpebras machucadas, os olhos se moviam sem parar.

4

No banheiro dos homens, encontraram o puma morto, com a cabeça quase inteiramente estraçalhada, e o veterinário morto, de olhos abertos. No banheiro das mulheres, não encontraram nada... ou assim pareceu a Steve.

— Aponte a luz pra ali — disse-lhe Johnny. Quando Steve dirigiu a lanterna para a janela, ele disse: — Não, a janela, não. O chão embaixo.

Steve baixou o facho e correu-o pela meia dúzia de garrafas alinhadas contra a parede pouco à direita da janela.

— A armadilha do doutor — disse Johnny. — Não estão quebradas, mas afastadas direitinho. Interessante.

— Eu nem tinha notado que elas não estavam mais no parapeito da janela. Foi uma boa observação, chefe.

— Chegue aqui. — Johnny foi até a janela, suspendeu-a, olhou para fora e se afastou para que Steve se juntasse a ele. — Mande a mente de volta pra nossa chegada a este bucólico palácio de sonhos, Steven.

Qual foi a última coisa que você fez antes de entrar inteiramente neste banheiro? Você se lembra?

Steve assentiu.

— Claro. A gente empilhou dois caixotes pra tornar mais fácil entrar pela janela. Eu empurrei o de cima, porque calculei que se o policial voltasse aqui e os visse empilhados assim, era o mesmo que uma seta apontando.

— Certo. Mas o que está vendo agora?

Steve usou a lanterna, embora na verdade não precisasse; o vento tinha passado quase completamente, e as nuvens de poeira haviam assentado. Havia até mesmo um fiapo de lua.

— Estão empilhados de novo — disse, e se virou para Johnny com um ar assustado. — Ah, merda! Entragian veio quando a gente estava cuidando de David. Veio e... — *levou-a*, era o que pretendia concluir, mas viu o chefe balançando a cabeça e parou.

— Não é o que isto revela. — Johnny pegou a lanterna e correu-a de novo pela fila de garrafas. — Não estão quebradas; estão arrumadas direitinho de um lado. Quem fez isso? Audrey? Não, ela foi pro outro lado... atrás de David. Billingsley? Não é possível, em vista do jeito que estava antes de morrer. Resta Mary, mas teria ela feito isso pro policial?

— Eu duvido — disse Steve.

— Eu também. Acho que se o policial tivesse aparecido aqui, ela viria correndo atrás de nós, gritando feito louca. E por que os caixotes empilhados? Eu tive alguma experiência pessoal com Collie Entragian; ele tem no mínimo dois metros, provavelmente mais. Não precisaria de um degrau pra entrar pela janela. Pra mim, esses caixotes empilhados sugerem ou uma pessoa mais baixa, um ardil para atrair Mary a uma posição onde pudesse ser agarrada, ou as duas coisas. Posso estar exagerando nas deduções, creio, mas...

— Então pode haver outros. Outros parecidos com Audrey.

— Talvez, mas acho que a gente não pode concluir *isso* do que vemos aqui. Eu simplesmente não creio que ela tivesse tirado essas garrafas pra qualquer estranho. Nem mesmo um menininho berrando. Sabe? Acho que ela teria vindo chamar a gente.

Steve apontou a lanterna para o peixe de Billingsley nos azulejos, tão alegre e estranho ali no escuro. Não se surpreendeu ao descobrir que já não gostava muito dele. Agora era como uma risada numa casa mal--assombrada, ou um palhaço à meia-noite. Desligou a luz.

— Em que está pensando, chefe?

— Não me chame mais assim, Steve. Jamais gostei muito disso desde o começo.

— Tudo bem. Em que está pensando, Johnny?

Johnny olhou em torno para se certificar de que ainda estavam sós. Seu rosto, dominado pelo nariz inchado e torto, parecia ao mesmo tempo cansado e atento. Enquanto ele pegava três aspirinas e as engolia a seco, Steve percebeu uma coisa espantosa: Marinville parecia mais jovem. Apesar de tudo por que tinha passado, parecia mais jovem.

Johnny engoliu de novo, fazendo uma careta para o gosto das velhas pílulas, e disse:

— A mãe de David.

— *Como?*

— Pode ser. Pense um segundo. Pense. Vai ver como é lindo, de um jeito horrendo.

Steve pensou. E viu como aquilo tornava a situação totalmente compreensível. Ele não sabia onde a história de Audrey Wyler se afastava da verdade, mas *sabia* que em algum ponto ela tinha sido tomada por... transformada pelas pedras que chamava de *can tahs*. Transformada? Atacada por uma espécie de raiva horrível, degenerativa. O que aconteceu com ela também podia ter acontecido com Ellen Carver.

Steve se viu de repente esperando que Mary Jackson estivesse morta. Era terrível, mas num caso daqueles a morte talvez fosse melhor, não era? Melhor do que ficar sob o feitiço dos *can tahs*. Melhor do que aparentemente acontecia quando os *can tahs* eram retirados.

— O que a gente faz agora? — perguntou.

— Sai desta cidade. Por qualquer meio possível.

— Tudo bem. Se David ainda estiver inconsciente, a gente o carrega. Vamos lá.

Voltaram para o saguão.

5

David Carver descia a Anderson Avenue, passando pela West Wentworth Middle School. Escritas no lado do prédio da escola em aerossol amarelo havia as palavras NESSES SILÊNCIOS PODE SURGIR ALGUMA COISA. Depois dobrou uma esquina da Ohio e começou a descer a Bear Street. Era muito esquisito, pois a Bear Street e o bosque da Bear Street ficavam a nove grandes quadras residenciais da escola, mas era assim que tudo funcionava nos sonhos. Logo iria acordar em seu próprio quarto e tudo se desfaria mesmo.

À sua frente havia três bicicletas no meio da rua. Tinham sido postas de cabeça para baixo, e as rodas giravam no ar.

— E o faraó disse a José: "Eu tive um sonho", dizia alguém, "e ouvi falar de vós, que podeis entender e interpretar um sonho."

David olhou para o outro lado da rua e viu o reverendo Martin. Estava bêbado e com a barba por fazer. Numa mão segurava uma garrafa de uísque Seagram's Seven. Entre os pés havia uma pequena poça de vômito. David mal conseguia olhá-lo. O reverendo tinha os olhos vazios e mortos.

— E José respondeu ao faraó, dizendo: "Não está em mim. Deus dará ao faraó uma resposta de paz." — O reverendo Martin fez um brinde com a garrafa e bebeu. — Vá buscá-los — disse. — Agora vamos descobrir se você sabe onde estava Moisés quando as luzes se apagaram.

David seguiu andando. Pensou em dar meia-volta; então lhe ocorreu uma ideia estranha mas convincente: se *voltasse*, ia ver a múmia cambaleando em sua direção numa nuvem de bandagens e especiarias antigas.

Apressou mais um pouco o passo.

Ao passar pelas bicicletas na rua, notou que uma das rodas a girar emitia um som agudo e desagradável: *ric-ric-ric*. Isso o fez lembrar do indicador de vento em cima do Bud's Suds, o duende com o pote de ouro debaixo do braço. Aquele em...

Desespero! Estou em Desespero, e isto é um sonho! Caí no sono quando tentava rezar, estou no andar de cima do velho cinema!

— Erguer-se-á entre vós um profeta, e um sonhador de sonhos — disse alguém.

David olhou para o outro lado da rua e viu um gato morto — um puma — pendurado na placa de limite de velocidade. O puma tinha uma cabeça humana. A cabeça de Audrey Wyler. Ela revirava cansada os olhos para ele, e ele achou que ela tentava sorrir.

— Mas se ele vos disser: "Busquemos outros deuses", não o ouvireis.

Ele desviou os olhos com uma careta e ali, no seu lado da Bear Street, estava a meiga Pie parada na porta da casa de seu amigo Brian (a casa de Brian jamais tinha sido na Bear Street antes, mas agora aparentemente as regras haviam mudado). Ela apertava Melissa Sweetheart nos braços.

— Ele era mesmo o sr. Bicho-papão — ela disse. — Agora você sabe disso, não sabe?

— Sim. Eu sei, Pie.

— Ande um pouco mais depressa, David. O sr. Bicho-papão está atrás de você.

O cheiro de bandagens e especiarias do deserto era mais forte em seu nariz agora, e David andou mais depressa. Mais à frente via a abertura no mato que assinalava a entrada da Trilha Ho Chi Minh. Jamais tinha havido nada ali além dos quadrados do jogo de amarelinha ou KATHI AMA RUSSELL riscados a giz na calçada, mas agora a entrada da trilha era guardada por uma antiga estátua de pedra, grande demais para ser um *can tah*, pequeno deus; aquela era um *can tak*, um deus grande. Era um chacal de cabeça inclinada, a boca aberta, rosnando, e grandes olhos esbugalhados de desenho animado, cheios de fúria. Uma das orelhas tinha sido quebrada ou estava desgastada. A língua na boca não era língua de jeito nenhum, mas uma cabeça humana — a cabeça de Collie Entragian, com chapéu e tudo.

— Cuidado comigo e saia desta trilha — disse o policial na boca do chacal quando David se aproximou. — *Mi tow, can de lach*: tenha medo das coisas informes. Existem outros deuses além do seu... *Can tah, can tak*. Você sabe que eu falo a verdade.

— Sim, mas meu Deus é forte — disse David, numa voz de quem apenas conversa.

Enfiou a mão na boca do chacal e pegou a língua psicótica. Ouviu Entragian gritar — e *sentiu-o*, um grito que vibrou contra sua palma como uma campainha de brinquedo. Um momento depois, toda a cabeça do chacal voou numa silenciosa explosão de fragmentos de luz. O que restou foi um casco de pedra sem cabeça.

Ele tomou a trilha, sabendo que via plantas que jamais tinha visto em parte alguma de Ohio — cactos finos e cactos grossos, gaultérias, cardo-russo... as que formavam as bolas de capim seco levadas pelo vento. Do mato ao lado da trilha saiu sua mãe. Tinha o rosto escuro e enrugado, um velho saco de massa. Olhos caídos. A visão dela nesse estado encheu-o de dor e horror.

— Sim, sim, seu Deus é forte — disse a mãe —, isso não se discute. Mas veja o que fez comigo. Isso é força que se admire? É um deus que valha a pena ter?

Estendeu as mãos para ele, exibindo as palmas apodrecidas.

— Não foi *Deus* quem fez isso — disse David, e começou a chorar. — Foi o policial!

— Mas Deus *deixou* que acontecesse — ela respondeu, e um dos olhos caiu da cabeça. — O mesmo Deus que deixou Entragian empurrar Kirsten pela escada abaixo e depois pendurar o corpo dela num cabide pra vocês verem. Que Deus é esse? Ponha ele de lado e aceite o meu. O meu pelo menos é honesto quanto à sua crueldade.

Mas toda aquela conversa — não apenas o pedido, mas o tom altivo e ameaçador — era tão estranha à lembrança que David tinha de sua mãe que ele tornou a seguir em frente. *Tinha* de tornar a seguir em frente. A múmia vinha atrás dele, e era lenta, sim, mas ele calculava que essa era uma das formas de ela alcançar suas vítimas: usando a antiga mágica egípcia para pôr obstáculos no caminho delas.

— Fique longe de mim! — gritou a coisa-mãe apodrecida. — Fique longe de mim, senão eu transformo você em pedra na boca de um deus! Você será *can tah* num *can tak*!

— Não pode fazer isso — disse David, paciente —, e você não é minha mãe. Minha mãe está com minha irmã, no céu, junto a Deus.

— Que piada! — gritou indignada a coisa podre. A voz era um gargarejo agora, como a do policial. A coisa cuspia sangue e dentes enquanto falava. — O céu é uma *piada*, uma daquelas coisas que o seu reverendo Martin cuspia em palavras durante horas se a gente lhe pagasse uísque e cerveja... Não é mais real que os peixes e cavalos de Billingsley! Não vai me dizer que engoliu isso, vai? Um menino esperto como você? *Engoliu*? Oh, Davey! Eu não sei se rio ou se choro! — O que fez foi sorrir furiosamente. — Não tem céu, não tem vida após a morte... não pra gente como a gente. Só os deuses... *can taks, can tahs, can...*

De repente ele percebeu para que era aquele confuso sermão: segurá-lo ali. Segurá-lo ali para que a múmia o alcançasse e estrangulasse até a morte. Deu um passo à frente, pegou a cabeça furiosa e espremeu-a entre as mãos. Surpreendeu-se por rir enquanto fazia isso, porque parecia muito com as coisas que os pregadores loucos da TV a cabo faziam; pegavam as vítimas por baixo da cabeça e gritavam coisas do tipo "*Doença, vá EMBOORA! Tumores, vão EMBOORA! Reumatismo, vá EMBOORA! Em nome de Jeeesuuus!*". Houve outra daquelas explosões silenciosas, e desta vez nem o corpo restou; ele estava sozinho na trilha de novo.

Seguiu em frente, o sofrimento corroendo o coração e a mente, pensando no que a coisa-mãe tinha dito: *Não tem céu, não tem vida após a morte, não pra gente como a gente*. Podia ou não ser verdade; ele não tinha como saber. Mas a coisa também tinha dito que Deus deixou sua mãe e sua irmã serem assassinadas, e isso *era* verdade... Não era?

Bem, talvez. Como esperar que um menino saiba dessas coisas?

À frente via-se a árvore com o Posto de Observação Vietcongue em cima. No pé da árvore, havia um pedaço de papel vermelho e prateado — uma embalagem de chocolate. David se inclinou, pegou-a e enfiou na boca, sugando as manchas de doce chocolate da parte interna com os olhos fechados. *Tomai e comei*, ouviu o reverendo Martin dizendo — era uma lembrança, não uma voz, o que foi mais ou menos um alívio. *Este é meu corpo, partido para ti e para muitos*. Abriu os olhos, temendo apesar disso ver retornar a cara bêbada e os olhos mortos do reverendo, mas ele não estava ali.

David cuspiu a embalagem e subiu no Posto de Observação Vietcongue com o doce gosto de chocolate na boca. Subiu ao som de rock.

Alguém se sentava de pernas cruzadas observando o bosque da Bear Street. A posição era tão semelhante à de Brian — pernas cruzadas, queixo apoiado nas palmas das mãos — que por um momento ele teve certeza de que *era* seu velho amigo, apenas chegado à idade adulta. Pensou que podia lidar com isso. Não seria mais estranho que a efígie podre de sua mãe ou o puma com a cabeça de Audrey Wyler, e muito menos perturbador.

O rapaz tinha um rádio pendurado numa correia no ombro. Não era um walkman nem um conjunto de som portátil; parecia mais antigo que os dois. Tinha dois adesivos circulares pregados na bolsa de couro, um com uma cara sorridente amarela, outro com um símbolo da paz. A música vinha de um pequeno alto-falante exterior. O som era mínimo, mas muito legal, percussão forte, um baixo de matar: *Eu estava me sentindo... tão mal... perguntei ao médico da minha família o que eu tinha...*

— Bri? — ele perguntou, agarrando-se à borda da plataforma e guindando-se para cima. — É você?

O homem se virou. Era magro, cabelos negros sob um boné de beisebol, usando jeans, uma camiseta cinzenta simples e grandes óculos escuros espelhados — David via o próprio rosto neles. Era a primeira pessoa que via naquele... fosse o que fosse... que não conhecia.

— Brian não está aqui, David — disse o homem.

— Quem é você então?

Se o cara de óculos escuros espelhados começasse a apodrecer ou a sangrar como Entragian, David ia deixar aquela árvore depressa, e não importava que a múmia estivesse de tocaia em algum lugar no mato embaixo.

— Este lugar é da gente. Meu e de Bri.

— Bri *não pode* estar aqui — disse o homem de cabelos pretos, simpático. — Brian está vivo, você entende.

— Não estou entendendo. — Mas receava que sim.

— O que você disse a Marinville quando ele tentou falar com os coiotes?

David levou um instante para lembrar, e isso não foi surpresa, porque o que tinha dito não parecera sair *dele* mas *através* dele.

— Eu disse pra não falar com ele na língua dos mortos. Só que não era eu mesmo que...

O homem de óculos escuros descartou isso com a mão.

— O modo como Marinville tentou falar com os coiotes é mais ou menos o mesmo que estamos usando agora: *si em, tow en can de lach.* Você entende?

— Entendo. "Nós falamos a língua das coisas informes." A língua dos mortos. — David começou a sentir arrepios. — *Eu* estou morto também, então... Não estou? Estou morto também.

— Não. Errado. Perdeu essa.

O homem aumentou o volume do rádio — *Eu disse doutor... senhor médico...* — e sorriu.

— The Rascals — disse. — Felix Cavaliere no vocal. Legal?

— É — disse David, e falava sério.

Achava que poderia ouvir aquela música o dia todo. Fazia-o lembrar da praia e de belas garotas em biquínis.

O homem de boné dos Yankees ficou ouvindo mais um instante, depois desligou o rádio. Ao fazê-lo, David viu uma feia cicatriz na parte de baixo do pulso direito, como se em alguma ocasião ele houvesse tentado se matar. Depois ocorreu-lhe que podia ter feito bem mais do que tentar; não era aquele um lugar de mortos?

Conteve um arrepio.

O homem tirou o boné dos Yankees, enxugou a nuca com ele, tornou a pô-lo na cabeça e olhou sério para David.

— Isto aqui é a Terra dos Mortos, mas você é uma exceção. É especial. *Muito.*

— Quem é você?

— Isso não importa. Só mais um membro do fã-clube do antigo Rascals e Felix Cavaliere, se quer saber — disse o homem. Olhou em volta, deu um suspiro e fez uma leve careta. — Mas vou lhe dizer uma coisa, meu jovem: não me surpreende nem um pouco que a Terra dos Mortos fique na área residencial de Columbus, Ohio. — Tornou a olhar para David, o leve sorriso desaparecendo. — Acho que está na hora de a gente falar sério. O tempo urge. Você vai estar com dor na garganta quando acordar, a propósito, e talvez se sinta desorientado a princípio; estão lhe levando pra traseira do furgão em que Steve Ames chegou à cidade. Estão com uma extrema pressa de deixar o American West... aceite isso como quiser... e não posso dizer que os culpo.

— Por que está aqui?

— Pra assegurar que você saiba por que *você* está aqui, David... pelo menos pra começar. Portanto, me diga: por que você *está* aqui?

— Eu não sei o que você está...

— Ah, por favor — disse o homem do rádio. Os óculos espelhados faiscavam ao sol. — Se não souber, está enterrado na merda. Por que você está na *terra*? Por que Deus *fez* você?

David olhou-o consternado.

— Vamos, vamos! — disse o homem, impaciente. — São perguntas fáceis. É um começo, pelo menos. Por que Deus me fez? Por que Deus fez qualquer um?

— Pra amar e servir a ele — disse David, devagar.

— Está bem, ótimo. Pelo menos, é um começo. E o que é Deus? Como você sente a natureza de Deus?

— Não quero dizer. — David baixou os olhos para as próprias mãos, depois ergueu-os para o homem sério, atento... o homem estranhamente *conhecido*... de óculos escuros. — Tenho medo de entrar numa fria. — Hesitou, e em seguida pôs para fora o que realmente lhe metia medo: — Estou com medo de que *você* seja Deus.

O homem deu uma risada breve, triste.

— De certa forma, é muito engraçado, mas deixa pra lá. Vamos nos concentrar. O que você sabe da natureza de Deus, David? Qual é sua experiência?

Com a maior relutância, David disse:

— Deus é cruel.

Tornou a baixar os olhos para as próprias mãos e contou devagar até cinco. Ao acabar, sem ter sido frito por um raio, tornou a erguer o olhar. O homem de jeans e camiseta continuava grave e atento, mas David não viu raiva nele.

— Está certo, Deus é cruel. A gente diminui a marcha, a múmia sempre alcança a gente no final, e Deus é cruel. Por que Deus é cruel, David?

Por um instante, ele não respondeu, e então se lembrou de uma coisa que o reverendo Martin tinha dito — a TV no canto transmitia um jogo-treino de primavera de beisebol nesse dia.

— A crueldade de Deus refina — disse.

— Nós somos a mina e Deus, o mineiro?

— Bem...

— E toda crueldade é boa? Deus é bom e a crueldade também?

— Não, dificilmente qualquer dessas coisas é boa! — disse David.

Por um único segundo de horror ele viu Pie, pendurada no cabide na parede, Pie, que contornava formigas na calçada porque não queria fazer-lhes mal.

— O que é a crueldade feita por mal?
— Maldade. Quem é você?
— Esqueça. Quem é o pai da maldade?
— O demônio... ou talvez aqueles outros deuses de que minha mãe falou.
— Esqueça *can tah* e *can tak*, pelo menos por enquanto. A gente tem peixe maior pra fritar, por isso preste atenção. O que é fé?

Essa era fácil.

— A substância do que a gente espera, a prova de tudo que a gente não vê.
— É. E qual é o estado espiritual do fiel?
— Hum... amor e aceitação. Eu acho.
— E qual é o oposto da fé?

Essa era mais difícil — realmente indigesta, na verdade. Como uma daquelas malditas provas de leitura. Escolha *a, b, c* ou *d*. Só que aqui a gente não tinha opções.

— A descrença? — aventurou.
— Não. A descrença, não; a *não* crença. A primeira é natural, a segunda, voluntária. E quando a gente é não crente, David, que estado espiritual é esse?

Ele pensou no assunto, depois balançou a cabeça.

— Não sei.
— Sabe, sim.

Ele pensou de novo e percebeu que sabia.

— O estado espiritual da não crença é o desespero.
— É. Olhe pra baixo, David!

Ele olhou, e ficou chocado ao ver que o Posto de Observação Vietcongue não estava mais na árvore. Ele agora flutuava, como um tapete mágico feito de tábuas, acima de uma paisagem rural imensa e arruinada. Via casas aqui e ali entre filas de plantas cinzentas e murchas. Uma delas era um trailer com um adesivo no para-choque dizendo que o dono era um filho da puta que bebia Snapple e atacava Clinton; outra era o barracão Quonset da mineração que tinham visto na vinda para a cidade; outra era a prefeitura; outra, o Bud's Suds. O duende sorridente com o pote de ouro embaixo do braço olhava de dentro de uma selva morta e estrangulada.

— É o campo envenenado — disse o homem de óculos refletores. — O que aconteceu aí faz o Agente Laranja parecer bala. Não tem como adoçar essa terra. Ela tem de ser erradicada... semeada com sal e arada por baixo. Sabe por quê?

— Porque vai se espalhar?

— Não. Não pode. O mal é ao mesmo tempo frágil e idiota, morre logo depois do ecossistema que envenenou.

— Então por que...

— Porque é uma afronta a Deus. Não há outro motivo. Nada escondido nem omitido, nenhuma letrinha miúda. O campo envenenado é uma perversidade e uma afronta a Deus. Agora olhe de novo.

Ele olhou. As casas tinham ficado para trás. Agora o Posto de Observação Vietcongue flutuava sobre um vasto poço. Daquela perspectiva, parecia uma ferida que se abria na pele da terra e na carne por baixo. Os lados se inclinavam para dentro e para baixo em visíveis zigue-zagues que pareciam escadas; de certa forma, olhar aquele lugar era como olhar dentro

(*ande um pouco mais depressa*)

de uma pirâmide virada pelo avesso. Viam-se pinheiros nos morros ao sul do poço e algum mato muito acima das bordas, mas o próprio poço era estéril — nem mesmo juníperos cresciam ali. Do lado próximo — seria a face norte, supôs David, se o campo envenenado era a cidade de Desespero —, aqueles visíveis recuos haviam se rompido perto do fundo. Onde antes estavam via-se agora uma longa encosta de monturo de pedras. Ao lado do desmoronamento, e não muito longe da beira do poço, via-se um buraco negro escancarado. Essa visão deixou David profundamente nervoso. Era como se um monstro sepultado no deserto houvesse aberto um olho. O desmoronamento em volta dele também o deixava nervoso. Porque parecia de algum modo... bem... *planejado*.

No fundo do poço, pouco abaixo do tosco buraco, via-se uma área de estacionamento cheia de transportes de minério, escavadoras, utilitários e veículos de esteira que pareciam tanques da Segunda Guerra Mundial. Perto, havia um barracão Quonset, com uma chaminé espetada torta no telhado. BEM-VINDO À CASCAVEL N° 2, dizia o cartaz na porta. PROPORCIONANDO EMPREGOS E IMPOSTOS A NEVADA DESDE 1951. À esquerda da casa metálica havia um baixo cubo de concreto. O aviso ali era mais sucinto:

PAIOL DE PÓLVORA
SÓ PESSOAL AUTORIZADO

Parado entre os dois locais estava o Caprice de Entragian coberto de poeira. Tinha a porta do motorista aberta e a luz do teto acesa, iluminando um interior que parecia um matadouro. No painel, um ursinho de plástico com a cabeça móvel tinha sido fixado ao lado da bússola.

E então tudo foi ficando para trás.

— Você conhece esse lugar, não conhece, David?

— É a mina da China? É, não é?

— É.

Viraram para o lado, e David viu que o poço era, à sua maneira, ainda mais desolado que o campo envenenado. Não havia rochas ou afloramentos inteiros na terra, pelo menos que ele pudesse ver; tudo fora reduzido a um terrível monturo amarelo. Além da área de estacionamento e das casas, viam-se enormes montes de rocha ainda mais radicalmente triturada, em cima de plástico negro.

— São os depósitos de detritos — observou o guia. — Aquela coisa amontoada no plástico é a ganga... refugo. Mas a empresa não vai jogar fora, ainda não. Tem mais coisas nela, você sabe... ouro, prata, molibdênio, platina. E cobre, é claro. Sobretudo cobre. Depósitos tão difusos como se tivessem sido soprados ali pelo vento. A mineração dele antes era antieconômica, mas à medida que as grandes jazidas de minério e metal do mundo se esgotam, o que era antieconômico se torna lucrativo. As grandes bolsas Heftys são caixas de coleta... o material que querem se precipita dentro delas, e eles simplesmente raspam. É um processo de coamento... chame como quiser, que dá no mesmo. Vão continuar explorando o solo até que tudo isso, que era uma montanha de 2 mil e 500 metros, seja apenas poeira no vento.

— O que são aqueles grandes degraus que descem do lado da mina?

— Terraços. Servem como estradas em círculo para o equipamento em torno da mina, mas a maior finalidade deles é minimizar os deslizamentos.

— Não parece ter dado muito certo ali atrás. — David apontou com o polegar para as costas. — Nem ali em cima.

Aproximavam-se de outra área onde o que parecia imensos degraus descendo para o interior da terra fora desfeito por uma torta montanha de rocha desmoronada.

— É uma encosta caída.

O Posto de Observação Vietcongue virou para cima da área do deslizamento. Adiante dela, David via redes de uma coisa negra que a princípio parecia teias de aranha. Ao se aproximarem, ele viu que os fios da teia eram na verdade canos de PVC.

— Só há pouco tempo eles mudaram de esguichos para emissores.

O guia falava mais num tom de quem recita do que de quem fala. David teve um momento de *déjà-vu*, depois compreendeu por quê: o homem repetia o que Audrey Wyler já tinha dito.

— Morreram algumas águias.

— Algumas? — perguntou David, repetindo a pergunta do sr. Billingsley.

— Tudo bem, umas quarenta, ao todo. Não é grande coisa em termos de espécie; águia é o que não falta em Nevada. Vê pelo que eles substituíram os esguichos, David? Os grandes canos são pontos de distribuição: *can taks*, digamos assim.

— Grandes deuses.

— É! E aquelas cordas ocas, que se estendem entre eles como uma trama, são os emissores. *Can tahs*. Pingam ácido sulfúrico fraco. O ácido libera o minério... e empesteia o solo. Espere, David.

O Posto de Observação Vietcongue se inclinou — também como um tapete voador — e David se agarrou à borda das tábuas para não cair. Não queria cair naquele terrível terreno eventrado onde nada brotava e rios de fluido amarelado corriam para as caixas plásticas de coleta.

Mergulharam de novo para o poço e passaram por cima da Quonset enferrujada com a chaminé, o paiol de pólvora e o ajuntamento de máquinas onde terminava a estrada. No alto da encosta sul, acima do buraco escancarado, via-se uma larga área pontilhada de outros buracos, bem menores. David achou que deviam ser uns cinquenta, no mínimo, e provavelmente mais. De cada um saía um bastão de ponta amarela.

— Parece a maior colônia de esquilos do mundo.

— É uma área de explosões, e aqueles são buracos de explosão — disse o novo conhecido. — A mineração ativa se dá bem ali. Cada um daqueles buracos tem um metro de diâmetro e uns dez de profundidade. Quando preparam a explosão, enfiam uma banana de dinamite com uma espoleta em cima no fundo de cada buraco. É o detonador. Depois despejam dois carrinhos de mão de ANFO... sigla de *ammonium nitrate and fuel oil* [nitrato de amônia e óleo combustível]. Os babacas que explodiram o Edifício Federal na cidade de Oklahoma usaram ANFO. Geralmente vem em bolinhas que parecem chumbinho de espingarda de ar comprimido, só que brancas.

O homem de boné dos Yankees apontou para o paiol de pólvora.

— Tem montes de ANFO ali dentro. Não tem dinamite... usaram o resto no dia em que tudo isso começou a acontecer... mas tem muito ANFO.

— Eu não entendo por que está me contando tudo isso.

— Esqueça, só escute. Está vendo os buracos de explosão?

— Estou. Parecem olhos.

— Certo, buracos que parecem olhos. São cavados no pórfiro, que é cristalino. Quando o ANFO é detonado, despedaça a rocha. O material despedaçado contém o minério. Entendeu?

— Acho que sim.

— Esse material é transportado por caminhões para as caixas de coleta, os pontos de distribuição e os emissores — *can tah, can tak* — são ligados a elas, e começa o processo de deterioração. *Voilà*, aí tem você, a decantação de minério em sua melhor forma. Mas veja o que o esquema de explosões revelou, David!

Apontava para o buraco grande, e David sentiu uma frieza desagradável e debilitante insinuar-se dentro de si. O buraco parecia olhá-lo lá de baixo com uma espécie de convite idiota.

— O que é isso? — sussurrou, mas achava que sabia.

— Cascavel Número Um. Também conhecida como mina da China, poço do China ou perfuração do China. Foi revelado pela última série de explosões. Dizer que o pessoal ficou surpreso é dizer pouco, porque ninguém no ramo de mineração de Nevada acredita de fato naquela velha história. Na virada do século, a Empresa Diablo dizia que a Número Um fechou simplesmente quando o veio se esgotou. Mas estava lá, David. Esse tempo todo. E agora...

— É mal-assombrada? — perguntou David, arrepiando-se. — É, não é?

— Ah, sim — disse o homem de boné dos Yankees, volvendo os não olhos prateados para David. — É mesmo.

— Seja qual for o motivo pelo qual você me trouxe aqui em cima, eu não quero saber! — exclamou David. — Quero que me leve de volta! De volta pro meu pai! Eu detesto isso! Detesto estar na Terra dos...

Parou quando lhe ocorreu uma ideia horrível. A Terra dos Mortos, foi o que tinha dito o homem. Chamou David de exceção. Mas isso queria dizer...

— O reverendo Martin... eu o vi quando vinha para o bosque. Ele está...

O homem baixou o olhar por um breve instante para seu antiquado rádio, tornou a erguê-lo e assentiu.

— Dois dias depois que você partiu, David.

— Estava bêbado?

— No final, vivia sempre bêbado. Como Billingsley.

— Foi suicídio?

— Não — disse o homem de boné dos Yankees, e pôs uma mão amistosa na nuca de David. Era quente, não era a mão de um morto. — Pelo menos, não suicídio *consciente*. Ele e a mulher foram à praia. Fizeram um piquenique. Ele entrou na água logo depois do almoço e nadou pra longe demais.

— Me leve de volta — sussurrou David. — Estou cansado de tanta morte.

— O campo envenenado é uma ofensa a Deus — disse o homem. — Sei que é um saco, David, mas...

— Então que Deus ajeite isso! — gritou David. — Não é justo ele me aparecer depois de matar minha mãe e minha irmã...

— Ele não...

— Não me importa! Não me importa! Mesmo que não tenha matado, não se mexeu e deixou que acontecesse!

— Isso também não é verdade.

David fechou os olhos e tapou os ouvidos com as mãos. Não queria ouvir mais nada. *Recusava-se* a ouvir mais qualquer coisa. Mas a voz do homem chegava-lhe mesmo assim. Era implacável. Não podia escapar dela mais do que Jonas pudera escapar de Deus. Deus era tão implacável quanto um cão de caça numa pista fresca. E cruel.

— Por que você está na terra? — A voz agora parecia vir de *dentro* de sua cabeça.

— Não estou ouvindo! Não estou ouvindo!
— Você foi posto na terra para amar a Deus...
— Não!
— ... e servi-lo.
— Não! Foda-se Deus! Foda-se o amor dele! Foda-se o *serviço* a ele!
— Deus não pode obrigar você a fazer nada que você não queira...
— Pare! Eu não vou escutar, não vou decidir! Está ouvindo? Está...
— Shh... escute!

Não inteiramente contra a vontade, David escutou.

PARTE IV

A MINA DA CHINA:
Deus É Cruel

Capítulo Um

1

Johnny já ia sugerir que simplesmente se pusessem a caminho — Cynthia podia segurar a cabeça do menino no colo e protegê-lo de qualquer solavanco — quando David ergueu as mãos e comprimiu as têmporas. Inspirou mais fundo. Um momento depois, abriu os olhos e olhou para eles: Johnny, Steve, Cynthia, seu pai. Os dois mais velhos tinham o rosto inchado e descorado, como dois combatentes viajantes após uma noite ruim numa cidade de tanques; todos pareciam exaustos e com medo, sobressaltando-se como cavalos assustados ao mais leve ruído. Os restos maltrapilhos da Sociedade de Sobreviventes de Collie Entragian.

— Oi, David — disse Johnny. — É sensacional ter você de volta. Você está no...

— ... furgão de Steve. Parado perto do cinema. Vocês o trouxeram do posto de gasolina da Conoco. — David se sentou com esforço, engoliu em seco, fez uma careta. — Ela deve ter me sacudido como um monte de dados.

— Sacudiu, sim — disse Steve. Olhava para David com cuidado. — Se lembra de Audrey fazendo isso?

— Não — disse David —, mas me disseram.

Johnny disparou um olhar para Ralph, que encolheu levemente os ombros — *Não me pergunte*.

— Tem água aí? Estou com a garganta pegando fogo.

— A gente saiu do cinema às pressas e não trouxe nada, só as armas — disse Cynthia. — Mas tem isso. — Mostrou uma caixa de Jolt Cola, da qual várias garrafas já haviam sido tiradas. — Steve tem sempre à mão pro sr. Marinville.

— Sou maluco por isso desde que deixei de beber — disse Johnny. — Tem de ser Jolt, Deus sabe por quê. Está quente, mas...

David pegou uma e bebeu demoradamente, fazendo uma careta com o ardor do gás na garganta, mas não se detendo por isso. Finalmente, com três quartos da garrafa vazia, encostou a cabeça no lado do furgão, fechou os olhos e soltou um sonoro arroto.

Johnny sorriu.

— Sessenta pontos!

David abriu os olhos e retribuiu o sorriso.

Johnny ofereceu o frasco de aspirina que tinha pego no Owl's.

— Quer umas? Estão velhas, mas parecem funcionar bem.

David pensou na proposta, pegou duas e engoliu-as com o resto da Jolt.

— A gente está indo embora — disse Johnny. — Vamos tentar pelo norte primeiro. Tem uns trailers na estrada, mas Steve diz que acha que a gente pode contornar pelo lado do estacionamento de trailers. Se não conseguir, vamos ter de ir pro poço da mina no sul e pegar a estrada de equipamentos que sai de lá pra Rodovia 50, pelo noroeste. Você e eu vamos na frente com...

— Não.

Johnny ergueu as sobrancelhas.

— Como?

— A gente tem de subir até a mina, está certo, mas não pra sair da cidade. — A voz de David era rouca, como se ele houvesse chorado. — Temos de descer na mina.

Johnny olhou para Steve, que apenas encolheu os ombros e tornou a olhar para o menino.

— De que está falando, David? — perguntou Steve. — Sua mãe? Porque provavelmente seria melhor pra ela, pra não falar no resto de nós, se...

— Não, não é por isso... Pai? — O menino pegou a mão do pai. Era um gesto estranhamente adulto de consolação. — Mamãe morreu.

Ralph baixou a cabeça.

— Bem, a gente não tem certeza disso, David, e não devemos perder a esperança, mas acho que é provável.

— Eu *tenho* certeza. Não estou só achando. — David tinha o rosto desolado à luz dos fachos das lanternas que se cruzavam. Deteve por fim os olhos em Johnny. — A gente tem de fazer umas coisas. O senhor sabe disso, não sabe? Foi por isso que esperou que eu acordasse.

— Não, David. De jeito nenhum. A gente só não queria correr o risco de mover você enquanto não soubesse que você estava bem.

Contudo, isso no íntimo lhe pareceu uma mentira. Viu-se tomado por um nervosismo vago que lhe aflorava. Era como se sentia nos últimos dias antes de começar a escrever um novo livro, quando sabia que não podia adiar por muito mais tempo o inevitável, que logo estaria no arame de novo, agarrando a vara de equilibrista e rodando em seu estúpido monociclozinho.

Mas aquilo era pior. Muito pior. Johnny sentia vontade de sentar o cabo da escopeta Rossi na cabeça do menino, deixá-lo inconsciente e calá-lo, antes que ele pudesse dizer mais alguma coisa. *Não fode com a gente, garoto*, pensou. *Não no momento em que a gente começa a ver uma luzinha no fim do túnel.*

David olhava para o pai. Ainda segurava a mão dele.

— Ela está morta e sem repouso. Não consegue enquanto Tak habitar o corpo dela.

— Quem é Tak, David? — perguntou Cynthia.

— Um dos Gêmeos Wintergreen — disse Johnny, jocosamente. — O outro é Tik.

David lançou-lhe um longo olhar sem expressão, e Johnny baixou os olhos. Odiou-se por fazer isso, mas não pôde evitar.

— Tak é um deus — disse David. — Ou um demônio. Ou talvez absolutamente nada, só um nome, uma sílaba boba... Mas um nada *perigoso*, como uma voz no vento. Não importa. O que importa é que minha mãe deve descansar. Então vai poder estar com minha irmã no... bem, onde quer que a gente vá depois de morrer.

— Filho, o que importa é que *a gente tem de sair daqui* — disse Johnny. Ainda conseguia manter a voz delicada, mas agora ouvia nela um refluxo de impaciência e medo. — Assim que chegarmos a Ely, vamos entrar em contato com a Polícia Estadual... diabos, o FBI. Amanhã ao meio-dia vai ter uns cem policiais no chão e uma dezena de helicópteros no ar, isso eu lhe prometo. Mas por agora...

— Minha mãe morreu, mas Mary, não — disse David. — Ainda está viva. Está na mina.

Cynthia arquejou.

— Como você sabe que ela desapareceu?

David deu um sorriso pálido.

— Bem, não estou vendo-a, pra começar. O resto eu sei do mesmo jeito que sei que foi Audrey quem me estrangulou. Me contaram.

— Quem, David? — perguntou Ralph.

— Não sei — disse David. — Não sei nem se isso importa. O que importa é que ele me contou umas coisas. Coisas *verdadeiras*. Eu sei que eram.

— Esgotado o tempo de contar histórias, chapa — disse Johnny.

Havia aspereza em sua voz. Ele a ouvia, mas não podia evitar. E era surpresa? Aquilo não era um painel de debate sobre o realismo mágico ou a prosa concreta, afinal. Esgotara-se a hora das histórias; chegara a hora de dar o fora. Ele não tinha absolutamente desejo algum de ficar escutando um monte de merda sobre missões oníricas daquele espectral Escoteirozinho de Jesus.

O Escoteiro de Jesus escapuliu da cela de algum modo, matou o coiote que Entragian pôs de guarda e salvou sua vida miserável, falou Terry dentro de sua cabeça. *Talvez você devesse escutá-lo, Johnny*.

E esse, ele pensou, era o motivo pelo qual se divorciara de Terry, para começar. Numa porra de um resumo. Era uma trepada divina, mas nunca soubera quando fechar a matraca e ouvir seus superiores intelectuais.

O dano estava feito, porém; agora era tarde demais para descarrilar aquele trem de pensamento. Viu-se pensando no que Billingsley tinha dito sobre a fuga de David da cela da cadeia. Nem mesmo Houdini, não foi? Por causa da cabeça. E depois houve o telefone. A maneira como ele pôs os coiotes em fuga. E o caso das sardinhas e dos biscoitos. A ideia que tinha lhe passado pela cabeça era alguma coisa sobre milagres discretos, não fora?

Tinha de deixar de pensar assim. Porque o que os Escoteiros de Jesus faziam era causar a morte dos outros. Como João Batista, ou aquelas freiras na América do Sul, ou...

Nem mesmo Houdini.

Por causa da cabeça.

Johnny percebeu que não havia como dourar a pílula, nem executar pequenos sapateados mentais, nem — era o mais velho dos truques — usar diferentes vozes para dar coerência às questões. A simples verdade era que não estava mais apenas com medo do policial, ou das outras forças desencadeadas naquela cidadezinha.

Também estava com medo de David Carver.

— Não foi o policial *realmente* quem matou minha mãe, minha irmã e o marido de Mary — disse David e lançou a Johnny um olhar que lhe lembrou fantasticamente Terry. Aquele olhar costumava levá-lo à beira da insanidade. *Você sabe do que estou falando*, dizia. *Sabe exatamente, por isso não desperdice meu tempo sendo deliberadamente obtuso.* — E seja quem for com quem conversei quando estava inconsciente, na verdade era Deus. Só que Deus não pode vir às pessoas como ele próprio; ia matá-las de medo, e jamais ia conseguir nada. Ele vem à gente como outras coisas. Pássaros, colunas de fogo, sarças ardentes, redemoinhos...

— Ou gente — disse Cynthia. — Claro, Deus é um mestre dos disfarces.

O resto da paciência de Johnny se foi com o tom de pra-mim-faz-sentido da garota magrela.

— Isso é loucura total! — gritou. — A gente tem de dar o *fora*, será que não veem isso? Estamos parados na porra da Main Street, trancados aqui sem uma única janela por onde olhar, e ele pode estar em qualquer parte... lá na frente, atrás da porra do *volante*, pelo que a gente sabe! Ou... eu não sei... coiotes... urubus...

— Ele foi embora — disse David numa voz calma. Curvou-se e pegou outra Jolt na caixa.

— Quem? — perguntou Johnny. — Entragian?

— O *can tak*. Não importa em quem ele está, Entragian, minha mãe ou a pessoa com quem começou. É sempre o mesmo. Sempre o *can tak*, o grande deus, o guardião. Foi embora. Não está sentindo?

— Eu não estou sentindo nada.

Não seja turrão, disse Terry em sua mente.

— Não seja turrão — disse David, olhando-o fixamente. Segurava frouxamente a garrafa de Jolt na mão.

Johnny curvou-se para ele.

— Está lendo minha mente? — perguntou, quase divertido. — Se está, eu lhe agradecerei se der o fora de dentro de minha cabeça, filhinho.

— *O que estou é tentando fazer você ouvir* — disse David. — Todo mundo vai ouvir, se *você* ouvir! Ele não precisa mandar os *can tahs* ou *can taks* dele contra nós se estivermos em desacordo uns com os outros. Se tiver uma janela quebrada, ele entra e nos faz em pedaços!

— Vamos — disse Johnny —, não queira jogar a culpa em cima dos outros. Nada disso é culpa minha.

— Eu não estou dizendo que *é*. Só escute, está bem? — David quase implorava. — Pode fazer isso, temos tempo, porque ele *se foi*. Os trailers que pôs na estrada também se foram. Não entende? *Ele quer que a gente vá embora.*

— Ótimo. Vamos fazer a vontade dele!

— Vamos ouvir o que David tem a dizer — disse Steve.

Johnny voltou-se para ele.

— Acho que você esqueceu quem paga seu salário, Steve.

Odiou o som das palavras assim que lhe saíram da boca, mas não fez o mínimo esforço para retirá-las. A vontade de sair dali, saltar atrás do volante do Ryder e simplesmente rodar alguns quilômetros — para qualquer lado, menos para o sul — era já tão forte que quase chegava a ser pânico.

— Você me mandou parar de chamar você de chefe. Estou cobrando isso.

— Além disso, e Mary? — perguntou Cynthia. — Ele diz que ela está viva!

Johnny voltou-se na direção dela, *contra* ela.

— Talvez você queira fazer as malas e pegar a Aerovias Trans-Deus com David, mas eu acho que essa eu passo.

— Vamos ouvi-lo — disse Ralph em voz baixa.

Johnny olhou-o fixo, pasmo. Se esperava ajuda de alguém, era do pai do menino. *Ele é só o que me resta*, dissera Ralph no saguão do American West. *Tudo que restou de minha família.*

Olhou os outros em volta e ficou numa pasma consternação quando viu que estavam de acordo; só ele não. E Steve tinha as chaves do carro no bolso. E, no entanto, era para ele que o garoto mais olhava. Ele. Como era para ele, John Edward Marinville, que as pessoas mais vinham olhando desde que tinha publicado seu primeiro romance, com a idade incrivelmente precoce de 22 anos. Pensava que já tinha se acostumado, e talvez tivesse, mas agora era diferente. Ocorria-lhe que nenhum dos outros — professores, leitores, críticos, editores, companheiros de farra, mulheres — jamais tinha querido o que aquele menino parecia querer, que não era apenas que ele escutasse; escutar, temia Johnny, era apenas o começo.

Mas os olhos não olhavam apenas. Os olhos imploravam.

Esquece, garoto, pensou. *Quando gente como você está na direção, parece que o ônibus sempre sofre um desastre.*

Não fosse por David, acho que seu ônibus pessoal já teria sofrido um desastre, disse Terry de dentro de *Der Megeren Bunker* em sua cabeça. *Acho que você estaria morto e pendurado num cabide em alguma parte. Escute-o, Johnny. Pelo amor de Deus, escute!*

Em voz muito mais baixa, ele disse:

— Entragian se foi. Você tem certeza disso.

— Tenho — disse David. — Os animais também. Os coiotes e lobos... centenas deles, como deve ter sido preciso... tiraram os trailers da estrada. Viraram para os lados dentro da vala. A maioria foi atraída pro *mi him*, o círculo do vigilante.

Bebeu da garrafa de Jolt. A mão que a segurava tremia de leve. Ele olhou para cada um, mas foi para Johnny que seus olhos retornaram. Sempre Johnny.

— Ele quer o que *você* quer. Que a gente vá embora.

— Então por que nos trouxe aqui, pra começar?

— Não trouxe.

— *Como?*

— Ele pensa que trouxe, mas não trouxe.

— Eu não tenho a menor ideia do que você está...

— Foi Deus quem trouxe a gente — disse David. — Pra detê-lo.

2

No silêncio que se seguiu, Steve descobriu que estava à escuta do vento lá fora. Não havia nenhum. Julgou ouvir um avião ao longe — gente sã, a caminho de algum destino são, dormindo, comendo ou lendo o *U.S. News & World Report* —, mas só isso.

Foi Johnny quem rompeu o silêncio, claro, e embora parecesse tão confiante quanto antes, tinha uma expressão nos olhos (uma expressão meio *de lado*) da qual Steve não gostou muito. Pensou que gostava mais do ar alucinado de Johnny: os olhos arregalados e o sorriso aterrorizado de Clyde Barrow que tinha no rosto quando encostou a escopeta na orelha do puma e estourou-lhe a cabeça. Que havia alguma coisa de bandido em Johnny, Steve sabia muito bem — tinha tido vislumbres dessa pessoa desde o início da viagem, e sabia que era no bandido que Bill Harris pensava quando decretou os Cinco Mandamentos naquele dia, no gabinete de Jack Appleton —, mas Clyde Barrow parecia ter saído de cena e deixado em seu lugar o outro Marinville, o das sobrancelhas satíricas e retórica vazia *à la* William F. Buckley.

— Você fala como se a gente tivesse o mesmo Deus, David — ele disse. — Eu não pretendo ser condescendente com você, mas acho que dificilmente é assim.

— Mas *é* assim — respondeu calmamente David. — Em comparação com Tak, o senhor e um rei canibal teriam o mesmo Deus. O senhor viu os *can tahs*, eu sei que viu. E sentiu o que eles fazem.

Johnny retorceu a boca — indicando, pensou Steve, que tinha sido atingido mas não queria admitir.

— Talvez — disse —, mas a pessoa que *me* trouxe até aqui estava muito longe de ser Deus. Era um policial louro grandão com problemas de pele. Plantou uma trouxa de erva em minha bolsa e depois me deu uma surra.

— É. Eu sei. A erva veio do carro de Mary. Ele pôs uma coisa tipo pregos na estrada pra pegar a gente. É engraçado, quando a gente pensa... Engraçado-esquisito, não há-há-há. Ele passou por Desespero como um pé de vento. Atirou nas pessoas, esfaqueou, espancou, empurrou da janela, atropelou com o carro... Mas mesmo assim não pôde simplesmente chegar a nós, a *nenhum* de nós, sacar o revólver e dizer "Você vem comigo". Precisava ter um... não sei como dizer... — Olhou para Johnny.

— Pretexto — disse o outrora chefe de Steve.

— É, certo, um pretexto. Assim como, nos velhos filmes de terror, o vampiro não pode simplesmente entrar por si mesmo. A gente tem de convidá-lo a entrar.

— Por quê? — perguntou Cynthia.

— Talvez porque Entragian, o *verdadeiro* Entragian, ainda estivesse dentro da cabeça dele. Como uma sombra. Ou uma pessoa que está trancada fora da própria casa, mas ainda pode olhar pela janela e bater nas portas. Agora Tak está em minha mãe, o que restou dela, e mataria a gente se pudesse. Mas na certa ainda pode fazer a melhor torta de limão do mundo. Se quisesse.

David baixou os olhos por um instante, os lábios tremendo, depois tornou a olhar para eles.

— O fato de ele precisar de um pretexto pra pegar a gente na verdade não importa. Muitas vezes o que ele faz ou diz não importa. É bobagem, ou impulso. Embora haja pistas. Sempre pistas. Ele se denuncia, mostra o que é de verdade, como uma pessoa que diz o que vê nos borrões de tinta.

Steve perguntou:

— Se isso não importa, o que importa?

— *Que ele pegou a gente e deixou outros passarem.* Ele pensa que pegou a gente ao acaso, como um menino num supermercado, simplesmente pegando qualquer lata que chama a atenção dele na prateleira e jogando no carrinho da mãe, mas não foi isso que aconteceu.

— É como o Anjo da Morte no Egito, não é? — perguntou Cynthia, numa voz desprovida de tom. — Só que ao contrário. A gente tinha uma marca que dizia ao *nosso* Anjo da Morte, esse tal Entragian, pra parar e pegar, em vez de apenas passar adiante.

David balançou a cabeça.

— É. Ele não sabia disso na hora, mas agora sabe... *mi him en tow*, como diria... que nosso Deus é forte, nosso Deus está conosco.

— Se isso é um exemplo de que Deus está conosco, espero nunca chamar a atenção dele quando ele estiver com a macaca — disse Johnny.

— Agora Tak quer que a gente vá embora — disse David —, e sabe que a gente *pode* ir. Por causa da aliança do livre-arbítrio. Era assim que o reverendo Martin dizia sempre. Ele... ele...

— David? — disse Ralph. — O que é? Qual é o problema?

David encolheu os ombros.

— Nada. Não importa. O que importa é que Deus nunca *obriga* a gente a fazer o que ele quer que a gente faça. Ele diz à gente, só isso, depois recua pra ver no que dá. A mulher do reverendo Martin entrou e ficou escutando algum tempo quando ele falava da aliança do livre-arbítrio. Disse que a mãe dela tinha um lema: "Deus diz: pegue o que quiser, e pague o preço." Tak abriu a porta de volta pra Rodovia 50... mas não é pra lá que a gente deve ir. Se a gente *for*, se a gente deixar Desespero sem fazer o que Deus mandou a gente fazer aqui, vai pagar o preço.

Olhou mais uma vez para o círculo de rostos à sua volta, e mais uma vez acabou olhando diretamente para Johnny Marinville.

— Eu fico, aconteça o que acontecer, mas pra dar certo, realmente tem de ser *todos* nós. Temos de curvar nossa vontade à vontade de Deus, e temos de estar dispostos a morrer. Porque é nisso que pode dar.

— Você está louco, meu rapaz — disse Johnny. — Em geral, eu gosto disso numa pessoa, mas isto já é ir um pouco longe demais, até pra mim. Eu não sobrevivi até agora pra ser morto a tiros ou a bicadas de urubu no deserto. Quanto a Deus, no que me diz respeito, ele morreu na Zona Desmilitarizada em 1969. Na hora, Jimmi Hendrix estava cantando "Purple Haze" na Rádio das Forças Armadas.

— Escute o resto, está bem? Pode ao menos fazer isso?

— Por que deveria?

— Porque tem uma história. — David tomou mais Jolt, fazendo uma careta ao deglutir. — Uma boa história. Quer escutar?

— Esgotada a hora das histórias. Eu já lhe disse isso.

David não respondeu.

Fez-se silêncio no fundo do furgão. Steve observava Johnny com atenção. Se ele fizesse qualquer menção de se dirigir à porta de trás do Ryder e tentar sair, Steve pretendia agarrá-lo. Não queria fazer isso — tinha passado muitos anos na selvagem hierarquia dos bastidores do rock, e sabia que uma coisa dessas o levaria a se sentir como Fletcher Christian diante do Capitão Bligh que era Johnny —, mas faria se necessário.

Assim, foi um alívio quando Johnny deu de ombros, sorriu, se agachou junto ao menino e pegou uma garrafa de Jolt.

— Tudo bem, prorrogada a hora das histórias. Só esta noite. — Mexeu nos cabelos de David. O próprio constrangimento do gesto tornou-o curiosamente cativante. — As histórias são meu calcanhar de Aquiles praticamente desde o carrinho de bebê. Mas digo a vocês que essa eu gostaria de ouvir terminar com "E viveram felizes para sempre".

— E não é o que todo mundo aqui gostaria? — disse Cynthia.

— Acho que o cara que encontrei me contou tudo — disse David —, mas tem umas partes que eu não sei. Partes que estão vagas, ou simplesmente negras. Talvez porque eu não consegui entender ou porque não quis.

— Faça o melhor possível — disse Ralph. — Já será o bastante.

David ergueu o olhar para as sombras, pensando — *invocando*, pensou Cynthia — e começou.

3

— Billingsley contou a lenda, e, como a maioria das lendas, me parece que a maior parte estava errada. Não foi um desmoronamento que fechou a mina da China, isso é a primeira coisa. A mina foi afundada de propósito. E não foi em 1858, embora *tenha sido* nessa época que trouxeram os primeiros mineiros chineses, mas em setembro de 1859. Não eram quarenta chineses lá embaixo quando aconteceu, mas 57, e nem dois brancos, mas quatro. Sessenta e uma pessoas ao todo. E a mina não tinha quarenta metros de profundidade, mas sessenta. Vocês imaginam? Sessenta metros por dentro de uma rocha argilosa que podia desabar em cima deles a qualquer momento.

O menino fechou os olhos. Parecia incrivelmente frágil, como uma criança que acabou de se recuperar de uma terrível doença e pode ter uma recaída de uma hora para outra. Parte dessa aparência talvez se devesse à fina camada verde de sabonete ainda em sua pele, mas Cynthia não achava que fosse só isso. Não duvidava do poder de David, nem tinha problema com a ideia de que ele podia ter sido tocado por Deus. Tinha sido criada num priorato, e já tinha visto aquele ar antes... embora nunca tão forte.

— À 1h10 da tarde de 21 de setembro, os caras da frente perfuraram a parede do que a princípio parecia uma gruta. Além da abertura, viram um monte daquelas coisas de pedra. Milhares. Estátuas de bichos, bichos *inferiores*, os *timoh sen cah*. Lobos, coiotes, cobras, aranhas, ratos, morcegos. Os mineiros ficaram espantados com aquilo e fizeram a coisa mais natural do mundo: se abaixaram e pegaram.

— Má ideia — murmurou Cynthia.

David assentiu.

— Alguns ficaram loucos na hora, atacando os amigos... diabos, atacando os parentes... tentando rasgar a garganta deles. Outros, não só os que estavam mais atrás na mina, que na verdade não tocaram nos *can tahs*, mas também alguns que estavam perto e tocaram, pareceram não ter problema, pelo menos por um tempo. Dois destes eram irmãos, de Tsingtao: Ch'an Lushan e Shih Lushan. Os dois viram a gruta do outro lado da abertura, na verdade uma espécie de câmara subterrânea. Redonda, como o fundo de um poço. As paredes eram formadas de caras, aquelas caras de bichos. Caras de *can taks*, eu acho, embora não tenha certeza. Tinha uma pequena espécie de construção de um lado, o *pirin moh*... não sei o que quer dizer, desculpem... e no meio, um buraco redondo de 3,5 metros de diâmetro. Parecendo um olho gigante, ou outro poço. Um poço dentro de um poço. Como as esculturas, que são na maioria de bichos com outros bichos na boca, em lugar de língua. *Can tak* em *can tah*, *can tah* em *can tak*.

— Ou *câmera em câmera* — disse Marinville.

Falou com uma sobrancelha erguida, seu sinal de que estava fazendo piada, mas David o levou a sério. Assentiu e começou a tremer.

— É a casa de Tak — disse. — O *ini*, o poço dos mundos.

— Não estou entendendo — disse Steve, com delicadeza.

David ignorou-o; ainda era a Marinville que parecia sobretudo falar.

— A força do mal do *ini* impregnava os *can tahs* da mesma forma que os minérios impregnam o próprio solo: soprada em cada partícula, como fumaça. E impregnava do mesmo jeito a câmara de que estou falando. Não é fumaça, mas é a melhor maneira de imaginar, talvez. Afetou os mineiros em diferentes graus, como o germe de uma doença. Os que ficaram loucos logo se voltaram contra os outros. Com alguns, os corpos começaram a se transformar, como aconteceu com o de Audrey no fim. Eram os que tinham tocado os *can tahs*, às vezes pegando grandes punhados de uma vez e largando pra poder... vocês sabem... pegar outros.

"Alguns alargavam o buraco entre a mina e a câmara. Outros se espremiam. Alguns agiam como bêbados. Outros como se tivessem convulsões. Alguns atravessaram a mina correndo e se jogaram lá dentro, rindo. Os irmãos Lushan viram um homem e uma mulher trepando... tenho de usar esta palavra, era a coisa mais longe do mundo de fazer amor... com uma das estátuas presa entre os dois. Nos dentes."

Cynthia trocou um olhar espantado com Steve.

— Na mina mesmo, os mineiros batiam uns nos outros com pedras, ou afastavam uns aos outros do caminho, tentando passar primeiro pelo buraco. — Olhou em volta com um ar triste. — Eu vi isso. De uma certa forma, era engraçado, como num filme dos Três Patetas. E isso piorou tudo. O fato de ser engraçado. Entendem?

— Sim — disse Marinville. — Eu entendo muito bem, David. Continue.

— Os irmãos sentiram tudo isso em redor, a coisa que saía daquela câmara, mas não como uma coisa dentro deles, não naquela hora. Um dos *can tahs* tinha caído aos pés de Ch'an. Ele se abaixou pra pegar, e Shih impediu. A essa altura, eram os únicos que pareciam sãos. A maioria dos outros que não tinham sido afetados imediatamente tinham sido mortos, e uma coisa... como uma cobra de fumaça... vinha saindo do buraco. Fazia um barulho agudo, e os irmãos fugiram dela. Um dos brancos vinha descendo o corte uns 15 metros acima, de arma na mão. "Que zoada é essa, seus china?", perguntou.

Cynthia sentiu um arrepio na pele. Procurou a mão de Steve e sentiu um alívio quando os dedos dele se dobraram sobre os dela. O menino não tinha apenas emitido a voz do mal-humorado capataz; parecia na verdade falar com a voz de outra pessoa.

— "Vamos lá, meus camaradas, volta tudo pro trabalho, senão leva uma bala nas tripa."

"Mas quem acabou levando o tiro foi ele. Ch'an pegou o cara pelo pescoço e Shih tomou a arma dele. Encostou a arma aqui — enfiou o dedo embaixo do queixo — e estourou a cabeça do cara."

— David, você sabe o que eles estavam pensando quando fizeram isso? — perguntou Marinville. — Seu amigo do sonho pôde levar você até aí?

— A maior parte eu mesmo vi.

— Os tais *can tahs* devem ter se apossado deles, afinal — disse Ralph. — De outro modo, não teriam atirado num branco. Não importa *o que* estivesse acontecendo ou o quanto quisessem sair.

— Talvez — disse David. — Mas acho que Deus estava neles também, como está com a gente agora. Deus podia levá-los a fazer o trabalho dele, não importa se estavam *mi en tak* ou não, porque... *mi him en tow*... nosso Deus é forte. Entendem?

— Acho que sim — disse Cynthia. — O que aconteceu depois, David?

— Os irmãos subiram na mina, apontando o revólver do capataz pra quem tentasse deter ou diminuir a marcha deles. Não tinha muita gente; até os outros caras brancos mal olharam pra eles quando passaram. Todos queriam ver o que estava acontecendo, o que os mineiros tinham descoberto. Aquilo atraía eles, sabe. Vocês *entendem*, não?

Os outros assentiram.

— A uns 20 metros da boca, os irmãos Lushan pararam e atacaram a parede suspensa. Não conversaram entre si; viram picaretas e pás e puseram mãos à obra.

— O que é uma parede suspensa? — perguntou Steve.

— O teto de um túnel de mina e a terra acima — disse Marinville.

— Os dois trabalharam feito loucos — continuou David. — A terra estava tão fofa que logo começou a cair do teto, mas o teto não cedia. Os gritos, uivos e risadas que vinham lá de baixo... eu sei as palavras por sons que ouvi, mas não posso descrever como eram horríveis. Alguns mudavam de humanos pra outra coisa. Eu vi um filme uma vez, sobre um médico numa ilha tropical que transformava bichos em homens...

Marinville balançou a cabeça.

— *A Ilha do Dr. Moreau.*

David disse:

— Os sons que eu ouvi do fundo da mina... que eu ouvi com os ouvidos dos irmãos Lushan... eram como os desse filme, só que ao contrário. Como se os homens estivessem virando bichos. Acho que estavam. Acho que é o que os *can tahs* fazem. É pra isso que servem.

"Os irmãos... eu os vejo, dois chineses quase tão iguais que parecem gêmeos, os rabichos pendurados nas nucas suadas, parando, olhando pra cima e atacando a parede que devia ter desabado após cinco picaretadas, mas não desabou, olhando pro poço atrás a cada duas ou três picaretadas pra ver quem vinha vindo. Pra ver *o que* vinha vindo. Pedaços do teto caíam na frente deles em grandes blocos. Às vezes *em cima* deles, também, e logo, logo estavam com os ombros sangrando, e a cabeça... o sangue escorria pelo rosto deles, o pescoço e o peito também. A essa altura vinham outros sons lá de baixo. Coisas rugindo. Coisas *esmagando*. E ainda assim o teto não queria vir abaixo. Aí começaram a ver luzes mais embaixo... talvez velas, talvez os *senes* que os chefes de equipe usavam."

— O quê...? — começou Ralph.

— *Quero*senes. Eram como essas caixinhas de luz a óleo que se amarra na testa com uma tira de couro. Botam um pedaço de pano por baixo pra não queimar a pele. Foi quando alguém saiu correndo das trevas, alguém que eles conheciam. Era Yuan Ti. Era um cara engraçado, eu acho... fazia bichos com pedaços de pano e fazia espetáculos com eles pras crianças. Yuan Ti tinha ficado louco, mas não era só isso. Estava *maior*, tão grande que tinha de se dobrar quase em dois pra subir o poço. Jogava pedras neles, xingando-os em cantonês, condenando os ancestrais deles, mandando parar com o que estavam fazendo. Shih atirou nele com o revólver do capataz. Teve de atirar muito até Yuan Ti cair e morrer. Mas os outros vinham vindo, queriam o sangue deles. Tak sabia o que eles estavam fazendo, vocês entendem.

David olhou para eles, parecendo estudá-los. Tinha olhos sonhadores, meio em transe, mas Cynthia não sentia que o menino tinha deixado de vê-los. De certa forma, isso era o pior que acontecia ali. David os via muito bem... e o mesmo acontecia com a força dentro dele, a que ela ouvia às vezes passando ao primeiro plano para esclarecer partes da história que David talvez não tivesse entendido direito.

— Shih e Ch'an voltaram a atacar a parede suspensa, metendo as picaretas feito loucos... o que aconteceria antes que acabassem. A essa altura, o teto em que trabalhavam parecia uma abóbada — David fez movimentos curvos com as mãos, e Cynthia viu que os dedos tremiam —, e eles não alcançavam mais tão bem com as picaretas. Assim, Shih, o mais velho, subiu nos ombros do irmão e continuou cavando. A terra chovia em cima deles, tinha uma pilha quase da altura dos joelhos deles à frente, e ainda assim o teto não desabava.

— Eles estavam possuídos por Deus, David? — perguntou Marinville. Não havia agora sarcasmo em sua voz. — Possuídos *por* Deus? O que você acha?

— Acho que não — disse David. — Acho que Deus não *tem* de possuir, é isso que faz dele Deus. Acho que eles queriam o que Deus queria... manter o Tak embaixo da terra. Botar o teto abaixo entre eles e Tak, se pudessem.

"De qualquer modo, viram *senes* subindo da mina. Ouviam gente gritando. Uma multidão. Shih deixou a parede suspensa e atacou uma das traves de sustentação com o cabo da picareta. Os mineiros que vinham de baixo jogavam pedras neles, e muitas atingiram Ch'an, mas ele continuou firme com o irmão em cima dos ombros. Quando a trave de sustentação finalmente veio abaixo, o teto desceu com ele. Ch'an ficou enterrado até os joelhos, mas Shih foi jogado longe, livre. Puxou o irmão. Ch'an estava seriamente ferido, mas não tinha nada quebrado. E estavam do lado certo do desabamento das rochas... isso parecia ser o importante. Eles ouviam os mineiros... amigos, primos, e no caso de Ch'an Lushan, a noiva... gritando pra serem soltos. Ch'an na verdade começou a tirar algumas pedras antes que Shih o arrastasse e o convencesse a parar.

"Ainda *conseguiam* raciocinar, vocês entendem.

"Aí, como se as pessoas presas do lado de Tak do desabamento soubessem que tinha acontecido isso, os gritos de socorro mudaram pra berros e uivos. Sons de... bem, de gente que na verdade não era mais gente de jeito nenhum. Ch'an e Shih correram. Encontraram pessoas... algumas brancas, outras chinesas... entrando quando saíam. Ninguém perguntou nada, a não ser o mais óbvio, que era o que havia acontecido, e como a resposta era igualmente óbvia, eles não tiveram problemas. Era um desabamento, tinha gente presa, e a última coisa pra que as pessoas ligavam no momento era pra dois chinas que conseguiram sair em cima da hora."

David tomou o resto do refrigerante e pôs a garrafa vazia de lado.

— Tudo que o sr. Billingsley contou à gente é parecido — disse. — Verdade, equívoco e pura e simples mentira, tudo misturado.

— O termo técnico para isso é "origem das lendas" — disse Marinville, com um sorriso leve e tenso.

— Os mineiros e o pessoal da cidade ouviam os chineses berrando por trás da parede feita pelo teto suspenso desabado, mas não ficaram parados; *tentaram* desenterrá-los, e *tentaram* escorar os primeiros 20 metros, mais ou menos. Mas aí veio outro desabamento, menor, e outras traves de sustentação caíram. Por isso eles recuaram e esperaram que chegassem os especialistas de Reno. Não teve nenhum piquenique na boca da mina: é uma mentira deslavada. Mais ou menos quando os engenheiros já saíam de cena em Desespero, houve dois afundamentos, afundamentos *mesmo*, dos grandes, lá na mina. O primeiro foi do lado da boca da parede suspensa que os irmãos Lushan tinham derrubado. Isso tapou os últimos 20 metros do poço como uma rolha numa garrafa. E o impacto que causou ao cair... toneladas e toneladas de rocha porosa... provocou outro, mais embaixo. Isso acabou com os gritos, pelo menos os suficientemente próximos da superfície pras pessoas ouvirem. Tudo acabou antes que os engenheiros de minas deixassem a cidade num vagão de minério. Eles olharam, enterraram alguns bastões, ouviram a história, e quando souberam do segundo afundamento, que as pessoas diziam que fez tremer o chão como um terremoto e os cavalos recuarem, balançaram a cabeça e disseram que na certa não restava mais ninguém vivo pra resgatar. E mesmo que restasse, iam arriscar mais vidas que as que podiam esperar salvar se tentassem voltar lá.

— E *eram* apenas chineses — disse Steve.

— Certo, chininhas lig-lig-lé. Nisso o sr. Billingsley estava certo. E enquanto tudo isso acontecia, os dois chinas que *tinham* escapado estavam no deserto perto de Rose Rock, enlouquecendo. A coisa acabou os pegando, sabe. Alcançou-os. Foram quase duas semanas até eles voltarem a Desespero, não três dias. *Foi* mesmo no Lady Day que eles entraram. Estão vendo como ele misturou a verdade com mentiras? Mas não mataram ninguém lá. Shih mostrou o revólver do capataz, que estava vazio, e foi o que bastou. Os dois foram derrubados por todo um bando de mineiros e vaqueiros. Estavam nus, a não ser por uma tanga. Cobertos de sangue. Os homens do Lady Day acharam que aquele sangue era de todas as pessoas que eles tinham matado, mas não era. Eles estavam no deserto, chamando os bichos... como Tak chamou o puma que o senhor matou, sr. Marinville. Só que os irmãos Lushan não os queriam pra nada disso. Só queriam comer. Comeram o que encontraram: morcegos, urubus, aranhas, cascavéis.

David levou a mão trêmula ao rosto e enxugou primeiro o olho esquerdo, depois o direito.

— Sinto muito pelos irmãos Lushan. E sinto como se os conhecesse um pouco. Como devem ter se sentido. Como devem ter ficado agradecidos, de certa forma, quando a loucura por fim se apoderou completamente deles e não tiveram de pensar mais.

"Acho que podiam ter ficado lá no pé das montanhas Desatoya praticamente pra sempre, mas eles eram só o que Tak tinha, e Tak está sempre faminto. Mandou-os pra cidade, porque não podia fazer mais nada. Um deles, Shih, foi morto ali mesmo no Lady Day. Ch'an foi enforcado dois dias depois, onde tinha aquelas três bicicletas de cabeça pra baixo na rua... Lembram? Esbravejou na língua de Tak, a língua das coisas informes, até o fim. Arrancou o capuz da cabeça, e tiveram de enforcá-lo de cara limpa."

— Menino, esse seu Deus, que cara! — disse Marinville, sorrindo. — Sabe mesmo como pagar um favor, não sabe, David?

— Deus é cruel — disse David, numa voz quase baixa demais para ser ouvida.

— Como? — perguntou Marinville. — O que foi que você disse?

— O senhor sabe. Mas a vida é mais que determinar um curso pra contornar a dor. É uma coisa que o senhor já sabia, sr. Marinville. Não sabia?

Marinville desviou o olhar para o canto do furgão e não disse nada.

4

A primeira coisa de que Mary teve consciência foi um cheiro — adocicado, rançoso, nauseante. *Oh, Peter, que porra,* pensou para si mesma meio grogue. *É o freezer, tudo se estragou!*

Só que isso não estava certo; o freezer tinha quebrado na viagem deles a Maiorca, e isso tinha sido muito tempo atrás, antes do aborto. Muita coisa tinha acontecido desde então. Muita coisa tinha acontecido recentemente, na verdade. A maior parte ruim. Mas o quê?

O centro de Nevada está cheio de gente intensa.

Quem disse isso? Marielle? Em sua cabeça, sem dúvida soava como Marielle.

Não importa, se é verdade. E é, não é?

Ela não sabia. Não *queria* saber. O que mais queria era voltar à escuridão da qual parte dela tentava sair. Porque havia vozes

(*são uma turma safada*)

e sons

(*ric-ric-ric*)

em que não queria pensar. Melhor simplesmente ficar ali deitada e...

Alguma coisa correu pelo seu rosto. Parecia leve e peluda. Mary se sentou, dando tapas no rosto com as duas mãos. Uma enorme pontada de dor varou-lhe a cabeça, pontos luminosos espocaram em sua visão, em sincronia com a elevação das batidas cardíacas, e ela teve um clarão igualmente forte de lembrança, que até Johnny Marinville teria admirado.

Bati o braço quebrado ao botar outro caixote pra subir.

Aguenta aí, vai entrar num minuto.

E então foi agarrada. Por Ellen. Não; pela coisa

(*Tak*)

que estava *usando* Ellen. Essa coisa a tinha puxado e depois bum, bum, lá se foram as luzes.

E num sentido bastante literal, ainda estavam apagadas. Ela precisou abrir e fechar as pálpebras várias vezes para se assegurar de que tinha os olhos abertos.

Ah, estão abertos, sim. Talvez esteja apenas escuro aqui... mas talvez você esteja cega. Que tal isso como uma bela ideia, Mare? Talvez ele tenha golpeado com força suficiente pra cegar vo...

Havia alguma coisa no dorso de sua mão. Correu até a metade e parou, parecendo pulsar sobre a pele. Mary emitiu um som de repulsa, a língua colada no céu da boca, e sacudiu loucamente a mão no ar, como uma mulher mandando embora uma pessoa irritante. A pulsação desapareceu: a coisa nas costas da mão sumiu. Mary ficou de pé, provocando outro tinido de dor na cabeça, que mal notou. Havia *coisas* ali, e ela não tinha tempo para uma simples dor de cabeça.

Virou-se devagar, aspirando aquele nauseante cheiro adocicado tão semelhante ao que sentiu com Pete quando voltaram para casa das miniférias nas ilhas Baleares. Os pais de Pete tinham lhes dado a viagem como presente de Natal depois do casamento, e foi sensacional... até que chegaram de volta e, malas na mão, o cheiro os atingira como um punho. Haviam perdido tudo: dois frangos, as costeletas e os bifes que ela havia comprado no açougue barato que tinha descoberto no Brooklyn, os bifes de vitela que Don, amigo de Peter, lhes tinha dado, os potes dos morangos que tinham colhido na casa de Mohonk Mountain no verão passado. Aquele cheiro... tão parecido...

Uma coisa que parecia do tamanho de uma noz de nogueira caiu-lhe no cabelo.

Ela gritou, a princípio batendo com a palma da mão. Não adiantou, por isso enfiou os dedos nos cabelos e agarrou o que quer que fosse. A coisa se contorceu e explodiu entre os dedos. Um líquido grosso esguichou na palma da mão. Ela desgrudou o corpo frágil e murcho dos cabelos e sacudiu-o da palma. Ouviu-o bater em alguma coisa.. *paf*. Sentia a palma quente e coçando, como se houvesse pegado em urtiga. Esfregou-a no jeans.

Oh, Deus, não deixe que eu seja a próxima, pensou. *Aconteça o que acontecer, não deixe que eu acabe como o policial. Como Ellen.*

Conteve o impulso de simplesmente correr na escuridão que a cercava. Se fizesse isso, podia quebrar a cabeça, se estripar em alguma coisa ou se empalar, como uma personagem dispensável num filme de terror, em algum grotesco equipamento de mineração. Mas mesmo isso não era o pior. O pior era que poderia haver mais alguma coisa além das que corriam de um lado para outro ali com ela. Alguma coisa que apenas esperava que ela entrasse em pânico e corresse.

Esperava de braços estendidos.

Agora tinha a sensação — talvez fosse apenas imaginação, mas no fundo ela sabia que não era — de movimentos sorrateiros em toda a sua volta. Um farfalhar na esquerda. Um arrastar na direita. Ouviu um súbito guincho abafado atrás, que acabou antes que ela gritasse.

Esse último não foi nada vivo, disse a si mesma. *Pelo menos acho que não. Acho que foi uma bola de capim seco batendo em metal e arranhando. Acho que estou em alguma construção, em alguma parte. Ela me pôs num pequeno prédio por segurança e a geladeira está desligada, como as luzes, e as coisas dentro se estragaram.*

Mas se Ellen era Entragian num novo corpo, por que ele/ela não a tinha posto de novo na cela onde a pusera no início? Por que ele/ela receava que os outros a encontrassem lá e a soltassem de novo? Era um motivo tão plausível quanto qualquer outro que pudesse imaginar, e continha também um fio de esperança. Apegando-se a ele, Mary começou a andar devagar, as mãos estendidas.

Pareceu caminhar assim um longo tempo — anos. Continuava esperando que alguma coisa a tocasse, e por fim aconteceu. Bateu em seu sapato. Mary ficou paralisada. Finalmente, a coisa se afastou. Mas o que se seguiu foi ainda pior: um chocalhar baixo e seco vindo da escuridão mais ou menos da esquerda. Até onde ela sabia, só uma coisa chocalhava daquele jeito. O som não parou exatamente, mas pareceu morrer na distância, como o canto de uma cigarra numa quente tarde de agosto. Voltou o guincho baixo. Desta vez teve certeza de que era uma bola de capim seco arranhando metal. Estava num prédio da mineradora, talvez no Quonset onde Steve e a garota de cabelos alucinados, Cynthia, tinham visto a estatueta de pedra que tanto os assustara.

Mexa-se.

Não posso. Tem uma cascavel aqui. Talvez mais de uma. Provavelmente *mais de uma.*

Mas não é só o que tem aqui. Melhor se mexer, Mary.

A palma da mão pulsava furiosamente onde a coisa que tinha caído em seus cabelos explodiu. O coração vibrava nos ouvidos. Tão devagar quanto podia, ela recomeçou a avançar aos centímetros, mãos estendidas. Ideias e imagens terríveis a acompanhavam. Via uma cobra da grossura de um cabo de força pendurada numa trave bem à frente, as presas escancaradas, a língua bifurcada dançando. Ia andar direto para ela e só saberia quando lhe batesse no rosto, injetando o veneno direto em seus olhos. Via o demônio do armário de sua infância, um bicho-papão que por algum motivo ela chamava de Zé da Maçã, encolhido no canto com a cara parda da fruta toda arreganhada, sorrindo, esperando que ela caísse em seu abraço mortal; o último cheiro que ela sentiria seria o citroso aroma dele, no momento disfarçado pelo de coisa podre, quando a abraçasse até a morte, o tempo todo cobrindo seu rosto com úmidos beijos de tio. Via um puma, como o que matou o coitado do velho Tom Billingsley, agachado num canto balançando a cauda. Via Ellen, com um gancho de pegar fardos numa mão e um leve sorriso de espera que parecia o próprio gancho, simplesmente contando tempo até Mary chegar perto o bastante para ser espetada.

Mas o que mais via eram cobras.

Cascavéis.

Os dedos tocaram alguma coisa. Ela arquejou e quase recuou, mas eram apenas os nervos; a coisa era dura, não viva. Uma quina reta da altura de seu tórax. Uma mesa? Coberta com um encerado? Achava que sim. Correu os dedos por cima e se obrigou a ficar parada quando uma das coisas corredoras a tocou. Arrastou-se por cima de sua mão até o pulso, quase certamente um tipo de aranha, e se foi. Ela continuou a passar a mão, e havia outra coisa investigando-a, mais uma das coisas que Audrey chamara de "vida animal". Não era uma aranha. Essa, fosse o que fosse, tinha garras e uma superfície dura.

Mary se obrigou a ficar quieta, mas não conseguiu inteiramente; um gemido baixo, desesperado, escapou-lhe dos lábios. O suor lhe escorreu pela testa e faces como óleo de motor quente, fez arder os olhos. Então a coisa em sua mão deu um aperto obsceno e desapareceu. Ela conseguia ouvi-la se arrastando com estalidos pela mesa. Tornou a mover a mão, resistindo ao clamor da mente para puxá-la. Se puxasse, que aconteceria? Ficaria ali tremendo na escuridão, até que os sons sorrateiros à sua volta a enlouquecessem e a fizessem correr em círculos de pânico e cair inconsciente de novo?

Havia um prato — não, uma tigela — com alguma coisa dentro. Sopa cristalizada? Correu os dedos em redor e encontrou uma colher. Sim, sopa. Tateou adiante, tocou alguma coisa que podia ser um saleiro ou pimenteiro, depois outra mole e flácida. Lembrou-se de repente de uma brincadeira que faziam nas festinhas quando era pequena em Mamaroneck. Uma brincadeira para ser feita no escuro. *São as tripas do morto*, passe a gelatina fria e cante *São os miolos do morto*.

A mão tocou uma coisa dura e cilíndrica, que caiu com um chocalhar que ela logo reconheceu... ou teve esperanças de reconhecer: pilhas no tubo de uma lanterna.

Por favor, Deus, pensou, tateando em busca. *Oh, Deus, que seja o que parece.*

Veio de novo o guincho lá de fora, mas ela mal o ouviu. A mão tocou um pedaço de carne fria,

(*é o rosto do morto*)

mas ela mal o sentiu. O coração martelava no peito, na garganta, até nas narinas.

Pronto! Pronto!

Metal frio, liso, tentou escorregar para longe da mão, mas ela o apertou com força. Sim, uma lanterna; sentia o interruptor na teia de pele entre o polegar e o indicador.

Agora, que funcione, Deus. Por favor, está bem?

Ligou o interruptor. A luz saltou num cone que se alargava, e o coração cessou de martelar nos ouvidos por um momento. *Tudo* cessou por completo.

A mesa era comprida, coberta com equipamentos de laboratório e amostras de pedras numa ponta e uma toalha de mesa quadriculada na outra. Aquela ponta tinha sido arrumada, como para jantar, com uma tigela de sopa, um prato, talheres e um copo d'água. Uma grande aranha negra tinha caído no copo d'água e não conseguia sair; contorcia-se e arranhava inutilmente. De vez em quando mostrava a ampulheta vermelha do papo. Outras aranhas, sobretudo viúvas-negras, espalhavam-se pela mesa. Entre elas havia escorpiões, indo de um lado para outro como negociadores, os ferrões curvados sobre as costas. Sentado à ponta da mesa estava um homem grande e calvo com uma camiseta da Empresa de Mineração Diablo. Tinha levado um tiro à queima-roupa na garganta. A coisa dentro da tigela de sopa, a coisa que ela tinha tocado com os dedos, não era sopa, mas o sangue coagulado dele.

O coração de Mary religou-se, mandando o sangue dela como um jorro para a cabeça, como um pistão, e de repente o leque amarelo de luz começou a ficar vermelho e instável. Ela ouviu um tinido alto e agradável nos ouvidos.

Não desmaie, não se atreva...

O raio da lanterna virou para a esquerda. No canto, sob um cartaz que dizia VÃO EM FRENTE, PROÍBAM A MINERAÇÃO, DEIXEM OS SACANAS CONGELAREM NA ESCURIDÃO!, havia um ninho de cascavéis. Ela correu o facho pela parede de metal, passando por congregações de aranhas (algumas das viúvas-negras que via eram do tamanho da sua mão), e no outro canto aninhavam-se mais serpentes. O torpor diurno tinha passado, e elas se contorciam emboladas, formavam nós de todos os tipos, de vez em quando agitando as caudas.

Não desmaie, não desmaie, não desmaie...

Ela virou com a lanterna e, quando a luz bateu nos outros três cadáveres que ali estavam, entendeu várias coisas ao mesmo tempo. O fato de que descobriu a origem do mau cheiro era apenas a mínima delas.

Os cadáveres no pé da parede estavam em adiantado estado de decomposição, fervilhantes de vermes, mas não tinham simplesmente sido jogados ali. Estavam alinhados... talvez até ordenados. As mãos inchadas, enegrecidas, haviam sido cruzadas sobre o peito. O homem do meio *era* negro mesmo, ela pensou, embora fosse impossível ter certeza. Não o conhecia, nem o da direita, mas o da esquerda do negro ela conhecia, *sim*, apesar dos vermes e da decomposição. Em sua mente, ela ouviu-o misturando *Vou matar você* na recitação do aviso da Lei Miranda.

Enquanto olhava, uma aranha saiu da boca de Collie Entragian.

O facho de luz tremia quando ela o passou de novo pela fila de cadáveres. Três homens. Três homens *grandes*, nem um deles com menos de dois metros.

Eu sei por que estou aqui e não na cadeia, ela pensou. *E sei por que não fui morta. Sou a seguinte. Quando a coisa acabar com Ellen... eu serei a seguinte.*

Mary começou a gritar.

5

A câmara *an tak* fulgia com uma fraca luz vermelha que parecia vir do próprio ar. Uma coisa que ainda parecia um pouco Ellen Carver atravessou-a, acompanhada por um séquito de escorpiões e aranhas. Acima dela, em torno dela, as caras de pedra dos *can taks* espiavam. Diante dela estava o *pirin moh*, uma fachada que parecia um pouco a frente de uma *hacienda* mexicana. Na frente da fachada, o poço — o *ini*, poço dos mundos. A luz talvez viesse dali, mas era impossível ter certeza. Coiotes e urubus postavam-se em torno da boca do *ini*. De vez em quando, uma das aves sacudia as penas ou um dos coiotes espetava uma orelha para cima; não fossem esses movimentos, poderiam ser tomados por estátuas eles próprios.

O corpo de Ellen andava devagar; a cabeça balançava frouxa. A dor pulsava forte na barriga. O sangue escorria pelas pernas em fios finos e constantes. A coisa tinha enfiado uma camiseta de algodão rasgada dentro da calcinha de Ellen, e isso ajudou por algum tempo, mas a camiseta já estava encharcada. A coisa deu azar, e não apenas uma vez. O primeiro tinha câncer de próstata, não diagnosticado, e o apodrecimento tinha começado por ali, se espalhando pelo corpo com tão inesperada rapidez que a coisa deu sorte de chegar a Josephson a tempo. Josephson durou um pouco mais, e Entragian — um espécime quase perfeito —, mais ainda. E Ellen? Ela sofria de candidíase. Só candidíase, nada fora do plano comum das coisas, mas tinha sido o suficiente para iniciar a queda dos dominós, e agora...

Bem, ali estava Mary. A coisa ainda não ousava tocá-la, não enquanto não soubesse o que os outros iam fazer. Se o escritor vencesse e os levasse de volta à rodovia, ela entraria em Mary e pegaria um dos ATVs (carregado com o máximo de *can tahs* que pudesse transportar) e iria para as montanhas. Já sabia aonde ir: Alphaville, uma comunidade de vegetarianos nas montanhas Desatoya.

Não seriam vegetarianos por muito tempo depois que Tak chegasse.

Se o desgraçado do rezadorzinho prevalecesse e viessem para o sul, Mary serviria de isca. Ou refém. Mas de nada serviria se não mais fosse humana.

A coisa sentou na borda do *ini* e ficou olhando para dentro. O *ini* tinha a forma de um funil, as paredes irregulares descendo umas ao encontro das outras até, uns 2,5 metros ou três abaixo, nada restar dos quase 40 metros de diâmetro da boca além de um buraco de alguns centímetros. Uma luz rubra maligna, quase forte demais para se olhar, projetava-se desse buraco em pulsações. O buraco parecia um olho.

Um dos urubus tentou deitar a cabeça no colo de Ellen, que recendia a sangue; a coisa empurrou-o. Tak esperava que olhar o buraco o acalmasse, o ajudasse a decidir o que fazer em seguida (pois o *ini*, na verdade, era onde morava; Ellen Carver não passava de um posto avançado), mas isso pareceu apenas aumentar sua agitação.

Tudo estava na iminência de dar seriamente errado. Em retrospecto, ela via claramente que uma outra força podia estar atuando contra ela desde o início.

A coisa tinha medo do menino, sobretudo em sua atual debilidade. Acima de tudo, aterrorizava-a a possibilidade de ficar de novo inteiramente trancada atrás da estreita garganta do *ini*, como um gênio numa garrafa. Mas não tinha de ser assim. Mesmo que o menino os trouxesse, não tinha de ser. Os outros estariam enfraquecidos por suas dúvidas, e o menino por suas preocupações humanas — sobretudo com a mãe —, e se o menino morresse, ela poderia fechar de novo a porta para o mundo externo e depois pegar os outros. O escritor e o pai do menino teriam de morrer, mas os dois mais jovens ela tentaria sedar e salvar. Podia muito bem precisar dos corpos deles depois.

A coisa balançou para a frente, indiferente ao sangue que fluía entre as coxas de Ellen, como tinha sido indiferente aos dentes que caíam da cabeça ou aos três nós de dedos que haviam explodido como castanhas de pinho na lareira quando ela bateu no queixo de Mary. Olhava para dentro do funil do poço, para o comprimido olho vermelho no fundo.

O olho de Tak.

O menino *podia* morrer.

Afinal, *não passava* de um menino... não era um demônio, nem um deus, nem um salvador.

Tak se curvou mais sobre o funil com seus lados de cristal irregulares e sua turva luz avermelhada. Agora ouvia um som, muito fraco — uma espécie de murmúrio baixo, atonal. Era um som bobo... mas também maravilhoso, absorvente. A coisa fechou os olhos roubados e inspirou profundamente, sugando a força que sentia, tentando aspirar o máximo que pudesse, querendo diminuir — pelo menos por enquanto — aquela degeneração do corpo. Ia precisar de Ellen mais um pouco. E além disso, agora sentia a paz do *ini*. Finalmente.

— *Tak* — sussurrou para as trevas. — *Tak en tow ini, tak ah lah, tak ah wan.*

Depois, ficou em silêncio. De lá de baixo, no fundo do rubro silêncio murmurante do *ini*, veio o som molhado de alguma coisa deslizando.

Capítulo Dois

1

David disse:

— O homem que me mostrou tudo isso, o homem que me guiou, me mandou dizer a vocês que nada disso é destino. — Abraçava os joelhos, tinha a cabeça baixa; parecia falar para os próprios tênis. — De certa forma, é o que é mais apavorante. Pie está morta, e o sr. Billingsley, e todos os outros de Desespero, porque um homem odiava o Departamento de Segurança e Saúde da Mineradora e outro era curioso demais e odiava ficar preso à sua mesa. Só isso.

— E Deus contou tudo isso a você? — perguntou Johnny.

O menino fez que sim com a cabeça, ainda sem erguer o olhar.

— Quer dizer que estamos falando de uma minissérie aqui — disse Johnny. — O Episódio Um são os Irmãos Lushan, o Dois é Josephson, o Recepcionista Andarilho. Vão adorar na ABC.

— Por que você não cala a boca? — perguntou Cynthia em voz baixa.

— Notícias de outra terra! — exclamou Johnny. — Essa jovem, essa estradeira de princípios, essa sensacional chama de engajamento, vai explicar agora, com fotos e acompanhamento do famoso conjunto de rock Pearl Jam...

— Cala a porra dessa boca — disse Steve.

Johnny olhou-o, emudecido de choque.

Steve encolheu os ombros, sem graça, mas sem recuar.

— A hora de fingir que não está vendo passou. Você tem de parar com isso. — Olhou de volta para David.

— Essa parte eu sei mais — disse David. — Mais do que quero, na verdade. Entrei nele. Entrei na cabeça dele. — Fez uma pausa. — Ripton. Era assim que se chamava. Foi o primeiro.

E ainda olhando, por entre os joelhos inclinados, os tênis embaixo, David começou a falar.

2

O homem que odeia o Departamento de Segurança e Saúde da Mineradora é Cary Ripton, capataz de mina da nova Operação Cascavel. Tem 48 anos, meio calvo, olhos fundos, cínico, quase sempre sofrendo dores ultimamente, um homem que queria desesperadamente ser engenheiro de minas, mas não tinha matemática suficiente e acabou em vez disso nesse posto, dirigindo uma mina a céu aberto. Metendo ANFO nos buracos de explosão e tentando não estrangular a saltitante bichinha do DSSM, quando ela aparece nas tardes de terça-feira.

Quando Kirk Turner entra no escritório de campo nessa tarde, o rosto ardendo de excitação, e lhe diz que a última sequência de explosões descobriu uma velha mina de perfuração, que há ossos lá dentro e podem vê-los, o primeiro impulso de Ripton é mandá-lo organizar um grupo de voluntários, pois vão entrar. Todos os tipos de possibilidades dançam em sua cabeça. É um profissional velho demais para fantasias infantis sobre minas de ouro perdidas e tesouros de artefatos indígenas, velho demais, mas quando sai com Turner, parte dele está pensando nessas coisas mesmo assim.

O grupo de homens reunidos ao pé do recém-revirado campo de explosões, olhando o buraco que a última operação abriu, é pequeno: sete ao todo, incluindo Turner, o chefe de turma. Menos de noventa homens trabalham agora para a Empresa de Mineração de Desespero. No próximo ano, se derem sorte — se a produção de cobre e os preços continuarem em alta —, talvez haja quatro vezes esse número.

Ripton e Turner vão até a borda do buraco. Dali sai um estranho cheiro de umidade, que Cary Ripton associa ao gás das minas de Kentucky e West Virginia. E, sim, há ossos. Ele os vê espalhados até o fundo da torta e descendente escuridão de uma antiquada mina de perfuração, e, embora não se possa ter certeza sobre todos eles, vê uma caixa torácica quase com certeza humana. Mais atrás, tentadoramente próxima, mas ainda um pouco longe demais mesmo para uma lanterna potente mostrar com clareza, há alguma coisa que pode ser uma caveira.

— *O que é isso?* — *pergunta Turner.* — *Tem alguma ideia?*

Claro que ele tem; é Cascavel Número Um, a velha mina da China. Ele abre a boca para dizer isso e torna a fechá-la. Não é coisa para um peão de explosão como Turner, e certamente tampouco para sua turma, garotos da nitro que passam o fim de semana em Ely jogando, pegando prostitutas, bebendo... e falando, claro. Falando de tudo e de nada. Tampouco pode levá-los lá para dentro. Acha que eles iriam, a curiosidade os impeliria, apesar dos óbvios riscos envolvidos (uma mina de perfuração tão antiga, correndo embaixo do chão assim instável, merda, um berro forte poderia ser o bastante para fazer desabar o teto), mas o boato chegaria à saltitante bichinha do DSSM na mesma hora, e, quando chegasse, perder o emprego seria a mínima das preocupações de Ripton. A bicha do DSSM (só vento e nenhuma substância, como o define Frank Geller, o engenheiro-chefe de mineração) não gosta mais de Ripton do que Ripton dele, e o capataz que chefiar uma expedição até a mina da China, há tempos soterrada, hoje pode se ver num tribunal federal, enfrentando uma multa de cinquenta mil dólares e uns possíveis cinco anos na cadeia, duas semanas depois. Pelo menos nove regulamentos proíbem expressamente a entrada em "estruturas inseguras e não escoradas". O que, claro, é o caso desta.

Contudo, aqueles ossos e os velhos sonhos o chamam como perturbadas vozes da infância, como o espectro de toda ambição frustrada que já teve, e ele sabe mesmo então que não vai entregar mansamente a mina da China à empresa e aos putos federais sem pelo menos dar uma boa olhada lá dentro por si mesmo.

Dá instruções a Turner, que fica amargamente decepcionado, mas nem discute (entende tão bem a DSSM quanto Ripton... talvez, como peão de explosões, mais ainda), e manda pôr faixas amarelas com a inscrição ÁREA RESTRITA na abertura. Depois volta-se para o resto da turma e lembra-lhes que a mina recém-descoberta, que pode se revelar um tesouro histórico e arqueológico, está em terras da EMD.

— Não espero que mantenham isso em segredo pela vida toda — diz-lhes —, mas como um favor pessoal a mim, eu gostaria que ficassem de boca fechada nos próximos dias. Mesmo com suas mulheres. Deixem-me comunicar ao chefe. Isso deve ser fácil, pelo menos... Symes, o controlador, está vindo de Phoenix na semana que vem. Fazem isso por mim?

Eles dizem que sim. Nem todos serão capazes de manter a promessa mesmo por 24 horas, claro — certas pessoas simplesmente não sabem guardar segredo —, mas Ripton acha que impõe bastante respeito entre eles para comprar 12 horas... e quatro provavelmente serão o bastante. Quatro horas após largarem o serviço. Quatro horas ali dentro sozinho, com uma lanterna, uma câmera e um carrinho elétrico para qualquer suvenir que decida recolher. Quatro horas com todas aquelas fantasias de infância nas quais é macaco velho demais para pensar. E se o teto escolher esse momento, após quase 140 anos e incontáveis explosões abalando o solo em toda a sua volta, para ceder? Tudo bem. Ele é um homem sem esposa, filhos, pais e com dois irmãos que esqueceram que ele está vivo. Tem uma insinuante desconfiança de que não estará perdendo tantos anos assim, de qualquer forma. Vem se sentindo uma merda já há quase seis meses, e ultimamente passou a urinar sangue. Não muito, mas mesmo um pouco parece muito quando é o da gente que a gente vê na privada.

Se eu sair disso, talvez vá ver um médico, *pensa*. Talvez tome isso como um sinal e vá à porra do médico. Que tal?

Turner quer fazer algumas fotos da mina descoberta depois da hora do trabalho. Ripton deixa-o. Parece a maneira mais fácil de se livrar dele.

— Até onde você acha que a gente perfurou? — pergunta Turner, parado dois palmos além da fita amarela e fazendo fotos com sua Nikon; fotos que, sem flash, vão mostrar apenas um buraco negro e alguns ossos espalhados que poderiam pertencer a um alce.

— Não tem como saber — diz Ripton. Na mente, faz o inventário do equipamento que vai levar consigo.

— Você não vai fazer nenhuma besteira depois que eu for embora, vai? — pergunta Turner.

— Não — diz Ripton. — Eu respeito demais a segurança da mineração pra até mesmo pensar uma coisa dessas.

— É, certo — diz Turner, rindo, e na madrugada seguinte bem cedo, por volta das duas da manhã, uma versão muito maior de Cary Ripton entrará no quarto dele e de sua esposa e atirará no homem dormindo. Na esposa também. Tak!

É uma noite atarefada para Cary Ripton. Uma noite de matança (nem um membro da turma de explosões de Turner vive para ver o sol da manhã), e uma noite de colocação dos can tahs; tirou um saco cheio deles quando deixou a mina, mais de cem ao todo. Alguns se quebraram, mas ele sabe que mesmo os fragmentos retêm parte de seu estranho e imprevisível poder. Passa a maior parte da noite colocando essas relíquias, deixando-as em cantos casuais, caixas de correspondência, porta-luvas de carros. Até em bolsos de calças! É! Quase ninguém fecha as portas de casa ali, quase ninguém fica acordado até tarde da noite, e não são só as casas da turma de explosões de Turner que Cary Ripton visita.

Ele volta à mina, sentindo-se tão exausto quanto Papai Noel voltando ao polo norte após a grande noite... só que o trabalho de Papai Noel acaba assim que os presentes foram distribuídos. O de Ripton está apenas começando. São 4h45; tem mais de duas horas antes que os membros da pequena turma de sábado de Pascal Martínez apareçam. Isso deve bastar, mas certamente não há tempo a perder. O corpo de Cary Ripton sangra tanto que ele tem de enfiar papel higiênico sob as roupas de baixo para absorvê-lo, e duas vezes ao sair da mina teve de parar e soltar uma golfada de sangue pela janela da caminhonete de Cary. Está toda lambuzada do lado. À primeira luz hesitante e de certa forma sinistra do dia que chega, o sangue seco parece sumo de tabaco.

Apesar da necessidade de se apressar, ele estaca por um momento junto ao que os faróis mostram quando chega ao fundo da mina. Fica parado atrás do volante da velha caminhonete, os olhos arregalados.

Há animais suficientes na encosta norte da mina da China para encher uma arca: lobos, coiotes, urubus calvos a saltar, corujas irrequietas com olhos que parecem grandes alianças de casamento; pumas e gatos-do-mato, e até uns poucos gatos de celeiro escanzelados. Há cachorros-do-mato com as costelas arqueadas contra a pele seca em detalhes cruéis — muitos escaparam da esfomeada comuna nas montanhas, ele sabe — e correndo em torno dos pés deles, sem serem molestados, hordas de aranhas e pelotões de ratos de olhos negros.

Cada animal que sai da mina da China traz um can tah na boca. Eles saltam, batem as asas e sobem correndo a estrada do poço como uma *multidão de fantásticos refugiados escapando de um mundo subterrâneo. Abaixo deles, sentados, pacientes como clientes num centro de redenção do Selo Verde dois dias antes do Natal — pegue uma senha e espere —, há mais animais. O que esperam é sua vez de entrar na escuridão.*

Tak põe-se a rir com as cordas vocais de Cary Ripton.

— Que barato! — *exclama.*

Depois segue com a caminhonete para o escritório de campo, abre a porta com a chave de Ripton e mata Joe Prudum, o vigia noturno. O velho Joe não é grande coisa como vigia noturno; chega ao anoitecer, não tem a menor ideia de alguma coisa acontecendo na mina, e não acha nada de estranho no aparecimento de Cary Ripton logo cedinho. Usa a lavanderia no canto para lavar algumas roupas, e está sentado para fazer a sua versão confusa de jantar, e tudo é aconchegante ali até o momento em que Ripton lhe mete uma bala na garganta.

Feito isso, Ripton liga para o Owl's Club na cidade. Fica aberto 24 horas por dia (embora, como um vampiro, jamais esteja de fato vivo*). É onde Brad Josephson, o da bela cor de chocolate e tronco comprido, curvo, faz o desjejum seis dias por semana... e sempre a essa hora brutalmente precoce. Isso é útil agora. Ripton quer ter Brad à mão, e rápido, antes que o negro seja poluído pelos* can tahs. *Os* can tahs *são úteis de muitas maneiras, mas estragam o homem ou a mulher para o trabalho maior de Tak. Ripton sabe que pode pegar qualquer um da turma de Martínez se precisar, talvez até o próprio Pascal, mas quer (bem, é* Tak *quem quer, na verdade) Brad. Ele será útil de outras formas.*

Quanto duram os corpos quando saudáveis?, *pergunta-se a si mesmo ao se aproximar do telefone. Quanto tempo, se a pessoa em que a gente entra não vem incubando um sério caso de câncer, pra começar?*

Não sabe, mas acha que provavelmente logo terá uma possibilidade de descobrir.

— Owl's — *diz a voz de uma mulher em seu ouvido; o sol ainda nem nasceu e ela já parece cansada.*

— Como vai, Denise — *ele diz.* — Como vão indo?

— Quem está falando? — *muito desconfiada.*

— Cary Ripton, querida. Não está reconhecendo minha voz?

— Você deve estar com um sério caso de rouquidão matinal, querido. Ou está pegando um resfriado?

— Resfriado, eu acho — ele diz com um sorriso e limpando o sangue do lábio inferior. O sangue sai de entre os dentes. Mais abaixo, todas as entranhas parecem ter se soltado e flutuar num mar de sangue. — Escuta, querida, o Brad está por aí?

— Bem ali no canto onde sempre está, vivendo relaxado e comendo como um porco: quatro ovos, batatas fritas, cerca de duzentos e cinquenta gramas de bacon. Espero que quando finalmente soltar os gases vá fazer isso em outro lugar. O que você quer com Brad a esta hora da manhã?

— Assuntos da empresa.

— Bem, em boca fechada não entra mosquito — ela diz. — Precisa cuidar desse resfriado, Rip... você parece congestionado mesmo.

— Só de amor por você — ele diz.

— Hum — ela diz, e o telefone bate com um estalo. — Brad! — ele a ouve berrar. — Telefone! Pra você! O bacanão! — Uma pausa, enquanto Brad provavelmente lhe pergunta o que quer dizer. — Descubra por você mesmo — ela diz, e um momento depois Brad Josephson está na linha.

Diz alô como alguém que sabe que a loteria não chama a gente às cinco da manhã para dizer que a gente ganhou o grande prêmio.

— Brad, é Cary Ripton — ele diz. Sabe como tirar Brad de lá; pegou a ideia com o falecido Kirk Turner. — Está com o equipamento fotográfico no carro?

Claro que está. Brad, entre outras coisas, é um fervoroso observador de pássaros. Imagina-se ornitólogo amador, na verdade. Mas Cary Ripton tem coisas mais importantes que pássaros para pensar nesta manhã. Muito mais importantes.

— Estou, claro, o que há?

Ripton se encosta no cartaz pregado no canto, o que mostra um mineiro imundo apontando como o Tio Sam e dizendo: VÃO EM FRENTE, PROÍBAM A MINERAÇÃO, DEIXEM OS SACANAS CONGELAREM NA ESCURIDÃO!

— Se você entrar em seu carro e vier aqui agora, eu lhe mostro — diz Ripton. — E se chegar antes de Pascal Martínez e a turma dele, eu lhe dou uma chance de fazer as fotos mais fantásticas de sua vida.

— De que você está falando? — Josephson já parece excitado.

— As ossadas de quarenta ou cinquenta chineses mortos, pra começar, que tal?

— O que...

— A gente deu com a velha mina da China ontem de tarde. É só entrar uns 6 metros e você vê o mais fantástico...

— Já estou indo. Não saia daí. Não saia, porra.

O telefone estala no ouvido de Ripton e ele dá um risinho de lábios vermelhos.

— Não vou sair — diz. — Não se preocupe com isso. Can de lach! Ah ten! Tak!

Dez minutos depois, Ripton — já sangrando pelo umbigo e também pelo reto e o pênis — atravessa o desmoronado fundo do poço até a Encosta do China. Ali, abre os braços como um evangelista e fala aos animais na língua das coisas informes. Todos eles ou saem voando ou recuam para dentro da mina. Não seria bom Brad Josephson vê-los. Não, não seria nada bom.

Cinco minutos depois, Brad desce a íngreme ladeira da estrada da mina, muito empertigado atrás do volante de um velho Buick. O adesivo na frente diz OS MINEIROS VÃO MAIS FUNDO E FICAM MAIS TEMPO. *Ripton observa-o da porta do escritório de campo. Não seria bom Brad ter uma boa visão* dele, *tampouco, enquanto não chegar mais perto.*

Nenhum problema desse lado. Brad para com um ranger de pneus, pega três câmeras diferentes e corre para o escritório de campo, parando apenas para olhar boquiaberto o buraco aberto a uns 6 metros encosta acima.

— Puta que pariu, é o China mesmo — diz. — Tem de ser. Vamos, Cary! Pelo amor de Deus, Martínez vai chegar a qualquer hora.

— Não, eles pegam um pouco mais tarde no sábado — ele diz, sorrindo. — Fica frio.

— Tá, mas e o velho Joe? Ele pode ser um proble...

— Fica frio, eu já disse! Joe está em Reno. A neta teve filho.

— Bom! Ótimo. Tem um charuto aí? — Brad ri um tanto loucamente.

— Entre aqui — diz Ripton. — Tenho uma coisa pra mostrar a você.

— Que você tirou de lá?

— Isso mesmo — diz Ripton.

E de certa forma é verdade, de certa forma ele quer mostrar a Brad uma coisa que tirou de lá. Josephson ainda olha de testa franzida para suas câmeras, tentando desembaraçar as correias, quando Ripton o agarra e o joga para o fundo da sala. Josephson chia indignado. Depois ficará assustado, e depois ainda aterrorizado, mas no momento não viu ainda o cadáver de Joe Prudum e está apenas indignado.

— Pela última vez, fica frio! — diz Ripton ao sair e fechar a porta. — Deus do céu! Relaxa!

Rindo, vai à caminhonete e entra nela. Como muitos homens do oeste, Cary Ripton acredita fervorosamente no direito de os americanos andarem armados; tem uma escopeta no cabide atrás do banco, e uma pistolinha traiçoeira — uma Ruger Speed-Six — no porta-luvas. Carrega a escopeta e descansa-a no colo. A Ruger, que já está carregada, simplesmente põe no banco a seu lado. O primeiro impulso é enfiá-la no cinto, mas agora está quase nadando em sangue ali embaixo (Ripton, seu idiota, *pensa*, você não sabe que homens de sua idade devem levar dedada na próstata mais ou menos todo ano?), e encharcar a arma talvez não seja uma boa ideia.

Quando o incessante martelar de Josephson na porta do escritório de campo começa a irritá-lo, ele liga o rádio, aumenta o volume e canta junto com Johnny Paycheck, que diz para quem queira ouvir que ele foi o único inferno criado por sua mãe.

Muito em breve Pascal Martínez aparece para um pouco do velho e bom meio turno da manhã de sábado. Trouxe consigo o amigo Miguel Rivera. Ripton acena. Pascal retribui. Para o carro defronte do escritório de campo e os dois vão ver o que Ripton faz ali numa manhã de sábado, e numa hora tão estranha. Ripton enfia a escopeta pela janela, ainda sorrindo, e atira nos dois. É fácil. Nenhum tentou fugir. Morreram com um ar perplexo no rosto. Ripton olha-os, lembrando-se do avô a falar dos pombos-passageiros, bichos tão burros que a gente pode derrubar à paulada. Os homens ali todos têm armas, mas poucos acham, bem lá no fundo, que um dia vão ter de usar uma. É só exibição. Ou só banca sem fundos, se assim preferem.

O resto da turma chega, sozinhos e em duplas — ninguém liga muito para o relógio de ponto nos sábados. Ripton mata-os à medida que vão chegando e arrasta os corpos para o fundo do escritório, onde logo começam a se amontoar como lenha embaixo do exaustor da secadora de roupa. Quando fica sem cartuchos de escopeta (tem muita munição para a Ruger, mas a pistola é inútil como arma básica, sem precisão a mais de 1 metro), pega as chaves de Martínez, abre a mala do Chevrolet dele e descobre um belo (e *completamente ilegal) Iver Johnson automático embaixo de uma manta. Ao lado, duas dúzias de pentes de trinta tiros, numa caixa de Nike. Os mineiros que chegam ouvem os tiros quando sobem a encosta norte do poço, mas pensam que é tiro ao alvo, que é como começam muitos bons sábados na mina da China. É uma coisa bonita.*

Às 7h45, Ripton já matou todo mundo da turma A de Martínez. De quebra, pegou o perneta do Bud's Suds, que veio fazer a manutenção da máquina de café. Vinte e cinco corpos no fundo do escritório de campo.

Os animais recomeçam a entrar e sair da mina da China, dirigindo-se à cidade com can tahs *na boca. Logo pararão durante o dia, à espera da proteção da noite para de novo recomeçar.*

Enquanto isso, a mina é dele... e é hora de dar o salto. Quer deixar aquele corpo em desagradável decomposição, e se não fizer a troca logo, jamais a fará.

Quando abre a porta, Brad Josephson lança-se sobre ele. Ouviu os tiros, ouviu os gritos quando o primeiro tiro de Ripton não liquidou logo a vítima, e sabe que lançar-se é sua única opção. Espera receber um tiro, mas é claro que Cary não pode fazer isso. Ao contrário, agarra os braços de Josephson, reunindo suas últimas forças para fazer isso, e empurra o negro com tanta força contra a parede que toda a construção pré-fabricada estremece. E não é mais apenas Ripton; é a força de Tak. Como para confirmá-lo, Josephson lhe pergunta como em nome de Deus ficou tão alto.

— Cereais! — exclama a coisa. — Tak!

— O que está fazendo? — pergunta Josephson, tentando se libertar, enquanto Ripton baixa o rosto sobre ele e abre a boca. — O que está fa...

— Me beije, lindo! — exclama Ripton e encosta a boca na de Josephson.

Forma um lacre de sangue pelo qual exala. Josephson se enrijece nos braços de Ripton e começa a tremer violentamente. Ripton exala e exala, saindo e saindo, sentindo a coisa acontecer, a transferência. Por um terrível momento, a essência de Tak fica nua, presa entre Ripton, que desmorona, e Josephson, que começou a inchar como um balão na manhã do Desfile do Dia de Ação de Graças. E então, em vez de ver pelos olhos de Ripton, a coisa vê pelos de Josephson.

Tem uma maravilhosa e embriagante sensação de renascimento. Está cheia não apenas da força e do objetivo de Tak, mas da energia alimentada à gordura de um homem que come quatro ovos e duzentos gramas de bacon no café da manhã. Sente-se... sente-se...

— Eu me sinto SENSACIONAL! — exclama Brad Josephson, com uma voz impetuosa do Tigre Tony.

Ouve um tenebroso estalar, que é a coluna de Brad crescendo, o som de seda roçando cetim dos músculos se esticando, de gelo derretendo do crânio em expansão. Solta peidos repetidas vezes, o som parecendo tiros de partida para corredores.

A coisa deixa o corpo de Ripton — que cai leve como uma semente estourada — e anda para a porta, ouvindo as costuras da camisa cáqui de Josephson se romperem com os ombros que se alargam e os braços que se encompridam. Os pés não crescem tanto, mas crescem o suficiente para estourar os cadarços dos tênis.

Tak fica parado do lado de fora, com um sorriso imenso. Jamais se sentiu tão bem. Enche os olhos. O mundo ruge como uma catarata. Uma ereção recorde, um rompe-calça, se é que já houve um, transformou numa tenda a frente dos jeans.

Tak está ali, libertado do poço dos mundos. Tak é grande, vai comer e dominará como já dominou, no deserto de refugos, onde as plantas são migrantes e o chão, magnético.

Entra no Buick, rasgando a costura do fundo das calças de Josephson até as passadeiras do cinto. Depois, rindo com a ideia do adesivo no para-choque da frente — OS MINEIROS VÃO MAIS FUNDO E FICAM MAIS TEMPO —, dá a volta em torno do escritório e retorna a Desespero, deixando um rabo-de-galo de poeira atrás do carro em alta velocidade.

3

David parou. Ainda se sentava encostado na lateral do Ryder, olhando para os tênis. Ficou meio rouco de tanto falar. Os outros formavam um semicírculo em torno dele, como supunha Johnny ficavam outrora os velhos basbaques em torno de Jesus menino, que lhes deitava a lei, as duras verdades, as últimas novidades, a informação autorizada. Quem Johnny via melhor era a minazinha punk, a conquista do dia de Steve

Ames, e ela parecia se sentir bastante como ele próprio: mesmerizada, espantada, mas não descrente. E esse, claro, era o motivo de sua inquietação. Ia sair daquela cidade, nada o impediria de fazer isso, mas seria muito mais fácil para o velho ego se pudesse simplesmente acreditar que o menino estava iludido, contando lorotas extraídas diretamente de sua imaginação. Mas não acreditava que assim fosse.

Você sabe *que não é,* disse Terry, de seu aconchegante lugarzinho em *Der Megeren Bunker.*

Johnny se agachou para pegar mais uma garrafa de Jolt, não sentindo que a carteira (de crocodilo autêntico, da Barneys, 350 dólares), que tinha escorregado quase inteiramente para fora do bolso de trás, caiu no chão. Bateu na mão de David com o gargalo da garrafa. O menino ergueu o olhar, sorrindo, e Johnny ficou chocado ao ver como ele parecia cansado. Pensou na explicação que ele deu de Tak — preso dentro da terra como um ogro num conto de fadas, usando seres humanos como copos de papel, por consumir tão depressa seus corpos — e se perguntou se o Deus de David era muito diferente.

— Pelo menos, é assim que ele age — disse David com sua voz rouca. — Passa na respiração deles, como uma semente numa rajada de vento.

— O beijo da morte, em vez do beijo da vida — disse Ralph.

David balançou a cabeça.

— Mas quem beijou Ripton? — perguntou Cynthia. — Quando ele entrou na mina na noite anterior, o *que o beijou?*

— Eu não sei — disse David. — Ou não me mostraram, ou eu não entendo. Só sei que aconteceu no poço do qual falei. Ele entrou na sala... na câmara... os *can tahs* o atraíram, mas não deixaram que tocasse de fato nenhum deles.

— Porque os *can tahs* estragam as pessoas como recipientes de Tak — meio disse, meio perguntou Steve.

— É.

— Mas Tak tem um corpo físico? Quer dizer, ele... a coisa... a gente não está falando só de uma ideia, está? Ou de um espírito?

David balançou a cabeça.

— Não, Tak é real, tem um ser. Teve de pegar Ripton na mina porque não consegue passar pelo *ini...* o poço. Tem um corpo físico, e o poço é pequeno demais pra ele. Só pode pegar gente, habitá-las, fazer delas *can taks*. E trocar uma por outra quando se gastam.

— O que houve com Josephson, David? — perguntou Ralph.

Parecia calmo, quase esgotado. Johnny achava cada vez mais difícil olhar Carver olhando o filho.

— Tinha um vazamento numa válvula cardíaca — disse David. — Não era grande coisa. Podia continuar sem problemas durante anos, talvez, mas Tak tomou conta dele e simplesmente... — Encolheu os ombros. — Simplesmente gastou. Levou dois dias e meio. Depois passou pra Entragian, que era forte e durou quase uma semana toda... mas tinha a pele muito fraca. O pessoal tirava sarro dele pelos muitos filtros solares que usava.

— Seu guia lhe contou tudo isso — disse Johnny.

— É. Acho que era isso que ele era.

— Mas você não sabe *quem* era ele.

— Eu quase que sei. Acho que *devia* saber.

— Tem certeza de que não vinha desse Tak? Porque tem um velho ditado: o diabo pra enganar reza até missa.

— Não vinha de Tak, Johnny.

— Deixa ele falar — disse Steve. — Tá legal?

Johnny deu de ombros e sentou. Uma das mãos quase tocou a carteira quando o fez. Quase, mas não exatamente.

— O fundo do armazém daqui é uma loja de roupas — continuou David. — Roupas de trabalho, na maioria. Levi's, calças cáqui, botas, coisas assim. Fazem encomendas especiais pra um cara, Curt Yeoman, que trabalha, *trabalhava* na companhia telefônica. Dois metros e cinco, o homem mais alto de Desespero. Por isso as roupas de Entragian não estavam rasgadas quando ele pegou a gente, pai. Sábado de noite, Josephson arrombou o armazém e pegou um uniforme cáqui no tamanho de Curt Yeoman. Sapatos também. Levou pro prédio da prefeitura e guardou no armário de Entragian. Já sabia quem ia usar depois, sabem.

— Foi quando matou o chefe de polícia? — perguntou Ralph.

— O sr. Reed? Não. Ainda não. Matou no domingo à noite. A essa altura, o sr. Reed não contava muito mesmo. Ripton deixou um dos *can tahs* pra ele, sabe, e isso acabou com o sr. Reed. *Sério.* Os *can tahs* têm efeitos diferentes em diferentes pessoas. Quando o sr. Josephson o matou, o sr. Reed estava sentado na mesa e...

Desviando o olhar, embaraçado, fez com a mão direita um tubo e moveu-a rapidamente para cima e para baixo no ar.

— Tudo bem — disse Steve. — A gente sacou. E Entragian? Onde andava ele o fim de semana todo?

— Fora da cidade, como Audrey. Os policiais de Desespero têm, *tinham* um contrato de policiamento com o município. Isso significa muitas viagens. Na noite de sexta-feira, a noite em que Ripton matou a turma de explosões, Entragian estava em Austin. Na noite de sábado, dormiu na fazenda de Davis. Domingo de noite, a última em que foi *de fato* Collie Entragian, ele passou na terra tribal dos Shoshone. Tinha uma amiga lá. Uma mulher, eu acho.

Johnny foi até o fundo do Ryder e depois se virou.

— O que ele fez, David? O que *a coisa* fez? Como a gente chegou onde está agora? Como isso aconteceu sem ninguém ficar sabendo? Como *pôde* acontecer? — Fez uma pausa. — E outra pergunta. O que Tak quer? Sair do buraco dele no chão e esticar as pernas? Comer pernil de porco? Cheirar cocaína e tomar *Tequilas Sunrises*? Trepar com umas animadoras de torcida do NFL? Perguntar a Bob Dylan o que quer dizer mesmo a letra de "Gates of Eden"? Dominar a terra? O quê?

— Não importa — disse David, baixinho.

— *Hã?*

— O que importa é o que *Deus* quer. E o que ele quer é que a gente vá pra mina da China. O resto é só... hora de contar história.

Johnny sorriu. O sorriso pareceu preso e meio doloroso, pequeno demais para a boca.

— Vou lhe dizer uma coisa, meu chapa: não estou dando a mínima pro que seu Deus quer.

Voltou-se para a porta dos fundos do Ryder e suspendeu-a. Lá fora, o ar estava parado, quase como sem fôlego, e estranhamente quente após a tempestade. O sinal de trânsito pulsava quase ritmicamente no cruzamento. Onduladas dunas de areia cruzavam a rua a intervalos regulares. Vista à luz da lua no oeste e ao pulsar amarelo do sinal, Desespero parecia um posto avançado num filme de ficção científica.

— Eu não posso impedir se você quiser ir — disse David. — Talvez Steve e meu pai pudessem, mas não ia adiantar nada. Por causa da aliança do livre-arbítrio.

— Certo — disse Johnny. — O bom e velho livre-arbítrio.

Saltou da traseira do furgão, fazendo uma careta com outra fisgada de dor nas costas. Também o nariz voltava a doer. Muito. Ele olhou em volta, em busca de coiotes, urubus ou cobras, e não viu nada. Nem um inseto.

— Francamente, David, eu confio tanto em Deus quanto confio que posso carregar um piano nas costas. — Olhou o menino, sorrindo. — Confie nele o quanto quiser. Acho que é um luxo que ainda pode se dar. Sua irmã morreu e sua mãe se transformou em Deus sabe o quê, mas ainda tem seu pai antes que Tak cuide de você pessoalmente.

David se contorceu. A boca tremeu. O rosto desmoronou e ele se pôs a chorar.

— Seu *puto*! — gritou Cynthia para Johnny. — Seu *escroto*!

Lançou-se para o fundo do furgão e deu-lhe um chute. Johnny se esquivou para trás, a ponta do pezinho errando o queixo dele por um triz. Ele sentiu o vento. Cynthia ficou parada na borda do furgão, balançando os braços para recuperar o equilíbrio. Provavelmente teria caído na rua se Steve não a pegasse pelo ombro e a firmasse.

— Dona, eu nunca fingi ser santo — disse Johnny e saiu como ele queria, fácil, irônico e divertido, mas por dentro estava horrorizado.

A careta no rosto do menino... como se tivesse sido baleado por alguém a quem tinha por amigo. E jamais o tinham chamado de puto em sua vida. Nem de escroto, aliás.

— Dê o *fora*! — gritou Cynthia. Atrás dela, Ralph estava ajoelhado, segurando sem jeito o filho e olhando para Johnny numa espécie de perplexa descrença. — A gente não precisa de você, a gente se vira sem você!

— Por que ter esse trabalho todo? — perguntou Johnny, tendo o cuidado de ficar fora do alcance do pé dela. — É o que quero dizer. Por causa de Deus? O que ele algum dia fez por você, Cynthia, pra você passar a vida esperando que ele ligue pra você no velho interfone ou lhe mande um fax? Deus protegeu você do cara que lhe deu um tabefe no pé do ouvido e lhe quebrou o nariz?

— Eu estou aqui, não estou? — ela perguntou, truculenta.

— Desculpe, mas isso pra mim não basta. Não vou ser a conclusão de uma piada no clubezinho humorístico de Deus. Não se puder evitar. Eu não acredito que *algum* de vocês pense seriamente em voltar lá em cima. A ideia é maluca.

— E Mary? — perguntou Steve. — Quer que a gente a deixe? Você *pode* deixá-la?

— Por que não? — perguntou Johnny e deu uma risada.

Foi uma espécie de latido curto... mas não desprovido de alegria, e ele viu Steve se encolher, repugnado. Johnny olhou em volta, à procura de animais, mas a costa ainda estava limpa. Logo, talvez o menino tivesse razão: Tak queria que fossem embora, tinha aberto a porta para eles.

— Não a conheço mais do que os cavadores de terra que ele... *a coisa*, se preferem... matou nesta cidade. A maioria dos quais na certa tinha a mente tão morta que nem mesmo soube que morreu. Quer dizer, não estão vendo como é *inútil* isso tudo? Se vocês *conseguirem*, Steve, o que vão ganhar com isso? Ser sócios remidos do Owl's Club?

— O que deu em você? — perguntou Steve. — Você marchou pro puma como um homem e estourou a cabeça dele. Parecia a porra do Wolverine. Por isso eu sei que tem colhões. Pelo menos *tinha*. Quem roubou?

— Você não entende. Aquilo foi sangue quente. Sabe qual é meu problema? Se você me dá uma chance de pensar, eu agarro. — Deu outro passo para trás. Nenhum Deus o deteve. — Boa sorte pra vocês. David, pelo que vale minha opinião, você é um rapazinho extraordinário.

— Se você for, acabou — disse David. Ainda encostava o rosto no peito do pai. As palavras saíram abafadas mas audíveis. — A corrente se parte. Tak vence.

— É, mas quando a gente jogar a negra, ele está frito — disse Johnny e tornou a rir.

O som lembrou-lhe os coquetéis onde a gente dava aquela mesma risada de piadinhas bobas, com um conjuntinho de jazz tocando velhas musiquinhas bobas no fundo, como "Do You Know the Way to San Jose" e "Papa Loves Mambo". Era assim que ele ria quando saiu da piscina do Bel-Air, ainda com a garrafa de cerveja na mão. Mas e daí? Podia dar a porra da risada que quisesse. Afinal, tinha ganhado o Prêmio Nacional do Livro um dia.

— Vou pegar um carro do estacionamento do escritório da mineradora. Vou dirigir como um louco daqui até Austin, e depois dar um telefonema anônimo pra Polícia Estadual, dizer a eles que houve uma séria merda em Desespero. Depois, vou alugar uns aposentos no Best Western local e esperar que vocês apareçam pra ocupar. Se aparecerem, a bebida é por minha conta. Seja como for, vou saltar do bonde hoje de noite. Acho que Desespero me curou da sobriedade pra sempre. — Sorriu para Steve e Cynthia, parados lado a lado no fundo do furgão, abraçados. — Vocês dois são loucos por não virem comigo agora, vocês sabem. Em algum outro lugar, poderiam estar bem juntos. Eu vejo isso. Aqui, só podem ser *can tahs* pro Deus canibal de David.

Ele se virou e começou a andar, cabisbaixo, o coração martelando. Esperava ser seguido por ira, invectivas, talvez súplicas. Estava preparado para qualquer dessas coisas, e talvez a única coisa que o tivesse detido fosse o que Steve Ames *disse*, com a voz baixa, quase desprovida de tom, de alguém que apenas transmite um fato.

— Não respeito você por isso.

Johnny se virou, mais ferido por essa simples declaração do que julgaria possível.

— Deus do céu — disse. — Perdi o respeito de um homem que antes era encarregado de jogar fora os sacos de vômito de Steven Tyler. Filho da puta.

— Eu nunca li nenhum de seus livros, mas li aquele conto que você me deu, e li o livro sobre você — disse Steve. — O daquele professor de Oklahoma. Acho que você era um baderneiro e uma merda pra suas mulheres, mas foi pro Vietnã sem fuzil, pelo amor de Deus... e esta noite... o puma... pra onde foi tudo isso?

— Escorreu como mijo pela perna de um bêbado — disse Johnny. — Acho que você pensa que isso não acontece, mas acontece. O resto de mim escorreu pra uma piscina. Que tal isso como absurdo?

David se juntou a Steve e Cynthia no fundo do furgão. Ainda estava pálido e exausto, mas calmo.

— Você tem em si a marca da coisa — disse. — Ela vai deixar você ir embora, mas vai desejar ter ficado quando começar a sentir na pele o cheiro de Tak.

Johnny olhou o menino por um longo tempo, combatendo a vontade de voltar para o furgão — combatendo-a com toda a sua considerável força de vontade.

— Então vou usar muita loção pós-barba — disse. — Adeusinho, meninos e meninas. Comportem-se.

Afastou-se, e o mais depressa que pôde. Mais rápido um pouco, e estaria correndo.

4

Fez-se silêncio no furgão; ficaram olhando até Johnny desaparecer, e mesmo então ninguém falou nada. David continuou de pé abraçado pelo pai, pensando que nunca tinha se sentido tão oco, tão vazio, tão absolutamente liquidado. Estava acabado. Haviam perdido. Deu um chute numa das garrafas vazias de Jolt, seguindo com os olhos a trajetória dela até a parede do furgão, onde ricocheteou e foi cair no...

David deu um passo.

— Olhem, a carteira de Johnny. Deve ter caído do bolso dele.

— Coitadinho — disse Cynthia.

— Me admira que não tenha perdido antes — disse Steve. Falou no tom surdo, preocupado, de alguém cujos verdadeiros pensamentos estão inteiramente em outra parte. — Eu vivia dizendo a ele que um cara que anda de motocicleta deve prender a carteira com uma correntinha. — Uma sombra de sorriso lhe passou pelos lábios. — Alugar os tais quartos em Austin não vai ser tão fácil quanto ele pensa.

— Espero que ele durma num estacionamento — disse Ralph — ou então no acostamento da estrada.

David mal os ouvia. Sentia-se como naquele dia no bosque da Bear Street — não quando Deus falava com ele, mas quando soube que Deus ia falar. Se abaixou e pegou a carteira de Johnny. Quando a tocou, uma coisa parecendo uma descarga de eletricidade explodiu em sua cabeça.

Um pequeno e explosivo rosnado escapou-lhe dos lábios. Caiu contra a parede do furgão, segurando a carteira.

— *David?* — perguntou Ralph. A voz soou distante, a preocupação ecoando a mil quilômetros.

Ignorando-o, David abriu a carteira. Havia dinheiro numa das divisões e um maço de papéis — lembretes, cartões de visita e coisas assim — em outra. Ignorou as duas coisas e passou a mão numa dobra no lado de dentro esquerdo da carteira, abrindo uma sanfona de fotos. Tinha uma vaga consciência dos outros se aproximando enquanto percorria as fotos, usando um dedo para ir recuando nos anos: ali estava um Johnny barbudo e uma bela morena de maçãs do rosto salientes e peitos pontudos, depois um Johnny de bigode grisalho no parapeito de um iate, depois um Johnny de rabo de cavalo, ao lado de um ator que parecia Paul Newman antes de Newman sequer pensar em vender molho de pimenta e de salada. Cada Johnny era um pouco mais novo, os cabelos e pelos faciais mais escuros, as rugas do rosto menos acentuadas, até...

— Aqui — sussurrou David. — Oh, Deus, aqui.

Tentou tirar a foto do invólucro transparente, mas não conseguiu; as mãos tremiam demais. Steve pegou a carteira, tirou a foto e entregou-a ao menino. David segurou-a diante dos olhos, com o respeito de um astrônomo que descobriu um planeta novinho em folha.

— O que é? — perguntou Cynthia, curvando-se mais.

— É o chefe — disse Steve. — Ele esteve lá... *in loco*, como sempre dizia... quase um ano, fazendo pesquisa pra um livro. Escreveu alguns artigos de revista também, eu acho. — Olhou para David. — Você sabia que a foto estava aí?

— Eu sabia que tinha *alguma coisa* aqui — disse David, quase baixo demais para os outros ouvirem. — Assim que vi a carteira dele no chão. Mas... era ele. — Fez uma pausa, depois repetiu, admirado: — Era *ele*.

— Quem era quem? — perguntou Ralph.

David não respondeu, apenas ficou fitando a foto. Mostrava três homens na frente de uma casa de pré-moldado caindo aos pedaços — um bar, a julgar pelo anúncio de Budweiser na janela. As calçadas formigavam de asiáticos. Passando pela rua à esquerda da câmera, para sempre imobilizada num borrão pelo velho instantâneo, via-se uma moça numa lambreta.

Os homens à esquerda e à direita usavam camisas polo e calças. Um era muito alto e segurava uma caderneta de anotações. O outro estava coberto de câmeras. O do meio usava jeans e uma camiseta cinza. Tinha um boné de beisebol dos Yankees jogado para trás na cabeça. Uma correia cruzava-lhe o peito; uma coisa volumosa dentro de uma bolsa pendia junto ao quadril.

— O rádio dele — sussurrou David, tocando a imagem do objeto.

— Não — disse Steve, após olhar mais de perto. — É um gravador de fita, modelo 1968.

— Quando estive com ele na Terra dos Mortos, era um rádio.

David não conseguia tirar os olhos do retrato. Tinha a boca seca; a língua parecia enorme e tesa. O homem do meio sorria, segurava os óculos espelhados numa mão, e não havia dúvida de quem era.

Acima de sua cabeça, sobre a porta do bar de onde aparentemente acabavam de sair, havia um letreiro pintado a mão. O nome do lugar era Posto de Observação Vietcongue.

5

Mary não chegou de fato a desmaiar, mas gritou até que alguma coisa na cabeça cedeu e a força abandonou os músculos. Ela cambaleou para a frente, agarrando-se à mesa com uma das mãos, sem querer, pois as viúvas-negras e os escorpiões se arrastavam por toda a superfície, sem falar no cadáver com a nojenta tigela de sangue à frente, mas querendo ainda menos desabar de cara no chão.

O chão era o domínio das cobras.

Decidiu cair de joelhos, agarrando-se à borda da mesa com a mão que não segurava a lanterna. Havia alguma coisa de estranhamente reconfortante naquela posição. Calmante. Após pensar um instante, sabia o que era: David, claro. Ficar de joelhos lembrava-lhe o modo simples e confiante como o menino tinha se ajoelhado na cela que dividia com Billingsley. Em sua mente, ouviu-o dizendo num tom ligeiramente de desculpas: *Será que a senhora podia se virar de costas... eu preciso tirar a calça.* Sorriu, e a ideia de que sorria naquele lugar de pesadelo — de que *podia* sorrir naquele lugar de pesadelo — acalmou-a ainda mais. E sem pensar, juntou as mãos em posição de oração pela primeira vez desde que tinha 11 anos. Estivera num acampamento de verão, deitada num catrezinho idiota, numa tendinha idiota infestada de mosquitos, com um bando de meninas idiotas que provavelmente iam se revelar más e metidas a besta. Sentira-se arrasada de saudades de casa e rezara a Deus que mandasse sua mãe para levá-la de volta. Deus recusara, e desde então, até agora, Mary se considerara muito sozinha no mundo.

— Deus — disse —, eu preciso de ajuda. Estou numa sala cheia de coisas rastejantes, a maioria venenosa, e morta de medo. Se o senhor está aí, eu agradeceria qualquer coisa que pudesse fazer. A...

Amém, devia ser, mas ela parou antes de acabar, os olhos arregalados. Uma voz nítida falou dentro de sua cabeça — e não era a sua, tinha certeza. Era como se alguém houvesse estado apenas à espera, e não com muita paciência, de que ela falasse primeiro.

Nada aqui pode lhe fazer mal, disse a voz.

No outro lado da sala, o facho da lanterna iluminou uma lavadora-secadora Maytag. Um aviso em cima dizia: NÃO É PARA ROUPA PESSOAL. ISTO QUER DIZER VOCÊ! Aranhas passavam de um lado para outro sobre o aviso, as patas longas e trôpegas. Outras corriam por cima da máquina. Perto, sobre a mesa, um pequeno escorpião parecia investigar os restos esmagados da aranha que ela tinha arrancado de seus cabelos. A mão ainda latejava desse contato; a coisa devia estar *cheia* de veneno, talvez o bastante para matá-la se o tivesse injetado, em vez de apenas lambuzá-la. Não, não sabia de quem era a voz, mas se era assim que Deus respondia às preces, não admirava que o mundo estivesse mergulhado numa merda tão grande. Porque muitas coisas ali podiam fazer-lhe mal, *muitas*.

Não, disse a voz, paciente, quando ela passou o facho pelos cadáveres em decomposição enfileirados no chão e descobriu outro bolo fervilhante de cobras. *Não, não podem, não. E você sabe por quê.*

— Eu não sei *de nada* — ela gemeu e apontou o facho para a própria mão. Vermelha e latejante, mas não inchada. Porque o bicho não a *tinha* picado.

Huummm. *Isso* era interessante.

Mary voltou a luz para os corpos de novo, passando-a do primeiro até Josephson e Entragian. O vírus que habitou aqueles corpos estava agora em Ellen. E se ela, Mary Jackson, devia ser a sua morada seguinte, então aquelas coisas ali na verdade *não podiam* lhe fazer mal. Não podiam estragar a mercadoria.

— A aranha devia ter me picado — ela murmurou —, mas não picou. Ao contrário, deixou que eu a matasse. *Nada* aqui me fez mal. — Deu um risinho, um som agudo, histérico. — Somos chapinhas!

Você tem de sair daqui, disse-lhe a voz. *Antes que ela volte. E vai voltar. Não demora.*

— Me proteja! — disse Mary, se levantando. — Vai proteger, não vai? Se é Deus, ou *vem* de Deus, vai me proteger!

A voz não respondeu. Talvez o dono não quisesse protegê-la. Talvez não pudesse.

Tremendo, Mary estendeu a mão para a mesa. As viúvas-negras e as aranhas menores — aranhas-marrom — fugiram dela para todos os lados. Os escorpiões fizeram o mesmo. Um chegou a cair da mesa. Pânico nas ruas.

Bom. Muito bom. Mas não o bastante. Tinha de *sair* dali.

Mary varou a escuridão com a lanterna até encontrar a porta. Chegou até ela com pernas dormentes e distantes, tentando não pisar nas aranhas que corriam para todos os lados. A maçaneta girou, mas a porta só abriu uns 5 centímetros. Quando a empurrou com força, ouviu o que pareceu um cadeado do lado de fora. Não ficou muito surpresa, na verdade.

Tornou a girar a lanterna, passando-a pelo cartaz — DEIXEM OS SACANAS CONGELAREM NA ESCURIDÃO —, a pia enferrujada, o balcão com a cafeteira e o pequeno micro-ondas, a lavadora-secadora. Depois, a área do escritório, com uma escrivaninha, alguns velhos arquivos e um relógio de ponto na parede, um quadro de cartões de ponto, a estufa bojuda, uma caixa de ferramentas, algumas picaretas e pás numa pilha enferrujada, um calendário mostrando uma loura de biquíni. Depois voltou à porta. Nenhuma janela; nem uma. Apontou a luz para o chão, pensando por um breve instante nas pás, mas as tábuas estavam no mesmo nível das paredes de metal corrugado, e ela duvidava muito de que a coisa no corpo de Ellen Carver lhe desse tempo para sair dali cavando.

Tente a secadora, Mare.

A voz era dela mesma, *tinha* de ser, mas o caralho que *soava* como ela... e não parecia exatamente um pensamento, tampouco.

Não que fosse hora de se preocupar com tais coisas. Ela correu para a secadora, desta vez tomando menos cuidado com os pés e pisando em várias aranhas. O cheiro de decomposição parecia mais forte ali, *mais sazonado*, o que era estranho, pois os cadáveres se encontravam do outro lado da sala, mas...

Uma cascavel cabeça de diamante emergiu da boca da secadora e pôs-se a serpear para fora. Era como dar de cara com o boneco de caixa de surpresa mais feio do mundo. A cabeça oscilava de um lado para outro. Os olhos negros de pregador estavam fixados solenemente nela. Mary recuou um passo, depois se forçou a avançar de novo, estendendo a mão para ela. Podia estar enganada sobre as aranhas e cobras, sabia disso. Mas e se aquele monstro a *mordesse*? Morrer de uma mordida de cobra seria pior do que acabar como Entragian, matando tudo que lhe cruzasse o caminho até o próprio corpo explodir como uma bomba?

A cobra escancarou as mandíbulas, revelando presas curvas que pareciam agulhas de osso de baleia. Silvou para ela.

— Foda-se, mermão — disse Mary.

Pegou-a, puxou-a da secadora — tinha mais de 1 metro, fácil — e jogou-a do outro lado da sala. Depois fechou a tampa com a base da lanterna, não querendo ver o que mais haveria lá dentro, e desencostou a máquina da parede. Ouviu-se um estalido quando a mangueira sanfonada do cano de exaustão se soltou do buraco da parede. Aranhas, dezenas de aranhas, correram de baixo da secadora para todos os lados.

Mary se curvou para olhar o buraco. Tinha uns 60 centímetros de diâmetro, estreito demais para passar, mas as bordas estavam muito corroídas, e ela achava...

Atravessou de volta a sala, pisando num escorpião — *crac* — e chutando impaciente um rato que se escondia atrás dos cadáveres... com quase toda certeza se empanturrando neles. Pegou uma das picaretas, voltou ao buraco do exaustor e afastou mais um pouco a secadora, para ter mais espaço. O cheiro de putrefação era mais forte agora, mas ela mal notava. Enfiou a ponta menor da picareta no buraco, puxou para cima e emitiu um gritinho de alegria quando a ferramenta abriu uma fenda de quase meio metro no metal podre, enferrujado.

Depressa, Mary — depressa!

Limpou o suor da testa, enfiou a ponta da picareta no fim da fenda e puxou para cima outra vez. A ferramenta encompridou ainda mais a abertura na parte de cima do buraco, depois se soltou tão de repente que ela caiu para trás, largando o cabo. Sentiu mais aranhas sendo esmagadas sob suas costas, e o rato que tinha chutado antes — ou talvez um de seus parentes — passou por cima de seu pescoço, guinchando. Os bigodes roçaram-na embaixo do queixo.

— Cai fora, *porra*! — ela gritou, afastando-o com um tapa.

Ficou de pé, pegou a lanterna em cima da secadora, prendeu-a entre o braço e o seio esquerdos. Depois se inclinou e dobrou para trás, como asas, os dois lados da fenda que tinha feito.

Achou que era suficiente. Na medida.

— Obrigada, Deus — disse. — Fique mais um pouco comigo, por favor. E se me tirar disso, eu prometo que mantenho contato.

Ajoelhou-se e olhou pelo buraco. O fedor era agora tão forte que lhe dava vontade de vomitar. Dirigiu a luz de um lado para outro.

— *Deus!* — exclamou, numa voz aguda, sem força. — *Oh, Jesus, NÃO!*

A primeira impressão chocada que teve foi que havia centenas de cadáveres empilhados atrás do prédio onde estava — o mundo todo parecia feito de rostos pálidos e frouxos, olhos vidrados e carne rasgada. Enquanto olhava, um urubu que estava pousado no peito de um homem e puxava pedaços do rosto de outro levantou voo, as asas batendo como lençóis numa corda.

— *Não são tantos assim* — ela disse a si mesma. — *Não tantos, velha Mary, e mesmo que fossem mil, não iam mudar em nada sua situação.*

Ainda assim, não conseguiu avançar por um instante. O buraco era suficientemente grande para ela sair, tinha certeza, mas ia...

— Vou cair em cima deles — murmurou.

A lanterna na mão tremia incontrolavelmente, mostrando faces, testas e orelhas com tufos de pelos, fazendo-a se lembrar da cena no final de *Psicose*, em que uma lâmpada coberta de teias de aranha se põe a balançar de um lado para outro, passando pelo enrugado rosto mumificado da mãe morta de Norman.

Você tem de ir, Mary, disse-lhe a voz, paciente. *Tem de ir já, senão será tarde demais.*

Tudo bem... mas não tinha de *ver* onde ia cair. De jeito nenhum. Se não quisesse.

Apagou a lanterna e a jogou pelo buraco. Ouviu um baque surdo quando o objeto caiu em cima de... bem, em cima de alguma coisa. Inspirou fundo, fechou os olhos e escorregou para fora. Farpas de metal puxaram-lhe a camisa para fora do jeans e arranharam-lhe a barriga. Ela se curvou para a frente e depois caiu, ainda de olhos fechados com força. Ia com as mãos na frente. Uma tocou no rosto de alguém — ela sentiu a proa fria e sem respiração de um nariz na palma e as sobrancelhas (peludas, pelo tato) nos dedos. A outra mão caiu numa gelatina fria e escorregou.

Ela cerrou os lábios, lacrando o que quer que quisesse sair — um berro ou um grito de repulsa — por trás deles. Se gritasse, teria de respirar. E se respirasse, teria de sentir o cheiro daqueles cadáveres, que estavam ali ao sol do verão sabia Deus há quanto tempo. Aterrissou em cima de coisas que cediam e lançavam odores mortos. Ordenando-se não entrar em pânico, aguentar firme, Mary rolou de cima deles, já esfregando nas calças a mão que deslizou na coisa gelatinosa.

Agora sentia areia embaixo de si, e pontas agudas de pedrinhas trituradas. Rolou mais uma vez, de barriga, pôs-se de joelhos e mergulhou as duas mãos naquele pedregulho, esfregando-as de um lado para outro, lavando-as a seco o melhor possível. Abriu os olhos e viu a lanterna caída ao lado de uma mão estendida, cor de cera. Ergueu o olhar, querendo — precisando — a limpeza e o calmo distanciamento do céu. Um brilhante e crescente branco navegava baixo, parecendo quase empalado numa aguda presa do diabo em rocha, que se projetava do lado leste da mina da China.

Saí, ela pensou, pegando a lanterna. *Pelo menos tem isso. Querido Deus, obrigada por isso.*

Recuou de joelhos do monte de mortos, a lanterna mais uma vez presa entre o braço e o seio, ainda arrastando as mãos latejantes pelo terreno acidentado, arranhando-as.

Vinha luz da esquerda. Ela olhou para lá e sentiu uma explosão de terror ao ver a viatura de Entragian. *Quer saltar do carro, por favor, sr. Jackson?*, ele tinha dito, e foi quando aconteceu, concluiu, quando tudo aquilo em que antes acreditava se dissipara como poeira no vento.

Está vazio, o carro está vazio, você consegue ver, não consegue?

Conseguia, sim, mas o resíduo de terror permanecia. Era um gosto na boca, como se tivesse chupado moedas.

A viatura — empoeirada, até as luzes do teto agora cobertas com o resíduo da tempestade — estava parada perto do pequeno prédio de concreto que parecia uma casamata. A porta do motorista tinha sido deixada aberta (ela via o horrível ursinho de plástico junto à bússola do painel), e era por isso que a luz de dentro permanecia acesa. Ellen a tinha trazido até ali nela, depois foi a algum outro lugar. Tinha outros peixes a fritar, outros anzóis a iscar, outros baseados a enrolar. Se ao menos houvesse deixado as chaves...

Mary ficou de pé e correu para o carro, curvada na cintura como um soldado cruzando a terra de ninguém. A viatura recendia a sangue, mijo, dor e medo. O painel, o volante e o banco da frente estavam lambuzados de sangue. O painel de instrumentos estava ilegível. No lugar dos pés do carona havia uma pequena aranha de pedra. Era uma coisa velha, esburacada, mas só de olhá-la Mary se sentiu arrepiada e fraca.

Não que tivesse de se preocupar muito com isso, pois o lugar da chave estava vazio.

— Merda! — sussurrou Mary com ferocidade. — Merda de sobra.

Ela se virou e jogou a luz da lanterna primeiro sobre um conjunto de equipamentos de mineração e depois sobre a base da estrada que subia a encosta norte da mina. Terra socada coberta de cascalho, com pelo menos quatro pistas, para caber o equipamento pesado que ela tinha acabado de ver, provavelmente mais lisa que a rodovia em que ela e Peter rodavam quando a porra do policial os deteve... e não podia pegar a viatura e subir ali e dar o fora porque não tinha a porra da chave.

Se eu não posso, tenho de dar um jeito de ele não poder também. Ou ela. Ou seja lá que diabo for.

Tornou a se curvar para dentro do carro, fazendo uma careta diante do cheiro azedo (e de olho na nojenta estatueta no chão, como se a coisa pudesse ganhar vida e saltar sobre ela). Soltou a trava do capô e foi até a frente do carro. Tateou por baixo da grade em busca do fecho, encontrou-o e levantou o capô do Caprice. O motor era enorme, mas ela não teve dificuldade para encontrar o filtro de ar. Ela se inclinou sobre ele, agarrou a porca em forma de borboleta no meio e torceu-a. Não aconteceu nada.

Ela sibilou de frustração e espremeu os olhos para fazer pingar o suor. Ardeu. Pouco mais de um ano atrás, tinha lido uns poemas como parte de um evento cultural chamado "Poetisas Festejam seu Juízo e Sexualidade". Tinha usado um conjunto de Donna Karan com uma blusa de seda por baixo. Tinha arrumado o cabelo, caído em cachos sobre a testa. Seu longo poema, "Meu Vaso", foi o sucesso da noite. Claro que tudo isso foi antes da visita à histórica e bela mina da China, sede da única e fascinante mina Cascavel Número Dois. Duvidava que qualquer uma das pessoas que a tinha ouvido ler "Meu Vaso" —

LADOS
LISOS
FRAGRÂNCIA DE TALOS

TRANSBORDANTE DE SOMBRAS
CURVADO COMO A
LINHA DE UM OMBRO
A LINHA DE UMA COXA

— naquele evento a reconhecesse agora. Ela mesma não se reconhecia mais.

A mão direita, que mexia no filtro de ar, coçava e latejava. Os dedos escorregavam. Uma unha se quebrou dolorosamente, e ela arquejou.

— Por favor, Deus, me ajude a fazer isso, eu não distingo a caixa do distribuidor da de marchas, por isso tem de ser o carburador. Por favor, me ajude a ter força suficiente pra...

Desta vez, quando forçou a porca, ela girou.

— Obrigada — arquejou. — Ah, sim, muito obrigada. Fique por perto. E cuide de David e dos outros, vai fazer isso, não vai? Não permita que eles deixem esse buraco de merda sem mim.

Girou a porca em borboleta e deixou-a cair dentro do motor. Tirou o filtro de ar do lugar e jogou-o de lado, revelando um carburador do tamanho de um... bem, quase do tamanho de um vaso. Rindo, Mary se agachou, pegou um punhado de terra da mina da China, empurrou uma das paletas metálicas numa das câmaras e jogou dentro a terra e as pedrinhas. Pôs mais dois punhados, enchendo a goela do carburador, estrangulando-a, e depois recuou.

— Vamos ver você sair com *isso*, sua piranha — arquejou.

Depressa. Mary, você tem de se apressar.

Lançou a luz da lanterna sobre o equipamento parado. Havia dois utilitários entre as máquinas maiores, mais volumosas. Foi até eles e lançou a luz dentro das boleias. Nenhuma chave também ali. Mas havia um machado junto com o monte de ferramentas na carroceria do Ford F-150, e ela usou-o para esvaziar dois pneus nas duas caminhonetes. Ia jogar o machado fora, mas reconsiderou. Tornou a girar a luz em torno, e desta vez viu o buraco vagamente quadrado escancarado a uns 20 metros da boca da mina.

Ali. A origem de toda esta encrenca.

Não sabia como sabia disso, se era a voz, ou Deus, ou apenas alguma intuição dela mesma, e pouco estava ligando. No momento, ligava apenas para uma coisa: dar o fora dali.

Desligou a lanterna — a lua lhe daria toda a luz que precisava, pelo menos por enquanto — e pôs-se a subir a estrada que deixava a mina da China.

Capítulo Três

1

A fera literária estava parada junto aos computadores montados numa das pontas da longa mesa, olhando a parede do outro lado do laboratório, onde mais de uma dúzia de pessoas haviam sido penduradas em cabides, como cobaias de experiências num campo de extermínio nazista. Muito semelhante ao que Steve e Cynthia haviam descrito, a não ser por uma coisa: a mulher pendurada logo abaixo das palavras USO *OBRIGATÓRIO* DE CAPACETE METÁLICO, a que tinha a cabeça tão inclinada para a direita que a face tocava o ombro, parecia estranhamente com Terry.

Você sabe que só pode ser sua imaginação, não sabe?

Sabia? Bem, talvez. Mas, Deus!... Os mesmos cabelos ruivo-dourados... a testa alta e o nariz meio torto...

— Esquece o nariz — ele disse. — Você mesmo tem um nariz torto com que se preocupar. Logo, dê o fora daqui, tá bom?

Mas a princípio não conseguiu se mexer. Sabia o que tinha de fazer — cruzar a sala e começar a revistar os bolsos deles, pegar as chaves dos carros —, mas saber não era o mesmo que fazer. Enfiar a mão, sentir a pele rígida das pernas sob a mão, tendo apenas o leve tecido do forro do bolso entre si e eles... pegar as coisas deles... não apenas as chaves, mas canivetes de bolso e cortadores de unha, e talvez caixinhas de aspirina...

Tudo que as pessoas trazem no bolso, pensou consigo mesmo. *É fascinante.*

... passagens, dinheiro, porta-níqueis...

— Pare com isso — sussurrou. — Simplesmente vá lá e os reviste.

O rádio soltou estática como fogo de metralha. Ele teve um sobressalto. Não havia música. Passava da meia-noite, e os *DJs* de merda locais já tinham se mandado. Estariam de volta com mais uma carga de Travis Tritt e Tanya Tucker assim que o sol nascesse, mas com um pouco de sorte John Edward Marinville, o homem que a *Harper's* chamou um dia de o único escritor homem e branco *importante* dos Estados Unidos, estaria longe.

Se for, acabou.

Espanando o rosto como se a ideia fosse uma mosca irritante que pudesse espantar, Johnny começou a atravessar a sala. Supunha que os *estava* desertando, de uma certa forma, mas sejamos francos — eles tinham como sair, se quisessem, não tinham? Quanto a ele, ia voltar para uma vida onde as pessoas não falavam línguas sem sentido nem apodreciam diante da gente. Uma vida onde se podia esperar que os últimos surtos de crescimento das pessoas houvessem ocorrido lá pelos 18 anos. Os sapatos de couro roçaram uns nos outros quando se aproximou dos cadáveres. É, tudo bem, no momento se sentia menos uma fera literária que um dos saqueadores do exército do Vietnã do Sul que vira em Quang Tri, procurando medalhas religiosas de ouro nos cadáveres, às vezes abrindo até as nádegas dos mortos, na esperança de encontrar um diamante ou pérola, mas essa era uma comparação capciosa... e se revelaria um sentimento transitório, tinha certeza. Não era de modo algum para saquear cadáveres que estava ali. *Chaves* — que servissem para um dos carros do estacionamento —, era para isso que estava ali, e *só* para isso. Além do mais...

Além do mais, a garota morta embaixo do USO OBRIGATÓRIO DE CAPACETE METÁLICO *parecia* Terry. Uma mulher de cabelo louro-alaranjado com um buraco de bala no jaleco de laboratório. Claro, os dias de louro-alaranjado de Terry há muito haviam passado, ela estava quase inteiramente grisalha, mas...

Vai querer ter ficado quando começar a sentir na pele o cheiro de Tak.

— Ora, por favor — ele disse. — Não vamos ser pueris.

Olhou para a esquerda, querendo desviar os olhos da loura morta que tanto parecia Terry — Terry de volta aos dias em que podia deixá-lo louco só cruzando as pernas ou encostando o quadril nele — e o que viu o fez sorrir esperançoso. Havia um ATV lá fora. Parado logo atrás da porta da garagem como estava, ele achava que havia mais de 50% de possibilidade de as chaves estarem na ignição. Se estivessem, ao menos lhe seria poupada a indignidade de revistar os bolsos das vítimas de Entragian — ou talvez fosse Josephson quando fez aquilo, embora não tivesse importância. Só tinha de desatrelar o reboque de minério, abrir a porta da garagem e se mandar.

... quando começar a sentir na pele o cheiro de Tak.

Talvez *sentisse* mesmo no início, mas não por muito tempo. David Carver podia ser um profeta, mas era um profeta *jovem*, e parecia não compreender certas coisas, tendo uma linha direta com Deus ou não. Uma delas era o simples fato de que fedor a gente lavava. Lavava, sim. Era uma das poucas coisas na vida de que Johnny tinha inteira certeza.

E a chave do ATV estava, graças a Deus, na ignição.

Ele se inclinou para dentro, girou a chave e viu também que o tanque de gasolina tinha mais de três quartos.

— Tudo joia, *baby* — disse, e riu. — Tudo joinha mesmo.

Foi até a traseira do veículo tipo jipe e examinou o engate do reboque de minério. Também ali não havia problema. Era apenas um bendito contrapino. Ia procurar um martelo... tirar a marteladas...

Nem Houdini podia ter feito aquilo, Marinville. Era a voz do velho pau-d'água desta vez. *Por causa da cabeça. E o telefone? E as sardinhas?*

— E daí? Tinha mais latas na sacola do que a gente pensava, só isso.

Mas suava. Suava como tinha suado no Vietnã, às vezes. Não era o calor, embora lá *fizesse* calor, e tampouco o medo, embora você *estivesse* com medo, mesmo quando dormia. Era sobretudo o suor adocicado que vinha com a consciência de se achar no lugar errado na hora errada, com pessoas no fundo boas, que estavam se corrompendo, talvez para sempre, por fazerem a coisa errada.

Milagres discretos, pensou, só que mais uma vez ouviu as palavras na voz do velho pau-d'água. Deus do céu, o cara era mais tagarela morto do que vivo. *Ora, se não fosse pelo menino, você ainda ia estar numa cela agora, não ia? Ou morto. Ou pior. E você o abandonou.*

— Se eu não tivesse distraído aquele coiote com minha jaqueta, *David* ia estar morto agora — disse Johnny. — Me deixa em paz, seu idiota.

Avistou um martelo numa bancada junto da parede. Dirigiu-se para lá.

— Me diga uma coisa, Johnny — disse Terry, e ele ficou paralisado. — Quando foi que decidiu lidar com o medo de morrer desistindo inteiramente da vida real?

Essa voz não era em sua cabeça, tinha quase certeza. Diabos, *tinha* certeza. Era Terry, pendurada na parede. Não uma sósia, não uma miragem ou alucinação, mas Terry. Se ele se virasse agora, a veria de cabeça erguida, a face não mais colada no ombro, olhando-o como sempre o olhara quando ele fazia uma cagada — paciente, porque as cagadas de Johnny Marinville eram o curso normal das coisas, e desiludida, porque era a única a esperar que ele se saísse melhor. O que era burrice, como apostar que os Tampa Bay Bucs iam ganhar o Super Bowl. Só que às vezes, com ela — *para* ela — ele *tinha* se saído melhor, tinha se elevado acima do que passou a encarar como sua natureza. Mas quando fazia isso, quando se superava, quando *voava sobre a paisagem*, porra, dizia ela alguma coisa então? Bem, talvez "Mude de canal, vamos ver o que está passando na TV educativa", mas só isso.

— Você nem mesmo desistiu de viver pra escrever — ela dizia. — Isso pelo menos seria compreensível, embora desprezível. Desistiu de viver pra *falar* sobre escrever. Quer dizer, *nossa*, Johnny!

Ele foi até a mesa com pernas trêmulas, querendo sentar o martelo na megera, ver se isso a faria calar a boca. E foi quando ouviu o rosnado baixo à esquerda.

Virou a cabeça para aquele lado e viu um lobo da floresta — muito semelhante ao mesmo que tinha se aproximado de Steve e Cynthia com o *can tah* na boca — parado na porta que levava de volta aos escritórios. Os olhos do bicho fulgiam para ele. Por um momento, o lobo hesitou, e Johnny se permitiu ter esperança de que talvez ele recuasse. Depois a fera se lançou sobre ele com tudo, o focinho arreganhado exibindo as presas.

2

A coisa que tinha sido Ellen se concentrava tão profundamente no lobo — em usar o lobo para acabar com o escritor — que era um estado semelhante à hipnose. Agora alguma coisa, uma perturbação no esperado fluxo dos acontecimentos, interrompia a concentração de Tak. Ele recuou por um momento, contendo o lobo em seu lugar, mas voltando para o furgão Ryder o resto de sua terrível curiosidade e negra atenção. Alguma coisa tinha acontecido no furgão, mas Tak não sabia o que era. Tinha uma sensação de desorientação, como de despertar num quarto onde as posições de todo o mobiliário se houvessem alterado sutilmente.

Talvez, se não fosse por tentar estar em dois lugares ao mesmo tempo...

— *Mi him, en tow!* — rosnou a coisa e soltou o lobo em cima do escritor.

Lá se ia o homem que queria ser Steinbeck; a coisa de quatro patas era rápida e forte, a de duas pernas, lenta e fraca. Tak deixou de pensar no lobo, a visão de Johnny Marinville primeiro esmaecendo, depois desaparecendo quando o escritor se voltou, tateando com uma mão em busca de alguma coisa em cima da bancada, os olhos arregalados de pavor.

A coisa volveu toda a mente para o furgão e os outros — embora o único dos outros que contasse, que *algum dia* contara (só queria ter entendido isso antes), fosse o merdinha do menino rezador.

O furgão de aluguel amarelo vivo continuava parado na rua — pelos olhos sobrepostos das aranhas e com a visão de baixo das cobras Tak via-o nitidamente —, mas quando tentava entrar, não conseguia. Não haveria olhos lá dentro? Nem mesmo uma minúscula aranha correndo? Não? Ou seria o menino rezador de novo, bloqueando sua visão?

Não importava. A coisa não tinha tempo para *deixar* que importasse. Eles *estavam* lá dentro, tinham de estar, e Tak teria de deixar por isso mesmo, porque havia mais outra coisa errada, também. Uma coisa mais próxima.

Um problema com Mary.

Sentindo-se estranha e desconfortavelmente acuada, sentindo-se *impelida*, a coisa deixou o Ryder desaparecer e se concentrou no escritório de campo, vendo por meio dos habituais olhos cambiantes das criaturas que o enchiam. Registrou primeiro a secadora afastada do lugar, depois o fato de que Mary se fora. Conseguira sair de alguma maneira.

— Sua *piranha*! — gritou a coisa, e o sangue voou da boca de Ellen num fino borrifo.

A palavra não servia bem para exprimir seus sentimentos, e por isso ela recaiu na velha língua, cuspindo xingamentos ao se levantar... e cambalear em busca de equilíbrio na borda do *ini*. A fraqueza desse corpo tinha aumentado de uma forma apavorante. O que piorava tudo era não ter um corpo no qual entrar imediatamente, se necessário; no momento, estava presa naquele. Pensou por um breve instante nos animais, mas não havia nenhum ali capaz de servir a Tak para isso. A presença de Tak destroçava mesmo o mais forte dos humanos até a morte em questão de dias. Uma cobra, um coiote, rato ou urubu simplesmente explodiria no momento seguinte à sua entrada, como uma lata na qual alguém joga uma banana de dinamite acesa. O lobo da floresta serviria por uma ou duas horas, mas aquele era o último que restava por aquelas bandas, e no momento a cinco quilômetros de distância, cuidando do escritor (e a essa altura provavelmente jantando-o).

Tinha de ser a mulher.

Tinha de ser Mary.

A coisa que parecia Ellen saiu pela fenda na parede do *an tak* e foi capengando até o débil quadrado roxo que assinalava o lugar onde o antigo poço agora se abria para o mundo externo. Ratos guinchavam ávidos em torno dos pés de Ellen quando ela passava, farejando o sangue que saía da estúpida e nojenta xoxota dela. Tak chutava-os para longe, xingando-os na velha língua.

Na entrada da mina da China parou, olhando para baixo. A lua tinha passado para o outro lado do poço, mas ainda lançava alguma luz, e a lâmpada do teto da viatura lançava um pouco mais. O bastante para os olhos de Ellen verem que o carro tinha o capô levantado, e para a criatura que agora habitava o cérebro de Ellen entender que a astuta *os pa* de algum modo tinha fodido com o motor. Como escapou do escritório? E como *ousou* fazer aquilo?

Pela primeira vez, Tak sentiu medo.

Olhou para um lado e para outro e viu que as duas caminhonetes tinham os pneus furados. Era como o trailer dos Carver de novo, só que desta vez *ela* era a vítima, e não gostava nem um pouco dessa sensação. Restava o equipamento pesado, e embora a coisa soubesse onde estavam as chaves — chaves para tudo num dos arquivos do escritório —, não adiantava; não havia nada lá que ela soubesse dirigir. Cary Ripton sabia dirigir o equipamento pesado, mas Tak perdeu as aptidões físicas dele assim que o deixou por Josephson. Como Ellen Carver, tinha algumas das lembranças de Ripton, Josephson e Entragian (embora mesmo essas agora se desbotassem como fotos superexpostas), mas nenhuma de suas aptidões.

Ah, a piranha! *Os pa! Can fin!*

Cerrando e descerrando nervosamente os punhos de Ellen, ciente da calcinha molhada e da camiseta encharcada enfiada lá dentro, ciente de que tinha as coxas tingidas de sangue, Tak fechou os olhos de Ellen e procurou Mary.

— *Mi him, en tow! En tow! En TOW!*

A princípio não houve nada, só escuridão e o lento fluxo de cãibras no fundo do estômago de Ellen. E terror. Terror de que a piranha *os pa* já tivesse ido embora. Depois viu o que buscava, não com os olhos de Ellen, mas com ouvidos dentro dos ouvidos de Ellen: um súbito eco estranho que formava o vulto de uma mulher.

Um morcego que voava em círculos tinha visto Mary subindo a duras penas a estrada para a borda norte da mina, e ela estava muito longe de descansada, arquejando para recuperar o fôlego e se virando para trás a cada dez passos mais ou menos. Verificando se era perseguida. O morcego "via" nitidamente os cheiros que emanavam dela, e o que Tak captou era encorajador. Cheiro de medo, sobretudo. Daqueles que podem virar pânico com um empurrão.

Ainda assim, Mary estava apenas a uns 400 metros do topo, e depois disso o caminho era ladeira abaixo. E embora ela estivesse cansada e respirasse com dificuldade, o morcego não sentia o amargo aroma metálico da exaustão no suor que a inundava. Ainda não, pelo menos. Também havia o fato de que Mary não sangrava como um porco degolado. E aquele quase inútil corpo de Ellen Carver *sangrava*. O sangramento não estava fora de controle — ainda não —, mas muito em breve estaria. Talvez parar para se refazer, descansar no reconfortante fulgor do *ini*, tivesse sido um erro, mas quem acreditaria que aquilo ia acontecer?

Que tal mandar os *can toi* para detê-la? Os que não se encontravam no perímetro como parte do *mi him*?

Podia fazer isso, mas que *caralho* ia adiantar? Podia cercar Mary com cobras e aranhas, com sibilantes gatos bravos e gargalhantes coiotes, e a piranha muito provavelmente passaria por eles, afastando-os como Moisés supostamente abrira o mar Vermelho. Ela devia saber que "Ellen" não podia danificar o seu corpo, nem com os *can toi* nem com qualquer outra arma. Se não *soubesse*, estaria ainda no escritório, provavelmente agachada num canto, quase catatônica de medo, incapaz de emitir um som depois de gritar até ficar rouca.

Como tinha descoberto? Teria sido o menino rezador? Ou teria sido uma mensagem do Deus do menino rezador, o *can tak* de David Carver? Não importava. O fato de que o corpo de Ellen começava a cair aos pedaços e Mary levava quase um quilômetro de vantagem, nada disso importava tampouco.

— Estou indo assim mesmo, queridinha — sussurrou a coisa, e pôs-se a andar ao longo de um dos bancos, afastando-se do poço da mina e ganhando a estrada.

Sim. Indo assim mesmo. Talvez tivesse de malhar aquele corpo até as cinzas para alcançar a *os pa*, mas *ia* alcançar.

Ellen virou a cabeça, cuspiu sangue, sorriu. Não mais parecia muito a mulher que pensara em se candidatar ao conselho escolar, a mulher que gostava de almoçar com as amigas no China Happiness, a mulher cujas mais profundas e negras fantasias sexuais envolviam fazer amor com o bonitão dos comerciais de Coca Diet.

— Não importa quão rápido você corra, *os pa*. Você não vai escapar.

3

O vulto negro tornou a mergulhar como um bombardeiro, e Mary o afastou com um tapa.

— Vai te *foder*! — arquejou para ele.

O morcego guinou, mas não foi longe. Circulava-a como uma espécie de avião de reconhecimento, e ela teve a desagradável ideia de que era exatamente o que ele era. Ergueu o olhar e viu a borda do poço acima. Mais próxima agora — talvez apenas uns 200 metros —, mas ainda parecia zombeteiramente distante. Era como se arrancasse cada respirada do ar, e doía quando entrava. O coração martelava, e ela sentia uma fisgada do lado esquerdo. Pensara na verdade que estava em muito boa forma para uma mulher de trinta e alguma coisa, como se usar a esteira NordicTrack e a StairMaster três vezes por semana na ACM deixasse a gente em forma para uma coisa daquelas.

De repente, a fina superfície de cascalho da estrada resvalou sob os tênis, e as pernas trêmulas não puderam corrigir o equilíbrio a tempo. Mary conseguiu evitar dar de cara no chão caindo sobre um joelho, mas o jeans se rasgou, ela sentiu a pontada do cascalho entrando na pele, e o sangue quente escorreu pela perna abaixo.

O morcego caiu sobre ela imediatamente, guinchando e raspando seus cabelos com as asas.

— Cai fora, seu babaca! — ela gritou e brandiu o punho fechado para ele.

Foi um golpe de sorte. Ela sentiu a fina textura de uma das asas ceder ao soco e o morcego caiu na estrada à sua frente, abrindo e fechando a boca, fitando-a — ou parecendo fitá-la — com seus olhinhos inúteis. Mary se levantou com esforço e esmagou-o com o pé, emitindo um agudo grito de satisfação, um grito quase de pássaro, ao senti-lo triturado sob o tênis.

Começou a se virar de novo, mas viu uma coisa mais embaixo. Uma sombra se movendo entre as sombras.

— Mary? — Era a voz de Ellen Carver que subia flutuando, mas ao mesmo tempo não era. Gargarejada, cheia. Quem não tivesse passado pelo inferno das últimas seis ou oito horas, pensaria que era Ellen com um sério resfriado. — Espere, Mare! Eu quero ir com você! Quero ver David! Vamos vê-lo juntas!

— Vá pro inferno — sussurrou Mary.

Virou-se e recomeçou a andar, arrancando a respiração do ar e esfregando a dor do lado. Teria corrido se pudesse.

— Mary-Mary-muito-ao-contrário! — Não era exatamente uma risada, mas quase. — Não pode escapar, querida... não sabe disso?

A borda parecia tão distante que Mary se forçou a deixar de olhá-la e baixou os olhos para os tênis. Na vez seguinte em que a voz lá atrás gritou seu nome, soou mais próxima. Mary se obrigou a andar um pouco mais rápido. Caiu mais duas vezes antes de chegar à borda, a segunda com força suficiente para tirar-lhe o fôlego, e perdeu preciosíssimos segundos primeiro se ajoelhando e depois se levantando de cabeça baixa e com as mãos nas coxas para recuperá-lo. Queria que Ellen tornasse a chamá-la, mas ela não o fez. E agora não queria olhar para trás. Tinha muito medo do que poderia ver.

A 5 metros da borda, porém, acabou fazendo-o. Ellen vinha menos de 20 metros abaixo, arquejando silenciosamente por uma boca tão escancarada que parecia uma entrada de ar. O sangue saía em vapor a cada exalação; encharcava a blusa. Ela viu Mary olhando-a, fez uma careta, estendeu as mãos em garras, tentou correr e agarrá-la. Não conseguiu.

Mary, porém, descobriu que *conseguia* correr. Tinha sido sobretudo o ar nos olhos de Ellen Carver. Não havia nada de humano neles. Absolutamente nada.

Alcançou o topo do poço, o ar agora entrando e saindo rarefeito da garganta. A estrada se estendia plana por 30 metros da borda, depois descia. Ela via uma minúscula fagulha amarela na negridão do deserto, piscando; o sinal de trânsito do centro da cidade.

Mary grudou os olhos naquilo e correu um pouco mais depressa.

4

— O que está fazendo, David? — perguntou Ralph, a voz presa.

Após um período de concentração que provavelmente era uma prece silenciosa, David começou a andar para a porta traseira do furgão Ryder. Ralph se mexeu instintivamente, pondo o grande corpo entre o filho e a maçaneta que abria a porta. Steve viu isso e simpatizou com a sensação que o motivava, mas calculou que não adiantava muito. Se David decidisse que ia sair, ia sair.

O menino estendeu a carteira.

— Vou devolver isto.

— Não, não vai — disse Ralph, balançando rápido a cabeça. — De jeito nenhum. Pelo amor de Deus, David, você nem mesmo sabe onde está o cara... já deve ter deixado a cidade a esta altura, eu calculo. E boa viagem pra aquele lixo.

— Eu sei onde ele está — disse calmamente David. — Sei onde encontrá-lo. Está perto. — Hesitou, depois acrescentou: — Eu *devo* encontrá-lo.

— David? — A seus próprios ouvidos, a voz de Steve soou hesitante, estranhamente jovem. — Você disse que a corrente estava partida.

— Isso foi antes que eu visse a foto na carteira dele. Tenho de ir atrás dele. Tenho de ir já. É a única chance que a gente tem.

— Eu não compreendo — disse Ralph, mas saiu da frente da porta. — O que *significa* aquela foto?

— Não dá tempo, pai. E eu não sei se ia conseguir explicar mesmo que desse.

— A gente vai com você? — perguntou Cynthia. — Não vai, não é? David balançou a cabeça.

— Eu volto se puder. Com Johnny, se puder.

— Isso é loucura — disse o pai, mas falou com uma voz oca, sem força. — Se você sair vagando por aí, vai ser comido vivo.

— Não mais do que o coiote me comeu vivo quando eu saí da cela — disse David. — O perigo não está em eu ir lá fora; está em ficarmos todos aqui.

Ele olhou para Steve, depois para a porta traseira do Ryder. Steve assentiu e abriu a porta. A noite do deserto entrou, colando-se em seu rosto como um beijo frio.

David foi até o pai e abraçou-o. Quando o pai retribuiu o abraço, ele sentiu de novo aquela enorme força agarrá-lo. Correu por ele como chuva grossa. Estremeceu fortemente nos braços do pai, arquejando, depois deu um passo às cegas para trás. Estendia as mãos, tremendo descontroladas.

— David! — gritou Ralph. — David, o que...

E acabou. Assim, rápido. A força foi embora. Mas ele ainda via a mina da China como a tinha visto por um momento no círculo dos braços do pai; era como olhar o chão de um avião voando baixo. Reluziu à última luz da lua, um velho buraco de pia cor de alabastro. Ele ouvia o roçar do vento nos ouvidos e uma voz

(*mi him, en tow! mi him, en tow!*)

chamando. Uma voz que não era humana.

Fez um esforço para limpar a mente e olhá-los em volta — tão poucos restavam agora, tão poucos dos membros da Sociedade de Sobreviventes de Collie Entragian. Steve e Cynthia parados juntos, o pai se curvando para ele; atrás deles, a noite enluarada.

— O que foi? — perguntou Ralph, inseguro. — Deus todo-poderoso, o que foi agora?

David viu que tinha deixado cair a carteira e se abaixou para pegá-la. Não adiantaria nada deixá-la ali, Deus, não. Pensou em guardá-la no próprio bolso traseiro, depois lembrou-se de como ela tinha caído do bolso de Johnny e enfiou-a na frente da camisa.

— Vocês têm de ir pra mina — ele disse ao pai. — Pai, você, Steve e Cynthia têm de ir pra mina da China já. Mary está precisando de ajuda. Estão entendendo? *Mary está precisando de ajuda!*

— Do que você está falan...

— Ela escapou, está fugindo pela estrada pra cidade, e Tak está correndo atrás dela. Têm de ir agora. *Já!*

Ralph tornou a estender o braço para ele, mas desta vez de um modo hesitante, sem força. David passou facilmente por baixo do braço e saltou da traseira do Ryder para a rua.

— David! — gritou Cynthia. — Dividir a gente assim... Tem certeza de que está certo?

— *Não!* — ele gritou de volta. Sentia-se desesperado e confuso, e mais que um pouco tonto. — Sei que parece errado, pra mim também parece, mas não tem nada mais! Eu juro a vocês! Não tem nada mais!

— *Você volte já aqui!* — berrou Ralph.

David se virou, os olhos negros enfrentando o frenético olhar fixo do pai.

— Vá, pai. Vão os três. Já. Têm de ir. Ajudem-na! Pelo amor de Deus, *ajudem Mary*!

E antes que qualquer um pudesse fazer outra pergunta, David Carver girou nos calcanhares e saiu correndo para a escuridão. Com uma das mãos sacudia o ar; a outra ia presa na frente da camisa, segurando a carteira de crocodilo autêntico de John Edward Marinville, 350 dólares, da Barneys de Nova York.

5

Ralph tentou saltar atrás do filho. Steve agarrou-o pelos ombros e Cynthia pela cintura.

— *Me solta!* — gritou Ralph, lutando... mas não muito, na verdade. Steve sentiu-se meio encorajado. — *Me deixem ir atrás de meu filho!*

— Não — disse Cynthia. — A gente tem de acreditar que ele sabe o que está fazendo, Ralph.

— Eu não posso perdê-lo também — sussurrou Ralph, mas relaxou, deixou de tentar se livrar deles. — *Não posso.*

— Talvez a melhor maneira de garantir que isso não vai acontecer seja fazer o que ele quer — disse Cynthia.

Ralph inspirou fundo, depois expirou.

— Meu filho foi atrás daquele babaca — disse. Parecia falar consigo mesmo. *Explicar* a si mesmo. — Foi atrás daquele babaca presunçoso *pra devolver a carteira dele*, e se a gente perguntasse por quê, ia dizer que é a vontade de Deus. Tenho razão?

— É, provavelmente — disse Cynthia. Ela esticou o braço e tocou o ombro de Ralph. Ele abriu os olhos e ela sorriu-lhe. — E sabe a merda disso tudo? Provavelmente é verdade.

Ralph olhou para Steve.

— Você não o abandonaria, não é? Vai pegar Mary, tomar aquela estrada de equipamento de volta pra rodovia e deixar o menino pra trás?

Steve balançou a cabeça.

Ralph levou as mãos ao rosto, respirou fundo, expirou, deixou-as cair de novo e ficou olhando para eles. Tinha um tom pétreo nas feições agora, um ar de decisões tomadas e pontes queimadas. Ocorreu a Steve uma ideia esquisita: pela primeira vez desde que encontrara os Carver, via o filho no pai.

— Tudo bem — disse Ralph. — Vamos deixar que Deus proteja meu filho até a gente voltar. — Saltou da traseira do furgão e olhou triste a rua abaixo. — *Tem* de ser Deus. Aquele sacana daquele Marinville certamente não será.

Capítulo Quatro

1

A ideia que lampejou na mente de Johnny quando o lobo o atacou foi o menino dizendo que a criatura que dirigia aquele espetáculo queria que eles deixassem a cidade, ficaria satisfeito em deixá-los partir. Talvez houvesse um probleminha na segunda visão do garoto... ou talvez Tak apenas tivesse visto uma oportunidade de pegar um deles e estivesse aproveitando. A cavalo dado não se olham os dentes, essa coisa toda.

Em qualquer caso, pensou, *estou magistralmente fodido*.

Merece estar, queridinho, disse Terry atrás dele — é, era Terry, sem dúvida, útil até o fim.

Brandiu o martelo no lobo que vinha e berrou:

— *Dá o fora daqui!* — numa voz aguda que mal reconheceu como sua.

O lobo desviou para a esquerda e virou num círculo fechado, rosnando, quartos traseiros perto do chão, cauda escondida. Um de seus fortes ombros bateu num armário quando ele completou a volta, e uma xícara de chá balançou em cima, caiu e se despedaçou no chão. O rádio tossiu uma longa e alta saraivada de estática.

Johnny deu um passo para a porta, visualizando como desceria correndo o saguão e sairia no estacionamento — que se fodesse o ATV, encontraria veículos em outra parte —, e então o lobo já estava de novo no corredor, cabeça baixa e os pelos da nuca em pé, os olhos (horrivelmente inteligentes, horrivelmente *conscientes*) fulgindo. Johnny recuou, segurando o martelo na frente como um cavaleiro saudando o rei com a espada, balançando-o de leve. Sentia a palma suando na manga de borracha perfurada do cabo do martelo. O lobo parecia imenso, do tamanho de um pastor-alemão adulto no mínimo. Em comparação, o martelo parecia ridiculamente pequeno, o tipo de acessório de marceneiro que a gente tinha à mão para consertar prateleiras ou bater pregos para pendurar quadros.

— Deus me ajude — disse Johnny... mas não sentia nenhuma presença ali; Deus era apenas uma coisa que a gente dizia, uma palavra que a gente usava quando via a merda mais uma vez se preparando para obedecer à lei da gravidade e cair no ventilador.

Não há Deus, não há Deus, ele não era um menino de classe média de Ohio ainda a três anos do primeiro encontro com uma lâmina de barbear, a prece era apenas uma manifestação do que os psicólogos chamavam de "pensamento mágico", e não havia Deus.

Se houvesse, por que viria cuidar de mim, de qualquer modo? Por que viria cuidar de mim, depois que deixei os outros naquele furgão?

O lobo ladrou de repente para ele. Era um som absurdo, agudo, um latido que Johnny teria aceito num poodle ou num cocker spaniel. Mas não havia nada de absurdo nos dentes dele. Grossos pingos de baba voavam de entre eles a cada latido agudo.

— Dê o fora! — berrou Johnny com sua voz aguda e incerta. — Dê o fora, já!

Em vez de dar o fora, o lobo baixou, retorcendo, os quartos traseiros para o chão. Por um momento, Johnny pensou que ele ia dar uma cagada, que estava com tanto medo quanto ele e ia dar uma cagada no chão do laboratório. Depois, uma fração de segundo antes de acontecer, percebeu que o bicho se preparava não para cagar, mas para saltar. Em cima dele.

— *Não, Deus, por favor!* — gritou e virou-se para correr... de volta em direção ao ATV e aos cadáveres pendurados rígidos em seus cabides.

Na cabeça, fez isso; o corpo se moveu na direção oposta, *para a frente*, como dirigido por mãos que ele não via. Não teve nenhuma sensação de estar possuído, mas um nítido e inequívoco sentimento de não estar *mais só*. O terror se desfez. Seu primeiro e poderoso instinto — dar as costas e fugir — também se desfez. Ao contrário, deu um passo à frente, propelindo-se da mesa com a mão livre. Ergueu o martelo acima do ombro direito e lançou-o no momento em que o lobo se atirava sobre ele.

Esperava que o martelo girasse e tinha certeza de que passaria por cima da cabeça do animal — tinha sido lançador de beisebol na Lincoln Park High School uns mil anos atrás e ainda conhecia a sensação de uma bola que ia passar alta demais —, mas não passou. Não era nenhuma Excalibur, só um simples martelo velho Craftsman com uma manga de cabo perfurada para a gente pegar melhor, mas não girou nem passou alto.

O que fez foi matar o lobo com uma pancada no meio dos olhos.

Foi o som de um tijolo caindo numa tábua de carvalho. O fulgor verde abandonou os olhos do lobo; viraram velhas bolas de gude quando o sangue começou a jorrar do crânio do animal rachado ao meio. Então o bicho bateu em seu peito, jogando-o de novo contra a mesa, causando uma forte explosão de dor no pé das costas. Por um momento, Johnny sentiu o cheiro do lobo — um cheiro seco, quase de canela, como as especiarias que os egípcios usavam para embalsamar os mortos. Nesse momento, o animal tinha a cara ensanguentada voltada para a dele, as presas que deviam ter rasgado a sua garganta rindo impotentes. Johnny via a língua e uma velha cicatriz em forma de meia-lua no focinho. Então o bicho caiu a seus pés, como uma coisa frouxa e pesada envolta numa velha manta de navio.

Arquejando, Johnny se afastou dele a cambalear. Ele se abaixou para pegar o martelo, depois girou tão desajeitado que quase caiu, certo de que o lobo estaria de pé e vindo de novo para cima dele; não havia como tê-lo pego com o martelo daquele jeito, *não* havia, o objeto ia passar *alto*, os músculos lembravam a sensação de quando a bola ia bater do outro lado, lembravam muito bem.

Mas o lobo jazia onde tinha caído.

É hora de reconsiderar o Deus de David Carver?, perguntou Terry baixinho. Terry em estéreo agora; tinha um lugar em sua cabeça, e também na parede embaixo do USO *OBRIGATÓRIO* DO CAPACETE METÁLICO.

— Não — ele disse. — Foi uma jogada de sorte, só isso. Como aquela uma em mil no parque de diversões quando a gente *ganha* pra namorada o grande panda de pelúcia.

Achei que você tinha dito que ia passar alto.

— Bem, me enganei, não foi? Exatamente como você me dizia seis ou 12 vezes toda porra de dia, sua grande megera. — Estava chocado com o tom rouco, quase rasgado, de sua voz. — Não era esse o seu refrão durante toda a nossa encantadora união? Se enganou, Johnny, se enganou, Johnny, se enganou totalmente, Johnny, porra.

Você os abandonou, disse a voz de Terry, e o que o deteve não foi o desprezo que ouviu naquela voz (que era, afinal, apenas sua própria voz, a própria mente fazendo seus velhos truques de ventríloquo), mas o desespero. *Você os abandonou pra morrerem. Pior, você continua a negar Deus mesmo depois de tê-lo chamado... e ele respondido. Que espécie de homem é você?*

— Um homem que sabe a diferença entre Deus e um lance livre — ele disse à mulher de cabelos ruivo-alaranjados e buraco de bala no jaleco. — Um homem também com juízo bastante pra aproveitar enquanto pode.

Esperou que Terry respondesse. Ela não o fez. Ele pensou uma última vez no que tinha acontecido, analisando com sua lembrança quase perfeita, e não encontrou nada além de seu próprio braço, que aparentemente não tinha esquecido tudo que aprendeu sobre o lançamento de uma bola veloz, e um martelo Craftsman comum. Nenhuma luz azul. Nenhum efeito especial de Cecil B. DeMille. Nenhuma Filarmônica de Londres crescendo com cem violinos de falsa reverência ao fundo. O terror, o vazio e o desespero que sentia eram emoções transitórias; iam passar. O que ia fazer agora era soltar o ATV do reboque de minério, usando o martelo para forçar o contrapino. O que ia fazer em seguida era pôr o ATV em movimento e dar o fora daquele arrepiante...

— Nada mal, craque — disse uma voz da porta.

Johnny se virou. O menino estava ali parado. David. Olhando para o lobo. Depois ergueu o rosto sério para ele.

— Uma jogada de sorte — disse Johnny.

— Acha que foi isso?

— Seu pai sabe que você está aqui, David?

— Sabe.

— Se você veio aqui tentar me convencer a ficar, está com um azar que é uma merda — disse Johnny.

Ele se curvou sobre o engate do reboque de minério com o ATV e deu uma martelada no pino. Errou feio e bateu dolorosamente a mão num ângulo de metal. Soltou um grito e enfiou os nós dos dedos esfolados na boca. E, no entanto, tinha acertado o lobo no salto entre os olhos com o martelo, ele...

Johnny bloqueou o resto. Tirou a mão da boca, segurou com força a manga de borracha do martelo e se curvou de novo para o engate. Desta vez acertou em cheio — não no centro, mas perto o bastante para soltar o pino e mandá-lo rolando pelo chão. Foi parar embaixo dos pés suspensos da mulher que parecia Terry.

E não vou interpretar nada disso *tampouco*.

— Se veio discutir teologia, está igualmente sem sorte — disse Johnny. — Mas se gostaria de ir comigo para Austin, no oeste...

Ele parou. O menino tinha agora alguma coisa na mão e a estendia para ele. O lobo jazia entre os dois, no chão do laboratório.

— O que é isso? — perguntou Johnny, mas sabia.

Não estava com os olhos tão ruins ainda. De repente, sentiu a boca muito seca. *Por que me persegue?*, pensou subitamente — para o quê, não sabia exatamente, só que não era para o menino. *Por que não perde o meu faro? Não me deixa em paz?*

— Sua carteira — disse David. Os olhos nele, muito firmes. — Caiu de seu bolso, no furgão. Eu trouxe pra você. Tem sua carteira de identidade, caso você esqueça quem é.

— Muito engraçado.

— Eu não estava brincando.

— Então o que você quer? — perguntou Johnny, asperamente. — Uma recompensa? Tudo bem. Anote seu endereço que eu lhe mando vinte paus ou um livro autografado. Quer uma bola de beisebol autografada por Albert Belle? Eu consigo. O que você quiser. O que possa imaginar.

David olhou para o lobo embaixo por um instante.

— Uma jogada muito boa pra um homem que não acerta nem um engate a 10 centímetros de distância.

— Cala a boca, espertinho — disse Johnny. — Me traga a carteira se vem comigo. Jogue pra mim se não vem. Ou simplesmente fique com essa porra.

— Tem uma foto nela. Você e dois outros caras de pé na frente de um lugar chamado Posto de Observação Vietcongue. Acho que é um bar.

— É, um bar — concordou Johnny. Flexionou nervosamente a mão no cabo do martelo, mal sentindo a ferroada correr pelos nós dos dedos esfolados. — O cara alto nessa foto é David Halberstam. Um escritor muito famoso. Historiador. Torcedor de beisebol.

— Eu estava mais interessado no cara de altura média do meio — disse David, e de repente uma parte de Johnny, uma parte bem lá no fundo, soube aonde o menino queria chegar, o que ia dizer, e essa parte gemeu em protesto. — O cara de camiseta cinza e boné dos Yankees. O cara que me mostrou a mina da China de *meu* Posto de Observação Vietcongue. O cara era você.

— Que merda — disse Johnny. — O mesmo tipo de merda maluca que você vem soltando desde...

Baixinho, perfeitamente afinado e ainda estendendo a carteira para ele numa das mãos, David Carver cantou:

— *Eu disse doutor... senhor médico...*

Foi como receber um balaço no meio do peito. O martelo escorregou da mão de Johnny.

— Pare com isso — ele sussurrou.

— *... pode me dizer... o que me deixa doente... ele disse yeah-yeah-yeah...*

— *Pare com isso!* — gritou Johnny, e o rádio arrotou outra rajada de estática.

Ele sentia uma coisa começando a se mexer lá por dentro. Uma coisa terrível. Deslizando. Como o princípio de uma avalanche numa superfície que apenas parece sólida. Por que o menino tinha de vir? Porque tinha sido mandado, claro. Não era culpa de David. A verdadeira pergunta era por que o terrível senhor do menino não deixava qualquer um dos dois ir embora?

— The Rascals — disse David. — Só que naquela época ainda eram os Young Rascals. Felix Cavaliere no vocal. Um barato. Era a música que estava tocando quando você morreu, não era, Johnny?

Imagens começavam a deslizar ladeira abaixo na mente dele, com Felix Cavaliere cantando *Eu estava me sentindo tão mal*: soldados do Vietnã do Sul, muitos deles não maiores que alunos americanos da sexta série, afastando as nádegas dos mortos, procurando tesouros escondidos, uma nojenta caça ao tesouro em uma guerra nojenta, *can tah* em *can tak*; ele voltando para Terry com doença venérea e viciado em drogas, precisando tanto de uma dose que estava meio doido, esbofeteando-a num saguão do aeroporto quando ela disse alguma coisa espertinha sobre a guerra (a guerra dele, dissera, como se ele tivesse inventado a porra da coisa), esbofeteando-a com tanta força que a boca e o nariz dela sangraram, e embora o casamento ainda capengasse por mais um ano ou por aí assim, na verdade acabara ali mesmo no Salão B do terminal da United em LaGuardia, com o som daquela bofetada; Entragian chutando-o quando ele se contorcia caído na Rodovia 50, não chutando um monstro literário, nem um ganhador do Prêmio Nacional do Livro, nem o único escritor homem e branco *importante* dos Estados Unidos, mas apenas um pirado barrigudo com uma caríssima jaqueta de motoqueiro, que devia uma morte a Deus como todo mundo; Entragian dizendo que o título proposto do livro de Johnny o deixava furioso, nauseado de raiva.

— Eu não vou voltar lá — disse Johnny com a voz rouca. — Nem por você, nem por Steve Ames, nem por seu pai, nem por Mary, nem pelo mundo todo. Não vou. — Tornou a pegar o martelo e bateu com ele no reboque de minério, pontuando a recusa. — Está me ouvindo, David? Você está perdendo seu tempo. Eu *não* vou voltar. *Não vou! Não vou! Não vou!*

— A princípio eu não entendi como *podia* ser você — disse David, como se não tivesse ouvido. — Era a Terra dos Mortos... você mesmo disse isso, Johnny. Mas você estava vivo. Pelo menos, foi o que eu pensei. Mesmo quando vi a cicatriz. — Apontou para o pulso de Johnny. — Você morreu... quando? 1966? 1968? Acho que não importa. Quando uma pessoa para de mudar, para de *sentir*, morre. As vezes que você tentou se matar depois, estava apenas brincando de pegar. Não estava? — E a criança sorriu-lhe com uma solidariedade indizível em sua inocência, bondade e ausência de julgamento.

— Johnny — disse David —, Deus pode ressuscitar os mortos.

— Ah, Jesus, não me diga — ele sussurrou. — Eu não quero ser ressuscitado.

Mas sua voz parecia chegar-lhe de longe, e curiosamente *duplicada*, como se ele estivesse se desmontando de uma maneira estranha mas fundamental. Fraturando-se como greda.

— Tarde demais — disse David. — Já aconteceu.

— Foda-se, heroizinho, eu vou pra Austin. Está me ouvindo? *Pra porra de Austin!*

— Tak vai estar lá antes de você — disse David.

Ainda estendia a carteira, com a foto de Johnny, David Halberstam e Duffy Pinette parados diante do imundo barzinho Posto de Observação Vietcongue. Uma espelunca, mas tinha o melhor *jukebox* do Vietnã. Uma Wurlitzer. Em sua mente, Johnny sentia o gosto da cerveja Kirin e ouvia os Rascals, a batida da percussão, o órgão parecendo um punhal, e como era quente, como era verde e quente, o sol parecendo um raio, a terra cheirando a xoxota toda vez que chovia, e aquela música que parecia vir de toda parte, toda boate, todo rádio, toda merda de *jukebox*; de certa forma, aquela música *era* o Vietnã: *Eu estava me sentindo... tão mal... perguntei ao médico da minha família o que eu tinha...*

Essa era a música que estava tocando quando você morreu, não era, Johnny?

— Austin — ele sussurrou com uma voz débil, falha. E continuava aquela sensação de divisão, aquela sensação de *dualidade*.

— Se você for agora, Tak vai estar à sua espera em muitos lugares — disse David, seu implacável candidato a carcereiro, ainda estendendo sua carteira, a carteira onde se achava sepultada aquela foto odiosa. — Não só em Austin. Quartos de hotel. Salões de conferência. Banquetes em que as pessoas falam de livros e coisas. Quando estiver com uma mulher, é você quem vai tirar a roupa dela, mas é Tak quem vai fazer sexo com ela. E o pior é que pode viver com isso muito tempo. *Can de lach* é o que você será, o coração do não formado. *Mi him can ini.* O poço vazio do olho.

Não vou!, ele tentou tornar a gritar, mas desta vez não saiu voz nenhuma, e quando bateu de novo no reboque de minério, o martelo escapou-lhe dos dedos. A força tinha abandonado a mão. As coxas viraram água e os joelhos começaram a se dobrar. Caiu sobre eles com um grito sufocado de quem se afoga. A sensação de duplicar-se, *geminar-se*, era mais forte agora, e ele entendeu com consternação e resignação que era uma sensação verdadeira. Estava literalmente se dividindo em dois. Havia John Edward Marinville, que não acreditava em Deus e não queria que Deus acreditasse nele; essa criatura queria ir embora e entendia que Austin seria apenas a primeira parada. E havia Johnny, que queria ficar. Mais ainda, queria lutar. Que tinha avançado demais naquele louco sobrenaturalismo para querer morrer no Deus de David, queimar o cérebro nele e partir como uma mariposa na camisinha de uma lâmpada de querosene.

Suicídio!, gritava seu coração. *Suicídio, suicídio!*

Os soldados do Vietnã do Sul, otimistas de olhos mortos da guerra, buscando diamantes em cus. Um bêbado com uma garrafa de cerveja na mão e os cabelos molhados sobre os olhos, saindo de uma piscina de hotel, rindo para o espocar dos flashes das câmeras. O nariz de Terry sangrando sob os olhos magoados e incrédulos, uma voz no céu chamando para o embarque no voo 507 da United para Jacksonville no Portão B. O policial chutando-o enquanto ele se retorcia na faixa central de uma rodovia deserta. *Me deixa furioso*, dissera o policial. *Me deixa nauseado de raiva*.

Johnny sentiu que deixava o próprio corpo, se sentia agarrado por mãos que não eram suas e saíam de sua carne como trocados de um bolso. Estava de pé feito um fantasma ao lado do homem ajoelhado e via o homem ajoelhado estendendo as mãos.

— Eu fico com isso — disse o homem ajoelhado. Estava chorando. — Eu fico com minha carteira, que caralho, me devolva.

Viu o menino se aproximar do homem ajoelhado e se ajoelhar ao lado dele. Viu o homem ajoelhado pegar a carteira e guardá-la no bolso da frente do jeans sob as chaparreiras, para poder juntar as mãos, dedos entrelaçados, como fizera David.

— O que digo? — perguntou o homem ajoelhado, chorando. — Oh, David, como começo, o que eu digo?

— O que tem no coração — respondeu o menino ajoelhado, e então o fantasma desistiu e tornou a se juntar ao homem.

A claridade raiou no mundo, iluminando-o — iluminando *a ele* — como napalm, e ouviu Felix Cavaliere cantando *Eu disse baby, isso é certo, eu estou com febre, você tem a cura.*

— Me ajude, Deus — disse Johnny, erguendo as mãos à altura dos olhos, onde podia vê-las bem. — Oh, Deus, por favor me ajude. Me ajude a fazer o que fui mandado para fazer aqui, me ajude a ser completo, me ajude a viver. Deus, me ajude a voltar a viver.

2

Vou pegar você, piranha!, pensou a coisa, com uma sensação de triunfo.

A princípio, as possibilidades disso pareciam improváveis. Ela tinha chegado a 20 metros da *os pa* perto do alto do poço — só 20 metros —, mas a piranha tinha conseguido encontrar uma forcinha extra e chegar ao topo primeiro. Assim que começou a descer do outro lado, Mary conseguiu estender sua vantagem correndo, de 20 metros para 60 e depois 150. Porque *ela* conseguia respirar fundo, *ela* conseguia enfrentar o déficit de oxigênio de seu corpo. O corpo de Ellen Carver, por outro lado, tornava-se rapidamente incapaz de fazer qualquer dessas coisas. O sangramento vaginal tinha virado um jorro, uma coisa que mataria o corpo nos próximos vinte minutos, de qualquer modo... Mas se Tak conseguisse pegar Mary, não importava quanto sangrassem os restos de Ellen Carver; a coisa teria um lugar para onde ir. Mas quando chegou ao topo do poço, houve um rompimento também no pulmão esquerdo de Ellen. Agora, com cada expiração ela não borrifava apenas uma fina névoa vermelha, mas disparava jatos líquidos de sangue e tecido pela boca e pelo nariz. E não conseguia absorver oxigênio suficiente para manter a perseguição. Não com só um pulmão funcionando.

E então, um milagre. Correndo rápido demais na ladeira e tentando olhar para trás ao mesmo tempo, a piranha embolou os pés e levou uma queda espetacular, desabando na superfície de cascalho da estrada numa espécie de mergulho, e rolando abaixo uns 3 metros antes de parar, deixando uma trilha no chão atrás. Ficou de cara no chão com os braços estendidos, o corpo todo tremendo. À luz das estrelas, as mãos espalhadas pareciam pálidas criaturas pescadas de uma laguna. Tak a viu tentar se erguer sobre um dos joelhos. O joelho subiu até a metade, depois cedeu e tornou a desabar.

Agora! Agora! Tak ah wan!

Tak obrigou o corpo de Ellen a entrar numa espécie de trote, apostando na última gota de energia, em sua própria agilidade para impedir-se de tropeçar e cair, como tinha acontecido com a piranha. O entra e sai da respiração tinha se tornado uma espécie de sacolejo mecânico na garganta de Ellen, como um pistão funcionando com graxa grossa. O equipamento sensorial de Ellen se anuviava, pronto para se desligar. Mas ela ainda duraria um pouco. Só um pouco. E um pouco era só o que a coisa precisava.

Cento e quarenta metros.

Cento e vinte.

Tak corria para a mulher caída na estrada, gritando em mudo e sedento triunfo ao ver a distância encurtar.

3

Mary ouvia uma coisa se aproximando, uma coisa que gritava palavras sem sentido numa voz densa e engrolada. Ouvia a batida dos sapatos no cascalho. Chegando perto. Mas nada parecia importar. Como as coisas que a gente ouve num sonho. E certamente aquilo *tinha* de ser um sonho... não tinha?

Levanta, Mary! Tem de se levantar!

Ela olhou em volta e viu uma coisa horrorosa e nem um pouco onírica avançando. Os cabelos voando atrás. Um dos olhos tinha se rompido. O sangue explodia da boca a cada respirada. E no rosto havia o ar de um animal faminto deixando a tocaia e apostando tudo numa última arrancada.

LEVANTA, MARY! LEVANTA!

Não consigo, estou toda esfolada, e de qualquer forma é tarde demais, ela gemeu para a voz, mas no momento mesmo em que gemia lutava de novo com o joelho, tentando dobrá-lo embaixo de si. Desta vez conseguiu, e ficou de pé apoiando-se nele, tentando se arrancar do poço da gravidade esta última vez.

A coisa-Ellen vinha a pleno trote agora. Parecia explodir dentro das roupas ao se aproximar. E gritava: um uivo arrastado de raiva e fome envolto em sangue.

Mary ficou de pé, gritando ela própria agora, enquanto a coisa descia, estendendo os braços e tentando pegá-la com os dedos. Ela se lançou em plena carreira ladeira abaixo, olhos esbugalhados, boca escancarada num grito total mas silencioso.

Uma das mãos, nauseantemente quente, correu por entre suas omoplatas e tentou se fechar sobre a blusa. Mary se atirou para a frente e quase caiu quando a parte superior do corpo oscilou além do ponto de equilíbrio, mas a mão escorregou e ficou para trás.

— *Piranha!*

Ouviu um rosnado inumano, gutural — *bem atrás dela* —, e desta vez a mão se fechou em seus cabelos. Podia ter segurado se os cabelos estivessem secos, mas estavam oleosos — quase empastados — de suor. Por um momento, ela sentiu os dedos da coisa na nuca, e depois se foram. Ela corria ladeira abaixo em saltos crescentes, o medo agora se misturando com uma espécie de louca exultação.

Ouviu um baque atrás. Arriscou uma olhada e viu que a coisa-Ellen tinha desabado. Jazia enroscada sobre si mesma como uma lesma esmagada. Abria e fechava as mãos no ar vazio, como se ainda buscasse a mulher que tinha conseguido escapar-lhe por pouco.

Mary se virou e se concentrou no sinal de trânsito. Estava mais perto agora... e havia outras luzes também, tinha certeza. Faróis, e vindo para aquele lado. Concentrou-se neles, correu para eles.

Nem sequer reparou no grande vulto que passou silencioso acima.

4

Acabado.

Tinha chegado tão perto — na verdade, até tocou nos cabelos da piranha —, mas no último segundo Mary escapou. No momento em que se distanciava, Ellen embolou os pés e Tak desabou, ouvindo os sons de tudo se rompendo dentro do corpo ao rolar de lado, as mãos a buscarem o ar como se pudessem encontrar nele onde se agarrar.

A coisa rolou com Ellen de barriga para cima, fitando o céu cheio de estrelas, gemendo de dor e ódio. E tinha chegado tão perto!

Foi quando viu o vulto negro lá em cima, apagando as estrelas numa espécie de crucifixo deslizante, e sentiu um novo surto de esperança.

Tinha pensado no lobo e desistido da ideia, porque o animal estava longe demais, mas tinha se enganado ao acreditar que o lobo era o único vaso *can toi* que podia conter Tak por um breve tempo.

Havia aquilo.

— *Mi him* — sussurrou com a voz agonizante, encharcada de sangue. — *Can de lach, mi him, min en tow. Tak!*

Venha a mim. Venha a Tak, venha ao antigo, venha ao coração das coisas informes.

Venha a mim, vaso.

Ergueu os braços moribundos de Ellen, e a águia dourada desceu entre eles, olhando o rosto agonizante de Tak com olhos de êxtase.

5

— Não olhe pros cadáveres — disse Johnny.

Afastava o reboque de minério do ATV. David ajudava.

— Não estou olhando, acredite — disse David. — Já vi cadáveres suficientes pra uma vida inteira.

— Acho que está bom.

Johnny foi para o lado do motorista no ATV e tropeçou em alguma coisa. David segurou-lhe o braço, embora ele, Johnny, não chegasse a ponto de cair.

— Cuidado, vovô.

— Você fala demais, garoto.

Tropeçara no martelo. Pegou-o, tornou a jogá-lo na bancada, depois pensou melhor e enfiou a ferramenta de cabo de borracha no cinto das chaparreiras de couro, que agora tinham sangue e sujeira suficientes para parecer quase autênticos. O martelo parecia bem ali, de algum modo.

Havia uma caixa de controles à direita da porta de metal. Johnny apertou o botão azul escrito SOBE, mentalmente preparado para mais problemas, mas a porta deslizou maciamente no trilho. O ar que entrou, cheirando de leve a castileja e sálvia, era fresco e doce — como o paraíso. David encheu o peito, voltou-se para Johnny e sorriu.

— Legal.

— É. Vamos lá, suba nessa belezinha. Vou levar você pra dar uma volta.

David subiu para o banco do carona do veículo, que parecia um carrinho de golfe alto e grande. Johnny girou a chave e o motor pegou de primeira. Quando saía pela porta aberta, ocorreu-lhe que nada daquilo estava acontecendo. Era tudo parte de uma ideia que tinha tido para seu novo romance. Uma história fantástica, talvez um romance de terror mesmo. Uma coisa distante de John Edward Marinville, em todos os sentidos. Não era material de literatura séria, mas e daí? Estava indo em frente, e se queria se levar um pouco menos a sério, sem dúvida tinha esse direito. Não precisava carregar cada livro nos ombros como uma mochila cheia de pedras e correr com ela montanha acima. Isso podia ser bom para a garotada, os recrutas verdes, mas ele já tinha passado desse tempo. E isso era meio que um alívio.

Não era real, nada daquilo, não, de jeito nenhum. Na verdade estava apenas dando um passeio no velho conversível, um passeio com o filho, o filho da meia-idade. Iam ao Milly's, na Square. Parariam na barraquinha de sorvete, comeriam as casquinhas, e talvez ele contasse algumas historinhas típicas de sua infância, não o suficiente para chateá-lo, os garotos tinham baixa tolerância para histórias que começavam com "Quando *eu* era menino", sabia disso, achava que todo pai que não tinha a cabeça enfiada no próprio rabo sabia, por isso só uma ou duas histórias de como tinha treinado para jogar beisebol mais ou menos como um doido, e maldito seria se o treinador não tivesse...

— Johnny? Você está bem?

Ele percebeu que tinha ido de ré até a beira da rua e estava agora apenas parado ali, com a embreagem apertada e o motor rodando solto.

— Há? Sim. Ótimo.

— Em que estava pensando?

— Garotos. Você é o primeiro que tenho por perto desde... Nossa, desde que meu mais novo foi pra Universidade Duke. Você é legal, David. Meio com essa mania de Deus, mas fora isso, bem legal.

David sorriu.

— Obrigado.

Johnny recuou mais um pouco, depois manobrou e engatou a primeira. Quando os faróis altos do ATV varreram a Main Street, ele viu duas coisas: a biruta em forma de duende em cima do Bud's Suds agora jazia caída no chão, e o furgão de Steve tinha desaparecido.

— Se fizeram o que você queria, acho que estão indo lá pra cima — disse.

— Quando encontrarem Mary, vão esperar pela gente.

— Acha que *vão* encontrar?

— Tenho quase certeza. E acho que ela está bem. Mas foi por pouco. — Olhou para Johnny, e desta vez deu um sorriso mais largo. Johnny achou um belo sorriso. — Você vai sair bem disso tudo também, eu acho. Talvez escreva a respeito.

— Em geral eu escrevo sobre coisas que me acontecem. Enfeito um pouco e fica ótimo. Mas isso... Eu não sei, não.

Passavam pelo American West. Johnny pensou em Audrey Wyler, lá caída sob as ruínas do balcão. O que restava dela.

— David, até onde a história de Audrey era verdade? Você sabe?

— A maior parte.

David olhava o cinema, esticando o pescoço para continuar vendo-o mais alguns instantes depois de passarem. Voltou-se então para Johnny. Tinha o rosto pensativo... e, achou Johnny, triste.

— Não era má pessoa, o senhor sabe. O que aconteceu com ela foi como a gente ser apanhado num deslizamento de terra ou numa enchente, uma coisa assim.

— Um ato de Deus.

— Certo.

— *Nosso* Deus. Seu e meu.

— Certo.

— E Deus é cruel.

— Certo de novo.

— Você tem umas ideias complicadas do diabo, pra uma criança, sabia?

Passavam pela prefeitura. O lugar onde a irmã do menino tinha sido assassinada e sua mãe arrastada para alguma treva final. David olhou-o com olhos que Johnny não podia interpretar, depois ergueu as mãos e esfregou o rosto com elas. O gesto o fez parecer ter de novo a sua idade, e Johnny ficou chocado ao ver como era jovem.

— Mais do que eu jamais quis ter — disse David. — Sabe o que Deus acabou dizendo a Jó quando se cansou de ouvir todas as lamúrias dele?

— Certamente mandou ele se foder, não foi?

— É. Quer saber de uma coisa ruim mesmo?

— Mal posso esperar.

O ATV passava pelas cristas de areia numa série de solavancos de fazer chocalhar os dentes. Johnny via a periferia da cidade à frente. Queria ir mais rápido, mas qualquer coisa além da segunda marcha parecia imprudente, em vista do curto alcance dos faróis. Podia ser verdade que estavam nas mãos de Deus, mas dizia-se que Deus ajudava a quem ajudava a si mesmo. Talvez por isso tivesse ficado com o martelo.

— Eu tenho um amigo. Se chama Brian Ross. É meu *melhor* amigo. Uma vez a gente fez um Partenon inteiramente de tampinhas de garrafa.

— Foi mesmo?

— Ahan. O pai de Brian ajudou um pouco, mas a maior parte fomos nós mesmos. A gente ficava acordado até tarde da noite nos sábados vendo filmes velhos de terror. Os em preto e branco. Boris Karloff era o nosso monstro preferido. *Frankenstein* era bom, mas a gente preferia *A Múmia*. Vivia dizendo um pro outro: "Ah, merda, lá está a múmia atrás da gente, é melhor apressar o passo." Essas coisas bobocas, mas engraçadas. Sabe?

Johnny sorriu e balançou a cabeça.

— Seja como for, Brian sofreu um acidente. Foi atropelado por um bêbado quando ia pra escola. Quer dizer, 7h45, e o cara já estava caindo de bêbado. Acredita?

— Claro — disse Johnny. — Pode apostar.

David deu-lhe uma olhada examinadora, assentiu e prosseguiu.

— Brian bateu com a cabeça. *Feio*. Fraturou o crânio e afetou o cérebro. Ficou em coma, e ninguém esperava que vivesse. Mas...

— Deixa ver se eu adivinho o resto. Você rezou a Deus pra que seu amigo ficasse bom, e dois dias depois, pimba, lá estava o garoto andando e falando, graças a Jesus, meu senhor e salvador.

— Não acredita?

Johnny riu.

— Na verdade, acredito. Depois do que me aconteceu desde esta tarde, uma coisinha dessas parece inteiramente sã e razoável.

— Eu fui a um lugar especial pra mim e Brian, e rezei. Uma plataforma que a gente construiu em cima de uma árvore. A gente chamava de Posto de Observação Vietcongue.

Johnny olhou-o, sério.

— Não está brincando sobre isso?

David balançou a cabeça.

— Não me lembro de qual de nós deu o nome agora, não tenho certeza, mas era assim que a gente chamava. Achava que era de algum filme antigo, mas se era, eu não lembro qual. Tinha uma tabuleta e tudo mais. Era a casa da gente, aonde eu fui, e o que eu disse foi... — Fechou os olhos, pensando. — O que eu disse foi: "Deus, faça com que ele fique bom. Se fizer isso, eu faço alguma coisa pro senhor. Eu prometo." — Tornou a abrir os olhos. — Ele ficou bom quase imediatamente.

— E agora está na hora de pagar. Isso é que é ruim, não é?

— Não! Eu não me importo de pagar. No ano passado, apostei com papai cinco paus que os Pacers iam vencer o campeonato da NBA, e como não ganharam, ele tentou me perdoar, porque disse que eu era só um menino, apostava mais com o coração do que com a cabeça. Talvez tivesse razão...

— *Provavelmente* tinha razão.

— ... mas eu paguei assim mesmo. Porque é feio não pagar o que a gente deve, é feio não cumprir a palavra. — David se inclinou para ele e baixou a voz... como se temesse que Deus escutasse. — O ruim mesmo é que Deus sabia que eu ia vir pra cá, e já sabia o que queria que eu fizesse. E sabia o que eu ia ter de *saber* pra fazer isso. Meus pais não são religiosos, quase só no Natal e na Páscoa, e até o acidente de Brian eu também não era. Tudo da Bíblia que eu sabia era João 3,16, porque está sempre nos cartazes que os bíblias carregam no parque. Pois Deus tanto amou o mundo.

Passavam pela bodega agora com a tabuleta caída. Os tanques de baixa pressão haviam sido arrancados da lateral da casa e estavam caídos no deserto, a uns 60 ou 70 metros. A mina da China surgia à frente. À luz do luar, parecia um sepulcro caiado.

— Que são bíblias?

— Fanáticos. É como meu amigo, o reverendo Martin, os chama. Acho que ele está... Acho que aconteceu alguma coisa com ele.

David ficou calado por alguns instantes, fitando a estrada. As bordas haviam sido apagadas pela tempestade de areia, e ali havia montículos, além de lombadas, no caminho. O ATV vencia-os com facilidade.

— De qualquer modo, eu não sabia nada sobre Jacó e Esaú, nem do manto de muitas cores de José, nem da mulher de Putifar, até o acidente de Brian. O que mais me interessava naquele tempo — ele falava, pensou Johnny, como um veterano de guerra nonagenário descrevendo batalhas antigas em campanhas esquecidas — era se Albert Belle ia ou não ganhar um dia o título de melhor jogador da Liga Americana.

Voltou-se para Johnny, o rosto sério.

— O ruim não foi Deus me botar numa posição em que eu devia um favor a ele, mas fazer mal a Brian pra isso.

— Deus é cruel.

David assentiu, e Johnny viu que o menino estava à beira das lágrimas.

— Sem dúvida é. Melhor que Tak, talvez, mas muito mau ainda assim.

— Mas a crueldade de Deus aperfeiçoa a gente... é o que dizem, pelo menos. Certo?

— Bem... pode ser.

— De qualquer forma, ele está vivo, o seu amigo.

— Está...

— E talvez não fosse só com você, de qualquer modo. Talvez um dia seu chapinha vá curar a Aids ou o câncer. Talvez rebata em sessenta jogos seguidos.

— Pode ser.

— David, essa coisa que anda por aí... Tak... o que é ela? Tem alguma ideia? Um espírito indígena? Um manitu ou um *wendigo*?

— Acho que não. Acho que é mais uma doença que um espírito, ou mesmo um demônio. Os índios talvez nem soubessem que ela estava aqui, e já estava antes deles. *Muito* antes. Tak é o antigo, o coração das coisas informes. E o lugar onde está mesmo, no outro lado da goela no fundo da mina... Não sei se aquele lugar fica sequer na Terra, ou mesmo no espaço normal. Tak é um completo alienígena, tão diferente da gente que não se pode nem pensar.

O menino tremia um pouco e tinha o rosto ainda mais pálido. Talvez fosse apenas o luar, mas Johnny não estava gostando.

— A gente não tem de falar mais nisso, se você não quiser. Tudo bem?

David assentiu, depois apontou para a frente.

— Olhe, lá está o Ryder. Parado. Devem ter encontrado Mary. Não é sensacional?

— Claro — disse Johnny.

Os faróis do furgão estavam 1 quilômetro ou mais adiante, abrindo um leque de luz na base do barranco. Eles se aproximaram quase em silêncio, cada um perdido em seus próprios pensamentos. Para Johnny, esses pensamentos tratavam sobretudo de identidade; não estava mais inteiramente seguro de quem era. Voltou-se para David, pretendendo perguntar-lhe se sabia onde poderia haver mais algum esconderijo de sardinhas — faminto como estava, não franziria o nariz nem para um prato de feijão-manteiga frio — quando seus faróis de repente bateram numa silenciosa e brilhante explosão de ar. Ele deu um salto para trás no banco do motorista, torcendo os ombros. Deixou escapar um grito estrangulado. Sentiu a boca se arreganhar com tanta força nos cantos que ficou como uma máscara de palhaço. O ATV se desviou para a margem esquerda da estrada.

David se inclinou, pegou o volante e corrigiu a direção pouco antes de o veículo transpor a borda e despencar no deserto. A essa altura, Johnny já tinha voltado a abrir os olhos. Freou instintivamente, lançando o menino para a frente. E então pararam, o ATV em ponto morto no meio da estrada, a menos de 60 metros das lanternas traseiras do Ryder. Viam as pessoas paradas lá, silhuetas manchadas de vermelho, olhando-os.

— Puta merda! — exalou David. — Mais um ou dois segundos e...

Johnny olhou-o, estonteado e pasmo, como se o visse pela primeira vez. Depois a visão clareou e ele deu uma trêmula risada.

— Puta merda mesmo — disse. Tinha a voz baixa, quase sem força; a voz de alguém que acabou de receber um violento choque. — Obrigado, David.

— Foi uma bomba de Deus?

— *Como?*

— Uma das grandes. Como Saulo na estrada de Damasco, quando a catarata ou o que quer que fosse caiu dos olhos dele e ele tornou a ver. O reverendo Martin chama isso de bombas de Deus. O senhor acabou de receber uma, não foi?

De repente ele não queria olhar para David, temia o que o menino podia ver em seus olhos. Olhou em vez disso para as lanternas traseiras do Ryder.

Johnny notou que Steve não tinha aproveitado a extraordinária largura da estrada para dar a volta; o furgão alugado ainda apontava para o sul, para o barranco. Claro. Steve Ames era um macaco velho experiente do Texas e deve ter desconfiado de que aquilo ainda não tinha acabado. Tinha razão. David também estava certo — teriam de subir à mina da China —, mas o menino tinha outras ideias que talvez não estivessem certas.

Ajuste os olhos, Johnny, disse Terry. *Ajuste os olhos pra poder olhar pra ele sem piscar. Sabe como fazer isso, não sabe?*

Sim, claro que sabia. Lembrou de uma coisa que um antigo professor de literatura tinha dito, quando os dinossauros ainda andavam pela Terra e Ralph Houk ainda dirigia os New York Yankees. Mentira é ficção, proclamara o velho réptil cascudo, com um sorriso seco e cínico, ficção é arte, e portanto toda arte é mentira.

E agora, senhoras e senhores, abram espaço pra eu praticar arte nesse incauto jovem profeta.

Voltou-se para David e enfrentou o seu olhar preocupado com um triste sorriso.

— Não foi nenhuma bomba de Deus, David. Desculpe decepcionar você.

— Então o que foi que aconteceu?

— Tive uma convulsão. Tudo caiu em cima de mim de repente e eu tive uma convulsão. Quando jovem, eu tinha uma a cada três ou quatro meses. *Petit mal.* Tomei remédio e me livrei delas. Quando comecei a beber pra valer mesmo, lá pelos 40... bem, 35 anos, e acho que tinha muito mais coisa nisso que a simples bebida... elas voltaram. Já não eram tão *petit*. São o motivo principal de eu continuar tentando não beber. O que você acabou de ver foi o primeiro em quase — fez uma pausa, fingindo contar retroativamente — 11 meses. Nenhuma bebida nem cocaína durante todo esse tempo. Só o velho estresse mesmo.

Tornou a rodar. Não queria olhar em volta agora; se o fizesse, estaria tentando ver quanto daquilo David aceitava, e o menino podia ver *isso*. Parecia maluquice, paranoia, mas Johnny sabia que não era. Aquele menino era espantoso e espectral... como um profeta do Velho Testamento que acabou de sair de um deserto do Velho Testamento, curtido de sol e com os miolos torrados pela informação privilegiada de Deus.

Melhor afastar o olhar, guardar tudo para si mesmo, pelo menos por enquanto.

Com o canto do olho, viu David o observando com insegurança.

— Essa é mesmo a verdade, Johnny? — ele perguntou afinal. — Sem papo-furado?

— A verdade mesmo — Johnny disse, ainda não olhando diretamente para ele. — Zero papo-furado.

David não fez mais nenhuma pergunta... mas sempre dava umas olhadas na direção dele. Johnny descobriu que conseguia sentir o olhar, como dedos leves e hábeis tateando numa janela, procurando pelo ferrolho que a abriria.

Capítulo Cinco

1

Tak pousava no lado norte da crista, os esporões cravados na casca podre de uma velha árvore caída. Agora literalmente com olhos de águia, não tinha dificuldade para distinguir os veículos lá embaixo. Via até as duas pessoas no ATV: o escritor ao volante e, a seu lado, o menino.

O merdinha do menino rezador.

Ali, afinal.

Os dois, ali afinal.

Tak tinha encontrado o menino por um breve instante numa visão de David, e tentara afastá-lo, amedrontá-lo, mandá-lo embora antes que encontrasse aquele que o convocara. Não conseguiu fazer isso. *Meu Deus é forte*, dissera o menino, e era visivelmente verdade.

Mas faltava ver se o Deus do menino era forte *o bastante*.

O ATV parou perto do furgão amarelo. O escritor e o menino pareciam conversar. O *dama* do menino começou a andar em direção a eles, rifle na mão, e parou quando o veículo recomeçou a avançar. Então se reuniram mais uma vez, todos os que restavam, mais uma vez juntos apesar dos esforços da coisa.

Mas nem tudo estava perdido. O corpo da águia não duraria muito — uma hora, duas no máximo —, mas no momento a coisa estava forte, quente e ávida, uma arma afiada que Tak empunhava com a maior intimidade. Ela bateu as asas da ave e elevou-se no ar, quando o *dama* abraçou seu *damane*. (A coisa perdia rapidamente a língua humana, pois o pequeno cérebro de *can toi* da águia era incapaz de contê-la, e revertia à simples porém poderosa língua das coisas informes.)

Ela girou, passou deslizando sobre o buraco de trevas que era a mina da China, tornou a girar e desceu em espiral para a negra entrada da boca da mina. Pousou, lançando um único e baixo grito quando as garras escolheram o poleiro para se firmarem bem. Trinta metros poço abaixo, fulgia a pálida luz vermelho-rosada. Tak olhou-a por um instante, deixando a luz do *an tak* inundar e apaziguar o pequeno cérebro primitivo da ave, e depois entrou saltando até uma certa distância no túnel. Ali havia um ligeiro recuo no lado esquerdo. A águia se enfiou nele e ficou quieta, as asas fortemente fechadas, à espera.

À espera deles todos, mas sobretudo do rezadorzinho. Ia rasgar a garganta do menino rezador com as poderosas garras de uma das patas da águia dourada, os olhos com as da outra; o rezadorzinho estaria morto antes que qualquer um deles soubesse o que tinha acontecido. Antes que o próprio *os dam* soubesse o que tinha acontecido, ou mesmo entendesse que ele estava morrendo cego.

2

Steve tinha trazido uma manta — uma velha coisa xadrez desbotada — para cobrir a moto do chefe, caso *acabasse* tendo de transportar a Harley para a Costa Oeste na traseira do furgão. Quando Johnny e David encostaram com o ATV, Mary Jackson tinha essa manta em torno dos ombros, como um xale escocês. A porta traseira do furgão estava aberta e ela estava sentada ali com os pés no para-choque, segurando a manta na frente. Na outra mão, tinha uma das poucas garrafas restantes de Jolt. Achava que jamais tinha saboreado nada melhor em toda a vida. Tinha os cabelos emplastrados na cabeça, formando um capacete de suor. Os olhos estavam arregalados. Tremia apesar da manta, e se sentia como uma refugiada num noticiário de TV. Numa notícia sobre incêndio ou terremoto. Viu Ralph dar ao filho um forte abraço com um braço só, a Ruger .44 na outra mão, na verdade suspendendo David e depois pondo-o de volta no chão.

Mary escorregou para a estrada e cambaleou um pouco. Os músculos das pernas ainda tremiam da corrida. *Corri pra salvar minha vida*, ela pensava, *e isso é uma coisa que jamais vou poder explicar, não falando, provavelmente nem mesmo num poema — o que é correr não por uma refeição, uma medalha, um prêmio, ou pra pegar um trem, mas pela porra da própria* vida.

Cynthia tocou-lhe o braço.

— Você está bem?

— Vou ficar ótima — ela disse. — Me dê cinco anos, que eu fico no pique.

Steve se juntou a elas.

— Nem sinal dela — disse, referindo-se a Ellen, supôs Mary. Depois se aproximou de David e Marinville.

— David? Tudo bem?

— Tudo — disse David. — Com Johnny também.

Steve olhou para o homem que o tinham contratado para pajear, o rosto inexpressivo.

— É?

— Acho que sim — disse Marinville. — Eu tive... — Olhou para David. — Conta pra ele, moleque. Está com a cabeça no lugar.

David deu um pálido sorriso.

— Ele mudou de opinião. E se era minha mãe que vocês estavam procurando... a coisa que estava dentro de minha mãe... podem parar. Ela está morta.

— Tem certeza?

David apontou.

— Vamos encontrar o corpo dela no meio do barranco. — Depois, com uma voz que se esforçava para ser objetiva, acrescentou: — Eu não quero olhar pra ela. Quer dizer, quando vocês a tirarem do caminho. Pai, acho que o senhor também não devia.

Mary andou até eles, esfregando a parte de trás das coxas, onde doía mais.

— A Ellen-corpo acabou, e não conseguiu me alcançar. Por isso a coisa está de novo em seu buraco, não está?

— Está...

Mary não gostou do som de dúvida na voz de David. Havia ali mais palpite que conhecimento.

— Ela tinha mais alguém em quem *pudesse* entrar? — perguntou Steve. — *Tem* mais alguém aqui em cima? Um eremita? Um velho garimpeiro?

— Não — disse David. Mais seguro agora.

— Ela caiu e não consegue se levantar — disse Cynthia, e deu um soco em direção ao céu cheio de estrelas. — *Uau!*

— David? — perguntou Mary.

Ele se virou para ela.

— A gente ainda não acabou, mesmo que ela *esteja* presa aí dentro. Acabou? A gente deve fechar a entrada.

— Primeiro o *an tak* — disse David, assentindo —, depois a entrada, sim. Lacrar, como estava antes. — Olhou para o pai.

Ralph passou um braço em volta dele.

— Se você está dizendo, David.

— Eu sou a favor — disse Steve. — Mal posso esperar pra ver onde esse cara tira os sapatos e põe os pés pra descansar.

— Eu não tinha mesmo nenhuma pressa de voltar pra Bakersfield — disse Cynthia.

David olhou para Mary.

— Claro. Foi Deus quem me mostrou como sair, sabe. E eu preciso me lembrar de Peter. Essa coisa matou meu marido. Acho que devo fazer alguma coisinha contra ela, por Peter.

David olhou para Johnny.

— Duas perguntas — disse Johnny. — Primeiro, o que vai acontecer quando isso acabar? O que vai acontecer aqui? Se a Empresa de Mineração de Desespero voltar e recomeçar a trabalhar no poço, com a máxima probabilidade vai reabrir a mina da China. Não é? Logo, de que adianta?

David deu um sorriso de verdade. A Mary, pareceu aliviado, como se estivesse esperando uma pergunta muito mais difícil.

— Isso não é problema da gente; é de *Deus*. O da gente é fechar o *an tak* e o túnel pro mundo externo. Depois vamos embora sem olhar pra trás. Qual é a outra pergunta?

— Posso levar você pra tomar um sorvete quando isso acabar? Contar pra você umas histórias da escola?

— Claro. Contanto que eu possa pedir que pare quando se tornarem, você sabe, chatas.

— Histórias chatas não fazem parte do meu repertório — disse Johnny orgulhoso.

O menino voltou para o furgão com Mary, passando o braço pela cintura dela e encostando a cabeça nela, como se ela fosse sua mãe. Mary achava que podia ser por algum tempo, se ele precisasse. Steve e Cynthia foram para a boleia; Ralph e Johnny Marinville se sentaram no chão atrás, defronte de Mary e David.

Quando o furgão parou na metade da ladeira, Mary sentiu o braço de David em sua cintura apertá-la e passou o seu pelos ombros dele. Haviam chegado ao lugar onde a mãe do menino — a casca dela, pelo menos — tinha se acabado. Ele sabia tão bem quanto ela. Respirava rápido e leve pela boca. Mary pôs-lhe uma das mãos no lado da cabeça e puxou-o em silêncio para si. Ele aceitou de muito boa vontade, encostando o rosto no seio dela. Continuava a respirar de leve, pela boca, e então ela sentiu as primeiras lágrimas lhe molharem a blusa. Defronte, o pai de David se sentava com os joelhos dobrados contra o peito, as mãos no rosto.

— Está tudo bem, David — ela murmurou e começou a alisar os cabelos dele. — Está tudo bem.

Portas bateram. Pés esmagaram o cascalho. E então, de longe, a voz de Cynthia Smith, horrorizada:

— Ah, Deus, *olha só* pra ela!

Steve:

— Cala a boca, sua idiota, eles vão ouvir.

Cynthia:

— Oh, querido. Desculpe.

Steve:

— Vamos lá. Me ajude.

Ralph tirou as mãos do rosto, passou uma manga da camisa nos olhos, depois veio para o lado de Mary no furgão e abraçou David. O menino tateou em busca da mão do pai e a pegou. Os olhos sofridos e inundados de Ralph encontraram os de Mary, e ela própria começou a chorar.

Ela ouvia o arrastar de pés do lado de fora, quando Steve e Cynthia retiravam Ellen da estrada. Houve uma pausa, um pequeno grunhido de esforço da moça, e depois as passadas voltaram para o furgão. Mary teve de repente certeza de que Steve ia vir até o fundo do furgão e contar alguma deslavada mentira ao menino — besteiras como dizer que Ellen tinha uma aparência serena, como se apenas tirasse uma soneca ali no meio do nada. Tentou enviar-lhe uma mensagem: *Não faça isso, não volte aqui contando mentiras bem-intencionadas, só vai piorar tudo. Eles estiveram em Desespero, viram o que tem lá, não tente enganá-los sobre o que está aí fora.*

Os passos pararam. Cynthia murmurou. Steve disse alguma coisa em resposta. Depois tornaram a entrar no furgão, as portas bateram, o motor foi ligado e tornaram a partir. David manteve o rosto comprimido contra ela por mais um instante, depois ergueu a cabeça.

— Obrigado.

Mary sorriu, mas a porta traseira do furgão continuava aberta, e ela supôs que ainda entrava luz suficiente para David ver que também ela havia chorado.

— Disponha — disse. Beijou a face dele. — De verdade.

Ela cruzou os braços sobre os joelhos e olhou pela porta traseira, vendo a coluna de poeira subir. Ainda via a luz do sinal de trânsito, uma centelha amarela na vastidão das trevas, mas agora ia na outra direção, distanciando-se deles. O mundo — o que ela sempre pensara ser o *único* — também parecia se distanciar dela agora. Shopping centers, restaurantes, MTV, malhação na Academia Gold, e sexo quente de vez em quando à tarde, tudo se distanciava.

E é tudo tão fácil, pensava. *Tão fácil quanto uma moeda cair por um buraco no bolso.*

— David? — disse Johnny. — Sabe como Tak entrou em Ripton, pra começar?

David balançou a cabeça.

Johnny assentiu, como se isso fosse o que esperava, e se recostou, colando a cabeça no lado do furgão. Mary compreendeu que, por mais exasperante que ele fosse, ela gostava de Marinville. E não só porque ele voltou com David; tinha gostado dele desde... bem, desde que buscavam armas, achava. Ela tinha dado um susto nele, mas ele se recuperou. Achava que era o tipo de cara que fizera do voltar de alguma coisa uma segunda carreira. E quando não tentava ser um babaca, sabia ser divertido.

Johnny tinha o .30-.06 ao lado. Procurou-o tateando em volta, sem erguer a cabeça, pegou-o e o depôs atravessado sobre os joelhos.

— Desconfio que vou perder uma conferência amanhã à noite — disse, falando para o teto. — O tema seria "Punks e Pós-alfabetizados: a Literatura Americana no Século Vinte e Um". Vou ter de devolver o adiantamento. "Uma pena, uma pena, uma pena, George e Martha." Isso é de...

— *Quem tem Medo de Virginia Woolf?* — disse Mary. — Edward Albee. Não somos todos burros neste carro.

— Desculpe — disse Johnny, parecendo espantado.

— Tenha o cuidado de anotar a desculpa em seu diário — ela disse, sem a menor ideia do que estava falando.

Ele baixou a cabeça para olhar para ela, franziu a testa por um momento e começou a rir. Após um instante, Mary juntou-se à risada. Depois também David ria, e Ralph aderiu. Tinha uma risada surpreendentemente aguda para um homem grande, uma espécie de ri-ri-ri de desenho animado, e essa ideia fez Mary rir ainda mais. Doía-lhe a barriga arranhada, mas a dor não a detinha.

Steve bateu no fundo da boleia. Não se podia dizer se sua voz abafada era divertida ou assustada.

— O que está acontecendo?

Com sua melhor voz de fera literária, Johnny Marinville rugiu de volta:

— Cala a boca, seu boi do Texas! A gente está discutindo *literatura* aqui atrás!

Mary uivava de rir, comprimindo a base da garganta com uma das mãos, a outra enconchada em torno da barriga a latejar. Só conseguiu parar quando o furgão alcançou a crista do barranco, atravessou-a e desceu do lado oposto. Então, todo o humor a abandonou de repente. Os outros pararam mais ou menos na mesma hora.

— Está sentindo? — perguntou David ao pai.

— Estou sentindo *alguma coisa*.

Mary começou a tremer. Tentou lembrar se já tremia antes, quando ria, e não conseguiu. Sentiam alguma coisa, sim, não tinha dúvida de que sentiam. Talvez sentissem ainda mais se houvessem estado ali mais cedo, se tivessem tido de subir aquela mesma ladeira antes que a coisa sangrando logo atrás pudesse...

Expulse isso da cabeça, Mare. Expulse e feche a porta.

— Mary? — disse David.

Ela olhou para ele.

— Não falta muito agora.

— Ótimo.

Cinco minutos depois — minutos muito longos —, o furgão parou e as portas da boleia se abriram. Steve e Cynthia vieram até o fundo.

— Saltem, pessoal — disse Steve. — Última parada.

Mary deixou com esforço o furgão, fazendo uma careta com cada movimento. Doía-lhe o corpo todo, mas as pernas eram o pior. Se ficasse sentada muito mais tempo no fundo do furgão, achava que provavelmente nem conseguiria andar.

— Johnny, ainda tem aquelas aspirinas?

Ele passou-as para ela. Ela tomou três, engolindo-as com o resto de Jolt. Depois foi até a frente do furgão.

Estavam diante da mina da China, a primeira vez para os outros, a segunda para ela. O escritório de campo ficava perto; vendo-o, pensando no que havia ali dentro, e como estivera perto de acabar sua existência ali, tinha vontade de gritar. Depois fixou os olhos na viatura, a porta do motorista ainda aberta, o capô ainda levantado, o filtro de ar ainda ao lado do pneu esquerdo dianteiro.

— Me abrace — pediu a Johnny.

Ele o fez, baixando o olhar para ela com uma sobrancelha erguida.

— Agora me leve até aquele carro.

— Por quê?

— Preciso fazer uma coisa.

— Mary, quanto mais cedo a gente começar, mais cedo acaba — disse David.

— Só vai levar um segundo. Vamos, Shakespeare. Vamos lá.

Ele conduziu-a até o carro, o braço na cintura dela, o .30.-06 na mão livre. Ela achava que ele sentia a sua tremedeira, mas não fazia mal. Ganhou coragem, mordendo o lábio inferior, lembrando a entrada na cidade no fundo daquele carro. Sentada com Peter atrás da tela metálica do carro. Sentindo o cheiro de Old Spice e o outro, metálico, de seu próprio medo. Não havia maçanetas. Nem manivelas para baixar os vidros. E nada para olhar além da nuca queimada de sol de Entragian e aquele estúpido urso de olhos brancos grudado no painel.

Ela se curvou para dentro do fedor de Entragian — só que agora sabia que, na verdade, era de Tak — e arrancou o urso do painel. Os olhos vazios de *can toi* do bicho fitavam diretamente os dela, como se perguntasse o que seria aquela tolice, que vantagem aquilo poderia trazer, que mal poderia mudar.

— Bem — ela disse ao urso —, *você* já era, seu filho da puta, e isso é o primeiro passo.

Jogou-o no áspero chão do poço e pisou nele. Com força. Sentiu-o sendo esmagado sob o tênis. Foi, de algum modo fundamental, o mais satisfatório momento de todo o infeliz pesadelo.

— Não me diga — disse Johnny. — É alguma nova variação de terapia. Uma afirmação simbólica expressamente destinada a situações tensas da vida, tipo "Eu estou bem, você está reduzido a merda". Ou...

— Cala a boca — ela disse, não rispidamente. — E já pode me soltar.

— Tenho de soltar? — Moveu a mão na cintura dela. — Eu já estava me acostumando com a topografia.

— Pena que eu não seja um mapa.

Johnny deixou cair a mão e voltaram até os outros.

— David? — perguntou Steve. — É esse o lugar?

Indicava o conjunto de máquinas pesadas e o enferrujado barracão Quonset com a chaminé de estufa à esquerda. Uns 20 metros acima da encosta, o buraco quadrado que ela tinha visto antes. Na hora, não deu muita atenção, pois tinha coisas mais importantes a fazer — continuar viva, sobretudo —, mas agora, vê-lo dava-lhe uma má sensação. Uma sensação de frouxidão nos joelhos. *Bem*, pensou, *acabei com o urso, pelo menos. Ele nunca mais vai olhar fixo pra qualquer um preso no fundo daquele carro-patrulha. Já é alguma coisa.*

— Aí está — disse David. — A mina da China.

— *Can tak* em *can tah* — disse o pai, como em sonho.
— É.
— E a gente tem de explodir? — perguntou Steve. — Como é que vamos fazer isso, exatamente?

David apontou para o cubo de concreto junto ao escritório.
— Primeiro temos de entrar ali.

Dirigiram-se para o paiol. Ralph deu um puxão no cadeado da porta, como para senti-lo, depois armou a Ruger. O *clac-clac* mecânico soou bastante alto no silêncio da mina.

— Vocês recuem — ele disse. — Isso sempre dá certo no cinema, mas na vida real, quem sabe?

— Um segundo, um segundo — disse Johnny, e voltou correndo ao Ryder. Ouviram-no remexendo entre as caixas logo atrás da boleia, e depois: — Ah, aí está você, sua coisa feia.

Voltou trazendo um capacete de motoqueiro Bell, preto, com proteção completa para o rosto. Entregou-o a Ralph.

— À prova de bala, *deluxe*. Eu quase nunca uso esse, porque é grande demais. É enfiar na cabeça, e minha claustrofobia logo chia. Ponha.

Ralph pôs. O capacete fazia-o parecer um soldador futurista. Johnny recuou quando ele tornou a se virar para o cadeado. O mesmo fizeram os outros. Mary tinha as mãos nos ombros de David.

— Por que não viram de costas? — disse Ralph, a voz abafada pelo capacete.

Mary esperava que David protestasse — uma preocupação pelo pai, talvez mesmo exagerada, não seria incomum, em vista do fato de que tinha perdido os dois outros membros de sua família nas últimas 12 horas —, mas o menino nada disse. Seu rosto era apenas uma mancha azul pálida na escuridão, impossível de interpretar, mas ela não sentia agitação alguma nele. Certamente, os ombros sob suas mãos estavam bastante calmos, pelo menos por enquanto.

Talvez ele tenha visto que vai dar tudo certo, pensou. *Na tal visão que teve... ou o que quer que tenha sido. Ou talvez...*

Não quis concluir esse pensamento, mas demorou ao tentar afastá-lo.

... talvez simplesmente saiba que não há outra opção.

Fez-se um longo momento de silêncio — *muito* longo, pareceu a Mary — e então veio um sonoro estalo de tiro de rifle, que devia ter ecoado e não ecoou. Simplesmente soou e sumiu, absorvido pelas paredes, bancos e vales do poço aberto. Logo em seguida ela ouviu o grito espantado de um pássaro e depois nada mais. Perguntava-se por que Tak não mandou os animais contra eles, como tinha feito contra tanta gente da cidade. Por que eles seis eram alguma coisa especial? Talvez. Se assim era, era David quem os *tornava* especiais, como um único jogador bom pode levantar todo um time.

Voltaram-se e viram Ralph curvado sobre o cadeado (a Mary, ele parecia o Pieman curvado sobre Simple Simon nos anúncios de Howard Johnson), olhando-o através da viseira do capacete. O cadeado estava retorcido, com um grande buraco de bala no meio, mas quando ele o puxou, continuou a resistir.

— Mais uma vez — disse e girou o dedo para eles, mandando-os dar as costas.

Eles o fizeram, e ouviu-se outro estalo. Não houve grito de pássaro depois deste. Mary achou que o que quer que tivesse gritado já andava longe a essa altura, embora não tivesse ouvido o bater de asas. Não que fosse ouvir, provavelmente, com os dois tiros ressoando nos ouvidos.

Desta vez, quando Ralph puxou, a alça do cadeado se soltou das arrombadas entranhas. Ralph o puxou e jogou fora. Quando tirou o capacete de Johnny, ria.

David correu e bateu com a mão aberta na mão do pai.

— Boa, pai!

Steve abriu a porta e espiou para dentro.

— Cara! Mais escuro que um monte de cus!

— Não tem um interruptor? — perguntou Cynthia. — Sem janelas, devia ter.

Ele apalpou, primeiro à direita, e depois à esquerda.

— Cuidado com aranhas — disse Mary, nervosa. — Pode ter aranhas.

— Está aqui, encontrei — disse Steve. Ouviu-se um *clique-clique, clique-clique*, mas luz nenhuma.

— Quem ainda tem uma lanterna? — perguntou Cynthia. — Devo ter deixado a minha na porra do cinema. De qualquer modo, não está comigo.

Ninguém respondeu. Mary também tinha uma lanterna — a que tinha encontrado no escritório — e achava que a tinha enfiado no cós do jeans depois de desativar os utilitários. Se o fizera, ela tinha desaparecido. Também o machado. Devia ter perdido as duas coisas na fuga do poço.

— Merda — disse Johnny. — Escoteiros nós não somos.

— Tem uma no furgão, atrás do banco — disse Steve. — Debaixo dos mapas.

— Por que não vai buscar? — perguntou Johnny, mas por um momento ou dois Steve não se mexeu. Olhava para Johnny com uma expressão estranha no rosto, que Mary não sabia interpretar bem. Johnny também viu isso. — O que foi? Algum problema?

— Não — disse Steve. — Nenhum problema, chefe.

— Então manda ver.

3

Steve Ames marcou o exato momento em que o controle da pequena força expedicionária passou de David para Johnny; o momento em que o chefe voltou a ser o chefe. *Por que não vai buscar?*, ele disse, uma pergunta que não era pergunta nenhuma, mas a primeira ordem de fato que Marinville lhe dava desde que haviam partido de Connecticut, Johnny em sua moto, Steve rodando tranquilamente atrás no furgão, tirando baforadas do ocasional charuto barato. Chamava-o de chefe (até Johnny mandá-lo parar) porque era uma tradição no ramo do entretenimento: no teatro, os trocadores de cenários chamavam o diretor de cena de chefe; num *set* de cinema, os contrarregras chamavam o diretor de chefe; numa excursão, os *roadies* chamavam o gerente da excursão ou os caras da banda de chefe. Ele simplesmente transportou essa parte de sua vida antiga para aquele trabalho, mas não *pensava* em Johnny como chefe, apesar de seu vozeirão de palco e da arrogante atitude de eu-sei--exatamente-o-que-estou-fazendo, até agora. E desta vez, quando o chamou de chefe, ele não protestou.

Por que não vai buscar?
Uma pergunta nominal, cinco palavras, e tudo mudou.
O que *mudou*? *O quê, exatamente?*

— Não sei — murmurou, abrindo a porta do lado do motorista do Ryder e pondo-se a remexer na bagunça atrás do banco. — Isso é que é o diabo, eu não sei mesmo.

A lanterna — de cano longo, seis pilhas — estava sob um amontoado de mapas, junto com o estojo de primeiros socorros e uma caixa de papelão com alguns rojões sinalizadores de estrada. Testou a lâmpada, viu que funcionava, e voltou correndo para os outros.

— Veja se tem aranhas primeiro — disse Cynthia. A voz saiu um pouco alta demais para um tom de conversa. — Aranhas e cobras, como naquela música antiga. Nossa, eu odeio esses bichos.

Steve entrou no paiol e correu a luz em volta, primeiro pelo chão, depois pelas paredes do pré-moldado, depois o teto.

— Não tem aranhas — informou. — Nem cobras.

— David, fique aí fora — disse Johnny. — Acho que a gente não deve se amontoar aí dentro. E se você vir alguém ou alguma coisa...

— Dou um grito — concluiu David. — Não se preocupe.

Steve apontou o facho da lanterna para um aviso no meio do chão — estava num suporte, como os dos restaurantes que diziam FAVOR ESPERAR QUE O MAÎTRE INDIQUE A MESA. Só que o que aquele dizia — em letras garrafais — era:

AVISO AVISO AVISO
OS AGENTES EXPLOSIVOS E OS DETONADORES
DEVEM SER MANTIDOS SEPARADOS!
ISTO É UMA LEI FEDERAL
NÃO SERÃO TOLERADOS DESCUIDOS COM EXPLOSIVOS!

A parede do fundo estava cheia de pinos cravados no pré-moldado. Desses pinos pendiam rolos de arame e gordos fios encapados de branco. Mecha de detonação, supôs Steve. Junto às paredes direita e esquerda, defronte uma da outra como cantoneiras de livros sem livros no meio, viam-se duas pesadas arcas de madeira. A que tinha escrito DINAMITE e CÁPSULAS EXPLOSIVAS, e EXTREMO CUIDADO, estava aberta, a tampa levantada como a de uma caixa de brinquedos. A outra, com a simples inscrição AGENTE EXPLOSIVO em letras negras sobre um fundo laranja, estava fechada com cadeado.

— É o ANFO — disse Johnny, indicando a arca fechada a cadeado. — Sigla de nitrato de amônia e óleo combustível.

— Como você sabe disso? — perguntou Mary.

— Vi em algum lugar — ele disse, meio ausente. — Simplesmente vi em algum lugar.

— Bem, se acham que eu vou estourar o cadeado *dessa* aí, estão malucos — disse Ralph. —Têm alguma ideia que não envolva dar tiros?

— Não neste segundo — disse Johnny, mas não parecia muito preocupado.

Steve se dirigiu à arca de dinamite.

— Não tem dinamite aí — disse Johnny, ainda parecendo estranhamente tranquilo.

Tinha razão sobre a dinamite, mas a arca estava longe de estar vazia. O corpo de um homem de jeans e camiseta de Georgetown Hoyas tinha sido enfiado nela. Tinha levado um tiro na cabeça. Os olhos vidrados fitavam Steve por baixo do que deviam ter sido antes cabelos louros. Era difícil dizer.

Se protegendo contra o cheiro, Steve se abaixou e tentou tirar o molho de chaves preso ao cinto do homem.

— O que é isso? — perguntou Cynthia, aproximando-se dele.

Um besouro saiu da boca aberta do cadáver e desceu para o queixo. Agora Steve ouvia um leve roçagar. Outros insetos debaixo do cara morto. Ou talvez uma das queridas cascavéis de seu novo amigo.

— Nada — ele disse. — Fique onde está.

O molho de chaves era teimoso. Após várias tentativas infrutíferas para comprimir a lingueta que o prendia à passadeira do cinto, Steve simplesmente arrancou a coisa, com passadeira e tudo. Fechou a tampa da arca e cruzou a sala com o molho. Observou que Johnny estava parado uns três passos porta adentro, olhando encantado para seu capacete de motoqueiro.

— Ai de mim, pobre Urina — disse. — Eu te conheci bem.

— Johnny? Você está bem?

— Ótimo. — Johnny pôs o capacete debaixo do braço e deu um sorriso cativante para Steve... mas tinha os olhos assombrados.

Steve entregou as chaves a Ralph.

— Uma dessas, talvez?

Não demorou muito. A terceira chave que Ralph experimentou entrou no cadeado da arca com a inscrição AGENTE EXPLOSIVO. Um momento depois, os cinco olhavam o interior. A arca tinha sido dividida em três compartimentos. Os das extremidades estavam vazios. O do meio estava cheio pela metade do que pareciam compridos sacos de aniagem. Espalhados entre eles, alguns fugitivos: pelotas brancas redondas que a Steve pareciam chumbo de caça pintado de branco. Os sacos eram fechados na boca com cordões. Pegou um. Parecia uma linguiça branca, e ele calculou que pesava uns 5 quilos. Escrito ao lado em negro liam-se as letras ANFO. Abaixo, em vermelho: CUIDADO: INFLAMÁVEL, EXPLOSIVO.

— Tudo bem — disse Steve —, mas como vamos explodir isso sem detonador? Você tinha razão, chefe: não tem dinamite nem cápsulas explosivas. Só um cara com um corte de cabelo .30-.30. O capataz de demolições, eu presumo.

Johnny olhou para Steve, depois para os outros.

— Será que vocês iriam lá pra fora com David por um momento? Eu gostaria de falar a sós com Steve.

— Por quê? — perguntou Cynthia na mesma hora.

— Porque eu preciso — disse Johnny, com uma voz curiosamente delicada. — É uma questãozinha inacabada, só isso. Um pedido de desculpas. Não sei pedir desculpas muito bem em nenhuma circunstância, mas acho que não poderia fazer isso diante de uma plateia.

Mary disse:

— Eu acho que dificilmente seria o momento...

O chefe fazia-lhe sinais — sinais *urgentes* — com os olhos.

— Está tudo bem — disse Steve. — Vai ser rápido.

— E não saiam de mãos vazias — disse Johnny. — Cada um pegue um saco desse Quatro de Julho instantâneo.

— Pra mim, sem alguma coisa explosiva para detonar, é mais uma Fogueira de Acampamento Instantânea — disse Ralph.

— Eu quero saber o que está acontecendo aqui — disse Cynthia. Parecia preocupada.

— Nada — disse-lhe Johnny, a voz tranquilizadora. — Verdade.

— O caralho que não *está* — disse Cynthia mal-humorada, mas saiu com os outros, cada um levando um saco de ANFO.

Antes que Johnny pudesse dizer qualquer coisa, David entrou. Ainda tinha vestígios de sabonete seco nas faces, e os lábios estavam roxos. Steve namorou certa vez uma garota que usava sombra nos olhos daquela mesma cor. Em David, parecia mais choque do que glamour.

— Está tudo bem? — perguntou David. Olhou ligeiramente para Steve, mas era a Johnny que se dirigia.

— Está. Steve, dê um saco de ANFO a David.

David ficou parado mais um instante, segurando o saco que Steve lhe entregou, olhando-o, perdido em pensamentos. Ergueu abruptamente o olhar para Johnny e disse:

— Revire os bolsos pra fora. Todos.

— O que... — começou Steve.

Johnny mandou-o se calar, sorrindo estranhamente. Era o sorriso de alguém que mordeu alguma coisa de sabor ao mesmo tempo amargo e irresistível.

— David sabe o que está fazendo.

Desabotoou as chaparreiras, puxou para fora os bolsos do jeans embaixo, entregando seus bens a Steve — a famosa carteira, as chaves, o martelo que tinha enfiado no cinto — para segurar enquanto o fazia. Curvou-se para que David visse o interior do bolso da camisa. Depois abriu a calça e baixou-a. Por baixo, usava uma cuequinha azul. A não pequena pança transbordava por cima dela. Parecia a Steve um daqueles caras velhos ricos que a gente via andando na praia às vezes. Sabia-se que eram ricos não só porque usavam relógios Rolex e óculos de sol Oakley, mas porque tinham a coragem de andar com aquelas minúsculas colhoneiras de elastano, para começar. Como se, depois de a renda pessoal ultrapassar uma certa soma, a pança se tornasse mais um bem.

Pelo menos o chefe não usava elastano. Só algodão comum.

Ele ergueu ligeiramente os braços, oferecendo a David todos os ângulos e ferimentos, depois tornou a puxar o jeans para cima. Em seguida, as chaparreiras.

— Satisfeito? Tiro as botas, se não estiver.

— Não — disse David, mas cutucou os bolsos das chaparreiras antes de recuar. Tinha o rosto perturbado, mas não exatamente preocupado. — Tenham sua conversa. Mas se apressem.

E saiu, deixando Steve e Johnny sozinhos.

O chefe foi para o fundo do paiol, tão longe da porta quanto possível. Steve seguiu-o. Agora sentia o cheiro do cadáver dentro da arca de dinamite, por baixo do aroma mais forte de óleo combustível do lugar, e queria sair dali o mais cedo que pudesse.

— Ele queria ter certeza de que você não tinha nenhum daqueles *can tahs*, não era? Como Audrey.

Johnny assentiu.

— É um menino esperto.

— Acho que sim. — Steve mexeu os pés, olhou para eles, depois voltou a erguer os olhos para o chefe. — Escuta, não precisa se desculpar por se mandar. O importante é que voltou. Porque a gente simplesmente não...

— Eu devo *muitos* pedidos de desculpas — disse Johnny. Começou a pegar suas coisas de volta, devolvendo-as rapidamente aos bolsos dos quais haviam saído. Pegou o martelo por último, metendo-o mais uma vez no cinto das chaparreiras. — É realmente espantoso como a gente pode fazer cagadas no curso de uma vida. Mas você na verdade é a última de minhas preocupações nesse aspecto, Steve, sobretudo agora. Cale a boca e escute, está bem?

— Está bem.

— E isso realmente *tem* de ser rápido. David já desconfia que estou aprontando alguma coisa; é outro motivo pelo qual quis que eu revirasse os bolsos. Vai chegar um momento, muito em breve agora, em que você vai ter de agarrar David. Quando fizer isso, tenha certeza de segurar firme, porque ele vai lutar como o diabo. E não solte.

— *Por quê?*

— Será que sua amiguinha de cabelo criativo ajuda, se você pedir?

— Provavelmente, mas...

— Steve, vai ter de confiar em mim.

— E por que devo?

— Porque eu tive um momento de revelação a caminho daqui. Só que isso é formal demais; prefiro a expressão de David. Ele me perguntou se eu fui atingido por uma bomba de Deus. Eu disse que não, mas foi outra mentira. Você acha que foi por isso que Deus acabou me escolhendo? Porque eu sou um consumado mentiroso? É meio engraçado, mas também meio terrível, sabe?

— O que vai acontecer? Você ao menos sabe?

— Não, não inteiramente.

Johnny pegou o .30-.06 numa das mãos e o capacete de viseira negra na outra. Olhava de um para outro, como se comparasse o valor relativo deles.

— Não posso fazer o que você quer — disse Steve sem rodeios. — Não *confio* em você o suficiente pra fazer o que você quer.

— Vai ter de confiar — disse Johnny e entregou-lhe a arma. — Sou só o que lhe resta agora.

— Mas...

Johnny deu um passo para perto dele. Para Steve, não parecia mais o homem que montou na Harley-Davidson em Connecticut, as absurdas roupas de couro novas rangendo, exibindo cada dente da boca para os fotógrafos de *Life, People* e *Daily News* que o cercavam clicando sem parar. A transformação era muito mais que alguns hematomas e o nariz quebrado. Ele parecia mais jovem, mais forte. A pompa tinha desaparecido do rosto, e também a vaguidão meio frenética. Só agora, observando a ausência disso, Steve compreendia por quanto tempo ele tivera aquele ar — como se, independentemente do que dissesse ou fizesse, a maior parte da atenção de Marinville estivesse presa a alguma coisa que *não existia*. Uma coisa perdida ou uma tarefa esquecida.

— David acha que Deus quer que ele morra pra tornar a trancar Tak em seu buraco. O sacrifício final, por assim dizer. Mas David está errado. — A voz de Johnny falhou na última palavra, e Steve ficou pasmo ao ver que o chefe estava quase chorando. — Não vai ser tão fácil assim pra ele.

— O que...

Johnny agarrou o braço dele. Apertou tão forte que doeu.

— Cala a boca, Steve. Simplesmente agarre-o quando chegar a hora. É com você. Agora vamos.

Curvou-se sobre a arca, pegou um saco de ANFO e jogou-o para Steve. Pegou outro para si.

— Você sabe como explodir isso sem dinamite nem detonadores? — perguntou Steve. — Acha que sabe, não é? O que vai acontecer? Deus vai mandar um raio?

— Isso é o que *David* pensa — disse Johnny —, e depois das sardinhas e dos biscoitos, eu não me surpreendo. Mas acho que não vamos chegar a nada tão extremo. Vamos. Está ficando tarde.

Saíram para o que restava da noite e se juntaram aos outros.

4

No pé da encosta, 20 metros abaixo do acidentado buraco que era a mina da China, Johnny os deteve e mandou amarrar os cordões dos sacos dois a dois. Passou um desses pares no pescoço, os sacos pendendo em cada lado do peito como contrapesos de um relógio de cu-co. Steve pegou outro par, e Johnny não fez objeção quando David pegou o último par do pai e passou os cordões amarrados pelo próprio pescoço. Ralph, perturbado, olhou para Johnny. Este olhou para David, viu que ele olhava a abertura da mina acima, e tornou a olhar para o pai, balançou a cabeça e bateu um dedo nos lábios. Calado, pai.

Ralph pareceu em dúvida, mas não disse nada.

— Todo mundo bem? — perguntou Johnny.

— O que vai acontecer? — perguntou Mary. — Quer dizer, qual é o plano?

— A gente faz o que Deus mandar — disse David. — É esse o plano. Vamos.

Era ele quem conduzia, subindo a encosta de lado para não cair. Ali não havia uma larga estrada de cascalho, nem mesmo um caminho, e o terreno era ruim. Johnny sentia-o querendo se esfarelar sob as botas a cada arrancada para cima. Logo tinha o coração martelando e o nariz esmagado latejando em sincronia. Tinha sido um bom menino nos últimos meses, mas muitos dos frangos (para não falar de alguns patos assados e umas poucas codornas recheadas de caviar) voltavam agora para o poleiro mesmo assim.

Mas se sentia bem. Tudo era simples agora. Isso era meio maravilhoso.

David seguia na frente, o pai atrás. Steve e Cynthia em seguida. Johnny e Mary fechavam a retaguarda.

— Por que você ainda traz esse capacete de motoqueiro? — ela perguntou.

Johnny deu um sorriso. Ela lembrava-lhe Terry, de uma forma curiosa. Terry como era nos velhos tempos. Ele ergueu o capacete, enfiou a mão dentro como uma marionete.

— Não perguntes por quem dobra o sino — disse. — Dobra por ti, ó favo de mel.

Ela deu uma risadinha sem fôlego.

— Você é maluco.

Se fossem 40 metros em vez de 20 até em cima, Johnny não sabia se teria conseguido. Mesmo assim, o martelar do coração tinha se tornado tão acelerado que parecia um tamborilar no peito quando David chegou à acidentada abertura do túnel. E as coxas pareciam espaguete.

Não vá afrouxar agora, disse a si mesmo. *Está na reta final.*

Obrigou-se a andar um pouco mais rápido, de repente com medo de que David simplesmente se virasse e entrasse naquela mina antes que ele chegasse lá. E era possível. Steve achava que o chefe sabia o que estava acontecendo, mas na verdade o chefe sabia pouquíssimo. Davam-lhe o roteiro uma página antes dos outros, só isso.

Mas David esperou, e em breve estavam todos reunidos na encosta diante da abertura. Um cheiro úmido saía dali, gélido e calcinado ao mesmo tempo. E havia um som que Johnny associava a poços de elevador: um sussurro débil, soprado.

— Devemos rezar — disse David, parecendo tímido. Ergueu as mãos dos lados.

O pai pegou uma. Steve largou o .30-.06 e pegou a outra. Mary pegou a de Ralph, Cynthia a de Steve. Johnny ficou entre as duas mulheres, largou o capacete entre as botas, e o círculo estava completo.

Estavam na escuridão da mina da China, sentindo o cheiro do bafio úmido que a terra exalava, ouvindo aquele rugido fraco, olhando para David Carver, que os conduzira até ali.

— O pai de quem? — perguntou David.

— Pai nosso — disse Johnny, entrando fácil na estrada da velha prece, como se nunca tivesse se afastado. — Que estais no céu, abençoado seja vosso nome. Venha a nós o vosso reino...

Os outros se juntaram, Cynthia, filha de pastor, primeiro, e Mary por último.

— ... seja feita a vossa vontade, assim na terra como no céu. O pão nosso de cada dia nos dai hoje, e perdoai as nossas ofensas, assim como nós perdoamos a quem nos tem ofendido. Não nos deixeis cair em tentação, mas livrai-nos do mal. Amém.

Depois do amém, Cynthia continuou:

— Pois vosso é o reino, o poder e a glória, para todo o sempre, amém. — Ergueu o olhar, com o pequeno cintilar de que Johnny tinha passado a gostar muito. — Foi assim que aprendi... uma espécie de *dance-mix* protestante, sabe?

David olhava para Johnny agora.

— Me ajude a dar o melhor de mim — disse Johnny. — Se você está aí, Deus... e agora tenho motivo para acreditar que está... me ajude a dar o melhor de mim e não voltar a ceder. Quero que leve esse pedido bem a sério, porque tenho uma longa história de fraquezas. David, e você? Tem alguma coisa a dizer?

David balançou os ombros e fez que não com a cabeça.

— Já disse.

Soltou as mãos que seguravam a sua, e o círculo se desfez. Johnny disse:

— Muito bem, vamos lá.

— Vamos lá *o quê*? — perguntou Mary. — Vamos lá *o quê*? Quer me dizer, por favor?

— Eu devo entrar — disse David. — Sozinho.

Johnny balançou a cabeça.

— Nada feito. E não me venha com esse negócio de Deus-me-mandou, porque no momento ele não está lhe mandando *nada*. Sua tela de TV tem um aviso de POR FAVOR ESPERE. Estou certo?

David olhou-o inseguro e molhou os lábios.

Johnny ergueu uma mão para a escuridão à espera na entrada e falou no tom de alguém que faz um grande favor.

— Mas *pode* ir na frente. Que tal?

— Meu pai...

— Logo atrás de você. Ele segura você, se você cair.

— Não — disse David. De repente parecia amedrontado; aterrorizado. — Não quero isso. Não o quero lá dentro de jeito *nenhum*. O teto pode ceder, ou...

— David! O que você quer não importa.

Cynthia agarrou o braço de Johnny. Estaria enterrando as unhas nele se não as tivesse roído até o sabugo.

— Deixe-o em paz! Nossa, ele salvou a porra da sua *vida*! Quer parar de encher o saco dele?

— Não estou enchendo — disse Johnny. — A essa altura, ele está enchendo o próprio saco. Se ele relaxar, lembrar de quem está no comando...

Olhou para David. O menino murmurou alguma coisa em voz baixa, baixa demais para ser ouvida, mas Johnny não precisava ouvir para saber o que ele dissera.

— Certo, ele é cruel. Mas você sabia disso. E não tem controle sobre a natureza de Deus mesmo. Nenhum de nós tem. Logo, por que não relaxa?

David não respondeu. Tinha a cabeça baixa, mas não rezava desta vez. Johnny achou que era resignação. De algum modo, o menino sabia o que vinha pela frente, e isso era o pior. O *mais cruel*, se quisesse dizer assim. *Não vai ser tão fácil assim pra ele*, dissera a Steve no paiol, mas lá ele não tinha compreendido de fato como poderia ser difícil. Primeiro a irmã, depois a mãe; agora...

— Certo — disse, com uma voz que soou tão seca quanto o chão que pisavam. — Primeiro David, depois Ralph, depois você, Steve. Eu vou atrás de você. Esta noite... perdão, esta madrugada... é um caso de as damas por último.

— Se a gente tem de entrar, eu quero entrar com Steve — disse Cynthia.

— Tudo bem, ótimo — disse logo Johnny; era como se esperasse isso. — Pode trocar de lugar comigo.

— Quem botou você no comando, aliás? — perguntou Mary.

Johnny se virou para ela como uma serpente, assustando-a a ponto de ela dar um precário passo atrás.

— *Você* quer tentar? — perguntou, com uma espécie de perigosa alegria. — Porque se quiser, mocinha, eu terei prazer em passar a você. Eu não pedi isso mais do que David. Então o que acha? Quer botar o cocar de Grande Chefe?

Ela balançou a cabeça, confusa.

— Vai com calma, chefe — murmurou Steve.

— Eu estou calmo — disse Johnny, mas não estava.

Olhava para David e o pai, parados lado a lado, cabisbaixos, de mãos dadas, e não era fácil. Mal podia acreditar na enormidade do que estava permitindo. *Mal* podia acreditar? Não podia acreditar de modo algum, assim era mais preciso. De que outro modo poderia ir em frente, a não ser mantendo uma caridosa incompreensão como um escudo? Como poderia qualquer um?

— Quer que eu segure esses sacos, Johnny? — perguntou timidamente Cynthia. — Você ainda parece bastante sem fôlego, e também parece arrasado, se não se importa que eu diga.

— Vou ficar bem. Não é longe agora. É, David?

— Não — disse David, numa vozinha trêmula.

Parecia não apenas segurar a mão do pai, mas acariciá-la, como faria um amante. Olhava para Johnny com olhos desamparados, suplicantes. Os olhos de alguém que *quase* sabe.

Johnny desviou o olhar, com o estômago embrulhado, sentindo ao mesmo tempo calor e frio. Encontrou os olhos pasmos e preocupados de Steve e tentou enviar-lhe outra mensagem: *Segure-o. Quando chegar a hora*. Em voz alta, disse:

— Passe a lanterna pro David, Steve.

Por um momento, achou que Steve não ia fazê-lo. Então ele tirou a lanterna do bolso de trás e entregou-a.

Johnny ergueu de novo a mão para a escuridão do poço. Para o frio cheiro morto de fogueira velha e o fraco rugido que vinha das profundezas no centro da montanha assassinada. Esperou ouvir alguma palavra confortadora de Terry, mas ela deixara o cenário. Talvez fosse melhor assim.

— David? — perguntou, a voz trêmula. — Quer iluminar o caminho?

— Não quero — sussurrou David. Depois, inspirando profundamente, olhou para o céu, onde as estrelas começavam a empalidecer, e gritou: — *Eu não quero! Já não fiz o bastante? Tudo que você pediu? Não é justo! NÃO É JUSTO E EU NÃO QUERO!*

As últimas quatro palavras saíram num grito desesperado, de rasgar a garganta. Mary adiantou-se. Johnny a agarrou pelo braço.

— Tira a mão de mim — ela disse e tornou a avançar.

Johnny tornou a puxá-la.

— Fique quieta.

Ela cedeu.

Johnny olhou para David e, em silêncio, levantou de novo a mão para a entrada.

David ergueu o olhar para o pai, as lágrimas escorrendo pelas faces.

— Vá embora, pai. Volte pro furgão.

Ralph balançou a cabeça.

— Se você entrar, eu entro.

— Não. Eu estou mandando. Não vai ser bom pro senhor.

Ralph simplesmente manteve sua posição e olhou paciente para o filho.

David retribuiu-lhe o olhar, depois olhou para a mão estendida de Johnny (que agora não apenas convidava, mas exigia), e se virou e entrou no poço. Acendeu a luz ao entrar, e Johnny viu partículas de poeira dançando no facho forte... partículas e mais alguma coisa. Uma coisa que teria feito o coração de um velho garimpeiro bater mais rápido. Um reflexo de ouro, logo desaparecido.

Ralph seguiu atrás de David. Steve vinha em seguida. A luz mexia na mão do menino, correndo primeiro por uma muralha de rocha, depois um esteio antigo com um trio de símbolos entalhados na madeira — o nome de algum mineiro chinês há muito morto, talvez, ou da namorada dele, deixada muito longe atrás, nas cabanas dos pântanos de Po Yang — e depois o chão, onde iluminou um monte de ossos: crânios rachados e costelas que se curvavam como horrendos sorrisos do gato Cheshire. Tornou a subir e foi para a esquerda. O brilho dourado surgiu de novo, desta vez mais intenso e definido.

— Ei, cuidado! — gritou Cynthia. — Tem alguma coisa aqui com a gente!

Ouviu-se uma explosão de penas no escuro. Foi um som que Johnny associou à sua infância em Connecticut, os faisões explodindo do mato para o ar quando o crepúsculo se aproximava da escuridão. Por um momento, o cheiro da mina ficou mais forte, quando asas invisíveis abanaram o ar antigo em rajadas contra o rosto dele.

Mary deu um grito. O facho da lanterna subiu meio torto e, por apenas um momento, cravou uma aparição de pesadelo em pleno ar, uma coisa de asas, olhos dourados fuzilantes e garras estendidas. Era David que os olhos fuzilavam, David que ela queria.

— *Cuidado!* — berrou Ralph e se jogou sobre as costas de David, derrubando-o no chão coalhado de ossos da mina.

A lanterna caiu da mão do menino quando ele foi derrubado, lançando para cima luz apenas suficiente para confundir. Vultos imprecisos lutavam em seu fulgor refletido: David debaixo do pai, e a sombra da águia se curvando e crescendo acima dos dois.

— *Atira nela!* — gritou Cynthia. — *Steve, atira nela, ela vai arrancar a cabeça dele!*

Johnny agarrou o cano do .30-.06 quando Steve o ergueu.

— Não. Um tiro de escopeta vai fazer toda a estrutura desabar em cima da gente.

A águia guinchou, as asas açoitando a cabeça de Carver. Ralph tentava afastar a ave com a mão esquerda. Ela agarrou um dos dedos no bico e decepou-o. E então as garras se cravaram no rosto de Ralph Carver como fortes dedos numa massa.

— *PAI, NÃO!* — gritou David.

Steve entrou no emaranhado de sombras, e quando o lado de seu pé chutou a lanterna caída, Johnny teve uma visão melhor do que gostaria da ave com a cabeça de Ralph em seu poder. As asas levantavam furiosas nuvens de poeira do chão e das velhas paredes da mina. A cabeça de Ralph balançava como louca de um lado para outro, mas o corpo cobria David quase completamente.

Steve recuou o rifle, pretendendo brandi-lo, e a coronha bateu na parede. Não havia espaço. Ele empurrou-o para a frente em vez disso, como uma lança. A águia volveu o olhar perfurante para ele, as garras mudando de posição em Ralph. As asas eram um suave trovão no espaço apertado. Johnny viu o dedo de Ralph saindo pelo lado do bico. Steve cutucou de novo, desta vez atingindo direto a águia e tirando o dedo do bico. A cabeça da ave foi lançada contra a parede. Ela dobrou as garras. Uma se enterrou mais fundo no rosto de Ralph. A outra se ergueu, mergulhou no pescoço e o rasgou. A ave gritou, talvez de raiva, talvez em triunfo. Mary gritou com ela.

— *DEUS, NÃO!* — uivou David, a voz falhando. — *OH, DEUS, POR FAVOR, FAÇA COM QUE ELA PARE DE MACHUCAR MEU PAI!*

Isto é o inferno, pensou Johnny, calmo, dando um passo e depois se ajoelhando. Agarrou a pata enterrada na garganta de Ralph. Era como agarrar uma curiosidade exoticamente feia, forrada de couro de jacaré. Torceu-a com tanta força quanto pôde e ouviu um estalido seco. Acima dele, Steve atacava de novo com a coronha do .30-.06, lançando a cabeça da águia contra o lado de rocha da mina. Ouviu-se um som de esmagamento.

Uma asa bateu na cabeça de Johnny. Era como o urubu no estacionamento de novo. *De volta para o futuro*, ele pensou, trocou a pata pela asa e puxou. A ave veio ao seu encontro, lançando seu grito feio e dilacerante, e Ralph veio com ela, arrastado pela pata ainda enterrada em sua face, têmpora e órbita do olho esquerdo. Johnny julgou-o inconsciente ou já morto. *Esperava* que já estivesse morto.

David se arrastou de debaixo dele, o rosto desorientado, a camisa encharcada do sangue do pai. Num momento, agarraria a lanterna e mergulharia mais fundo na mina, se eles não fossem rápidos.

— Steve! — gritou Johnny, erguendo cegamente o braço acima da cabeça e abarcando as costas da águia. Ela corcoveava e se retorcia em seu poder como a coluna de um cavalo chucro. — Steve, acabe com ela! *Acabe com ela!*

Steve meteu a coronha do rifle no pescoço da ave, virando a escura cabeça para o teto. Nesse momento, Mary se lançou para a frente. Agarrou o pescoço da águia e torceu-o com irada eficiência. Ouviu-se um estalo abafado, e de repente a garra enterrada no rosto de Ralph afrouxou. O pai de David caiu no chão da mina, a testa batendo numa caixa torácica de costelas e reduzindo-a a pó.

David se virou, viu o pai jazendo imóvel de cara no chão. Seus olhos clarearam. Ele chegou a assentir com a cabeça, como a dizer *Bem como eu esperava*, e se abaixou para pegar a lanterna. Só quando Johnny o agarrou pela cintura sua calma se desfez e ele se pôs a lutar.

— *Me solta!* — gritou. — *É meu trabalho! MEU!*

— Não, David — disse Johnny, segurando-o firme. — Não é, não.

Apertou o abraço no peito de David com a mão esquerda, fazendo uma careta com os calcanhares do menino a imprimir nova dor nas canelas, e deixou a mão direita escorregar para o quadril dele. Dali ela se moveu com a rapidez discreta de um bom batedor de carteira. Johnny tomou de David o que ele tinha sido instruído a pegar... e deixou uma coisa também.

— *Ele não pode pegar eles todos e depois não me deixar acabar! Ele não pode fazer isso! Não pode!*

Johnny fez uma careta quando um dos pés de David bateu em sua rótula esquerda.

— Steve!

Steve fitava com horrorizado fascínio a águia, que ainda se contorcia e batia devagar uma asa. Tinha as patas vermelhas.

— *Steve, porra!*

Ele ergueu o olhar, como se despertado de um sonho. Cynthia estava ajoelhada ao lado de Ralph, procurando o pulso e chorando alto.

— *Steve, chegue aqui!* — gritou Johnny. — *Me ajude!*

Steve se aproximou e agarrou David, que começou a lutar com mais força.

— *Não!* — David sacudia a cabeça de um lado para outro num frenesi. — *Não, é meu trabalho! É meu! Ele não pode pegar eles todos e me deixar! Está ouvindo? ELE NÃO PODE PEGAR ELES TODOS E...*

— *David! Desista!*

David deixou de lutar e simplesmente pendeu nos braços de Steve como uma marionete com os cordões cortados. Tinha os olhos rubros e inflamados. Johnny pensou que jamais tinha visto tal desolação e perda num rosto humano.

O capacete de motoqueiro estava onde Johnny o tinha deixado cair quando a águia atacou. Ele se curvou, pegou-o e olhou o menino nos braços de Steve. Este parecia como Johnny se sentia — enojado, perdido, pasmo.

— David... — ele começou.

— Deus está em você? — perguntou David. — Está sentindo ele aí dentro, Johnny? Como uma mão? Ou um fogo?

— Sim — disse Johnny.

— Então não vai entender isto errado. — David cuspiu no rosto dele. Caiu quente na pele abaixo dos olhos de Johnny, como lágrimas.

Johnny não tentou enxugar a cusparada do menino.

— Escute-me, David. Vou lhe dizer uma coisa que você não aprendeu com seu pastor nem com a Bíblia. Pelo que eu sei, é uma mensagem do próprio Deus. Está escutando?

David apenas olhava-o, sem dizer nada.

— Você disse "Deus é cruel" como uma pessoa que viveu a vida inteira no Taiti diria "A neve é fria". Você sabia, mas não entendia. — Aproximou-se de David e pôs as palmas das mãos nas faces frias dele. — Sabe até onde seu Deus pode ser cruel, David? Fantasticamente cruel?

David esperava, sem dizer nada. Talvez escutando, talvez não. Johnny não sabia.

— Às vezes ele nos faz viver.

Johnny se virou, pegou a lanterna e começou a descer o poço, depois virou-se mais uma vez.

— Vá pro seu amigo Brian, David. Vá pro seu amigo e faça dele seu irmão. Depois comece a dizer para você mesmo que houve um acidente na estrada, um acidente sério, um bêbado desmiolado cruzou a divisória da estrada, o trailer em que vocês estavam capotou e só você sobreviveu. Isso vive acontecendo. É só ler o jornal.

— Mas não é a *verdade*!

— Podia ser. E quando voltar a Ohio, ou Indiana, ou onde quer que você more, reze a Deus pra superar isso. Pra que ele deixe você bem de novo. Por agora, está dispensado.

— Eu jamais direi outra... quê? O que foi que você disse?

— Eu disse que você está dispensado. — Johnny olhava para ele fixamente. — Dispensado mais cedo. — Virou a cabeça. — Tire-o daqui, Steve. Tire-os todos daqui.

— Chefe, o que...

— A excursão terminou, Tex. Meta-os no furgão e pegue a estrada. Se querem estar a salvo, partam agora mesmo.

Johnny se virou e desceu correndo a mina da China, a luz saltando à frente na escuridão. Logo isso também desapareceu.

5

Ele tropeçou em alguma coisa, apesar da lanterna, quase se esparramou no chão e deixou de correr para andar. Os mineiros chineses haviam deixado cair suas coisas na frenética e inútil precipitação para escapar, e no fim caíram eles próprios também. Johnny andava sobre uma paisagem juncada de ossos, reduzindo-os a pó, e movia a luz num triângulo constante — da esquerda para a direita, para o chão, de novo para esquerda — a fim de manter a paisagem nítida e constante na mente. Viu que caracteres chineses cobriam as paredes, como se os sobreviventes do afundamento tivessem sucumbido a uma espécie de mania de escrever quando a morte primeiro se aproximou e depois os levou.

Além dos ossos, via canecos de lata, velhas picaretas enferrujadas com engraçados cabos curtos, pequenas caixas enferrujadas em correias (o que David tinha chamado de "senes", supunha), tecidos apodrecidos, sapatos de pele de cervo (minúsculos, sapatos para bebês, pode-se dizer), e pelo menos três pares de tamancos de madeira. Um desses tinha um toco de vela que deve ter sido aceso um ano antes de Abe Lincoln ser eleito presidente.

E por toda parte, *por toda parte*, espalhados entre os restos, viam-se os *can tahs*: coiotes com línguas de aranha, aranhas com estranhos ratinhos albinos saindo da boca, morcegos de asas abertas com obscenas línguas-bebês (os bebês sorriam, como duendes). Alguns mostravam criaturas de pesadelo que jamais haviam existido na Terra, aberrações que faziam doer os olhos de Johnny. Ele sentia os *can tahs* o chamando, atraindo-o como a lua atrai a água salgada. Fora às vezes atraído assim por uma súbita vontade de tomar um trago, ou devorar uma sobremesa, ou lamber o liso e veludoso interior da boca de uma mulher. Os *can tahs* falavam em tons de loucura que ele reconhecia de sua própria vida passada: vozes docemente razoáveis propondo atos indizíveis. Mas os *can tahs* não teriam poder sobre ele se ele não parasse, se curvasse e os tocasse. Se pudesse evitar isso — evitar o desespero que viria disfarçado de curiosidade —, calculava que estaria bem.

Já teria Steve tirado o pessoal? Só podia esperar que sim, e que Steve pudesse dar um jeito de tê-los a uma boa distância em seu confiável furgão antes que chegasse o fim. Ia ser uma explosão dos diabos. Ele tinha apenas os dois sacos de ANFO, pendurados no pescoço pelos cordões amarrados, mas isso bastaria, era só o que precisava. Mas parecera mais sensato não dizer aos outros. Mais seguro.

Agora ouvia o gemido baixo de que David tinha falado: o ranger e deslocar da greda, como se a terra falasse. Protestando contra sua intrusão. E via um suave zigue-zague de luz vermelha à frente. Difícil dizer a que distância na escuridão. O cheiro era mais forte também, e mais nítido: cinzas frias. À esquerda, um esqueleto — provavelmente não chinês, a julgar pelo tamanho — ajoelhava-se contra a parede, como se tivesse morrido rezando. De repente virou a cabeça e deu a Marinville seu sorriso morto, dentuço.

— *Dê o fora enquanto ainda há tempo.* Tak ah wan. Tak ah lah.

Johnny chutou a caveira como se fosse uma bola de futebol americano. Ela se desintegrou (quase se vaporizou) em lascas de ossos e ele apressou o passo rumo à luz rubra, que vinha de uma fenda na parede. O buraco parecia suficientemente grande para ele passar se espremendo.

Ficou diante do buraco, olhando para a luz, não podendo ver muita coisa do lado da mina, ouvindo na mente a voz de David como alguém em transe deve ouvir a voz do hipnotizador que o pôs sob seu comando: *À uma e dez da tarde de vinte e um de setembro, os caras na encosta abriram um buraco no que a princípio julgaram ser uma gruta...*

Johnny jogou a lanterna fora — não ia precisar mais dela — e se espremeu pela greta adentro. Quando entrou no *an tak*, o som murmurado de elevador que tinham ouvido na entrada da mina pareceu encher sua cabeça com vozes sussurrantes... atraindo, bajulando, seduzindo. Em toda a sua volta, transformando a câmara do *an tak* numa fantástica coluna oca, iluminada em suaves tons escarlate, havia caras esculpidas em pedra: lobo e coiote, gavião e águia, rato e escorpião. Da boca de cada uma saía não outro animal, mas uma forma amorfa e reptiliana que Johnny mal podia se forçar a olhar... e, na verdade, não podia *ver*, fosse como fosse. Seria Tak? O Tak no fundo do *ini*? E isso importava?

Como ele *pegara* Ripton?

Se estava preso ali embaixo, como, exatamente, *pegara* Ripton?

Compreendeu de repente que atravessava o *an tak*, dirigindo-se para o *ini*. Tentou fazer parar as pernas e descobriu que não podia. Tentou imaginar Cary Ripton fazendo aquela mesma descoberta e achou fácil.

Fácil.

Os compridos sacos de ANFO oscilavam de um lado para outro contra o peito. Loucas imagens dançavam-lhe na cabeça: Terry agarrando as passadeiras de sua calça e puxando-o com força contra o ventre quando ele começava a gozar, o melhor orgasmo de sua vida e não fora parar em lugar nenhum além de suas calças, conte *essa* a Ernest Hemingway; saindo da piscina do Bel-Air às gargalhadas, o cabelo colado na testa, erguendo a garrafa de cerveja para as câmeras que espocavam; Bill Harris dizendo-lhe que atravessar o país de moto poderia mudar sua vida e toda a sua carreira... se ele realmente quisesse fazer isso, quer dizer. Por último de tudo, viu os vazios olhos cinza do policial olhando-o pelo retrovisor, o policial dizendo que achava que Johnny em breve viria a entender muito mais de *pneuma, soma* e *sarx* do que antes.

Nisso tinha razão.

— Deus, proteja-me o bastante pra levar isto até o fim — disse e deixou-se arrastar para o *ini*.

Poderia parar, mesmo que tentasse? Talvez fosse melhor não saber.

Animais mortos jaziam num círculo podre em torno do buraco no chão — o poço dos mundos de David Carver. Coiotes e urubus, sobretudo, mas ele também via aranhas e uns poucos escorpiões. Teve uma sensação de que aqueles últimos protetores haviam morrido quando a águia morreu. Alguma força em retirada expulsou a vida deles, como a vida de Audrey Wyler tinha sido expulsa assim que Steve tirou os *can tahs* da mão dela com um tapa.

Agora começava a sair fumaça do *ini*... só que não era fumaça de modo algum. Era uma espécie de lama marrom-escura oleosa, e quando começou a ir na direção dele, Johnny viu que estava viva. Pareciam mãos de três dedos em garra nas extremidades de braços magros. Não eram ectoplásmicos, os braços, mas tampouco estritamente físicos. Como as formas esculpidas que assomavam acima e em volta, olhá-los fazia doer a cabeça de Johnny, como doía a cabeça de um menino quando ele saía cambaleando de um brinquedo perversamente giratório num parque de diversões. Era a coisa que enlouquecera os mineiros, claro. A coisa que transformara Ripton. As janelas sem vidraças do *pirin moh* sorriam com escárnio para ele, dizendo-lhe... o quê, exatamente? Ele quase ouvia...

(cay de mun)
Abra a boca.

E, sim, ele *estava* de boca aberta, *escancarada*, como quando se vai ao dentista. Por favor abra bem, sr. Marinville, abra bem, sua imunda e desprezível imitação de escritor, você me deixa *furioso*, você me deixa *nauseado de raiva*, mas vá, abra bem, *cay de mun*, seu filho da puta grisalho pretensioso da porra, vamos dar um jeito em você, deixar o mesmo que novo, *melhor* que novo, abra bem, *cay de mun*, ABRA BEM...

A fumaça. Lama. Fosse o que fosse. Não eram mais mãos nas pontas de braços, mas tubos. Não... tubos, não...

Buracos.

É, era isso. Buracos que parecem olhos. Três. Talvez mais, porém três ele via claramente. Um triângulo de olhos, dois em cima e um embaixo, olhos que pareciam sussurrantes, como buracos de explosão...

Isso mesmo, disse David. *Isso mesmo, Johnny. Explodir Tak direto pra dentro de você, como ele se explodiu em Cary Ripton, o único meio que tem de sair do buraco onde está aí embaixo, o buraco pequeno demais para qualquer coisa que não essa, esse negócio, dois para o nariz e um para a boca.*

A lama negro-amarronzada se contorcia em direção a ele, ao mesmo tempo horrível e atraente, buracos que eram bocas, bocas que eram olho. Olhos que sussurravam. Prometiam. Ele percebeu que tinha uma ereção. Não era exatamente um momento sensacional para uma, mas quando isso o tinha detido algum dia?

Agora... *sugando*... sentia-os sugando o ar de sua boca... sua garganta...

Fechou a boca e enfiou o capacete de motoqueiro na cabeça. Bem a tempo. Um instante depois, as fitas amarronzadas encontraram o escudo de fibra de vidro e se espalharam sobre ele com um desagradável som molhado de chupão. Por um momento, ele viu ventosas se espalhando como lábios num beijo, e depois sumiram, perdidas em imundas manchas de matéria marrom fragmentada.

Johnny estendeu o braço, pegou a coisa marrom que flutuava à sua frente e torceu-a em direções opostas, como se espremesse uma toalha de rosto. Teve uma sensação de agulhadas nas palmas e nos dedos, e a carne ficou dormente... mas a coisa marrom se partiu, parte voltando para o *ini*, parte caindo no chão da câmara.

Ele chegou à borda do buraco no chão, parando entre um monte de penas que tinha sido um urubu e um coiote caído morto de lado. Baixou os olhos, tocando os sacos pendurados de ANFO, acariciando-os com dedos formigantes, meio dormentes.

Você sabe como explodir essa merda sem dinamite nem detonadores?, Steve tinha perguntado. *Sabe, não sabe? Ou acha que sabe.*

— *Espero* que sim — disse Johnny. A voz era sem inflexão e estranha dentro do capacete. — *Espero...*

— ENTÃO VAMOS LÁ! — gritou uma voz louca saindo de baixo dele. Johnny recuou aterrorizado e surpreso. Era a voz do policial. De Collie Entragian. — *VAMOS LÁ! TAK AH LAH, PIRIN MOH! VAMOS LÁ, SEU CHUPADOR FODIDO! VAMOS VER SE TEM CORAGEM! TAK!*

Ele tentou dar um passo atrás, talvez repensar o assunto, mas tendões de lama se enroscaram em seus tornozelos como mãos e puxaram os pés dele. Ele caiu no poço num desgracioso mergulho de pés para frente, batendo a nuca na borda. Não fosse pelo capacete, o crânio provavelmente teria sido esmagado. Ele puxou os sacos de ANFO protetoramente contra o peito, transformando-os em seios.

Então veio a dor, primeiro mordendo, depois rasgando, depois parecendo comê-lo vivo. O *ini* era em forma de funil, mas o círculo descendente que se estreitava era revestido de cristais de quartzo e greda rachada. Johnny deslizou por ele como um menino num escorrega cheio de cacos de vidro. Tinha as pernas de algum modo protegidas pelos safões de couro e a cabeça pelo capacete de motoqueiro, mas as costas e as nádegas foram retalhadas em instantes. Ele baixou os braços, numa tentativa de frear a queda. Agulhas de pedra despedaçaram-nos. Viu as mangas da camisa ficarem vermelhas; um instante depois, eram tiras.

— *ESTÁ GOSTANDO?* — falou a voz do fundo do *ini* com desprezo, e agora era a voz de Ellen Carver. — *TAK AH LAH, SEU SACANA INTROMETIDO! EN TOW! TEN AH LAK!* — Furiosa. Xingando em duas línguas.

Insana em qualquer dimensão, pensou Johnny e riu em sua agonia. Mergulhou para a frente, pretendendo dar uma cambalhota ou morrer tentando. *Hora de malhar o outro lado*, pensou, e riu mais que nunca. Sentia o sangue jorrando nas botas como água morna.

O vapor negro-amarronzado cercava-o de todos os lados, sussurrando e lambuzando bocas sugadoras pela viseira do capacete. Elas apareciam, desapareciam, tornavam a aparecer, esfregando e emitindo aqueles sons baixos e sugestivos de chupões. Ele não podia descolar as costas como queria, dar uma cambalhota. O ângulo da descida era agudo demais. Virou-se de lado em vez disso, agarrando os afloramentos de cristal que o despedaçavam, retalhando as mãos sem se importar, precisando deter-se antes de ser literalmente reduzido a tiras.

Então, de repente, acabou.

Jazia enroscado no fundo do funil, sangrando por toda parte, ao que parecia, os nervos dilacerados tentando afogar todo pensamento racional com seu insensato grito. Ergueu os olhos e viu uma larga faixa de sangue assinalando seu caminho pela parede inclinada e curva abaixo. Tiras de tecido e couro — sua camisa, sua Levi's, suas chaparreiras — pendiam de algumas pontas de cristal.

A fumaça subia em volutas de entre suas pernas, saindo do buraco no fundo do funil e tentando chegar às virilhas.

— Solta — ele disse. — É meu Deus quem ordena.

A fumaça negro-amarronzada recuou, enroscando-se em torno de suas coxas em faixas imundas.

— Eu posso deixar você viver — disse uma voz.

Não admirava, pensou Johnny, que Tak estivesse preso do outro lado do funil. O buraco no qual ele terminava era estreito, não mais de uns dois centímetros de diâmetro. Uma luz rubra pulsava dele como um piscar de olhos.

— Posso curar você, sarar você, deixar você viver.

— É, mas pode me fazer ganhar a porra de um Prêmio Nobel de Literatura?

Johnny retirou os sacos de ANFO do pescoço e puxou o martelo do cinto. Teria de trabalhar rápido. Estava cortado no que parecia um bilhão de lugares, e já podia sentir a nuvem cinzenta da perda de sangue enfraquecendo-lhe a mente. Isso o fez lembrar de novo de Connecticut e de como a neblina chegava após o anoitecer nas últimas semanas de março e primeiras de abril. Os velhos chamavam aquilo de primavera de morango, sabia Deus por quê.

— Sim! Sim, eu posso fazer isso! — A voz que vinha da estreita garganta rubra parecia ansiosa. E também amedrontada. — *Qualquer coisa!* Sucesso... dinheiro... mulheres... e posso curar você, não se esqueça! Eu posso curar você!

— Pode trazer de volta o pai de David?

Silêncio no *ini*. Agora a neblina negro-amarronzada que saía do buraco encontrou a longa confusão de talhos em suas costas e pernas, e de repente ele se sentiu como se tivesse sido atacado por moreias... ou piranhas. Gritou.

— Eu posso fazer a dor parar! — disse Tak de seu minúsculo buraco. — Você só precisa pedir... e parar, claro.

Com o suor ardendo nos olhos, Johnny usou a forquilha do martelo para rasgar um dos sacos de ANFO. Virou o rasgão sobre o minúsculo buraco, abriu o tecido e despejou através da mão em concha e ensanguentada. A luz vermelha sumiu imediatamente, como se a coisa lá embaixo temesse disparar a carga por si mesma, sem querer.

— *Você não pode!* — gritou a coisa, a voz agora abafada; mas Johnny ouviu-a com bastante clareza em sua cabeça, mesmo assim. — *Você não pode, maldito seja!* An lah! An lah! Os dam! *Seu sacana!*

An lah *pra você*, pensou Johnny. *E um grande e gordo* can de lach *de quebra.*

O primeiro saco esvaziou-se. Johnny via uma baça brancura no buraco onde antes havia apenas negro e vermelho pulsantes. A garganta que levava ao mundo... ou plano... ou dimensão de Tak não era tão longa assim, então. Não em termos físicos de medida. E a dor em suas costas e pernas tinha diminuído?

Talvez eu tenha apenas ficado dormente, pensou. *Uma condição nada nova pra mim, na verdade.*

Pegou o segundo saco de ANFO e viu que todo um lado dele estava encharcado com seu sangue. Sentiu que uma crescente fraqueza acompanhava o nevoeiro dentro da cabeça. Tinha de se apressar. Tinha de correr como o vento.

Rasgou o segundo saco com a garra do martelo, tentando se fortalecer contra os guinchos na cabeça; Tak tinha caído inteiramente naquela outra língua agora.

Virou a mochila sobre o buraco e viu as pelotas de ANFO caírem. A brancura tornava-se mais brilhante à medida que a garganta se enchia. Quando o saco se esvaziou, a camada de cima de pelotas achava-se apenas uns 10 centímetros abaixo.

O espaço suficiente, pensou Johnny.

Tomou consciência de que uma quietude tinha se abatido ali, sobre o poço e no *an tak* acima; ouvia-se apenas o fraco sussurro, que podia ser o apelo dos fantasmas ali aprisionados desde 21 de setembro de 1859.

Se assim era, pretendia dar-lhes sua liberdade condicional.

Mexeu nos bolsos das chaparreiras durante o que pareceu uma eternidade, lutando contra o nevoeiro que queria borrar os pensamentos, contra sua própria fraqueza crescente. Finalmente os dedos tocaram uma coisa, escorregaram, voltaram, tocaram-na de novo, pegaram-na, trouxeram-na para fora.

Uma gorda cápsula verde de escopeta.

Johnny enfiou-a no olho do fundo do *ini* e não ficou surpreso ao descobrir que se encaixava perfeitamente, a boca circular firmemente presa contra as pelotas de ANFO.

— Está pronto, seu sacana — disse em voz rouca.

Não, sussurrou uma voz em sua cabeça. *Não, não ouse.*

Johnny olhou o bracelete metálico tapando o buraco no fundo do *ini*. Pegou o cabo do martelo, a força se esvaindo seriamente agora, e pensou no que o policial lhe tinha dito pouco antes de prendê-lo no fundo da viatura. *Você é uma péssima imitação de escritor*, dissera. *É uma péssima imitação de homem, também.*

Johnny tirou o capacete com a parte de trás da mão esquerda. Voltou a rir ao erguer o martelo acima da cabeça, e rindo baixou-o em cheio sobre a base da cápsula.

— *DEUS ME PERDOE! EU* ODEIO OS *CRÍTICOS!*

Teve uma fração de momento para se perguntar se tinha conseguido, e então a pergunta foi respondida num desabrochar de vermelho brilhante e silencioso. Era como desmaiar numa rosa.

Johnny Marinville deixou-se cair, e seus últimos pensamentos foram sobre David — teria ele saído, se afastado, estaria bem agora, ficaria bem depois?

Dispensado mais cedo, pensou Johnny, e depois também isso se foi.

PARTE V

RODOVIA 50:
Dispensado Mais Cedo

1

Animais mortos jaziam mais ou menos num círculo em torno do furgão — urubus e coiotes, sobretudo —, mas Steve mal os notou. Estava sendo quase devorado vivo pela necessidade de sair dali. As íngremes encostas da mina da China pareciam assomar acima dele como os lados de uma cova aberta. Chegou ao furgão um pouco à frente dos outros (Cynthia e Mary ladeavam David, cada uma segurando um dos braços do menino, embora ele não parecesse cambalear) e abriu com força a porta do carona.

— Steve, o que... — começou Cynthia.

— Entra! Deixa as perguntas pra depois! — Empurrou-a pelo traseiro para o banco. — Chega pra lá! Dê espaço!

Ela o fez. Steve voltou-se para David.

— Vai criar problema?

David balançou a cabeça. Tinha os olhos vazios e apáticos, mas isso não convenceu inteiramente Steve. O menino era simplesmente cheio de recursos; tinha provado isso antes de ele e Cynthia sequer o conhecerem.

Ele empurrou David para dentro do furgão, depois olhou para Mary.

— Entra. A gente vai ter de se apertar um pouco, mas se ainda não somos amigos a essa altura...

Ela subiu na boleia e fechou a porta, enquanto Steve contornava correndo pela frente, pisando num urubu ao passar. Era como pisar num travesseiro recheado de ossos.

Há quanto tempo o chefe se fora? Um minuto? Dois? Não fazia ideia. Qualquer senso de tempo que tivesse tido antes tinha se despedaçado completamente. Ele saltou para o assento do motorista e se permitiu só um momento para se perguntar o que fariam se o motor não pegasse. A resposta, nada, veio logo. Ele assentiu, girou a chave, e o motor ganhou vida com um ronco. Nenhum suspense nesse caso, graças a Deus. Um segundo depois, estavam rodando.

Ele deu uma ampla volta com o Ryder, contornando a maquinaria pesada, o paiol e o escritório de campo. Entre estes dois últimos prédios estava a empoeirada viatura, a porta do motorista aberta, a área do banco da frente lambuzada do sangue de Collie Entragian. Olhar para ela — para dentro dela — fez Steve sentir frio e tontura, como sentia quando olhava do alto de um edifício.

— Foda-se — disse Mary baixinho, voltando-se para olhar o carro atrás. — Foda-se. E espero que me ouça.

Passaram sobre um morrete e o furgão trepidou de um modo terrível. Steve voou do banco, as coxas bateram na parte de baixo do arco do volante, a cabeça no teto. Ele ouviu um chocalhar abafado, as coisas no fundo do furgão voando para todos os lados. As coisas do chefe, na maioria.

— Epa — disse Cynthia. — Não acha que está metendo o pé fundo demais, garotão?

— Não — disse Steve.

Olhou pelo retrovisor lateral quando começaram a subir queimando a estrada de cascalho que levava à borda do poço. Procurava a entrada, mas não a via — estava do outro lado do furgão.

A cerca de metade do caminho da borda bateram em outro calombo, um maior, e o furgão pareceu deixar a estrada por um ou dois instantes. As luzes dos faróis rodopiaram, depois mergulharam quando o veículo afundou nas molas. Mary e Cynthia gritaram. David, não; sentava-se enroscado entre elas, um boneco de tamanho natural metade no banco, metade no colo de Mary.

— *Devagar!* — gritou Mary. — *Se sair da estrada, a gente vai direto pro fundo! DEVAGAR, SEU BABACA!*

— Não — ele repetiu, sem acrescentar que sair daquela estrada, mais larga que uma autoestrada da Califórnia, era a menor de suas preocupações. Via a borda do poço à frente. O céu acima era agora de um violeta-escuro, clareando, em vez de negro.

Ele olhou além dos outros, pelo retrovisor lateral, procurando a negra boca do túnel no buraco mais escuro da mina da China, *can tak* em *can tah*, e depois não teve de se preocupar. Um quadrado de luz branca, forte demais para se olhar, iluminou de repente o chão do poço. Saltou para fora da mina da China como um punho de chamas e inundou a boleia do furgão com um brilho alucinado.

— *Deus do céu, o que é isso?* — gritou Mary, erguendo uma mão para tapar os olhos.

— O chefe — disse Steve, em voz baixa.

Um forte impacto pareceu correr diretamente embaixo deles, um som abafado de aríete. O furgão começou a tremer como um cachorro assustado. Steve ouviu pedaços de rocha e cascalho começarem a deslizar. Olhou por sua janela e viu, no brilho agonizante da explosão, negras redes de canos emissores de PVC deslizando pela encosta do poço abaixo. O pórfiro estava em movimento. A mina da China desmoronava sobre si mesma.

— Oh, meu Deus, vamos ser enterrados vivos — gemeu Cynthia.

— Bem, vamos ver — disse Steve. — Segurem-se.

Comprimiu até o fundo o acelerador — também não faltava muito para isso —, e o motor do furgão respondeu com um grito irado. *Estamos quase lá, querido*, ele pensou para o motor. *Quase lá, vamos, trabalhe comigo, lindo, não me decepcione...*

O rumor de aríete prosseguia sem parar embaixo deles, parecendo sumir num momento, depois voltando como uma forma de onda. Quando chegaram à borda do poço, Steve viu um rochedo do tamanho de um posto de gasolina passar saltando encosta abaixo, à direita. E, mais sinistro que o rumor abaixo deles, ouviu um crescente sussurro bem embaixo. Ele sabia que era a superfície de cascalho da estrada. O furgão ia para o norte; a estrada, para o sul. Em apenas uns poucos instantes ia desabar dentro do poço como uma esteira de exercício solta.

— *Corra, seu puto!* — gritou, batendo no volante com o punho fechado. — *Corra por mim! Já! Já!*

O Ryder arrancou por cima da borda do poço como um desajeitado dinossauro de focinho amarelo. Por um momento, a coisa ainda ficou em dúvida, quando a terra esfacelada sob as rodas dianteiras acabou e o furgão vadeou primeiro para o lado e depois para trás.

— *Vá!* — gritou Cynthia. Curvava-se para a frente, agarrando o painel. — *Oh, por favor, vá! Pelo amor de Deus, tira a gente daq...*

Foi lançada de volta contra o banco quando as rodas tornaram a encontrar apoio. Por um momento, os faróis continuaram espetando o céu que clareava, e então cruzavam a borda a toda, rumo ao norte. De trás deles, saindo do poço, subiu uma interminável coluna de poeira, como se a estranha tempestade anterior tivesse recomeçado, apenas limitada àquele local. Subia ao céu como uma pira.

2

A descida pelo lado norte da terraplenagem foi menos arriscada. Quando atravessavam os 3 quilômetros de deserto entre a mina e a cidade, o céu a leste era de um luminoso rosa-salmão. E quando passaram pela bodega com a tabuleta caída, o arco superior do sol rompeu no horizonte.

Steve meteu o pé no freio logo depois da bodega, no extremo sul da Main Street de Desespero.

— Puta merda — murmurou Cynthia em voz baixa.

— Nossa mãe — disse Mary e levou a mão à têmpora, como se lhe doesse a cabeça.

Steve não conseguiu dizer nada.

Até o momento ele e Cynthia só tinham visto Desespero no escuro, ou através dos véus da tempestade de areia, e o que *tinham* visto foi vislumbrado em pequenos e frenéticos fragmentos, a percepção concentrada num estreito foco pelas mortais e simples necessidades da sobrevivência. Quando a gente tentava ficar vivo, só via o que tinha de ver; o resto passava ao largo.

Agora, porém, ele via tudo.

A larga rua estava vazia, a não ser por uma bola de capim seco a rolar ociosa. A areia cobria as calçadas — completamente em alguns lugares. Vidraças quebradas reluziam aqui e ali. O lixo tinha sido soprado para todos os lados. Tabuletas haviam caído. Fios de eletricidade jaziam enroscados na rua como cabeças de regadores quebradas. E a marquise do American West agora jazia na rua como um velho iate que finalmente foi dar contra os rochedos. A única letra restante — um grande *R* negro — acabara por cair.

E por toda parte havia animais mortos, como se tivesse havido algum letal vazamento químico. Ele via dezenas de coiotes, e da porta do Bud's Suds saía um longo e curvo rabicho de ratos mortos, alguns semicobertos pela areia chiando à leve brisa da manhã. Escorpiões mortos cobriam o caído duende da biruta. Pareciam a Steve sobreviventes de um naufrágio que haviam morrido numa ilha estéril. Urubus jaziam na rua e nos telhados como montes de fuligem.

— E imporeis limites às pessoas em volta — disse David. Tinha a voz morta, inexpressiva. — E direis: "Cuidai-vos de não subirdes ao monte."

Steve olhou pelo espelho retrovisor, viu a terraplenagem da mina da China avultando contra o céu que clareava, viu a poeira ainda a jorrar de sua estéril caldeira, e teve um arrepio.

— "Não subais o monte, nem toqueis a borda dele: quem tocar o monte certamente será condenado à morte: nenhuma mão o tocará, que o dono não seja certamente morto a pedradas ou a tiros. Fera ou homem, não sobreviverá."

O menino ergueu o olhar para Mary, e seu rosto começou a tremer e a se tornar humano. Os olhos se encheram de lágrimas.

— David... — ela começou.

— Estou sozinho. Entende? A gente foi à montanha e Deus chacinou todos eles. Minha família. Agora estou sozinho.

Ela passou-lhe o braço em torno e comprimiu contra si o rosto dele.

— Diga aí, Chefe — falou Cynthia e pôs a mão no braço de Steve. — Vamos sumir desta cidade de merda e arranjar uma cerveja gelada, que tal?

3

De novo na Rodovia 50.

— Descendo por ali — disse Mary. — A gente já está chegando.

Haviam passado pelo trailer dos Carver. David virou de novo o rosto para os seios de Mary quando se aproximavam do carro, e ela passou os braços em torno da cabeça dele e o apertou. Durante quase cinco minutos ele não se moveu, não parecia sequer respirar. A única maneira de ela ter certeza de que ele estava vivo era por sentir as lágrimas, lentas e quentes, que molhavam sua blusa. De certa forma, estava satisfeita por senti-las, julgava-as um bom sinal.

Via que a tempestade tinha atingido também a rodovia; a areia a cobria completamente em algumas partes, e Steve tinha de vadear esses trechos em marcha reduzida.

— Será que fecharam a estrada? — perguntou Cynthia a Steve. — Os policiais. O Departamento de Obras Públicas de Nevada. Quem quer que seja?

Ele balançou a cabeça.

— Provavelmente, não. Mas pode apostar que não teve muita gente ontem à noite; muito caminhoneiro interestadual se escondeu em Ely e Austin.

— Lá está! — gritou Mary e apontava para um reflexo piscando cerca de 1,5 quilômetro à frente. Três minutos depois, paravam ao lado do Acura de Deirdre. — Quer vir no carro comigo, David? Quer dizer, supondo que aquela maldita coisa ao menos pegue.

David encolheu os ombros.

— O policial deixou as chaves com você? — perguntou Cynthia.

— Não, mas se eu der sorte...

Saltou do furgão, aterrissou numa duna de areia fofa e se dirigiu ao carro. Vê-lo trouxe Peter de volta num instante — Peter, que tinha um orgulho tão maldito e absurdo de sua monografia sobre James Dickey, sem jamais imaginar que a planejada sequência não viria...

O carro se duplicou em sua visão, depois se desfez em prismas.

Com o peito apertado, ela passou o braço pelos olhos, se ajoelhou e apalpou por baixo do para-choque dianteiro. A princípio não encontrou o que buscava, e tudo pareceu demais. Por que queria seguir o Ryder até Austin naquele carro, mesmo? Cercada de lembranças? De Peter?

Encostou a face no para-choque — logo estaria quente demais para tocar, mas por ora ainda guardava a frieza da noite — e se entregou ao pranto.

Sentiu uma mão tocar a sua, hesitante, e olhou em volta. David estava ali parado, o rosto escaveirado e velho demais pendido sobre o esguio tórax de menino, numa camiseta de beisebol manchada de sangue. Ele olhava para ela com um ar solene, não exatamente segurando sua mão, mas tocando seus dedos com os dele, como se quisesse segurá-la.

— O que há, Mary?

— Não encontro a caixinha — ela disse e deu uma grande e úmida fungada. — A caixinha magnética com a chave extra. Estava embaixo do para-choque, mas acho que deve ter caído. Ou talvez os rapazes que tiraram a placa a tenham tirado também.

Retorceu a boca e recomeçou a chorar.

Ele se ajoelhou ao lado dela, fazendo uma careta como se alguma coisa doesse nas costas. Ela via, mesmo através das lágrimas, as manchas na garganta onde Audrey tinha tentado esganá-lo — feias manchas negro-arroxeadas como trovões.

— Shhh, Mary — ele fez e tateou por baixo do para-choque com a própria mão.

Ela ouvia os dedos dele flutuando naquela escuridão, e de repente teve vontade de gritar: *Cuidado! Talvez tenham aranhas! Aranhas!*

Então ele mostrou a ela uma pequena caixa metálica cinzenta.

— Tente uma vez, por que não? Se não pegar...

Encolheu os ombros, para mostrar que isso não tinha muita importância, fosse como fosse — sempre havia o furgão.

É, o furgão. Só que Peter jamais andara no furgão, e talvez ela *quisesse* sentir o cheiro dele um pouco mais. A sensação dele. *Um belo par de melões, dona*, ele dissera, e tocara o seio dela.

A lembrança do cheiro dele, do toque dele, da voz dele. Os óculos que usava quando dirigia. Essas coisas doíam, mas...

— É, eu vou com você — disse David. Estavam ajoelhados na frente do carro de Deirdre Finney, de frente um para o outro. — Se pegar, quer dizer. E se você quiser.

— Sim — ela disse. — Eu *quero*.

4

Steve e Cynthia se juntaram a eles, ajudaram-nos a ficar de pé.

— Eu me sinto como se tivesse 108 anos — disse Mary.

— Não se preocupe, não parece nem um dia a mais que 89 — disse Steve e sorriu quando ela fingiu que ia bater nele. — Quer mesmo tentar chegar a Austin nesse carrinho? E se atolar na areia?

— Uma coisa de cada vez. A gente nem sabe se ele pega, sabe, David?

— Não — disse David, com uma espécie de suspiro.

Mary sentia que ele se afastava dela de novo, mas não sabia o que fazer. Ele permanecia cabisbaixo, olhando a grade do Acura como se todos os segredos da vida e da morte estivessem ali, as emoções de novo desaparecendo do rosto, deixando-o distante e pensativo. Segurava frouxamente o MagnaCube de metal cinzento com a chave extra dentro.

— Se *pegar*, a gente segue em caravana — ela disse a Steve. — Eu atrás de vocês. Se atolar, a gente vai pro furgão. Mas acho que não vai atolar. Não é um carro ruim assim, na verdade. Se a maldita da minha cunhada não o tivesse usado como depósito de droga...

A voz tremeu e ela cerrou os lábios com força.

— Acho que a gente não tem de rodar muito pra pegar a estrada limpa — disse David, sem erguer o olhar da grade do Acura. — Uns 50 quilômetros? Sessenta? Depois, estrada livre.

Mary sorriu para ele.

— Espero que tenha razão.

— E tem um problema um pouquinho mais grave — disse Cynthia. — O que a gente vai dizer à polícia sobre isso tudo? A polícia *de verdade*, eu quero dizer.

Ninguém falou nada por um instante. Então David, ainda olhando para a grade do Acura, disse:

— O que pareceu ser. Deixa que eles descubram o resto por si mesmos.

— Não estou entendendo — disse Mary.

Na verdade, achava que entendia, mas queria mantê-lo falando. Queria-o ali presente com o resto deles, mentalmente, além de fisicamente.

— Eu vou contar sobre os pneus furados e como o policial mau levou a gente pra cidade. Que fez a gente ir com ele dizendo que tinha um cara no deserto com um rifle. Mary, você conta como ele parou você e Peter. Steve, você conta que estava procurando Johnny e ele ligou. Eu conto como a gente escapou depois que ele levou minha mãe. Que a gente foi pro cinema. Que a gente chamou você pelo telefone, Steve. Aí você pode contar como chegou ao cinema, também. E foi lá que a gente ficou a noite toda. No cinema.

— Nunca fomos à mina — disse Steve. Testando. *Experimentando*.

David assentiu. As marcas na garganta se destacavam no sol forte. O dia já começava a esquentar.

— Certo — disse.

— E, desculpe, David, eu tenho de... e seu pai? E ele?

— Foi procurar minha mãe. Quis que eu ficasse com vocês no cinema, por isso eu fiquei.

— A gente não viu nada — disse Cynthia.

— É. Na verdade, não. — Ele abriu o MagnaCube, tirou a chave e deu-a a Mary. — Por que não experimenta o motor?

— Num segundo. O que vão pensar as autoridades do que *vão* encontrar? Toda aquela gente morta, aqueles bichos mortos? E o que vão dizer? O que vão anunciar?

Steve disse:

— Tem gente que acredita que um disco voador caiu não longe daqui, na década de 1940. Sabia disso?

Ela balançou a cabeça.

— Em Roswell, Novo México. Segundo a história, teve até sobreviventes. Astronautas de outro mundo. Não sei se isso é verdade, mas pode ser. Os indícios sugerem que *alguma coisa* bastante séria aconteceu em Roswell. O governo encobriu o caso, o que quer que tenha sido. Vai encobrir esse da mesma forma.

Cynthia socou o braço dele.

— Um bocado paranoico, pãozinho.

Ele deu de ombros.

— Quanto ao que vão *pensar*... gás venenoso, talvez. Alguma merda estranha que vazou de um bolsão na terra e enlouqueceu as pessoas. E não está muito errado, está? Na verdade?

— Não — disse Mary. — Acho que o mais importante é que todos contemos a mesma história, assim como David esboçou.

Cynthia deu de ombros, e surgiu em seu rosto um fantasma de sua atitude estou-me-lixando.

— Quer dizer, se a gente ceder e contar a eles o que aconteceu *mesmo*, eles não vão acreditar, certo?

— Talvez não acreditem — disse Steve —, mas se não faz diferença pra você, eu preferia não passar o próximo mês e meio fazendo testes com detector de mentiras e olhando borrões de tinta, quando podia passar esse tempo olhando pra seu rosto exótico e misterioso.

Ela tornou a socar o braço dele. Um pouco mais forte desta vez. Surpreendeu David observando essa brincadeira e balançou a cabeça para ele.

— Acha que eu tenho um rosto misterioso e exótico?

David deu as costas, olhou as montanhas ao norte.

Mary foi até a porta do motorista do Acura e abriu-a, lembrando-se de que teria de puxar o banco antes de dirigir — Peter era um palmo mais alto que ela. O porta-luvas estava aberto, de quando ela procurava a licença do carro, mas certamente uma lampadazinha pequena como a de lá de dentro não podia puxar mais que um pouco de energia, podia? Bem, não era exatamente uma questão de vida e morte em nenhum...

— Ah, Deus do céu — disse Steve, com uma voz baixa, sem força. — Ah, meu Deus do céu, vejam.

Ela se voltou. No horizonte, parecendo pequena a distância, via-se a face norte da terraplenagem da mina da China. Acima dela pairava uma gigantesca nuvem de poeira cinza-escura. Flutuava no céu, ainda ligada ao poço por um nebuloso cordão umbilical de poeira: os restos de uma montanha se elevando ao céu como terra envenenada após uma explosão nuclear. Tinha a forma de um lobo, a cauda apontando para o sol recém-nascido, o focinho grotescamente alongado voltado para o oeste, onde a noite ainda se esvaía de má vontade.

O focinho estava aberto. Saindo dele, via-se uma forma estranha, amorfa mas de algum modo reptiliana. Havia alguma coisa de escorpião naquela forma, e de lagarto também.

Can tak, can tah.

Mary deu um grito por entre as mãos erguidas. Olhava a forma no céu, os olhos esbugalhados entre os dedos sujos, balançando a cabeça de um lado para outro, num inútil gesto de negação.

— Pare — disse David, e passou o braço pela cintura dela. — Pare, Mary. Aquilo não pode fazer mal à gente. Já está indo embora. Está vendo?

Era verdade. O couro do lobo celeste rasgava-se em alguns lugares, parecia derreter em outros, deixando passar o sol em raios longos e dourados, ao mesmo tempo bonitos e meio cômicos — o tipo de imagem que a gente esperava ver no final de um épico bíblico.

— Acho que a gente deve se mandar — disse Steve por fim.

— Eu acho que a gente nunca devia ter vindo, pra começar — disse Mary com uma voz fraca, e entrou no carro.

Já sentia o aroma da loção de barba do marido morto.

5

David ficou olhando-a puxar o banco para a frente e enfiar a chave na ignição. Sentia-se distante de si mesmo, uma criatura flutuando no espaço, em algum ponto entre uma estrela negra e outra luminosa. Lembrou-se de como se sentava à mesa da cozinha em casa, jogando vinte e um com Pie. Pensou que poderia ver Steve, Mary e Cynthia no inferno, por mais bacanas que fossem, se pudesse ter só mais um jogo de vinte e um na cozinha com ela — Pie com um copo de suco de abacaxi, ele com uma Pepsi, os dois rindo feito loucos. Preferia ver a si mesmo no inferno, aliás. Que grande diferença teria, afinal, de Desespero?

Mary girou a chave na ignição. O motor rodou secamente e pegou quase de primeira. Ela sorriu e bateu palmas.

— David? Pronto pra partir?

— Claro. Eu acho.

— Ei! — Cynthia pôs a mão na nuca dele. — Você está bem, cara?

Ele assentiu sem erguer os olhos.

Cynthia se curvou e beijou o rosto dele.

— Precisa lutar contra isso — ela lhe sussurrou no ouvido. — Tem de *lutar* contra isso, sabe?

— Vou tentar — ele disse, mas os dias, semanas e meses à frente pareciam-lhe impossíveis. *Procure seu amigo Brian*, dissera Johnny. *Pro-*

cure seu amigo Brian e faça dele um irmão. E podia ser um ponto por onde começar, sim, mas e depois?

Havia nele buracos que clamavam de dor e continuariam clamando por muito tempo no futuro. Um por sua mãe, um por seu pai, um por sua irmã. Buracos que pareciam rostos. Buracos que pareciam olhos.

No céu, o lobo tinha desaparecido, a não ser por uma pata e o que poderia ter sido — talvez — a ponta de uma cauda. Da coisa em forma de réptil na boca não havia nem sinal.

— A gente venceu você — sussurrou David, começando a contornar para o lado do carona. — A gente venceu você, seu filho da puta, é isso aí.

Tak, sussurrou uma voz sorridente e paciente bem no fundo de sua mente. *Tak ah lah. Tak ah wan.*

Ele desviou a mente e o coração dela com esforço.

Procure seu amigo e faça dele um irmão.

Talvez. Mas primeiro Austin. Com Mary, Steve e Cynthia. Pretendia ficar com eles o maior tempo possível. Eles, pelo menos, podiam entender... e de certa forma ninguém mais poderia. Tinham estado no poço juntos.

Ao estender a mão para a porta do carona, fechou a pequena caixa de metal e enfiou-a sem prestar atenção no bolso. Parou de repente, a mão imobilizada em pleno ar, ao avançar para a maçaneta.

Alguma coisa tinha desaparecido; a cápsula da escopeta.

Alguma coisa tinha sido posta em seu lugar; um pedaço de papel duro.

— David? — chamou Steve da janela aberta do furgão. — Algum problema?

Ele balançou a cabeça, abrindo a porta do carro com uma das mãos e tirando o papel dobrado do bolso com a outra. Era azul. E tinha alguma coisa de conhecido, embora ele não se lembrasse de ter um papel daqueles no bolso no dia anterior. Tinha um buraco rasgado, como se tivesse sido cravado em alguma coisa. Como se...

Deixe seu passe.

Tinha sido a última coisa que a voz disse naquele dia no outono passado, quando ele rezou a Deus para Brian melhorar. Não tinha entendido, mas obedeceu, pendurou o passe azul num prego. Na vez seguinte em que apareceu no Posto de Observação Vietcongue — uma semana depois? duas? —, tinha desaparecido. Levado por algum menino que queria anotar o telefone de uma menina, talvez, ou levado pelo vento. Só que... ali estava.

Só quero amor, só preciso de amor.
Felix Cavaliere no vocal, muito legal.
Não, pensou. *Não pode ser.*
— David? — Mary chamou, distante. — David, o que foi?
Não pode ser, ele tornou a pensar, mas quando desdobrou o papel, as palavras impressas no alto eram inteiramente conhecidas.

WEST WENTWORTH MIDDLE SCHOOL
100, VILAND AVENUE

Depois, em letras grandes negras de forma:

DISPENSADO MAIS CEDO

E por último de tudo:

UM DOS PAIS DO ESTUDANTE DISPENSADO DEVE ASSINAR ESTE PASSE.
O PASSE DEVE SER DEVOLVIDO AO DEPARTAMENTO DE FREQUÊNCIA.

Só que agora tinha mais. Uma breve mensagem rabiscada abaixo da última linha impressa.

Alguma coisa se mexeu dentro dele. Uma coisa imensa. A garganta fechou, depois abriu para soltar um longo e lamentoso grito, que era simplesmente dor ao máximo. Ele oscilou, agarrando-se ao topo do Acura, baixou a testa para o braço e começou a soluçar. De uma grande distância, ouviu as portas do furgão se abrirem, ouviu Steve e Cynthia correndo para ele. Chorava. Lembrou de Pie, segurando a boneca e sorrindo para ele. Lembrou da mãe, dançando com a música do rádio na sala da lavanderia, com o ferro numa mão, rindo de sua própria tolice. Lembrou do pai, sentado na varanda com os pés apoiados no balaústre, um livro numa das mãos e uma cerveja na outra, acenando-lhe quando voltava da casa de Brian, empurrando a bicicleta pela entrada da garagem ao crepúsculo. Lembrou de como os tinha amado, como sempre os amaria.

E Johnny. Johnny de pé na borda da mina da China, dizendo: *Às vezes ele faz a gente viver.*

David chorava de cabeça baixa, com o passe agora amassado no punho fechado, aquela coisa imensa ainda se movendo dentro dele, uma coisa parecida com um deslizamento de terra... mas talvez não tão ruim.

Talvez, no fim, não tão ruim.

— David? — Steve o sacudia. — *David!*

— Estou bem — ele disse, erguendo a cabeça e enxugando os olhos com a mão trêmula.

— O que houve?

— Nada. Estou bem. Vão embora. A gente vai atrás.

Cynthia olhava para ele, em dúvida.

— Tem certeza?

Ele assentiu.

Eles voltaram, olhando para trás. David conseguiu acenar. Depois entrou no Acura e fechou a porta.

— O que foi? — perguntou Mary. — O que foi que você encontrou?

Estendeu a mão para pegar o pedaço de cartolina azul, mas David manteve-o na sua por enquanto.

— Lembra quando o policial jogou você na área das celas onde a gente estava? — ele perguntou. — Como você tentou pegar a escopeta?

— Jamais vou esquecer.

— Enquanto você lutava com ele, uma cápsula da escopeta caiu da mesa e rolou pra junto de mim. Quando eu tive uma oportunidade, peguei. Johnny deve ter roubado de meu bolso quando me segurava. No poço da mina. Depois que meu pai foi morto. Ele usou a cápsula para detonar o ANFO. E quando a tirou de meu bolso, botou isto.

— Botou o quê? O que é isso?

— É um passe de DISPENSADO MAIS CEDO de minha escola, lá em Ohio. No outono passado, eu o enfiei num prego numa árvore e deixei lá.

— Uma árvore lá em Ohio. No outono passado. — Ela olhava-o pensativa, os olhos muito arregalados e parados. — No *outono* passado!

— É. Assim, eu não sei onde ele encontrou... e não sei onde *guardava*. Quando estava no paiol, fiz com que esvaziasse todos os bolsos. Tinha medo de que tivesse pego um dos *can tahs*. Não estava com ele naquela hora. Ele ficou de cueca, e não estava com ele.

— Oh, David — ela disse.

Ele balançou a cabeça e entregou o passe azul a ela.

— Steve saberá se é a letra dele — disse. — Aposto um milhão de dólares que é.

David,
Não deixe a múmia alcançá-lo.
João I, 4:8. Lembre-se!

Ela leu a mensagem rabiscada, movendo os lábios.

— Eu apostaria um milhão meu, se tivesse um milhão — ela disse. — Você entende a referência, David?

Ele pegou o passe azul.

— Claro. João I, capítulo quatro, versículo oito. "Deus é amor."

Ela ficou olhando-o por um longo tempo.

— E é, David? Ele é amor?

— Ah, sim — disse David. Dobrou o passe nas dobras antigas. — Acho que ele é uma espécie de... tudo.

Cynthia acenou. Mary acenou de volta e ergueu o polegar para ela. Steve arrancou e Mary o seguiu, os pneus do Acura rodando relutantes pela primeira lombada de areia, e depois ganhando velocidade.

David recostou a cabeça no assento, fechou os olhos e começou a rezar.

Bangor, Maine
1º de novembro de 1994 — 5 de dezembro de 1995

3ª EDIÇÃO [2013] 7 reimpressões

ESTA OBRA FOI COMPOSTA EM ADOBE GARAMOND PELA ABREU'S SYSTEM
E IMPRESSA EM OFSETE PELA GEOGRÁFICA SOBRE PAPEL PÓLEN NATURAL
DA SUZANO S.A. PARA A EDITORA SCHWARCZ EM JUNHO DE 2023

A marca FSC® é a garantia de que a madeira utilizada na fabricação do papel deste livro provém de florestas que foram gerenciadas de maneira ambientalmente correta, socialmente justa e economicamente viável, além de outras fontes de origem controlada.